LES INTÉRESSANTS

Meg Wolitzer, 55 ans, a écrit dix romans, dont *La Position* (Sonatine, 2014) et *L'Épouse,* réédité aux éditions Rue Fromentin en 2016 sous le titre *La Doublure*. Elle a également travaillé comme scénariste. *Les Intéressants*, sur lequel elle travaille depuis plusieurs années, s'impose comme son livre le plus personnel et le plus émouvant.

MEG WOLITZER

Les Intéressants

ROMAN TRADUIT DE L'ANGLAIS (ÉTATS-UNIS)
PAR JEAN ESCH

ÉDITIONS RUE FROMENTIN

Titre original :

THE INTERESTINGS
Publié par RiverHead Books, une division de Penguin Group, 2013.

Pour mes parents, qui m'ont envoyée là-bas.

Et pour Martha Parker, que j'ai connue là-bas.

« While riding on a train goin' west
I fell asleep for to take my rest
I dreamed a dream that made me sad
Concerning myself and the first few friends I had. »

Bob Dylan, *Bob Dylan's Dream*

« … posséder seulement un peu de talent…
c'était une chose affreuse, une souffrance… être
juste un peu spécial, cela voulait dire que vous
espériez trop, la plupart du temps. »

Mary Robison, *Yours*

Première partie

MOMENTS D'ÉTRANGETÉ

Un

C'est par une douce nuit du début juillet, en cette année depuis longtemps envolée, que les Intéressants se réunirent pour la première fois. Ils n'avaient alors que quinze ou seize ans et ils se donnèrent ce surnom avec une ironie timide. Julie Jacobson, extérieure au groupe, et peut-être même considérée comme une anomalie, avait été invitée pour d'obscures raisons ; assise dans un coin, sur le plancher qui avait besoin d'un coup de balai, elle cherchait à paraître effacée sans avoir l'air pathétique : un équilibre délicat. Le tipi, d'une conception ingénieuse, mais construit à moindre frais, devenait étouffant lorsque, comme ce soir-là, aucun souffle de vent n'entrait par les fenêtres à moustiquaire. Julie Jacobson brûlait d'envie d'étendre une jambe ou de faire bouger sa mâchoire, ce qui déclenchait parfois à l'intérieur de son crâne des petits bruits de percussion très agréables. Mais si elle attirait l'attention, d'une manière ou d'une autre, quelqu'un risquait de se demander pourquoi elle était là ; et franchement, elle le savait bien, elle n'avait aucune raison d'être là. Elle avait cru à un miracle quand, un peu plus tôt dans la soirée, Ash Wolf lui avait adressé un signe de tête devant la rangée de lavabos et lui avait demandé si elle voulait se joindre à elle et aux autres, plus tard. Les autres. Rien que ces deux mots, c'était exaltant.

Julie l'avait regardée d'un air idiot et s'était empressée d'essuyer son visage mouillé avec une serviette fine qui venait de chez elle. «Jacobson», avait inscrit sa mère sur le bord froncé, au feutre rouge indélébile, d'une écriture hésitante qui paraissait un peu tragique maintenant. «Oui, d'accord», avait-elle répondu par instinct. Et si elle avait dit non? se demanda-t-elle ensuite, habitée par une sorte d'effroi baroque étrangement plaisant. Si elle avait décliné cette invitation lancée à la légère et continué sa petite vie, en avançant d'un pas lourd en toute inconscience, comme une personne ivre, une personne aveugle, une demeurée, qui se satisfait de son petit paquet de bonheur. Mais elle avait dit «oui, d'accord», devant les lavabos de la salle de bains des filles, et maintenant elle était là, plantée dans le coin de ce monde inconnu et ironique. Pour elle, l'ironie était une chose nouvelle, au goût étonnamment bon, comme un fruit d'été introuvable jusqu'alors. Bientôt, elle et les autres se montreraient ironiques presque en permanence, incapables de répondre à une question innocente sans donner à leurs paroles un petit côté narquois. Très vite cependant, les railleries s'atténueraient, l'ironie se teinterait de sérieux, les années raccourciraient et s'envoleraient. Il ne faudrait pas longtemps alors pour qu'ils soient tous choqués et tristes de se retrouver engoncés dans leur personnalité d'adulte, épaisse et définitive, sans quasiment aucun espoir de se réinventer.

Mais ce soir-là, bien avant le choc, la tristesse et la permanence des choses, assis dans le tipi des garçons numéro 3, avec leurs vêtements qui sentaient bon comme le pain chaud, vestiges de la toute dernière machine faite à la maison, Ash Wolf dit :

— Tous les étés, on se réunit ici, comme ça. On devrait se donner un nom.

— Pourquoi ? demanda Goodman, son grand frère. Pour que le monde sache à quel point on est incroyablement intéressants ?

— On pourrait s'appeler les Incroyablement Intéressants ? suggéra Ethan Figman. Qu'est-ce que vous en dites ?

— Les Intéressants, répéta Ash. Ça sonne bien.

Ce fut donc décidé.

— À partir de ce jour, dit Ethan, puisque nous sommes clairement les personnes les plus intéressantes qui ont jamais existé, puisque nous sommes totalement irrésistibles, puisque nos cerveaux débordent de réflexions intellectuelles, faisons-nous appeler les Intéressants. Et que tous ceux qui croisent notre chemin tombent raides morts tellement on est intéressants.

Dans un moment ridiculement solennel, ils levèrent leurs gobelets en carton et leurs joints. Julie se risqua à lever son verre de vodka-Tang – « V & T », ils appelaient ça – en hochant la tête avec gravité.

— Tchin, dit Cathy Kiplinger.

— Tchin, répétèrent les autres.

Ce nom était ironique et le baptême improvisé d'une prétention moqueuse, n'empêche, Julie Jacobson les trouvait vraiment intéressants. Ces adolescents qui l'entouraient, tous originaires de New York, étaient comme des membres de la famille royale, des vedettes de cinéma françaises, avec quelque chose de papal en plus. Dans ce camp de vacances, tout le monde était censé posséder des dons artistiques, mais autant qu'elle pouvait en juger, ce lieu accueillait le noyau chaud du camp. Elle n'avait jamais rencontré des gens comme eux ; ils étaient intéressants comparés aux habitants d'Underhill, cette banlieue de New York où elle avait toujours vécu, mais comparés également à tout ce qui se trouvait là-bas et qui, à cet instant, lui paraissait mal fagoté, infâme, absolument répugnant.

Brièvement, au cours de cet été 1974, quand Julie ou n'importe lequel d'entre eux détacha les yeux de la concentration intense et hébétée de leurs pièces en un acte, de leurs dessins animés, de leurs numéros de danse et de leurs guitares acoustiques, ils se retrouvèrent en train de contempler une horrible porte et s'empressèrent de détourner le regard. Deux garçons du camp avaient des exemplaires des *Hommes du Président* sur les étagères au-dessus de leur lit, à côté des grosses bombes aérosol d'insecticides et des petits flacons de peroxyde de benzoyle destiné à éradiquer l'acné florissante et sujette à l'excitation. Le livre était sorti peu de temps avant le début du camp, et la nuit, quand les conversations du tipi sombraient dans le sommeil ou les stridulations de la masturbation, ils lisaient à la lumière des lampes de poche. En se disant : *incroyables, ces enfoirés*.

Voilà le monde dans lequel ils allaient devoir entrer : un monde d'enfoirés. Julie Jacobson et les autres s'arrêtèrent à la porte. Qu'étaient-ils censés faire ? La franchir ? À la fin de l'été, Nixon s'en irait d'un pas chancelant, en laissant derrière lui sa traînée humide de limace, et tout le camp regarderait la scène sur un vieux téléviseur Panasonic trimballé jusque dans le réfectoire par les propriétaires, Manny et Edie Wunderlich, deux socialistes vieillissants, des légendes dans le petit monde, de plus en plus restreint, des socialistes vieillissants.

Maintenant, ils se réunissaient parce que le monde était insupportable, mais eux ne l'étaient pas. Julie s'autorisa un autre petit mouvement en croisant et en recroisant les bras. Malgré cela, personne ne se retourna et n'exigea de savoir qui avait invité cette fille empotée, rousse, à la peau marbrée. Personne ne lui demanda de partir. Elle balaya du regard la pièce sombre où tout le monde était majoritairement inerte sur les lits superposés et les lattes du plancher, comme dans un sauna.

Ethan Figman, le corps épais, exceptionnellement laid, les traits un peu aplatis, comme écrasés contre le mur de verre invisible d'un mime, était assis la bouche ouverte, un disque sur les genoux. C'était une des premières personnes que Julie avait remarquées quand sa mère et sa sœur l'avaient amenée ici en voiture, quelques jours plus tôt. Il arborait un chapeau mou en jean et saluait tout le monde autour de lui sur la pelouse, il se jetait sur les malles pour les porter et se laissait broyer par les étreintes platoniques des filles et les poignées de main rituelles des autres garçons. Des gens lui criaient : « Ethan ! Ethan ! » et il était entraîné vers chacune de ces voix, tour à tour.

«Ce garçon a l'air ridicule», avait commenté discrètement Ellen, la sœur de Julie, alors qu'elles venaient juste de descendre de leur Dodge verte, après quatre heures de route depuis Underhill. Il avait l'air ridicule, oui, mais Julie éprouvait déjà le besoin de protéger ce garçon qu'elle ne connaissait pas.

«Non, pas du tout, avait-elle répondu. Il est très bien.»

Elles étaient sœurs, seize mois seulement les séparaient, mais Ellen, l'aînée, avait des cheveux bruns, un visage fermé et elle professait des opinions étonnamment réprobatrices, souvent dans la petite maison où elles vivaient avec leur mère, Lois, et jusqu'à cet hiver avec leur père, Warren, décédé d'un cancer du pancréas depuis. Julie n'oublierait jamais cette expérience de vie commune avec un mourant, surtout le fait de partager l'unique salle de bains, couleur pêche, que son pauvre père s'excusait de monopoliser. Elle avait eu ses premières règles à quatorze ans et demi, bien plus tard que toutes les filles qu'elle connaissait, et parfois, elle avait besoin de se rendre à la salle de bains quand celle-ci était occupée. Réfugiée dans sa chambre avec une grosse boîte de Kotex, elle pensait au contraste entre elle qui «entrait dans la peau d'une femme», d'après le film que leur avait projeté leur professeure d'éducation physique bien avant, en classe de sixième, et son père qui entrait dans autre chose, auquel elle ne voulait pas penser, mais qui pesait sur elle en permanence.

En janvier, il mourut, ce qui fut à la fois une terrible épreuve et un soulagement : impossible de se concentrer sur cette idée ou de ne plus y penser. L'été approcha, sans que rien ait été prévu. Ellen ne voulait aller nulle part, mais Julie ne pouvait rester à la maison tout l'été à se morfondre, à regarder sa sœur et sa mère se morfondre ; elle allait devenir folle, décrétat-elle. À la dernière minute, son professeur d'anglais lui suggéra ce camp de vacances. Il restait une place et ils acceptaient d'accueillir Julie avec sa bourse. Personne à Underhill n'allait dans ce genre de camp ; non seulement les gens n'en avaient pas les moyens, mais l'idée ne leur serait jamais venue. Les jeunes restaient tous à la maison et allaient au centre de loisirs miteux, ou bien ils passaient de longues journées à la piscine municipale, le corps huilé, ils travaillaient chez Carvel ou traînaient entre leurs quatre murs humides.

Personne ne roulait sur l'or et personne ne semblait en faire un drame. Warren Jacobson avait travaillé au département des ressources humaines chez Clelland Aerospace. Julie n'avait jamais très bien compris en quoi consistait le métier de son père, mais elle savait que son salaire ne leur permettait pas de faire construire et d'entretenir une piscine dans leur petit jardin. Pourtant, quand on lui offrit subitement l'occasion d'aller dans ce camp pour l'été, sa mère insista pour qu'elle accepte. « Il faut que quelqu'un s'amuse un peu dans cette famille, dit Lois Jacobson, veuve récente et tremblante de quarante et un ans. Depuis le temps. »

Ce soir-là, dans le tipi des garçons numéro 3, Ethan Figman paraissait aussi sûr de lui que ce premier jour sur la pelouse. Sûr de lui, mais conscient sans doute de sa laideur, qui l'accompagnerait toute sa vie. En utilisant la pochette du disque, Ethan commença à rouler des joints de manière experte. C'était son boulot, avait-il déclaré, et de toute évidence il aimait s'occuper les mains quand il n'avait pas de crayon ou de stylo à tenir. Il passait des heures à dessiner des petits films d'animation et à remplir les feuilles de son carnet à spirale qui dépassait toujours de sa poche arrière. Pour le moment, il manipulait délicatement les petites quantités de graines, de brindilles et de bourgeons.

— Active un peu, Figman. Les indigènes s'impatientent, lui lança Jonah Bay.

Julie ne savait presque rien encore, mais elle savait que Jonah, un beau garçon avec des cheveux noirs aux reflets bleus qui lui tombaient sur les épaules et un lacet de cuir autour du cou, était le fils de la chanteuse folk Susannah Bay. Pendant longtemps, sa célèbre mère demeurerait le principal signe particulier de Jonah. Il avait pris l'habitude d'employer à tort et à travers l'expression « les indigènes s'impatientent », mais cette fois, elle était partiellement adaptée. Tout le monde dans cette pièce était impatient, mais personne n'était originaire de cet endroit.

En cette soirée de juillet, il restait encore plus d'un mois à Nixon avant qu'on l'enlève de la pelouse de la Maison Blanche comme un meuble de jardin pourri. En face d'Ethan, Jonah Bay était assis avec sa guitare à cordes métalliques, coincé entre Julie Jacobson et Cathy Kiplinger, une fille qui s'agitait et s'étirait toute la journée dans le studio de danse. Grande, blonde, elle affichait des formes féminines avec lesquelles la plupart des filles ne se sentaient pas à l'aise à quinze ans. En outre, Cathy était « beaucoup trop exigeante sur le plan affectif », comme le dit quelqu'un plus tard, sans prendre de gants. C'était le genre de filles que les garçons ne laissaient jamais en paix ; ils la pourchassaient de manière implacable. Parfois, ses mamelons apparaissaient à travers le tissu de son justaucorps tels les boutons d'un coussin de canapé, et tout le monde devait les ignorer, comme souvent il fallait ignorer les mamelons dans leurs vicissitudes.

Les dominant tous, Goodman Wolf était vautré sur un des lits du haut, mesurant plus d'un mètre quatre-vingts, allergique au soleil, les genoux épais et hyper viril avec son short kaki et ses sandales en peau de buffle. Si ce groupe possédait un leader, c'était lui. D'ailleurs, ce soir, les autres étaient littéralement obligés de le regarder d'en bas. Deux garçons qui logeaient eux aussi dans ce tipi avaient été priés, poliment mais fermement, d'aller faire un tour ailleurs. Goodman voulait devenir architecte, Julie l'avait entendu le dire, mais il n'essayait jamais de comprendre comment des bâtiments tenaient debout, comment des ponts suspendus supportaient le poids des voitures. Physiquement, il n'était pas aussi spectaculaire que sa sœur car sa beauté était un peu ternie par une peau à problème mal rasée. Mais malgré ses imperfections et une impression générale d'indolence, c'était une présence énorme et influente. L'été précédent, en pleine représentation d'*En attendant Godot*, Goodman était monté dans la cabine d'éclairage et avait plongé la scène dans l'obscurité pendant trois minutes entières, juste pour voir ce qui se passait : qui allait hurler, qui allait rire, les ennuis qu'il allait avoir. Plus d'une fille assise dans le noir avait secrètement imaginé Goodman allongé sur elle. Il serait si grand, si fort, comme un bûcheron qui essaierait de baiser une fille. Non, plutôt comme un arbre qui essaierait de baiser une fille.

Beaucoup plus tard, des personnes qui avaient vécu dans ce camp avec lui s'accorderaient à dire qu'il était logique que Goodman Wolf soit celui dont la vie avait connu la trajectoire la plus alarmante. Évidemment, ils étaient surpris, disaient-ils, mais pas tant que ça, prenaient-ils soin de préciser.

Les Wolf venaient à Spirit-in-the-Woods depuis qu'ils avaient douze et treize ans; ils jouaient un rôle essentiel sur le camp. Goodman était grand et fort, direct et dérangeant; Ash était fluette, franche et belle avec ses longs cheveux châtain clair raides et ses yeux tristes. Certains après-midi, en plein atelier d'impro, quand les élèves parlaient dans un langage inventé ou poussaient des meuglements et des bêlements, Ash Woolf quittait subitement la salle de théâtre en douce. Elle regagnait le tipi vide des filles et s'allongeait sur son lit pour écrire dans son journal en mangeant des Junior Mints.

Je commence à croire que je ressens trop les choses, écrivait Ash. *Les sentiments se déversent en moi comme des flots et je suis impuissante face à cet assaut.*

Ce soir, la porte à moustiquaire s'était refermée en grimaçant derrière les garçons chassés du tipi, puis les trois filles venant de l'autre côté des pins étaient arrivées. Ils étaient six à l'intérieur de cette structure en bois conique éclairée par une ampoule unique. Ils se retrouveraient dès que possible jusqu'à la fin de l'été, et fréquemment à New York pendant un an et demi. Ils partageraient encore un été. Après cela, durant la trentaine d'années qui suivrait, quatre seulement se retrouveraient dès que possible, mais évidemment, ce serait totalement différent.

Julie Jacobson, au début de cette première soirée, n'était pas encore devenue Jules Jacobson, un nom qui sonnait beaucoup mieux ; ce changement surviendrait habilement un peu plus tard. En tant que Julie, elle s'était toujours sentie mal à l'aise ; elle était dégingandée, sa peau rosissait et se couvrait de plaques à la moindre provocation : si elle était gênée, si elle mangeait de la soupe trop chaude, si elle s'exposait au soleil trente secondes. Ses cheveux couleur daim, récemment permanentés au salon de coiffure *La Beauté*[1] à Underhill, donnaient à sa tête un aspect de caniche qui la mortifiait. Cette opération chimique puante était une idée de sa mère. Durant l'année où son père agonisait, Julie s'était occupée en coupant avec zèle les pointes fourchues de ses cheveux et depuis, ils étaient frisottés et en bataille. Parfois, elle en découvrait un incroyablement fourchu, et elle tirait dessus en écoutant le craquement du cheveu qui se brisait entre ses doigts, comme une branche ; elle éprouvait alors une sensation semblable à un soupir intérieur.

Un jour où elle se regardait dans la glace, ses cheveux lui parurent aussi laids qu'un nid ravagé. Une coupe et une permanente pourraient y remédier, lui dit sa mère. Après la permanente, quand Julie se vit dans la glace du salon, elle s'écria : « Oh, merde ! » et elle sortit sur le parking en courant, poursuivie par

1. En français dans le texte.

sa mère qui affirmait que ça allait retomber, ce serait moins volumineux demain.

«Oh, ma chérie, ça fera moins fleur de pissenlit!» lui cria Lois Jacobson au-dessus des rangées de voitures aveuglantes.

Maintenant, au milieu de ces adolescents qui fréquentaient depuis deux ou trois ans ce camp de vacances axé sur les arts du spectacle et les arts plastiques, situé à Belknap dans le Massachusetts, Julie, une étrangère avec une tête de caniche et de fleur de pissenlit, venant d'une petite ville quelconque à cent kilomètres à l'est de New York, était étonnamment fascinante pour eux. En étant juste rassemblés là, dans ce tipi, à l'heure dite, ils se séduisaient tous mutuellement par leur grandeur, ou l'hypothèse d'une éventuelle grandeur. Une grandeur en devenir.

Jonah Bay tira sur le sol un lecteur de cassettes aussi lourd qu'une valise nucléaire.

— J'ai des nouvelles cassettes, annonça-t-il. Des super trucs acoustiques. Écoutez un peu ces riffs, vous n'allez pas en revenir.

Les autres écoutèrent consciencieusement car ils avaient confiance dans ses goûts, même s'ils ne les comprenaient pas. Jonah ferma les yeux pendant que la musique passait, et Julie l'observa dans cet état de pétrification. Les piles commençaient à rendre l'âme et le son qui sortait du magnétophone semblait émaner d'un musicien en train de se noyer. Mais Jonah, guitariste talentueux apparemment, aimait ça, alors Julie aussi, et elle hochait la tête plus ou moins en rythme. Cathy Kiplinger servit d'autres V & T et remplit sa tasse pliante, comme celles que l'on emportait en camping et n'étaient jamais vraiment propres, et qui ressemblaient, fit remarquer Jonah, à une maquette miniature du musée Guggenheim.

— Ce n'est pas un compliment, ajouta-t-il. Une tasse n'est pas censée s'aplatir et se reconstruire. C'est déjà un objet parfait.

Une fois encore, Julie se surprit à hocher la tête, approuvant discrètement tout ce que disaient les personnes présentes.

Durant la première heure, il fut question de livres, principalement ceux écrits par des écrivains européens taciturnes et rebelles.

— Günter Grass, c'est Dieu, en fait, déclara Goodman Wolf, et les deux autres garçons acquiescèrent.

Julie n'avait jamais entendu parler de Günter Grass, mais elle n'allait pas l'avouer. Si quelqu'un lui posait la question, elle affirmerait qu'elle aussi adorait Günter Grass, même si, ajouterait-elle pour se protéger : « Je regrette de ne pas avoir lu tous ses livres. »

— Pour moi, Dieu c'est Anaïs Nin, déclara Ash.

— Comment tu peux dire ça ? demanda son frère. C'est bourré de trucs de filles prétentieux. Je ne comprends pas comment on peut lire Anaïs Nin. C'est le pire écrivain qui a jamais existé.

— Anaïs Nin et Günter Grass ont tous les deux un *Umlaut* sur leur nom, fit remarquer Ethan. C'est peut-être la clé de leur succès. Je vais en ajouter un aussi.

— Qu'est-ce qui t'a pris de lire Anaïs Nin, Goodman ? demanda Cathy.

— C'est Ash qui a insisté. Et je fais tout ce que dit ma sœur.

— Dieu, c'est peut-être Ash, dit Jonah avec un beau sourire.

Deux d'entre eux annoncèrent qu'ils avaient apporté des livres de poche qu'ils devaient lire pour l'école ; leurs listes de lectures estivales se ressemblaient toutes, on y trouvait ces mêmes auteurs énergiques, amis des adolescents : John Knowles et William Golding.

— Quand on y réfléchit, dit Ethan, *Sa Majesté des mouches* est l'opposé de Spirit-in-the-Woods, au fond. Un cauchemar absolu d'un côté, une utopie de l'autre.

— Oui, ils sont diamétralement opposés, dit Jonah car c'était une expression qu'il aimait bien utiliser. Même si, pensa Julie, quand quelqu'un disait « diamétralement », « opposés » n'était jamais loin derrière.

Il fut question des parents aussi, avec un mépris tolérant.

— J'estime que la séparation entre ma mère et mon père ne me regarde pas, dit Ethan en bavant sur le joint. Ils sont complètement repliés sur eux-mêmes, ce qui veut dire qu'ils ne font pas attention à moi, en gros, et je ne vais pas me plaindre. Même si j'aimerais bien que mon père pense à remplir le frigo de temps en temps. Nourrir son enfant… il paraît que c'est le dernier truc à la mode.

— Viens donc au Labyrinthe, dit Ash. Tu seras totalement pris en charge.

Julie n'avait pas la moindre idée de ce qu'était ce Labyrinthe. Un club très privé en ville, avec une longue entrée tortueuse ? Elle ne pouvait pas poser la question, de peur d'afficher son ignorance. Même si elle ne savait pas comment elle s'était retrouvée admise dans ce groupe, la présence d'Ethan Figman lui semblait tout aussi mystérieuse. Il était tellement trapu et dénué de charme, avec de l'eczéma qui courait sur ses avant-bras comme une mèche enflammée. Ethan n'ôtait jamais sa chemise. Chaque jour, durant la période de piscine, il restait sous le toit en tôle bouillant en compagnie de son professeur, Old Mo Templeton, qui avait travaillé à Hollywood, apparemment, avec Walt Disney lui-même. Old Mo qui ressemblait de manière inquiétante au Gepetto du *Pinocchio* de Disney justement.

En sentant le contact du joint mouillé d'Ethan Figman, Julie imagina toutes leurs salives en train de se mélanger, au niveau cellulaire, et cette image la dégoûta, puis elle rit intérieurement en pensant : *nous ne sommes rien d'autre qu'une boule de cellules grouillantes en fusion.* Ethan la regardait attentivement, remarqua-t-elle.

— Hum, fit-il.

— Quoi ?

— Petit ricanement révélateur. Peut-être que tu devrais ralentir un peu.

— Oui, peut-être, concéda Julie.

— Je garde un œil sur toi.

— Merci.

Ethan reporta son attention sur les autres, mais dans son état précaire, planant, Julie eut l'impression qu'il avait choisi d'être son protecteur. Elle continua à réfléchir comme une personne défoncée, focalisée sur le mélange des cellules humaines qui emplissaient ce tipi, et fabriquaient ce garçon laid et gentil, l'être inexistant ordinaire qu'elle était, mais aussi cette jolie fille fragile assise en face d'elle ; le frère de la jolie fille, au magnétisme exceptionnel ; le fils affable à la voix douce, d'une célèbre chanteuse folk et, enfin, la danseuse à la sexualité assumée, légèrement maladroite, avec sa gerbe de cheveux blonds. Ils n'étaient tous que d'innombrables cellules qui s'étaient assemblées pour créer ce groupe particulier, ce groupe dont Julie Jacobson, qui n'avait absolument aucun crédit, décréta subitement qu'elle l'aimait. Elle en était amoureuse et elle en serait amoureuse toute sa vie.

Ethan dit :

— Si ma mère veut abandonner mon père et baiser avec mon pédiatre, j'espère qu'il s'est lavé avec du savon après avoir enfoncé sa main dans le cul d'un gosse.

— Attends un peu, Figman, tu veux nous faire croire que ton pédiatre enfonce sa main dans le cul de tous ses patients, le tien y compris ? demanda Goodman. Ça m'embête de te dire ça, mec, mais ce n'est pas normal. C'est contraire au serment d'Hippocrate. Tu sais : « Je promets de ne pas enfoncer ma main dans le cul. »

— Non, il ne fait pas ça. J'essayais juste d'être dégoûtant pour attirer votre attention, répondit Ethan. C'est ma méthode.

— OK, on a pigé, tu es dégoûté par la séparation de tes parents, dit Cathy.

— C'est une chose qu'Ash et moi, on ne peut pas comprendre, dit Goodman, car nos parents sont heureux comme des poissons dans l'eau.

— Ouais. Maman et papa se roulent quasiment des pelles devant nous, ajouta Ash en faisant mine d'être scandalisée, mais on sentait qu'elle était fière.

Les parents de Wolf, que Julie avait entrevus le premier jour, étaient des gens énergiques à l'allure jeune. Gil était banquier d'affaires chez Drexel Burnham, et Betsy, sa jolie épouse qui s'intéressait à l'art, préparait des repas ambitieux.

— Figman, reprit Goodman, tu fais genre « j'en ai rien à foutre de ma famille », mais en vérité, tu ne t'en fous pas. Tu en souffres même, à mon avis.

— Je ne cherche pas à détourner la conversation du drame de mon foyer brisé, dit Ethan, mais on pourrait parler de tragédies bien plus graves.

— Comme quoi ? demanda Goodman. Ton nom bizarre ?

— Ou le massacre de Mỹ Lai, dit Jonah.

— Oh, le fils de la chanteuse folk nous ressort le Vietnam à la première occasion, dit Ethan.

— Ferme-la, dit Jonah, mais il n'était pas en colère.

Ils restèrent tous muets pendant un moment : difficile de savoir quoi faire quand soudain l'atrocité rencontrait l'ironie. Apparemment, vous étiez censé vous arrêter à la jonction. Vous vous arrêtiez et vous attendiez, puis vous passiez à autre chose, même si c'était affreux. Ethan dit :

— J'aimerais déclarer publiquement qu'Ethan Figman n'est pas un nom si horrible. Goodman Wolf est bien pire. On dirait un nom de puritain. « Humble Goodman Wolf, ta présence est requise au silo. »

Julie, dans son état second, se disait que tout cela était du badinage, ou ce qui pouvait s'en approcher le plus à leur âge. Le niveau véritable était faible, mais la machine avait été mise en marche, elle se préparait pour plus tard.

— Dans l'école de notre cousin en Pennsylvanie, dit Ash, il y a une fille qui s'appelle Crema Seamans.

— Tu inventes, dit Cathy.

— Non, répondit Goodman. C'est la vérité.

Ash et Goodman paraissaient très sérieux tout à coup. S'il s'agissait d'un scénario tordu synchronisé entre frère et sœur, ils avaient mis au point un numéro convaincant.

— Crema Seamans, répéta Ethan, songeur. On dirait un nom de soupe faite avec du sperme[1] Campbell l'a retirée du marché immédiatement.

— Arrête, Ethan, ta description est trop imagée, dit Cathy Kiplinger.

— Normal, c'est un dessinateur, répondit Goodman.

Tout le monde rit et puis, sans prévenir, Goodman sauta de son perchoir, faisant trembler tout le tipi. Il atterrit sur le lit aux pieds de Cathy Kiplinger, *sur ses pieds* à vrai dire, l'obligeant à se redresser, agacée.

— Qu'est-ce que tu fous ? demanda-t-elle. Tu m'écrases. Et tu empestes. La vache, c'est quoi, Goodman, de l'eau de toilette ?

— Oui. Canoë.

— Je déteste.

Mais elle ne le repoussa pas. Goodman s'attarda, en lui prenant la main.

— Observons une minute de silence pour Crema Seamans, s'entendit dire Julie.

Elle n'avait pas prévu d'ouvrir la bouche ce soir, et à peine eut-elle prononcé ces paroles qu'elle craignit

---

1. *Semen* : sperme en anglais.

d'avoir commis une erreur en s'immisçant de cette façon. *Dans quoi ?* se demanda-t-elle. *Dans eux.* Mais peut-être n'était-ce pas une erreur. Ils la regardaient attentivement, ils la jaugeaient.

— La fille de Long Island parle, dit Goodman.

— Goodman, ce commentaire donne de toi l'image d'un être affreux.

— Je suis affreux.

— Affreux dans le genre nazi, ajoute Ethan. Comme si tu utilisais une sorte de code pour rappeler à tout le monde que Julie est juive.

— Moi aussi, je suis juif, Figman, dit Goodman. Comme toi.

— Non, tu n'es pas juif, rétorqua Ethan. Car même si ton père est juif, ta mère ne l'est pas. Il faut avoir une mère juive, sinon, ils te balancent du haut d'une falaise, en gros.

— Les Juifs ? Ce n'est pas un peuple violent. Ils n'ont pas commis le massacre de Mỹ Lai, eux. Et je disais ça pour plaisanter. Jacobson le sait bien. C'était juste pour la faire enrager, pas vrai, Jacobson ?

Jacobson. Elle était excitée de l'entendre l'appeler ainsi, même si ce n'était pas du tout ce qu'elle avait imaginé dans la bouche d'un garçon. Goodman la regarda et sourit. Elle dut se retenir pour ne pas se lever et caresser les traits de son visage doré ; jamais elle n'avait passé autant de temps aussi près d'un garçon aussi magnifique. Elle ne savait même pas ce qu'elle faisait quand elle leva son verre de nouveau, mais Goodman la regardait toujours, et les autres aussi.

— Ô Crema Seamans, où que tu sois, dit-elle d'une voix forte, ta vie sera tragique. Elle sera interrompue

par un accident impliquant… du matériel pour désensemencer les animaux.

C'était une remarque grivoise, absurde qui incluait
un mot inventé, mais il y eut des bruits approbateurs
à l'intérieur du tipi.

— Vous voyez, je savais bien que je ne l'avais pas
invitée sans raison, dit Ash. «Désensemencer». Bravo, Jules !

Jules. Et voilà : le changement en douceur qui
changeait tout. Julie Jacobson, personne insignifi-
fiante, timide et banlieusarde, qui avait provoqué
des hurlements pour la première fois de sa vie,
était soudainement, facilement, devenue Jules, un
prénom bien plus adapté à une fille de quinze ans,
pataude, qui avait terriblement besoin que les gens
la remarquent. Ces gens-là n'avaient aucune idée
de la manière dont on l'appelait habituellement ;
ils l'avaient à peine remarquée les premiers jours,
même si elle, évidemment, les avait remarqués.
Dans un nouvel environnement, il était possible de
se transformer. Ash l'avait appelée Jules, et aussitôt, les autres l'avaient imitée. Elle était Jules désormais, et elle le resterait pour toujours.

Jonah Bay pinçait les cordes de la vieille guitare de
sa mère. Susannah Bay avait enseigné la guitare acoustique dans ce camp de vacances à la fin des années
cinquante, avant la naissance de son fils. Depuis,
chaque été, même après être devenue célèbre, elle
revenait, à un moment ou à un autre, pour un concert
impromptu et apparemment, cet été ne ferait pas
exception à la règle. Elle débarquerait un beau jour,
mais personne ne savait quand, pas même son fils.

Jonah gratta quelques accords liminaires, avant de se mettre à jouer en picking, dans un style recherché. On aurait dit qu'il ne prêtait pas attention à ce qu'il faisait ; il était de ces gens qui font de la musique naturellement, en toute décontraction, de manière innée.

— Ouah ! dit Jules en le regardant jouer.

Mais peut-être avait-elle juste ouvert la bouche, elle n'était pas sûre que le mot soit vraiment sorti.

Elle imaginait qu'il deviendrait célèbre dans quelques années, comme sa mère. Susannah Bay entraînerait Jonah dans son monde, elle le ferait monter sur scène, c'était inévitable. Alors qu'il semblait sur le point d'entamer une des chansons de sa mère, « The Wind Will Carry Us », il joua à la place « Amazing Grace » en l'honneur de cette fille inscrite dans l'école du cousin de Goodman et d'Ash, en Pennsylvanie, qui existait ou n'existait pas.

Ils passèrent à peine un peu plus d'une heure ensemble, puis une des animatrices qui effectuait une patrouille mixte, une prof de tissage également maître-nageuse, une Islandaise aux cheveux courts nommée Gudrun Sigurdsdottir, entra dans le tipi munie d'une énorme lampe-torche indestructible qui semblait destinée à pêcher de nuit sous la glace. Elle regarda autour d'elle et dit :

— Eh bien, mes jeunes amis, je sens que vous avez fumé de l'herbe. Ce n'est pas « cool », même si vous pensez le contraire.

— Vous vous trompez, Gudrun, dit Goodman. C'est l'odeur de mon Canoë.

— Pardon ?

— Mon eau de toilette.

— Non, je crois que vous avez organisé une petite soirée fumette.

— Bon, dit Goodman, c'est vrai qu'il y a eu un élément herbacé. Mais maintenant que vous nous avez fait prendre conscience de notre erreur, cela ne se reproduira plus jamais.

— C'est très bien. Mais je vois que vous frayez également entre sexes opposés.

— On ne fraye pas, dit Cathy Kiplinger, allongée de nouveau sur le lit, à côté de Goodman, nullement gênés l'un et l'autre d'être vus dans cette position.

— Ah bon ? Dites-moi ce que vous faites, alors ?

— C'est une assemblée, déclara Goodman en se dressant sur un coude.

— Je sais quand on se fout de moi, dit Gudrun.

— Non, non, c'est la vérité. On vient de former un groupe qui durera toute la vie.

— Je ne veux pas que vous soyez tous renvoyés. Alors, séparez-vous, s'il vous plaît. Vous, les filles, retournez immédiatement de l'autre côté des pins.

Alors, les trois filles s'en allèrent, s'éloignant du tipi d'un pas lent et décontracté, emmenées par leurs lampes électriques. Jules, qui suivait le chemin, entendit quelqu'un dire « Julie ? », alors elle s'arrêta, se retourna et braqua sa lampe sur cette personne qui n'était autre qu'Ethan Figman, qui l'avait suivie :

— Je voulais dire… Jules. Je ne savais pas trop ce que tu préférais.

— Jules, c'est bien.

— OK. Eh bien, Jules ?

Il se rapprocha et se tint si près d'elle qu'elle avait l'impression de pouvoir voir à travers lui. Les autres filles continuèrent sans elle.

— Tu es un peu redescendue ?

— Oui, merci.

— Faudrait qu'il y ait une commande. Un bouton sur le côté de la tête qu'on pourrait régler.

— Ce serait bien.

— Je peux te montrer un truc ?

— Ton bouton sur la tête ?

— Ha, ha ! Non. Viens avec moi. Ce sera pas long.

Elle se laissa entraîner vers l'atelier d'animation en bas de la colline. Ethan Figman ouvrit la porte qui n'était pas fermée à clé. L'intérieur sentait le plastique et aussi une légère odeur de brûlé. Il alluma les néons qui firent apparaître la salle dans toute sa splendeur en bégayant. Des dessins étaient punaisés partout, témoignage du travail de ce garçon de quinze ans anormalement doué, une attention insignifiante étant accordée aux créations des autres élèves.

Ethan brancha un projecteur et éteignit les lumières.

— Ce que je vais te montrer, dit-il, c'est le contenu de mon cerveau. Depuis que je suis tout petit, le soir dans mon lit j'imagine un dessin animé qui défile dans ma tête. Je t'explique l'idée de base : c'est un gamin timide et solitaire nommé Wally Figman. Il vit avec ses parents qui se disputent tout le temps et qui sont des gens horribles, foncièrement, et il déteste sa vie. Alors, tous les soirs, quand il se retrouve enfin seul dans sa chambre, il sort la boîte à chaussures qui se trouve sous son lit, et à l'intérieur, il y a une toute petite planète, minuscule, un monde parallèle baptisé Figland. (Il la regarda.) Je continue ?

— Bien sûr.

— Donc, un soir, Wally Figman découvre qu'il est capable d'entrer dans la boîte à chaussures, son corps rapetisse et il pénètre dans ce petit monde. Et là, au lieu d'être quelqu'un d'inexistant, c'est un adulte qui *contrôle* tout Figland. Un gouvernement corrompu s'est installé à Fig House, là où vit le président, et Wally doit régler ce problème. Oh, je t'ai dit que c'était un dessin animé drôle ? C'est une comédie. Normalement. Bref, tu as pigé l'idée. Ou peut-être pas.

Jules commença à répondre, mais Ethan continua à parler, d'un ton nerveux.

— En tout cas, c'est ça Figland. Je ne sais même pas pourquoi j'ai envie de te le montrer, mais j'en ai envie, c'est tout. Ce soir, dans le tipi, je me suis dit qu'avec un peu de chance, on avait peut-être quelque chose en commun, toi et moi. Une certaine sensibilité, tu vois. Et que ça pourrait te plaire. Mais je te préviens, il se peut aussi que tu détestes, vraiment. Je te demande juste d'être franche. Plus ou moins, ajouta-t-il avec un rire inquiet.

Un dessin animé jaillit sur le mur tendu d'un drap blanc. «Figland» annonça le générique, puis des personnages loufoques se mirent à caracoler et à jacasser, avec des voix qui n'étaient pas sans rappeler Ethan. Les habitants de la planète Figland étaient tour à tour vermiculaires, phalliques, lubriques et adorables, alors que dans la lumière vive du projecteur, Ethan lui-même était d'une laideur touchante, avec des bras gainés d'une peau à vif ornée de son propre dessin animé dermatologique. Sur Figland, les personnages prenaient des tramways, jouaient de l'accordéon au coin des rues, quelques-uns entraient par effraction au Figmangate Hotel. Les dialogues étaient à la fois brillants et idiots. Ethan était allé jusqu'à créer un Spirit-in-the-Woods version Figland-Figments-in-the-Woods, avec des personnages identiques, mais plus jeunes, dans un camp de vacances. Jules les regarda allumer un feu de joie, puis se répartir en couples pour se bécoter et même, dans un cas, faire l'amour. Elle était mortifiée par les mouvements de va-et-vient saccadés et les gouttes de sueur qui volaient, afin de symboliser *l'effort*, mais sa mortification fut immédiatement recouverte par une couche d'admiration respectueuse. Pas étonnant qu'Ethan soit aimé à ce point, ici dans ce camp. C'était un génie, elle en prenait conscience maintenant. Son dessin animé était fascinant, très malin et très drôle. À la fin, le film se mit à tourner dans le vide sur la bobine.

— Bon sang, Ethan, dit Jules. C'est stupéfiant. Complètement original.

Il se tourna vers elle, avec un air joyeux et naturel. C'était un moment important pour lui, sans qu'elle comprenne très bien pourquoi. Curieusement, il semblait attacher de l'importance à son avis.

— Tu trouves vraiment ça bien ? Pas juste *techniquement* ? Parce que ça, un tas de gens en sont capables. Tu devrais voir ce que peut faire Old Mo Templeton. Il faisait plus ou moins partie des Nine Old Men de Disney à titre honorifique. En gros, c'était le dixième.

— Tu vas sûrement me trouver idiote, dit Jules, mais je ne sais pas ce que ça veut dire.

— Oh, personne ne le sait ici. C'étaient neuf dessinateurs qui ont travaillé avec Walt Disney sur les grands classiques, comme *Blanche-Neige*. Mo est arrivé plus tard, mais apparemment, il travaillait souvent avec eux. Depuis que je viens ici, chaque été, il m'a tout appris, vraiment tout.

— Ça se voit. J'adore.

— C'est moi qui ai fait les voix aussi.

— Je m'en doutais. Ça pourrait passer dans un petit cinéma ou à la télé. L'ensemble est formidable.

— Je suis très content, dit Ethan.

Il la regardait en souriant, et elle lui souriait aussi.

— Ça alors, dit-il d'une voix rauque, plus douce. Tu aimes. *Jules Jacobson aime.*

Alors même qu'elle prenait plaisir à entendre ce nom étrange prononcé tout haut, et comprenait qu'il était déjà devenu bien plus confortable que le vieux et stupide *Julie Jacobson*, Ethan fit une chose stupéfiante : il tendit sa grosse tête vers elle, tout en projetant son corps massif en avant, pour se plaquer contre elle comme s'il cherchait à aligner toutes les parties de leur anatomie. Il colla sa bouche à la sienne ; elle avait déjà remarqué qu'il sentait la marijuana, mais là, tout contre elle, c'était encore pire : une odeur de champignon, de fièvre, de fruit trop mûr.

Elle rejeta la tête en arrière et dit :

— Attends. C'est quoi, ça ?

Sans doute avait-il estimé qu'ils se trouvaient au même niveau : lui était populaire ici, mais encore un peu fruste ; elle était inconnue, frisottée et banale, mais elle avait obtenu l'attention et l'approbation de tous. Ils pourraient s'assembler, s'*unir*. Les gens les accepteraient en tant que couple ; c'était plein de bon sens, sur le plan logique et esthétique. Elle avait dégagé sa tête, mais le corps d'Ethan était toujours pressé contre le sien, et c'est alors qu'elle sentit sa bosse, « un bloc de *charbon* », pourrait-elle dire aux autres filles dans le tipi, pour provoquer des rires. « Comme dans… C'était quoi ce poème à l'école… *Ma dernière duchesse* ? » leur dirait-elle, car cela prouverait au moins qu'elle savait certaines choses. Là, c'était *Mon premier pénis*. Jules recula de plusieurs centimètres, afin qu'aucune partie d'elle-même ne demeure en contact avec une partie d'Ethan.

— Je suis vraiment désolée, dit-elle.

Elle avait le visage en feu. Sans doute était-il écarlate par endroits.

— Oh, laisse tomber, dit Ethan d'une voix enrouée.

Elle vit alors son visage se transformer, comme s'il avait décidé d'adopter le mode ironique pour se protéger.

— Inutile d'être désolée. Je réussirai à survivre, je crois. Je trouverai bien un moyen de ne pas me suicider parce que tu n'as pas voulu sortir avec moi, Jules.

Elle ne dit rien, elle se contentait de regarder ses pieds dans leurs sabots jaunes sur le sol poussiéreux de l'atelier. L'espace d'un instant, elle crut qu'il allait lui tourner le dos, furieux, et la planter là ; elle aurait dû revenir seule à travers les pins. Elle se voyait déjà trébuchant sur les racines apparentes, jusqu'à ce que la robuste lampe-torche de Gudrun Sigurdsdottir la retrouve dans les bois, assise contre un tronc, tremblante. Mais Ethan dit :

— Je ne veux pas réagir comme un con. Franchement, des gens qui se font rejeter par d'autres, c'est vieux comme le monde.

— Je n'ai jamais rejeté personne dans ma vie, répondit Jules avec fougue. Même si, ajouta-t-elle, je n'ai jamais accepté personne non plus. Ce que je veux dire, c'est que l'occasion ne s'est jamais présentée.

— Oh.

Ethan demeura à côté d'elle pendant qu'ils gravissaient péniblement la colline. Quand ils arrivèrent en haut, il se tourna vers elle. Jules s'attendait à une remarque sarcastique, mais il dit :

— Peut-être qu'en fait, ça n'a rien à voir avec moi, si tu ne veux pas le faire à moi.

— Comment ça ?

— Tu disais que tu n'as jamais rejeté ni accepté personne. Tu es totalement inexpérimentée. Alors, peut-être que tu es nerveuse, c'est tout. Et il se peut que ta nervosité masque tes véritables sentiments.

— Tu crois ? demanda-t-elle, sceptique.

— Possible. Ça arrive parfois, avec les filles, dit-il sur le ton de celui qui a une grande expérience de la vie. Alors, j'ai une proposition à te faire. (Jules attendit.) Reconsidère la question. Passe plus de temps avec moi et on verra ce que ça donne.

C'était une requête tout à fait sensée. Elle pouvait passer plus de temps avec Ethan Figman et s'habituer à l'idée d'être en couple. Ethan était un garçon pas comme les autres, et elle se sentait flattée qu'il l'ait choisie. C'était un génie, et ça comptait énormément à ses yeux, elle comprenait.

— D'accord, dit-elle, finalement.

— Merci. À suivre, donc, ajouta-t-il gaiement.

Il ne la quitta qu'après l'avoir raccompagnée devant son tipi. Jules entra et se prépara pour se mettre au lit, en ôtant son T-shirt et en dégrafant son soutien-gorge. Au fond du tipi, Ash Wolf était déjà couchée, enveloppée dans son sac de couchage doublé de flanelle rouge et orné de cow-boys jouant du lasso. Jules devinait qu'il avait dû appartenir à son frère.

— Où tu étais passée ? lui demanda Ash.

— Oh, Ethan Figman voulait me montrer un de ses films. Ensuite, on a bavardé et puis… c'est difficile à expliquer.

— Oh, oh, voilà qui est bien mystérieux.

— Non, c'était rien du tout, dit Jules. Enfin, si. Mais c'était étrange.

— Je connais bien ça, dit Ash.

— Quoi donc ?

— Ces moments d'étrangeté. La vie en est pleine.

— De quoi tu parles ?

— En fait… (Ash se leva de son lit et vint s'asseoir à côté de Jules.) J'ai toujours eu l'impression que durant toute sa vie, on se préparait pour les grands moments, tu vois ? Pourtant, quand ils surviennent, tu ne te sens pas du tout préparée des fois, ou alors, ça ne ressemble pas à ce que tu croyais. Et c'est ça qui les rend *étranges*. La réalité est réellement différente de l'imagination.

— Exact, confirma Jules. C'est ce qui vient de m'arriver.

Elle regarda avec étonnement cette jolie fille assise sur son lit; on aurait dit qu'Ash la comprenait, alors qu'elle ne lui avait rien dit. Décidément, cette soirée revêtait toute une variété de significations exquises.

Un premier baiser, avait-elle cru, était censé vous aimanter à l'autre personne; l'aimant et le métal devaient fusionner et se fondre en un mélange brûlant, argenté et rouge. Mais ce baiser n'avait rien déclenché de tel. Jules aurait aimé tout raconter à Ash maintenant. Elle savait que c'était ainsi que débutaient les amitiés : une personne révèle un moment d'étrangeté à une autre personne, qui décide d'écouter au lieu d'en tirer profit. Leur amitié naquit cette nuit-là; elles parlèrent d'elles, de manière détournée, puis Ash essaya de gratter une piqûre de moustique sur son omoplate, mais elle n'arrivait pas à l'atteindre, alors elle demanda à Jules de bien vouloir mettre un peu de lotion apaisante dessus. Ash baissa l'arrière du col de sa chemise de nuit et Jules versa sur la piqûre quelques gouttes de liquide rose vif, qui dégageait une odeur on ne peut plus reconnaissable, à la fois appétissante et dominatrice.

— À ton avis, pourquoi la lotion à la calamine sent comme ça? demanda Jules. C'est une *vraie* odeur, ou bien des chimistes ont trouvé cette odeur au hasard, dans un laboratoire, et maintenant tout le monde pense que ça doit sentir comme ça?

— Hum, fit Ash. Aucune idée.

— Peut-être que c'est comme les LifeSavers à l'ananas.

— De quoi tu parles?

— Ils n'ont pas du tout le goût du vrai anan[as], on est tellement habitués qu'on a fini par cr[oire] c'était ça le véritable goût, tu comprends ? [Le] ananas, lui, il s'est retrouvé délaissé. Sauf peut-être à Hawaï.

Après une pause, Jules ajouta : je donnerais n'importe quoi pour goûter du poi. Depuis que j'ai entendu ce mot au cours élémentaire. Ça se mange avec les mains.

Ash la regarda et sourit.

— En voilà de curieuses observations, Jules, dit-elle. Mais dans le bon sens. Tu es drôle, ajouta-t-elle d'un air songeur, en bâillant. Tout le monde l'a pensé ce soir.

Pourtant, c'était comme si cette drôlerie constituait un soulagement évident pour Ash Wolf. C'était ce qu'elle attendait de Jules, en plus de la lotion à la calamine. Sa famille et son monde étaient exigeants, et voilà que cette fille drôle l'amusait, l'apaisait et la *touchait*, réellement, avec sa gaucherie et son enthousiasme. Non loin de là, les autres filles du tipi étaient plongées dans leur propre conversation, mais Jules entendait à peine ce qu'elles disaient. C'était un simple bruit de fond, tout se jouait là, entre elle et Ash Wolf.

— Tu m'as fait éclater de rire, vraiment, ajouta Ash, mais promets-moi de ne pas me tuer.

Jules ne comprenait pas ce qu'elle voulait dire, puis elle comprit : Ash avait tenté, maladroitement, de faire une plaisanterie, un jeu de mots.

— Ne me fais pas mourir de rire, quoi, expliqua Ash.

Jules sourit et promit qu'elle ne le ferait pas.

Elle songea, vaguement, aux filles qui avaient été ses amies, là-bas chez elle, à leur douceur et à leur loyauté. Elle les revit marchant d'un pas décidé vers leurs casiers à l'école, avec leurs pantalons de velours côtelé qui froufroutaient, leurs cheveux maintenus par des barrettes ou des élastiques, ou flottant en toute liberté, permanentés. Toutes réunies, passant inaperçues, invisibles. Aujourd'hui, c'était comme si elle disait adieu à ces autres filles, ici dans ce tipi, à côté d'Ash Wolf assise sur son lit.

Mais cette amitié en train de naître fut brièvement interrompue par la présence de Cathy Kiplinger, qui vint se placer au centre du tipi et ôta son gros soutien-gorge compliqué, libérant son duo de seins de femme et détournant l'attention de Jules qui songea que ces sphères à l'intérieur de cette structure conique équivalaient à faire entrer une cheville carrée dans un trou rond. Elle aurait voulu que Cathy ne soit pas là, Jane Zell non plus, ni Nancy Mangiari, la fille à l'air sombre qui jouait parfois du violoncelle comme si elle accompagnait l'enterrement d'un enfant.

Si elle avait été seule avec Ash, elle lui aurait tout raconté. Mais les autres filles avaient formé un cercle et Cathy Kiplinger, vêtue uniquement d'un long T-shirt rose, faisait circuler un crumble aux myrtilles acheté en ville cet après-midi et une fourchette tordue provenant du réfectoire. Quelqu'un – Nancy la silencieuse ? Ou bien Cathy ? – lâcha : « La vache, ça a le goût du sexe ! » et tout le monde éclata de rire, y compris Jules qui se demanda si le sexe, quand c'était vraiment bon, offrait autant de plaisirs qu'un crumble aux myrtilles.

Ethan Figman était remis à plus tard. Le crumble fit plusieurs fois le tour et toutes les filles avaient les lèvres d'un bleu tribal quand elles se couchèrent chacune dans leur lit. Jane Zell leur parla alors de sa sœur jumelle qui souffrait d'un horrible problème neurologique qui la poussait parfois à se mettre des claques, sans s'arrêter.

— Oh, mon Dieu, dit Jules. C'est affreux.

— Elle est assise là, calmement, ajouta Jane, et soudain, elle se met des claques. Partout où on va, elle fait une scène. Les gens flippent quand ils la voient. C'est affreux, mais j'y suis habituée maintenant.

— On s'habitue à tout, déclara Cathy, et toutes approuvèrent. Moi par exemple, je fais de la danse, mais j'ai des seins énormes. J'ai l'impression de trimballer des sacs de courrier. Mais qu'est-ce que je peux y faire, hein ? Je veux continuer à danser.

— Et il faut toujours essayer de faire ce qu'on veut faire, dit Jules. On devrait toutes essayer de faire ce qu'on a envie de faire dans la vie, ajouta-t-elle avec une conviction aussi soudaine qu'inattendue. À quoi bon, sinon ?

— Nancy, si tu sortais ton violoncelle pour nous jouer quelque chose ? suggéra Ash. Un truc d'atmosphère. Une musique d'ambiance.

Malgré l'heure tardive, Nancy alla chercher son violoncelle dans le débarras et revint s'asseoir au bord de son lit, les jambes nues écartées, pour jouer le premier mouvement d'une suite de Benjamin Britten, très concentrée. Pendant que Nancy jouait, Cathy monta sur la malle de l'une d'elles et, la tête dangereusement proche de l'inclinaison du plafond, elle commença à exécuter un numéro très lent, improvisé, telle une go-go danseuse en cage.

— Voilà ce que les mecs aiment, glissa-t-elle à voix basse. Ils veulent te voir bouger. Ils veulent que tes nichons se balancent un peu, comme si tu pouvais les frapper sur la tête avec et les assommer. Ils veulent que tu te comportes comme si tu avais du *pouvoir*, tout en montrant que tu sais bien qu'ils auraient le dessus en cas de bagarre. Ils sont tellement prévisibles ; il te suffit de te déhancher, en te trémoussant, et ils sont hypnotisés. On dirait des personnages de dessins animés, avec les yeux qui leur sortent de la tête, montée sur ressort. Comme ce que pourrait dessiner Ethan.

Sous le T-shirt rose, son corps ondulait à la manière d'un serpent, et parfois, en se soulevant, le T-shirt dévoilait un soupçon d'obscurité pubienne.

— On est le tipi de la musique moderne et du porno ! s'exclama joyeusement Nancy. Un tipi offrant un service complet, capable de satisfaire tous les besoins artistiques et pervers des hommes !

Toutes les filles survoltées, surexcitées. La musique austère et les rires s'échappaient du tipi et se faufilaient parmi les arbres, en direction des garçons, un message dans la nuit avant le couvre-feu. Jules songeait combien elle était différente d'Ethan Figman. Mais elle était très différente d'Ash Wolf aussi. Elle existait quelque part sur un axe *entre* Ethan et Ash, un peu écœurante, un peu désirable, pas encore réclamée par un côté ou l'autre. Elle avait bien fait de ne pas accepter de pencher du côté d'Ethan uniquement parce qu'il le souhaitait. Comme il l'avait dit lui-même, elle n'avait aucune raison d'être désolée.

Au cours des quelques semaines suivantes, durant ce séjour de deux mois, Jules et Ethan passèrent beaucoup de temps ensemble, seuls. Quand elle n'était pas avec Ash, elle était avec lui. Un jour où elle était assise avec lui au bord de la piscine, au crépuscule, alors qu'un couple de chauve-souris tournoyait autour de la cheminée de la grande maison grise des Wunderlich, de l'autre côté de la route, elle lui parla de la mort de son père.

— Ouah, il n'avait que quarante-deux ans ? dit Ethan en secouant la tête. La vache, Jules, c'est super jeune. Et tu ne le reverras plus jamais, c'est triste. C'était ton *père*, quoi. Je parie qu'il te chantait un tas de petites chansons, non ?

— Non, dit Jules.

Elle laissa ses doigts traîner langoureusement dans l'eau froide. Mais soudain, elle se souvint que son père lui avait chanté une chanson, une fois.

— Si, reprit-elle, surprise. Une. Une chanson folk.

— Laquelle ?

Elle se mit à chanter, d'une voix mal assurée :

C'est juste une petite pluie qui tombe,
L'herbe dresse la tête vers ce bruit céleste.
Juste une petite pluie, juste une petite pluie,
Qu'ont-ils fait à la pluie ?

Elle s'arrêta brusquement.

— Continue, dit Ethan.

Alors, gênée, Jules continua :

Juste un petit garçon sous la pluie,
La douce pluie qui tombe pendant des années.
Il n'y a plus d'herbe
Le garçon disparaît,
Et la pluie continue à tomber comme des larmes de
désespoir,
Qu'ont-ils fait à la pluie ?

La chanson terminée, Ethan continua à regarder Jules.

— Ça m'a tué, dit-il. Ta voix, les paroles, tout. Tu sais de quoi parle cette chanson, hein ?

— Les pluies acides ?

Il secoua la tête.

— Les essais nucléaires.

— Tu sais vraiment *tout* ?

Il haussa les épaules, flatté.

— Je l'ai entendue à l'époque, quand elle a été écrite, du temps où Kennedy était président et que le gouvernement effectuait tous ces essais nucléaires à l'air libre qui envoyaient du strontium 90 dans l'atmosphère. La pluie l'a fait pénétrer dans le sol, il est entré dans l'herbe, que les vaches ont mangée et ensuite, elles ont donné du lait que les enfants ont bu. De petits enfants radioactifs. C'était une chanson engagée. Ton père était politisé ? C'était un gauchiste ? Super cool. Le mien, c'est un mollusque amer depuis que ma mère a fichu le camp. Tu sais, la dispute entre les parents de Wally Figman dans mon dessin animé ? Avec les cris et les gémissements ? Tu devines d'où m'est venue cette idée.

— Mon père n'était pas politisé, répondit Jules. Et encore moins de gauche, pas au sens strict du moins. Je veux dire, il était démocrate, mais certainement pas radical, ajouta-t-elle en riant de cette idée absurde.

Elle mit fin à son rire en songeant qu'elle n'avait pas très bien connu son père, finalement. Pour elle, c'était Warren Jacobson, un homme tranquille, employé pendant dix ans chez Clelland Aerospace. Un jour, il avait dit à ses filles, sans que celles-ci lui aient posé la question : «Mon travail ne me définit pas.» Jules ne lui avait pas demandé ce qui le définissait. Elle ne lui avait presque jamais posé de questions sur lui. Il était mince, blond, accablé, et maintenant, il était mort, à quarante-deux ans. Alors, elle commença à se sentir bouleversée en pensant qu'elle ne le connaîtrait jamais très bien. Puis Ethan et elle se retrouvèrent en train de pleurer en chœur, ce qui conduisit inévitablement à un baiser, beaucoup moins désagréable cette fois car ils avaient tous les deux le même goût de mucosité, et pour Ethan peu importait que Jules ne soit pas excitée. Elle se sentait surtout très triste en pensant à son père mort. Ethan devinait que c'était exactement le genre de préliminaires dont elle avait besoin.

Ils continuèrent sur ce mode et Jules en vint à penser qu'ils feraient des choses ensemble un jour, et qu'ils vivraient ce genre d'instants. Dans ce domaine, et dans bien d'autres, sa vie changeait rapidement ici, elle avançait à la manière d'un flip-book. Avant, elle était *personne*, et désormais, elle se retrouvait en plein milieu de ce groupe d'amis, admirée pour son humour espiègle, inconnu jusqu'alors. Jules constituait une source d'intérêt pour eux tous, elle était la grande amie d'Ash et l'objet de la vénération d'Ethan. En outre, depuis son arrivée au camp, elle était devenue immédiatement une *actrice*, faisant des essais dans des pièces et obtenant des rôles. Au départ, elle ne voulait même pas auditionner. « Je ne suis pas aussi douée que toi », avait-elle dit à Ash, mais celle-ci lui avait donné un conseil : « Tu vois comme tu es quand tu es avec nous tous ? Comme tu es super ? Sois pareille sur scène. Sors de toi-même. Tu n'as rien à perdre, Jules. Je veux dire, si tu ne le fais pas maintenant, quand ? »

L'atelier théâtre devait monter *Le Tas de sable* d'Edward Albee et Jules se vit attribuer le rôle de Grandma. Elle l'incarna comme une vieille bique pleine d'entrain, en prenant une voix qu'elle possédait sans le savoir. Ethan lui avait donné des cours dans ce domaine, en lui expliquant comment il trouvait les voix pour *Figland*. « Ce qu'il faut faire, lui dit-il, c'est imiter la voix que tu entends dans ta tête. » Elle joua une femme plus âgée que toutes celles qu'elle avait connues. Lors de la représentation, deux comédiens la portèrent sur scène et la déposèrent délicatement. Avant même qu'elle se mette à parler, se contentant de petits mouvements faciaux, comme si elle ruminait, le public se mit à pouffer, et le rire se nourrit de lui-même ensuite comme cela arrivait parfois, si bien que lorsqu'elle prononça sa première réplique, deux spectateurs s'étouffaient déjà de rire et une animatrice, facilement exaltée, semblait pousser des petits cris. Jules les avait tués, déclara tout le monde après le spectacle. Elle les avait tués.

Ces rires la séduisirent la première fois, et toutes les fois suivantes. Ils la rendaient plus forte, plus sérieuse, impénétrable, déterminée. Plus tard, elle songerait que ces vagues d'hilarité, élogieuses, du public de Spirit-in-the-Woods l'avaient guérie de la triste année qu'elle venait de passer. Mais ce n'était pas la seule chose qui l'avait guérie, le camp dans son ensemble avait produit cet effet, à la manière d'un de ces centres de cure dans l'Europe du XIXe siècle.

Un soir, tout le monde reçut ordre de se rassembler sur la pelouse, sans plus d'information.

— Je parie que les Wunderlich vont nous annoncer qu'il y a une épidémie de syphilis, commenta quelqu'un.

— Ou alors, c'est un hommage à Mama Cass, dit quelqu'un d'autre.

La chanteuse des Mamas & the Papas, Cass Elliot, était morte quelques jours plus tôt, étouffée par un sandwich au jambon, disait-on. Le sandwich au jambon se révélerait être une rumeur, mais la mort était bien réelle.

— Alors, quand est-ce que ça commence ? Les indigènes s'impatientent, dit Jonah pendant qu'ils attendaient tous.

Ethan et Jules étaient assis côte à côte sur une couverture, à flanc de colline. Il appuya sa tête contre son épaule pour voir comment elle allait réagir. Tout d'abord, elle ne fit rien. Alors, il posa sa tête sur ses genoux, roula sur le dos et contempla le ciel qui s'assombrissait, et les lanternes vénitiennes qui tressautaient, suspendues à des fils de fer tendus entre les arbres. Comme si elle réagissait à un signal, Jules se mit à caresser les cheveux bouclés d'Ethan, qui fermait les yeux d'extase à chaque passage de sa main.

Manny Wunderlich apparut devant l'assemblée et dit :

— Hello, hello ! Je sais que vous vous demandez tous ce qui se passe, alors sans plus attendre, j'aimerais vous présenter notre exceptionnelle invitée surprise.

— Regardez, dit Ash, un peu plus bas, et Jules se dévissa le cou pour regarder entre les personnes assises devant elle.

Elle aperçut une femme vêtue d'un poncho couleur coucher de soleil qui tenait une guitare par le manche et marchait prudemment dans l'herbe pour prendre place sur une estrade. Il s'agissait de la mère de Jonah, la célèbre chanteuse folk, Susannah Bay ! En chair et en os, elle était belle comme peu de mères l'étaient, avec ses longs cheveux noirs et raides, tout l'opposé de la mère de Jules avec sa coupe en chapeau de gland et ses tailleurs-pantalons en tergal. La foule l'acclama.

— Bonsoir, Spirit-in-the-Woods, dit la chanteuse dans un micro, une fois le silence revenu. Vous passez un chouette été ? (Plusieurs réponses affirmatives fusèrent.) Croyez-moi, je peux vous dire que c'est le meilleur endroit sur terre. J'ai passé pas mal de vacances ici. Rien n'est aussi proche du paradis que ce petit bout de terre.

Sur ce, elle plaqua quelques accords sur sa guitare et se mit à chanter. En vrai, sa voix était aussi puissante que sur ses disques. Elle interpréta plusieurs chansons que tout le monde connaissait et quelques standards folks sur lesquels elle invita le public à l'accompagner. Avant sa dernière chanson, elle annonça :

— Ce soir, j'ai amené un vieil ami qui se trouvait dans les parages, et j'aimerais qu'il me rejoigne sur scène. Barry, tu veux bien venir ? Mesdames et messieurs, Barry Claimes !

Sous les applaudissements, le chanteur folk Barry Claimes avec sa barbe de fox-terrier, ancien membre du trio des Whistlers dans les années soixante et, accessoirement, petit ami temporaire de Susannah Bay durant l'été 1966, apparut à côté d'elle, un banjo en bandoulière.

— Bonsoir, messieurs, mesdames ! lança-t-il.

Si les Whistlers portaient tous des casquettes et des pulls à col roulé en concert, et sur les pochettes de leurs albums, Barry avait abandonné ces deux accessoires quand il avait démarré sa carrière solo en 1971. Désormais, il coinçait ses cheveux châtains ondulés derrière ses oreilles et portait des chemises à carreaux discrètes qui lui donnaient l'air d'un alpiniste du dimanche. Après un signe pudique adressé à l'assistance, il se mit à jouer du banjo, pendant que Susannah l'accompagnait à la guitare. Les deux instruments se rapprochaient, puis s'écartaient timidement, avant de revenir l'un vers l'autre, pour former finalement l'intro de la chanson phare de Susannah. D'une voix douce, tout d'abord, puis avec plus de vigueur, elle chanta :

J'ai traversé la vallée, j'ai traversé les mauvaises herbes.
Et j'ai essayé de comprendre pourquoi je n'arrivais
pas à satisfaire tes besoins.
Voulais-tu que je sois comme elle était ?
Était-ce cela que tu espérais ?
Une prière pour que le vent nous emporte…
Nous emporte… loin l'un de l'autre…

Après ce concert, plein d'émotions et accueilli avec enthousiasme, tout le monde se rassembla pour se servir des louches de punch sans alcool dans un grand saladier en métal. De minuscules mouches à fruits s'agitaient à la surface, mais personne ou presque ne voyait les autres insectes dans l'obscurité grandissante. Une quantité incroyable d'insectes fut ingurgitée cet été-là : dans les bols de punch, dans les salades, et même boulottés la nuit, par ceux qui dormaient la bouche ouverte. Susannah Bay et Barry Claimes se mêlèrent aux habitants du camp. Les deux vieux amis et ex-amants semblaient heureux, grisés et décontractés en déambulant parmi la foule des adolescents : des vétérans et des icônes de la contre-culture traités avec gratitude.

— Où est Jonah ? demanda quelqu'un.

Une fille répondit qu'elle avait entendu dire qu'il s'était éclipsé pendant le concert de sa mère et était retourné dans son tipi en se plaignant de nausées ; plusieurs personnes trouvèrent dommage qu'il soit justement malade ce soir-là. Quand on regardait Susannah, on voyait aisément d'où Jonah tirait sa beauté, bien qu'elle soit plus timide et modeste sous sa forme masculine.

Jules se sentait excitée et crispée à proximité de la mère de Jonah.

— C'est la première fois que je suis tout près d'une personne célèbre, chuchota-t-elle à Ethan.

Elle avait conscience de passer pour une plouc, cependant elle s'en fichait. Elle était détendue en présence d'Ethan désormais, comme avec Ash. Elle continuait à s'étonner que cette fille, belle, sensible et sophistiquée choisisse de passer autant de temps avec elle, mais leur amitié était incontestablement décontractée, franche et authentique. Le soir, Ash s'asseyait au pied du lit de Jules avant de dormir ; souvent Jules la faisait mourir de rire, mais elle savait l'écouter aussi. Rien n'échappait à Ash et elle offrait des conseils sur un tas de sujets, mais jamais de manière autoritaire. Parfois, elles chuchotaient si longtemps après l'extinction des feux que les autres filles devaient les faire taire.

Ce soir-là, après le concert, Ethan sirota son punch comme si c'était du cognac dans un verre à dégustation, et quand il eut fini son gobelet en carton, il le lança dans une poubelle et laissa tomber son bras sur l'épaule de Jules.

— C'est tellement triste la façon dont Susannah chante « Le vent nous emportera », murmura-t-il.

— Oui, c'est vrai.

— Ça me fait penser à ces gens qui consacrent toute leur vie à l'autre, et un jour, cette personne s'en va, ou bien elle meurt.

— Je n'avais pas vu ça sous cet angle, dit Jules qui n'avait jamais compris les paroles de cette chanson, et surtout comment un simple vent pouvait éloigner deux individus. Je sais que je donne l'impression de chipoter, mais est-ce que le vent ne devrait pas les *rapprocher* ? demanda-t-elle. Un vent souffle dans une seule direction, pas deux.

— Hum… laisse-moi réfléchir. (Ethan réfléchit, brièvement.) Tu as raison. Ça ne tient pas debout. N'empêche, c'est très mélancolique.

Il la regardait d'un air sombre, pour voir si la mélancolie incitait Jules à succomber encore une fois. De fait, quand il l'embrassa quelques instants plus tard, légèrement à l'écart des autres, elle ne le repoussa pas. Il était prêt, tel un médecin qui a donné à son patient une petite dose d'allergène dans l'espoir de provoquer une réaction. Il l'enlaça et Jules s'obligea à avoir envie qu'il soit son petit ami car il était intelligent, drôle, parce qu'il serait toujours gentil avec elle et toujours passionné. Hélas, elle pouvait juste ressentir qu'il était son *ami*, un ami merveilleux et talentueux. Pourtant, elle avait essayé de succomber, mais elle comprenait désormais que cela n'arriverait sans doute jamais.

— Je ne peux plus continuer d'essayer, lâcha-t-elle dans un flot imprévu. C'est trop difficile. Ce n'est pas ce que je veux.

— Tu ne sais pas ce que tu veux, répondit Ethan. Tu es désorientée, Jules. Tu as subi une grande perte cette année. Et tu la ressens encore, par degrés. Elisabeth Kübler-Ross[1] et tout ça. Tiens, ajouta-t-il, elle aussi elle a un *Umlaut* sur son nom.

---

1. Psychiatre et psychologue helvético-américaine, pionnière dans le domaine des soins palliatifs pour les personnes en fin de vie.

— Ça n'a rien à voir avec mon père, Ethan, OK ? dit Jules, un peu trop fort car plusieurs personnes tournèrent la tête vers eux, avec curiosité.

— D'accord. J'entends ce que tu me dis.

À cet instant, Goodman Wolf arriva au galop dans la lumière des lanternes vénitiennes, avec une céramiste boudeuse du tipi numéro 4 qui avait toujours de l'argile sous les ongles. Ils s'arrêtèrent au bord du cercle, la fille tendit son visage vers Goodman, celui-ci se baissa et ils s'embrassèrent, sous un éclairage théâtral. Quand Goodman décolla sa bouche, Jules aurait juré, malgré la distance, voir la trace du gloss incolore de la fille sur les lèvres, comme du beurre, comme un trophée. Elle imagina qu'elle échangeait le visage et des parties du corps d'Ethan avec ceux de Goodman. Elle s'imagina même en train de s'avilir avec Goodman, vulgairement, dans le style Figland. Elle imagina des gouttes de sueur cartoonesques jaillissant de leurs corps soudain nus et unis. En pensant à tout cela, elle fut envahie par une bouffée de sensations semblable à la lumière du projecteur d'Ethan. Les sentiments pouvaient vous submerger de manière soudaine et violente ; c'était une chose qu'elle apprenait ici à Spirit-in-the-Woods. Elle ne pourrait jamais devenir la petite amie d'Ethan Figman, et elle avait eu raison de lui dire qu'elle n'essaierait plus. Sortir avec Goodman Wolf aurait été excitant, évidemment, mais ça n'arriverait pas non plus. Il n'y aurait pas de formation de couple cet été, pas de création de sous-ensembles passionnés, et si, en un sens, c'était triste, c'était également un soulagement à bien des égards car désormais, ils pourraient retourner dans le tipi des garçons, tous les six, et reprendre leur place dans ce cercle parfait, ininterrompu et permanent. Tout le tipi tremblerait, comme si leur ironie, leur conversation et leur amitié particulières étaient si puissantes qu'elles pouvaient ébranler et faire osciller une petite construction en bois, avant le décollage.

Deux

Le talent, cette chose insaisissable, avait été le sujet de nombreuses conversations au cours du dîner entre Edie et Manny Wunderlich, pendant plus d'un demi-siècle. Ils ne s'en lassaient pas et si quelqu'un étudiait la fréquence des mots dans le dialogue de ce couple désormais âgé, il noterait que *talent* ne cessait d'apparaître, même si, en réalité, songeait Manny Wunderlich, assis dans la salle à manger mal chauffée de leur grande maison grise, hors saison, quand ils prononçaient ce mot, parfois, ils voulaient dire « réussite ».

— Elle est devenue très talentueuse, dit sa femme, alors qu'elle lui servait des pommes de terre, en cognant la cuillère contre l'assiette pour les faire tomber, malgré elles visiblement.

Quand ils s'étaient connus en 1946, dans une fête à Greenwich Village, elle était danseuse moderne et elle bondissait à travers sa chambre, dans Perry Street, vêtue simplement d'un drap, avec une tresse de lierre dans les cheveux. Au lit, ses plantes de pied calleuses étaient rêches contre les jambes de Manny. C'était une superbe fille d'avant-garde, à une époque où cela pouvait constituer une occupation à temps plein, mais une fois mariée, elle perdit peu à peu sa folie. Au grand dam de Manny, ses talents domestiques n'ont pas occupé la place laissée vacante par la disparition de ses talents sexuels et artistiques. Edie s'est révélée être une épouvantable cuisinière et tout au long de leur vie commune, les plats qu'elle lui a préparés ressemblaient souvent à du poison. Quand ils ont ouvert Spirit-in-the Woods en 1952, ils savaient l'un et l'autre qu'il était essentiel, pour le succès de leur entreprise, de dénicher un bon cuisinier. Si la nourriture était mauvaise, personne ne viendrait. Ida Steinberg, le cousin germain d'Edie, un homme timide, rescapé «d'un autre genre de camp» comme l'avait dit quelqu'un qui ne craignait pas le mauvais goût, fut engagé, et l'été, les Wunderlich mangeaient comme des princes, mais hors saison, quand Ida ne travaillait qu'occasionnellement, ils mangeaient comme deux prisonniers du goulag. Ragoûts gluants, pommes de terre à répétition. Si la cuisine était mauvaise, la conversation était vigoureuse. Assis à table, ils évoquaient les nombreux jeunes qui avaient franchi ce portail de pierre et dormi dans ces tipis.

Toutefois, ces derniers temps, alors que l'année 2009 touchait à sa fin, ils n'arrivaient plus à se souvenir de tous, ni même de la plupart, mais les plus étincelants brillaient encore dans l'obscurité de la mémoire des Wunderlich.

Inconsciemment, au fil des décennies, Manny avait commencé à regrouper les pensionnaires par catégories. Il lui suffisait d'un nom pour que le processus mental s'enclenche.

— *Qui* est devenue très talentueuse ? demanda-t-il.

— Mona Vandersteen. Tu te souviens d'elle. Elle est venue trois étés.

Mona Vandersteen ? *Danse*, pensa-t-il soudain.

— La danseuse ? hasarda-t-il.

Sa femme le regarda en plissant le front. Ses cheveux étaient aussi blancs que les siens et que ses sourcils en bataille et il avait du mal à croire que ce vieux pigeon épais et dur était la même fille qu'il avait aimée comme elle l'avait aimé dans Perry Street, juste après la Seconde Guerre. La fille qui, assise sur un lit en fer peint en blanc, avait écarté les lèvres de son sexe devant lui. Jamais il n'avait vu ça et ses jambes avaient failli se dérober. Assise là, elle s'ouvrait comme des petits rideaux et lui souriait, donnant l'impression que c'était la chose la plus naturelle au monde. Il l'avait regardée, sans bouger, et elle lui avait dit : « Alors ? Viens ! » sans la moindre marque de timidité.

Tel un géant, Manny avait traversé la chambre d'un seul grand pas et s'était jeté sur elle, essayant de l'écarter davantage avec ses mains, de la fendre en deux et de la posséder en même temps : des objectifs porteurs d'une contradiction qui avait été résolue au cours de l'heure qui suivit. Elle avait agrippé les barreaux de la tête de lit, ouvert et refermé ses cuisses autour de lui. Il avait eu peur qu'elle le tue, accidentellement ou volontairement. Elle était déchaînée ce jour-là, et elle l'était restée longtemps, mais cette fureur avait fini par disparaître.

Désormais, l'unique vestige de cette fille frêle et souple, c'était la texture de ses talons, semblable à une râpe à fromage. Son corps s'était épaissi à partir du début des années soixante, sans que la grossesse y soit pour quelque chose, les Wunderlich n'ayant pas réussi à concevoir, et s'ils en avaient éprouvé une certaine douleur, celle-ci s'était atténuée au fil des ans, grâce à tous les adolescents qui étaient passés par Spirit-in-the-Woods. Avec l'âge, Edie semblait avoir été physiquement remodelée à l'image d'une pyramide ; non, avait constaté Manny un jour, elle ressemblait à ces tipis qu'ils voyaient par la fenêtre, de l'autre côté de la route, ces tipis qui avaient duré tout ce temps sans jamais avoir besoin de travaux, ni de quoi que ce soit, tellement ils étaient primitifs, rudimentaires et autonomes.

— Mona Vandersteen n'était pas danseuse, dit Edie. Réfléchis bien.

Manny ferma les yeux et réfléchit. Plusieurs filles lui apparurent, obéissantes, telles les Muses : danseuses, comédiennes, musiciennes, tisserandes, souffleuses de verre, graveuses. Il se représenta une fille en particulier, les bras plongés dans un seau de teinture violette. Et il ressentit un vieux spasme, un frisson, à l'intérieur de son pantalon remonté très haut, mais ce n'était que l'excitation d'un membre fantôme car il prenait des hormones pour lutter contre le cancer de la prostate et il avait des seins qui bourgeonnaient, comme une gamine, et des bouffées de chaleur semblables à celles dont se plaignait son idiote de mère en s'éventant avec un numéro de *Silver Screen* dans leur appartement de Brooklyn. Manny était devenu un désastre physique, castré chimiquement (son jeune médecin avait réellement, et joyeusement, employé ce terme) et plus rien ou presque ne l'excitait. Il se concentra sur ce nom,

Mona Vandersteen, et une nouvelle image lui sauta au visage.

— Oui, elle avait des cheveux blonds ondulés, dit-il à sa femme avec une conviction feinte. Ça remonte aux années cinquante, elle faisait partie d'un des premiers groupes de pensionnaires. Elle jouait de la flûte et elle est entrée au… Boston Symphony Orchestra.

— C'était dans les années soixante, rectifia Edie, un peu agacée. Et du hautbois.

— Hein ?

— Elle jouait du hautbois, pas de la flûte. Je m'en souviens parce qu'elle avait une haleine d'anche.

— C'est quoi, ça ?

— Tu n'as jamais remarqué que les joueurs d'instrument à anche ont toujours une espèce de mauvaise haleine ? Tu n'as jamais remarqué ça, Manny, vraiment ?

— Non, Edie, jamais. Je n'ai jamais remarqué son haleine, ni celle de personne d'autre, dit-il pieusement. Je me souviens seulement qu'elle avait beaucoup de talent.

Il se souvenait aussi qu'elle avait une taille fine et un gros cul très agréable, mais il se garda bien de le préciser.

— Oui, confirma Edie, elle avait beaucoup de talent.

Ensemble, ils mangèrent leurs pommes de terre, sous un scintillement de sauce marron, et chacun de leur côté ils repensèrent à Mona Vandersteen, si talentueuse, qui avait atteint les sommets pendant un moment. Mais si elle avait fait partie du Boston Symphony Orchestra dans les années soixante, qui pouvait dire ce qu'elle faisait maintenant, si elle ne reposait pas dans sa tombe ?

Les Wunderlich étaient plus âgés que n'importe qui ; ils restaient là, tels Dieu et sa femme, avec leurs cheveux blancs, vivant toujours dans la même maison en face du camp. La crise économique était terrible pour tous les camps de vacances : qui avait encore sept mille dollars à dépenser pour que ses enfants fassent de la poterie ? Il y a deux ans, ils avaient engagé un jeune homme énergique pour s'occuper de l'organisation et de la gestion au jour le jour, mais le nombre d'inscriptions demeurait lamentablement faible. Ils ignoraient ce qu'ils allaient faire, mais ils savaient que la situation n'était pas bonne et que tôt ou tard, cela déboucherait sur une crise.

Quoi qu'il arrive, ils ne vendraient pas le camp. Ils l'aimaient trop ; c'était une petite utopie, et les jeunes qui y venaient l'avaient choisi, ils se ressemblaient tous, eux aussi étaient des utopistes, d'une certaine façon. Le camp devait demeurer intact, pour accomplir son but précieux qui était d'insuffler de l'art dans le monde, génération après génération.

À chaque Noël, d'anciens pensionnaires bourraient la boîte aux lettres des Wunderlich pour leur donner des nouvelles de leur existence. Edie ou Manny marchait lentement jusqu'au bout de l'allée, ouvrait la boîte argentée qui coinçait un peu, puis rapportait le courrier à l'intérieur de la maison, où Edie lisait les lettres à voix haute à son mari. Parfois, elle sautait des lignes ou des paragraphes entiers quand les lettres devenaient trop ennuyeuses. Ni elle ni lui ne s'intéressaient particulièrement à la vie de famille de ces anciens pensionnaires : quelle université avait accepté leurs enfants, qui avait subi un pontage coronarien… oh *snif snif*, la vie était dure pour tout le monde, et si vous aviez survécu à telle ou telle épreuve, à quoi bon l'écrire ? La survie suffisait. De temps en temps, Manny songeait que les pensionnaires auraient dû leur envoyer une version abrégée, expurgée, d'une carte de Noël qui ne contiendrait que la preuve de l'immense talent de cette personne. Des photos, des enregistrements, des manuscrits. Des exemples de ce qu'elle avait réussi à accomplir durant les années et les décennies qui avaient suivi son départ de Spirit-in-the-Woods.

Mais c'était là que la question du talent devenait délicate car qui pourrait dire si Spirit-in-the-Woods avait réussi à déceler un talent naissant chez un pensionnaire et à l'activer, ou si ce talent existait déjà, depuis toujours, et il se serait exprimé même sans ce camp. La plupart du temps, Manny Wunderlich penchait pour la première hypothèse, mais dernièrement, alors que ses cheveux et ses sourcils blanchissaient de plus en plus, lui conférant un aspect enneigé, faussement doux, il se disait que sa femme et lui avaient été de simples contrôleurs à bord d'un train rempli de talents ; ils ramassaient les billets d'un tas d'enfants brillamment doués qui traversaient Belknap dans le Massachusetts pour se rendre dans un endroit encore supérieur. Il songeait, avec abattement, que la principale chose que Spirit-in-the-Woods avait créée, c'était la nostalgie. En bas d'une carte, un ancien pensionnaire écrivait quelque chose comme :

Chers Manny et Edie,

Je voulais vous dire que chaque jour je repense à mes étés passés au camp. Bien que j'aie joué à Paris, Berlin et un peu partout, et même si l'obtention de la bourse Barranti, l'an dernier, m'a permis de me concentrer totalement sur mon livret, sans être obligé d'enseigner au conservatoire, je n'ai rien connu d'aussi merveilleux que Spirit-in-the-Woods. Rien ! Très affectueusement.

Chaque fois que le découragement s'emparait de Manny Wunderlich, il se repliait sur lui-même et sentait son cœur peiner à la tâche, il regardait de l'autre côté de la route, au-delà de la pelouse givrée, là où se dressait le sommet des tipis. Il se sentait tomber et seule la voix de sa femme pouvait le faire remonter, comme si elle le tirait par ses bretelles, ou comme si une version antérieure d'Edie, sexuellement espiègle, lui redonnait toute sa vitalité.

— Manny, dit-elle à travers le temps. Manny.

Il la regarda derrière le voile de ses yeux défaillants, il regarda ses yeux bleus et durs.

— Quoi ? demanda-t-il.

— Je t'ai vu disparaître, dit-elle. Parlons de quelqu'un d'autre. On a reçu une carte très intéressante aujourd'hui. Avec une lettre de Noël à l'intérieur.

— Bien, dit-il en attendant la suite.

De quel ancien pensionnaire allait-il devoir se souvenir maintenant ? Serait-ce un flûtiste, une danseuse, un chanteur, un créateur de décors de théâtre surréalistes ? Autant d'individus passés par ici à un moment donné.

— Ça va te plaire, ajouta sa femme et quand elle sourit, sa bouche retrouva une douceur devenue rare. C'est une lettre d'Ethan et Ash.

— Oh ! fit-il et il se tut en prenant l'attitude respectueuse qui s'imposait.

— Je vais te la lire.

Trois

L'enveloppe, d'un vélin si épais et si doux qu'il semblait avoir été massé avec de la lanoline et des huiles spéciales, demeura cachetée sur la petite table du courrier et des clés dans le vestibule de l'appartement des Jacobson-Boyd pendant un jour ou deux avant qu'ils décident de l'ouvrir. Depuis de nombreuses années, c'était la méthode qu'ils utilisaient pour tolérer le décalage entre leur existence et tout ce qui était décrit dans cette lettre annuelle. Chaque fois qu'elle décachetait une de ces enveloppes, Jules craignait qu'un mur de flammes en jaillisse et fasse griller tout ce qui se trouvait au-dessus. Avec le temps et l'âge, sa jalousie envers la vie de ses amis avait diminué et était devenue plus facile à gérer. Néanmoins, quand la lettre de Noël arrivait, Jules s'autorisait une petite résurgence de ce sentiment ancien. On ne pouvait pas dire pourtant que la carte de Noël d'Ash et d'Ethan débordait d'égoïsme, même à l'époque où leurs deux existences avaient commencé à devenir si exceptionnelles. Au contraire, les auteurs semblaient toujours se refréner, comme s'ils ne voulaient pas agresser leurs amis avec les petits détails de leur bonheur.

Chaque année, cette lettre d'Ash arrivait dans le fourreau protecteur d'une épaisse enveloppe carrée qui portait juste au verso une adresse d'expéditeur, adresse où ils ne vivaient jamais plus de quelques semaines dans l'année : « Bending Spring Ranch, Cole Valley, Colorado. »

— C'est quel genre de ranch, d'abord ? avait demandé Dennis lors de l'achat de cette propriété. Pour élever du bétail ? Accueillir des touristes ? Je ne sais pas trop.

— Non, c'est un ranch fiscal, avait répondu Jules. Regarde, ils y élèvent de petites tranches d'imposition. Il n'y en a pas deux au monde.

— Tu es médisante, avait-il dit alors, sur le ton de la plaisanterie, mais ils savaient bien tous les deux, en ce temps-là, que la jalousie de Jules n'était pas mue par sa propre énergie ; c'était une chose écœurante qui se propageait et l'enfermait, et elle pouvait juste faire des plaisanteries vaguement sarcastiques afin d'évacuer une certaine hostilité et rester amie avec Ash et Ethan.

Sans ces plaisanteries, les sarcasmes, les commentaires à mi-voix, elle aurait eu du mal à accepter qu'Ash et Ethan soient tellement mieux lotis qu'elle et Dennis. Alors, elle revenait sans cesse sur la vie au ranch fiscal, en parlant des employés engagés pour rattraper au lasso les petites tranches d'imposition qui essayaient de s'échapper, et elle décrivait les propriétaires, assis sur la balancelle de leur véranda, en train d'observer avec contentement les travailleurs en pleine action.

— Sur ce ranch, tu ne trouveras pas un seul enfant exploité, dit-elle. Les propriétaires sont très fiers.

Mais son scénario laissait entendre que, dans la réalité, Ash et Ethan étaient des négriers paresseux et désinvoltes, d'une certaine façon, alors qu'en fait, ils avaient la réputation d'être des gens respectueux et généreux aux yeux de ceux qui travaillaient pour eux. En outre, comme tout le monde le savait, Ash et Ethan travaillaient en permanence, passant d'un projet à l'autre, artistique ou philanthropique. Même Ethan, qui avait à son actif une série de succès s'étendant maintenant sur plus de deux décennies quand arriva la carte de vœux de 2009, ne s'arrêtait jamais et n'en avait aucune envie. «Si on s'arrête, on meurt», avait-il déclaré un soir dans un dîner et tous les convives avaient approuvé d'un air sombre. S'arrêter, c'était *la mort*. Cela voulait dire que vous aviez renoncé et remis les clés du monde à quelqu'un d'autre. Pour une personne créative, la seule option, c'était le mouvement permanent, une vie entière d'agitation et d'occupations, en allant toujours de l'avant, jusqu'à ce que vous ne puissiez plus continuer.

Les idées d'Ethan Figman étaient beaucoup plus précieuses maintenant qu'en 1984 quand, trois ans seulement après être sorti diplômé de la School of Visual Arts de New York, il avait signé un contrat pour créer, à la télévision, un programme d'animation pour adultes baptisé *Figland*. Une fois l'épisode pilote terminé et bien accueilli, la chaîne lui avait commandé une saison entière. Ethan avait insisté pour faire lui-même la voix de Herb Figman, le père ronchon, mais amusant, de Wally Figman, et celle d'un personnage secondaire qui vivait dans l'univers parallèle de Figland, le vice-président Sturm. En outre, il avait tenu à rester à New York, au lieu de partir vivre à Los Angeles. Après de nombreuses discussions tendues, la chaîne avait accepté, contre toute attente, et installé un studio dans un immeuble du centre de Manhattan. Dès la première année, *Figland* avait connu un succès surprenant. Peu de gens savaient qu'Ethan avait élaboré sa technique dans l'atelier d'animation d'un camp de vacances, sous la tutelle d'Old Mo Templeton. (Jamais personne, s'était dit Jules, n'avait dû l'appeler Young Mo Templeton.) Ethan, en revanche, était resté plutôt jeune durant les années où il avait réalisé toutes ces œuvres. À cinquante ans, il n'était pas plus beau qu'à quinze, mais ses boucles s'étaient clairsemées et avaient pris une teinte argent aux reflets dorés. Sa laideur lui donnait du cachet. Parfois, quelqu'un le reconnaissait dans la rue et lui lançait : « Salut, Ethan », comme s'il le connaissait personnellement. S'il portait souvent des T-shirts ornés de personnages d'animation kitsch, certaines de ses chemises étaient taillées dans de coûteuses matières qui ressemblaient à celle des lanternes japonaises. Au début de sa carrière, Ash l'avait encouragé à choisir ses vêtements dans de vraies boutiques, et non pas sur un étal au coin d'une rue, disait-elle, et il avait fini par apprécier quelques éléments de sa garde-robe, même s'il refusait de l'admettre.

Ethan avait tellement d'idées qu'elles ressemblaient à des syllabes de la Tourette qui avaient besoin d'être expulsées sous forme d'exclamations et d'explosions chaotiques. Mais un grand nombre d'entre elles, la plupart même, se révélaient payantes d'une manière ou d'une autre. Une fois le succès de son programme bien installé, il était devenu, au milieu des années quatre-vingt-dix, un opposant au travail des enfants et avait fondé en Indonésie une école pour ceux qui avaient échappé à l'exploitation. Ash s'était impliquée avec lui dans cette mission et leur engagement était sincère, il ne s'agissait pas juste d'une passade, dont ils se seraient vite lassés. Maintenant, Ethan préparait la seconde année des Mastery Seminars, un colloque estival qu'il avait créé dans un lieu de vacances à Napa en Californie, une semaine durant laquelle des hommes politiques, des scientifiques, des visionnaires de la Silicon Valley et des artistes développaient leurs idées devant un parterre de privilégiés. La première édition avait été un succès. S'ils demeuraient encore loin derrière d'autres conférences similaires, les Mastery Seminars avaient rapidement attiré l'attention. On n'était encore qu'en décembre, mais presque toutes les places étaient déjà vendues pour la prochaine édition.

Jules et Dennis Jacobson-Boyd lurent la carte de Noël des Figman et Wolf un soir juste avant Noël. New York faisait sa crise annuelle. La circulation était paralysée. Des familles venues d'ailleurs erraient sur les trottoirs, les bras chargés de sacs. Malgré l'économie en berne, les gens continuaient à venir ici pour les fêtes, ils ne pouvaient pas s'en empêcher. Dans les rues flottait de la musique en conserve, dont ces redoutables chansons de Noël des années cinquante qui vous « donnaient envie de mourir », comme l'avait dit à Jules un de ses clients, ce jour-là. Tous les habitants de New York étaient las, agacés par cette occupation temporaire de leur ville et obligés d'adopter une humeur festive. Jules était rentrée à la maison après avoir vu sa dernière cliente de la semaine. Des années plus tôt, de nombreux psychothérapeutes, dont elle-même, avaient cessé d'employer les mots *patient* ou *patiente*. Toutefois, avoir des *clients* continuait à lui paraître un peu étrange ; elle avait l'impression d'être dans les affaires, de travailler dans le consulting, ce domaine flou qu'elle n'avait jamais vraiment cerné. Même si, au fil des ans, Ethan et Ash, Dennis et elle avaient rencontré des gens qui gagnaient leur vie de cette façon. Plus personne ne voulait être un patient, tout le monde voulait être un client. Ou plutôt, tout le monde voulait être consultant.

Sa dernière cliente de la journée s'appelait Janice Kling, un nom amusant si l'on pensait que Janice ne voulait jamais arrêter la séance[1]. Elle s'accrochait comme un marsupial et cet attachement était émouvant, un peu dérangeant aussi parfois. Elle avait commencé à consulter Jules des années auparavant, quand étudiante en droit à l'Université de New York, elle avait commencé à avoir peur de la méthode socratique, se trouvant par conséquent réduite au silence lorsqu'un professeur intimidant l'interrogeait. Aujourd'hui, Janice, qui avait envisagé de faire carrière à l'université, était devenue avocate, stressée et sous-payée, pour un groupement écologiste. Elle effectuait de longues journées de travail pour essayer de sauver le monde de la dérégulation, mais dans le cabinet de Jules, elle s'enfonçait dans le fauteuil, en prenant une posture avachie et un air désespéré.

---

1. *To cling* : s'accrocher.

— Je ne supporte pas de vivre sans rapports intimes, avait-elle confié récemment. J'assiste à des meetings, je combats les lois mesquines du parti républicain, puis je me couche seule à minuit, après avoir avalé un reste de pad thaï. Obligée d'utiliser un vibromasseur dans mon appartement, où ça résonne parce que je n'ai pas encore eu l'occasion d'accrocher quoi que ce soit au mur. Est-ce pathétique d'avouer tout ça ? Surtout l'histoire du vibromasseur qui résonne ? Est-ce que vous trouvez ça triste ?

— Bien sûr que non, avait répondu Jules. Vos employeurs devraient vous distribuer des vibromasseurs s'ils exigent tellement de vous que vous ne trouvez pas le temps d'avoir une vie intime. Et même si vous trouviez le temps, d'ailleurs, s'était-elle empressée d'ajouter.

Les deux femmes avaient ri en chœur de cette image des femmes surmenées avec leurs vibromasseurs. Certaines psychothérapeutes étaient du genre maternel, caftan et genoux accueillants. D'autres, au contraire, semblaient mettre un point d'honneur à se montrer glaciales, cliniques et détachées, comme si la froideur possédait des propriétés curatives. Jules ne se sentait ni maternelle ni distante. Elle était elle-même, en concentré, et certains clients lui avaient dit qu'ils la trouvaient drôle et encourageante, des compliments dans leur bouche, mais elle savait que ça n'en était pas, pas totalement.

Ce jour-là, au cours de la séance, Janice avait abordé un thème familier, la solitude, et parce qu'on était à Noël peut-être, la conversation avait un parfum de désespoir. Janice ne comprenait pas comment des gens pouvaient vivre année après année sans qu'on les touche, sans entendre des paroles intimes.

— Comment font-ils, Jules ? Et moi, comment je fais ? Je devrais aller voir un prostitué. Après un moment de silence, elle avait redressé son visage au sourire acéré. C'est peut-être ce que je fais, d'ailleurs, avait-elle ajouté.

— Dans ce cas, avait répondu Jules d'un ton léger, je devrais vous faire payer beaucoup plus cher.

Ses honoraires étaient peu élevés, dans l'ensemble. La réforme de la couverture sociale avait tout changé ; la plupart des assurances médicales ne prenaient en charge qu'un petit nombre de séances. Et puis, évidemment, les drogues avaient remplacé la thérapie pour beaucoup de gens. Jules et quelques amis travailleurs sociaux cliniciens se réunissaient de temps en temps pour constater que la conjoncture était bien plus mauvaise que l'année précédente. Ils poursuivaient leur activité malgré tout, en partageant des locaux pour réduire les frais, et ils tenaient bon. Tous les clients de Jules se débattaient et, même s'ils l'ignoraient, leur psychothérapeute aussi.

Et maintenant, elle rentrait chez elle après une séance mi-rires mi-pleurs. Dennis et elle vivaient dans leur appartement moderne et modeste, aux abords de la 90ᵉ Rue Ouest, depuis plus de dix ans. Dans leur rue, il y avait des *brownstones*[1] et des constructions d'avant-guerre, de petits immeubles anonymes avec ascenseur comme le leur et une maison de retraite, devant laquelle, par beau temps, des personnes âgées

---

1. Grès rouge donnant son nom à des constructions urbaines.

en fauteuil roulant étaient alignées, les yeux fermés, leur tête rose et blanc inclinée face au soleil. L'appartement appartenait à Jules et à Dennis. Deux avenues plus loin, il y avait un supermarché décati, aux allées étroites, Central Park se trouvait tout près, et ils étaient installés là pour de bon. Ils avaient élevé leur fille, Rory, dans cet appartement ; ils l'avaient envoyée à l'école publique du quartier et emmenée au parc pour qu'elle puisse courir et jouer au ballon.

Quand Jules ouvrit la porte de l'appartement, il y régnait une joyeuse ambiance de cuisine. À l'évidence, Dennis préparait un poulet à la vapeur aux cinq épices. Elle s'arrêta devant le courrier qui s'était accru aujourd'hui : une petite pile triste de factures et de lettres. Et à côté, il y avait la carte carrée, posée sur la table du vestibule depuis plusieurs jours déjà, toujours cachetée.

La carte de Noël.

Jules l'apporta dans la cuisine ; Dennis était aux fourneaux, vêtu de son sweat-shirt des Rutgers. Il semblait toujours trop grand pour leur petite cuisine new-yorkaise avec son corps massif et indélicat, ses larges gestes. Il paraissait même incapable de lutter contre la pilosité de son visage. « Mon Chia Pet », l'avait-elle surnommé un jour, au lit, au tout début, vingt-huit ans plus tôt. Dennis était un mâle costaud et brun de poil, et grossier, en ce sens qu'il n'avait pas besoin d'une esthétique raffinée. Le week-end, il aimait jouer au *touch football* avec ses amis, qui venaient parfois à la maison ensuite pour manger des pizzas et boire de la bière, et se tapaient dans les mains pour se congratuler, sans aucune trace d'ironie. Comme plusieurs de ses amis, Dennis était échographiste, un domaine qu'il avait choisi non pas parce qu'il avait grandi avec l'envie impérieuse de découvrir ce qu'il y avait sous la surface des choses, mais parce qu'après une période de troubles émotionnels à la fac et une convalescence incertaine, il avait vu dans le métro une pub convaincante pour une école d'échographie. Aujourd'hui, des dizaines d'années plus tard, il travaillait dans une clinique de Chinatown. Et parfois, sur le chemin du métro pour rentrer à la maison, en passant devant les étals des marchands chinois, il achetait de l'anis étoilé ou des haricots verts ou une racine tordue qui ressemblait à la main d'un vieux magicien. Sa proximité avec ces commerçants lui conférait un petit côté exotique, d'une certaine façon.

Dennis tourna le dos à la cuisinière et marcha vers Jules en tenant une cuillère dégoulinante.

— Salut, dit-il en l'embrassant.

Leurs lèvres firent ventouse et le baiser se prolongea.

— Salut, répondit enfin Jules. Ça sent bon ici. Tu es rentré depuis longtemps ?

— Une heure environ. Je suis passé directement d'une échographie pelvienne à la cuisine. Oh, il y a deux messages sur le répondeur. Ta mère et Rory. Ta mère dit que ce n'est pas nécessaire de la rappeler, elle appelait juste comme ça et aussi pour savoir si tu avais des nouvelles de Rory. Et Rory dit qu'elle est bien arrivée chez Chloé dans le New Hampshire, et que les routes n'étaient pas trop mauvaises.

— Ils ne devraient pas laisser conduire les étudiants, dit Jules. Ils récupèrent les voitures pourries dont leurs parents ne veulent plus et hop, ils prennent la route. C'est révoltant.

— Ce qui est révoltant, c'est qu'ils doivent partir un jour, répondit Dennis.

Ce n'était pas tout à fait exact dans leur cas. S'ils avaient été sonnés quand Rory était partie à l'université et désorientés par le fait qu'elle n'habite plus ici, elle avait toujours été indépendante, impatiente de découvrir le monde, alors, l'envoyer à la fac dans le Nord, c'était un peu comme relâcher un animal dans la nature.

— Tout va bien, ajouta Dennis. Elles vont faire du ski de fond. Elle va bien s'amuser. (Il remarqua ce que Jules tenait à la main.) Oh, la lettre.

— Oui. La lettre de nos amis, les propriétaires de ranch.

— Tu veux vraiment qu'on fasse comme tous les ans ? Que je la lise à voix haute ? Tu n'as pas dépassé ce stade ?

— Oh, si, dit Jules. Mais ça me plaît. C'est un de nos rares rituels… Toi le catholique qui ne pratiques plus et moi la juive négligente.

— Négligente ? dit Dennis, amusé. Oui, c'est exactement comme ça que je te décris aux gens.

— Et j'ai toujours besoin qu'on me lise une lettre de Noël à voix haute.

— Bon, d'accord. Mais avant, un petit verre de vin.

— Parfait. Merci, chéri.

Dennis se dirigea vers le placard et servit deux verres de vin rouge, puis alla s'asseoir à table avec Jules dans leur petite cuisine où ils pouvaient à peine manger, pendant que les flocons de neige cliquetaient contre la fenêtre étroite qui donnait sur la ruelle. Il y eut un moment de silence, le temps que Dennis introduise son index à l'intérieur de l'enveloppe, dévoilant un intérieur rouge sang. Jules repensa subitement au sac de couchage d'Ash à Spirit-in-the-Woods avec sa doublure rouge suggestive. La carte représentait, comme toujours, un dessin d'Ethan Figman, adapté à l'époque des fêtes. Cette année, il avait représenté les trois mages, grassouillets et excentriques dans leur tunique, coiffés d'un grand chapeau, rivalisant de loufoquerie. Jules et Dennis examinèrent et admirèrent ensemble le dessin. Dans les coins, il y avait de minuscules apartés, des plaisanteries sur la débâcle de l'économie et des petits amas de résine anthropomorphiques surmontés de phylactères : «Salut, je suis Frankincense[1]. En fait, théoriquement, je suis le *monstre* de Frankincense, mais tout le monde se trompe.»

Une année, la lettre de Noël s'accompagnait d'un calendrier de l'avent dont les petites fenêtres s'ouvraient sur de merveilleuses scènes de dessin animé. Une autre année, quand vous ouvriez la carte, elle jouait le thème musical de *Figland*, mais la technologie n'était pas encore très au point à l'époque et on avait l'impression d'entendre un enfant miniature, prisonnier à l'intérieur de la carte, chanter «Ee-ee-ee». En 2003, impossible de l'oublier, un nuage de poudre rose avait jailli et plusieurs destinataires avaient eu peur apparemment, convaincus qu'il s'agissait d'une lettre piégée, ce qui avait horrifié Ethan et Ash qui pensaient

---

1. *Encens* en anglais.

provoquer un chouette effet. Alors, les cartes de Noël étaient devenues plus banales, mais elles contenaient toujours une illustration signée Ethan Figman et le récit détaillé de l'année écoulée.

Si les premières lettres avaient un ton espiègle et blagueur, très vite elles avaient pris l'aspect d'un projet plus sérieux. Jules et Dennis n'avaient jamais envoyé de lettres ; outre le côté un peu trop sentimental, pendant longtemps les années avaient été mitigées. Certaines avaient même été catastrophiques, mais ce n'était plus le cas depuis longtemps. Dans l'ensemble, leurs années étaient plutôt ordinaires ou légèrement décevantes. Que pourraient-ils écrire sur eux ? «Ces derniers mois, Jules a perdu deux clients dont les mutuelles ne couvraient plus les frais de santé mentale.» Ou bien : «Dennis travaille toujours à la clinique de Chinatown, mais ils manquent tellement de personnel que cette semaine un patient a attendu sept heures avant d'être examiné.» Ou peut-être : «Notre fille, Rory, étudiante à l'université d'Oneonta, ne sait pas quelle discipline principale choisir, elle partage sa chambre avec une fille qui a été reine du bal de fin d'année au lycée.»

Toutes ces années avaient été très différentes pour Ethan Figman et Ash Wolf, et à chaque Noël, ils semblaient prendre plaisir à envoyer une lettre à tous leurs amis. Jules se demandait si, au début, ils s'étaient assis côte à côte pour écrire – à Yale, Ash possédait une machine Smith Corona bleu ciel et plus tard, un des premiers Mac aux couleurs vives –, leurs voix se chevauchant tandis que chacun apportait sa contribution. Aujourd'hui où la vie d'Ash et d'Ethan paraissait si énorme, Jules ne pouvait que les imaginer assis dans une vaste pièce, aux deux extrémités d'un bureau qui avait été autrefois un séquoia ou une géode géante, se levant parfois pour faire les cent pas, en disant : « Si on parle de notre voyage à Bangalore, est-ce que ça va faire prétentieux ? Voire odieux ? »

Mais la lettre de Noël n'était peut-être plus un projet commun. Ash la lisait peut-être à voix haute à Ethan pendant qu'il trottinait sur un tapis de course devant une baie vitrée, et il approuvait en hochant la tête, ce qui, dans leur esprit, faisait de lui le coauteur. Ou bien Ethan lisait la lettre à son assistante Caitlin Dodge, qui suggérait quelques corrections et l'envoyait ensuite à tous les destinataires de la liste. Jules s'aperçut qu'elle ne pouvait plus deviner, même en gros, combien de personnes recevaient la lettre de Noël des Figman-Wolf. Tout comme elle avait perdu, depuis quelques années, la notion du chiffre de la population mondiale.

L'étendue du réseau d'amis d'Ash et d'Ethan n'était pas une chose que l'on pouvait trouver sur Internet. Combien de personnes considéraient-ils comme leurs amis ? Que fallait-il pour être leur ami ? Jules était bien ancrée dans le cercle des amis proches. Elle avait été témoin de tout ce qui s'était passé entre eux durant plus de trois décennies à New York et aussi durant la décennie précédente, dans les tipis, au théâtre et au réfectoire de Spirit-in-the-Woods. Jules appartenait à ce cercle pour toujours, comme peu de gens arrivés plus tard. Tous ceux qui recevaient cette lettre étaient sans doute heureux. Tout le monde voulait recevoir une lettre de Noël d'Ethan Figman et, par association, d'Ash Wolf. Des centaines de personnes, deux mille peut-être, étaient exaucées :

Cher amis,

Ces mots eux-mêmes nous donnent à réfléchir car d'un bout à l'autre de l'année nous recevons beaucoup de lettres qui débutent ainsi « chers amis » et sollicitent un don pour telle ou telle cause. Et la plupart du temps, nous ne sommes pas les amis de ces gens. Mais vous, vous l'êtes vraiment et nous vous aimons, alors pardonnez-nous si, une fois encore, nous vous imposons le récit circonstancié de ces douze derniers mois. Vous pouvez nous imposer le vôtre vous aussi, si vous le souhaitez, et d'ailleurs, nous espérons que vous le ferez.

Nous vous écrivons de notre ranch du Colorado où nous nous terrons avec nos deux enfants et un groupe de formidables comédiens. Ash, qui travaille sur une production des Troyennes, qu'elle mettra en scène à l'Open Hand, a invité toute la troupe et, si incroyable que cela puisse paraître, ils ont accepté d'abandonner leur vie très chargée pour venir ici.

Alors, toutes les chambres sont pleines de Troyennes, du moins des Troyennes possédant l'Equity card[1]. Nous sommes ravis car quand nous avons acheté le ranch, nous rêvions qu'il puisse devenir un jour une sorte de centre culturel, et ce fantasme s'est réalisé.

Le soir, nous faisons de grands feux dans la cheminée et les comédiens se lèvent avec les poules. Tragédie grecque! Morts violentes inutiles! Promenades dans

---

1. Carte professionnelle des comédiens.

un chariot de foin! Que demander de plus? Quant à Ethan, il a prévu de faire un long break pendant les fêtes et il espère bien lire les livres qui le suivent de ville en ville, de pays en pays, d'avion en avion, et qu'il a à peine entrouverts jusqu'à présent. Dans son e-book, on trouve une histoire des terrains de baseball de la Minor League et une explication concise de la théorie des cordes. (J'ignore de quoi il s'agit. Demandez à Ethan, mais pas avant janvier.) Peut-être qu'il réussira à les finir cette fois, mais il peste parce que son e-book lui permet de savoir uniquement quel pourcentage d'un livre il a lu, et non le nombre de pages. Il trouve ça stupide à quatre-vingt-douze pour cent.

Sur un plan beaucoup plus important, l'Initiative contre le travail des enfants a connu une nouvelle année de développement, grâce à la générosité et à la compassion des gens à qui nous avons écrit «chers amis» nous aussi. (Mais nous n'éprouvons pas pour eux un dixième de ce que nous éprouvons pour vous. Sincèrement.) Ce n'est pas le bon endroit pour s'étendre sur le travail capital effectué par cette association. (S'il vous plaît, connectez-vous à a-clin.net pour en savoir plus.) Disons simplement que nous avons dans notre bureau de New York une équipe de gens extraordinairement impliqués, qui continuent à nous impressionner par leur dévouement. Nous aimerions passer plus de temps sur place, mais cette année a été fertile pour Figland. Alors qu'il fonce allègrement vers son quart de siècle de diffusion (oy!), ce vieux programme respire la santé.

Nous n'avons pas cessé de travailler cet été, et nous avons voyagé en Inde, en Chine, en Indonésie, avec notre équipe et quelques personnes très efficaces de l'Unicef, pour surveiller le développement de l'École Keberhasilan («Réussite») dont nous sommes fiers d'avoir facilité la création. Nous avons quand même réussi à voler un peu de temps afin de voyager pour notre plaisir. La tragédie du travail des enfants ne saurait être effacée, évidemment, par les plaisirs que nous avons connus. Mais la première et la plus importante façon d'aborder le problème, c'est de sensibiliser les gens. Ce que nous continuons à essayer de faire.

C'est avec une bouffée d'orgueil insupportable que nous aimerions vous parler de notre fille, Larkin Figman, qui a réussi à vivre pendant dix-neuf ans avec un nom qui oscille entre un poète anglais misanthrope du XIXe siècle et un certain personnage de dessin animé familier. Chers amis, c'est la jeune femme la plus incroyable ! Elle nous a accompagnés dans la partie indonésienne de notre voyage, comme elle l'a déjà fait, et elle a travaillé bénévolement à Keberhasilan, mais elle a dû rentrer rapidement pour retourner à la fac. Comme beaucoup d'entre vous le savent, elle est étudiante dans la même université que sa mère, Yale, et elle vit à Davenport où elle étudie le théâtre et l'histoire de l'art. Nous l'aurions aimée même si elle avait été une dingue des maths, ce qui n'est (vraiment) pas le cas. Contrairement à son frère cadet, Mo, comme un grand nombre d'entre vous le savent également. Et nous l'aimons malgré tout. Pensionnaire à la Corbell School dans le New Hampshire, Mo pense que l'émission de télé de son père pourrait être beaucoup mieux, et que les pièces que met en scène sa mère sont ennuyeuses, mais il nous tolère néanmoins.

Plus sérieusement, nous voudrions ajouter que nous allons bientôt dévoiler des informations importantes *concernant la Fondation pour la pauvreté car certains parmi vous nous ont demandé comment ils pouvaient nous aider.*

La lettre se poursuivait encore pendant une page, en caractères denses. Toutes les nouvelles qu'elle contenait, Jules les connaissait déjà car elle parlait avec Ash plusieurs fois par semaine généralement, et elle échangeait de brefs mais fréquents mails avec Ethan. Les deux couples dînaient ensemble quand ils le pouvaient, ce qui n'arrivait pas souvent, mais peu importe ; ils étaient proches, ils étaient unis. Leurs vies respectives étaient devenues beaucoup trop différentes maintenant pour que Jules ait conservé le même niveau de jalousie. En fait, elle avait renoncé à sa jalousie, elle l'avait laissée s'estomper ou se dissiper afin de ne plus être tourmentée. Néanmoins, chaque année, quand la lettre de Noël arrivait, avec sa description détaillée de la vie extraordinaire d'Ethan et d'Ash, Jules s'autorisait quelques sombres pensées.

Quand Dennis eut achevé la lecture à voix haute, elle s'aperçut que la bouteille de vin était vide, bizarrement. Ce n'était même pas du bon vin – ils n'achetaient jamais du bon vin, ils prenaient tout ce qui coûtait dans les neuf dollars, une somme choisie arbitrairement –, mais Jules n'avait cessé de boire pendant que Dennis lui faisait la lecture, levant et reposant son verre machinalement. Et maintenant, elle avait l'impression que bourdonnait en elle une désagréable ivresse, de mauvaise qualité. Elle se livra à une variation sur la plaisanterie idiote et méchante qu'elle avait déjà faite au cours des dernières années :

— Pourquoi ils ont appelé ça la Fondation *pour* la pauvreté ? Ça ne veut pas dire qu'ils soutiennent la pauvreté, si ?

— Oui, quelqu'un aurait dû faire quelque chose, depuis le temps, approuva Dennis dans un murmure.

— Tu sais quoi ? J'ai surmonté presque tous mes sentiments ridicules envers eux, mais ils relèvent la tête, comme on peut s'y attendre, chaque fois qu'on fait ça. Tu te souviens l'an dernier ? On a lu la lettre, on a bu et on est allés se promener dans la neige sur Riverside Drive. J'ai plaisanté en disant que j'allais tomber dans une congère et mourir à la fois d'hypothermie et de jalousie. C'était ce qu'écrirait le légiste dans son rapport, disait-on.

— Exact, dit Dennis en souriant de nouveau. Mais tu n'es pas morte. Tu as survécu, et tu survivras encore. (Depuis le début de leur mariage, il lui souriait souvent avec une sorte d'affection compatissante.) De toute façon, ajouta-t-il, tout se dégrade à l'époque de Noël. Il existe bien un phénomène de désordre affectif saisonnier, non ? Ça m'inquiète toujours.

— Ça n'arrivera pas. Tu vas très bien.

— Et toi aussi, dit Dennis en débarrassant les verres.

Jules avait l'impression que sa langue avait largué les amarres et que toute sa bouche risquait de tomber en morceaux pendant qu'elle parlait.

— C'est ma rechute habituelle. Je suis sûre que ça va passer.

— Ce n'est pas comme si tu ignorais tout ce qui est écrit dans leur lettre. Tu connais déjà tous les détails.

— Le fait de l'entendre à voix haute ou de le voir noir sur blanc me rappelle tout. Je n'y peux rien.

Malgré ma nouvelle sagesse, je reste mesquine et prévisible. Après une pause, elle ajouta : Tu sais que je les aime, hein ? Je veux être sûre que tu le sais.

— Évidemment ! Tu n'as pas besoin de me le dire.

— Tu te souviens comme c'était pire avant ?

— Je m'en souviens.

Elle mangea son poulet aux cinq épices, cuit à la perfection, aussi tendre qu'un porte-monnaie, commenta-t-elle – « je n'ai jamais mangé de porte-monnaie, mais je suis sûre que ce serait aussi tendre » –, et pourtant, elle se sentait sombrer encore un peu plus. Ash et Ethan avaient un chef à domicile qui connaissait tous leurs goûts et leurs aversions. Ici, dans cette cuisine exiguë, Dennis utilisait les ingrédients chinois qu'il trouvait dans Canal Street sur le chemin du métro en rentrant à la maison après une journée de travail à la clinique, passée à déplacer un transducteur dans le gel étalé sur telle ou telle partie du corps des gens. Il s'était donné du mal pour préparer ce poulet, comme elle s'était donné du mal avec Janice Kling et les autres clients qui l'avaient précédée, alors que pendant ce temps-là, là-bas à Cole Valley, dans le Colorado, le ranch des Figman et Wolf palpitait sous l'effet du joli travail et de l'application. Ash et Ethan n'étaient jamais inactifs, jamais immobiles. Et tout ce qu'ils accomplissaient devenait une chose merveilleuse, à chaque fois. S'ils faisaient cuire un poulet, il pourrait nourrir un sous-continent.

Jules promena son pied en chaussette sur le carrelage de la cuisine qui n'était jamais vraiment propre. C'étaient des carreaux bon marché, et vous aviez beau les récurer, ils conservaient cet aspect jaune laiteux qui indiquait qu'il n'y avait pas assez d'argent dans cette maison, ni assez d'attention apportée aux détails. Aucune femme aux reins cambrés ne s'agenouillait sur le sol chaque semaine pour nettoyer ce carrelage. Cette bouffée de jalousie ancienne, concentrée et ravivée, faisait honte à Jules. D'autant qu'Ash et Ethan avaient leurs problèmes, eux aussi. Pour commencer, leur fils souffrait de troubles du spectre autistique. Si la lettre de Noël n'y faisait pas référence, la plupart des gens qui la recevaient le savaient sans doute.

Jules avait accompagné Ash lors de ces deux journées d'évaluation et de diagnostic de Mo, il y a longtemps, quand il avait trois ans. Elles s'étaient rendues ensemble en voiture à New Haven, au Yale Child Study Center, car Ethan devait se rendre à L.A., impossible d'annuler son déplacement. Les deux femmes et Mo prirent la Range Rover noire et en chemin, Ash dit : « Je fais mon grand retour à New Haven. Pas pour déjeuner avec un ancien professeur ou donner une conférence, mais pour apprendre ce qui cloche chez mon jeune fils renfermé et malheureux. » En gros, elle disait : c'est affreux. Mo ne l'entendait pas, il avait un casque sur les oreilles pour écouter le CD d'un livre d'images, l'histoire d'un camion fugueur, un CD qu'il écoutait souvent. Les deux femmes l'observèrent un instant, puis Ash défit sa ceinture et se pencha par-dessus le siège pour enfouir son visage dans le cou blanc et doux. Mo voulut s'éloigner, mais il s'aperçut qu'il était coincé par sa ceinture, alors il cessa de protester.

Durant le trajet, Jules savait que Mo recevrait un diagnostic le lendemain, et celui-ci apparaissait enfin clairement. Mais récemment encore, jusqu'à ce qu'Ash prenne le rendez-vous, l'idée ne les avait pas effleurés que Mo était «dans le spectre», comme on disait maintenant, d'un ton détaché, de la même manière qu'on parlait de «chimio», simplement, tout cela faisait partie des dangers de la vie moderne. Avant ce diagnostic, Mo apparaissait comme un enfant angoissé et déconnecté, il poussait des cris et pleurait pour des raisons qu'il ne pouvait pas expliquer. Un célèbre pédopsychiatre, âgé, avait passé des heures avec lui, à lui demander de quoi il avait peur dans son lit la nuit.

À la fin de la journée du lendemain, durant le trajet du retour, Ash avait pleuré au téléphone avec Ethan. Jules, gênée, regardait par la vitre, elle aurait préféré ne pas entendre cette conversation. Ash disait à Ethan :

— Non, je sais que tu m'aimes, je n'ai pas dit ça… Je sais que tu l'aimes aussi. Personne ne doute de ton amour, Ethan. Parfois, j'ai besoin de pleurer, voilà tout… Non, il écoute son CD. Il a un casque sur les oreilles. Il n'a conscience de rien. J'aimerais être comme lui. (Elle écouta ce que lui disait Ethan.) Très bien, dit-elle tout à coup et elle tendit le portable à Jules.

— Quoi? chuchota celle-ci, surprise. Pourquoi il veut me parler? C'est à vous deux de régler ça.

— Je ne sais pas. Prends-le.

— Salut, Jules, dit Ethan d'une voix tendue. Écoute… Tu veux bien passer la nuit à la maison avec Ash? C'est possible? Je m'en veux de ne pas avoir pu aller l'accompagner. Je sais que c'est beaucoup demander, mais je ne veux pas qu'elle reste seule. Je sais bien que les enfants seront là, avec Rose et Emanuel, mais j'aimerais vraiment que tu sois là toi aussi. Tu pourras… (Sa voix se brisa légèrement.) … tu pourras lui rappeler qu'on a toujours surmonté toutes les épreuves. Toujours, depuis le début, avec ses parents et Goodman. Rappelle-lui ça, d'accord ? Elle est déprimée. Peut-être que tu réussiras à la rassurer, comme j'ai essayé de le faire, en lui expliquant que Mo aura une vie heureuse. Sans le moindre doute. Nous avons les moyens, tout se passera bien. On arrangera tout. Dis-lui ça, s'il te plaît. Mais plus tard, à un moment où Mo ne risquera pas de vous entendre, OK ?

Jules passa donc la nuit chez Ethan et Ash, dans leur maison de Charles Street, avec les employés, et des plats délicatement délicieux surgirent comme par magie. Elle s'installa avec Ash au sous-sol, au bord de la piscine étroite, pendant qu'Ash faisait de courts allers et retours, un long moment, la tête hors de l'eau, s'arrêtant de temps en temps pour lever les yeux et demander :

— Tu crois que ça va aller ?

— Oui, répondait Jules en se penchant pour prendre la main humide de son amie. Tout ira bien. J'en suis sûre.

Elle le pensait sincèrement. Dans la vie d'Ash, les choses s'arrangeaient toujours. Sa famille pouvait maintenant aller de l'avant, avec un fils qui avait semblé fragile sur le plan émotionnel, mais qui présentait en réalité un diagnostic spécifique : trouble envahissant du développement, non spécifié, ou TEDNS. Il était dans le spectre de l'autisme, avaient expliqué les médecins, il pouvait enfin recevoir une aide véritable. La famille Figman-Wolf reprit le dessus, comme toujours, comme la famille Wolf avait repris le dessus, il y a très longtemps. Mais le renoncement aux possibilités était toujours une chose indéniablement douloureuse. Cela avait été vrai quand le frère d'Ash, Goodman, avait quasiment gâché sa vie en une seule nuit, et continué sur sa lancée, impulsivement, comme s'il essayait de détruire également la vie de tous ceux qui l'entouraient.

Quand arriva 2009, Jules avait été auprès d'Ash dans la plupart des moments importants de l'histoire de sa famille et elle savait à quel point Ash avait souffert. Pourtant, le soir où Dennis et elle lurent cette dernière lettre de Noël, Jules nourrit une série de pensées teintées de jalousie qu'elle ne parvint pas à faire taire aussi vite qu'elle l'aurait souhaité. Ils allèrent se coucher de bonne heure, avec la carte des Rois mages d'Ethan posée sur le radiateur contre le mur. Tout l'hiver, la chaleur dans l'appartement fut trop forte ou trop faible. Ce soir-là, c'était disette et ils se blottirent l'un contre l'autre ; les bras épais de son mari entouraient Jules, sans réussir à la réchauffer, et elle l'enlaçait de son côté, sans doute avec le même piètre résultat. Quelque part, dans un ranch du Colorado, un feu flamboyait dans une cheminée.

Quatre

Un an et demi s'était écoulé depuis la grave dépression de Dennis Boyd lorsque Jules Jacobson et lui se rencontrèrent dans un dîner, à la fin de l'automne de 1981. Elle s'était installée à New York au mois de septembre, après l'université, pour tenter de devenir actrice, dans le rôle du personnage de comédie «avec du tempérament», aidée en cela par ses cheveux roux. Mais elle savait qu'en essayant d'imiter Lucille Ball, on n'allait pas très loin. La dépression n'était pas une chose à laquelle pensaient ses amis et elle. Ils pensaient plutôt à leurs boulots temporaires, leurs auditions, leurs diplômes, à dénicher un appartement à loyer bloqué, et ils se demandaient si le fait de coucher deux fois avec la même personne signifiait qu'on était engagé. Ils essayaient de comprendre le monde à travers une succession d'expériences, mais la maladie mentale n'en faisait pas partie. Jules était trop novice dans ce domaine pour savoir reconnaître une maladie mentale, à moins que celle-ci n'apparaisse devant elle sous sa forme masculine agressive et bouillonnante ou sa forme féminine désespérée et «plathienne». Sinon, elle passait totalement à côté.

Isadora Topfeldt, l'hôtesse de ce dîner, lui avait fourni au préalable quelques détails concernant Dennis Boyd, en omettant toutefois l'épisode dépressif. En citant les noms des personnes qui assisteraient au dîner, elle avait dit à Jules :

— Oh, il y aura également mon voisin du dessous, Dennis Boyd. Tu t'en souviens, je t'ai parlé de lui.

— Non.

— Mais si, voyons. *Dennis.* Ce cher gros Dennis. (Isadora tendit sa mâchoire en avant et écarta les bras en guise de description.) Cette sorte d'ours avec d'épais cheveux noirs. Un type *ordinaire.*

— Ordinaire ? Ça veut dire quoi ?

— Oh. C'est juste que toi, moi et la plupart des gens qu'on connaît, on n'est *pas* ordinaires. Dennis, si. Rien que son nom : Dennis Boyd. On dirait des blocs de bois posés côte à côte : Dennis. Boyd. Ça pourrait être le nom de n'importe qui sur terre. Il est comme... un *type.* Il n'évolue pas dans un milieu artistique, ce qui le différencie d'un tas de gens de notre entourage. Il travaille en intérim dans une clinique, il répond au téléphone. Il n'a aucune idée de ce qu'il veut faire dans la vie. Il vient de Dunellen, New Jersey, classes populaires, « très quincaillerie », a-t-il dit, je crois, et il est allé à Rutgers. Il ne parle pas beaucoup. Il faut lui arracher les mots de la bouche. Il joue au *touch football* avec ses amis dans le parc, ajouta Isadora comme s'il s'agissait d'un détail exotique.

— Pourquoi l'as-tu invité ?

Isadora haussa les épaules.

— Je l'aime bien. Tu sais à quoi il ressemble, en réalité ? À un jeune flic.

L'immeuble dans lequel vivaient Isadora Topfeldt et Dennis Boyd, étroit et sans ascenseur, se trouvait dans la 85e Rue Ouest, tout près d'Amsterdam Avenue, un quartier encore douteux au début des années quatre-vingt. Tous ceux qui vivaient alors dans l'Upper West Side racontaient qu'ils avaient été agressés, ou failli l'être, au moins une fois; c'était un rite de passage. Isadora, une femme forte en gueule et aux larges épaules, qui aimait porter des robes vintage, avait bavardé avec son voisin Dennis devant les boîtes aux lettres et elle l'avait reçu une ou deux fois dans son appartement. Récemment, un soir, après de longs silences, Dennis lui avait fait le récit, froidement, de ce qui lui était arrivé à l'université et Isadora, toujours très commère pourtant, n'avait pas raconté l'épisode de sa dépression et de son hospitalisation, ni à Jules ni à aucun des autres invités de ce dîner car, ainsi qu'elle l'expliqua par la suite, cela n'aurait pas été correct envers lui.

Jules avait obtenu son diplôme de la State University of New York, à Buffalo, et après un été passé avec sa mère à Underhill, où tout était comme avant, mais légèrement différent (le restaurant italien familial était devenu un salon de manucure, la boutique de vêtements également, les voisins, les Wanczyk, étaient morts tous les deux d'une crise cardiaque, l'un après l'autre, et leur maison avait été vendue à une famille iranienne), elle avait dégoté un studio extrêmement bon marché dans le West Village. L'immeuble donnait l'impression d'être un véritable piège en cas d'incendie, mais il était à New York. Elle pouvait enfin dire qu'elle y habitait, là où tous ses amis de Spirit-in-the-Woods vivaient quand elle les avait connus. Maintenant, elle était comme eux.

Ash et Ethan habitaient à l'autre bout de la ville, dans l'East Village, et leur studio – le premier logement qu'ils avaient partagé – n'était guère mieux que le sien. Certes, il possédait une cheminée en état de marche, mais la pièce unique était minuscule, avec un lit en hauteur et une table de dessin dessous. Tous menaient leur existence dans de minuscules appartements ; c'était la règle quand vous sortiez de l'université. L'aspect un peu sordide du studio de Jules dans Horatio Street ne constituait pas un motif de honte pour elle. Le soir, elle travaillait comme serveuse à La Belle Lanterna, un café fréquenté par les jeunes récemment venus de leurs banlieues, qui commandaient joyeusement cette orangeade baptisée Aranciata en faisant rouler le r tels de vrais Italiens. La journée, quand elle le pouvait, elle passait des auditions. Elle n'avait reçu qu'un seul coup de téléphone jusqu'à présent, mais elle persévérait.

Ses amis étaient trop gentils pour lui suggérer d'envisager, peut-être, une autre voie. C'étaient les parents qui vous tendaient, sans qu'on le leur demande, des ouvrages pour préparer les tests d'entrée dans des facs de droit, et quand vous réagissiez en affichant votre répulsion ou votre fureur, ils disaient, sur la défensive : «Je voulais juste que tu aies quelque chose à quoi te raccrocher. » Le monde du droit regorgeait de personnes qui s'étaient raccrochées, contrairement au théâtre. Personne ne se «raccrochait» au théâtre. Il fallait le vouloir, vraiment.

Jules avait cru, dans les premiers temps de sa vie à New York, qu'elle le voulait vraiment. Ses trois étés passés à Spirit-in-the-Woods lui avaient insufflé ce désir, et il lui était resté. Elle avait gagné de l'assurance en tant qu'actrice, il lui arrivait même de faire preuve d'audace. Sa gêne en société était devenue un affect délibéré aux yeux des autres. Désormais, elle portait parfois d'étranges tenues espiègles, dont une paire de lunettes à la John Lennon pour lire, et une courte jupe évasée qui pouvait, théoriquement, mériter le nom de dirdnl. « Tu aimes prononcer le mot *dirdnl*, c'est tout ! » l'accusa Ethan, à juste titre. Jules faisait souvent des réflexions qui lui étaient propres, même pas de véritables plaisanteries, et elle constatait avec étonnement que la plupart des autres acteurs n'avaient pas d'humour, en règle générale, et ils constituaient un très bon public. Il lui suffisait de lancer une phrase vaguement ethnique ou qui *semblait* drôle : « Mes kiskhas, mes kishkas », avait-elle dit après avoir reçu un frisbee dans le ventre, et tous les comédiens présents avaient ri, alors que Jules savait bien qu'il y avait tromperie sur la marchandise : elle n'était pas vraiment drôle, elle rôdait dans les *parages* de la drôlerie.

Ethan comprit cette distinction quand elle lui raconta la scène.

— Oui, c'était une sorte de tromperie, confirma-t-il. Utiliser ta judaïté de cette façon un peu bas de gamme.

Ash et Jules suivaient maintenant le même cours de théâtre dans l'atelier privé d'une professeure légendaire, Yvonne Urbaniak, presque octogénaire, coiffée d'un turban, un accessoire qui, à moins de posséder un visage parfait, n'était pas flatteur pour une femme et suggérait généralement une chimiothérapie. «C'est la doublure d'Isak Dinesen pour les cascades», aimait à dire Jules. Yvonne était extrêmement charismatique, même si elle était capable de cruauté soudaine. «Non! Non! Non!» avait-elle dit plus d'une fois à Jules. Ash faisait partie des stars du cours, alors que Jules comptait parmi les plus mauvais élèves. «Dans les deux derniers, sans aucun doute», avait-elle dit un jour. Ash l'avait contredite dans un murmure, sans trop de conviction.

Tous les jeudis soir durant cette première année après l'université, Jules et Ash s'étaient donc retrouvées dans le salon presque nu d'un *brownstone*, avec dix autres personnes. Là, elles lisaient des scènes, faisaient des exercices et très souvent, quelqu'un pleurait. Il arrivait que ce fût Ash. Jules ne pleurait jamais là-bas. Parfois, en voyant un des autres élèves submergé par l'émotion durant un exercice, elle éprouvait une poussée de tension nerveuse et une envie inopinée, inexplicable, de rire. Elle ne ressentait pas un puissant lien émotionnel avec ce travail, et elle essayait de se convaincre qu'une actrice de comédie n'avait pas besoin de ce lien. Il lui suffisait d'être une jeune femme drôle qui se déplaçait maladroitement sur scène, en faisant son numéro de charme. Mais pour ça non plus, elle n'était pas très douée.

Après le cours, Ash et elle dînaient tardivement dans un restaurant de l'East Village où les *varenyky*, la version ukrainienne des *pierogi* gras, tournoyaient dans des assiettes en porcelaine ovales beurrées. Ces dîners étaient à la fois un but et un soulagement.

Après la tension du cours, Jules appréciait l'amidon et la pellicule huileuse que vous pouviez lécher sur votre fourchette, et le plaisir de s'asseoir en face d'Ash, sans personne d'autre autour.

— Je devrais arrêter, dit-elle.

— Mais non. Tu es trop douée.

— C'est faux.

Ash encourageait toujours Jules, en dépit de la vérité. Peut-être avait-elle été douée à quinze ans, mais ce fut un flamboiement bref et inhabituel. Son premier soir sur scène, à Spirit-in-the-Woods, dans *Le Tas de sable*, avait été le meilleur de tous, suivi les deux étés suivants par des imitations un peu plus faibles. Et puis, à l'université, bien qu'elle ait été choisie pour jouer dans plusieurs pièces, elle avait pris conscience de sa place dans tout cela. Certains comédiens possédaient de la détermination, mais pas de talent ; d'autres en avaient à revendre, mais ils étaient fragiles et il fallait que le monde les découvre avant qu'ils se ratatinent et disparaissent. Et il y avait les gens comme Jules, qui faisaient tellement d'efforts que cela se voyait. «Continue, lui disait Ash. Il n'y a que ça de vrai, non?» Alors, Jules continuait, sans récompenses ni encouragements en dehors de son cercle d'amis.

Néanmoins, entre le cours difficile d'Yvonne et les auditions inutiles, Jules Jacobson pouvait toujours être qualifiée de «comédienne», et c'est ainsi qu'elle fut présentée à Dennis Boyd lors du dîner organisé par Isadora. Celle-ci présenta Dennis comme «mon voisin, le sympathique intérimaire de la clinique». Tous les deux se saluèrent timidement. Quand vous aviez vingt-deux ans en 1981 et que vous rencontriez une personne du sexe opposé, vous ne pensiez pas à fonder une vie de couple. Ash et Ethan étaient le seul couple de leur âge que connaissait Jules, et ça ne comptait pas car ils ne ressemblaient pas aux autres. Ce phénomène d'amour d'enfance entre Ash et Ethan, un peu étrange, ne pouvait pas s'expliquer totalement.

Ce dîner auquel fut convié Dennis faisait partie de ces soirées qui s'improvisaient au début des années quatre-vingt, quand tout le monde apprenait à cuisiner et servait des plats élaborés, à l'intérieur de certains paramètres limités toutefois, étant donné qu'ils possédaient tous les deux les mêmes livres de cuisine accessibles. Le poulet Marbella était omniprésent. Les prunes, ces mal-aimées, avec leur dos de scarabée, brillantes, et un intérieur semblable à de la viande, trouvaient enfin leur place. La coriandre apparut partout pendant une courte période, provoquant de minirafales de conversations pour savoir qui aimait ou n'aimait pas ça, et qui se concluaient inévitablement par cette réflexion d'un convive : «Je ne supporte pas la coriandre, ça a un goût de savon.» Ce soir-là, les bougies faisaient couler des langues de cire rouge sur la nappe d'Isadora et le rebord de la fenêtre, où elle laisserait une croûte éternelle, mais cela importait peu : les meubles merdiques d'Isadora, et l'appartement lui-même, seraient abandonnés une fois cet entraînement à la vie terminé, dès que de nouveaux désirs auraient remplacé les anciens. Ils détestaient tous Ronald Reagan, avec une haine uniforme, et Jules Jacobson était stupéfaite que des gens en Amérique – une majorité, apparemment – puissent l'aimer.

Nixon avait été un personnage carrément grotesque, et autant qu'elle pouvait en juger, Reagan en était un également avec ses cheveux gominés et ses épaules de veste rembourrées comme une sorte d'oncle benêt.

« Avez-vous déjà remarqué, avait demandé Jules à ses amis, un jour, que Reagan a la tête *penchée* ? On dirait le bouchon en caoutchouc sur les flacons de cette espèce de colle liquide marron. Comment on appelle ça… Ah oui, du mucilage. » Tout le monde avait ri. « Notre président à tête de mucilage ! Et même si ça n'a qu'un vague rapport, avait-elle ajouté en répétant une chose qu'elle avait déjà dite à Ethan, là-bas à Spirit-in-the-Woods, avez-vous remarqué que les crayons à papier ressemblent à des colleys ? Comme Lassie, vous voyez ? » Personne n'avait remarqué. Quelqu'un sortit un crayon et Jules leur montra que, si on le regardait de côté, un crayon avait une frange orange hirsute semblable à la fourrure d'un colley, et une mine noire qui ressemblait à la truffe. Oui, oui, ils voyaient bien maintenant, mais ils continuaient à penser à « tête de mucilage », et ils se désespéraient de vivre dans son Amérique.

La maison de Cindy Drive, qui avait toujours été petite et un peu misérable, paraissait carrément tragique après la fac. Depuis la mort de son père en 1974, sa mère ne parvenait plus à la maintenir en état. La boîte aux lettres était de travers, sur la véranda une vieille citrouille en céramique débordait de vieux numéros jaunes et friables de l'*Underhill Clarion*. Sa mère lui sautait dessus dès qu'elle franchissait la porte et durant les repas, on aurait dit qu'elle espionnait la façon dont elle mangeait. C'était déconcertant.

Quand Jules partit vivre à New York, quel bonheur de ne plus être observée, et donc de ne plus être jugée. Même chez le coiffeur bon marché du Village, la créature androgyne et maigre qui vous coupait les cheveux vous regardait à peine, elle regardait dans le miroir, à l'autre bout du vaste sous-sol industriel, un autre coiffeur androgyne et maigre. Une chanson des Ramones faisait trembler les fauteuils et vous pouviez fermer les yeux pour l'écouter, en même temps que vous écoutiez le bruit étrangement satisfaisant des ciseaux sur vos cheveux mouillés.

À ce dîner, tout le monde ou presque avait des cheveux en épis, comme des poils de chien après une bagarre sous la pluie. Mais pas Dennis Boyd, assis en face de Jules Jacobson, séparé d'elle par une grosse bougie semblable à une colonne dorique. Il avait des cheveux noirs ondulés à la coupe classique, un visage au teint mat avec une barbe naissante et des yeux sombres, très enfoncés, qui semblaient soulignés par de légers bleus. On ne savait pas trop qui il était ni ce qu'il était. Il habitait dans cet immeuble et avait un travail dont il allait bientôt se lasser. C'était une époque de la vie, comprenait-elle, où on pouvait ne pas savoir qui on était, peu importe. Vous ne jugiez pas les gens à leur réussite – ils ne connaissaient presque personne qui avait réussi à vingt-deux ans, personne n'habitait dans un bel appartement, ne possédait des choses de valeur, ne portait des vêtements chers et ne cherchait à gagner de l'argent –, mais à leur charme. La période qui allait, grosso modo, de vingt à trente ans était souvent extraordinairement fertile. Un formidable travail pouvait être accompli durant cette tranche temporelle de dix ans. À peine sortis de l'université, ils se préparaient, ils étaient ambitieux, pas de manière calculatrice, ils étaient simplement enthousiastes, pas encore fatigués.

Dennis, le robuste voisin d'Isadora, était un peu différent. Il portait encore sa tenue de travail : sa chemise blanche froissée à col boutonné évoquait une parure de draps en coton propres. Il paraissait solide, comme l'avait dit Isadora, et en effet, avec sa coupe de cheveux classique, ses bras épais et son accent du New Jersey, il ressemblait à l'idée qu'elle se faisait d'un jeune flic. Il n'était pas très difficile de l'imaginer en uniforme. Mais il était également plus timide que toutes les autres personnes présentes ce soir-là : une fille nommée Janine Banks qu'Isadora avait connue dans sa ville natale et un certain Robert Takahashi qui travaillait dans le même magasin de reprographie qu'Isadora. Robert était petit et beau, avec des cheveux noirs fins comme du duvet, en épis, et un corps de figurine de personnage de film d'action. Il était homo, avait précisé Isadora, et venait d'une famille américano-japonaise qui avait eu honte quand il leur avait fait cet aveu et n'avaient plus jamais parlé de son homosexualité. Néanmoins, chaque fois qu'il allait voir ses parents à Pittsburgh, il emmenait son petit ami du moment, s'il en avait un, et sa mère cuisinait pour les deux hommes des nouilles udon, de l'anguille en sauce, et elle les traitait bien.

Pendant un instant, Jules songea que Robert devrait rencontrer son ami Jonah Bay, mais elle se dit que Jonah n'était pas prêt à rencontrer quelqu'un après un été passé dans une ferme du Vermont avec d'autres membres de l'Église de l'unification, les moo-nistes. Il s'était laissé entraîner par cette secte quand il vivait encore à Cambridge après être sorti diplômé du MIT. Pour des raisons que personne ne comprenait, Jonah avait succombé à cet endoctrinement, il était parti vivre dans cette ferme et avait rejoint les rangs des moonistes jusqu'à ce que ses amis parviennent à le ramener à New York, un mois plus tôt seulement, pour le faire déprogrammer. Aujourd'hui, il était à peine redevenu sociable, comme quelqu'un qui se repose après une crise cardiaque.

À table, Robert Takahashi confia qu'un de ses amis du magasin de reprographie, Trey Speidell, était très malade. Tout cela était survenu d'une manière extrê-mement inquiétante, ajouta-t-il. Un soir, après le tra-vail, les deux hommes s'étaient rendus au Saint, et là, sous le dôme perforé du club, semblable à un plané-tarium, ils avaient commencé à danser. On avait ôté les chemises et sniffé des poppers, bien qu'on soit en semaine, et pourquoi pas, après tout ? On était en 1981, et ces deux jeunes hommes avec leurs nouvelles coupes de cheveux se levaient tous les jours pour faire un travail qui n'exigeait pas beaucoup d'intelligence. Ils pouvaient bien se coucher tard, danser et sauter sur place. Aux morceaux rapides succédèrent des morceaux lents, alors ils s'échouèrent ensemble dans un coin et finirent la nuit dans le petit appartement que Trey partageait avec quelqu'un.

— On a commencé à se tripoter, raconta Robert. C'était excitant. (Tout le monde l'écoutait avec atten-tion comme s'il racontait une épopée.) Trey est très mignon, croyez-moi.

— C'est vrai, confirma Isadora.

— Ensuite, il faisait plus ou moins nuit dans la pièce. Je promenais mon doigt sur son épaule et j'ai dit un truc du genre : «Suivez les points.» Quoi? a dit Trey. Je parle de tes taches de naissance, j'ai dit. Il m'a affirmé qu'il n'en avait pas, et il s'est senti insulté. Il s'est rendu dans la salle de bains pour le prouver, je l'ai suivi. Il a allumé la lumière et là, on a découvert ces gros points violets sur sa peau, comme si quelqu'un les avait dessinés avec un feutre. Le lendemain, à l'heure du déjeuner, il est allé voir un dermatologue et il n'est pas revenu travailler. Maintenant, il est à l'hôpital et ils disent que c'est un cancer. D'un genre très rare. Ils ont fait venir des médecins d'autres hôpitaux. Et même de France.

Trey Speidell allait très bien jusqu'alors, précisa Robert, il était en pleine forme, il avait vingt-six ans, et du jour au lendemain, il se retrouvait à Saint-Vincent dans une unité réservée aux cas inexpliqués. Robert craignait qu'il y ait dans le système de ventilation de Copies Plus une toxine qui avait empoisonné Trey et qui allait empoisonner les autres employés, tout comme la maladie du légionnaire avait tué les participants à cette convention. Il avait peur qu'Isadora et lui soient les suivants.

— Je crois qu'on devrait démissionner dès lundi matin, dit-il. Foutre le camp. De toute façon, c'est un endroit affreux.

— Ça devient une obsession, répondit Isadora. Un de nos collègues a un cancer, Robert. Ça arrive, même chez les jeunes.

— L'infirmière de Saint-Vincent a dit que seules les personnes âgées avaient ce genre de cancer.

— Ma sœur, Ellen, a eu un zona l'an dernier, intervint Jules. Ça aussi, ça arrive uniquement aux vieux normalement.

— Exactement, dit Isadora. Merci, Jules. Si Trey Speidell souffre d'un cancer de vieux, ça ne signifie pas qu'il va y avoir une épidémie chez Copies Plus.

— Vous savez quel est mon plan d'attaque quand un truc m'inquiète ? demanda Dennis soudain et l'irruption de sa voix dans la conversation surprit Jules car elle s'aperçut qu'il avait parlé beaucoup moins que tous les autres au cours du dîner.

Tout le monde le regarda en attendant la suite et il sembla faire marche arrière, il parut hésitant.

— Eh bien, dit-il, ce que je fais, c'est que j'essaye de changer de mode comportemental.

— Mode comportemental, répéta Isadora. C'est quoi, ça ? Ça fait très *swinging sixties*.

— En fait, il faut juste essayer de réfléchir à ce qui est réaliste dans ta réaction et ce qui ne l'est pas.

Il passa sa langue sur ses lèvres, gêné par toute cette attention dont il était l'objet.

— Je connais cette technique, dit Jules. J'ai fait un exposé sur ce sujet en cours de psycho.

— Oh. Super, dit Dennis.

Ils se regardèrent et se sourirent en même temps.

— Jules et Dennis assis dans un arbre s'embrassent, chanta Isadora de manière follement déplacée.

Robert et Janine grognèrent et l'insultèrent, mais Jules et Dennis ne dirent rien, ils se contentèrent de regarder leur assiette pendant ce moment étrange. Isadora s'adressa à Robert :

— Je crois que tu as besoin de te détendre. Et nous aussi. C'est pour ça que je nous ai apporté un bon gros spliff en guise de dessert.

Personne ne semblait très intéressé, Jules n'était même pas certaine de savoir ce qu'était un spliff. Isadora truffait parfois ses propos d'expressions familières qui ne lui ressemblaient pas. Robert Takahashi demeura absent et morose jusqu'à la fin de la soirée, ce qui rendit Isadora encore plus bavarde, comme si elle craignait que le silence ne vienne gâcher un des premiers dîners qu'elle organisait dans sa vie. Avec son apparence normale, Dennis Boyd semblait trop costaud pour la chaise fragile achetée pour pas cher au bazar de la Troisième Avenue. Jules craignait qu'il la casse et fasse une chute qui le plongerait dans l'embarras. Elle ne voulait pas que cela lui arrive, il paraissait déjà tellement mal à l'aise dans cette pièce.

Après l'histoire émouvante et pleine de frayeur de Robert, et la morosité qui s'était abattue sur les convives, Isadora domina la soirée, et son amie Janine se joignit à elle pour raconter des histoires datant de l'époque du lycée quand elles travaillaient dans un fast-food. Finalement, c'était tellement ennuyeux, tous les cinq, prisonniers autour de cette table, sur des chaises branlantes, obligés d'écouter ces deux filles, que Jules raconta sa propre histoire, concernant le petit boulot qu'elle avait durant sa deuxième année d'études à Buffalo.

— Ma matière principale, c'était le théâtre, mais j'étudiais aussi la psycho, expliqua-t-elle. Je jouais dans des pièces et en même temps je travaillais pour un prof de psycho qui effectuait des expériences sur d'autres étudiants, payés vingt dollars chacun. Un jour, je devais demander aux sujets de décrire l'expérience émotionnelle la plus douloureuse qu'ils avaient vécue. Tout cela restera confidentiel, leur précisai-je.

Jules raconta aux convives comment ces étudiants qu'elle ne connaissait pas, mais qu'elle avait peut-être aperçus sur le campus, lui avaient raconté librement leurs ruptures avec leurs petits copains ou leurs petites copines du lycée, la mort de leur mère ou même, une fois, la mort d'un petit frère dans un accident de plongée. Mais leurs paroles n'avaient pas d'importance, ils ne savaient pas qu'elle étudiait uniquement leur langage corporel. Jules observait leurs mains, leurs mouvements de tête et prenait des notes. Au bout d'un moment, ce matériau brut et émotionnel prit à ses yeux l'aspect de révélations ordinaires. La douleur des autres devint une véritable substance qu'elle ne sous-estimait pas et ne prenait pas à la légère. Elle s'imaginait même dans la peau d'une de ces personnes, assise là, parlant de la mort de son père, il y a si longtemps, de cette même voix fragile et tremblante. Ces volontaires étaient soulagés de lui raconter leur douleur, et la qualité de son écoute importait peu.

Au milieu du dîner, la jambe de Dennis Boyd cogna plusieurs fois contre la table, et il était si costaud qu'il la soulevait légèrement du sol.

— Arrête ça, on se croirait dans une séance de spiritisme, dit Isadora en lui donnant une tape sur le bras.

Elle frappait souvent les hommes, par affection soi-disant.

Jules demanda :

— Qu'est-ce qu'il a fait ?

— Il gigote. Il remue la jambe. Comme un petit garçon.

— Je suis un garçon, dit Dennis. Du moins, je l'ai été.

— Tous les garçons ne gigotent pas, dit Jules, ce qui était sa façon de flirter, mais pourquoi est-ce que l'espièglerie était censée indiquer l'envie de flirter et l'attirance sexuelle ?

Pourquoi n'était-ce pas la gravité ? Ou la mélancolie ?

— Lui, si, répondit Isadora. Crois-moi.

Un an plus tard environ, Isadora quitterait New York pour voyager à travers le pays, dormant sur les canapés d'amis d'amis – du *couchsurfing* des dizaines d'années avant que cela ne devienne une activité en vigueur – et envoyant à Jules et à Dennis des cartes postales ridicules achetées dans des attractions de bord de route comme le Musée du hamburger ou la «véritable» maison de la vieille femme qui vivait dans une chaussure. «La véritable ?» avait dit Jules à Dennis quand cette carte était arrivée. Comment la vieille femme dans la chaussure peut-elle avoir une maison ? *Elle n'existe pas.* C'est une comptine. Ils s'étaient moqués d'Isadora. Et puis, plus personne n'avait eu de ses nouvelles à partir de 1984. Bien plus tard, en 1998, quand Internet se fut développé pour de bon, Jules eut l'idée d'effectuer une recherche sur Yahoo, et elle ne trouva qu'une seule référence : «I. Topfeldt», propriétaire d'un salon de toilettage canin à Pompano en Floride. S'agissait-il d'Isadora ? Elle ne se souvenait pas que celle-ci lui ait parlé de son amour des chiens. D'ailleurs, elle n'avait connu personne d'une vingtaine d'années à New York qui avait un chien. Mais de toute évidence, la vie s'emparait des gens et les secouait dans tous les sens jusqu'à ce qu'ils deviennent méconnaissables, même aux yeux de ceux qui les avaient bien connus. Toutefois, le fait d'avoir connu quelqu'un vous procurait du pouvoir.

Jules chercha de nouveau Isadora sur Internet en 2006, s'attendant à trouver la même information sur le toilettage canin, ce qui aurait été étrangement réconfortant. Quand vous localisiez sur la Toile une personne du passé, c'était comme si vous retrouviez cette personne prisonnière derrière une vitrine en verre dans la collection permanente d'un musée. Vous saviez qu'elle était toujours là, et vous aviez l'impression qu'elle demeurerait à cet endroit pour toujours. Mais cette fois, quand Jules entra le nom d'Isadora, la première référence fut un avis de décès de 2002, soit quatre ans plus tôt. Il était question d'un accident de la circulation sur une autoroute à la sortie de Pompano. Les accidents semblaient toujours se produire « à la sortie » des endroits dont vous aviez entendu parler, jamais dans ces endroits précisément. Il s'agissait bel et bien de la bonne Isadora Topfeldt, âgée de quarante-trois ans, diplômée de la State University of New York à Buffalo, qui ne laissait que sa mère.

— Dennis ! s'écria Jules, d'une voix forte et crispée, assise devant l'ordinateur et cet avis de décès, ne sachant pas trop quoi faire ni quoi ressentir. Elle avait envie de pleurer, mais elle ne savait même pas pourquoi.

— Regarde.

Dennis vint se placer derrière elle.

— Oh, non. Isadora.

— Oui. C'est elle qui nous a présentés.

— Je suis triste.

— Moi aussi.

Jules et Dennis s'interrogèrent sur ce brouillard de tristesse mutuel, bien plus intense que l'affection qu'ils avaient éprouvée pour Isadora Topfeldt quand ils étaient amis avec elle, et c'était poignant.

Lors de ce premier dîner, où Dennis Boyd était assis en face de Jules Jacobson, il avait une lueur légèrement humide dans ses yeux sombres, et chaque fois que son regard dérivait vers Jules, elle recevait un nouveau petit éclat, très agréable, de son intérêt. Cela faisait bien longtemps qu'elle n'avait pas réellement éprouvé de l'affection pour un garçon, ou un homme, comme les gens commençaient à les appeler maintenant. À la fac, à Buffalo, tout le monde à l'extérieur s'emmitouflait dans d'épais vêtements qui donnaient à leur corps le même aspect asexué. À l'intérieur, les hommes portaient d'épaisses chemises en flanelle et ingurgitaient des bières. On jouait au baby-foot, ce jeu à la popularité inexplicable, avec toutes ces poignées, et la machine Ms. Pac-Man était très fréquentée au fond du Crumley's, le bar où tout le monde passait les vendredis et samedis soir. Jules avait eu des relations sexuelles aux vagues relents de vomi avec deux types inintéressants – les gars du département théâtre étaient tous homos ou bien ils ne s'intéressaient qu'aux jolies filles de leur département – et elle avait pris de longues douches ensuite, dans son dortoir, en portant des tongs pour ne pas attraper des champignons.

Ses colocataires étaient un groupe de filles les plus méchantes que l'on pouvait trouver, négligées et nullement faites pour les études. Pas de chance, on l'avait mise avec elles. La résidence sentait le fer à friser. Les filles se hurlaient dessus avec désinvolture et mépris, comme si elles se trouvaient dans une sorte de centre pour malades mentaux. « Bouffe ma chatte, Amanda, tu n'es qu'une sale baratineuse de merde ! » hurla une fille d'un bout à l'autre de la salle commune avec les sacco qui fuyaient, les cartons de pizza écartelés, le téléviseur Sony Trinitron et, bien évidemment, les fers à friser dispersés un peu partout comme des épées de chevaliers durant leur jour de repos.

Le premier jour de neige, lors de sa première année à Buffalo, Jules Jacobson se rendit à la cabine téléphonique de l'autre côté de la rue, en face de la résidence, et gava l'appareil de pièces de monnaie pour appeler Ash Wolf à Yale. Dès que celle-ci répondit, Jules perçut toute sa détermination.

— Salut, dit Ash sur le ton distrait, distant, de quelqu'un en train de rédiger un essai sur Molière.

— Ash, je hais cet endroit, dit Jules. C'est gigantesque. Sais-tu combien il y a d'étudiants ? *Vingt mille.* C'est comme une ville où je ne connaîtrais personne. J'ai l'impression d'être une émigrante venue seule en Amérique. Je m'appelle Anna Babouckha. Je t'en supplie, viens me chercher.

Ash rit, comme toujours. Son rire au téléphone devint pour Jules le point culminant de cet appel ; le fait qu'elle puisse provoquer cette réaction chez Ash lui procurait un certain orgueil. Malgré son malheur, elle était capable d'éprouver un léger sentiment de pouvoir.

— Oh, Jules, dit Ash. Je suis désolée de te savoir contrariée.

— Je ne suis pas contrariée. Je suis malheureuse. Sincèrement.

— Essaye encore, OK ? Tu n'es là-bas que depuis deux mois et demi.

— Une décennie en années de chien.

— Tu pourrais en parler à un conseiller d'éducation.

— Je l'ai fait. Ça ne suffit pas.

Jules avait eu cinq rendez-vous avec une psychologue ébouriffée prénommée Melinda, aussi gentille que la plus gentille des mères, qui hochait la tête d'un air compatissant pendant que Jules pestait contre la stupidité de la vie universitaire. Par la suite, elle se souviendrait à peine des paroles de Melinda, mais sur le moment, sa présence avait été apaisante et nécessaire, et nul doute que Jules imita inconsciemment un peu le style de Melinda plus tard quand elle-même se lança dans le métier de psychothérapeute.

— Il faut un certain temps pour s'habituer à la fac, dit Ash. Je ressentais la même chose que toi au début, mais ça s'est arrangé dernièrement.

— Tu es à Yale, Ash, ça n'a rien à voir. Ici, tout le monde est bourré.

— Un tas de gens se saoulent ici aussi, répondit Ash. Crois-moi. Si tu tends l'oreille, tu entendras ceux qui vomissent à Davenport.

Jules n'entendit que le bruit d'une allumette que l'on frottait. Une cigarette à la main, Ash ressemblait souvent à une fée qui fume ou à un ange délinquant.

— Eh bien, *ici*, les étudiants mettent carrément la bouche sous le robinet de bière à la pression, dit Jules. Et on annonce quatre-vingts centimètres de neige la semaine prochaine. Viens me voir ce week-end, s'il te plaît, avant qu'on m'enterre vivante.

Ash réfléchit.

— Ce week-end ? Ah, ce serait super de te voir. C'est moche qu'on ne vive pas au même endroit.

— Oui, je sais.

— OK. On viendra vendredi en voiture.

On. Ash Wolf et Ethan Figman étaient devenus «on» et «nous» durant l'été avant la dernière année de lycée, à la stupeur générale, et le *nous* avait survécu, bien qu'ils soient partis dans deux universités différentes à l'automne.

Le vendredi, comme promis, Ash et Ethan se présentèrent à l'entrée de la résidence de Jules à Buffalo. Ash, petite, belle et rayonnante ; Ethan mielleux et tout chiffonné par le long trajet en voiture. Ils avaient apporté de New York quelques réserves de secours destinées à guérir Jules de son isolement. Les bagels étaient presque impossibles à couper et le fromage frais aux échalotes légèrement liquéfié après être resté devant le siège avant, sous le chauffage de la vieille voiture du père d'Ethan ; ce qui ne les empêcha pas de manger tous les trois, assis dans la minuscule chambre en parpaings de Jules, porte fermée pour ne pas entendre les voix de ses épouvantables colocataires.

— Bon. Je vois ce que tu voulais dire. Il faut que tu t'éloignes de ces filles, murmura Ash. Il suffit de les regarder pour comprendre que tu n'exagérais pas.

— Suis mon conseil, ajouta Ethan. Essaye de repérer les personnes les plus intelligentes dans tes cours. Écoute leurs remarques. Ensuite, colle-toi à eux après les cours et impose-toi.

— *Impose-toi ?* répéta Ash.

— Merde, ce n'était pas ce que je voulais dire. Ah, je suis désolé. Quel imbécile je fais.

Au cours des jours qui suivirent la visite d'Ash et d'Ethan, conformément à leurs conseils, Jules entreprit de fausser compagnie à ses colocataires. Elle découvrit ainsi qu'il y avait autour d'elle des noyaux d'intelligence. Aveuglée par son malheur, elle n'avait pas su les identifier. Elle croisa les regards de deux ou trois étudiants de sa section «Intro à la psycho», avec qui elle forma un groupe de travail. Au labo, puis dans le local du syndicat étudiant, Jules, Isadora Topfeldt et quelques autres étudiants légèrement décalés, assis sur des éléments de mobilier modulaire, s'avouèrent à quel point ils détestaient leurs colocataires. Après quoi, ils se rendirent dans un bar situé de l'autre côté du campus, le Barrel, le Tonneau, où tout le monde se saoulait autant qu'au Crumley's. C'était le nord de l'État de New York, où la neige tombait sur la couche précédente et s'amoncelait à la manière de ces gâteaux au citron meringués incontrôlables derrière le présentoir de l'Underhill Diner. Ils buvaient et buvaient, et ils se sentaient bien, ils formaient une tribu, même s'ils n'étaient pas particulièrement proches.

En ce soir de novembre 1981, vingt et un ans avant la mort d'Isadora Topfeldt, alors que leur amitié tenait toujours, Jules assistait à son dîner dans l'appartement de la 85ᵉ Rue Ouest.

Isadora racla le fond du plat de service et brandit un reste de nourriture planté au bout d'une fourchette.

— Y a-t-il quelque chose de plus triste qu'un petit morceau de poulet oublié à la fin d'un dîner ?

— Hum, fit Jules. Oui. L'holocauste.

Il y eut un moment de silence, suivi d'un rire ambivalent.

— Toujours aussi impayable, dit Isadora. (Elle se tourna vers les autres invités.) Jules était très drôle à la fac.

— Obligée, dit Jules. Je vivais avec des filles épouvantables. Il fallait que je conserve le sens de l'humour.

— Et Isadora ? demanda Dennis Boyd, elle était comment à la fac ?

— Dennis, répondit Isadora, la fac c'était l'été dernier. J'étais comme maintenant. Attention avec ta jambe, prévint-elle, voyant que le genou de Dennis semblait sur le point de soulever la table une fois de plus.

— Oui, elle était pareille, confirma Jules.

Mais évidemment, elle aimait un peu moins Isadora maintenant qu'elle avait moins besoin d'elle et la voyait plus clairement. Ash et Ethan, et Jonah, depuis qu'il était revenu vers eux récemment, étaient les amis qu'elle voyait et avec qui elle parlait tout le temps.

— Comment est-elle *maintenant* ? demanda-t-elle à Dennis. Puisque tu es son voisin.

— Oh, elle me fiche la frousse, avoua-t-il.

Après un instant de silence, ils éclatèrent de rire tous les deux, comme pour masquer ce moment de sincérité accidentel.

Dennis partit tôt, en expliquant qu'il avait un match de *touch football* à l'aube dans Central Park. Aucun des autres ne concevait de se lever aussi tôt le week-end, et surtout pas pour exercer une activité sportive.

— On est toute une bande de gars et on se retrouve au Sheep Meadow, expliqua-t-il. (Il se tourna vers Robert Takahashi.) J'espère que ton ami va se rétablir rapidement.

Puis, après un bref sourire qui s'adressait à l'assistance, ou plus particulièrement à Jules peut-être, il regagna son appartement à l'étage du dessous.

À peine fut-il parti qu'Isadora se mit à parler de lui :

— «Une bande de gars.» Formidable, non ? Je sais qu'il donne l'impression d'être constitué d'éléments simples… Attention, je n'ai pas dit qu'il était idiot. Je veux juste dire des éléments moins déglingués que ceux qui nous composent. Mais la vérité est plus complexe. Certes, il est absolument normal, il joue au *touch football*, et il n'est pas sans cesse en quête d'attention comme nous.

— Parle pour toi, dit Robert Takahashi.

— Mais en réalité, il est dépressif. Il m'a avoué qu'il avait fait une véritable dépression en plein milieu de son avant-dernière année à Rutgers. Il n'allait plus en cours et il n'a rendu aucun devoir. Quand il s'est retrouvé à l'infirmerie, il n'avait pas mis les pieds au réfectoire depuis des semaines… sa carte n'avait pas

116

été scannée une seule fois, il se nourrissait uniquement de ramen, sans les faire cuire.

— Comment on peut manger des ramen sans les faire cuire? demanda Janine. Il faut quand même mettre de l'eau?

— Aucune idée, Janine, répondit Isadora d'un ton agacé. En voyant son état, l'infirmerie a appelé ses parents. Ils se sont arrangés pour le faire transférer à l'hôpital.

— Un hôpital psychiatrique? demanda Robert Takahashi. Mon Dieu!

Un silence inquiet se répandit autour de la table, ondulant comme l'air au-dessus des bougies.

— Oui, dit Isadora. Le même hôpital où ils envoyaient tous ces poètes. Même si Dennis Boyd n'est pas un poète. Loin de là, ajouta-t-elle, un peu inutilement, pensa Jules. Ils l'ont envoyé jusque là-bas, en Nouvelle-Angleterre, parce que le psychiatre de Rutgers avait dit à ses parents que cet établissement possédait un excellent service pour adolescents. Et puis, c'est l'assurance qui payait. Une fois rétabli, il est retourné à la fac pour finir son cursus, et il a suivi des cours de rattrapage durant l'été. Il n'a pas très bien réussi, mais ils lui ont quand même donné son diplôme.

— Quel est cet hôpital où allaient les poètes? demanda Jules.

— Tu sais bien… Cet endroit très connu dans le Berkshire.

— Langton Hull? s'étonna Jules.

Dennis avait séjourné à l'hôpital psychiatrique Langton Hill de Belknap, la petite ville où se trouvait Spirit-in-the-Woods.

Vers la fin de la soirée, Isadora servit des expressos faits avec une machine que lui avaient offerte ses parents, et dont elle ne maîtrisait pas très bien le fonctionnement. Pour finir, elle brandit le spliff promis :

— Et voilà, *man*, dit-elle avec un accent qui se voulait jamaïcain, en agitant la tête tel un poulet, comme si elle écoutait du reggae intérieurement, et le joint circula.

— Imaginez-moi portant un de ces drôles de bonnets rastas au tricot, avec tous mes cheveux rentrés à l'intérieur, dit Isadora. Imaginez-moi noire.

Jules avait fumé de l'herbe essentiellement à l'adolescence, dans une autre vie. Toutes ces fumettes dans les années soixante-dix l'avaient épuisée, et la perspective de planer ne l'attirait plus. Elle se voyait parlant trop, et trop fort, extravertie, un peu ridicule, et cela lui donna l'impression d'être souillée, malheureuse, aussi avala-t-elle à peine la fumée, soupçonnant Robert Takahashi, qui semblait désireux de rester lucide lui aussi, d'en faire autant. Seules Janine et Isadora sucèrent le gros joint comme une tétine, en riant et en échangeant des plaisanteries incompréhensibles sur leur passé commun d'employées de fast-food.

En quittant l'appartement, Jules trouva dans l'escalier Dennis Boyd qui descendait la poubelle, mais elle ne put pas lui dire : «On a parlé de toi et j'ai appris que tu étais allé à Langton Hull. Tu connais Spirit-in-the-Woods ? »

Alors, elle dit :

— Salut. Tu as loupé les cookies.

— Dommage. J'aime bien les cookies. Mais j'évite d'en manger. Je commence à avoir du bide. J'ai pas envie de ressembler déjà à mon père. Ni plus tard.

Pour illustrer ses paroles, il se tapota le ventre avec la main qui ne tenait pas le sac poubelle fermé par une ficelle et qui semblait mouillé à travers le plastique blanc presque transparent. Il avait enfilé un sweat-shirt vert et un jean : une tenue d'après-dîner. Il s'avéra qu'il était un peu grassouillet à cause des médicaments qu'il prenait pour combattre sa dépression. À l'époque, les antidépresseurs ne faisaient pas dans la douceur, ils collaient une grande claque à la dépression avec leur grosse patte maladroite.

— Tu as loupé aussi le spliff d'Isadora, ajouta Jules avec un sourire qu'elle espérait sardonique.

Elle ne voulait pas dire du mal d'Isadora Topfeldt avant que Dennis commence, mais elle supposait, elle espérait, qu'il partageait son impression.

— Je crois que je ne connaissais pas ce mot, avoua-t-il. Spliff. C'est un joint, en fait ?

— Oui.

— Tu veux boire un verre ? proposa-t-il, et Jules dit « non merci » ; elle était fatiguée et rassasiée par ce dîner, elle ne pourrait rien avaler de plus ce soir.

Il était exact qu'elle essayait de faire attention après cette orgie de bière qui avait duré quatre ans à Buffalo. Mais en réalité, Dennis lui proposait de venir chez lui, et elle n'avait pas su répondre comme il fallait, en adulte. Surprise par cette invitation, elle avait dit non, et pourtant elle s'était aperçue presque immédiatement qu'elle aurait bien aimé aller chez lui. Elle avait envie de voir comment il vivait, de découvrir sa modeste collection d'objets personnels. Elle aurait parié qu'il était ordonné, attentionné et touchant.

— OK, dit-il. Bon. Amuse-toi bien, alors. À un de ces jours.

— À un de ces jours.

Si elle s'était attardée sur lui un peu plus longtemps, si elle l'avait vu si jeune, si costaud et inachevé, un sac poubelle à la main, la manche de son sweat-shirt trop courte qui dévoilait son épais poignet velu, peut-être auraient-ils commencé quelque chose le soir même. Au lieu de cela, il leur fallut presque deux mois, période durant laquelle ils accomplirent les tâches de leurs vies respectives, sans aucun objectif apparent, alors qu'en réalité, ils préparaient un tas de choses.

Jules Jacobson revit Dennis Boyd dans la rue en hiver. Cette fois encore, il tenait un sac en plastique à la main. Elle se rendait chez Copies Plus pour faire photocopier une scène d'une pièce de théâtre, en vue d'une audition. Jules vit le goulot d'une bouteille marron dépasser du sac de courses et elle fut émue de constater que c'était du Bosco, le sirop de chocolat qui n'était pas réapparu dans sa vie depuis l'adolescence. Dennis avait acheté du Bosco et des tacos. Elle repensa aux révélations indiscrètes d'Isadora concernant son séjour en hôpital psychiatrique, et songea qu'il ne savait pas encore très bien prendre soin de lui. Mais qui en était capable, en réalité ? Jules n'avait jamais envoyé le formulaire et le chèque à Prudential pour souscrire une assurance santé, alors que sa mère lui avait fait jurer qu'elle le ferait. Jules n'était donc pas assurée, et en plus de ça, elle n'avait jamais utilisé la cuisinière dans sa petite cuisine répugnante, sauf pour faire chauffer une chaussette remplie de grains de riz crus, la fois où elle avait eu un torticolis. Mais l'idée que Dennis Boyd, ce garçon costaud, brun et mal rasé ne prenne pas soin de lui la contrariait.

— Je viens avec toi, déclara-t-il et Jules accepta, alors il l'accompagna jusque chez Copies Plus.

La clochette de la porte tinta quand ils entrèrent dans la boutique blanche à l'éclairage vif en inhalant l'odeur astringente du toner. Isadora Topfeldt était là, vêtue de son polo rouge d'employée; elle s'était fait des nattes de petite fille et paraissait encore plus excentrique et marginale que la dernière fois où Jules l'avait vue. Elle semblait avoir été transformée en zombie par le bruit répétitif des machines, dont les lumières balayaient les plateaux de verre. Derrière elle, son ami Robert Takahashi alignait des liasses de documents. Jules lui dit bonjour et lui rappela qu'ils s'étaient vus chez Isadora.

— Salut, dit-il avec un sourire.

— Quoi de neuf? Ton collègue qui était malade?

— Trey. Il est mort récemment.

— Oh, zut.

D'une voix mal assurée, Robert dit :

— Je veux bien admettre que ce n'est pas le système de ventilation qui a provoqué son cancer. N'empêche, tout ça était très bizarre et très rapide, et je n'arrête pas d'y penser.

— Je suis vraiment désolé, dirent en chœur Jules et Dennis, et Robert se mit à pleurer devant eux.

Ils étaient tous un peu gênés et personne ne savait quoi dire, alors ils ne dirent rien. Finalement, Dennis posa ses courses sur le comptoir et se pencha au-dessus pour serrer Robert dans ses bras, comme s'il tenait un ballon contre lui en courant dans l'herbe de Central Park. Il fallait voir ça : ce costaud un peu brutal, avec son gros anorak, et le beau petit Asiatique en polo rouge ; et si ce geste était profondément gênant, il était également sincère, et Robert semblait reconnaissant. Dennis le costaud le lâcha, Jules lui tapota le bras, et finalement, Robert leur tourna le dos, en larmes, pour continuer à s'occuper des piles de feuilles qui l'entouraient car en dépit de son chagrin, il avait du travail.

Jules sentait qu'elle devait quitter au plus vite cet endroit où un très jeune homme était tombé malade et en était mort ; cet endroit où travaillait une personne autoritaire et peu attirante ; et où quelqu'un d'autre était étouffé par le chagrin. Un endroit susceptible de vous faire prendre conscience que votre propre vie avait une durée limitée, comme celle de tout le monde. Quand Jules quitta la boutique avec Dennis pour le suivre jusqu'à son appartement, où il était entendu maintenant qu'ils coucheraient ensemble, elle imaginait véritablement qu'ils se libéraient des possibilités limitées et des choses désagréables, y compris la *mort*, la mort provoquée par un cancer rare, un cancer de personne âgée, ou toute autre cause, et qu'ils partaient vers un vaste endroit dégagé et inexploré. Il balança le sac de courses sur son épaule, lui prit la main et ils se mirent à courir.

À vingt-deux ans, le sexe était idyllique. Le sexe à vingt-deux ans n'était pas le sexe à dix-huit à la fac, qui portait le poids du manque d'assurance, de la nervosité et de la honte. Le sexe à vingt-deux ans n'était pas non plus le sexe solitaire à douze ans, où il s'agissait seulement d'être silencieux et discret dans son lit étroit, en pensant combien c'était étrange d'éprouver toutes ces sensations rien qu'en faisant ça. Le sexe à vingt-deux ans n'était pas non plus le sexe à cinquante-deux ans qui, quand il survenait, des dizaines d'années plus tard au cours du long mariage Jacobson-Boyd, pouvait être une chose soudaine et agréable qui arrachait l'un des deux à son sommeil.

Le sexe à vingt-deux ans, c'était vraiment quelque chose, pensait Jules, et Dennis aussi apparemment. Leurs deux corps étaient encore parfaits, ou relativement parfaits, comme ils s'en rendraient compte plus tard, mais sur le coup, ils ne pouvaient pas le voir. Ce jour-là, gênés, morts de honte, mais tellement excités, ils s'offrirent un strip-tease mutuel pour la première fois, debout à côté du lit surélevé de Dennis, et Jules l'obligea à gravir l'échelle le premier, sachant que si elle passait devant lui, quand elle lèverait la jambe pour atteindre le barreau suivant, la partie la plus intime de son être se trouverait brièvement ouverte et exposée. Les poils, l'ombre, le pincement des lèvres, le petit anus misérable, comment pourrait-elle lui laisser voir *ce* spectacle ?

— Après vous, mon bon monsieur, dit-elle (oh, mon Dieu, avait-elle vraiment prononcé ces mots ? *Pourquoi ?* Voulait-elle se faire passer pour une prostituée victorienne ?) avec un large geste du bras.

Dennis, brun et velu, grimpa à l'échelle nu. Et Jules regarda ses parties intimes exécuter la version masculine de ce qu'auraient fait les siennes : ses boules bougèrent, sans vraiment se balancer, et son cul duveteux se sépara en deux lorsqu'il plia le genou pour escalader l'échelle verticale et atteindre le lit près du plafond. Le lit de Dennis Boyd était si haut qu'ils ne pouvaient pas s'y asseoir ; ils pouvaient juste s'avachir à moitié, s'allonger ou se coucher l'un sur l'autre comme un carambolage entre deux voitures.

Ce lit encourageait une intimité à laquelle Jules n'était pas habituée, et qui l'affolait.

— Je veux te regarder, lui dit Dennis, dont le visage était si près qu'il pouvait la voir réellement, totalement.

— Oh, mon Dieu, c'est obligé ?

— Oui, dit-il d'un ton solennel.

Elle espérait que son menton ne faisait pas de plis et elle essaya de se remémorer ce qu'elle avait pensé d'elle ce matin en se regardant dans la glace. Dennis, constata-t-elle, avait déjà besoin de se raser. C'était un homme à l'aspect robuste, au torse épais, avec une grosse queue et des poils pubiens qui ressemblaient à un petit pagne noir, mais malgré tout cela, Jules savait qu'il était peu solide intérieurement. En courant depuis le magasin de reprographie, ils avaient eu l'impression de fuir un avenir infernal sans issue.

Cet homme montait le premier à l'échelle, lui laissant voir ses boules et les tresses de poils sombres qui les enveloppaient comme une sorte de protection atavique. L'aspect insaisissable de ces boules à l'intérieur de leur sac fin donnait un air fragile même à un homme grand, fort et athlétique. Mais c'était une illusion, Dennis n'était pas si vulnérable ; avec elle il se montra *puissant*, et il sourit ensuite, heureux de lui avoir donné un solide orgasme non simulé. Elle avait fait : «Oh, oh, oh», et il avait dit : «Tu es merveilleuse !» Elle était merveilleuse car sa réaction lui avait permis de se sentir bien, victorieux. Il était content de la taille de son pénis ; il n'avait pas besoin de le dire, elle le savait.

Une heure plus tard, ils buvaient du lait légèrement teinté de Bosco dans de grands verres Scarlet Knights de Rutger, et le lait coulait un peu dans leur cou car ils se tenaient à moitié affalés sur le lit, pendant qu'ils se racontaient les grandes lignes de leur autobiographie. Dennis parla de sa famille à Dunellen : sa mère, son père et ses trois frères. L'entreprise familiale était une quincaillerie baptisée «B & L» et deux des frères de Dennis projetaient de reprendre le magasin. Dennis pourrait se joindre à eux s'il le souhaitait, mais il confia à Jules que cette perspective ressemblait à «la mort de l'âme». Elle fut soulagée de l'entendre dire ça. Un homme qui utilisait l'expression «la mort de l'âme» était un être complexe. Il buvait dans des verres aux couleurs d'une équipe de football universitaire et il avait trouvé un moyen rudimentaire de prendre soin de lui. Sa famille n'avait jamais eu beaucoup d'argent. Pourtant, à chaque Noël, ils échangeaient des cadeaux coûteux et décoraient la façade de leur maison avec des lumières, une crèche et des sons de cornemuse. Pour les fêtes, ils organisaient de grandes réunions au cours desquelles tout le monde restait assis dans le salon pendant des heures, mais ce n'étaient pas des moments heureux, plutôt ennuyeux, qui lui donnaient la bougeotte, disait-il. Il y avait toujours des frictions, ajouta-t-il, car en vérité, personne n'aimait beaucoup les autres.

— Mes frères et moi, on a toujours aimé se taper dessus.

— Encore maintenant ?

— Non. Dans le temps, je voulais dire.

— Oh, désolée. J'ai cru que vous continuiez à vous taper dessus.

— Non. Ça voudrait dire qu'on est des connards. Et j'essaye de ne pas l'être. J'ai grandi au milieu d'un tas de connards.

D'un ton inquiet, il ajouta :

— Est-ce que j'ai l'air d'un connard ?

— Non, pas du tout, répondit Jules, mais elle savait pourquoi il demandait cela. Il affichait cette expression typique du jeune mâle qu'elle avait vue dans les meutes au centre commercial pendant son enfance, puis partout dans la vie ensuite, y compris à l'université. Cela ne l'avait jamais attirée, quand s'y ajoutait une masculinité générique, mais chez Dennis, elle aimait ça. Il avait eu des ennuis, mais il était solide, costaud, fiable. Elle songea à son père : le cancer avait transformé Warren Jacobson en feuille, fragile, un être de plus en plus frêle à cause de la maladie. Pourtant, quand elle était petite, elle le trouvait grand et fort. Elle le revoyait rentrant à la maison après le travail, désireux d'écouter ses filles lui raconter leurs journées à l'école.

« Parlez-moi de ces nouvelles mathématiques », disait-il, car on appelait ça ainsi en ce temps-là, sans s'apercevoir qu'en qualifiant une chose de « nouvelle » on accélérait son vieillissement. Il avait été très présent, puis il avait disparu, et à mesure que les années s'accumulaient, penser à lui comme à quelqu'un qui avait été présent devenait de plus en plus difficile. Son père appartenait au passé désormais, le présent n'en voulait pas, il s'y opposait. Mais il y avait Dennis Boyd, le présent personnifié, et couchée dans ce lit avec lui, Jules sentait qu'une partie ancienne de son cerveau, liée à son enfance, était stimulée par des câbles de démarrage. Imaginez : un homme qui ne partirait pas ! Un homme solide, ultraprésent, sur qui on pouvait compter. Elle avait perdu son père à quinze ans, et un peu plus tard, Ethan Figman avait tenté de l'attirer vers lui, et si c'était adorable, ça n'allait pas du tout physiquement.

Et voilà que Dennis, un homme de forte carrure, sans talent exceptionnel flagrant, sans désir pressant, dans aucun domaine, pouvait réussir là où Ethan avait échoué. Jules était absorbée par Dennis, dévouée déjà. Il était prévenant, bon, dénué d'ironie, un élément qui, à sa grande surprise, la séduisait, après toutes ces années d'incessante ironie adolescente. Allongée à côté de lui, Jules se demandait quand elle le reverrait. Il n'y avait rien d'esthétiquement fin chez Dennis, absolument rien de subtil, à l'exception de sa timidité, qui était adorable. Il traversait le monde en écrasant tout sur son passage, mais avec discrétion. S'il s'asseyait sur une chaise trop fragile, il risquait de la briser. S'il pénétrait une femme avec son gros pénis épais, il devait se placer dans le bon angle s'il ne voulait pas l'entendre crier de douleur. Il devait faire attention, il devait s'adapter. Chez lui à la maison, les garçons criaient à leur mère : « Maman ! Fais-nous des macaronis au fromage ! » Ils n'élevaient jamais la voix face à leur père, assis devant la télé, l'air mauvais, pour regarder des matchs de foot et des documentaires sur le Troisième Reich. Ils avaient peur de lui, aujourd'hui encore.

Quand Dennis en arriva à l'épisode de sa vie qui s'était déroulée à Langton Hall, sa voix se fit plus hésitante, plus interrogative; il regardait Jules pour voir si cet aveu risquait de tout gâcher. Le trouverait-elle trop déséquilibré, se le représenterait-elle toujours, désormais, comme un malade en robe de chambre qui dîne à dix-sept heures ? Une femme qui débutait une liaison amoureuse avec un homme risquait de ne pas se remettre d'une telle image. En vérité, Jules n'était pas préoccupée par cette image de Dennis, parce qu'elle se demandait si elle devait lui révéler ce qu'elle savait déjà de sa dépression et de son hospitalisation, grâce à Isadora. Auquel cas, elle devrait lui révéler qu'ils avaient parlé de lui lors de ce dîner à l'automne dernier, après son départ.

— Oh, fit-elle simplement, avec un air soucieux, en lui caressant le bras de manière tout aussi inappropriée qu'elle avait caressé celui de Robert Takahashi dans le magasin de reprographie.

Ce soir-là, quand ils se séparèrent, Jules appela Ash, et dès que celle-ci décrocha, Jules lui annonça :

— J'ai couché avec quelqu'un.

Les deux amies se parlaient presque quotidiennement et se voyaient une fois par semaine pour leur cours de théâtre, parfois plus. Ash travaillait à temps partiel dans le bureau de son père, pour faire du classement, le pire travail au monde affirmait-elle, et elle aussi passait des auditions. Récemment, elle avait été choisie pour incarner une sirène dans une pièce expérimentale qui serait jouée pendant une semaine devant l'Aquarium de New York à Coney Island. Apparemment, les producteurs souhaitaient également l'engager pour leur prochain spectacle. C'était un début, et même si c'était très mal rémunéré, Gil et Betsy Wolf payaient le loyer de l'appartement qu'elle partageait avec Ethan. Celui-ci réalisait des travaux d'animation pour des films éducatifs, mais les revenus étaient irréguliers. Un de ces jours, affirmait-il, il dénicherait un vrai boulot dans un studio. En attendant, il faisait un tas de petits boulots, sans cesser de dessiner dans ces petits carnets à spirale qui gonflaient ses poches arrière.

— Avec qui ? demanda Ash d'un ton soupçonneux. C'était qui ?

— Pourquoi as-tu l'air aussi choquée ? Figure-toi qu'on a connu plusieurs personnes qui voulaient me voir dans le plus simple appareil.

La communication grésilla et faiblit. Ash et Ethan avaient reçu récemment en cadeau, de la part des parents d'Ash, un de ces nouveaux téléphones sans fil, mais ce gros appareil disgracieux ne valait pas grand-chose : la connexion passait presque toujours du trop fort au trop faible, empêchant toute véritable conversation.

— Te voir comment ? demanda Ash. Je n'ai pas entendu.

— Dans le plus simple appareil.

— Oh. Oui, évidemment. C'est juste que tu n'as couché avec personne depuis qu'on vit toutes les deux dans la même ville. Et dans le temps, quand tu me parlais des hommes, c'était toujours des amants invisibles.

— N'emploie pas le mot *amants*.

— J'emploie toujours le mot *amant*.

— Je sais. Toi et Ethan… *amants*. Je n'ai jamais aimé ça. Mais je ne te l'ai pas dit.

— Il y a d'autres choses que tu n'aimes pas ? demanda Ash.

— Non. J'aime tout le reste chez toi.

C'était la vérité. Il y avait si peu de chose, critiquable, chez Ash. Et on ne pouvait pas lui reprocher d'employer le mot *amant*. Bavarder avec elle maintenant, lui parler de Dennis, c'était presque aussi agréable, d'une certaine façon, que de coucher avec lui. « Il est tellement *présent* », avait-elle envie de dire, mais Ash lui aurait demandé de s'expliquer et elle en aurait été incapable. Peut-être que son côté *temps présent* indiquait une absence de futur, peut-être, car il n'avait encore aucun projet pour lui-même, rien du tout, excepté ce qui était juste là, elle ne pourrait pas compter sur lui. Mais elle savait déjà que c'était faux.

Bientôt, supposait-elle, il y aurait un dîner de groupe. Sans doute dans un des restaurants indiens bon marché de la 6ᵉ Rue Est. Tout le monde serait très attentif et bavard, Ethan et Ash couvriraient d'affection Dennis, au-dessus des tandooris qui grésillaient dans les plats en fer. Malgré cela, tout le monde verrait qu'il était différent, et même si Jules les avait prévenus, ils seraient un peu étonnés. Quelqu'un évoquerait peut-être les piscines de David Hockney. « C'est quoi, ça ? » demanderait Dennis avec candeur, sans aucune honte, et Ash lui expliquerait que David Hockney était un artiste qui peignait souvent de magnifiques piscines turquoise, et qu'ils devraient tous aller voir son expo. «Ça a l'air bien», commenterait Dennis. La soirée terminée, il dirait à Jules : «Tes amis sont très sympas ! Allons voir l'expo de ce David Hackney avec eux.» Elle serait obligée de le reprendre tout bas : «Hockney.» Et *eux* diraient, quand ils l'appelleraient le lendemain matin : «Il est fou de toi, de toute évidence. C'est le plus important.»

Il ne s'intéressait pas à l'art, il ne mourait pas d'envie de devenir comédien, réalisateur de dessins animés, danseur ou hautboïste. Il n'était pas juif, pas même à moitié. Personne, ou presque, dans son entourage, ne ressemblait à Jules et à ses amis ; Isadora Topfeldt était celle qui s'en rapprochait le plus, mais elle était plus excentrique qu'artiste. À New York, depuis la fac, Jules croisait parfois quelqu'un qui était allé à Spirit-in-the-Woods, et à chaque fois, comme lorsque Ash rencontrait un ancien du camp, elles s'appelaient et se disaient d'un ton théâtral : «J'en ai vu un.» Les gens qui étaient allés à Spirit-in-the-Woods, même ceux qui n'étaient pas des amis proches là-bas, représentaient le monde de l'art et des possibilités artistiques. Toutefois, ce monde postuniversitaire différait de tout ce qui s'était passé avant : l'art occupait toujours une place centrale, mais désormais, chacun devait penser à gagner sa vie, ce qu'ils faisaient avec une sorte de mépris pour l'argent, si ce n'est qu'il leur permettait de vivre comme ils le souhaitaient. Rien n'était aussi concentré qu'autrefois, à Spirit-in-the-Woods. Ils se dispersaient tous, ils s'éloignaient, tout en restant des amis proches, mais ils découvraient que tout était très différent quand vous étiez livré à vous-même. Dennis, sans être un artiste, était très intelligent et plein de bonne volonté. Ce n'était pas un *connard*. Jules avait envie d'être avec lui, de le toucher, elle aimait son odeur, son lit près du plafond, et l'idée qu'il adorait sa compagnie. Dennis aimait apprendre, découvrir des choses. «Hier soir, sur Channel 13, j'ai regardé un documentaire consacré à la méthode Stanislavski, dit-il. Tu as déjà essayé cette méthode en jouant?» Ou bien : «J'ai passé vingt minutes à discuter dans la rue avec un type qui manifestait contre l'apartheid. Il m'a filé un tas de brochures que j'ai lues presque toute la nuit. J'ai trouvé ça terriblement choquant et triste.» Dennis n'aspirait à aucun type de vie en particulier, si ce n'est une vie sans dépression.

Il y aurait certainement d'autres dîners de groupe par la suite; Ash, Ethan et Jonah accueilleraient Dennis dans leur monde, complètement. Jonah serait peut-être moins souvent présent car c'était toujours un peu gênant quand tout le monde était en couple sauf une personne. Tout le groupe avait tendance à s'intéresser plus particulièrement à cette personne, comme pour l'aider à se sentir mieux dans sa solitude, comme s'il s'agissait d'un état contre nature. Jules s'imaginait organisant son propre dîner, dans son petit appartement, avec ses assiettes et ses couverts bon marché. Ils pourraient s'asseoir sur ses ersatz de meubles pour adultes et transformer une soirée à quatre en soirée à cinq. Elle fantasmait sur l'idée que, beaucoup plus tard, en repensant à cette époque de leur vie, ils la reverraient à travers une lentille claire et étincelante. Toutes les conversations qu'ils avaient eues. Tout le houmous qu'ils avaient mangé. Tous les plats pas chers, les ustensiles et les décorations banales, entre vingt et vingt-cinq ans.

— C'est du sérieux ? demanda Ash au téléphone après que Jules avait couché avec Dennis.

Ash avait su que c'était du sérieux avec Ethan à l'instant où elle avait couché avec lui, peut-être même avant.

— Oui, répondit Jules en se représentant le visage brun de Dennis Boyd au-dessus d'elle et le plafond quelques centimètres derrière.

« Attention, lui avait-elle dit en plaquant sa main sur l'arrière de son crâne. Je ne veux pas que tu t'ouvres la tête. »

« Je ne te servirais plus à rien avec la tête fêlée », avait-il répondu et elle avait craint alors qu'il songe qu'il avait déjà eu la tête fêlée, d'une certaine façon, à l'époque de la fac, et que la fissure avait été réparée sans que Jules le sache, alors qu'évidemment, elle savait.

— Il a fait une dépression nerveuse, Ash. Il m'a tout raconté, mais il ignorait que je le savais déjà, avant qu'il m'en parle, avoua-t-elle d'une traite. Qu'est-ce que tu en penses : je dois lui dire que je savais déjà ou est-ce qu'il s'agit d'un simple mensonge par omission et je devrais laisser tomber ?

— Dis-lui, répondit Ash sans réserve. Il le faut. Il doit savoir que tu savais. Tu ne peux pas commencer avec un secret.

— C'est *toi* qui dis ça ? répliqua Jules, d'un ton léger, mais cinglant.

S'ensuivit un long silence.

— Oui, dit finalement Ash.

Plus tard, Jules s'étonna de ne pas avoir poussé Ash dans ses retranchements ou essayé de l'obliger à avouer que c'était de l'hypocrisie de sa part. Plus étrange, peut-être : Ash ne semblait pas gênée par cette position. Au fil des ans, Jules se demanderait de temps à autre si Ash se souvenait de cette conversation ou si elle avait trouvé un moyen de s'habituer aux contradictions et les oublier aussitôt. Mais ce jour-là au téléphone, Jules n'insista pas car la conservation n'était pas censée porter sur Ash. Elle était censée porter sur Dennis et elle, aussi la ramena-t-elle dans cette direction, pour s'apercevoir qu'elle partageait l'avis d'Ash : elle devait avouer à Dennis tout ce qu'elle savait sur lui.

— Je t'ai plus ou moins menti l'autre jour, lui dit-elle lorsqu'ils se revirent.

Ils étaient convenus de se retrouver dans Central Park pour aller au zoo.

— J'étais déjà au courant pour... ta dépression... quand tu m'en as parlé, dit-elle aussitôt, au moment où ils payaient et entraient. Je n'aurais pas dû jouer la surprise. Isadora m'a tout raconté après ton départ.

— Ah bon ? Tu plaisantes ? Oh, c'est horrible. C'est justement ma pire crainte quand je quitte une pièce. Tout le monde parle de la chose que tu ne peux pas supporter en toi.

Ils suivirent l'allée du zoo à l'aspect fatigué et pénétrèrent dans la maison des pingouins.

— Mais en fait, ajouta-t-il, j'arrive à le supporter maintenant. Ce n'est plus aussi important qu'avant.

— Vraiment ?

Dennis hocha la tête et haussa les épaules. L'individu qui s'était effondré à Rutgers au milieu de son avant-dernière année n'était pas exactement le même que celui qui couchait nu dans un lit avec elle. Le premier était guéri. Le second était capable de prendre soin d'une autre personne et de laisser quelqu'un prendre soin de lui en cas de besoin.

Dennis possédait aux yeux de Jules un pouvoir de séduction qui serait difficile à expliquer à Ash, puis elle se souvint du premier soir où elle avait vu Ash et Ethan ensemble ; elle avait bêtement pensé : *Hein ? Hein ?* La beauté de l'amour tenait en partie au fait que vous n'aviez pas besoin de l'expliquer à autrui. Vous pouviez *refuser* d'expliquer. Quand il s'agissait d'amour, vous n'éprouviez pas forcément le besoin d'expliquer quoi que ce soit.

— Je savais qu'il y avait dans ma famille une tendance à la mélancolie, dit Dennis lorsqu'ils entrèrent dans le sanctuaire froid, humide et gris des pingouins. Ces petits animaux musclés et déterminés filaient dans l'eau trouble tels des hors-bord, sous les regards d'un groupe d'écoliers rassemblés dans les odeurs de poisson, les mains, le nez et la bouche ouverte collés contre la paroi de verre. Le fait de ne plus aller à l'école, d'être libre d'aller au zoo avec un homme, ou au lit, en pleine journée, procurait à Jules un sentiment d'interdit. Ils demeurèrent en retrait. Les mains dans les poches, Dennis ajouta : ma grand-mère Louie, la mère de mon père, ne sortait jamais de chez elle, et son père non plus, ou presque pas. Quand on allait là-bas, on avait l'impression de se retrouver dans une horrible pièce sombre où personne ne parlait. Ma grand-mère n'avait jamais rien à nous donner à manger. À part des biscuits qui s'appelaient des Vienna Fingers.

— Je m'en souviens. On en avait nous aussi.

— Oui, mais les tiens n'étaient certainement pas tout cassés, contrairement aux nôtres. On s'asseyait avec une assiette de Vienna Fingers brisés devant nous, et ce nom me flanquait la frousse, comme si c'étaient de véritables doigts humains. Des doigts de Juifs. Ma grand-mère avait toujours eu un petit fond d'antisémitisme. «Les Juifs ceci, les Juifs cela.» Ne t'inquiète pas, tu ne seras pas obligée de la rencontrer, elle est morte. Quand le soleil se couchait, quelqu'un allumait la plus petite lampe sur la table. Je n'avais qu'une envie : m'en aller. Pourtant, je n'ai jamais établi de rapprochement entre tout ça et moi. Ni même avec mon père, un homme très taciturne. Je pensais simplement qu'il ne m'aimait pas, mais ce n'était pas ça. En fait, c'est un dépressif qui n'est pas soigné, à en croire mon psychiatre à l'hôpital. Personne dans la famille ne veut l'admettre. Ils sont «contre» la psychothérapie. Ils ont eu honte de ce qui m'est arrivé. À mon avis, ils pensent que c'est la fac qui m'a fait craquer, et qu'il ne me serait rien arrivé si j'étais resté à la maison pour tenir la boutique avec mes frères.

Jules signala alors, mine de rien, qu'elle connaissait l'existence de l'hôpital psychiatrique Langton Hull, situé près du camp de vacances où elle passait ses étés ; elle avait vu le panneau en ville. Dennis, à son tour, avoua qu'il connaissait Spirit-in-the-Woods, lui aussi avait vu le panneau sur la route à la sortie de Belknap. Il avait imaginé ce que serait sa vie s'il était allé là-bas et non pas à l'hôpital. De fait, il s'avéra qu'il avait mangé lui aussi du crumble aux myrtilles, au cours d'une excursion en ville avec un des infirmières.

Dennis avait été dépressif, mais il ne l'était plus ; il prenait un médicament qu'on appelait un inhibiteur MAO. « Comme le président Mao », lui expliqua-t-il ce soir-là, après le zoo, alors qu'ils étaient assis dans le lit escamotable de Jules, dans l'appartement de celle-ci, à peine mieux que celui de Dennis.

— C'est quoi un inhibiteur MAO, au juste ? demanda-t-elle. La menace du capitalisme ?

Dennis sourit poliment, mais il semblait sérieux, angoissé. Il avait apporté de quoi dîner, des choses qu'il avait cuisinées, « rien d'extraordinaire », avait-il prévenu, ne comprenant pas encore que le geste en soi suffisait. Il expliqua, en disposant le repas sur une serviette étalée sur le lit, que chaque plat était composé d'un aliment qu'elle avait mangé devant lui ou qu'elle avait dit aimer.

— Lors de ce dîner chez Isadora, tu faisais partie de ceux qui aimaient la coriandre. Je m'en suis souvenu. J'ai dû aller dans deux endroits pour en trouver. Le type de l'épicerie coréenne a essayé de me refiler du persil, mais j'ai tenu bon.

Dennis et Jules mangèrent des bâtonnets de carotte et de céleri trempés dans une sauce au yaourt et à la coriandre qu'il avait faite lui-même. Puis les spaghettis encore tièdes qu'il avait apportés dans une boîte en plastique.

— Tu cuisines ? lui demanda-t-il.

— Non, avoua Jules, gênée. Je ne fais pas ce genre de choses. Je n'ai même pas payé mes cotisations d'assurance maladie.

— Je ne vois pas le rapport, mais peu importe. C'est pas grave. J'aime cuisiner. Sous-entendu : ça ne l'embêterait pas de faire la cuisine *dans leur couple* (car ils allaient former un couple, c'était sûr.) Puis il ajouta : puisqu'on parle de nourriture, ça pose quelques petits problèmes. À cause de mon inhibiteur MAO, il y a un tas de choses que je ne peux pas manger.

— Ah bon ? fit-elle, intriguée. Quoi, par exemple ?

Il lui dressa une liste d'aliments contre-indiqués incluant les viandes fumées, en saumure ou en conserve, les fromages affinés, le foie, le pâté, les pois gourmands, la sauce soja, les anchois, les avocats. Ainsi que certaines bières et certains vins. Sans oublier la cocaïne.

— Interdiction absolue de consommer de la cocaïne. Alors, s'il te plaît, ne m'en fais pas prendre.

— Dommage, répondit Jules. Car même si j'ai dit que je ne cuisinais pas, demain j'avais l'intention de te préparer un sandwich au vieux gouda et à la cocaïne. Et de te le faire avaler de force par le nez, ajouta-t-elle.

À vrai dire, en voyant le petit repas harmonieusement éclectique qu'il avait apporté, Jules était tellement émue qu'elle avait envie d'acheter un livre de cuisine et de lui préparer à manger. Elle testerait son four, pour voir si la veilleuse s'allumait. Ce désir provoquait en elle un léger embarras, comme s'il s'agissait d'une régression ménagère. Elle n'aurait su expliquer de quelle manière ils en étaient arrivés là, mais ils s'étaient engagés dans l'amour et la sollicitude réciproque, ce qui impliquait, contre toute attente, la notion d'alimentation et de nourriture.

— Ah, zut, dit Dennis. J'aurais adoré manger ce sandwich.

— Sérieusement, par simple curiosité, qu'est-ce qui arriverait si jamais tu mangeais un de ces aliments ? demanda Jules. Tu retomberais dans la dépression ?

— Non. Pire que ça. Ma tension pourrait monter en flèche. Ils m'ont donné toute une brochure là-dessus. Les aliments qui contiennent de la tyramine sont potentiellement mortels pour moi.

— Je n'ai jamais entendu ce terme, dit Jules.

— C'est un composé qu'on trouve dans un tas d'aliments. Et sérieusement, je risque d'en mourir.

— Ne fais pas ça. Je t'en supplie, ne fais pas ça.

— OK. Pour toi, je ne le ferai pas.

Tomber amoureuse d'un homme émotionnellement instable ne voulait pas seulement dire l'aider à surveiller ce qu'il mangeait, mais savoir également qu'il courait le risque de sombrer de manière dramatique. Il se sentait vraiment bien maintenant, lui avait-il assuré, stabilisé dans un état mental acceptable grâce au mystérieux inhibiteur MAO qui provoquait des modifications dans son cerveau, qui s'y introduisait comme les doigts gantés d'un chirurgien pour déplacer divers éléments. Il se sentait vraiment bien, répéta-t-il. En fait, il se sentait super bien. Et il était prêt à lui appartenir, si elle voulait bien de lui.

Cinq

Après ce premier été passé à Spirit-in-the-Woods, le retour à la maison fut une calamité. Lois et Ellen Jacobson semblaient extrêmement ennuyeuses aux yeux de Jules ; n'avaient-elles donc aucune curiosité ? L'une et l'autre demeuraient passives pendant de longs moments, et soudain, voilà qu'elles avaient des idées très arrêtées sur les sujets les plus inintéressants qui soient : la longueur des ourlets cette saison d'après *Glamour*. Le nouveau film de Charles Bronson était-il trop violent pour les adolescents ? Lois : « Oui. » Ellen : « Non. » Plus inquiétant, elles semblaient ne pas avoir conscience de la douleur qu'éprouvait désormais Jules à devoir vivre avec elles. Cet été avait fait naître en elle un sentiment de supériorité et une colère rentrée, sans qu'elle en ait conscience, jusqu'à ce que sa mère et sa sœur viennent la chercher le dernier jour du camp à bord de leur Dodge Dart, qui paraissait plus verte qu'avant et ressemblait plus que jamais à une boîte à savon. De la fenêtre de son tipi, elle vit la voiture avancer sur la route étroite et cahoteuse. Jules avait eu le sentiment d'être une intruse quand on l'avait invitée pour la première fois à se joindre à Ash et aux autres dans le tipi des garçons numéro 3, mais les véritables intruses roulaient maintenant vers elle, et elles avaient le culot de s'arrêter derrière le tipi des filles numéro 2 pour tenter de la récupérer dans leur tribu.

— Je suis obligée d'aller avec elles ? demanda Jules à Ash. Ce n'est pas juste.

— Oui, tu es obligée. Et moi, je serai obligée d'aller avec mes parents… quand ils se pointeront. Ils sont toujours en retard. Ma mère aime faire les antiquaires.

— Ce n'est pas un problème pour toi de retourner dans ta famille, dit Jules. Tu es dans ton élément là-bas. Et tu as Goodman. De plus, tous les autres habitent près de chez toi. Tu as tout New York, en fait. Franchement, ce n'est pas comparable, Ash. Moi, je vis en Sibérie. Je vais m'ouvrir les veines et laisser une traînée de sang dans ma rue de banlieue, qui s'appelle Cindy Drive. Tu te rends compte ? Cindy ? Dans quelle rue tu habites, toi ?

— Central Park Ouest. Mais, écoute… on continuera à se voir, dit Ash. Cet été ne va pas disparaître comme s'il n'avait jamais existé.

Ash la prit dans ses bras et du coin de l'œil, Jules vit Cathy Kiplinger tourner les talons, contrariée. Jules ne lui en voulait pas. Les filles s'enlaçaient pour un rien, elles saisissaient la moindre occasion, dès que l'émotion leur nouait la gorge. Comme des bébés ou des chatons, elles avaient envie qu'on les câline. Mais Cathy Kiplinger était peut-être jalouse. Tout le monde voulait être enlacé par Ash, sans qu'il soit question de sensualité, uniquement pour le plaisir d'avoir été choisi. Cathy était sexy, mais Ash était aimée de tous.

Au cours de cette dernière matinée de l'été 1974, Jules avait feuilleté l'album de Spirit-in-the-Woods appartenant à Ash, un carnet à spirale que chacun avait reçu la veille. Comme l'album de Jules, celui d'Ash était rempli de commentaires sentimentaux, griffonnés avec intensité par les autres pensionnaires. Mais alors que les commentaires dans l'album de Jules pouvaient se résumer à : «Jules, tu étais hilarante dans la pièce d'Albee! Et tu as montré que tu étais une personne hilarante dans la vraie vie aussi, ce que je n'aurais jamais imaginé! J'espère que tu continueras à faire des trucs super. Restons en contact! Ton amie et camarade de tipi, Jane Zell», ceux concernant Ash étaient différents. Plusieurs beaux garçons avouaient qu'ils avaient été secrètement et désespérément amoureux d'elle tout l'été. Alors qu'Ethan Figman, s'il rêvait de devenir le petit ami de Jules Jacobson, acceptait de n'être que son ami intime. Mais plusieurs garçons, incapables de s'adresser de vive voix à Ash, lui disaient finalement ce qu'ils avaient à dire dans son album. Ce sentiment s'exprimait de cette façon :

Chère Ash,

Je sais bien qu'on ne s'est presque pas parlé, toi et moi. Tu ne t'en souviens sûrement pas, mais un jour où je travaillais mon basson dans le pré, tu es passée à côté de moi et tu m'as dit : «C'est très beau, Jeff!» Et je le jure devant Dieu, c'était comme si mon rôle dans la vie était de me trouver dans ce pré pour que tu passes à côté de moi. Je sais bien que nous autres, les musiciens d'orchestre, on n'est pas aussi vifs et spirituels que vous,

les gens de théâtre. Néanmoins, voilà une bonne plai-
santerie sur les bassonistes :

«Quelle est la différence entre un basson et une
migraine ?

Aucune. Tout le monde est bien content quand ça
s'arrête.»

Bon, voilà. Avant de quitter ce camp, je voulais que
tu saches que j'ai été follement amoureux de toi tout
l'été, même si ce n'était que de loin, au bout d'un pré.

Affectueusement,

Jeff Kemp (Jeff avec le basson, pas l'autre Jeff, l'abruti
qui joue de la trompette).

Jeff Kemp retrouverait sa vie, l'orchestre de son
école et les chaises métalliques pliantes sur une scène
de concert et il endurerait une année entière sans
l'amour d'Ash Wolf, qui en viendrait à symboliser
tout ce qu'il aimait chez les filles. Des filles considé-
rées comme des êtres supérieurs avancés. Des filles
aussi fragiles que des moineaux, mais si prévenantes
et gentilles qu'il fallait en avoir une près de soi. Jules
elle-même éprouvait un peu ce sentiment avec Ash.
«Je te promets, lui dit Ash lors de ce dernier jour de
camp, le 24 août 1974, que je ne te laisserai pas disparaître en douceur.»

Jules n'avait pas seulement besoin d'Ash, sa plus
proche amie, elle avait besoin d'eux tous, et de ce
qu'elle ressentait en leur présence. Mais déjà, la
sensation de la vie sur le camp se trouvait ébranlée.
Si elle avait vécu un été étrange et marquant, tout

le pays s'en souviendrait également : un président en exercice avait *démissionné* et quitté la Maison Blanche sous les regards de tous les Américains. Il leur avait adressé un signe de la main comme s'il s'en allait lui aussi après un été particulier. Jules ne supportait pas l'idée de partir, là, maintenant, et elle sentit venir les larmes. Au loin, d'autres voitures arrivaient. Parmi toutes les voix, elle entendait celle d'Ethan, encore une fois, comme le premier jour ; il était au centre de toute cette agitation, il aidait ses camarades et les parents, se servant de son corps massif pour soulever les malles ou les gros sacs de voyage et les fourrer à l'arrière des voitures qui attendaient. Jules n'était pas la seule à pleurer. Les épaules du T-shirt Félix le chat d'Ethan restèrent mouillées toute la journée.

— Je ne veux pas partir, je ne veux pas retourner là-bas, dit Jules à Ash, mais au même moment, sa mère et sa sœur entrèrent dans le tipi.

Elles n'avaient pas frappé, elles avaient fait irruption, comme si elles effectuaient une descente de police, suivies de Gudrun Sigurdsdottir, l'animatrice, qui s'exclama :

— Regarde qui est là !

Ses yeux étaient remplis d'une véritable tristesse.

Jules se laissa étreindre par sa mère, qui semblait réellement émue et heureuse de la revoir, à moins qu'il ne s'agisse d'un excédent d'émotion après cette longue et dure année qui avait vu son mari tomber malade et mourir. Lois Jacobson ne pouvait se douter qu'elle ramenait à la maison une personne différente de l'andouille aux cheveux permanentés, timide et en deuil, qu'elle avait déposée au même endroit à la fin du mois de juin.

— N'oublie pas tes articles de toilette, dit Lois.

Horrifiée par ce terme, Jules fit semblant de ne pas avoir entendu.

— Je crois que Jules a tout, dit Ash. On a toutes vidé nos casiers.

— *Jules ?* répéta Ellen en regardant sa sœur. Pourquoi est-ce qu'elle t'appelle comme ça ?

— Tout le monde m'appelle comme ça.

— Non. C'est faux. Mon Dieu, tu as été piquée partout ! (Ellen prit le bras de Jules et le retourna pour l'examiner.) Comment tu fais pour supporter ça ?

— Je n'avais même pas remarqué.

Elle avait remarqué, mais s'en fichait. Les moustiques étaient entrés et repartis par un trou en forme de svastika dans sa moustiquaire, pendant qu'elle dormait.

Aidée de sa mère et de sa sœur, elle transporta ses affaires jusqu'à la voiture, mais Ethan surgit devant elles et se saisit d'une des poignées de la malle.

— Je m'appelle Ethan Figman. Je suis le conseiller en animation de votre fille, madame Jacobson, bredouilla-t-il bêtement.

— Ah oui ? fit Lois Jacobson.

— Parfaitement. Toutes les questions que Jules a pu se poser sur l'animation au cours de cet été, j'y ai répondu. Par exemple, elle pouvait me demander : «*Steamboat Willie* n'est-il pas le premier dessin animé parlant, Ethan ?» Et moi, je répondais : «Non, Jules, mais c'est un des premiers dessins animés avec un son synchronisé. C'est également la première fois que le monde entier a pu entrevoir Mickey Mouse.» Bref, ce que je veux dire, c'est que j'étais là pour l'aider. Vous avez élevé une fille formidable.

— La ferme, lui glissa Jules tout bas, alors qu'ils s'étaient arrêtés près de la voiture. Tu parles pour ne rien dire, Ethan. Pourquoi tu fais ça ? On a l'impression d'entendre un déséquilibré.

— Que veux-tu que je dise ? «J'ai embrassé votre fille plusieurs fois, madame Jacobson, et j'ai essayé de la peloter un peu, mais ça ne lui a pas plu, bien qu'elle soit folle de moi elle aussi. Alors, on a essayé et essayé encore, mais ça ne nous a menés nulle part» !

— Tu n'es pas obligé de parler à ma mère, répondit-elle sèchement. On s'en fiche qu'elle t'apprécie ou pas.

Il la regarda intensément.

— Non.

Le visage d'Ethan était congestionné et expressif ; tout autour d'eux, les gens l'interpellaient comme le premier jour, quand il portait le chapeau mou en jean qu'il ne mettait plus. «Tu ressembles à l'ours Paddington», lui avait dit Jules une fois.

— Et c'est grave ? avait-il demandé.

— Non, ce n'est pas *grave*

— Mais tu n'aimes pas ce chapeau.

— Je ne l'aime pas trop.

Ce serait toujours elle qui lui dirait la vérité, quand les autres se tairaient. Ce chapeau ne l'arrangeait pas et elle voulait qu'il conserve un peu de dignité.

«Si tu ne l'aimes pas, je ne le mettrai plus jamais, avait-il déclaré. Il a déjà disparu. Pour moi, il n'existe plus.»

«Non, non, porte-le, avait supplié Jules. Ce n'est pas à moi de décider ce que tu dois porter ou pas.»

Mais le chapeau n'était plus jamais réapparu, alors qu'Ethan l'adorait avant de rencontrer Jules. Elle trouvait déplacé de critiquer la façon dont il s'habillait et elle s'en voulait d'avoir fait cette remarque car en donnant un avis, elle laissait entendre qu'elle avait un ascendant sur lui et il lui semblait injuste de choisir sa garde-robe, alors qu'elle ne le désirait pas physiquement. Ethan continuerait à traverser la vie tel un gros garçon légèrement difforme, avec un air un peu triste, et peut-être qu'un jour, pensait-elle, une fille qui lui ressemblait tomberait amoureuse de lui, et ils joindraient leurs forces comme deux cerveaux délirants et pas très attirants, assis dans leur lit avec des crayons, d'épais carnets et leur haleine faisandée. Mais elle n'était pas cette fille.

Jules avait déjà fait ses adieux à Ash, à Cathy et au doux et beau Jonah Bay avec sa guitare.

— Jules, lui dit-il en lui prenant les mains, c'est formidable que tu sois venue ici. On se revoit bientôt, hein ?

Et il la serra dans ses bras, ce garçon énigmatique qu'elle aimait regarder, mais sur lequel elle n'avait jamais fantasmé.

— Continue à jouer de la guitare, dit-elle bêtement. Tu es très doué.

— Je ne sais pas, on verra, répondit-il avec un haussement d'épaules.

Leur amitié était paisible et superficielle.

— À un de ces jours, Jules, lui dit Cathy Kiplinger au moment des adieux. Tu t'en es bien sortie. Voyant, au-delà de Jules, un couple de parents grands et blonds, valkyriens, descendre d'une longue voiture noire, elle ajouta : je dois y aller, en l'étreignant brièvement.

Jules sentit les seins de Cathy se presser contre elle, avant qu'elle s'éloigne pour aller accueillir sa mère et son père.

Goodman Wolf, par qui Jules avait été, silencieusement et stoïquement, attirée tout l'été, ne l'avait pas cherchée, pas même pour un rapide au revoir, alors elle ne l'avait pas cherché non plus. Mais maintenant, elle avait envie de le voir une dernière fois et elle essaya de l'apercevoir au milieu des pensionnaires rassemblés sur la pelouse ou qui traînaient leurs bagages vers les voitures arrêtées sur le parking. Où que se posait son regard, elle voyait des grappes de gens qui pleuraient et s'étreignaient ; on aurait dit qu'ils avaient tous vécu le même traumatisme. Les Wunderlich se promenaient au milieu de leurs ouailles, auxquelles ils recommandaient de travailler dur et souhaitaient une bonne année, sans oublier de leur rappeler qu'ils se retrouveraient tous l'été prochain.

Immobile, Jules regardait autour d'elle. Enfin elle aperçut Goodman Wolf derrière une fenêtre du réfectoire, maintenant fermé et plongé dans la pénombre. Que faisait-il là, alors que tout le monde était dehors ?

— J'en ai pour une minute, dit-elle à sa sœur.

— Pas question que je charge la voiture sans toi, *Julie,* dit Ellen. Je ne suis pas ta boniche.

— Je sais, Ellen. J'ai quelqu'un à voir. Je reviens tout de suite.

— Je n'avais même pas envie de venir, ajouta Ellen, tout bas, comme si elle se parlait à elle-même. C'est maman qui m'a forcée. Elle trouvait que ce serait *gentil*.

Jules lui tourna le dos et entra dans le réfectoire. Les odeurs du petit-déjeuner avaient presque disparu, et elles ne reviendraient pas avant un an. Malgré tout, elle percevait encore des effluves d'œuf et d'une sorte de produit nettoyant naturel, mais tout cela était atténué et triste, et se dissipait à toute vitesse telle la trace laissée dans le ciel par un avion. Le plus triste cependant, c'était le spectacle de Goodman Wolf assis à une table près d'une fenêtre, les bras croisés, la tête à moitié appuyée contre le carreau, comme plongé dans de sombres pensées. Quand Jules entra, il leva la tête.

— Jacobson. Qu'est-ce que tu viens faire ?

— Tout le monde s'en va. Je t'ai vu et je me suis demandé pourquoi tu restais ici.

— Oh. Tu sais bien.

— Non. Sincèrement.

— C'est comme ça tous les étés. Aujourd'hui, c'est le moment le plus dur.

— Je pensais que tu serais au-dessus de ça.

— De toute évidence, il y a une différence entre ce que tu penses et la vérité.

— Oui, faut croire, dit Jules, sans trop savoir ce qu'elle admettait.

Le corps de Goodman était plus fin et plus long qu'au début de l'été, ses pieds étaient déjà trop grands pour ses très grandes sandales. Il débordait de tous les environnements dans lesquels il se trouvait. S'il s'était levé pour marcher vers Jules, la prendre par les épaules et l'allonger carrément sur une table, à côté du petit panier métallique contenant la bouteille de sauce soja et la salière parsemée de grains de riz, elle aurait fait n'importe quoi avec lui, en plein jour, alors que les autres étaient juste là, dehors. Dès que Goodman se serait allongé avec elle sur cette table, elle serait passée à l'action, comme un des rares personnages sexués de Figland, sachant exactement ce qu'elle devait faire car, comble d'ironie, c'était Ethan Figman qui le lui avait appris, à la fois dans ses films d'animation et lors de leurs séances de baisers et de caresses auxquelles ils s'étaient adonnés dans la vraie vie ; sans succès, en ce qui la concernait.

— La vie est dure, dit Goodman. La mienne, en tout cas. Mes parents me considèrent comme un raté de première. Je veux devenir architecte, un Frank Lloyd Wright contemporain. Mais mon père dit que je ne donne pas *tout*. C'est quoi, tout ? J'ai seize ans. Tout ça parce qu'on m'a demandé de quitter la dernière école où j'étais. Et parce que je ne suis pas comme Ash.

— C'est injuste. Personne n'est comme Ash.

— Va dire ça à mon père. Il n'arrête pas de me passer des savons. Ma mère est beaucoup plus cool à ce niveau-là, mais en fait, elle s'incline devant lui.

Ici, au camp, personne ne critiquait Goodman, autant que Jules pouvait en juger. Il errait en liberté dans la propriété, comme une sorte d'animal sauvage précieux et gâté. Apparemment, l'été était pour lui la meilleure période de l'année. Ici, il pouvait travailler sur ses maquettes d'immeubles et de ponts, ici il pouvait se défoncer, sortir avec des filles et traverser

150

tranquillement un été idéal. Ce camp était tout pour lui, comme pour Jules, évidemment. Pour tous les deux, être ici, c'était mieux qu'être n'importe où ailleurs. En ce sens, ils étaient étrangement semblables, même si, bien sûr, elle se garderait de le lui faire remarquer car il protesterait. Mais un jour, Goodman deviendrait sérieux et les choses s'arrangeraient pour lui, pas seulement ici, à l'extérieur aussi, pensait-elle.

— Ils ne devraient pas te traiter de cette façon, dit Jules. Tu as tellement à offrir.

— Tu crois ? Je suis nul pour les études. Je n'ai «aucune constance», disent-ils.

Il la regarda de nouveau et ajouta, après un bref silence :

— Tu es une drôle de petite personne. Une drôle de petite personne qui a pénétré dans le cercle intime.

— Quel cercle intime ? Tu rêves ! répondit-elle, car c'était une expression qu'employaient parfois les filles quand les garçons devenaient odieux et avaient besoin d'une mise en garde.

Goodman haussa les épaules.

— Tu ne devrais pas te préparer pour partir ? demanda-t-il.

Il semblait tomber de sommeil tout à coup et s'éloigner d'elle.

— Et toi ? répliqua Jules.

Sans attendre de réponse, elle s'approcha, consciente que la lumière du couloir, derrière elle, éclairait certainement les restes de sa permanente couleur rouille. Goodman était arrogant et elle le laissait afficher pleinement son arrogance, c'était un défaut chez lui, de même que ses imperfections physiques et son air emprunté constituaient un défaut chez elle. Cependant, il débordait de possibilités, à l'instar de sa sœur. Son idylle prenait fin aujourd'hui et elle avait de la peine et pour lui, pour elle, car sa propre idylle s'achevait également.

Elle tendit les bras pour l'étreindre, comme Jonah Bay, avec la même retenue, mais elle entendit un bruit de pas derrière elle, puis la voix de sa sœur qui disait :

— On reste là pendant que les autres s'en vont, Julie. Tu nous aides à charger la voiture, oui ou non ?

Jules se tourna brutalement et découvrit Ellen et sa mère, éclairées par-derrière. Furieuse, elle lança :

— Je t'ai dit que j'arrivais, Ellen !

— C'est un long trajet, Julie, ajouta sa mère, d'une voix douce.

Goodman ne prit pas la peine de se présenter. Il dit simplement :

— À la prochaine, Jacobson.

Puis il s'éloigna en faisant claquer ses sandales en peau de buffle et sortit par la porte à moustiquaire qui se referma bruyamment. Aussitôt, Jules entendit des exclamations : « Le voici ! » Et : « Goodman, Robin a le Polaroid de sa belle-mère. On veut se prendre en photo avec toi ! » Jules n'eut pas l'occasion de l'étreindre. Elle n'eut pas l'occasion de sentir son torse osseux contre elle. Bientôt, il se retrouverait loin d'elle et des autres, bien qu'ils ne puissent pas le savoir, uniquement le sentir peut-être. Goodman était dur et arrogant, mais aussi, elle le savait, vulnérable. C'était le genre de garçon qui tombait d'un arbre ou plongeait d'une falaise et mourait à dix-sept ans. Le genre de garçon à qui il arriverait quelque chose, inévitablement. Jamais elle ne ferait l'expérience de sentir sa poitrine contre la sienne – quel maigre désir, un désir de fille, le désir d'une «drôle de petite personne» –, ce qui ne l'empêcherait pas, évidemment, de deviner ce qu'elle aurait ressenti car son imagination avait été déclenchée au cours de cet été et désormais, elle pourrait sentir n'importe quoi. Elle était extralucide. Hélas, sa mère et sa sœur, en apparaissant bêtement à l'entrée du réfectoire au moment le plus fâcheux, l'avaient privée de cette véritable expérience.

— Ce garçon, c'est quelqu'un de spécial pour toi ? interrogea sa mère, avec prudence.

— Oh, y a des chances, dit Ellen.

Jules Jacobson pleura si intensément au moment de quitter le camp que lorsqu'elle s'assit enfin à l'arrière de la voiture, elle ne voyait presque plus rien. Ces derniers jours, elle avait cru que cet été l'avait rendue plus tolérante car elle s'était ouverte à un genre de musique qu'elle n'aurait jamais écoutée avant et à des romans difficiles (Günter Grass, qu'elle envisageait de lire) qu'elle n'aurait jamais lus avant, et à des gens qu'elle n'aurait connus sans cela. Assise à l'arrière de la Dodge verte qui roulait lentement sur le chemin de terre à peine praticable menant à la route principale de Belknap, Jules se demandait si cet été l'avait rendue tolérante ou simplement *plus méchante*. Elle voyait, comme si c'était la première fois, la petite boule de graisse sur la nuque de sa mère. Comme si quelqu'un l'avait ajoutée là avec un couteau à mastiquer. Dans le miroir du pare-soleil, qu'Ellen abaissa pour se regarder une seconde après être montée en voiture, Jules remarqua l'arche trop fin et étonné des sourcils de sa sœur, une esthétique qui rangeait Ellen Jacobson dans la catégorie des personnes qui n'auraient jamais été à leur place dans ce camp.

Non, elle n'était ni plus ouverte ni plus méchante, décida-t-elle. Simplement, c'était Julie qui était partie et c'était Jules qui revenait, une personne *avisée*. Par conséquent, elle ne pouvait plus regarder sa mère et sa sœur sans percevoir la réalité de leur existence. Elles l'avaient arrachée à ceux et à celles qui la feraient rêver éternellement. Elles l'avaient arraché à ça. La voiture s'arrêta en atteignant la route principale, puis sa mère tourna à gauche et accéléra. Des graviers jaillirent de sous les roues, tandis que Jules était emmenée loin de Spirit-in-the-Woods, victime d'un enlèvement silencieux, mais violent.

La maison de Cindy Drive était pire encore que lorsque Jules l'avait quittée, mais difficile de dire exactement pourquoi. Sortant de sa chambre étouffante pour aller boire quelque chose de frais dans la cuisine, elle passa devant la pièce où sa sœur et sa mère décortiquaient des pistaches avec leurs dents, avec des bruits de coups de feu, en regardant des émissions de télé débiles. Après avoir pris une boîte de Tab parmi toutes celles que sa sœur stockait dans le réfrigérateur, elle retourna s'enfermer dans sa chambre et appela Ash à New York.

Quand vous téléphoniez chez les Wolf, vous ne saviez jamais qui allait répondre. Ça pouvait être Ash ou Goodman ou leur mère, Betsy, mais jamais leur père, Gil, ou bien ça pouvait être un ami de la famille qui logeait au Labyrinthe pour une période indéfinie. C'était là que se trouvait la réponse à la question que s'était posée Jules lorsque ce nom le «Labyrinthe» avait été prononcé négligemment, au camp. Elle avait cru qu'il s'agissait d'un club privé. En réalité, ce nom désignait l'immeuble de Central Park Ouest, au niveau de la 91ᵉ Rue, où habitait la famille Wolf. «Cerbère est notre concierge», avait dit Ash, et c'était seulement en se rendant à la bibliothèque publique d'Underhill pour chercher la définition de «Cerbère» que Jules avait saisi l'allusion.

— Viens à New York, lui dit Ash.

— Je viendrai, je viendrai.

Elle n'osait pas s'avouer ses craintes, que sous la lumière crue de New York, en pleine année scolaire, les autres s'aperçoivent qu'ils s'étaient trompés à son sujet et la renvoient là d'où elle venait, en promettant gentiment de l'appeler très vite.

— On traîne dans l'appart toute la journée, dit Ash. Ça rend notre père hystérique. Il dit que Goodman est indiscipliné et qu'un jour, il sera inapte au travail. Il aurait aimé qu'on fasse un stage dans une banque tous les deux. Il m'a dit que je devais écrire une grande pièce de théâtre pour gagner une fortune. Ma version d'*Un raisin au soleil*. La version blanche. Il n'attend rien de moins de ma part.

— On sera tous inaptes au travail, dit Jules.

— Alors, tu viens quand ?

— Bientôt.

Parfois, la nuit, elle écrivait des lettres à Ash, à Ethan, à Jonah, à Cathy et même à Goodman. Ces dernières, constata-t-elle, avaient un fort parfum de flirt. Et quand vous écriviez pour séduire, vous ne disiez pas ce que vous ressentiez, vous n'écriviez pas :

«Oh, Goodman, je sais que tu n'es pas quelqu'un de parfait, en fait, tu es une sorte de connard, mais malgré cela, mon cœur te désire.» À la place, vous écriviez : «Salut, c'est Jacobson. Ta sœur dit que je devrais venir à New York, mais il paraît que c'est un taudis.» Quelle différence, pensait-elle, avec l'attitude d'Ethan envers elle. Ethan disait exactement ce qu'il ressentait, il n'avait pas essayé de lui cacher quoi que ce soit. Il s'était présenté devant elle, il lui avait montré qu'il s'offrait à elle. Voulait-elle de lui ? Et quand elle avait décliné sa proposition, il n'avait pas tenté de faire croire que ce n'était pas ce qu'il voulait dire, il avait simplement répondu : essayons encore une fois. Alors, ils avaient essayé. Et même si après l'échec de cette expérience, il n'y avait eu aucune rancune entre eux, il avait fini par admettre qu'il se sentirait toujours un peu blessé par ce rejet. «Juste un tout petit peu, avait-il dit. Comme quand tu vois quelqu'un qui a été blessé à la guerre et qui traîne encore la patte un million d'années plus tard. Sauf que dans mon cas, il faut connaître l'existence de cette blessure pour la voir. Mais elle durera toute ma vie.»

«C'est faux», avait-elle répondu, d'une manière hésitante.

Elle écrivit à Ethan une lettre polie dans laquelle elle décrivait l'horreur de ses journées à Underhill, et il lui répondit immédiatement. Sa lettre était couverte de personnages de Figland. Ils dansaient, pêchaient, sautaient des toits des immeubles et s'écrasaient au sol avec des étoiles au-dessus de la tête, mais indemnes. Ils faisaient un tas de choses, sauf s'embrasser et copuler. Jamais il n'ajouterait de tels dessins dans une lettre adressée à Jules, et étant donné que les représentations d'actes sexuels apparaissaient fréquemment dans ses films d'animation, leur absence ici était notable. Mais là encore, comme dans le cas d'une très légère blessure de guerre, il fallait le savoir pour s'en rendre compte ou, en dans ce cas précis, pour voir qu'ils manquaient.

« Cher Jules », écrivait Ethan Figman d'une toute petite écriture, fine et délicate, si différente de la grosse main qui tenait le stylo.

Je suis assis dans ma chambre qui donne sur Washington Square et il est trois heures du matin. Je vais te décrire ma chambre pour que tu puisses ressentir l'ambiance par toi-même. D'abord, imagine une odeur d'Old Spice, qui crée une atmosphère à la fois mystérieuse et nautique. (Devrais-je porter Canoë comme une certaine personne que l'on connaît ? Est-ce que ça te rendrait folle ?) Ensuite, imagine une pièce avec des barreaux à la fenêtre car mon père et moi habitons au rez-de-chaussée de cet immeuble pourri (non, tous ceux qui vont à Spirit-in-the-Woods ne sont pas riches !) et des junkies aiment rôder dans les parages. Ma chambre est envahie par un fouillis insensé et même si j'aimerais bien te dire qu'elle est encombrée de tout un matériel d'artiste, en réalité, elle est pleine d'emballages de Ring Ding, de programmes télé et de shorts de sport : le genre de chambre qui te donnerait envie de me fuir toute ta vie. Oh, zut, c'est déjà fait. (Plaisanterie !) Je sais bien que tu ne t'es pas vraiment enfuie, mais si je devais te dessiner, je te représenterais certainement avec les cheveux en bataille, comme si le vent t'emportait…

T'emportait au loin.

(À ce sujet, tu as super raison quand tu dis qu'«emporter au loin» ça n'a aucun sens comme paroles dans «The Wind Will Carry Carry You».)

Bon, je tombe de fatigue. Ma main a travaillé toute la journée (cf. les plaisanteries sur la branlette) et elle a besoin de dormir. Moi aussi. Ash et Goodman veulent réunir tout le monde chez eux très bientôt. Tu me manques, Jules, et j'espère que tu survis au début de l'automne à Underhill, connu grâce à ses feuillages automnaux, paraît-il, et grâce à toi.

Affectueusement,
Ethan

P.-S. : il s'est produit une chose bizarre cette semaine. J'ai été choisi pour figurer dans un article débile du magazine Parade *intitulé : «Les ados à suivre». C'est le directeur de Stuyvesant, mon lycée, qui leur a parlé de moi. Un journaliste et un photographe vont venir me voir. Je serai obligé de me suicider pour de bon quand le magazine sortira.*

Ils se retrouvèrent tous à New York le premier samedi après la rentrée scolaire. Jules prit le train de Long Island et sortit de la gare de Penn Station au plafond bas avec un sac à dos sanglé sur ses épaules comme si elle partait en randonnée. Ils étaient là, pour l'attendre, en face, sur les grandes marches du bureau de poste central, de l'autre côté de la rue : Ash, Goodman, Ethan, Jonah et Cathy. Déjà, il y avait une différence entre elle et eux. Elle portait son gros sac sur le dos et un pull noué autour de la taille, ce qui lui apparut soudainement comme un mauvais choix, typiquement vacancier du troisième âge. Ses amis, eux, portaient des chemises en coton indien et des Levi's, et ils avaient les mains libres car ils vivaient ici, ils n'avaient pas besoin d'emporter leurs affaires partout où ils allaient, comme des nomades.

— Tu vois ? dit Ash. Tu as survécu. Maintenant, nous voilà tous réunis. Au complet.

Elle avait dit cela avec enthousiasme ; c'était une amie sérieuse et fidèle, jamais rien d'autre. Elle n'était pas amusante, pensa alors Jules, oh que non. Durant toute la vie d'Ash, jamais personne ne dirait qu'elle était amusante. On la qualifierait de jolie, gracieuse, séduisante, sensible. Cathy Kiplinger n'était pas amusante, elle non plus, mais elle était incisive, effrontée et émotionnellement exigeante. Le rôle de la fille drôle revenait à Jules, et à elle seule, dans leur groupe, et c'est avec soulagement qu'elle l'enfila de nouveau. Quelqu'un lui demanda comment ça se passait au lycée et elle répondit qu'elle étudiait la Révolution russe en cours d'histoire.

— Vous saviez que Trotski avait été liquidé au Mexique ? demanda-t-elle, un peu hystérique. C'est pour ça qu'on ne peut pas boire l'eau.

Ash passa son bras autour du sien en disant :

— Aucun doute, tu n'as pas changé.

Ethan se balançait d'avant en arrière, un peu nerveux. Le magazine *Parade* venait de paraître et même si l'article en question n'était qu'un encadré en bas de page, accompagné d'une photo pas trop horrible d'Ethan au travail, avec ses boucles qui lui tombaient devant les yeux, ses amis se montraient impitoyables vis-à-vis de cette interview dans laquelle, apparemment, alors qu'on lui demandait pourquoi il avait choisi l'animation plutôt que la bande dessinée, il avait répondu : «Ça bouge pas, ça balance pas assez.»

— Tu as vraiment dit ça ? voulut savoir Jonah Bay, alors qu'ils déjeunaient tous à l'Autopub du building General Motors, assis deux par deux dans de vraies voitures, servis par des filles en tenues rétro. Un épisode des *Trois Stooges* était projeté sur un mur pour tenter de créer une atmosphère de drive-in.

— Aucune fille n'a jamais aimé les *Trois Stooges*, dit Jules à la cantonade.

— Oui, oui, je l'ai dit, avoua Ethan à Jonah d'un air piteux dans la pénombre.

— Pourquoi ? s'étonna Jonah. Tu ne savais pas que ça ferait bizarre ? Ma mère dit toujours que même si tu crois tout contrôler avec un journaliste, tu ne contrôles rien en fait. En 1970, elle a donné une longue interview à Ben Fong-Torres pour *Rolling Stone* et les gens continuent à lui parler de sa remarque sur «l'amour de soi-même». Depuis, elle est obligée de répéter : «Ces paroles ont été sorties de leur contexte.» Elle ne parlait pas du tout de la masturbation, mais de *l'estime* de soi. Ce n'est pas que les journalistes essaient de te piéger. Mais ils ont leur propre objectif, qui ne correspond pas forcément à ton intérêt.

— Essaie un peu de te faire interviewer, répondit Ethan.

— Personne ne m'interviewera jamais, déclara Jonah et il était vrai que, à moins qu'il ne devienne un musicien connu, ce qui pourrait arriver facilement s'il le souhaitait, sa discrétion naturelle faisait qu'on avait tendance à l'ignorer. Son visage, en revanche, était d'une beauté rare ; quelqu'un pourrait l'interviewer au sujet de son visage.

— Moi, j'aimerais bien être interviewé, dit Goodman.

— Sur quel sujet ? demanda Cathy. Ton petit Golden Gate en bâtons de sucette ?

— N'importe quel sujet.

— L'autre jour, dit Jules, notre conseiller d'orientation s'est pointé avec des brochures sur les carrières professionnelles. Maintenant, on doit penser à devenir des experts. Il faut avoir une spécialité. (Elle réfléchit un instant.) Vous croyez, demanda-t-elle, que la plupart des gens qui ont une spécialité l'ont trouvée par hasard ? Ou est-ce qu'ils ont été astucieux quand ils ont décidé de tout apprendre sur les papillons ou le Parlement japonais, parce qu'ils savaient que ça les ferait sortir du lot ?

— La plupart des gens ne sont pas astucieux, dit Jonah. Ils ne raisonnent pas du tout de cette façon.

À cette époque, Jules brûlait d'envie d'avoir sa spécialité. Aucune ne s'était présentée à elle ; le théâtre ne comptait pas car elle n'était pas très douée. Néanmoins, elle avait adoré faire partie de la troupe théâtrale à Spirit-in-the-Woods, elle adorait l'instant où toute la distribution se réunissait autour du metteur en scène pour prendre des notes. Chaque production ressemblait à une île flottante, et sur le moment rien ne semblait plus important que d'améliorer cette île.

Ethan Figman demeura silencieux et respectueux pendant que les autres déliraient sur les spécialités qu'ils pourraient choisir ou qui pourraient les choisir. Ils étaient tous d'accord pour dire qu'Ash irait loin dans sa spécialité, « à condition que je sois sûre que c'est ce que je veux vraiment », souligna-t-elle. Ethan, lui, avait déjà trouvé sa spécialité, sans le moindre doute, ou bien elle l'avait trouvé, quand il était plus jeune, prisonnier du naufrage marital de ses parents et que dans son lit, la nuit, au lieu de dormir, il imaginait une planète animée qui existait dans une boîte à chaussures sous le lit d'un petit garçon. Et même s'il avait dit une idiotie à un journaliste de *Parade,* Jules songeait qu'Ethan était peut-être en route pour les sommets, et qu'aucun d'entre eux ne pourrait le suivre tout là-haut.

— Jonah souffre de la malédiction du fils de la célébrité, dit Goodman. Avant d'ajouter : j'aimerais bien avoir une mère célèbre, moi aussi. Je vais devoir devenir célèbre par moi-même et c'est beaucoup plus dur.

Les autres rirent de cette remarque, mais la paresse de Goodman était persistante, authentique. Il voulait qu'on fasse les choses à sa place, il voulait même que quelqu'un d'autre bâtisse sa réputation. Ethan était le seul de la bande qui acquérait réellement une réputation, et déjà les autres avaient le sentiment qu'il risquait de la détruire.

Ce jour-là, aussitôt après le déjeuner, ils se rendirent au Village. Et parce que c'était l'âge d'or de la marijuana légère et douce, et bientôt la fin de l'idée que l'on pouvait faire tout ce qu'on voulait à New York, ouvertement, ils partagèrent un joint en marchant dans la 8ᵉ Rue. Ils entrèrent dans des boutiques de perles et de posters, puis ils prirent le métro pour remonter dans le nord de la ville, émergeant sous la forme d'un groupe informe et décontracté. Marchant à six de front, ils occupaient toute la largeur du trottoir pour longer Central Park Ouest jusqu'à la 91ᵉ Rue, une adresse située un peu trop haut en ce temps-là, même si, chose inimaginable alors, la totalité de Manhattan serait finalement colonisée par les riches, ne laissant que peu d'endroits où vous n'osiez pas vous promener. Et ensemble, ils pénétrèrent dans le Labyrinthe.

Six

Quand il avait onze ans, en 1970, assis dans les coulisses au Newport Folk Festival dont sa mère était une des têtes d'affiche, Jonah Bay croisa par hasard le regard d'un chanteur folk, Barry Claimes, du groupe des Whistlers. Barry Claimes était resté ami avec Susannah depuis leur aventure en 1966 et ils se croisaient souvent en tournée. Susannah affirmait qu'elle aimait bien Barry, sincèrement, ils n'avaient jamais vraiment rompu, ils avaient eu une liaison et puis cette liaison avait pris fin, tout simplement. Barry s'était rendu maintes fois dans le loft des Bay, dans Watts Street, au cours des quelques mois qu'avait duré leur relation, mais il ne s'était jamais beaucoup intéressé à Jonah, qui n'était à l'époque qu'un petit garçon brun très discret, une version miniature de sa mère, en plus sombre, toujours en train de construire des choses avec ses Lego, qui vous laissaient des empreintes dans la peau quand vous marchiez dessus pieds nus.

Mais ce jour-là, à Newport, le physique et le comportement de Jonah avaient changé. Au lieu de s'amuser avec des Lego, il devenait un musicien et traînait dans les coulisses pendant les concerts, en jouant sur toutes les guitares disponibles. « Il est doué, ce gamin », avait dit l'un des roadies à Barry en montrant d'un mouvement de tête Jonah, assis dans un coin, qui interprétait une drôle de petite chanson qu'il venait de composer. De sa voix haut perchée de préadolescent, il chantait :

« Je suis un toast,
Tu peux me mordre,
Tu peux me briser,
Tu peux me beurrer,
Tu peux me prendre... »

Au bout d'un moment, les paroles et la musique se tarirent, Jonah se désintéressa de cette composition et reposa la guitare. Mais Barry Claimes dut avouer que le fils de Susannah et son bout de chanson étaient charmants. Lui-même avait toujours eu du mal à composer. Il ne serait jamais un grand parolier comme Pete, un des autres membres des Whistlers, à qui revenait tout le mérite. Barry s'approcha de Jonah et se lança dans un riff de banjo recherché et complexe, qui attira bien évidemment l'attention du jeune garçon. Durant l'heure qui suivit, ils restèrent enfermés dans la loge des Whistlers, pendant que les deux autres membres du trio étaient quelque part ailleurs. Là, Barry donna à Jonah un long cours sur son banjo décoré d'un arc-en-ciel peint, patiemment, et lui offrit des cubes de fromage, des tranches de fruits et des brownies. Ils devinrent vite amis. Quand Barry demanda à Susannah la permission de lui emprunter Jonah une journée pour l'emmener dans la maison louée par les Whistlers à Newport et lui permettre d'explorer les falaises, elle donna son accord. Barry était un gars bien, une «bonne pâte», disaient les gens. Et puis, Jonah avait besoin d'une présence masculine, il ne pouvait pas passer tout son temps avec sa mère.

Le lendemain matin, donc, Barry Claimes passa chercher le garçon à son hôtel et l'emmena à la propriété que le manager des Whistlers avait louée pour le groupe. Elle donnait sur le port, le mobilier spartiate était en rotin blanc et une domestique allait et venait avec des pichets d'eau citronnée. Alors qu'ils étaient tous les deux installés dans le solarium, Barry suggéra :

— Et si tu tripatouillais un peu la guitare, pour voir ce que ça donne ?

— Tripatouiller ?

— Oui, jouer un truc, quoi. Comme l'autre jour. Tu avais un chouette début de chanson.

Jonah répondit, d'un ton solennel :

— Je crois pas que je puisse la refaire.

— Le seul moyen de le savoir, c'est d'essayer.

Jonah joua de la guitare pendant une heure, tandis que Barry, assis dans un coin, l'observait, mais le contexte était si particulier que Jonah se sentait nerveux, incapable de trouver l'inspiration.

— C'est pas un problème, répétait Barry. Tu reviendras demain.

Pour une raison quelconque, Jonah avait envie de revenir. À part sa mère, personne n'avait jamais fait attention à lui. Le deuxième jour, alors qu'ils avaient repris leurs places dans le solarium, Barry Claimes demanda :

— Tu aimes les chewing-gums ?

— Tout le monde aime les chewing-gums.

— Exact. On dirait le titre d'une chanson que tu pourrais écrire. «Tout le monde aime les chewing-gums.» Mais ceux-là, ils sont nouveaux. Déments. Tu devrais essayer.

Il sortit de sa poche un chewing-gum Teaberry ordinaire et Jonah dit :

— Oh, j'en ai déjà mangé.

— C'est une édition limitée, expliqua Barry.

Il tendit une tablette à Jonah qui ôta l'emballage et la plia en deux pour la mettre dans sa bouche.

— C'est amer, commenta-t-il.

— Au début seulement.

— À mon avis, ça ne marchera pas.

Mais l'amertume disparut, en effet, et le chewing-gum lui emplit toute la bouche, faisant naître un flot de salive pas très agréable.

— Alors ? demanda Barry. Guitare ou banjo ? Choisis ton poison.

— Guitare. Et toi, tu prends le banjo.

— Je te suis, mon gars.

Barry se renversa contre le dossier du canapé et observa Jonah qui enchaînait laborieusement les nouveaux accords que sa mère lui avait appris. Il prit son banjo pour l'accompagner. Ils jouèrent ainsi pendant une demi-heure, une heure, et au bout d'un moment, Jonah remarqua que les murs de la pièce semblaient devenir tour à tour convexes et concaves ; ils se déformaient sans s'écrouler. On aurait dit un tremblement de terre au ralenti, les vibrations en moins.

— Barry… parvint-il à articuler. Les murs…

Barry se pencha vivement vers l'avant.

— Eh bien, quoi ?

— Ils respirent.

Barry accueillit ces paroles avec un sourire approbateur.

— Oui, ça leur arrive parfois. Savoure. Tu as un esprit créatif, Jonah. Raconte-moi ce que tu vois, d'accord ? Décris-moi tout. Moi, je n'ai jamais été très doué pour décrire mon environnement. C'est un de mes nombreux défauts. Toi, en revanche, tu es né avec des pouvoirs de description, de toute évidence. Tu as beaucoup, beaucoup de chance.

Quand il bougea la main, Jonah vit une douzaine d'autres mains la suivre. Il devenait fou, aucun doute. Certes, il était un peu jeune pour devenir fou, mais ça pouvait arriver. Il avait un cousin, Thomas, qui était devenu schizophrène au lycée.

— Barry, dit-il d'une voix angoissée. Je suis schizophrène.

— Schizophrène ? Non, non, c'est juste que tu es une personne très visuelle et créative, Jonah, rien de plus.

— Tout me semble différent. Je ne ressentais pas ça avant.

— Je vais m'occuper de toi, déclara Barry, magnanime, et il tendit sa grosse main vers Jonah, qui n'avait d'autre choix que de la prendre. Il tremblait de peur, et en même temps, il avait envie de rire et de contempler les traînées que ses doigts laissaient dans les airs. Quand il éprouva le besoin de se recroqueviller en position fœtale et de se balancer d'avant en arrière, Barry s'assit à côté de lui et le surveilla patiemment en fumant.

— Écoute, dit celui-ci à un moment, alors que l'après-midi poursuivait sa trajectoire descendante, si tu reprenais la guitare pour chanter des paroles drôles ? Sers-toi de ton énergie créatrice, mon gars.

Alors, Jonah se remit à jouer et Barry l'encouragea à chanter. Les paroles jaillissaient de sa bouche. Barry les trouvait formidables. Il alla chercher un magnétophone dans une autre pièce, y introduisit une cassette et la laissa tourner. La plupart des paroles de la chanson de Jonah n'avaient aucun sens, mais il trouvait amusant qu'on l'appelle « mon gars », alors il se mit à imiter la voix de Barry Claimes.

— « Va me préparer un sandwich au beurre de cacahuète, mon gars », chanta-t-il en prenant un accent du terroir teinté de mélancolie et Barry déclara que c'était bidonnant.

Cela continua ainsi pendant presque une heure et Barry retourna la cassette dans le magnétophone

— Chante un truc sur le Vietnam.

— J'y connais rien.

— Oh, bien sûr que si. Tu sais bien que notre pays mène une sale guerre. Ta mère t'a emmené dans des manifs pour la paix. J'en ai fait une avec vous deux, un jour, tu t'en souviens ? Tu es comme un mystique. Un mystique enfant. Pur.

Jonah ferma les yeux et se mit à chanter :

« Dis-leur que tu n'iras pas, mon gars
Au pays des vers et de la boue salie,
Dis-leur que tu n'iras pas, mon gars,
Car tu as une vie à vivre, ici, sur terre… »

Barry le regarda d'un air hébété :

— Où est ce pays dont tu parles ?

— Tu sais bien, répondit Jonah.

— Tu parles de la mort ? Nom de Dieu, tu sais faire dans le morbide aussi. Je suis pas trop sûr pour la « boue salie », mais je ne vais pas faire le difficile. C'est un concept fort, et la mélodie est bonne. On pourrait en faire quelque chose. (Il pinça affectueusement la joue de Jonah.) Bravo, mon gars.

Il arrêta le magnétophone de manière énergique.

Jonah, bien qu'il ait cessé de jouer de la guitare et d'inventer des paroles, continua à halluciner toute la journée. S'il regardait le billot dans l'immense cuisine, le grain du bois se mettait à danser comme une colonie de créatures vivantes vues au microscope. Le bois grouillait, les murs palpitaient et une main dansante laissait des résidus dans son sillage. C'était épuisant d'être schizophrène, car il restait convaincu qu'il l'était. Assis par terre dans le salon, la tête entre les mains, il se mit à pleurer.

Barry se leva et l'observa, sans savoir quoi faire.

— Oh, merde, murmura-t-il.

Finalement, les deux autres Whistlers firent leur apparition, accompagnés de quelques groupies.

— C'est qui, ce gamin ? demanda une jolie fille.

Elle semblait ne pas avoir plus de seize ans, remarqua Jonah ; en tout cas, elle était plus proche de son âge que de celui de ces hommes. Malgré cela, elle paraissait aussi inaccessible que les autres. Il se sentait totalement seul.

— On dirait qu'il est défoncé, ajouta-t-elle.

— Je suis schizophrène comme mon cousin ! avoua Jonah.

— Ouah, fit la fille. C'est vrai ? Oh, pauvre petit. Tu as une double personnalité ?

— Hein ? Non, dit Barry. Rien à voir. Il n'est pas schizophrène, il en rajoute. C'est le fils de Susannah Bay, ajouta-t-il, et la fille ouvrit de grands yeux.

Barry alla s'asseoir à côté de Jonah.

— Ça va aller. Je te le promets.

En effet, quand Barry ramena Jonah, les hallucinations s'étaient calmées. Il n'en restait que des mouchetures rose et vert pâle sur une surface blanche, par moments. Mais elles continuaient à rôder, rappelant à Jonah qu'elles pouvaient réapparaître à tout moment.

— Barry, est-ce que je suis fou ? demanda-t-il.

— Non, répondit l'ex-petit ami de sa mère. Tu es créatif et plein de bonnes idées. On a un terme pour désigner les gens comme toi : une vieille âme.

Toutefois, Barry demanda à Jonah de ne pas parler à sa mère de ce qu'il avait ressenti aujourd'hui.

— Tu sais comment sont les mères.

Jonah ne lui raconterait pas ce qui s'était passé. Il ne pouvait pas se confier à elle de cette façon, Susannah n'était pas ce genre de mère, et il n'était pas ce genre de fils. Elle l'aimait et s'était toujours occupée de lui, certes, mais c'était son métier qui la rendait la plus heureuse, et Jonah l'acceptait. Cela ne lui paraissait même pas anormal ni mal. Pourquoi son métier ne la rendrait-elle pas plus heureuse qu'un garçon qui avait des besoins ? Son métier se pliait à ses besoins à elle. Elle était née avec une voix extraordinaire et elle jouait très bien de la guitare. Ses compositions étaient bonnes, sans être formidables, mais la musicalité de sa voix les améliorait et leur donnait du génie. Quand elle chantait, tous les gens l'écoutaient avec un vif plaisir. Le monde dans lequel Jonah avait grandi jusqu'à présent était un monde de réveils matinaux, de camionnettes remplies de matériel, parfois entrecoupé d'une manifestation au National Mall à Washington, manifestation qui, le temps qu'ils arrivent à destination, n'était généralement plus qu'un immense concert de rue. Il y avait toujours quelqu'un pour l'aider à gravir une passerelle d'avion, et s'il lui arrivait d'oublier son manuel de lecture phonétique dans une suite d'hôtel, on lui en envoyait un autre dans la ville suivante. Il passait beaucoup de temps seul, à construire de petites machines en Lego et à commenter pour lui-même leurs différentes fonctions.

Susannah Bay avait écrit une chanson sur son fils, et même si elle n'était pas devenue un véritable hymne comme «The Wind Will Carry Us», elle avait généré une impressionnante quantité de royalties au cours des deux décennies suivantes. Finalement, «Boy Wandering» permit à Jonah d'aller étudier au MIT. «Littéralement, expliqua-t-il à ses amis quand ils partirent tous à l'université. Il y a chez Merrill Lynch un fidéicommis à mon nom qu'on appelle le "Fonds Boy Wandering" et c'est ça qui paiera les frais de scolarité et tout le reste.»

Si la séance d'hallucination avec Barry Claimes en 1970 avait été une première et une dernière expérience, Jonah Bay se disait qu'elle aurait pu être incorporée dans toute une vie d'expériences. Il aurait même pu en être fier, étrangement. Mais au cours de l'année suivante, on aurait dit que partout où allait Susannah, les Whistlers étaient là eux aussi. Ils se produisaient dans les mêmes festivals, ils partageaient les mêmes scènes, et Barry recherchait la présence de Jonah comme s'ils étaient des amis intimes. D'après cette légende, Jonah voulait absolument apprendre le banjo, et il ne l'avait jamais contredite. Il apprit le banjo, en effet, et son jeu de guitare s'améliora, mais entre les leçons, il se rendait là où logeaient Barry et les Whistlers, et chaque fois, il ne tardait pas à se retrouver en proie à des hallucinations, assis par terre, en train d'inventer des fragments de chansons, que Barry enregistrait consciencieusement. Un jour, il inventa même une chanson entière, sur un personnage intitulé Selfish Shellfish[1], que Barry trouva particulièrement hilarante. Jonah chanta à tue-tête :

« ... Et l'océan m'appartient, rien qu'à moi
Je ne veux pas le partager.
Peut-être que je suis vraiment vraiment égoïste
Mais l'égoïsme, ça arrive souvent chez les crustacés. »

— Les deux derniers vers ne sont pas terribles, commenta Barry. L'égoïsme n'est pas une chose qui vous arrive. C'est un comportement. Et puis, tu veux mettre trop de mots. « Vraiment, vraiment », ce n'est pas une bonne idée dans une chanson. Mais peu importe, le concept est solide. Un crustacé qui veut tout l'océan pour lui seul ! Oh, bon sang, tu es un génie, mon gars.

1. Littéralement : le crustacé égoïste.

Barry ne raccompagnait Jonah dans la suite de sa mère que lorsqu'il avait repris ses esprits. « Ça veut dire que tu es redevenu le Jonah de tous les jours, disait-il. Pas la vieille âme créative et inspirée que j'arrive à faire surgir en toi, bizarrement. » Jamais Jonah ne confia à quiconque ce qu'il ressentait quand il restait seul avec Barry pendant des heures, et jamais quiconque ne soupçonna quoi que ce soit. Susannah se réjouissait que Jonah ait trouvé une figure paternelle. Son père biologique, lui avait-elle confié un soir quand il était plus jeune, n'avait été qu'une aventure d'un soir, un historien de la musique folk vivant à Boston et nommé Arthur Widdicombe, qu'elle avait présenté à Jonah quand il était plus petit. Arthur était un jeune homme à l'air solennel avec une veste miteuse et un visage patricien, et les mêmes yeux aux longs cils que son fils. Il serrait dans sa main une vieille valise pleine à craquer de documents anciens sur la musique folklorique américaine, et le militantisme politique depuis Joe Hill. Arthur leur avait rendu visite dans le loft de Watts Street une seule fois très exactement ; il fumait cigarette sur cigarette, nerveusement, et quand un laps de temps raisonnable se fut écoulé, il s'empressa de filer comme libéré d'une tâche difficile.

— Je crois que tu lui as fichu la frousse, commenta Susannah après ce départ précipité.

— Qu'est-ce que j'ai fait ?

Jonah était resté assis bien sagement, respectueusement, durant toute la visite de son père biologique. À la demande de sa mère, il avait proposé à Arthur Widdicombe une tasse d'infusion d'aubépine.

— Tu existes, répondit sa mère.

Après ce jour, le nom d'Arthur réapparut parfois, mais pas très souvent, et ce n'était pas comme si Jonah se languissait de lui. Dire que Barry Claimes devint une figure paternelle était très exagéré – Dieu sait que ça ne s'était pas produit quand Barry couchait avec Susannah –, mais peut-être que leurs rapports ressemblaient plus à une relation père-fils que l'imaginait Jonah car il éprouvait des sentiments très partagés envers Barry, comme la plupart des fils envers leurs pères. Ceux-ci pouvaient être mis sur un piédestal et déifiés seulement quand ils étaient absents. Barry Claimes était une sorte d'emmerdeur. Il se mettait toujours en avant, il se montrait exigeant et quand Jonah n'avait pas envie de faire de la musique devant le magnétophone de Barry, celui-ci se fâchait parfois, ou bien il devenait froid, et Jonah devait s'excuser, puis essayer de reconquérir son attention. «Attends, attends, je vais te chanter une autre chanson», disait-il. Et il prenait la guitare, ou le banjo, pour se racheter sur-le-champ.

Vers douze ans, Jonah Bay sembla enfin comprendre que tout ce qui était arrivé durant une année, chaque fois qu'il voyait Barry, lui était arrivé à lui. Il repensa à toutes ces longues journées passées avec ce membre des Whistlers dans des maisons louées ou des suites d'hôtel, ces moments de «folie créatrice», comme ils avaient fini par les appeler, assis pendant des heures, à écrire des paroles débiles, à trembler de peur, à se laisser rassurer, à faire les cent pas, en sentant sa mâchoire se crisper, à nager dans des piscines et dans l'océan. Un jour où il mangeait un hamburger dans un fast-food, il avait senti le morceau de viande palpiter entre ses mains comme si le cœur du bœuf haché battait encore. (Jonah ne mangerait plus jamais de viande après ce jour.) Toutes ces sensations et ces comportements n'étaient pas ceux d'un schizophrène ni d'un «fou créatif», ni d'une vieille âme. C'étaient simplement, comprit-il enfin – il lui avait fallu presque un an –, les sensations et les comportements d'une personne droguée.

De retour chez lui à New York pour plusieurs semaines, Jonah se rendit dans une librairie du Lower East Side. Des hommes et des femmes déambulaient en regardant les romans, les livres d'art, la *Partisan Review* et l'*Evergreen Review*. Jonah s'approcha du comptoir et demanda à un vendeur, tout bas, nerveusement :

— Vous avez des livres sur la drogue ?

L'employé le regarda avec un petit sourire en coin.

— Tu as quel âge, dix ans ?

— Non.

— Les drogues ? Les psychotropes, tu veux dire ?

Ne sachant pas de quoi il s'agissait, Jonah prit le risque de répondre oui. Le vendeur le conduisit jusqu'à des rayonnages au fond de la librairie. Là, il sortit un livre coincé entre les autres sur une étagère. Il le colla sur la poitrine de Jonah.

— Tiens, c'est la Bible, petit.

Ce soir-là, dans son lit, Jonah lut *Les Portes de la perception* d'Aldous Huxley. Arrivé au quart du livre seulement, il comprit que, à l'instar de l'auteur, il avait expérimenté les effets des substances hallucinogènes, mais dans son cas, c'était involontaire. Il repensa à certaines des fois où il était allé chez Barry

Claimes et il sortit son cahier de maths. Là, sur une page vierge, il dressa la liste des aliments qu'il se souvenait d'avoir ingurgités quand ils étaient ensemble, non pas durant les moments de «folie créatrice», mais au début de chaque visite, avant l'apparition de la folie. Il nota :

Une tablette de chewing-gum Teaberry
Une tranche de quatre-quarts
Un bol de céréales Team
Rien (?)
Une autre tablette de chewing-gum Teaberry
Des chips trempées dans une sauce à l'oignon
Deux Yodel
Du chili
Encore un chewing-gum Teaberry

Tout cela était cohérent, sauf la quatrième fois. Il était certain de ne rien avoir mangé ni bu ce jour-là car il se remettait d'une gastro. Alors, que s'était-il passé cette fois-là ? Généralement, Jonah avait un don pour se souvenir de choses qui s'étaient produites des mois plus tôt parfois et il repensa à cet après-midi dans la maison que les Whistlers louaient à Minneapolis. Barry lui avait demandé d'aller poster une lettre. Il lui avait tendu une enveloppe en disant : «Tu veux bien aller mettre ça dans la boîte au coin de la rue ?»

Jonah avait fait remarquer qu'il n'y avait pas de timbre. «Oh, tu as l'œil», avait répondu Barry et il avait donné un timbre à Jonah. Que s'était-il passé ensuite ?

Jonah l'avait léché ! C'était comme avaler quelque chose, non ? Le coup du timbre avait été planifié. À douze ans, Jonah revenait sur l'année écoulée et prenait conscience avec effroi que pendant tout ce temps, un chanteur de folk lui avait fait consommer des drogues – des psychotropes – qui avaient étiré et déformé son esprit et poussé ses pensées dans les mailles d'un filet de perception dont la forme était modifiée par les hallucinogènes que lui faisait prendre Barry Claimes pour servir son objectif. Quelques effets résiduels persistaient. Jonah continuait à se réveiller la nuit de temps en temps, en pensant être victime d'hallucinations. Quand il agitait sa main dans son champ de vision, il distinguait des traînées parfois. Il n'était pas loin de penser que son esprit avait été détruit pour de bon, même s'il n'était pas schizophrène, uniquement fragile. Fragile et enclin à voir des images qui n'existaient pas. En outre, il avait une approche de plus en plus confuse de la réalité, qui lui apparaissait désormais comme une chose impossible à saisir véritablement.

Et donc, peu de temps après, lorsque sa mère voulut l'emmener en Californie où elle devait se produire dans le cadre du Golden Gate folk Festival, Jonah refusa, expliquant qu'il n'avait plus l'âge d'être le gamin de la chanteuse qui se promène dans les coulisses avec un laissez-passer autour du cou. Il avait cru que ça s'arrêterait là, mais non. Barry Claimes l'appela du festival car il avait conservé le numéro du domicile de Susannah.

— J'étais très déçu de ne pas pouvoir te donner une autre leçon de banjo, dit Barry au cours de cet appel longue distance.

En fond sonore, on entendait des applaudissements. Barry appelait des coulisses et Jonah l'imaginait ôtant ses lunettes d'aviateur pour frotter ses yeux bleus larmoyants, puis les remettre. Une demi-douzaine de fois.

— Faut que j'y aille, dit Jonah.

— Qui est-ce ? demanda sa baby-sitter en entrant dans la pièce.

— Allons, ne me fais pas ça, Jonah, supplia Barry. (Jonah ne dit rien.) Tu es quelqu'un d'extrêmement créatif et j'adore sentir ton énergie près de moi. Et je croyais que ça t'intéressait ce qu'on faisait ensemble.

Jonah se contenta de répéter qu'il devait y aller et il raccrocha. Barry Claimes le rappela une dizaine de fois, sans que Jonah comprenne qu'il pouvait très bien ne pas répondre, tout simplement. Mais dès que le téléphone sonnait, il décrochait. Et chaque fois, Barry affirmait qu'il tenait à lui, qu'il lui manquait, qu'il avait envie de le voir, Jonah était la personne qu'il aimait le plus, y compris parmi tous les chanteurs qu'il avait connus, et même Susannah, Joan Baez, Pete Seeger, Richie Heavens et Leonard Cohen. Jonah lui répéta qu'il devait y aller, et il raccrocha, en émettant un de ces horribles rots qui menacent de se transformer en vomissements, sans que cela se produise. Le lendemain, Barry l'appela trois fois, le jour suivant deux fois et le jour suivant une fois seulement. Puis Susannah rentra de tournée et Barry cessa d'appeler.

Quelques mois plus tard, il quitta subitement les Whistlers et se lança dans une carrière solo avec un album de chansons engagées. Le refrain de l'unique tube de ce disque, une ballade contre la guerre, était parlé plus que chanté.

« Dis-leur, mon gars, que tu n'iras pas,
au pays des vers et du sol bêché,
Dis-leur, mon gars, que tu n'iras pas
Car tu as une vie à vivre, ici sur terre. »

Quand Jonah entendit cette chanson à la radio pour la première fois, il s'exclama « hein ? », mais il n'y avait personne dans la pièce pour l'entendre. « Hein ? » répéta-t-il. La terre salie avait été remplacée par une expression supérieure (Jonah ne savait même pas ce que signifiait « bêché »), mais les idées principales et la mélodie originale étaient de lui. Barry Claimes les avait travaillées, structurées, pour s'approprier cette chanson. Jonah ne pouvait le dire à personne, il ne pouvait pas se plaindre de cette injustice à qui que ce soit. Certainement pas à sa mère. On lui avait volé sa musique, on avait manipulé son cerveau. Il demeura d'humeur ombrageuse pendant très longtemps, même s'il faisait de gros efforts pour le cacher. Parfois, la nuit, il voyait des restes de gravures au plafond et il restait éveillé, à attendre qu'elles disparaissent, soulagé lorsque le jour se levait et que sa chambre redevenait normale. « Dis-leur que tu n'iras pas (mon gars) » s'installa quelque temps au milieu, puis en queue des *charts*, et chaque fois que la chanson passait à la radio, Jonah avait l'impression qu'il allait exploser, mais il s'obligeait à se contenir, à surmonter cette épreuve. Finalement, la chanson disparut, pour réapparaître bien des années plus tard seulement, sur un tas de compilations. Et au bout d'un moment, les retours d'acide diminuèrent de fréquence et d'intensité. Un jour, Jonah s'inquiéta en voyant un motif de feuilles et de plantes grimpantes menaçantes sur un mur blanc, avant de s'apercevoir que c'était un papier peint.

À l'époque où ils pénétrèrent tous dans l'immeuble de Goodman et Ash Wolf, le Labyrinthe, à l'automne 1974, les retours d'acide de Jonah se manifestaient très très rarement, et son obsession vis-à-vis de Barry qui lui avait volé ses idées et avait presque liquéfié son cerveau s'était atténuée elle aussi. Il avait d'autres préoccupations désormais. Il allait au lycée, il était dans le monde. Il savait, vaguement, depuis l'école primaire, qu'il aimait les garçons – il aimait penser à eux, il aimait les toucher «accidentellement» en jouant –, mais ce n'est qu'à la puberté qu'il accepta de reconnaître la signification de ces pensées et de ces gestes. Néanmoins, il n'avait encore rien fait avec un garçon et il n'imaginait pas comment ça pourrait arriver. Pas question de parler à quiconque de ses désirs, pas même à ses bons amis de Spirit-in-the-Woods, et il songeait qu'il finirait peut-être par mener une vie monacale. Une vie sans musique non plus, probablement, même si on lui avait maintes fois répété qu'il avait assez de talent pour faire une grande carrière. Sa musique lui avait été volée et détournée par l'avidité de Barry Claimes.

En camp de vacances, à Spirit-in-the-Woods, Jonah se défonçait souvent avec ses amis, mais il le faisait par défi, en sachant qu'il se droguait de son plein gré. Et il ne prenait jamais de substances hallucinogènes.

Jusqu'à cet été, Jonah n'avait pas revu Barry Claimes depuis environ deux ans, et pendant ce temps, il avait changé, il s'était allongé. Il avait laissé pousser ses cheveux bruns, très longs, et avait commencé à cultiver une sorte de vague barbe dont il ne savait pas trop quoi faire. La raser ? L'ignorer ? La tailler à la Fu Manchu ? Le matin de la première réunion informelle des amis de Spirit-in-the-Woods, il se regarda machinalement dans le miroir et, avec un rasoir, il fit disparaître cette pauvre petite chose, tel un cartographe qui efface une étendue de terre sur une ébauche de carte.

« Très bien, commenta sa mère quand il la rejoignit dans l'espace cuisine du loft. Je ne voulais rien te dire, mais c'est beaucoup mieux comme ça. »
Elle était plus souvent à la maison ces derniers temps ; elle s'asseyait devant la table avec une cigarette, un journal et une liasse de contrats. Susannah remplissait encore les salles de concert, mais plus petites. Désormais, elle se produisait parfois dans l'auditorium au premier étage et non sur la grande scène. Son public vieillissait de manière dramatique, tandis que les années soixante-dix agonisaient, ses admirateurs consommaient maintenant des nourritures réconfortantes et des vins de plus en plus sophistiqués, et évidemment, Susannah vieillissait elle aussi. Lorsque Jonah regardait sa mère, il remarquait que, si elle restait belle, dotée d'un physique que ne possédaient pas les autres mères, elle ne ressemblait plus à la charmante hippie en poncho dont il avait gardé le souvenir, quand il était enfant. Il se souvenait particulièrement d'avoir voyagé à côté d'elle une nuit, dans

un bus de tournée. Il avait posé sa tête sur son épaule, les filaments de laine du poncho frottaient contre ses paupières dans la pénombre du car endormi. À l'instar de beaucoup de chanteuses de folk, le pouvoir de Susannah Bay, sensuel, doux, politique par intermittence, avait toujours semblé résider, au moins partiellement, dans ses cheveux. Mais maintenant, ceux-ci la vieillissaient un peu et Jonah craignait qu'elle finisse par ressembler à une sorcière comme ces femmes d'un certain âge aux cheveux longs.

Il se montrait protecteur envers sa mère, alors que celle-ci ne l'avait jamais été particulièrement avec lui. Il ne lui en avait pas offert l'occasion, il ne lui avait jamais raconté ce qui s'était passé avec Barry Claimes, alors qu'aurait-elle bien pu faire ? Chose aussi surprenante qu'horrible, elle était restée amie avec Barry et il leur arrivait de se produire en même temps sur scène ou d'aller dîner ensemble, à New York ou en tournée. Jonah n'en revenait pas d'être encore obligé d'écouter des histoires sur Barry, après avoir été drogué, terrorisé et dépouillé de sa musique par cet homme pendant une année entière durant son enfance.

Depuis qu'il passait ces étés libérateurs à Spirit-in-the-Woods, Jonah était bien décidé à placer ses amis au cœur de ses pensées, au lieu de cet individu. Les séjours à Belknap étaient extraordinaires, comme le lui avait promis sa mère, mais cette année, Susannah était arrivée avec *Barry*, nom d'un chien, et Jonah était habité par une telle rage qu'il n'avait pas su comment réagir. Il avait quitté la colline comme un ouragan pour retourner dans son tipi, où il était resté allongé dans l'obscurité suffocante ; heureusement, personne ne l'avait suivi, même si, supposait-il, il espérait que quelqu'un le fasse, un garçon, un garçon réconfortant.

Jonah et les autres étaient maintenant entassés dans la cabine dorée d'un ascenseur du Labyrinthe. Depuis sa première visite chez les parents de Goodman et d'Ash, deux ans plus tôt, Jonah avait toujours pensé qu'ils avaient du goût en matière de décoration intérieure, même si c'était « un peu trop ». Les murs étaient peints dans des tons foncés et même sombres, plusieurs coussins étaient éparpillés ici et là. Le chien de la maison, un golden nommé Noodge, Casse-pieds, vint fureter au milieu du groupe, survolté et en quête d'attention, mais tout le monde l'ignora finalement. Les parents Wolf, partis rendre visite à des amis à la plage, étaient absents pour la journée, si bien que Jonah et ses amis se dispersèrent et réquisitionnèrent plusieurs pièces. Les Wolf possédaient une excellente chaîne hi-fi avec d'énormes enceintes, mais Jonah n'était pas impressionné. Le loft de sa mère, aux murs blancs austères et au plancher en bois naturel, abritait une chaîne stéréo danoise aux lignes pures, de bien meilleure qualité que celle-ci. Car si Susannah Bay se souciait d'une chose, c'était de la qualité du son. La chaîne des Wolf n'était qu'un appareil high-tech parmi beaucoup d'autres. Jonah songea qu'Ash et Goodman avaient été élevés au milieu d'une profusion d'objets. Si l'un des deux dégringolait, sa chute serait amortie ; tout ce dont ils pourraient avoir besoin durant toute leur vie était là, à leur disposition, dans le Labyrinthe.

Après avoir grignoté dans le salon, ils se dispersèrent tactiquement par groupes de deux. À dessein ou par défaut, le beau Jonah Bay se retrouva avec la belle Ash Wolf, et comme ils étaient chez elle, celle-ci lui demanda s'il voulait voir sa chambre. Il y était déjà entré plusieurs fois, mais il sentait qu'il la verrait sous un jour différent maintenant.

Ils s'enfoncèrent dans le marécage de son lit, avec tous ses animaux en peluche massacrés, inégalement remplis après avoir été aimés pendant des années par une petite fille, puis balancés n'importe où par une adolescente indélicate et ses amies. Jonah aurait aimé dormir ici, avec Ash et les animaux, juste dormir et dormir encore. Mais elle était à côté de lui sur le lit, la lourde porte de la chambre était fermée et, sincèrement, même s'il n'éprouvait aucune attirance sexuelle pour elle, Ash Wolf était un étrange et bel objet. Il avait toujours aimé la regarder, sans jamais avoir eu l'idée de la toucher. Maintenant, il songeait que ça ne serait peut-être pas une mauvaise idée. Ils avaient toujours été les plus beaux du groupe. Certes, Goodman avait un physique incroyable, *nom de Dieu*, mais il ne pouvait pas dire qu'il était beau ou qu'il avait de jolis traits. Cathy, elle, était terriblement femme, pleine de formes ; physiquement, elle était bien plus que jolie. Même si Ash était une fille, Jonah se disait que le fait de la toucher serait peut-être agréable, comme de se toucher lui-même.

— Tu as des yeux extraordinaires, Jonah. Pourquoi on ne l'a pas fait cet été ? demanda Ash, alors qu'il lui caressait timidement le bras. On a perdu un temps précieux.

— Oui, c'était une grave erreur, répondit-il, bien que ce ne soit pas vrai.

C'était bon de lui toucher le bras, assurément, mais ce geste ne correspondait à aucun besoin impérieux. Ils étaient couchés l'un contre l'autre, hésitants.

— J'aime beaucoup ça, dit Ash.

— Moi aussi.

Deux personnes réunies dans un lit disaient-elles des choses du genre « j'aime beaucoup ça » et « moi aussi » ? N'étaient-elles pas plutôt muettes et en transe, ou au contraire bruyantes, haletantes et simiesques ? Plusieurs filles sur le camp et dans des soirées à la Dalton School avaient déjà embrassé Jonah et il leur avait rendu poliment leurs baisers, mais ces dernières années, il avait essayé d'imaginer des garçons à leur place ; il transformait le visage d'une jolie fille en celui d'un garçon rieur et frimeur. Les filles avaient tendance à tomber amoureuses de lui et l'été précédent, à Spirit-in-the-Woods, il s'était promené main dans la main avec une pianiste blonde prénommée Gabby. Jonah se montrait accommodant avec ces jolies filles qui en pinçaient pour lui. Ash était simplement l'incarnation la plus extrême de ces filles.

L'amour, pensait-il, devrait être aussi puissant qu'une drogue. Ce devrait être comme mâcher une tablette de chewing-gum Teaberry « arrangée » et sentir tous vos neurones exploser autour de vous. Il se souvenait de tous les instants précis où il avait eu l'impression de devenir fou. Il était capable d'indiquer la fraction de seconde où la drogue avait produit son effet. Et il avait envie maintenant de retrouver une toute petite partie de cette sensation – pas beaucoup, juste un peu –, mais au lieu de cela, il avait une impression de manque de stimulation, d'ennui et de sécurité.

Dans le lit d'Ash Wolf, les deux amis s'embrassèrent très longtemps. Ce fut un marathon du baiser, peu excitant, mais pas mal quand même car Ash était comme une sorte de prairie luxuriante. Elle ressemblait à une version mobile de sa propre chambre, pleine de coins cachés, de surprises et de délices. Sa salive était légère et inoffensive. Le soleil faiblissait au-dessus de Central Park, l'après-midi s'enfuyait et les baisers ne débouchèrent sur rien d'autre, ce qui convenait très bien à Jonah.

En ressortant de la chambre d'Ash, dont il tenait toujours la main, il eut le sentiment qu'ils s'étaient tous mis en couple ce jour-là, de manière significative. Goodman et Cathy étaient partis dans la chambre de Goodman, sans doute pour aller très loin ensemble, jusqu'au bout peut-être. La porte était fermée, annonça Ash après s'être rendue rapidement au fond du couloir pour vérifier. Jonah se représenta le fouillis permanent qui régnait dans la chambre de Goodman, le lit constamment défait, les petites maquettes d'architecture inachevées et abandonnées, les affaires qu'il jetait n'importe où, uniquement parce qu'il pouvait le faire. La femme de ménage, Fernanda, serait là lundi matin à la première heure ; elle entrerait dans la puanteur adolescente de la chambre de Goodman pour plier, défroisser et désinfecter. Jonah imagina soudain Goodman positionné entre les jambes robustes de Cathy Kiplinger et cette image le troubla.

Quant à Jules et Ethan... où étaient-ils ? Par défaut, les deux membres les moins séduisants de la bande étaient sans doute quelque part en train de faire une chose qui ressemble à l'amour. Il savait qu'ils avaient essayé de se mettre en couple durant l'été, même si Ethan avait finalement déclaré qu'il n'y avait rien entre eux. «C'est une amie, voilà tout, avait-il confié. On en reste là.» «Je comprends», avait répondu Jonah. En suivant Ash dans le couloir en direction de la cuisine pour se désaltérer après tous ces baisers, il entendit un bruit qui le fit se retourner en traversant le salon. Là, par terre, derrière le canapé, dans une alcôve de cette pièce habillée avec trop de recherche, il y avait Jules et Ethan. Que faisaient-ils ? Pas l'amour. Ils ne s'embrassaient même pas. Ils jouaient à Trouble, un jeu de société trouvé dans le coffre de la banquette sous la fenêtre qui renfermait tous les trésors des soirées jeux de la famille Wolf : Trouble, Life, Monopoly, Scrabble, Bataille navale et deux jeux de plateau de seconde zone, Symbolgrams et Kaplooey!, dont personne, en dehors de la famille Wolf, n'avait jamais entendu parler.

Ethan et Jules étaient plongés dans leur partie, leurs paumes frappaient le dôme en plastique, produisant un *poc* étrangement plaisant. D'ailleurs, ce jeu reposait sur l'idée que les gens aimaient ce son nouveau. Les gens voulaient de la nouveauté. Le sexe était une nouveauté, lui aussi, et si Cathy Kiplinger taillait une pipe à Goodman Wolf, quand celui-ci sortirait sa queue de sa bouche, cela produirait peut-être un *poc* semblable au bruit du dôme en plastique quand on appuyait dessus. Jonah établit ce rapprochement uniquement en entendant ce bruit et en voyant Ethan et Jules, ce non-couple, en train de jouer par terre, avec la satisfaction de deux personnes qui n'ont pas besoin d'accomplir des choses physiques et extrêmes. Des paroles de chanson lui vinrent à l'esprit, spontanément :

«Sa queue jaillit hors de la bulle

En faisant un bruit comme dans une partie de Trouble…»

Jonah s'imagina assis à côté de Barry Claimes, écrivant ces paroles stupides ; Barry l'écoutait attentivement, la cassette tournait dans son magnétophone. Écœuré par cette vision, il s'efforça de reporter ses pensées sur Ash. Avait-il acquis le statut de petit ami d'Ash Wolf maintenant ? Et si oui, qu'est-ce que ça impliquait ? À ses yeux, être un petit ami, c'était un peu comme être duc ou comte ; c'était comme s'il avait des *terres* à gérer désormais, des rubans à couper. Ash lui prit la main et l'entraîna devant le couple de joueurs, jusque dans la cuisine où ils burent deux verres d'eau du robinet new-yorkaise, puis dans le couloir, en passant devant le couple qui allait sans doute très loin, Goodman et Cathy, pour déboucher dans le bureau, une pièce remplie de roseaux dans des vases en céramique et de canapés bas en cuir craquelé.

— Allongeons-nous, dit Ash.

— On s'est déjà allongés, répondit Jonah.

— Je sais, mais on ne s'est pas allongés ici. Je veux essayer tous les canapés et tous les lits avec toi.

— Du monde entier ?

— Ultérieurement. On peut déjà commencer par celui-ci.

Il ne pouvait pas lui avouer que son vœu le plus cher, à cet instant, était de dormir à côté d'elle. Sans caresses, sans baisers, sans stimulation. Aucune sensation, aucune conscience. Juste dormir avec quelqu'un dont vous aimiez la compagnie. C'était peut-être ça, l'amour.

Sept

Parmi toutes les personnes qui étaient invitées dans l'appartement du cinquième étage du Labyrinthe et qui y restaient un jour ou deux, voire plus, la plupart étaient tellement enchantées de se sentir désirées qu'elles en oubliaient de se demander si elles ne devraient pas plutôt être ailleurs. Au fil des ans, plusieurs d'entre elles en vinrent à se considérer comme des membres honoraires de la famille Wolf, croyant brièvement que le fait de pouvoir rester là aussi longtemps qu'elles le souhaitaient équivalait à être l'un d'eux. Mais qu'importe le nombre de fois où Jules Jacobson entra dans le vestibule, accueillie avec un enthousiasme débridé par Noodge le chien, avant de suivre le long couloir envahi de photos des Wolf se livrant à diverses wolferies, elle n'eut jamais l'impression d'être totalement à sa place, comme dans ce tipi le premier soir. Néanmoins, elle ne se sentait plus dans la peau d'une intruse.

Gil et Betsy Wolf ne semblaient pas particulièrement désireux d'en savoir plus sur la soudaine meilleure amie de leur fille et quand Jules resta dîner, leurs questions, bien que polies, demeurèrent superficielles.

(«Jules, as-tu déjà goûté au saltimbocca de poulet ? Non ? C'est un crime ! »), mais Ash lui affirmait qu'elle était toujours la bienvenue. Cet appartement accueillait en permanence des habitués de Spirit-in-the-Woods. Jonah, devenu le premier petit ami sérieux d'Ash depuis ce jour de septembre, était souvent là durant la semaine et le week-end. Cathy, devenue officiellement la petite amie de Goodman – depuis ce même jour – laissait un justaucorps dans le tiroir de la commode de Goodman, un geste d'une spectaculaire maturité aux yeux d'Ash et de Jules. Cathy et Goodman se disputaient beaucoup et les éclats de voix qui traversaient les murs ressemblaient à des disputes d'adultes, pas d'adolescents. « Arrête de me traiter comme une moins que rien, c'est injuste ! » hurlait Cathy, mais sa rage était immédiatement engloutie par les larmes.

« Si tu continues à chialer, c'est fini entre nous », disait Goodman d'un ton cassant, furieux. Parfois, il lui ordonnait subitement de s'en aller. Ensuite, Cathy restait sans nouvelles de lui pendant des jours. Alors, elle appelait le Labyrinthe et exigeait de savoir où il était. Plusieurs fois, Goodman chargea Ash de dire à Cathy qu'il n'était pas là. « Je n'arrive pas à la gérer », confia-t-il à sa sœur.

Ethan se rendait chez les Wolf à la moindre occasion, mais il restait souvent chez lui pour réaliser un de ses courts-métrages d'animation. Son père, avocat commis d'office, avec qui il vivait dans cet appartement exigu du Village depuis que sa mère avait fichu le camp avec le pédiatre, l'avait autorisé à transformer la salle à manger en atelier. Par conséquent, la table disparaissait sous les dessins et l'odeur de plastique de la peinture pour celluloïd flottait dans l'air. Sa famille avait très peu d'argent, avait-il avoué à Jules. Stuyvesant, l'excellent lycée qu'il fréquentait, était bien évidemment gratuit. «Que Dieu en soit remercié», disait-il. Car même si cet établissement avait une réputation de pépinière pour les mathématiciens et les scientifiques, les professeurs respectaient l'immense talent d'Ethan et le laissaient travailler sur des projets indépendants. Il réalisait des dessins animés humoristiques qu'il projetait parfois avec succès lors des réunions d'élèves. Il menait une existence chargée et chaotique. L'appartement de son père était sale et Ethan avait dit à Jules qu'il ne voulait pas qu'elle le voie, ce qui lui convenait très bien car elle-même lui avait confié qu'elle ne voulait qu'aucun d'entre eux ne voie sa maison d'Underhill, non pas à cause de la saleté, ce qui n'était pas le cas, mais simplement parce qu'elle était ordinaire.

Depuis la première fois que Jules avait été invitée chez les Wolf, elle ne pensait plus qu'à une chose : trouver des prétextes pour y retourner. Mais il arrivait que, sans raison valable, sa mère lui interdise d'y aller. Comme si Lois Jacobson savait qu'elle était en train de perdre peu à peu sa fille cadette ; peut-être même l'avait-elle déjà perdue. De fait, Jules affichait de plus en plus ouvertement son mépris vis-à-vis de sa mère et de sa sœur. Les Wolf, eux, étaient des gens cosmopolites, une famille cultivée et pleine d'entrain, pour qui chaque instant méritait d'être célébré. À l'époque de Hanoucca, Ash et Goodman se moquèrent de leur jolie paonne de mère à cause de sa prononciation du mot *latke.*

— Je n'y peux rien, dit Betsy Wolf. Je n'ai pas grandi avec ce mot. Votre grand-père aurait été très contrarié s'il m'avait vue en faire cuire une poêlée.

— Une poêlée de quoi, maman ? demanda Goodman

— De *lat-kees*, dit-elle et tous les Wolf s'esclaffèrent.

En l'honneur de la non-judaïté de leur mère, ils accrochèrent une branche de « gui-latke » au-dessus de la porte : une galette de pommes de terre suspendue à une ficelle, sous laquelle tous les invités devaient recevoir un baiser. Cette simple idée du « gui-latke », farfelue et propre à une famille originale, était totalement étrangère à Jules. Elle sombra dans les souvenirs cafardeux de sa propre enfance qui, par comparaison, se fanaient comme un latke sur sa branche.

Les Wolf ne pouvaient pas faire de fautes ; ils étaient très chics, chacun à sa manière, dans son style. Betsy, diplômée de Smith College, incarnait la femme de la Nouvelle-Angleterre, sophistiquée et vieillissante, dont quelques mèches de cheveux s'échappaient de son chignon souple. Gil était l'incarnation du banquier de chez Drexel Burnham, mais rempli d'énergie. Ash était la toute petite qui irait très loin, comme actrice ou dramaturge, et dont tout le monde prenait grand soin. Goodman était le garçon au charisme troublant qui n'avait « aucune constance », rendait son père furieux et amusait les autres avec son tempérament séduisant et fantasque. Il avait été renvoyé de son école non mixte et traditionnelle en cinquième, pour avoir triché. «Pour avoir triché *ouvertement*», avait précisé Ash devant Jules. Ses camarades de classe s'étaient montrés beaucoup plus discrets. Tout ce qu'il faisait était énorme et tonitruant, chargé d'effets déplacés. «C'est toujours moi qui ai subi la pression pour m'empêcher de déconner, expliqua Ash à Jules. Pour que je sois la fille parfaite, créative. C'est une sorte de boulot à plein temps.» Évidemment, ça ressemblait à un boulot en or aux yeux de Jules, qui trouvait cette famille si vivante et désirable.

«Qu'est-ce qu'ils t'apportent, ces gens?» lui avait demandé un jour sa sœur Ellen, alors que Jules s'apprêtait à aller passer le week-end à New York. «Tout», avait-elle répondu.

En première année de fac, quelques années plus tard, alors qu'elle logeait avec ce groupe de filles détestables, elle s'était faufilée une nuit dans la chambre d'un garçon nommé Seth Manzetti, qui l'attirait surtout par sa tête de satyre et son odeur un peu musquée. Jules Jacobson était demeurée totalement immobile sur le lit aux draps en velours, en songeant que, depuis cinq minutes, elle n'était plus vierge. Très vite, elle estima qu'elle ne se sentait pas à l'aise dans cet état, et pourtant, elle avait envie d'y être. Ses cuisses étaient un peu meurtries et ses mamelons enflammés par l'attention zélée du satyre. Malgré cela, elle demeurerait ici, dans cet état, elle voudrait y retourner et peut-être y vivre parfois. Pas avec Seth Manzetti, évidemment, mais dans les lits et les couloirs du sexe et de l'amour, l'amour adulte. Jules Jacobson regrettait de ne pas avoir réussi, par la ruse, à faire en sorte que Goodman Wolf la touche de manière sensuelle lors de ce premier été, ou même dans le courant de cette année et demie qu'ils avaient tous passée avec lui ensuite. Une fille au physique peu attirant devrait avoir le droit de vivre un tel moment, une fois, juste pour savoir ce qu'elle manquait, avant de passer à autre chose. Pour ne pas en rêver toute sa vie, en se demandant ce qu'elle aurait ressenti.

Les parents Wolf aimaient organiser des fêtes. De temps en temps, en entrant dans l'appartement le week-end, Jules trouvait Gil ou Betsy dans le vestibule avec des gens qui louaient du matériel pour les soirées.

— Ah, Jules ! Nous avons une brillante conversation au sujet des chaises, lui dit Gil, un jour. La cousine Michelle, du côté de ma femme, va se marier ici le mois prochain.

— Goodman pourra faire le DJ ! lança Ash du salon, où elle était assise sur la banquette sous la fenêtre, recroquevillée contre Noodge, avec un carnet, en train d'écrire une pièce.

Goodman fut donc engagé pour le mariage et il prouva qu'il savait passer des 45 tours et faire du boniment. « La chanson qui suit est pour Michelle et Dan, dit-il en s'approchant tout près du micro pour que sa voix soit déformée. Car ce soir, ce sera pour eux aussi une nuit en satin blanc. Jusqu'à ce que Dan… le retire. »

« Tu devrais peut-être faire de la radio », lui glissa sa mère plus tard, une remarque qui se voulait utile, mais qui reflétait également l'inquiétude de ses parents face à son manque de « réel » talent. Certes, il voulait devenir architecte, mais vous ne pouviez pas avoir un architecte qui oublie une poutrelle par négligence. Une pression s'exerçait sur lui pour qu'il « se ressaisisse », comme disait souvent son père. Mais pourquoi fallait-il qu'il possède déjà un talent exploitable ? se demandait Jules. À seize ans, Goodman était un élève indifférent et agité dans son lycée alternatif. En se retrouvant devant la platine à l'occasion du mariage de la cousine Michelle, il avait reconquis le pouvoir qu'il possédait tous les étés à Spirit-in-the-Woods.

Une fête était organisée également pour le réveillon du nouvel an, et tous les amis du camp de vacances y étaient conviés. Durant les dernières heures de 1974, ils chapardèrent quelques canapés à la pâte feuilletée en se faufilant à travers la pièce et Ash faucha un shaker rempli de martini qu'elle emporta dans la chambre sombre et en désordre de Goodman. Elle s'assit sur les genoux de Jonah, son petit ami, sur un sacco. Réfugiée dans un coin, Jules regarda Cathy Kiplinger s'appuyer contre Goodman sur le lit aux fleurons en forme d'ananas, la bouche collée à son oreille. Son oreille ! Lui, imperturbable, visiblement ravi, enfouit sa main dans les cheveux blonds de Cathy. Jules se dit que ses cheveux à elle ne possédaient pas cette épaisseur soyeuse que les garçons comme Goodman, et les hommes du monde entier, désiraient apparemment. Ethan, lui, n'avait pas donné l'impression de vouloir enfouir sa main dans ce genre de cheveux, cet été. Il voulait uniquement les cheveux de Jules, il voulait uniquement Jules.

Tous les deux étaient maintenant assis côte à côte, par défaut, alors que minuit approchait, et lorsque la nouvelle année débuta officiellement, les lèvres d'Ethan Figman se retrouvèrent sur celles de Jules et il ne put résister en voyant qu'elle lui avait autorisé ce baiser. Comme c'était le réveillon du jour de l'an, elle ne se recula pas immédiatement. La sensation n'était pas trop horrible cette fois, mais elle ne pouvait oublier qu'il s'agissait d'Ethan, son ami. Ethan qui ne l'attirait pas. Finalement, après deux ou trois secondes, elle se défila en disant :

— Ethan, qu'est-ce qu'on fait ?

— Rien. C'était un baiser nostalgique. Couleur sépia. Ces deux personnes qui s'embrassent portent des hauts-de-forme… des enfants font rouler des cerceaux dans la rue en mangeant des sucres d'orge.

— Oui, d'accord.

Ce fut tout ce qu'elle trouva à dire, avec un sourire.

Elle remarqua que, sur le lit, Goodman semblait vouloir *dévorer* Cathy, l'absorber en lui. En revanche, aucune activité intense et similaire entre Ash et Jonah, qui continuaient à s'embrasser comme deux oiseaux sur une branche qui se passent et se repassent un ver de terre, de bec à bec.

— Bonne année, Jules la Formidable, dit Ethan Figman en la regardant droit dans les yeux.

— Je ne suis pas formidable.

— Je trouve que si.

— Pourquoi ? ne put-elle s'empêcher de demander.

Elle ne cherchait pas des compliments, elle voulait juste comprendre.

— Tu es totalement toi-même. Tu n'es pas du tout névrosée comme certaines filles qui passent leur temps à regarder ce qu'elles mangent ou qui font semblant d'être un peu moins intelligentes qu'un garçon. Toi, tu es ambitieuse, vive, très drôle et tu es une bonne amie. Et, évidemment, tu es adorable.

Il l'enlaça de nouveau, et même s'il comprenait qu'un moment tel que celui-ci pourrait se répéter de temps en temps, il n'y aurait jamais rien de sexuel, ni même de romantique, entre eux. Ils étaient amis, uniquement, mais l'amitié était une chose qui comptait énormément.

— Non, je ne suis pas formidable, persista-t-elle. Je n'ai rien de formidable.

— Moi, je pense que si. Simplement, tu n'en fais pas étalage. Et ça me plaît. Par contre, je pense que tu devrais le montrer à d'autres personnes. Pas uniquement à moi. Même si, ajouta-t-il, d'une voix enrouée qui l'obligea à se racler la gorge, une fois qu'ils s'en seront rendu compte, ils se jetteront tous sur toi, et je serai triste.

Pourquoi était-il si fidèle, à elle et à l'idée qu'il se faisait d'elle ? Sa loyauté lui donnait envie d'être meilleure qu'elle l'était en réalité : plus intelligente, plus drôle, de s'intéresser à plus de choses. *Sois meilleure*, s'intima-t-elle. *Sois aussi bonne que lui.*

Un peu plus tard ce soir-là, Jules et Ethan se préparèrent à dormir, allongés côte à côte dans le bureau des Wolf, sur le tapis blanc qui semblait fait en poils de chien de berger. L'aquarium projetait une lumière gazeuse sur les livres qui occupaient les quatre murs de la pièce et dont les noms des auteurs confirmaient que c'était une maison où habitaient des personnes sérieuses, intelligentes et à la page, des personnes qui lisaient Mailer, Updike, Styron, Didion. Jules aurait pu murmurer à Ethan «Je suis très heureuse à cet instant », mais elle aurait donné l'impression de l'allumer. Alors, elle resta allongée sans rien dire, en souriant, et il dut demander :

— Qu'est-ce qu'il y a de drôle ? Tu te moques de moi ?

— Non, bien sûr que non. Je suis contente, c'est tout, répondit-elle avec prudence.

— C'est une expression de personne âgée, dit Ethan. Peut-être que tu entres dans l'âge mûr.

— Possible.

— 1975. Ça ne te semble pas extrêmement vieux ? Déjà, 1974, c'était limite. J'aimais bien 1972, c'est mon année préférée. À la question : « En quelle année sommes-nous ? », je crois que la réponse devrait toujours être « 1972 ». George McGovern, tu te souviens de lui ? demanda Ethan dans un soupir. Ce bon vieux George ?

— Est-ce que je me souviens de lui ? Je ne souffre pas de lésions cérébrales, Ethan.

— Il est arrivé et il est reparti. On l'a soutenu comme des idiots, on a été battus, puis le temps a passé. Tout, dit-il avec ferveur, va s'éloigner de plus en plus de ce qui nous semble familier. J'ai lu quelque part que la plupart des sentiments intenses que tu connaîtras dans ta vie surviennent à peu près à notre âge. Tout ce qui se passera ensuite nous paraîtra de plus en plus dilué et décevant.

— Oh, non, ne dis pas ça. C'est impossible, dit Jules. On n'a encore rien fait. Réellement.

— Je sais.

Ils demeurèrent silencieux et sombres, ils réfléchissaient à ça.

— Toi au moins, tu as commencé, dit Jules. À en croire le magazine *Parade*.

— Je n'ai encore rien fait au niveau *expérience*. Expérience de la vie.

— Oh, genre l'expérience de Goodman ? demanda Jules en essayant de prendre un ton dédaigneux, comme si son amitié platonique avec Ethan était bien supérieure aux plaisirs physiques que Goodman recevait régulièrement de Cathy Kiplinger et lui donnait en échange.

Quand elle collait sa bouche sur son oreille. Quand elle écartait les jambes comme une danseuse pour que son pénis trouve sa légitime entaille.

— Oui, exactement, le sexe et d'autres choses. Les choses émouvantes, dit Ethan. Et les humeurs sombres, très sombres.

— Tu es la personne la moins sombre que je connaisse.

Ethan était un garçon profond, inquiet, mais d'une certaine façon, il s'adaptait joyeusement à toutes les situations.

— Pourquoi les filles veulent-elles toujours un homme sombre et maussade ? demanda-t-il. Je vois quelqu'un de maussade dans ta vie future.

— Ah bon ?

— Oui. Pendant que je serai chez moi avec mon frigo vide et mes petits dessins animés, en train de me lamenter sur la déroute des démocrates en 1972. Sois gentille, envoie-moi des cartes postales de là-bas, du monde. Envoie-les-moi là où je passerai le restant de ma vie solitaire.

— Et ce sera où ?

— Adresse-les simplement à « Ethan Figman, Arbre creux numéro 6, Belknap, Massachusetts, 01263 ».

— Ça m'a l'air chouette, dit Jules.

Elle imagina Ethan à l'intérieur de son arbre, en train de se faire du thé avec une bouilloire sur un feu, vêtu d'une tunique matelassée en satin bordeaux. Dans cette vision, il était devenu une sorte d'animal des bois, velu, à la C. S. Lewis, mais il avait conservé cependant les traits caractéristiques d'Ethan.

— Et si les choses tournent mal ? interrogea Ethan. À Spirit-in-the-Woods, j'ai toujours été le dingue d'animation à l'aspect bizarre, le rouleur de joints grassouillet, alors que tous les autres comprenaient que tout était nul dans l'ensemble. Je le savais, moi aussi. En regardant les infos du soir, assis avec mon père, devant la télé, en mangeant des macaronis à la sauce tomate en boîte. Mais toi, moi et tous les gens qu'on connaissait, on était un peu trop jeunes pour voir la réalité de près. Mỹ Lai, toute cette horrible tragédie. On est arrivés trop tard.

— Oui.

Jules n'avait jamais vraiment pensé à ce qu'ils auraient pu vivre s'ils n'étaient pas « arrivés trop tard », comme il disait. Elle n'avait jamais su ce que c'était de se retrouver plongé au cœur du véritable drame. De faire quelque chose d'important. D'être courageux. Quelle notion impondérable : le courage.

— Je n'arrive pas à décider si c'est une bonne chose ou pas, ajouta Ethan. C'est une bonne chose assurément en ce sens que nous ne sommes pas morts. Je ne suis pas mort inutilement à Hanoï, en me tuant par accident avec mon propre M16. Mais d'un autre côté, nous avons manqué cette expérience, et ce n'est pas une bonne chose. Tu sais ce que je veux ? demanda Ethan en se redressant soudain dans le bureau obscur.

Des peluches de tapis s'accrochaient à ses cheveux, semblables à une fine couche de neige qui lui serait tombée dessus au moment où il sortait brièvement la tête du tronc de l'Arbre creux numéro 6.

— De l'expérience ? hasarda Jules.

— Oui, aussi. Mais pas seulement. Ça va te paraître prétentieux, mais je ne veux plus penser autant à moi.

Il guetta sa réaction.

— Je ne suis pas sûre de comprendre.

— Je ne veux plus penser autant à ce que *je* veux, et à ce que *j'ai* loupé. Je veux penser à d'autres choses, à d'autres personnes, à d'autres endroits même. J'en ai tellement marre de toutes ces petites plaisanteries ironiques pour initiés, de ces citations tirées de séries télé, de films ou de bouquins. Marre de tout ce qui vient de… ce monde circonscrit. Je veux un monde non circonscrit.

— Et un monde non circoncis, ajouta Jules, sans raison aucune, mais c'était le genre de paroles qu'ils échangeaient, en appelant ça de l'esprit.

Exactement le genre de propos dont Ethan ne voulait plus, disait-il.

— C'est possible, s'empressa-t-elle d'ajouter. Je suis sûre que c'est possible.

— Ce sera ma résolution pour la nouvelle année, déclara-t-il. Quelle est la tienne ?

— Aucune idée.

— Quand tu auras trouvé, dis-le-moi.

Il bâilla, en ouvrant si grand la bouche que Jules vit ses nombreux plombages.

Elle devinait que sa résolution ne serait pas aussi noble que celle d'Ethan. Elle choisirait quelque chose qui concernait sa personne et son plaisir. Et soudain, elle trouva : elle voulait être aimée par une personne autre qu'Ethan Figman. La cruauté de ce constat était un choc, mais elle savait qu'elle voulait être aimée par quelqu'un qui la ferait *réagir*, même si ce quelqu'un n'en valait pas la peine. Goodman aurait été parfait. Elle pensa à sa main dans les cheveux de Cathy Kiplinger, à ses lèvres qui portaient les traces du gloss incolore de cette autre fille. Hélas, Goodman Wolf était déjà pris, et à bien des égards, c'était un choix horrible, sans parler du fait essentiel qu'il ne la désirait pas, et ne la désirerait jamais : c'était l'élément le plus important. Il fallait qu'il la désire lui aussi. Elle aurait bien aimé inciter Goodman à la désirer cette année, la dernière année complète qu'ils passeraient tous ensemble. Et même si elle ne le savait pas encore, elle éprouvait intuitivement un sentiment d'urgence. Ce qu'elle voulait – maintenant –, c'était être aimée par quelqu'un qui l'excitait. Il n'y avait rien de mal. Malgré tout, cela lui semblait cruel envers Ethan, injuste.

Dans les autres pièces, les fêtards se calmaient.

— Je suis désolé de dire ça, mais même si j'apprécie beaucoup cette conversation, il faut que je dorme, annonça Ethan, et il se retourna, ignorant tout de la résolution secrète de Jules, à qui il offrait le mur incurvé de son dos, qui se souleva et retomba jusqu'au matin, véritable commencement de l'année 1975.

Au cours de cette nouvelle année, les changements qui survinrent parmi eux furent plus subtils que frappants. Leur visage s'allongea, leurs écritures se modifièrent légèrement et la répartition des couchages se modifia. Les résolutions de Jules demeurèrent lettre morte et elle resta absorbée par les drames relationnels de ses amis, qui fréquentaient tous des écoles différentes en ville. À Underhill, dans les salles de classe de son immense lycée, Jules regardait par la fenêtre dans ce qui lui semblait être la direction de New York. Ash et Jonah n'étaient plus ensemble, ils avaient rompu en février, pour des raisons qu'ils avaient vaguement expliquées aux autres.

« Je suis contente qu'on ait eu une relation, dit Ash à Jules au téléphone, mais c'est fini. Évidemment, c'est triste, mais je suis très occupée et c'est sans doute aussi bien comme ça. »

Ash avait écrit une pièce pour une seule comédienne intitulée *Les Deux Bouts*, qui évoquait la vie d'Edna St. Vincent Millay. Elle avait été représentée lors de la Nuit des talents à Brearley, son école de filles, et ses amis étaient allés la voir. Tout le monde dans l'auditorium demeura silencieux et attentif lorsque Ash, debout sur scène, en chemise de nuit, une bougie à la main, se mit à parler, volontairement si bas que tout le monde se pencha d'instinct pour ne pas perdre un mot. « Ma chandelle brûle par les deux bouts, récitat-elle. Elle ne durera pas toute la nuit… »

Jonah, depuis la rupture, répugnait à s'expliquer lui aussi, mais cela correspondait davantage à sa façon d'être. Il s'était investi dans le club de robotique de

Dalton, et même si les autres garçons qui veillaient fort tard dans la salle de sciences avec leurs créations mécaniques ne lui ressemblaient en rien – aucun n'avait encore eu une petite amie et aucun n'aurait jamais de petite amie comme Ash, à moins de la créer avec des pièces de robot –, Jonah s'en fichait et à vrai dire, il se sentait serein au milieu des roues dentées, des moteurs et des batteries. De leur côté, ses amis percevaient une grande sensibilité dans sa réserve. Dans leur esprit, Jonah et Ash avaient connu un amour puissant, mais fragile.

Un mois plus tard, la rupture entre Goodman et Cathy fut aussi bruyante et difficile que celle entre Ash et Jonah avait été douce. En mars 1975, la famille Wolf partit en vacances à Tortola, dans les îles Vierges britanniques et là, sur une plage de sable blanc, Goodman rencontra une jeune Britannique descendue dans le même hôtel avec ses parents. Jemma était jolie et espiègle et le soir, Goodman s'éclipsait avec elle une fois que leurs parents respectifs dormaient. Une nuit, il rentra à l'hôtel à deux heures du matin en arborant un suçon tout frais comme un insigne, ce qui provoqua la fureur de son père. «On ne savait pas où tu étais, dit Gil Wolf. On a cru que tu avais été *kidnappé*!» En vérité, ils n'avaient jamais pensé cela.

Le jour du départ, Goodman sentit qu'il ne reverrait plus jamais Jemma, cette fille qui ressemblait et s'exprimait comme une Hayley Mills plus sexy et plus expérimentée, mais il n'avait plus aucune envie de redevenir le petit ami de Cathy Kiplinger, si exigeante avec lui. Il rompit brutalement avec elle dès le lendemain de son retour à New York. Cathy pleura et l'appela beaucoup, elle essaya de le faire changer d'avis, elle réclama de longs coups de téléphone et des rendez-vous impromptus avec Ash, Jules, Jonah et Ethan, mais aucun d'eux ne s'inquiétait sérieusement pour elle.

Il y eut quelques semaines de gêne et quand ils se réunissaient tous pour le week-end, Cathy ou Goodman était toujours absent. Ils se relayèrent de cette façon pendant quelque temps, jusqu'à ce que, apparemment, ils soient passés à autre chose tous les deux et puissent de nouveau supporter d'être à nouveau l'un en face de l'autre. Toutefois, à l'inverse de Jonah et d'Ash qui avaient retrouvé leur amitié d'autrefois, Cathy et Goodman demeuraient tendus et bizarres quand ils étaient ensemble.

Trois mois plus tard, à la fin juin, de retour à Spirit-in-the-Woods, tous les six reprirent leur organisation estivale, au complet, mais Cathy Kiplinger assista de moins en moins souvent à leurs réunions dans le tipi des garçons numéro 3. «Où est-elle?» demandait Goodman aux autres filles, et la réponse était toujours «Elle danse.» Enfin remise de sa séparation avec Goodman, Cathy avait retrouvé le chemin du studio, et malgré sa trop forte poitrine et ses hanches trop larges, elle dansait encore avec autant de force que de soulagement. Ici, son talent, au lieu d'être ignoré, était célébré.

— Va chercher Cathy, dit Goodman à sa sœur un soir où ils étaient tous rassemblés dans le tipi. Dis-lui qu'on la demande.

— Bon sang, Goodman, qu'est-ce que ça peut te faire qu'elle soit ici ou pas? demanda Ash.

— Je veux juste qu'on soit tous réunis comme dans le temps. Allez, va chercher Cathy. Jacobson, accompagne-la, d'accord ?

Alors, Ash partit avec Jules pour cette mission qui leur semblait importante et excitante. Déjà sur le chemin, elles entendirent la musique : le ragtime le plus triste de Scott Joplin, « Solace ». À travers la fenêtre sans stores de l'atelier, l'imposante fille blonde dansait avec un grand Noir pendant qu'un disque tournait. Le garçon s'appelait Troy Mason, il avait dix-sept ans et passait son premier été à Spirit-in-the-Woods. Il venait du Bronx, grâce à une bourse, comme Jules. C'était un danseur solidement bâti, calme, avec une large coupe afro, et c'était un des cinq adolescents non blancs du camp. (« Nous devons nous ouvrir davantage », affirmait Manny Wunderlich.) Plus tôt dans la semaine, au cours du déjeuner, Troy avait avoué que non seulement il n'avait jamais mangé des germes de haricot, mais il ne connaissait même pas ce nom. Entendant cela, Cathy en avait rempli l'assiette de Troy au bar à salades. Il avait adoré et en avait réclamé encore. Maintenant, il dansait avec elle sur ce morceau triste, de manière rêveuse, mais disciplinée.

Jules et Ash demeurèrent devant la fenêtre, telles deux orphelines qui contemplent un festin de l'extérieur. *L'amour.* Voilà ce qu'elles voyaient. Aucune des deux ne l'avait connu encore, ni la belle Ash, ni la pas belle Jules. Elles étaient en dehors de l'amour, alors que Cathy était dedans. Sa poitrine ruinerait ses chances de devenir danseuse professionnelle, mais à cet instant, elle n'y pensait pas du tout. Elle s'était remise de sa rupture avec Goodman Wolf, ce personnage excitant, mais ingérable, ce petit ami désastreux, et s'était tournée vers quelqu'un d'autre. Elles ne pourraient pas la ramener au tipi des garçons numéro 3 ce soir, ni les autres soirs peut-être.

Cachée par le mûrier, dans le noir, Ash chuchota :

— Qu'est-ce que je vais dire à mon frère ?

Le dernier jour de ce second été, en fin d'après-midi, Manny et Edie Wunderlich rassemblèrent tout le monde sur la pelouse. Certains pensaient que Susannah Bay allait faire son apparition – elle n'était pas encore venue chanter –, mais Jonah confia à ses amis que sa mère ne viendrait pas cette année. Elle devait finir un album pour une nouvelle maison de disques après avoir été renvoyée sans ménagement par Elektra. En fait, ce n'était pas un album folk, il possédait plutôt un «son disco», précisa Jonah en s'efforçant de conserver un ton neutre pour dire : «Disco folk.»

«Dolk», corrigea Ethan.

En vérité, les Wunderlich avaient rassemblé tout le monde, non pas pour écouter Susannah Bay, ni pour assister à la démission d'un autre président, mais pour faire réaliser une photo aérienne de tous les pensionnaires, allongés dans l'herbe.

«Vos animateurs vous aideront à vous mettre en position», leur expliqua Manny d'une voix retentissante dans un mégaphone. Il semblait ravi chaque fois qu'il avait l'occasion de s'adresser à tout le camp. Eddie se tenait près de lui, aux anges. Les Wunderlich ressemblaient à des dinosaures des arts, mais comment ne pas éprouver du respect pour eux ? Ils avaient connu des gens comme Bob Dylan qui, au début des années soixante, quand il n'était encore qu'un jeune garçon au visage angélique et au teint pâle, s'était assis dans leur appartement de Greenwich Village, envoyé là par Susannah Bay, une amie de la scène folk émergente. « Va pieuter chez Manny et Eddie, lui avait-elle dit, apparemment. J'ai donné des cours de guitare dans leur camp de vacances. Ils ne t'embêteront pas. » Le jeune chanteur avait frappé à la porte des Wunderlich, vêtu d'un manteau fin au col relevé et coiffé d'un chapeau de style cosaque, et bien entendu, ils avaient été assez généreux et avisés pour l'accueillir.

Maintenant, Manny Wunderlich, accompagné de son épouse sur la pelouse, expliquait à tous les pensionnaires qu'ils allaient former des lettres avec leurs corps, afin d'écrire, vus du ciel, les mots « Spirit-in-the-Woods 1975 ». Les tirets seraient formés par les trois plus jeunes et plus petits du camp. Il fallut plus d'une heure pour disposer tout le monde de manière appropriée, après quoi Manny et Edie parcoururent l'ensemble du tableau en effectuant quelques ajustements ici et là, tels les chorégraphes d'une gigantesque performance d'avant-garde.

Jules avait la tête appuyée contre les pieds nus et froids d'Ethan ; les siens reposaient sur la grosse tête de Goodman, et elle avait le sentiment que ce serait la seule fois de sa vie où elle pourrait le toucher d'aussi près. Et c'était pathétique de se dire qu'à cause de son physique, elle serait obligée d'utiliser ses *pieds* pour ce faire et uniquement ses pieds. Pour compenser, elle replia les orteils contre le crâne dur et viril de Goodman. En même temps, elle sentait les pieds d'Ethan exercer une pression sur sa propre tête car lui aussi s'offrait un petit plaisir clandestin, le seul permis désormais.

Alors qu'ils étaient tous allongés dans l'herbe, immobiles, le bruit d'un avion bouillonna dans le ciel et le bimoteur apparut bientôt. Ida Steinberg, la cuisinière, se trouvait à bord, avec Dave, le jardinier qui possédait une licence de pilote. Ida colla le viseur du Nikon F2 à son œil et immortalisa cet instant.

Ce soir-là, au cours de la fête d'adieu, dans le gymnase, Cathy Kiplinger et Troy Mason s'enlacèrent et dansèrent ensemble pendant tous les morceaux, rapides ou lents. Les Rolling Stones, Cream et les Kinks se succédèrent, Goodman faisant office de DJ pendant la première heure. Mais le spectacle de Cathy dans les bras de son petit ami danseur lui devint insupportable et il partit se réfugier dans le tipi des garçons numéro 3 où fut rapidement préparée une tournée de V&T. Goodman en avala plusieurs verres, devant ses camarades de plus en plus plongés dans un silence respectueux, jusqu'à ce qu'il annonce soudain, comme étonné : « Je suis complètement bourré. »

À l'extérieur du tipi apparut un faisceau lumineux particulièrement puissant, et juste derrière, l'animatrice de l'atelier tissage et maître-nageuse Gudrun Sigurdsdottir, avec sa robuste lampe islandaise, dont l'énorme batterie les enterrerait tous certainement. Elle entra dans le tipi en disant :

— Pas de panique, c'est une visite amicale.

Et contrairement à son habitude, elle s'assit sur le lit d'un des garçons et là, plus surprenant encore, elle alluma une cigarette.

— Ne faites jamais comme moi, dit-elle après avoir tiré une première bouffée. Premièrement, il est prouvé que fumer donne le cancer. Et puis, il y a la question de la sécurité. D'où vient l'expression «cet endroit peut s'embraser comme du petit bois»?

— Ce n'est pas une expression, dit Ethan. Du moins, ajouta-t-il poliment, je ne l'ai jamais entendue.

Personne n'osait bouger, mais quand Gudrun éteignit sa cigarette dans un gobelet pliant en annonçant qu'elle devait s'en aller, ils la supplièrent de rester encore un peu. Elle avait vingt-huit ans, des cheveux blond châtain et l'air un peu fatigué, mais avec une touche d'exotisme. Jules se demandait à quoi ressemblait la vie d'une fille bohème à Reykjavik, et si Gudrun se sentait seule là-bas. Personne n'avait jamais songé à interroger l'animatrice sur elle-même. Elle enseignait le tissage et surveillait la piscine, dans un endroit où nul ne *nageait* véritablement. Le matin, elle apprenait à plonger à une poignée d'adolescents motivés, bien que la piscine ne soit pas particulièrement immaculée. Des feuilles s'accumulaient à la surface et dès l'aube, dans la brume qui se déployait, juste avant que la symphonie *Surprise* de Haydn sonne le réveil à sept heures, on pouvait voir Gudrun Sigurdsdottir au bord de la piscine avec un filet, en train de ramasser tous les débris de la nature et les grenouilles mortes ou condamnées qui avaient eu la malchance d'amerrir là durant la nuit.

— Gudrun, dis-moi un truc, demanda un Goodman passablement ivre. À ton avis, pourquoi les femmes agissent de cette façon? Elles sont super en manque d'affection, alors elles s'arrangent pour t'attirer et ensuite, elles foutent tout en l'air. Elles te font le coup d'un pas en avant un pas en arrière. Pourquoi est-ce que les relations sont aussi merdiques ? Est-ce que ça s'arrange ensuite ? C'est différent au Danemark ?

— Je ne viens pas du Danemark, Goodman.

— Non, non, bien sûr. Je sais. Je me demandais juste si tu savais comment c'était au Danemark.

— Joli rattrapage, Wolf, dit Ethan.

— Qu'est-ce que tu veux savoir, au juste ? demanda Gudrun. Pourquoi, selon moi, pourquoi les problèmes entre les femmes et les hommes sont ce qu'ils sont aujourd'hui dans le monde ? Tu veux savoir si les problèmes que vous rencontrez en tant qu'ados vous suivront toute votre vie ? Est-ce que vos cœurs souffriront toujours ? C'est ça que tu me demandes ?

Goodman s'agita, gêné.

— En quelque sorte.

— Eh bien, oui, dit l'animatrice d'un ton soudain mélancolique. Ils souffriront toujours. J'aimerais te dire le contraire, mais ce serait mentir. Mes doux et sages amis, il en sera toujours ainsi désormais.

Personne ne dit rien.

— On est totalement foutus, déclara finalement Jules qui voulait s'imposer et veiller à demeurer indispensable aux yeux de ces gens. Car déjà, elle ne pouvait s'imaginer vivre sans eux.

Le froid s'abattit sur la dernière nuit au camp et quand la pluie commença à frapper le toit en bois pentu du tipi des garçons, les filles qui étaient à l'intérieur s'enfuirent en courant, la tête dans les épaules. Elles avaient envie de leur lit et de chaleur, elle voulait que l'été continue, mais il était terminé.

De retour à New York, Goodman demeura amer et ne dessaoula jamais vraiment. Quand l'année scolaire débuta, il buvait dans l'après-midi en semaine, provoquant l'inquiétude de ses parents qui l'envoyèrent chez un psychanalyste très réputé. « Goodman nous a dit que le docteur Spika voulait qu'il lui raconte tout, confia Ash à Jules. Il veut qu'il lui raconte comment se passaient, je cite, "les rapports sexuels" avec Cathy. Mes parents paient soixante dollars de l'heure pour ça. Tu as déjà entendu parler de quelqu'un qui déboursait autant chez un psy ? »

Au cours de l'année scolaire, lors de visites constantes et urgentes à New York, Jules vit croître le caractère renfrogné de Goodman. Un week-end de novembre, ils retournèrent tous ensemble à l'Auto-pub, et cette fois, Cathy amena son petit ami, Troy. Assis dans une vieille Ford, ils se pelotèrent devant un film des Marx Brothers. Goodman avait pris place dans une autre voiture, à côté de sa sœur ; avachi sur son siège, il observait Cathy et Troy de dos.

— Goodman n'est pas facile à vivre, encore moins que d'habitude, glissa Ash à Jules sur le quai du métro ensuite, alors qu'elles se tenaient légèrement à l'écart pour pouvoir parler. Ça fait environ huit mois que Cathy et lui ont rompu. C'est bon, là. Figure-toi qu'il planque de la vodka dans une chaussure dans son placard.

— Il l'a versée dedans ?

— Non, dans une flasque planquée dans sa chaussure. Pas en vrac à l'intérieur, Jules.

— Pourquoi est-il dans cet état ? C'est lui qui a rompu avec elle.

— Aucune idée.

— J'aime bien Cathy.

— Moi aussi, dit Ash. Simplement, je n'aime pas voir mon frère comme ça à cause de cette histoire.

— Elle semble très amoureuse de Troy. Imagine un peu, dit Jules, voir un danseur noir nu tous les soirs. Ça doit être quelque chose. Voir ses… *parties*.

Les deux filles rirent sous cape.

— Et le lendemain, ajouta Jules, tu peux aller voir ton psy, t'allonger sur le divan et lui décrire ta « relation sexuelle ». Je parie qu'il a envie qu'on lui raconte parce qu'il n'a jamais essayé.

— Jonah et moi, on a failli le faire, déclara subitement Ash. Ce que tu sais.

D'un mouvement de menton, elle montra Jonah qui se trouvait un peu plus loin sur le quai, en train de discuter avec Goodman.

— Vraiment ? Tu ne me l'as jamais dit.

Jules était scandalisée de ne pas l'avoir su plus tôt ; habituellement, elle savait tout ou presque sur Ash.

— Je ne me sentais pas capable d'en parler sur le coup. Il avait apporté une capote, c'est moi qui lui avais demandé, par curiosité. Mais il voulait que je fasse tout, et évidemment, je ne savais pas comment faire. On avait besoin de conseils, et on n'en avait pas. Aucun de nous deux ne voulait prendre l'initiative. Alors, ajouta-t-elle, on est allés voir un film X pour s'en inspirer.

— Ah bon ? Lequel ?

— *Derrière la porte verte*. Ils le repassaient dans ce cinéma qui fiche vraiment la frousse, et je n'arrive pas à croire qu'ils nous aient laissés entrer. Devine combien de répliques a Marilyn Chambers dans ce film.

— Douze.

— *Zéro*. Elle ne dit pas un mot. Elle a un tas d'expériences sexuelles, c'est tout. Elle laisse les gens lui faire des choses et lui introduire des trucs. C'est dégoûtant et sexiste. Ma parole, je vais consacrer ma vie au féminisme. Jonah et moi, on a regardé ce film ensemble et ça ressemblait à un cauchemar, mais l'idée que je n'arrivais pas à me sortir de la tête, c'était que même si c'était du cinéma, même si tout était simulé et si tous ces acteurs étaient payés, et même si c'étaient sans doute des drogués à l'héroïne dans la vraie vie, ils paraissaient vraiment se donner à fond. Je crois que Jonah et moi, on a pensé la même chose : tout ce qui se passait dans *Derrière la porte verte* était beaucoup plus intense que ce qu'on avait fait tous les deux. Lui et moi, c'était vraiment chouette, je ne dis pas le contraire. Mais on n'allait pas vraiment bien ensemble. On n'était pas Cathy et Troy. Jonah est si inaccessible ; on dirait qu'il se cache en permanence derrière une porte-fenêtre. Tu piges ? Une porte-*fenêtre,* pas une porte *verte*.

— Je suis désolée, Ash, dit Jules. C'est un peu comme moi avec Ethan. Ça ne devait pas se faire.

Au Labyrinthe, Goodman ouvrit le placard de sa chambre, sortit la petite bouteille de Smirnoff de sa chaussure, et très vite, son visage s'enflamma, il devint débraillé et désagréable. En fin d'après-midi, les parents Wolf rentrèrent d'un concert au Brooklyn Botanic Garden. Les cheveux de Betsy s'étaient couverts d'une légère couche de givre argenté dernièrement, elle avait maintenant quarante-cinq ans.

— La musique était formidable, commenta Gil. Que du Brahms. Je me suis dit que certaines personnes avaient beaucoup de talent. Le talent authentique est une chose extraordinaire. Ash en possède un et j'ai hâte de voir ce qu'elle va en faire.

— N'espère pas trop, papa, dit Ash.

— Oh, je ne suis pas inquiet, ma chérie. Tu iras loin avec tes pièces et tout le reste. *Les Deux Bouts*, c'était formidable. Un jour, tu seras très connue.

— Contrairement à ton fils, marmonna Goodman, qui lui n'ira nulle part.

Agressif, ivre, Goodman les regardait d'un des canapés profonds et mous au centre de la pièce, là où tout le monde se rassemblait. Ash alla dans sa chambre, Gil s'éloigna dans le couloir. Betsy se rendit dans la cuisine pour préparer une sauce bolognaise et Ethan la suivit.

— Ethan, dit Betsy, tu seras mon *sous-chef*. Tu peux t'occuper des oignons, et tu m'expliqueras ce qu'il y a de nouveau dans le monde des dessins animés. Hanna-Barbera, ajouta-t-elle vaguement.

— Pardon ?

— Ce ne sont pas des gens qui font des dessins animés ? Mes connaissances ne vont pas plus loin.

— Oh, je vois. (Il se tourna vers Jules sur le chemin de la cuisine.) Viens avec nous.

Jules s'exécuta et au moment où elle passait devant Goodman, toujours affalé dans le canapé, il tendit le bras pour l'agripper par le poignet. Surprise, elle baissa les yeux vers lui et il dit :

— Tu sais quoi? Tu es quelqu'un de bien, Jacob-son.

Comme il ne la lâchait pas, Jules ne bougea pas. Ethan était déjà en train de s'affairer dans la cuisine avec Betsy. Jules et Goodman se trouvaient donc seuls dans la pièce. La seule autre fois où cela s'était produit, c'était au cours de l'avant-dernier été, le dernier jour du camp, dans le réfectoire, et ils avaient été interrompus par sa mère et sa sœur. Elle avait l'occasion de compenser cette occasion perdue.

Goodman se leva et approcha son énorme visage carré de celui de Jules, provoquant en elle un vif sentiment de panique. Mais pas une panique due à l'*aversion* comme avec Ethan dans l'atelier d'animation. C'était de l'*excitation*, oui; la vraie de vraie, aussi reconnaissable qu'une girafe ou un flamant rose. Même si Goodman était ivre, même s'il n'avait jamais exprimé le moindre intérêt pour elle, Jules se sentait excitée par lui, presque au point de trembler nerveusement. Elle ne pouvait même pas essayer d'imaginer ce qu'elle éprouverait en voyant Goodman Wolf, en pleine forme, derrière la porte verte.

Parce qu'ils étaient seuls et que le visage de Good-man se trouvait juste devant le sien, Jules ferma les yeux et laissa sa bouche s'entrouvrir. Et soudain, celle de Goodman, inconnue, se plaqua sur ses lèvres, en s'ouvrant elle aussi. L'extrémité de la langue de Jules darda telle une petite plante, heurtant celle de Good-man, et leurs deux langues exécutèrent cet étrange mime silencieux que toutes les langues connaissaient apparemment. Jules s'entendit gémir; elle n'arrivait pas à croire qu'elle n'avait pas pu s'empêcher

d'émettre un bruit. Le transport du baiser se poursuivit encore un peu, jusqu'à ce que, soudain, la
bouche de Goodman se referme et qu'il s'écarte d'elle
comme elle s'était écartée d'Ethan. Et quand Jules le
regarda, elle vit qu'il pensait déjà à quelque chose ou
à quelqu'un d'autre. Il s'était *ennuyé* au milieu de ce
baiser qu'elle trouvait si excitant.

— Bon, voilà, tu as pris ton pied, dit-il. Va aider en
cuisine.

— Ne sois pas si con, dit-elle.

En guise de réponse, il lui ébouriffa les cheveux.

Peu de temps après, tout cela, eux six, prit fin. Ou
du moins, tout changea et devint méconnaissable,
tant c'était différent de ce qui existait au départ.
Jules n'eut pas l'occasion de s'arrêter pour voir cette
exquise période de sa vie s'évanouir, et pleurer sa disparition. Lors de son deuxième réveillon new-yorkais
avec ses amis, un réveillon du jour de l'an qui devait
marquer le début des interminables célébrations du
bicentenaire, des taxis s'arrêtèrent toute la soirée
devant l'entrée du Labyrinthe et le concierge orienta
tout le monde vers les bons ascenseurs. De nombreux boutons de l'ascenseur sud s'allumèrent pour
indiquer les différents étages et la porte s'ouvrit sur
une succession de fêtes. 1975 s'achevait, encore une
année qui s'inscrivait dans une suite d'années hon-
teuses. Dans ses dessins animés, Ethan avait introduit
l'échec des États-Unis et le retrait militaire au Vietnam. Ses personnages rentraient chez eux en boitant,
en gémissant et en faisant «owwww», avec la voix
reconnaissable d'Ethan.

Au deuxième étage, la fête des Veech fut dominée par les enfants de la famille, en âge d'aller à l'université, et leurs amis : un sirocco de fumée d'herbe soufflait en direction de l'ascenseur quand la porte s'ouvrait. Au cinquième, Jules Jacobson et Ethan Figman pénétrèrent ensemble dans l'appartement des Wolf, décoré de touches rouges, blanches et bleues et où passait la musique agile de Herbie Hancock, la musique des pères vieillissants qui claquaient des doigts. Tout au fond du salon, vêtue d'une longue robe de fée couleur lavande, Ash écoutait poliment la plus ancienne amie de sa mère.

— Évidemment, vous autres, les filles, vous n'êtes plus obligées d'aller dans des universités non mixtes, comme nous, disait Celeste Peddy, déjà plus bavarde que d'habitude après deux verres de champagne. Ta maman et moi, on habitait dans la même résidence au Smith College, mais lorsque viendra le moment pour toi d'aller à l'université, je suppose qu'une fille dans ton genre, totalement irrésistible, voudra s'entourer de garçons pour se distraire, surtout après avoir enduré pendant toutes ces années l'atmosphère de couvent de Brearley.

Ash sourit poliment.

— Oui. Je choisirai une école mixte, c'est sûr.

— Fini également d'aller à la fac pour se trouver un mari, Dieu soit loué, dit Celeste Peddy avec un petit rire. Nous, on n'avait que ça, et des regrets toute notre vie. Mais maintenant, tout est différent. Gloria Steinem… Une Smithie elle aussi, pourrais-je ajouter.

— Je sais, dit Ash. Elle est incroyable. J'ai bien l'intention de m'impliquer dans le mouvement des femmes à la fac. C'est une cause en laquelle je crois vraiment.

— À la bonne heure, dit Celeste en l'examinant. On a besoin de femmes comme toi et Gloria Steinem. On ne peut pas se contenter de ces gouines boulottes et sinistres pour représenter la cause. Oh, ajouta-t-elle, écoutez-moi parler. Qu'est-ce qui me prend? (Elle plaqua sa main sur sa bouche en riant.) Je crois que je suis un peu pompette.

Quand elle vit approcher Jules et Ethan, Ash se redressa et s'excusa auprès de l'amie de sa mère.

— Viens, partons d'ici, glissa-t-elle à Jules. Celeste Peddy commence à dévoiler sa vraie personnalité.

Ils quittèrent le salon en douce et suivirent le couloir jusqu'à la chambre d'Ash, qui disparaissait sous les peluches, les affiches de théâtre et les poils de chien. À vingt-deux heures trente, Goodman était déjà ivre.

— Où est ton petit copain? demanda-t-il à Cathy quand elle arriva seule.

Tous sentaient que sa présence avait quelque chose d'étrange, mais ça l'aurait été encore plus si elle n'avait pas été là. Cathy expliqua que Troy participait à un gala de bienfaisance, en tenue de soirée, donné par sa compagnie de danse afin de récolter des fonds pour financer l'enseignement artistique dans les écoles publiques. Gênée de se retrouver seule pour le réveillon du jour de l'an, Cathy essayait de faire bonne figure, vêtue d'une tunique indienne noire ornée de minuscules miroirs qui scintillaient sur le devant. Jules portait une blouse de paysanne et une jupe assortie, «une tenue appropriée dans ce milieu où je joue le rôle de la paysanne», avait-elle dit à Ethan.

Jonah arriva vêtu d'une vieille chemise de smoking dénichée dans une boutique vintage, et Jules se dit une fois de plus qu'il était inaccessible, impénétrable, et elle aurait aimé pouvoir lui demander : «Quel est ton problème, Jonah ?» Il avait apporté une pipe à eau trouvée dans un coin du loft de sa mère, laissée là par un de ses amis musiciens.

— Ma contribution à la soirée, annonça-t-il en montrant la longue pipe en verre violette et la petite boule de haschich qu'il avait découverte à l'intérieur du fourneau.

Ils fumèrent, tétèrent et firent des bulles, et Jules planait tellement qu'il lui fallut un bon moment pour s'apercevoir que Jonah, Cathy et Goodman avaient quitté la chambre.

— Où ils sont ? demanda-t-elle, mais Ethan et Ash étaient trop défoncés eux aussi pour l'entendre ou lui prêter attention.

Elle se laissa retomber contre la pile de peluches, en prit une, une vieille licorne d'un violet délavé, et la tint contre son visage, en remarquant qu'elle sentait l'odeur d'Ash.

Quand Jonah réapparut un peu plus tard, Jules lui demanda où il était.

— J'ai aidé nos amis à trouver un taxi, répondit-il avec un sourire.

— Comment ça ?

— Goodman et Cathy. Ils ont dit qu'ils avaient prévu une aventure secrète. Comme ils étaient complètement défoncés, ils craignaient d'avoir du mal à trouver un taxi tout seuls. J'ignore ce que signifie «une aventure secrète» et je ne veux pas le savoir.

Il se laissa tomber sur le lit, ce lit sur lequel il s'allongeait avec Ash autrefois, et ferma ses yeux aux cils incroyablement longs. Quelques secondes plus tard, il semblait dormir.

À l'approche de minuit, Dick Clark, presque toujours aussi puéril et débile, débuta son compte à rebours du nouvel an avec Average White Band sur le kiosque à musique de Times Square. Ash, Ethan, Jonah et Jules regardaient la scène à la télé, et quand la grosse boule tomba, les garçons embrassèrent chastement les filles l'une après l'autre. Ces baisers incitèrent Jules à se demander où se trouvaient Goodman et Cathy à cet instant, et en quoi consistait cette «aventure». Elle éprouvait un léger sentiment de jalousie et espérait que ce serait une déception pour tous les deux.

— La vache, je suis défoncée, dit Ash. Je n'aime pas cette sensation.

Il suffisait de presque rien pour qu'Ash plane trop haut ; elle était si légère, elle ressentait les choses de manière si forte et immédiate.

Quand son téléphone Princess rose («Mon téléphone Princess rose ironique, avait-elle tenu à préciser, acheté quand j'avais douze ans, OK ? ») sonna juste avant une heure du matin, Ethan décrocha.

— Résidence des Wolf, dit-il. On est en train de les nourrir[1]. On leur donne des petits morceaux de Petit

_____

1. Les Wolf : les loups.

Chaperon rouge, légèrement assaisonnés. Puis-je prendre un message ?

Et puis, après un silence :

— Goodman ? Hein ? Nom de Dieu.

Il fit signe aux autres de se taire et comme ils ne l'écoutaient pas, il leur cria de la fermer. Jonah éteignit la platine, le saphir dérapa sur le disque. Tous regardèrent Ethan, qui écoutait d'un air affligé ce qu'on lui disait dans l'appareil.

— Tu ne te fous pas de moi, hein ? demanda-t-il finalement. Comment elle va ? *Hein ?* OK, attends, je vais les chercher. (Ethan plaqua le téléphone contre sa poitrine et s'adressa à Ash.) Va dire à tes parents de décrocher. Ton frère a été arrêté.

— Quoi ?

— Va les prévenir, Ash.

— Mais qu'est-ce qu'il a fait ? demanda Ash.

Sa voix monta dans les aigus et ses mains battirent l'air.

— Cathy l'accuse de l'avoir violée.

— C'est n'importe quoi.

— Vas-y ! Va dire à tes parents de décrocher ! Il n'a droit qu'à un seul coup de fil.

Ash jaillit hors de la chambre et se précipita dans le couloir en zigzaguant au milieu de la masse d'adultes. Quand les Wolf prirent la communication, Ethan raccrocha délicatement le téléphone d'Ash.

— D'après ce que j'ai compris, ils ont demandé au chauffeur de taxi de les conduire au Tavern on the Green, expliqua-t-il aux autres.

— C'était ça, leur aventure ? demanda Jonah, nerveux. Le Tavern on the Green ?

— Oui, dit Ethan. Apparemment, ils voulaient essayer de s'introduire dans la fête pour faucher des canapés et du champagne. Je parie que Cathy a dit que c'était impossible, qu'on allait les jeter dehors, et Goodman a soutenu le contraire. À mon avis, c'était tellement de la folie à l'accueil qu'ils ont réussi à entrer en douce. Ils ont raflé deux coupes de champagne sur un plateau et se sont faufilés dans un couloir, jusque dans un cagibi. Là, ils ont commencé à se bécoter, d'après Goodman, et ensuite il s'est passé un truc. Il dit que c'est un parfait malentendu. Mais je crois que des gens ont entendu Cathy crier, et la police a rappliqué en deux secondes. Cathy leur a raconté que Goodman l'avait violée, alors ils l'ont arrêté. Ils ont emmené Cathy à l'hôpital pour lui faire des examens et tout ça.

— Oh, mon Dieu, dit Jonah en se tenant la tête à deux mains. C'est moi qui leur ai trouvé ce taxi.

— Et alors ? Quelle importance ? Ce n'est pas ta faute, dit Jules. Tu ne pouvais pas savoir ce qui allait se passer.

— Si, c'est ma faute. C'est moi aussi qui ai apporté le hash. Il était bien plus fort que notre shit habituel. (Il regarda ses amis d'un air pénétrant.) Je les ai *drogués* tous les deux. C'est entièrement ma faute.

— Jonah, arrête ça tout de suite, dit Ethan. Je ne comprends pas ta réaction bizarre. D'accord, tu leur as trouvé un taxi. Et alors ? Et tu as apporté le hash. On s'est toujours défoncés ensemble depuis le premier jour où on s'est rencontrés. Tu n'as drogué personne. C'est une curieuse façon de présenter les choses. De plus, Goodman ne tourne pas rond depuis la rentrée. Ça n'a rien à voir avec toi ni avec ce que tu as fait, OK ?

— OK, répondit Jonah, mais il paraissait ébranlé et mal en point.

— Le fait est… dit Jules et elle laissa sa phrase en suspens. Non, rien.

— Tu peux le dire, l'encouragea Ethan.

Chacun réfléchissait aussi intensément et rapidement que possible, y compris Jonah qui semblait se débattre pour s'arracher à son sentiment de culpabilité. Alors, Jules demanda, en marchant sur des œufs :

— Est-ce que ça se pourrait ? Je m'en veux de poser cette question, mais, bon, c'est arrivé, non ?

Aucun des deux garçons ne répondit, puis Ethan dit :

— Goodman affirme qu'il n'a rien fait de mal. Mais en serait-il capable ? Et *moi* ?

De nouveau, ils restèrent muets, à ruminer.

— Il lui arrive de piquer des colères, dit Jonah. Mais j'ai toujours cru que c'étaient des sautes d'humeur.

— Son côté agressif n'est qu'une partie de sa personnalité, dit Jules. Ah, la vache, Ash n'aimerait pas du tout cette conversation.

Tous lancèrent des regards inquiets en direction de la porte de la chambre.

— Et Cathy ? demanda Ethan. Si c'est faux, pourquoi est-ce qu'elle raconterait ça ? Elle est toujours furieuse parce qu'il l'a plaquée ?

— Elle a disjoncté quand ils ont rompu, dit Jonah. Mais c'est le genre de fille qui disjoncte souvent.

Tous approuvèrent d'un hochement de tête. Cathy Kiplinger était la première fille en manque d'affection qu'ils avaient bien connue. Qu'est-ce qui se passait dans le crâne de ces filles ? se demandait Jules. Elles estimaient qu'elles avaient le *droit* de réclamer de l'affection car elles savaient que d'autres personnes seraient intéressées, bien qu'agacées, par cette demande. Jules ne s'était jamais sentie autorisée à prendre autant que ces filles. Elles accaparaient toute l'attention. Les garçons se focalisaient sur elles et cela provoquait des situations délicates.

Jamais je ne me retrouverai dans une situation délicate à cause d'un garçon, pensa Jules Jacobson avec un soupçon de désespoir inexplicable. Je n'attirerai jamais une telle attention. Quoi que je fasse, j'attirerai uniquement l'attention du fidèle et tenace Ethan Figman qui m'aimera jusqu'à ma mort, et même après.

Elle se vit sous la forme d'un tas d'os enterré, encerclée et parcourue de vers, pendant qu'à la surface, Ethan, agenouillé dans l'herbe, pleurait. L'image suivante, celle de Cathy allongée par terre dans le cagibi d'un restaurant qui étincelait comme une boule à facettes, avait quelque chose d'horripilant maintenant. Pourquoi ce genre de filles avait toujours droit à des choses ? Cathy mentait peut-être. Peut-être était-elle obligée de mentir pour entretenir l'intérêt des autres. Ça ne lui suffisait pas d'avoir des seins comme Marylin Chambers et le visage d'une femme expérimentée. Il fallait que tout le monde continuer à accorder à Cathy Kiplinger toute l'attention qu'elle pouvait désirer. Même à cet instant, sans doute attirait-elle l'attention des médecins, des infirmières, des policiers et de ses parents. Regroupés derrière un paravent, aux urgences, ils devaient s'adresser à elle d'une voix douce, mais pleine de curiosité.

Jules s'aperçut que le calme régnait dans le salon. La fête était terminée, les Wolf renvoyaient leurs invités. Soudain, la porte de la chambre s'ouvrit et Ash apparut, précédant son père.

— On va au poste, annonça-t-elle. Personnellement, je pense que vous pouvez tous rester ici, mais mes parents disent que vous devez vous en aller.

— On t'accompagne, déclara Ethan.

— Non, dit Gil. C'est hors de question.

— Certains d'entre nous peuvent aller voir Cathy, insista Ethan. On peut se séparer.

— On ne sait même pas où elle est, fit remarquer Ash.

— Tu n'as pas demandé le nom de l'hôpital ?

— Non, je n'y ai pas pensé.

— On le trouvera plus tard, déclara Jonah. Pour l'instant, on va tous aller à la police. On veut y aller, dit-il avec emphase et appréhension. Vraiment. Sincèrement.

— Non, les enfants, ce n'est pas une bonne idée, répondit Gil Wolf.

— Papa, dit Ash, j'ai besoin de les avoir près de moi. Ce sont mes amis. (Elle regarda son père avec un air de suppliciée.) S'il te plaît, papa. *S'il te plaît.*

Son père eut un moment d'hésitation. Ash conserva la même expression, elle ne céderait pas.

— Bon, d'accord, dit-il. Mais dépêchez-vous.

Ils se préparèrent en toute hâte. Dans le chaos, aucun ne songea à l'image qu'ils allaient offrir en débarquant au poste de police empestant l'herbe et l'alcool. Ils sortirent de la chambre à la file d'un air lugubre, mais mus par la peur et l'excitation, et ils récupérèrent leurs manteaux accrochés dans le couloir. Les autres manteaux avaient disparu, à l'exception d'un imperméable London Fog solitaire appartenant à un collègue de Gil chez Drexel Burnham, évanoui dans la chambre d'amis.

— J'espère vraiment que Cathy n'a rien, glissa Ethan à Ash, alors qu'ils attendaient l'ascenseur. Tu sais si quelqu'un lui a parlé ?

— Aucune idée. Pourquoi irait-elle raconter que Goodman a fait ça ? C'est du baratin, de toute évidence.

Nul n'essaya de soutenir ou de contredire cette affirmation. Par nervosité, Jules tendit le bras pour caresser le papier peint rayé comme du papier cadeau qui tapissait les murs du couloir.

— On va tirer cette histoire au clair, dit Gil à sa femme. Je vais appeler Dick Pebby pour nous servir d'avocat. Il était ici il y a dix minutes, j'aurais dû lui sauter dessus. (Il se tut et secoua la tête.) Comme si Goodman ne pouvait pas rester ici. Il a fallu qu'il aille ailleurs. Comme à Tortola.

Jonah se tourna vers Jules et articula quelque chose :

— Quoi ? fit-il. Il articula les mêmes mots : *je les ai drogués.*

— Arrête avec ça, Jonah, lui souffla-t-elle.

En sortant de l'immeuble, les Wolf montèrent dans un taxi qui les attendait. Jules, Ethan et Jonah demeurèrent devant le Labyrinthe, à l'endroit même où, quelques heures plus tôt, une horde de fêtards était arrivée, vêtus de longs manteaux, en tenant précieusement des bouteilles enveloppées de papier doré et argenté. Maintenant, tous les trois avaient les mains vides et il n'y avait pas un seul taxi en vue.

Huit

Goodman Wolf, le «Preppy Pervers du Parc», un surnom disgracieux et banal, passa les premières heures de l'année du bicentenaire à sangloter et à dormir, alternativement, dans une cellule du poste de police local du quartier, une pièce sans fenêtre qu'il partageait avec deux ivrognes qui ne se souvenaient plus de ce qu'on leur reprochait. Apparemment, il était question, dans un cas, d'épanchement d'urine sur la voie publique, et dans l'autre, de coups et blessures. Après avoir passé un long moment dans les bureaux, Dick Peddy retourna dans la salle d'attente pour annoncer aux Wolf et aux amis d'Ash que Goodman ne pourrait en aucun cas être traduit en justice aujourd'hui. Il devrait passer le restant de la nuit derrière les barreaux, et également la journée du lendemain sans doute. Ensuite, il serait conduit au 100 Centre Street, où il serait placé dans une autre cellule dans l'attente de la mise en accusation. Par conséquent, inutile qu'ils restent ici, leur dit l'avocat, qui promit de s'occuper de tout et de tenir informés Gil et Betsy. Quant à Cathy, personne n'avait voulu lui indiquer où elle avait été conduite.

— Joyeux bicentenaire à tous, marmonna Ash alors qu'ils ressortaient dans la rue.

Elle semblait si fragile dans sa robe de soirée lavande et son anorak incongru.

Quelques photographes et journalistes attendaient devant le poste de police; deux d'entre eux s'avancèrent pour demander : «Est-ce que votre fils a violé cette fille au Tavern on the Green?» «Est-il innocent?» «Goodman est-il vraiment *un good man*?» Ils parurent grossiers sur le coup, mais rétrospectivement, ils se montrèrent étonnamment respectueux, et quand Betsy, petite femme gracieuse et patricienne, leur dit : «C'est bon, ça suffit maintenant», ils se retirèrent.

Dans la rue, ce fut Ethan qui attira Ash contre lui. Jonah demeura en retrait, sans trop savoir quel était son rôle d'ex-petit ami. Comme s'il ne pouvait pas présumer qu'elle attendait un geste de réconfort de sa part; toute sa vie il refuserait de présumer. Les deux parents Wolf étaient trop bouleversés pour parler à leur fille et aux amis de celle-ci; ils marchaient devant, d'un pas mal assuré, en s'accrochant l'un à l'autre. Jules aurait pu venir se placer à côté d'Ash, sa meilleure amie, et passer son bras autour du sien, mais les problèmes d'Ash lui semblaient soudain écrasants et au-delà de son entendement. Alors, Jules marchait seule, quelques pas derrière. Ethan, lui, comprit immédiatement qu'Ash avait besoin d'aide. Sans lui demander l'autorisation, il la prit par la taille et l'attira contre lui; elle laissa tomber sa tête sur son épaule ronde, dans la lumière bleutée du petit jour.

On arrêta des taxis et on se dit au revoir. Au cours de ces dernières minutes, Ethan Figman s'accrocha à Ash Wolf comme jamais. Jules le remarqua, mais ne fit aucun commentaire car il s'agissait de toute évidence d'une aberration. Ethan conseilla à Ash de rentrer chez elle et d'essayer de dormir.

Jules l'entendit dire :

— Je veux que tu te reposes pendant quelques heures, d'accord ? Ne pense plus à rien. Allonge-toi sur ton lit avec toutes tes peluches ridicules…

— Elles ne sont pas ridicules.

Ash souriait un peu ; Ethan savait lui remonter le moral même dans un moment pareil.

— De mon point de vue, elles sont un peu ridicules, insista-t-il. Bourriquet, Raggedy Ann avec ses drôles de cheveux en laine.

— Tu es cinglé, dit Ash, sans cesser de sourire.

— Sans oublier ton épouvantable Pillsbury Dough-boy, tout gris, qui est censé donner l'impression d'être en pâte à pain pas cuite, c'est ça ? Difficile de trouver plus répugnant. Certains enfants ont des ours en peluche, toi tu as une poupée en pâte pas cuite.

— Lâche-moi. Je l'ai commandé quand j'avais huit ans, se défendit Ash. Avec des preuves d'achat de croissants Pillsbury.

— Techniquement parlant, c'est même pas un animal, poursuivit Ethan. Mais peu importe, va te coucher avec eux et dors. Je veillerai sur toi.

Ces paroles avaient été prononcées d'un ton léger, mais avec cœur. Il s'était engagé. C'est à cet instant que ça se produisit, et Jules en fut témoin sans le savoir.

Il faudrait étudier avec soin le récit de Goodman, encore et encore, et celui de Cathy également. Jules bâtit l'histoire dans sa tête, pour tenter de lui donner un sens. Dans la sensiblerie ambiante du réveillon du jour de l'an, songea-t-elle, Goodman et Cathy avaient repris les choses là où elles s'étaient arrêtées au moment de la rupture. D'après sa version, ils avaient commencé à se bécoter dans le cagibi, et c'était allé plus loin. À un moment donné, Cathy avait dû repenser à Troy et tenter de se retirer. Mais Goodman ne pouvait plus se contrôler. Il était trop près du but, il devait continuer, et les protestations de Cathy lui apparaissaient comme des signes d'ardeur.

Pourquoi l'accuserait-elle de viol ? Parce que, expliqua Dick Pebby par la suite, elle avait honte. Elle craignait que Troy ne la quitte s'il avait vent de cette petite aventure. Nul n'avait le droit de parler à Cathy, avait précisé l'avocat, car elle était désormais l'accusatrice, la partie adverse. Mais Cathy était aussi leur amie, et même si elle occupait un rôle un peu à part au sein du groupe, celui de la danseuse sensuelle et lunatique, d'une sensibilité écrasante, elle faisait partie de la bande, jamais elle ne se montrerait aussi vindicative envers Goodman, et pourtant, pour une raison quelconque, elle l'avait fait.

Désormais, chaque fois que Jules se rendait au Labyrinthe, Gil et Betsy parlaient de l'affaire et aussi, très souvent, d'argent. Les frais juridiques étaient colossaux, « grotesques », dixit Gil Wolf. On n'évoquait presque plus les primaires démocrates ou les prochaines élections présidentielles. Plus personne ne s'intéressait à ces sujets. Finis les commentaires sur le Watergate ou le retrait du Vietnam, ou sur ce film, *Taxi Driver*, qui allait bientôt sortir et promettait d'être un choc.

— Les honoraires de Dick Peddy sont une honte, alors que nos épouses se connaissent depuis Smith, confia Gil un soir, à table, en coupant la longe de porc farcie de Betsy. On va tous finir sous les ponts.

— Pas tout à fait, rectifia Betsy.

— Tu veux jeter un coup d'œil aux factures ? Je serais ravi de te les refiler, ma chérie. Tu verras quel est l'état de nos finances à cause de cette histoire.

— Inutile d'être sarcastique avec maman, intervint Goodman.

— Très bien. Je vais l'être avec toi, alors. Je vais me faire un plaisir d'évoquer la manière dont, un jour, tu me rembourseras, j'en suis sûr, grâce à l'argent que tu auras gagné avec ta carrière d'architecte. Jusqu'à ce que ton premier immeuble s'écroule parce que tu n'auras rien écouté durant les cours de solidité structurelle en première année.

— Arrête, Gil, dit Betsy en posant la main sur le bras de son mari. Arrête tout de suite.

— Qu'est-ce que j'ai fait ?

— Tu crées de la tension, dit-elle et ses yeux se remplirent de larmes, sa bouche trembla et s'affaissa.

— Je ne la crée pas, elle était déjà là.

— Je veux juste que tout se passe bien, ajouta Betsy. Je veux que l'on surmonte ce triste moment de notre existence, et que Goodman puisse aller à l'université ensuite pour étudier ce qui lui plaît. L'architecture… ou… les tribus zouloues. Je veux juste que tout s'arrange. Je veux que notre famille soit heureuse comme avant. Je veux que tout ça se termine.

À l'automne, Goodman était censé aller à Bennington College dans le Vermont. Il avait été accepté (il avait fallu faire jouer des relations, même pour un établissement aussi alternatif, compte tenu des résultats scolaires peu brillants de Goodman), mais le doyen avait envoyé une lettre formelle et glaciale pour expliquer que Goodman ne serait pas inscrit tant que sa situation juridique n'avait pas été «résolue favorablement». Pour qu'il puisse entrer à l'université en septembre, un procès devait d'abord avoir lieu. Or les tribunaux de l'État de New York étaient engorgés, étant donné le taux de criminalité remarquablement élevé, et attendre un procès désormais, c'était comme faire la queue à la pompe à essence.

Janvier avançait d'un pas lourd. Goodman allait au lycée chaque matin, il voyait le docteur Spilka trois après-midi par semaine et aussitôt rentré chez lui, il disparaissait dans sa chambre pour boire de la vodka cachée dans sa chaussure ou fumer un joint, en essayant tout à la fois d'exister et de ne pas exister. Un soir de semaine, Ash téléphona à Jules.

— Mon frère a de gros problèmes.

— Je sais.

Dans la pièce voisine, Jules entendait le rugissement du sèche-cheveux de sa sœur Ellen et le même album de Neil Young qui passait en boucle. La voix fluette chantait : «Des enfants pleuraient / des couleurs flottaient / autour des élus.» Elle tira sur le fil jaune du téléphone jusqu'à ce qu'il se désentortille tout seul; la communication faiblit, puis s'interrompit momentanément, avant d'être rétablie. Jules s'assit à l'intérieur de sa penderie sur plusieurs paires de sabots de différentes couleurs et reprit la conversation.

— N'oublie pas qu'on parle de Goodman, dit-elle. Il se fout dans la merde et ensuite, il s'en sort.

— Pas cette fois, je crois, dit Ash. Papa est furieux. Dick Peddy a essayé de raisonner l'avocat de Cathy, mais rien à faire, Cathy et ses parents veulent aller jusqu'au bout. Le procès va avoir lieu pour de bon, Jules, tu te rends compte ? Mon frère pourrait aller en prison pendant *vingt-cinq* ans, ça arrive à un tas de gens innocents. Il serait totalement détruit. Au lieu de faire ce qu'il est censé faire de sa vie, il deviendra un *détenu* grisonnant. Tu imagines ? C'est totalement sur-réaliste. Aucun de nous ne peut supporter cette idée. Mais Dick Peddy dit que personne dans la famille n'a le droit d'appeler Cathy, ça pourrait donner l'impression qu'on tente de faire pression sur elle.

— Oui, c'est logique, dit Jules, qui n'y connaissait rien.

— Sans doute.

Il y eut un moment de silence et Jules crut que la communication avait été coupée de nouveau.

— Allô ? fit-elle.

— Je suis toujours là. Après une pause, Ash ajouta : peut-être que tu pourrais l'appeler, toi. Ou même aller la voir.

— Moi ?

— Dick Peddy ne te l'a pas interdit, si ?

— Non, répondit Jules après un long moment de réflexion.

— Alors, tu iras ? demanda Ash. Tu feras ça pour moi ?

Jules Jacobson convint de retrouver Cathy Kiplinger devant la fontaine du Lincoln Center, un samedi de février 1976 à midi, après le cours de danse de Cathy à dix rues de là, au studio Alvin Ailey. La neige tombait à gros flocons sur la *plaza* ce jour-là et le sol était gelé, à tel point que les deux filles auraient pu patiner l'une vers l'autre. Cathy portait une longue doudoune aubergine ; elle avait le visage encore empourpré par la chaleur de l'exercice et la froideur du temps. Elles se saluèrent d'un hochement de tête méfiant – c'était la première fois qu'elles se revoyaient depuis le réveillon du jour de l'an –, puis elles traversèrent Broadway pour entrer dans une cafétéria. Elles s'installèrent dans un box. Cathy but rapidement son premier Tab, « avec beaucoup de glaçons », demanda-t-elle à la serveuse, comme si la glace pouvait réduire cette boisson basses calories à une chose si légère que non seulement elle n'ajouterait pas un gramme de graisse à ce corps menacé, mais elle inverserait le processus d'accumulation graisseuse. Trop tard. Cathy avait raison lors de ce premier été : ses seins étaient trop gros pour une danseuse professionnelle. « Des sacs de courrier », disait-elle à l'époque, et ils paraissaient encore plus gros maintenant, à l'image de ses hanches. Elle faisait tout ce qu'elle pouvait pour empêcher l'explosion de la féminité, en buvant des Tab avec un supplément de glace et en mangeant très peu, mais son corps se développait selon son bon vouloir. Troy, lui, possédait un parfait physique de danseur, épais et puissant. Pour les hommes, c'était différent. Ses bras pouvaient soulever des ballerines dans les airs, et ils le feraient longtemps au sein de l'Alvin Ailey Dance Theater, ce qui nécessiterait par la suite des injections de cortisone et des opérations de l'épaule. Mais pendant tout ce temps, il ne cesserait jamais de danser et il ferait ce qu'il avait toujours voulu faire, sans avoir le sentiment de se calmer, de se vendre ou de céder à des puissances commerciales. Cathy connaîtrait une vie très différente.

Présentement, au début de celle-ci, assise devant son verre de Tab, elle se mordillait les ongles et Jules remarqua que ces ovales autrefois parfaits ressemblaient maintenant à de petites tranches d'ongle incrustées dans ses doigts. Chaque ongle, rongé inlassablement depuis le réveillon du jour de l'an, était entouré de peau en lambeaux, enflammée et légèrement enflée. Si faire l'amour c'était comme essayer de manger son partenaire, là c'était comme essayer de se manger soi-même. Cathy leva la main et s'attaqua à la peau du pouce ; Jules s'attendait presque à voir du sang couler de sa bouche. Cathy ressemblait à un animal surpris dans un moment de prédation et de bonheur. Un chat qui tient un oiseau dans sa gueule et défie un être humain en disant : *et alors ? Qu'est-ce que tu regardes ?*

Cathy poursuivit son acte de mutilation avec naturel, après quoi elle but une autre gorgée de Tab : pour faire passer l'ongle et la peau. Jules se souvint comment, l'année où son père agonisait, elle avait massacré ses cheveux. Elle ne voulait pas que ses cheveux ressemblent à cela, de même que Cathy ne voulait sans doute pas que ses ongles ressemblent à cela. Mais elle buvait son Tab et mangeait ses doigts, sans s'arrêter, qu'elle écoute parler Jules ou que, le plus souvent, ce soit elle qui parle. Apparemment, faire cela devant quelqu'un d'autre ne lui paraissait ni étrange ni gênant. Pourtant, son plaisir semblait si intense, son soulagement si nécessaire, qu'on aurait dit quelqu'un qui se masturbe dans une cafétéria. Jules avait envie de demander : « Tout va bien, Cathy ? Tu me flanques la frousse. » Une question stupide, en fait, car Cathy leur avait déjà fourni la réponse, à tous.

Jules se souvenait du numéro de go-go danseuse sexy que Cathy avait exécuté pour les filles dans leur tipi, le *ouah !* général pendant qu'elle agitait en toute liberté son corps ondulant, nullement gênée par ses attributs encombrants, fière même de ses pouvoirs particuliers. Maintenant, se dit Jules, c'était fini. Plus de liberté. Plus de fierté. Plus jamais de numéros de danse décomplexés sous un tipi pour Cathy Kiplinger.

En première année de fac à Buffalo, Jules participerait à un défilé *Take Back the Night*, en marchant dans les rues sombres au milieu de centaines et de centaines de femmes à la mine sombre tenant des bougies. De nombreux défilés semblables à celui-ci verraient le jour à travers le pays, si différents des tapageuses de la SlutWalk[1] qui feraient leur apparition trente ans plus tard et au cours desquelles de jeunes femmes vêtues en toute liberté – pyjamas de baby-doll, chemisiers transparents, costumes léopard – se prenaient en

---

1. Litt. « la marche des salopes ».

photo et les postaient en ligne quelques secondes plus tard. À l'époque de *Take Back the Night*, vous pouviez défiler avec d'autres femmes et avoir le sentiment que tous les violeurs du monde étaient des êtres minuscules sans pouvoirs. C'était vous, avec vos bougies, qui déteniez le pouvoir. *Sœurs !* Les hommes, ces ratés furieux au regard mort qui vous sautaient dessus dans les parkings n'avaient rien du tout !

— Ça ne s'est pas passé comme il le raconte, dit Cathy en enfonçant sa paille au milieu des glaçons de son verre de Tab à la manière d'un petit pic à glace. Ça s'est passé comme je l'ai dit. Je n'ai rien inventé.

Elle arracha un morceau d'ongle et un filament de peau se détacha avec.

— Je te crois, évidemment, dit Jules. Mais je me dis aussi qu'il ne peut pas tout inventer, lui non plus.

Cathy Kiplinger la regarda par-dessus la table. C'était une fille mûre et Jules encore une enfant, la meilleure amie de la jolie fille qui souffrait, envoyée ici à la demande de celle-ci.

— Et pourquoi tu penses ça ? demanda Cathy. Il a triché à l'école, tu sais. Il a copié sur un autre élève. Demande-lui. C'est pour ça qu'il a dû changer d'établissement. Ils l'ont obligé à s'en aller.

— Je sais tout ça, dit Jules.

Cathy avait un nez nettement cartilagineux, et même si elle ne pleurait pas, ses yeux étaient rougis car elle avait beaucoup pleuré depuis le réveillon du jour de l'an.

— Franchement, Jules, dit-elle, c'est comme si tu ne savais rien. Tu es complètement gaga devant lui, et devant Ash et devant ces chers vieux Betsy et Gil.

Tu crois qu'ils t'ont sauvée d'une vie ennuyeuse. Mais moi, contrairement à toi, je ne méprise pas ma famille. Je l'aime.

— Je ne méprise pas ma famille, répondit humblement Jules, stupéfaite d'avoir été découverte, et sa voix disparut de façon lamentable au fond de sa gorge.

— Mes parents ont été merveilleux, dit Cathy. Et Troy aussi, même si je doute qu'il reste encore longtemps avec moi. Je suis une épave et il le sait. Je n'arrive plus à me concentrer. Je pleure beaucoup. Je ne suis pas ce qu'on fait de mieux comme petite amie. À Nightingale, les profs sont tous très compréhensifs, mais cette histoire m'a changée, je ne suis plus la même.

Elle se pencha en avant et ajouta :

— Goodman s'est introduit de force en moi. Tu m'entends, Jules ? Je n'étais pas prête. J'étais *sèche*. Est-ce que tu sais ce que ça veut dire, au moins ? Sèche.

Jules hocha la tête, tout en pensant : *attendez voir, est-ce que je sais vraiment ce que ça veut dire ?* Elle comprenait et en même temps, elle ne comprenait pas. Pour elle, le sexe et les sécrétions n'existaient encore que de manière semi-consciente. Ils étaient tapis comme une lumière sous une porte, ou plutôt comme de l'eau qui coule sous une porte. Bientôt, tout le sol serait inondé, mais pas tout de suite.

— J'étais sèche et ça faisait mal, très mal, reprit Cathy. Je lui ai crié d'arrêter, et tu sais ce qu'il a fait ? (Sa bouche se mit à trembler.) Il a souri comme s'il trouvait ça drôle, et il a continué. C'était comme s'il tournait une *manivelle.* Tu sens ce que ça fait quand je dis ça ?

Oui. Jules le sentait. Sa mâchoire se crispa et ses cuisses se raidirent automatiquement ; Cathy et elle se trouvaient sur le chevalet toutes les deux et personne ne pouvait les aider. Elle aussi avait envie de manger ses doigts maintenant. Elle regardait Cathy d'un air désespéré. Elle battit des paupières pour essayer de se détendre. La manivelle du chevalet tourna en sens inverse et la libéra. Jules se ressaisit et prononça la seule phrase qui lui vint à l'esprit. Cathy Kiplinger serait déçue et dégoûtée à jamais, mais elle le dit quand même, maladroitement :

— Je suis sûre que tu te sentiras un peu mieux au bout d'un moment.

Cathy attendit un instant avant de répondre :

— Tu te bases sur quoi pour dire ça ? Tu as mené des recherches spéciales ?

— Non, dit Jules en sentant son visage rougir. C'était juste une façon de dire que j'ai envie que tu te sentes mieux.

— Évidemment. Tu as envie qu'on ne parle plus de ça. Mais aucun de vous ne peut savoir ce que j'ai ressenti pendant qu'il me baisait et que j'avais des écorchures, OK ? C'est ce qu'a dit le médecin qui m'a examinée. *Des écorchures labiales.* Ça fera quel effet devant un tribunal ?

Cathy faisait face à Jules dans ce box de cafétéria avec son visage enflammé, ses tout petits yeux durs et ses dix doigts estropiés. Quelque part, Jules avait vraiment cru que Cathy « changerait d'avis » et que le champ de force affectif qui les entourait tous les six servirait de catalyseur. Jules pourrait alors se rendre chez les Wolf ce soir avec la certitude que Cathy était désormais maîtrisée et passive. Jules serait l'héroïne de cette histoire et tous les Wolf l'admireraient, y compris Goodman, qui sortirait de sa grande période de morosité pour la serrer dans ses bras de toutes ses forces. Elle imaginait son visage long et ses grosses dents puissantes.

— Est-ce que tu n'aurais pas mal interprété ce qui s'est passé ? demanda Jules. Ce ne serait pas possible, même vaguement ?

— Tu veux dire, est-ce qu'il y a un autre point de vue ? Comme dans *Rashōmon* ?

— Oui, quelque chose dans ce style, dit Jules.

Ethan l'avait emmenée voir ce film récemment au Waverly Theater dans le Village ; il adorait ce film et elle avait eu envie de l'aimer elle aussi. « Ça m'a plu *en théorie* », lui avait-elle dit ensuite, à la sortie de la salle. C'était ainsi qu'elle avait appris à s'exprimer.

— On n'est pas du tout dans *Rashōmon*, dit Cathy et elle se leva. Bon sang, Jules, tu es incroyablement faible.

— Je sais.

La remarque de Cathy était la plus juste qu'on n'ait jamais faite à son sujet. Dans ses périodes d'autoflagellation, elle s'était crue ignorante, maladroite, inculte et malhabile. Mais en réalité, elle était faible. Et de manière encore plus pathétique, exprimant toute cette faiblesse, elle demanda :

— As-u vraiment besoin de le traîner devant un tribunal ? Il risque une peine de vingt-cinq ans de prison. Sa vie peut suivre deux directions très opposées.

Tout ça à cause d'un malentendu. On n'a qu'une seule vie.

— Je sais très bien combien on a de vies. La seule que j'avais a été détruite. Alors, est-ce que j'ai *besoin* de le traîner devant un tribunal ? Oui. Si c'était un inconnu qui m'avait sauté dessus dans un escalier, tu dirais : « Oh, Cathy, il faut qu'il soit jugé. Nous serons tous là pour te soutenir moralement. » Seulement, tu ne le dis pas parce que c'est Goodman. Parce que tu es totalement fascinée par lui et par ces étés prétendument magiques dans ce camp de vacances, par une certaine idée de la fin de l'enfance, et le fait d'être enfin acceptée, pour la première fois de ta vie. Troy n'arrive pas à croire que j'aie pu rester avec vous pendant tout ce temps. Votre groupe de privilégiés. Tu sais, il est allé à Spirit-in-the-Woods grâce à une bourse. Il s'est toujours senti très différent des autres là-bas. C'était un camp extrêmement blanc, tu l'as peut-être remarqué ? Mes parents voulaient que j'aille dans une colo traditionnelle dans le Maine, un camp de filles où tu portes un uniforme, où tu fais du sport toute la journée et où tu salues le drapeau, mais je leur ai dit : « Non merci, je vais déjà dans une école de filles. » Je voulais autre chose. J'avais envie de danser, j'avais envie de sortir de ma petite vie étroite. Mais regarde un peu Spirit-in-the-Woods. Le jour où Troy est arrivé, il dit qu'il a eu l'impression d'être un monstre.

— Moi aussi ! s'exclama Jules. Il n'y a pas que lui. Et soit dit en passant, je suis allée là-bas grâce à une bourse moi aussi, sache-le.

Cathy ne semblait pas impressionnée.

— Ce que je veux dire, c'est que tu as été prise dans une sorte de fantasme et maintenant, tu ne vois plus rien. Mais moi, si. (Un rictus sauvage déforma la bouche de Cathy.) Le seul d'entre vous qui a essayé de savoir ce que je ressentais, c'est Ethan.

— Ethan ?

Jules était réellement surprise.

— Le premier soir, après ce qui s'est passé, il a laissé un long message tourmenté, à la Ethan, sur le répondeur de mes parents.

— Je l'ignorais.

— Si. Et il continue à m'appeler. La plupart du temps, je délire et lui, il m'écoute. Jamais il ne me dit de *me secouer* ou je ne sais quoi, comme vous tous. Et des fois, avoua-t-elle, c'est même *moi* qui l'appelle.

— Tu appelles Ethan ? Je ne le savais pas.

Dick Peddy leur avait expressément interdit de parler à Cathy. À l'évidence, Ethan était passé outre cette interdiction, sans en référer à Ash ou à quiconque.

— Mais vous autres, *bon Dieu* ! dit Cathy. Vous étiez mes meilleurs amis… même si, toi et moi, on n'a jamais eu grand-chose à se dire, avouons-le.

Jules ne parvenait pas à s'expliquer convenablement. Aujourd'hui, elle avait dit tout ce qu'il ne fallait pas, depuis le début. Un jour, à Spirit-in-the-Woods, en cours d'improvisation, elle avait joué une scène inspirée de *The Love Song of J. Alfred Prufrock*, et elle avait dû délivrer une réplique au garçon assis en face d'elle, à une petite table, comme Cathy maintenant. Elle l'avait regardé dans les yeux et dit : « Ce n'est pas du tout ce que je voulais dire. Pas du tout. »

Ce n'était pas censé se passer ainsi avec Cathy.

— On aurait dû essayer de te parler, dit Jules. Tu as raison, on aurait dû. Mais c'était compliqué. L'avocat a bien insisté. Ça m'a fait peur. Je ne m'étais jamais retrouvée dans ce genre de situation.

— Franchement, tu me donnes envie de vomir. (Cathy enroula son écharpe au crochet autour de son cou.) Quand vas-tu apprendre à penser par toi-même, Jules ? Il faudra bien que tu y arrives un jour. Alors, autant commencer maintenant.

À cet instant, la version adolescente de Cathy Kiplinger quitta la cafétéria et s'éloigna d'*eux* tout simplement. Vingt-cinq ans plus tard, elle reviendrait à travers un portail temporel, sous une forme différente, celle d'une femme d'un certain âge. Ses cheveux auraient conservé artificiellement la même teinte blonde qu'ils possédaient naturellement autrefois, la taille de ses seins aurait été réduite chirurgicalement après deux décennies de problèmes de dos chroniques, son visage tendu brillerait grâce à une crème au Retin-A et à quelques infusions d'oxygène, mais la tension elle-même ne serait jamais débloquée ni libérée.

— Tenez, dit la serveuse en faisant claquer la note sur la table.

Cathy avait bu six Tab. Jules paya, puis, dans un brouillard sinistre, elle prit le métro pour se rendre au domicile des Wolf, où attendait Ash.

— Alors ? Qu'est-ce qu'elle a dit ?

Jules se jeta à plat ventre sur le lit encombré.

— Elle est dans un sale état.

— Et ?

— Comment ça, *et* ? La question n'est pas plutôt *pourquoi* est-elle dans cet état ? Si elle avait tout inventé, serait-elle vraiment si mal ? Est-ce qu'elle ne serait pas plutôt *faussement* mal ? De manière plus photogénique ? Plus étudiée ?

Après quelques secondes de silence, Jules, toujours couchée sur le lit, se dévissa le cou pour regarder Ash assise sur le fauteuil pivotant devant son bureau. Même sous cet angle, elle remarqua que son humeur avait changé. Ash se leva et dit :

— Je crois que tu devrais rentrer chez toi, Jules.

Jules se leva elle aussi, précipitamment.

— Hein ? Pourquoi ?

— Parce que je n'arrive pas à croire que tu puisses dire des choses pareilles.

— On ne peut même pas l'évoquer comme une possibilité ? Cathy est notre amie, elle aussi. Elle n'a jamais inventé quoi que ce soit. Elle m'a semblé vraiment mal en point, Ash. Si tu voyais ses ongles…

— Qu'est-ce que ses ongles viennent faire là-dedans ?

— Ils sont tout rongés, comme s'ils avaient été mangés par un cannibale.

— Et à cause de ses ongles, mon frère est coupable ?

— Non. Mais je pense simplement que nous devons à Cathy…

— Va-t'en, s'il te plaît, dit Ash Wolf et elle se dirigea réellement vers la porte en tendant le bras.

Le visage en feu, hébétée, Jules sortit de la chambre et parcourut le couloir, en passant devant le cheptel de photos de famille. De loin, elle aperçut Goodman dans le salon, avec un casque sur les oreilles, hochant la tête d'un air morne, sur un rythme sourd et personnel.

S'ensuivirent alors presque deux semaines d'une exclusion insupportable. Jules se recroquevilla sur elle-même à Underhill ; elle parcourait les couloirs du lycée d'un air absent et n'écoutait rien en classe. Si elle ne pouvait plus aller au Labyrinthe avec Ash et Goodman et leurs parents, à quoi bon ? Jonah l'appelait parfois et Ethan tentait de lui remonter le moral par téléphone tous les soirs.

— Ash finira par changer d'avis, dit-il.

— Je ne sais pas. Comment fais-tu, toi, pour marcher sur cette corde raide ? demanda Jules. Pour que tout le monde t'aime et te respecte, quoi que tu fasses ?

Silence à l'autre bout du fil, il n'y avait que la respiration d'Ethan. Finalement, il dit :

— Attends, laisse-moi réfléchir. Peut-être que je ne tire pas de conclusions hâtives. Au fait, ajouta-t-il après une autre pause, d'un ton léger comme s'il ne voulait pas qu'elle prenne ombrage de ce qu'il allait dire. Jonah et moi, on a dîné au Labyrinthe hier soir.

— Oh.

— Oui. C'était très bizarre que tu ne sois pas là. Mais même si tu avais été là, ça aurait été bizarre de toute façon car l'ambiance est très tendue. Si tu veux tout savoir, Betsy avait fait du bar avec de l'orzo.

— C'est quoi, de l'orzo ?

— Une nouvelle sorte de pâte, en forme de grain de riz, mais plus gros. Ça te plairait. Si la cuisine était bonne, l'atmosphère était encore pire qu'avant. Ils ont tous une peur bleue du procès, mais personne n'ose le dire. Goodman est habitué à ce que tout s'arrange toujours. Même quand il a été viré de Collegiate, ils l'ont fait entrer à Walden, non ? Et c'est un garçon puissant. Alors, il ne peut pas croire que ça ne va pas s'arranger cette fois encore, qu'aucun dispositif de sauvetage n'a été mis en place. Il se dit qu'il est peut-être en danger pour de bon. Après le dîner, il m'a pris à part pour me dire qu'il voulait absolument que je sache qu'il n'avait rien fait de mal. J'ai dit à Ash que ce n'était pas mon rôle de deviner ce qui s'était passé ce soir-là au Tavern on the Green, ni ce qui allait se passer maintenant. J'ai dit qu'un procès servait justement à ça, comme si je savais de quoi je parlais. Mes références en la matière, ça se limite à regarder *Owen Marshall : Counselor at Law* à la télé avec mon père.

Jules demanda :

— Ash a parlé de moi ?

— Elle a dit que tu lui manquais.

— Elle est très en colère après moi.

— Non, pas vraiment, dit Ethan. Plus maintenant. J'ai arrondi les angles. Elle a honte de t'avoir mise à la porte. Elle aimerait retirer ses paroles, mais elle pense que tu refuserais de l'écouter.

— Pas du tout.

C'est ainsi qu'Ethan négocia la paix entre elles. Il refusa d'essayer de mettre fin à la bataille juridique entre Goodman et Cathy – vouloir s'immiscer dans le processus judiciaire s'apparentait à de la corruption, dit-il –, mais il se fit un plaisir d'aider Ash et Jules à redevenir amies. Plus tard ce même soir, Ash appela Jules et dit :

« Je suis désolée de m'être comportée de cette façon. Je ne sais pas si tu pourras me pardonner, mais j'espère que oui. »

Jules lui répondit que oui, évidemment, elle lui avait déjà pardonné. Elle n'eut pas besoin d'ajouter qu'elle savait que Goodman n'avait rien fait de mal ; il lui suffit de convenir que la situation était horrible et que le procès corrigerait l'injustice de cette accusation, et elle dut accepter de revenir au Labyrinthe dès samedi.

Au cours des semaines qui suivirent, Ethan fut le seul qui évoqua véritablement Cathy Kiplinger.

— Je lui ai parlé hier soir, annonça-t-il un jour, alors qu'ils étaient tous assis sur un banc de Central Park, sous un soleil froid.

— À qui ? demanda Jonah.

— Cathy.

Goodman et Ash lui jetèrent un oblique et perçant regard.

— Cathy ? fit Goodman.

— Cathy ? répéta Ash en écho.

— J'espère que vous avez bien bavardé tous les deux, ajouta Goodman.

— Je sais que c'est difficile à admettre pour toi, dit Ethan. Je comprends.

— Je n'arrive pas à croire que tu lui parles, dit Ash en allumant une cigarette et en tendant l'allumette à son frère pour qu'il allume la sienne.

— Je comprends que vous réagissiez de cette façon, dit Ethan. Mais je voulais juste qu'elle sache que je pensais à elle. J'ai eu l'impression que c'était important de le lui dire. (Il se redressa sur le banc.) Je dois décider par moi-même ce qui est bien ou pas.

— Que tu « pensais à elle », répéta Ash. Oui, c'est sûrement vrai. Mais si tu veux mon avis, Cathy est devenue un peu folle – tu te souviens de la façon dont

Jules l'a décrite quand elles se sont retrouvées dans cette cafétéria ? – et elle a fini par croire elle-même à son histoire. C'est ce que le docteur Spilka a expliqué à Goodman. N'est-ce pas, Goodman ?

— Je sais pas.

Le procès devait avoir lieu à l'automne et ce fut leur unique sujet de conversation jusqu'à la fin de l'année scolaire. Le monde extérieur et son bavardage politique demeuraient lointains et n'éveillaient leur intérêt que par intermittence, alors que le futur procès de Goodman et, bien avant cela, « l'audience préliminaire » à la fin avril, au cours de laquelle certaines requêtes seraient déposées, étaient des sujets beaucoup plus captivants. Goodman se préparait avec son avocat et les deux associés de celui-ci ; ils l'épuisaient avec tous leurs préparatifs. Mais personne ne remarqua qu'il en avait assez de tout cela, et qu'il ne pouvait en supporter davantage. À quel point il avait peur, ou à quel point il culpabilisait peut-être. Cathy s'était montrée résolue et crédible à la cafétéria, mais Jules ne pouvait pas s'attarder sur ses paroles. Si elle s'y attardait, si elle s'en souvenait et les absorbait totalement, peut-être ne pourrait-elle pas continuer à fréquenter le Labyrinthe.

Les parents et la sœur de Goodman étaient convaincus de sa totale innocence, même si, avait confié Ash à Jules, elle avait vécu un moment bizarre un soir, tard, quand sa mère était entrée dans sa chambre. « Parfois, je me dis que les mâles de notre espèce sont insaisissables », avait dit Betsy Wolf, d'un ton désespéré, spontanément. Ash avait essayé de comprendre ce que sa mère voulait dire, mais son père était apparu sur le seuil de la chambre, il cherchait sa femme, et Ash avait compris alors que ses parents s'étaient disputés. Ils lui avaient souhaité bonne nuit et, quelques semaines plus tard, quand Ash rapporta cet épisode à Jules, elle lui avoua qu'elle ne savait pas si sa mère cherchait un moyen, ce soir-là, de lui parler de Goodman et de ce qu'il était. Ou si, au lieu de cela, elle faisait allusion à Gil, après une dispute conjugale qui, d'une manière ou d'une autre, concernait sans doute Goodman. Betsy, qui avait toujours protégé et aimé son fils difficile, tout en le poussant d'une certaine façon, avait peut-être eu un court moment de faiblesse. Impossible à dire car plus rien dans ses propos par la suite ne le confirma. De fait, elle clamait de manière de plus en plus vertueuse l'innocence de Goodman et se disait révoltée par ce qu'il devait endurer.

Aucun des Wolf n'avait parlé à Cathy, contrairement à Ethan et à Jules. Mais même si Ethan et Jules lui avaient parlé, ils n'avaient que seize ans, et beaucoup plus tard, il apparaîtrait de manière évidente qu'on ne pouvait pas leur demander de savoir ce qu'il fallait faire, ou ressentir exactement. Les paroles de Cathy avaient été troublantes, voire choquantes, mais la conviction inébranlable, unie, de la famille Wolf exerçait sa propre influence, plus grande encore.

Chez les Wolf, tout le monde observait Goodman avec inquiétude maintenant, et devant leurs yeux, il devint presque une non-personne, mais ils disaient : « Au moins, il continue à aller voir le docteur Spilka », comme si ce psychiatre qu'ils n'avaient jamais rencontré pouvait le maintenir intact. Et même quand elle entendit la voix du médecin sur le répondeur des

Wolf un jeudi après-midi d'avril, Ash ne fut pas alarmée. « Bonjour, ici le docteur Spilka, disait-il d'un ton solennel. Goodman n'est pas venu à son rendez-vous aujourd'hui. J'aimerais vous rappeler que toute séance doit être annulée vingt-quatre heures avant au plus tard. C'est tout. Bonne journée. »

Ash, rentrée chez elle après les cours, assise dans la cuisine avec deux camarades de classe, mangeait de la pâte à cookie crue en répétant la prochaine pièce de Brearley, *De l'effet des rayons gamma sur le comportement des marguerites* de Paul Zindel ; c'était elle qui avait écouté le message sur le répondeur. Alors comme ça, Goodman n'était pas allé chez son psy aujourd'hui. Pas de quoi en faire un plat. On ne pouvait jamais compter sur lui. Elle l'imaginait couché sur son lit, dans sa chambre au bout du couloir, en train d'écouter de la musique ou de se défoncer, mais elle n'avait pas envie d'interrompre ses répétitions pour aller voir son frère dans sa tanière.

Ash Wolf faisait preuve d'une grande tolérance vis-à-vis des manières des garçons ; elle leur pardonnait leurs penchants primitifs et sympathisait presque à cent pour cent avec Goodman. Quand il arrivait quelque chose à son frère, avait-elle expliqué un jour à Jules, c'était comme si ça lui arrivait à elle. Avec ses camarades d'école, elle répéta son rôle dans cette pièce triste et merveilleuse sur une mère souffrant de troubles affectifs et ses filles, et après le départ de ses copines, quand sa propre mère, saine d'esprit par chance, rentra à la maison après un après-midi passé à remplir des enveloppes pour une œuvre caritative luttant contre la dystrophie musculaire, dirigée par une amie dont le fils souffrait de cette maladie, Ash l'aida à préparer le dîner.

Malgré les énormes problèmes auxquels était confronté Goodman, Betsy continuait à préparer d'excellents repas. Elle tendit à Ash une botte de poireaux, que celle-ci fit tremper dans l'évier afin de les débarrasser du sable et de la terre, avant de les couper et de les faire revenir, et quand son père poussa la porte de l'appartement un peu avant dix-neuf heures, en pestant déjà au sujet des dernières factures de leur avocat, Ash repensa au message du docteur Spilka et constata que Goodman n'était toujours pas sorti de sa caverne infecte. Mal à l'aise soudain, elle alla frapper à sa porte, une fois, puis entra. La chambre était beaucoup moins en désordre que d'habitude. À un moment donné, entre hier soir et ce matin, à l'heure où il était censé partir au lycée, Goodman avait rangé sa chambre. Il avait aligné toutes ses maquettes architecturales sur son bureau et fait son lit. L'effet produit était aussi dérangeant qu'une scène de crime et Ash s'empressa d'aller chercher ses parents.

Goodman était parti pour de bon, avec le livret d'un compte d'épargne que son grand-père lui avait ouvert à la Manufacturer's Hanover Trust. Ses parents avaient plafonné les retraits pour veiller à ce qu'il ne vide pas ses économies afin d'acheter de la drogue ou de faire des bêtises. Ils apprirent qu'il avait retiré le montant maximal ce jour-là. Il était également parti avec son passeport, et d'autres documents officiels qu'il avait pu trouver, comme son certificat de naissance et sa carte de sécurité sociale, conservés dans un tiroir fourre-tout du secrétaire de la chambre de ses parents. Il avait fouillé un peu partout en leur absence et raflé tous les papiers qui portaient son nom. Peut-être projetait-il de quitter le pays. Quand on pensait à Goodman Wolf, on n'imaginait pas un seul endroit où il pouvait aller.

Sauf Spirit-in-the-Woods, dit Ash. Il adorait cet endroit. Là-bas, c'était quelqu'un de puissant, il avait de l'argent, il était considéré comme important, il était nimbé d'une aura sexuelle, affranchi des critiques de son père et, bien sûr, il était heureux. C'était un pari hasardeux, mais Gil Wolf appela les Wunderlich pour leur demander si, par hasard, ils n'avaient pas vu débarquer leur «fils imprévisible» aujourd'hui. Il s'efforça de conserver un ton léger. Les Wunderlich, qui avaient entendu parler des problèmes judiciaires du fils Wolf, répondirent qu'ils avaient passé la journée à Pittsfield, mais à leur connaissance, Goodman n'était pas venu.

Les Wolf appelèrent ensuite Dick Peddy, qui leur indiqua ce qu'ils devaient faire et ne pas faire.

— Surtout, pas de conclusions hâtives, dit-il.

— Nom de Dieu, Dick, c'est déjà fait. Ce gamin a fichu le camp !

— Vous n'en savez rien. Considérez cette absence comme des vacances méditatives.

— Méditatives ? Goodman ne médite pas, il *agit*.

— Du moment qu'il se présente à l'audience préliminaire, dit l'avocat, tout ira bien.

Les Wolf savaient qu'il était peu probable que Goodman soit présent à cette audience. Pourquoi aurait-il fugué si c'était pour réapparaître le jour J ? Au mieux, il était quelque part en ville avec un copain fumeur de joints qu'ils ne connaissaient pas, et il coucherait chez lui quelque temps avant de rentrer à la maison, peut-être même qu'il débarquerait au tribunal dans deux ou trois semaines avec des vêtements sales et froissés.

À neuf heures du matin, le jour de l'audience, Betsy et Gil Wolf attendaient leur avocat, immobiles et silencieux dans une salle lambrissée au troisième étage d'un tribunal de Manhattan. L'adjoint du procureur ne cessait de tousser, alors le juge lui offrit une pastille pour la gorge. « Un Fisherman's Friend, ça fait des merveilles », dit-il et il sortit d'un tiroir une petite boîte en fer-blanc, qu'il tendit à l'huissier, qui la tendit à l'adjoint du procureur. Les minutes passaient et toujours pas de Goodman. Un mandat d'arrêt fut délivré. Les inspecteurs Manfredo et Spivack prirent les Wolf à part pour qu'ils les avertissent dès qu'ils auraient des nouvelles de leur fils et l'incitent à se livrer à la police.

Quand les tabloïds new-yorkais apprirent que l'adolescent arrêté au Tavern on the Green le soir du réveillon du jour de l'an ne s'était pas présenté au tribunal, ils envoyèrent des photographes aux abords du Labyrinthe et Ash fut discrètement approchée alors qu'elle allait prendre le bus pour se rendre au lycée. Toutefois, « La fuite sensationnelle du Preppy Pervers du Parc » ne fit guère sensation car au cours des derniers jours d'avril, deux hommes furent arrêtés après avoir détroussé et abattu une femme de cinquante ans dans Central Park, près du Bassin. Dorénavant, chaque fois qu'il était question de Goodman dans le *Post* et le *Daily News*, c'était en relation avec le danger que représentait Central Park, principalement pour les femmes. Sans aucun rapport, une branche d'arbre de cinquante kilos se brisa dans le parc et tua une adolescente près de la 92e Rue. Mais toutes ces histoires étaient troublantes. La ville entière paraissait être devenue peu recommandable, pas uniquement le parc. Les agressions étaient permanentes. Les nettoyeurs de pare-brise se tenaient à l'entrée des tunnels avec leurs raclettes et leurs seaux d'eau noire et ils s'approchaient agressivement des voitures. Goodman Wolf, n'était plus qu'un élément infime dans un ensemble plus vaste, bouillonnant, insignifiant à côté de ce qui allait se produire.

Dix ans s'écouleraient avant cette affaire tristement célèbre d'une jeune fille agressée dans Central Park, puis assassinée par un autre élève d'une école privée. Et treize ans avant qu'une jeune banquière d'affaires partie faire son jogging dans le parc soit violée puis battue jusqu'à tomber dans le coma, victime, pensait-on, d'un gang de jeunes garçons partis « semer la terreur », comme on disait. Les jugements furent cassés beaucoup plus tard quand le véritable coupable passa aux aveux. Qui a jamais su ce qui s'était réellement passé ? Le parc était une magnifique étendue de verdure, sombre et inquiétante désormais, qui séduisait et divisait la ville.

Des décennies plus tôt, Manny et Edie Wunderlich avaient traversé New York en prenant le métro aérien. Ils assistaient à des meetings socialistes et à des opéras d'avant-garde et puis, pour finir, ils écumaient les clubs de folk, et chacune de ces activités ne coûtait qu'un *nickel*, à les entendre du moins. L'Hudson River brillait d'un côté de Manhattan, l'East River de l'autre. Entre les deux, des jeunes gens bohèmes avaient pris possession des lieux. Ce n'était plus le cas, et pour cette raison, tout était bien pire. Mais Goodman n'était pas mis dans le sac du «pire», il avait droit à une toute petite place dans le catalogue du déclin de la grande ville, et au bout d'un moment, il disparut.

Pour l'instant, il était encore là cependant, bien voyant et tout nouveau, siège d'une douleur qui ne diminuait pas. Ash passait son temps au téléphone avec Jules, à pleurer, fumer et parler, ou à rester muette. Goodman lui manquait tellement, disait-elle. Elle savait que c'était une catastrophe, mais jusqu'à présent, toutes ses erreurs avaient été réparables. Il tenait ce rôle depuis l'enfance, et c'était presque amusant dans le temps car il avait du charme par ailleurs, et il mettait de l'animation dans la vie de famille. Il faisait porter le soutien-gorge de sport d'Ash à leur chien, Noodge. Il réveillait sa sœur en pleine nuit pour l'entraîner sur le toit du Labyrinthe interdit d'accès, et là-haut ils partageaient un sachet de mini-marsh-mallows en contemplant la ville qui faisait une pause. Aujourd'hui, la tristesse de ses parents face à cette perte était insupportable, et la sienne aussi.

Un samedi matin du mois de mai, Ash prit la ligne ferroviaire de Long Island jusqu'à Underhill pour passer le week-end chez les Jacobson. Fut un temps où Jules l'aurait dissuadée de venir, mais plus maintenant. Aucun de ses amis n'avait jamais vu sa petite maison ni sa triste banlieue ; ils avaient tous exprimé le désir de venir la voir, mais Jules s'était défilée, en utilisant une formule du style : «Chaque chose en son temps.» Maintenant, Ash avait besoin de s'éloigner de ses parents et de New York. Avant son arrivée, Jules fit le tour de la maison pour tout inspecter, cherchant des astuces pour essayer d'améliorer son intérieur. Elle traversa toutes les pièces l'une après l'autre, les yeux plissés, raflant au passage un cendrier sale qu'elle cachait dans un tiroir, ôtant un oreiller sur lequel la sœur de sa mère, tante Joan, avait brodé cette phrase : *La maison est l'endroit où ils doivent t'accueillir quand tu as besoin d'y aller – Robert Frost.* Jules ne supportait pas d'imaginer la tante Joan, qui n'avait jamais lu un seul poème de sa vie, en train de broder le nom *Robert Frost* avec du fil vert, comme si cela lui conférait un petit côté «littéraire». L'oreiller se retrouva dans le tiroir avec le cendrier, et juste au moment où Jules le refermait, sa mère la surprit, et demanda :

— Qu'est-ce que tu fais ?

— Un peu de rangement.

Regardant autour d'elle, Lois remarqua que le tapis avait été aspiré jusqu'à la trame, les objets disséminés un peu partout avaient été regroupés, et un châle était étendu sur le canapé, non pas pour cacher une tache ou un défaut, mais le canapé lui-même. En voyant sa mère regarder la maison avec ses propres yeux, Jules eut honte. Soudain, Lois Jacobson qui ne s'était vu attribuer aucun mérite pour quoi que ce soit semblait tout savoir. Elle avait survécu à la mort de son jeune mari, et c'était maintenant une mère célibataire avec deux filles, une qui étudiait à l'université de Hodstra voisine et vivait encore à la maison pour des raisons financières, et une autre qui avait clairement fait comprendre qu'elle préférait une famille plus riche, plus sophistiquée et plus attachante que la sienne.

Récemment, Lois avait recommencé à travailler, pour la première fois depuis son mariage. «Le mouvement féministe n'y est pas pour rien, avait-elle dit. Mais j'ai également besoin de cet argent.» Elle avait déniché un poste d'assistante auprès du directeur de l'école primaire Alicia F. Derwood, où Jules et Ellen avaient été élèves, et elle aimait se retrouver hors de la maison, dans l'environnement hyperanimé et imprévisible de l'école.

— C'est très bien, choisit-elle de dire finalement en balayant du regard toutes les modifications effectuées par Jules dans le salon. Merci.

La plus grosse surprise du week-end fut de découvrir que sa mère plaisait à Ash et que celle-ci plaisait à sa mère. La seule personne mal à l'aise était Jules, qui avait du mal à gérer le chevauchement de ces deux mondes. Quand le train arriva, Ash descendit sur le quai telle une enfant envoyée à la campagne pour échapper au blitz à Londres. Jules, qui attendait avec sa mère sur le parking, jaillit hors de la voiture et gravit à grandes enjambées les marches métalliques pour l'accueillir comme si son amie citadine était incapable de descendre cet escalier sans assistance.

— Bienvenue à Underhill, dit Lois quand Ash grimpa sur la banquette arrière.

— Oui, bienvenue dans cette belle ville d'Underhill, dit Jules, d'une voix qui aurait pu accompagner un vieux film éducatif ringard. Une métropole trépidante qui abrite trois musées d'art et six orchestres. De plus, les prochains Jeux olympiques d'été auront lieu dans notre jolie ville.

Ash fit semblant de ne pas l'entendre.

— Merci, madame Jacobson. Je suis très heureuse d'être ici. Il fallait que je m'évade. Vous ne le savez pas, mais vous me sauvez la vie, d'une certaine façon.

— Premier arrêt, l'extrêmement chic Cindy Drive ! commenta Jules alors qu'elles pénétraient dans le lotissement de maisons de style ranch, toutes identiques, alignées l'une contre l'autre le long de la rue rectiligne.

Quand vous preniez une douche chez les Jacobson, vous pouviez voir dans la douche des Wanczyk. Un jour, Jules et Mme Wanczyk s'étaient retrouvées face à face, avec l'eau qui coulait sur leur tête en même temps.

— Savais-tu que Zsa Zsa Gabor vivait de l'autre côté de la rue ? demanda Jules. Non, je t'assure, juste là ! Au 9 Cindy Drive. Tiens, regarde, elle est en train de mettre un boa. C'est une personne adorable. Hello, madame Gabor !

— Je t'en prie, Ash, ne fais pas attention à ma fille, dit Lois. Elle est devenue folle, on dirait.

Le week-end fut consacré à toutes les activités de banlieue que Jules détestait généralement. Ash Wolf, elle, fut véritablement enchantée par le centre commercial Walt Whitman, dont Jules s'était moquée impitoyablement devant ses amis durant tout l'été. Des dizaines d'années plus tard, décrivant d'un ton espiègle son enfance, au cours d'un dîner, elle dirait : «Peut-on imaginer un plus grand oxymore que *centre commercial Walt Whitman* ? Peut-être, éventuellement… *parc aquatique Emily Dickinson.*» Ce jour-là, Jules et Ash parcoururent ensemble le gigantesque espace, en riant de presque tout, entrant dans toutes les boutiques. Elles allèrent également au cinéma pour voir *Les Hommes du président*, et pendant la projection, Jules repensa au départ de Nixon, sur la pelouse de la Maison Blanche, devant tout le camp. En réalité, avant cet épisode, tous les pensionnaires n'étaient que des cordonniers travaillant avec assiduité dans une forêt, à peine conscients du monde extérieur – le processus de destitution, le tapage – et cherchant un moyen pour demeurer dans cet état indéfendable de demi-conscience, le plus longtemps possible. Maintenant qu'Ethan vivait dans le monde extérieur, beaucoup plus conscient, il avait commencé à consacrer toute son énergie à dessiner Jimmy Carter sous la forme d'un personnage de Figland, en perfectionnant son accent traînant du Sud. « J'aurais préféré quelqu'un de plus progressiste, mais je pense qu'il a de l'éthique, ce qui est rare, dit-il. Alors, je prendrai tout ce que je peux. »

Le soir, au cours de ce week-end à Underhill, Jules et Ash se couchèrent toutes les deux dans le lit de Jules, tête bêche. Bien des années plus tard, elles se coucheraient en travers d'autres lits, avec leurs enfants qui joueraient autour d'elles, et c'était un soulagement de savoir que même en vieillissant, quand vous vous sépariez pour former un couple et fonder une famille, vous pouviez encore vous retrouver de cette façon, apprise quand vous étiez jeune, et que vous aimeriez toute votre vie. De près, dans le lit de Jules à Underhill, après avoir procédé à de complexes ablutions dans l'unique salle de bains de la maison, couleur pêche, Ash sentait à la fois le lait et le poivre. Le savon qu'elle avait apporté de New York s'appelait peut-être « Lait poivré», pensa Jules en plongeant dans le sommeil. Quoi qu'il en soit, n'importe qui voudrait vivre près de cette odeur, s'en abreuver directement à la source, à défaut de pouvoir la boire dans une bouteille.

— À ton avis, qu'est-ce qui va arriver à Goodman ? demanda Ash.

— Je ne sais pas.

— Comme c'est un garçon, c'est sans doute plus facile pour lui de se débrouiller seul, dit Ash. Mais comme c'est Goodman, c'est plus dur. Ça a toujours été plus dur. Il traverse la vie en faisant des gaffes. Il n'essaye même pas de jouer le jeu. Contrairement à moi qui ai toujours su, depuis toute petite, comment plaire à mes professeurs. J'écrivais des nouvelles très détaillées que je leur remettais pour gagner des points supplémentaires. Tu veux connaître le secret ? Mes histoires étaient *longues*. Elles n'étaient pas très bonnes, mais elles exprimaient de la détermination. C'est ça ma force : la détermination. Je suis sûre qu'elles épuisaient mes profs. *Le Secret de la cheminée à la feuille d'or*, *Les Triplés Carson à Wandering Bluff*. Elles étaient exténuantes ! Je fabriquais également des cartes d'anniversaire pour mes parents, tous les ans. J'y passais des heures. Un jour, j'ai même teint une carte façon batik. Goodman, lui, oubliait toujours leur anniversaire, c'est moi qui le lui rappelais, et à la dernière minute il me demandait de le laisser signer la carte que j'avais faite. Mais ils n'ont jamais cru qu'il y avait consacré plus d'une seconde. Je sais que nous vivons dans un monde sexiste et qu'un tas de garçons ne font rien d'autre que de s'attirer des ennuis, jusqu'au jour où ils deviennent adultes et dominent tous les aspects de la société, dit

Ash. Mais les filles, tant qu'elles sont encore des filles du moins, et qu'elles jouent bien leur rôle, semblent plus douées pour tout, pendant quelque temps. Elles attirent l'attention. Comme moi.

— Je n'ai jamais attiré l'attention, dit Jules. Avant de vous rencontrer.

— Tu crois que nous sommes d'horribles individus narcissiques, ceux d'entre nous qui t'ont attirée dans nos griffes ?

— Oui.

— Vraiment ? Merci bien.

Ash lui lança un oreiller dans une tentative d'espièglerie féminine qui manquait de conviction. Mais leur amitié ne ressemblait pas à cela. Elles ne se vernissaient pas les ongles ensemble en bavardant d'un ton rêveur ; elles tenaient d'autres rôles. Ash continuait à fasciner Jules et à lui montrer comment se comporter dans le monde ; Jules savait toujours amuser Ash, énormément, et la réconforter.

— Je plaisante, s'empressa d'ajouter Jules. Évidemment que vous n'êtes pas narcissiques. Au fait, tu sens très bon ce soir.

— Merci, dit Ash dans un bâillement. Si je ne fais pas carrière au théâtre, peut-être qu'ils pourront écrire ça sur ma tombe : «Elle sentait très bon.»

— «Elle dégageait un éclat olfactif.»

Elles se turent.

— Je me demande quand on va mourir exactement, dit Ash.

L'une et l'autre pensèrent à leur mort et elles s'apitoyèrent sur leur sort, mais cela passa rapidement, comme un frisson. Et Ash ajouta :

— Je me demande quand Goodman va mourir. Et s'il fera quelque chose de sa vie avant. Si seulement il avait eu quelqu'un comme Old Mo Templeton pour le guider et lui servir de mentor. Pour l'aider à se lancer dans l'architecture, ou ce qu'il avait envie de faire. Si seulement il avait possédé un talent qui se serait révélé et qu'il aurait travaillé. Ça l'aurait aidé. Un talent, ça te permet de traverser la vie.

À la fin de ce week-end à Underhill, Ash paraissait plus forte.

— Je ne pourrai jamais vous remercier suffisamment, madame Jacobson, dit-elle dans la cuisine, en empoignant son sac de voyage. C'est tellement stressant à la maison. Je ne savais pas quoi faire…

Sa voix se brisa et la mère de Jules la serra dans ses bras, avec impétuosité.

— Je suis très contente que tu sois venue, dit Lois. Je comprends pourquoi Jules t'aime tant. Et tu es très belle, ajouta-t-elle.

Jules savait que cette remarque sur la beauté d'Ash constituait un commentaire indirect sur son absence de beauté mais curieusement, ça passait, c'était même agréable d'entendre sa mère prononcer ces paroles. Jules tirait fierté de la beauté d'Ash, comme si elle y était pour quelque chose.

— Tu peux revenir quand tu veux, ajouta Lois. Tu n'as qu'un mot à dire.

— Oui, il y aura toujours une place pour toi dans la très chic Cindy Drive, dit Jules. À trois rues seulement du Palais de la robe.

— Oh, arrête un peu, dit Ash avec un sourire en la faisant taire d'un geste.

266

Cet après-midi-là, après avoir raccompagné Ash au train et être rentrée chez elle, Jules ouvrit le tiroir de la commode pour sortir le cendrier et l'oreiller brodé et les remettre à leur place dans le salon. Mais une demi-heure plus tard, elle s'aperçut que sa mère les avait retirés de nouveau. À partir de ce jour, Lois Jacobson sembla se sentir moins menacée quand Jules se rendait à New York, tous les week-ends.

Chez les Wolf, la vie se poursuivait en mode traumatisme. On ne savait toujours pas où se cachait Goodman ; il pouvait être n'importe où. Quel que soit l'endroit où on le retrouverait, quel que soit le moment où il rentrerait à la maison, il serait immédiatement arrêté, leur avocat avait été formel. Ils attendaient que Goodman appelle ou écrive pour savoir enfin s'il allait bien et tenter de le convaincre de revenir, en lui expliquant qu'ils comprenaient qu'il avait pris peur, mais ce n'était pas la bonne solution. Ils savaient qu'il était innocent, lui rappelleraient-ils, et bientôt tout le monde le saurait aussi. Rentre à la maison, lui diraient-ils. Mais Goodman ne contacta aucun d'eux et l'année scolaire s'acheva comme une année scolaire normale, à cette différence près que Goodman n'obtint pas son diplôme de fin d'études secondaires et ne poursuivit pas son chemin dans la vie comme il était censé le faire. Son histoire s'était arrêtée là.

C'était le dernier été que les autres passeraient à Spirit-in-the-Woods, mais Ash n'était plus sûre d'avoir le courage d'y aller maintenant. Cathy n'y retournerait pas, évidemment, elle refusait toujours de leur parler. Troy était trop âgé désormais, même s'il avait voulu y retourner, ce qui n'était pas le cas, bien entendu. Et avec l'absence de Goodman – il aurait été trop vieux lui aussi, de toute façon, puisqu'il était censé entrer à la fac à l'automne –, l'idée de passer l'été là-bas semblait déplacée. Mais l'année prochaine, ils seraient tous trop vieux, alors Ash, Jules, Ethan et Jonah décidèrent d'y retourner une dernière fois.

Peu de temps après son arrivée à Belknap à la fin du mois de juin, Jules comprit que c'était une erreur. La plupart des autres pensionnaires paraissaient si jeunes. Il y avait un tas de nouveaux et certains étaient un peu différents des pensionnaires d'autrefois. Sur le chemin qui menait au lac, Jules surprit une blague très primaire et grossière où il était question de pets. Ces gamins ne savaient-ils pas que si vous vouliez raconter une blague de pets, la chute devait faire référence à… Brecht, par exemple. Pour ce dernier été, le tipi des filles numéro 2 abritait Jules, Ash, Nancy Mangiari et Jane Zell. L'ancien lit de Cathy était occupé par une nouvelle, Jenny Mazur, une souffleuse de verre introvertie qui parlait dans son sommeil, seul moment pendant lequel elle se laissait aller : « Je ne t'ai pas trahie, maman ! » s'écria-t-elle, tandis que les autres l'écoutaient avec une fascination lubrique.

Tout le monde dans le camp savait qu'Ash était triste et se faisait du souci à cause de Goodman. Parfois la nuit, quand les branches des arbres raclaient le toit de leur tipi ou quand le faisceau d'une lampe-torche s'allumait et s'enfuyait aussitôt entre les pins, Ash s'autorisait à imaginer, brièvement, que son frère était revenu.

— Ce n'est pas impossible, Jules. Il sait où nous trouver, murmura-t-elle un jour. Il nous expliquera qu'il se cache quelque part dans le coin, peut-être qu'il habite dans un appartement pourri à Pittsfield. Notre mère nous lisait un conte de Grimm dans le temps. Un frère et une sœur s'étaient enfuis dans la forêt pour échapper à leur méchante belle-mère. C'est toujours une belle-mère, jamais un beau-père, même les contes de fées sont sexistes. Bref, le frère commence à avoir très soif, mais la belle-mère a ensorcelé tous les ruisseaux. Il y en a un qui le transformera en cerf s'il boit son eau. Sa sœur lui dit : « Je t'en supplie, ne bois pas cette eau car si tu te transformes en cerf, tu t'enfuiras loin de moi. » Il lui répond : « Non, non, je te le promets. » Et il boit l'eau du ruisseau. Évidemment, il se transforme en cerf.

— Et il s'enfuit, comme l'avait prédit sa sœur, c'est ça ? dit Jules. Pour rejoindre des chasseurs. Je me souviens de cette histoire.

— Oui, exact. La sœur est dévastée. Mais il revient régulièrement la voir, sous sa forme de cerf. Avec ses sabots, il frappe à la porte de la maison où elle vit et dit : « Laisse-moi entrer, petite sœur. » Il continue comme ça soir après soir, puis il retourne dans les bois. Une nuit, il frappe à la porte et dit : « Laisse-moi entrer, petite sœur. » Elle ouvre la porte et s'aperçoit qu'il est blessé. Je n'arrête pas d'imaginer la même scène, confia Ash. Je me dis que Goodman va débarquer un soir, blessé. Il lui sera arrivé quelque chose, au-dehors. Je lui ouvrirai, je prendrai soin de lui et je le convaincrai de rester avec moi. (Elle regarda Jules d'un air presque enfantin.) Tu ne crois pas que ça pourrait arriver ?

— Dans la vraie vie ? demanda Jules, et Ash hocha la tête. Peut-être.

Ce fut tout ce qu'elle put se forcer à dire.

Mais Goodman ne vint pas. Les raclements sur le toit provenaient d'une branche basse et les bruits de pas à l'extérieur du tipi étaient ceux des animateurs qui rôdaient, et dont les lampes électriques projetaient des faisceaux jaunes entre les arbres. Tout était différent cet été. Même Gudrun Sigurdsdottir, la tisserande maître-nageuse islandaise, n'était pas revenue. Quelqu'un annonça qu'elle s'était mariée, là-bas dans son pays. Les Wunderlich, quant à eux, paraissaient beaucoup plus vieux. Ida Steinberg, la cuisinière, semblait particulièrement fatiguée. Tous les trois étaient là depuis la création de Spirit-in-the-Woods – les Wunderlich étaient Spirit-in-the-Woods – et ils disaient toujours que le camp leur permettait de rester jeunes, mais peut-être que l'on ne pouvait pas s'abreuver éternellement à cette fontaine.

Ethan n'avait jamais fait un aussi bon travail ; il collaborait avec Old Mo Templeton, devenu Decrepit Mo Templeton, comme Jules le fit remarquer à Ethan, avant de le regretter aussitôt. Un jour, elle vit Ethan aider Mo à marcher jusqu'à l'atelier d'animation, en tenant soigneusement le bras de son mentor pour l'empêcher de trébucher et de tomber. Parfois, Ethan mentionnait un détail relatif aux débuts de l'animation et posait à Old Mo une question ardue à ce sujet. Autrefois, Old Mo lui fournissait toujours de longues réponses. Maintenant, quand Ethan évoquait le court-métrage *Skedaddle*, tiré de la série *Slowpoke Malone* de 1915, Mo se contentait de sourire en disant : «Ouais, ils faisaient du bon boulot en ce temps-là.» Mais quand Ethan voulait en apprendre davantage, Mo lui touchait la main et murmurait : «Que de questions, Ethan, que de questions.» Et ça s'arrêtait là. Comme si Mo Templeton gardait son énergie pour se réveiller le matin, descendre la colline, s'asseoir au milieu de ces adolescents et juger leurs dessins qui semblaient s'animer de manière soudaine et épuisante.

Le moment était venu pour les vieux de céder la place et pour les jeunes de faire un grand pas en avant. Sans aucune équivoque. Au cours de cet été, Jules et Ash parcoururent toute la propriété ensemble, allant jusqu'à s'enfoncer dans la forêt de pins où elles n'avaient jamais mis les pieds. Impossible de trouver sur terre deux filles plus indifférentes à la nature et aux phénomènes naturels. Mais les promenades dans la nature semblaient s'imposer désormais, et les sandales Dr Scholl d'Ash et de Jules écrasaient le tapis rouge et brun d'aiguilles de pin. Des groupes de champignons jaillissaient ici et là après un orage, tels des furoncles. Les deux filles firent un bond en arrière en découvrant un embryon d'oiseaux qui avait été dévoré par un tapis de créatures volantes et rampantes. Quand vous regardiez quoi que ce soit de près, il y avait presque de quoi s'évanouir, pensait Jules, même si, pour apprendre des choses dans la vie, il fallait regarder de près.

Un après-midi, Ash n'était pas là pour aller se promener. Jane Zell dit à Jules qu'elle l'avait vue sortir du tipi l'air bouleversé, comme souvent cet été, mais Jane ignorait où elle était allée. Ce soir-là, dans leur lit, alors que l'humidité atteignait un niveau féroce, les cinq filles eurent du mal à trouver le sommeil. Elles bavardèrent un peu, chacune racontant des histoires de sa vie quotidienne, sauf Jenny Mazur, qui se mit à parler seulement quand les conversations eurent cessé. Dans son sommeil, elle dit :

— L'homme avait un visage ! Il avait un visage !

— Ils en ont tous un, non ? dit Nancy Mangiari.

Quelqu'un bâilla.

— Il est super tard, dit Ash. À demain matin, mesdames.

Les autres se turent, Jenny se calma. Malgré la chaleur, leur corps avait un rythme circadien et elles réussirent à s'endormir. Mais plus tard dans la nuit, aux alentours de deux heures, une fois que les animateurs eurent effectué leurs patrouilles, Jules fut réveillée par le bruit de la porte du tipi qui s'ouvrait et des pas sur le plancher. Des pas d'homme. Dans son état à demi conscient, elle crut véritablement entendre Goodman Wolf prononcer ces mots : « Laisse-moi entrer, petite sœur. » Jules remonta la pente du sommeil en espérant être parfaitement réveillée lorsque Goodman retrouverait sa sœur, puis tous les membres de la bande. Un Goodman fatigué, épuisé, peut-être blessé, de retour de ses voyages affolés et malencontreux. Ce serait un cerf ou un garçon, mais peu importe. Quoi qu'il lui soit arrivé, on pourrait le remettre sur pied. Ses problèmes juridiques s'arrangeraient petit à petit. L'avocat appellerait le bureau du procureur pour conclure un arrangement qui impliquerait certainement une période de mise à l'épreuve, mais pas de prison ferme. Le procès aurait lieu, comme cela était prévu, et Goodman serait acquitté, sans aucun doute. Cathy reconnaîtrait, au bout d'un moment, qu'elle s'était montrée immature à l'époque – elle était totalement paumée et elle avait fait tout un drame sans raison –, et elle avait pris conscience qu'elle avait peut-être déformé les faits. Le plus important, c'était que Goodman soit là, maintenant. Jules, toujours couchée dans son lit, ressentit une décharge d'espoir halluciné qui la réveilla encore un peu plus.

Mais une fois éveillée, elle entendit juste «chut», puis un gloussement et la voix d'Ash qui murmurait, d'un ton pressant :

— Non, *ici*. Là, c'est Jenny Mazur. Elle va se remettre à parler de l'homme qui a un visage.

— Quoi ?

— Viens ici. C'est bon. Elles dorment.

Ethan Figman grimpa dans le lit de la plus jolie fille qu'il avait sans doute vue, et si le bonheur créait sa propre lumière, celle-ci aurait pu jaillir du lit situé à l'autre bout de la surface hexagonale de ce tipi et irradier dans l'obscurité. Car sans doute Ethan vibrait-il de bonheur, mais Ash aussi, peut-être. Ethan et Ash. Ethan et Ash ?

Ça n'avait aucun sens. Une pulsation agitait l'œil de Jules, alors qu'elle essayait de comprendre. Comment se pouvait-il qu'Ash ait choisi Ethan ? Alors qu'elle-même n'avait pas voulu de lui. Mais évidemment, les gens étaient différents, se souvint-elle ; ils avaient le droit d'être différents. Chacun avait un système nerveux et des goûts propres. Voilà ce qu'elle s'obligea à penser en se tournant brusquement pour ne plus voir leurs corps, face à la fenêtre et à la nuit chaude, qui soufflait une petite quantité d'air vicié à travers la moustiquaire. Les voix à l'autre bout du tipi faiblirent et s'unifièrent, avant de se transformer en roucoulements, comme si deux colombes se blottissaient l'une contre l'autre dans un lit. La triste, belle et fragile Ash Wolf et le formidable, laid et brillant Ethan, ensemble contre toute attente, collés l'un à l'autre contre toute attente en cette nuit extrêmement chaude, à l'intérieur du sac de couchage à la doublure rouge orné de cow-boys et de lassos, pour protéger leur intimité, se mirent à murmurer et à gazouiller. Ash chuchota : «Enlève ta chemise» et il chuchota : «Ma chemise? Non, je préfère pas.» «Si. Il le faut.» «Bon, d'accord. Attends, je n'y arrive pas. Regarde, elle est coincée.» Et Ash murmura : «Tu es cinglé.» En guise de réponse, Ethan laissa échapper un rire de dément, suivi d'un bruissement presque imperceptible quand pour la première fois il ôta sa chemise devant une fille. «Voilà. C'est bien, chuchota Ash. Tu vois?»

Il y eut ensuite des bruits de bouche humides, atrocement humains, et les colombes refirent leur apparition, puis des mouvements dans le style tourne-broche à l'intérieur de la flanelle surchauffée. L'amour était une chose qui ne s'expliquait pas. Jules Jacobson-Boyd finirait par le savoir quand elle deviendrait psychothérapeute, mais à cette époque, Jules Jacobson le savait de manière anecdotique, et face à cela, elle se sentait soudain narquoise et sur la défensive. Furieuse, à vrai dire. Elle avait l'impression d'avoir tout fait de travers, *comme toujours*. Elle éprouvait le besoin irrésistible de parler à Jonah de ce qu'elle avait vu cette nuit. Elle s'imaginait l'abordant alors qu'il

était penché au-dessus de sa guitare, pour lui dire :
« Tu sais quoi ? Apparemment, les extrêmes s'attirent
réellement, même si dans ce cas précis, c'est super
bizarre. »

Le lendemain matin, la température retrouva un
niveau normal et il ne restait que les cinq filles dans
le tipi. Elles s'étaient redressées dans leur lit en entendant les premières notes de la symphonie *Surprise* de
Haydn, que les Wunderlich passaient encore tous les
matins, avec un tourne-disque, à plein volume, dans
tout Spirit-in-the-Woods, pour arracher chacun à son
sommeil.

Neuf

Pas facile de comprendre comment l'amour entre deux personnes pouvait vous rabaisser. Si ces deux personnes demeuraient accessibles, si elles vous téléphonaient souvent, si elles vous invitaient à venir en ville pour le week-end comme vous l'aviez toujours fait, pourquoi devriez-vous, subitement, vous sentir extrêmement seul ? Jules Jacobson se sentit seule durant toute une année, après qu'Ash Wolf et Ethan Figman étaient devenus amants. *Amants*, c'était leur mot à eux, pas le sien. Aucune des personnes qu'elle connaissait n'employait ce mot, mais Ash l'utilisait sans avoir conscience de son incongruité dans la bouche d'une adolescente. Ash et Ethan s'étaient liés au cours de cet été, dans un état de profonde mutualité, presque télépathique. Jamais jusqu'alors ils n'avaient eu l'idée de devenir amants, expliquèrent-ils à tout le monde. Mais après s'être connus pendant plusieurs années, après avoir passé plusieurs étés sur la même propriété dans les Berkshire Mountains, ils avaient eu un coup de foudre et maintenant, ils ne voulaient plus se quitter.

On était en avril 1977 et ils formaient un couple depuis huit mois. Ethan avait été présent au côté d'Ash quand le chien de la famille avait développé une tumeur inopérable et avait dû être piqué. Ash ne pouvait se résoudre à entrer dans une pièce avec Noodge pour en finir, alors Ethan y alla à sa place. Il accompagna la mère d'Ash et tous les deux caressèrent le flanc haletant de cet adorable chien au pelage doré – le chien de l'enfance d'Ash et de Goodman – pendant que le vétérinaire lui injectait un produit qui provoquerait un arrêt cardiaque. Ethan réconforta la mère de sa petite amie – sa future belle-mère –, puis il retourna dans la salle d'attente et laissa Ash lui tomber dans les bras et éclater en sanglots. Ethan Figman semblait être devenu le dépositaire de tous les pleurs féminins. «Good n'était même pas là», dit Ash, la tête appuyée contre lui. «Noodge était notre chien, le sien et le mien, on l'adorait tous les deux, et Goodman a manqué sa mort, Ethan. Il aurait dû être là aujourd'hui, il le devait à Noodge. On le lui devait.» Mais Ethan n'avait pas manqué la mort du chien. Ethan était là, lui, comme dans toutes les occasions importantes.

Cette même semaine, ils avaient tous reçu une lettre de l'université. Ash avait été acceptée à Yale, comme ses oncles et son grand-père paternels avant elle. Ethan avait été accepté dans un programme d'animation à la School of Visual Arts de New York. Ils vivraient à deux heures l'un de l'autre, mais feraient de fréquents trajets pour se voir. Jonah, qui avait déclaré qu'il n'avait aucune envie de continuer la musique à l'université, irait au MIT pour étudier le génie mécanique, avec l'espoir de se spécialiser en robotique. Quant à Jules, dont la famille disposait de moyens limités et qui avait été une élève indifférente au lycée, trop concentrée sur tout ce qui se passait à Spirit-in-the-Woods, et tous ceux qui s'y trouvaient, elle irait à la State University of New York à Buffalo. Elle pensait aux trajets effectués par Ash et Ethan pour se voir et elle imaginait ce dernier à bord de la vieille voiture de son père, agrippant le volant au moment de s'engager sur la I-95. Elle imaginait Ash à bord de l'Amtrak, plongée dans un Penguin Classics. Tous les autres étaient perplexes ou impressionnés en se demandant ce qui avait poussé Ash vers Ethan et réciproquement, mais pour Jules, seuls Jonah et elle étaient capables de percevoir l'intensité de l'engagement de leurs amis. La disparition de Goodman, depuis une année entière maintenant, avait permis à cette relation de s'instaurer. Ash et Ethan ne seraient *jamais* tombés amoureux s'il n'était pas devenu un fugitif.

— Si le mot *encouplé* existe, dit Jules à Jonah, un soir de printemps avant l'université, c'est celui qui leur convient.

— Oui, répondit-il, je crois que ça existe. Et c'est tout à fait ça.

Si le mot *désencouplé* existait lui aussi, il qualifiait la relation entre Jules et Jonah. Ils étaient assis dans le loft de la mère de Jonah Bay, un vaste espace pas entièrement terminé, situé dans Watts Street. Jules ne comprenait pas ce sentiment de solitude qui l'habitait en permanence désormais. Que la cause puisse être le phénomène d'osmose entre Ash et Ethan, ça ne tenait pas debout. Jonah n'éprouvait pas tout à fait la même chose, mais il avouait qu'il se sentait incapable, gêné et même *horrifié* quand il repensait aux quelques mois durant lesquels il avait été le petit ami d'Ash, l'année précédente, et au mauvais travail qu'il avait fait.

— Ce n'est pas censé être un travail, dit Jules.

— Oui, sans doute.

Jonah haussa les épaules, sans développer. Ni l'un ni l'autre ne savait encore comment être un petit ami ou une petite amie. Ce n'était pas un test d'aptitude que l'on pouvait enseigner, il fallait le faire, un point c'est tout, il fallait en avoir envie, et curieusement, c'était en le faisant que l'on progressait. Nul doute qu'au MIT, il y aurait un tas d'autres personnes qui ne savaient pas être des petits amis ou des petites amies. Peut-être que dans cet environnement, le timide et virginal Jonah pourrait s'épanouir.

— Les enfants ! cria sa mère. Venez écouter ça. J'aimerais avoir votre avis.

Susannah Bay et deux autres musiciens étaient installés dans l'alcôve située sur le côté de la partie principale du loft. Ils interprétèrent une chanson dont la rythmique à la pédale wah-wah évoquait une musique de série policière. Sa mère ne ménageait pas ses efforts pour rester dans le coup, avait dit Jonah. Sa voix ne s'était pas abîmée comme celles de certaines chanteuses qui avaient débuté en même temps lors de l'éclosion de la scène folk, des femmes qui avaient commencé avec des voix de sopranos angéliques et fini par ressembler à un vieil oncle souffrant d'emphysème.

Susannah pouvait encore chanter n'importe quoi ; la question était de savoir si les gens avaient encore envie de l'entendre. Quand elle donnait un concert dans un des rares clubs folks restants à New York, ou dans d'autres villes, des endroits dont le prix d'entrée était de plus en plus élevé, il y avait toujours une demande nostalgique pour « The Wind Will Carry Us » et « Boy Wandering », et quelques autres vieilles chansons qui rappelaient aux auditeurs où ils se trouvaient la première fois qu'ils les avaient entendues, que leur vie avait beaucoup changé depuis et qu'ils étaient affreusement vieux. Ces chansons d'amour devaient ponctuer généreusement le concert et l'on sentait une certaine impatience, voire de l'hostilité, quand un trop long moment s'écoulait entre deux morceaux connus.

« Les courants changent », répétait fréquemment Susannah. Mais le folk était terminé en tant que courant musical, et c'était extrêmement triste pour tous ces gens qui avaient participé à ses débuts, quand une guitare sèche et une voix semblaient capables de précipiter la fin d'une guerre. Maintenant, il existait toutes sortes de musiques excitantes, folk ou pas, partout. Les nouvelles chansons de Susannah Bay n'avaient pas franchi d'un bond gracieux le cap de la fin des années soixante-dix. Après son miniconcert impromptu dans le loft, elle demanda, d'un air inquiet, à Jonah et Jules s'ils pensaient que c'était le genre de musique que leurs amis et eux-mêmes avaient envie d'entendre.

— Est-ce que vous vous imaginez assis tous ensemble pour écouter mon nouvel album ?

— Oh, sans aucun doute, répondit Jules pour être aimable et Jonah lui fit écho.

Susannah parut réconfortée, mais ses musiciens savaient que c'était faux, et ils s'en allèrent presque sans un mot. Jules les imita un peu plus tard.

— À la prochaine, dit Jonah à la porte du loft.

Ils s'étreignirent légèrement en se donnant des tapes dans le dos : des petits gestes destinés à proclamer leur relation de longue date. Il ne restait plus qu'eux désormais, ils étaient les deux derniers à rester seuls. Jonah était si beau que Jules s'émerveillait chaque fois qu'ils partageaient un bref instant de contact physique. Il avait fait couper ses cheveux bruns récemment, ils s'arrêtaient maintenant au-dessus des épaules. Il lui arrivait encore de porter un lacet de cuir autour du cou et un T-shirt à poche. Il semblait presque gêné par sa beauté et essayait de faire comme si c'était une illusion d'optique. Jules ne comprenait pas non plus pourquoi il avait toujours refusé de parler de son talent pour la musique et des raisons pour lesquelles il l'avait abandonnée. Elle savait combien il était doué pour jouer de la guitare, chanter et composer. Elektra, le label qui avait rejeté sa mère, aurait peut-être aimé l'engager à sa place. Mais il ne voulait plus entendre parler de tout ça ; au lieu de cela, il allait se retrouver dans un labo au MIT, à faire des choses que Jules ne comprendrait jamais. « C'est l'idée de te produire en public qui t'angoisse ? » lui avait-elle demandé un jour, mais il s'était contenté de la regarder avec une froideur qui ne lui ressemblait pas, en secouant la tête comme pour signifier qu'il ne comprenait pas de quoi elle voulait parler. Jules en avait conclu que Jonah était simplement trop modeste pour être musicien ou pour devenir célèbre ; il n'avait pas le tempérament qui convenait, ce qui était sans doute tout à fait honorable, pensait-elle. Par comparaison, ses rêves de gloire, en tant qu'actrice comique par exemple, semblaient un peu stupides.

Jules se rendait souvent au loft car elle sentait qu'elle devait limiter le temps passé au Labyrinthe où Ash et Ethan vivaient quasiment ensemble désormais. «Tu peux t'installer dans la chambre de Goodman», avait proposé Betsy Wolf à Ethan au printemps. «Oh, non, je ne peux pas faire ça», avait répondu Ethan. «J'y tiens», avait insisté Betsy. Son désir de voir Ethan «s'installer» là était sans doute dû au manque provoqué par la disparition de son fils, et même si c'était certainement difficile pour elle de voir un autre garçon dans cette chambre, cela lui faisait du bien également. Goodman avait un énorme bureau, sous des posters de Pink Floyd et de Led Zeppelin et une affiche d'*Orange mécanique* racornie. Délicatement, nerveusement, Ethan déplaça certaines affaires de Goodman sur le côté. C'est à ce bureau, sous la lumière puissante d'une lampe verte à col-de-cygne, qu'Ethan Figman entreprit de réaliser des images pour ses dessins animés *Figland*.

Très vite, il passa des week-ends entiers chez les Wolf, puis, de plus en plus fréquemment, des soirs de semaine. Élèves de dernière année au lycée, Ash et lui représentaient le fac-similé d'un couple adulte, et les Wolf se montraient ouverts sur le plan de la sexualité, affirmant que la vie privée de leur fille ne les regardait pas. Ash s'était rendue récemment au centre du planning familial en vue de la pose d'un diaphragme. Jules l'avait accompagnée, évidemment, et elle avait patienté dans la salle d'attente en faisant comme si elle venait pour un diaphragme, elle aussi. Oui, oui, pensa-t-elle assise sur sa chaise, c'est moi, la fille au diaphragme. Elle balaya du regard toutes ces autres femmes qui devaient croire qu'elle n'était plus vierge, comme elles. C'était une pensée étrangement agréable. Quand Ash ressortit en tenant un étui en plastique dur, Jules et elle traversèrent la rue et allèrent s'asseoir en face de la clinique, sur un muret de briques. Ash sortit l'objet de son étui et elles l'examinèrent de près.

— C'est quoi, cette poussière dessus, cette poudre ? demanda Jules.

— De la fécule de maïs. Ils m'en ont donné un échantillon. Pour empêcher le silicone de s'abîmer.

— Tu es calée en science, dis donc.

La chose était de couleur beigeâtre, comme de la peau de poulet cru et Ash fit la démonstration de son élasticité et de sa résilience devant Jules. Celle-ci, mal à l'aise, songeait à un mélange mousseux de gel, de fécule de maïs et de sécrétions, ce mot affreux qui évoquait le résultat de l'excitation physique d'une ou deux personnes. La présence d'Ethan dans l'appartement des Wolf égayait la famille et les détournait de leurs angoisses concernant le sort de Goodman. Jules savait qu'ils craignaient de ne jamais le revoir, parce qu'il allait mourir ou était déjà mort. Qui pouvait dire de quoi il vivait ? Alors, la présence encourageante d'un jeune amour sous leur toit était exactement ce qu'il fallait pour repousser ces terribles conclusions.

N'importe qui pouvait voir qu'Ash Wolf et Ethan Figman s'aimaient, que cela soit improbable ou pas. L'amour et le sexe étaient une évidence pour les deux amants, qui trouvaient cela presque *fou*, comme le dit Ash, qu'il leur ait fallu aussi longtemps pour s'en rendre compte. À cette époque, le diaphragme restait rarement dans son étui. Ash avait d'ailleurs confié à Jules qu'Ethan était un amant étonnamment doué. «Je sais qu'il ne paie pas de mine, avait-elle dit, un peu hésitante, mais franchement, il sait communiquer avec moi sur un plan physique. Il n'a pas peur et il ne fait pas le délicat. Le sexe le fascine. Il trouve ça très créatif. Comme peindre avec les doigts, m'a-t-il dit. Il veut parler de tout. Je n'ai jamais eu ce genre de conversation avec quiconque. Je veux dire… toi et moi, on est super proches, mais on sait de quoi on parle sans avoir besoin d'entrer dans les détails. Mais lui, c'est un homme et moi une femme, c'est comme si on venait de deux planètes différentes.

— Oui. Il vit sur la planète, Figland, dit Jules.

— Exact! Et moi, je suis sur la Terre. Il veut tout savoir sur les impressions «féminines» comme on dit. Par exemple : est-ce que les femmes trouvent les pénis beaux, même si, objectivement, ils ont un aspect bizarre. Ou est-ce que, tiens-toi bien, mon père et moi sommes un peu «amoureux» l'un de l'autre. Le complexe d'Électre. Et aussi, sorte de question subsidiaire, est-ce que je pense constamment à la mort, comme lui? «Si tu n'es pas obsédée par l'idée qu'un jour tu n'existeras plus, m'a-t-il dit, tu n'es pas la fille qu'il me faut.» Je l'ai rassuré en lui disant que j'étais extrêmement morbide et existentielle, et il a paru soulagé d'entendre ça. Je crois même que ça l'a excité.

Jules écouta ce soliloque dans un silence lugubre, ne sachant pas quoi dire. Ash lui décrivait un monde clos dans lequel elle avait eu l'occasion de pénétrer elle aussi, mais elle avait refusé. Elle n'en avait toujours pas envie, mais les descriptions de la proximité et de l'intensité de ce monde accroissaient son sentiment de solitude.

— Continue, dit-elle simplement.

— Au début, je ne croyais pas que ça durerait, dit Ash. Je ne pensais pas trouver le moyen d'être attirée par lui car, objectivement… tu vois, quoi. Mais quand on a commencé à faire des choses sérieuses au lit, c'était comme si Ethan était fait pour ça. Pour moi. J'avais envie d'être une perdante enfin, je voulais ne plus être obligée d'être aussi *bonne* tout le temps, retenue et parfaite, la petite Miss A + de la Brearley School. Je n'aurais jamais cru que cela pourrait arriver entre Ethan et moi. Mais c'est arrivé, que veux-tu que je te dise ?

Il n'y avait rien à ajouter. Jules quitta le loft de la mère de Jonah et descendit dans le métro pour rejoindre Penn Station, où elle prendrait un train pour rentrer chez elle, seule. Elle se rappela qu'elle n'avait pas voulu d'Ethan comme petit ami, comme « amant », et qu'elle ne voulait toujours pas de lui. Elle se souvint de sa mauvaise haleine et de son eczéma. Elle repensa à cette grosseur fatale qui s'était appuyée contre elle pendant qu'ils se faisaient face dans l'atelier d'animation. Apparemment, l'amour transcendait tout cela. L'amour transcendait l'haleine, l'eczéma, la peur du sexe et un déséquilibre au niveau de l'apparence. Quand l'amour était authentique, ces détails humains, corporels, pouvaient paraître insignifiants.

Assurément, les défauts physiques d'Ethan Figman n'avaient pas la même importance pour Ash que pour Jules. Certes, Ethan avait une meilleure hygiène maintenant qu'à quinze ans, et par ailleurs, il changeait, il devenait lui-même. L'expérience Ash-Ethan était une chose intime et propre à *eux*. Ce qui compliquait un peu la situation, c'était que Jules aimait Ethan elle aussi, à sa manière, secrète et durable. Il était tellement talentueux, intelligent, inquiet, insolite et généreux envers elle. Il croyait en elle, il accueillait d'un hochement de tête songeur un grand nombre de ses remarques, il appréciait son humour, il l'encourageait à croire qu'elle pourrait mener une existence formidable un jour, vivre à New York, peut-être même devenir une actrice comique, et il ferait n'importe quoi pour elle. À l'évidence, elle l'avait sous-estimé, ruminait-elle sur ce quai de métro, de nuit, sans un bout de silicone fixé profondément et solidement en elle, qui couvrait le col de l'utérus et attendait de servir.

Non, pensa-t-elle ensuite, elle ne l'avait pas sous-estimé. Elle l'avait estimé au plus haut point ; simplement, elle n'avait pas *voulu* de lui. Mais Ash, *si*, dans un moment d'étrangeté essentiel. En choisissant Ethan Figman, Ash s'élevait à un niveau d'existence supérieur. C'était comme… la robotique. Encore un sujet auquel elle ne comprenait rien.

Le métro arriva et Jules Jacobson monta dans la rame en pensant : *je suis la personne la plus seule de ce wagon*. Tout autour d'elle lui paraissait laid : les sièges bleu-vert, les publicités pour les produits Goya, comme si une image de goyaves devenues grises baignant dans un sirop gris pouvait vous donner envie d'en manger, les barres métalliques qui avaient été tenues par des milliers de mains dans la journée, les stations qui défilaient derrière les vitres. *Je traverse une crise*, pensa-t-elle. *J'éprouve soudain une nouvelle conscience de moi-même, fragile, dans le monde et c'est insoutenable.*

Cette année demeura profondément marquée par la solitude, et parfois la nuit dans son lit, Jules songeait que sa mère, sa sœur et elle étaient couchées chacune dans leur lit, séparément, presque vibrantes de solitude. Tout à coup, elle n'arrivait pas à imaginer comment sa mère avait survécu au veuvage à quarante et un ans. Et elle s'apercevait qu'elle n'avait quasiment jamais réfléchi à la question. Elle se disait juste : *je suis une fille dont le père est mort,* et cela avait un certain cachet tragique. Des personnes lui avaient dit : « J'ai beaucoup de peine pour toi », et à force d'entendre cette phrase, elle en était presque venue à croire qu'elle était la seule à porter le deuil. Aujourd'hui, Jules avait envie de s'excuser auprès de sa mère, de lui dire qu'elle avait été trop égocentrique, mais la vérité, c'était qu'elle était toujours extraordinairement égocentrique.

À partir d'un certain âge, vous éprouviez le besoin d'être seul. Ce besoin s'intensifiait, comme un signal radio, jusqu'à devenir si puissant que vous étiez obligé de réagir. Pendant que Jules était couchée seule dans sa chambre de Cindy Drive, ses deux bons amis étaient couchés nus dans le lit d'Ash au cinquième étage du Labyrinthe. Dans sa nudité vulnérable, Ethan devenait même beau, d'une certaine façon. Il n'était pas différent de n'importe qui d'autre sur terre. Il voulait ce qu'il voulait et il l'avait trouvé, et maintenant, Ash et lui étaient bêtement heureux dans leur lit commun.

Goodman disparaissait rapidement des conversations quotidiennes depuis qu'Ethan et Ash formaient un couple. La famille restait préoccupée et triste, mais on sentait qu'elle reprenait le dessus. Un séjour estival en Islande se préparait ; Ash expliqua que son père y avait des affaires à traiter. Mais surtout, ce voyage serait un moyen pour les trois Wolf restants de se rassembler sereinement une dernière fois, avant qu'Ash parte à Yale à l'automne. Là-bas, ils feraient des promenades à cheval et se baigneraient dans un bassin géothermique.

À la fin mai, un jour où Jules et Ash se trouvaient dans une boutique de perles de la 8e Rue, tandis que leurs mains erraient et fouillaient dans des bacs de billes de verre, Ash demanda :

— Qu'est-ce que tu fais, cet été ?

— J'ai trouvé un boulot chez Carvel, dit Jules. Ce n'est pas très excitant, mais ça me fera un peu d'argent pour Buffalo. Ma sœur y a travaillé. Ils ont dit qu'ils voulaient bien m'engager.

— Tu commences quand ?

— Ce n'est pas encore décidé. Je dois voir ça avec le bureau du personnel. Après une pause, elle ajouta : C'était une blague !

Ash souriait d'un air mystérieux.

— Dis-leur que tu ne peux pas commencer avant la fin du mois de juillet.

Pourquoi ?

— Tu vas en Islande.

— Tu sais bien que je n'en ai pas les moyens.

— Mes parents t'invitent. Ils se chargent de tout.

— Ils m'invitent ? Tu es sérieuse ? Ce n'est pas comme s'ils m'invitaient à dîner.

— Ils ont très envie que tu viennes.

— Ils ont invité Ethan aussi ?

— Évidemment, dit Ash, un peu troublée. Mais il ne peut pas venir, à cause d'Old Mo Templeton. Il a même refusé un stage fantastique à cause d'Old Mo.

Le professeur d'animation d'Ethan était en train de mourir d'un emphysème dans le Bronx et Ethan avait décidé de veiller sur lui au lieu de partir travailler chez Warner Bros à L.A. pour Looney Tunes.

— Il ne peut pas venir, dit Ash. Mais toi, si.

— Elle ne me laissera jamais partir, dit Jules, « elle » étant sa mère.

Puis elle se souvint que Gudrun Sigurdsdottir, l'ancienne animatrice de Spirit-in-the-Woods, vivait en Islande.

— Oh, tu sais quoi ? dit-elle. Si je pouvais venir avec toi, on essaierait de contacter Gudrun. Ce serait super bizarre de la voir sur son territoire.

— Ah, oui, Gudrun la tisserande.

— Elle pourrait nous en dire plus sur l'expression « s'embraser comme du petit bois ».

— Bon sang, Jules, tu te souviens de tout.

Comme on pouvait le prévoir, Lois Jacobson accueillit froidement l'invitation extravagante des Wolf.

— Ça me donne l'impression que les parents d'Ash nous prennent pour des pauvres ou je ne sais quoi. Ce qui est faux. Mais on n'a pas les moyens de payer un tel voyage. Et je ne supporte pas l'idée que les parents de quelqu'un d'autre paient pour toi.

— Maman, ce n'est pas les « parents de quelqu'un d'autre », c'est les parents d'Ash.

— Je sais bien, ma chérie.

Ellen, qui s'affairait dans la cuisine durant cette conversation, regarda sa sœur et demanda :

— Pourquoi ils sont si gentils avec toi ?

— Qu'est-ce que tu veux dire ?

— Je ne sais pas. Je n'ai jamais entendu parler d'une famille qui faisait ça.

— Peut-être qu'ils m'aiment bien.

— Oui, peut-être, dit Ellen qui semblait incapable d'imaginer qu'une famille chic, qu'elle ne connaissait pas, puisse s'intéresser autant à sa sœur.

Jules et les Wolf partirent pour l'Islande le 18 juillet, par un vol de nuit de Kennedy Airport à Luxembourg, où ils prendraient un autre avion à destination de Reykjavik. La cabine de première classe était aussi confortable que le salon des Wolf, et après le dîner, Jules inclina son large siège, et Ash et elle s'allongèrent sous des couvertures moelleuses. Plus tard, au-dessus de l'Atlantique, Jules se réveilla dans un état de terreur inexplicable, mais en regardant autour d'elle, elle fut rassurée par le doux ronronnement de la cabine dorée et les petites lumières individuelles qui éclairaient quelques passagers. Ash et sa mère dormaient, mais Gil Wolf était réveillé, il feuilletait les documents contenus dans sa mallette en scrutant parfois la nuit à travers le hublot, avec sur le visage une expression qui, vue du siège de Jules de l'autre côté de l'allée, ressemblait à de la peur et de l'angoisse.

Reykjavik se caractérisait par sa propreté et ses dimensions réduites ; les constructions étaient basses et le ciel vaste. Le premier jour, pour essayer de s'habituer au décalage horaire, les visiteurs demeurèrent éveillés aussi longtemps que possible, en se promenant dans la ville qui ressemblait à une séduisante ville universitaire, en buvant du café et du Coca et en mangeant des hot-dogs achetés à un vendeur ambulant. La scène musicale qui allait exploser ultérieurement n'existait pas encore ; Björk n'avait que onze ans. En marchant dans une petite rue modeste bien entretenue, Jules se sentit chanceler. «Simple jetlag», commenta Betsy Wolf. Mais bientôt, la bouche de Jules fut envahie d'un excès de salive, puis son estomac se mit à produire d'étranges bruits. Elle eut du mal à retourner à l'Hôtel Borg. L'étrangeté des lieux était maintenant insupportable. Sa bouche se remplissait de salive sans cesse, ses jambes tremblaient, et une fois arrivée dans la suite de l'hôtel, Jules se précipita pour libérer un jet de vomi dans les toilettes. Elle vomit si longtemps que les Wolf appelèrent un médecin, qui lui donna une sorte de grosse pilule à l'aspect gélatineux qu'elle s'apprêtait à avaler lorsqu'il l'arrêta et dit, d'un ton aimable, mais un peu gêné : «Non, mademoiselle. Par l'orifice anal. » Car il s'agissait d'un suppositoire.

Jules dormit presque durant toute leur première soirée en Islande. Quand elle put enfin ouvrir les yeux, elle avait une migraine lancinante, mais aussi une terrible envie de manger et de boire.

— Hello ? dit-elle pour tester sa voix. Ash ?

La chambre était vide, tout comme la chambre voisine, occupée par les parents d'Ash, et elle ignorait quelle heure du jour ou de la nuit il était. En soulevant le coin du rideau, elle constata que le ciel était encore clair. Elle se rendit dans la salle de bains, où un mot était appuyé contre le lavabo, là où elle ne pouvait pas

le manquer, rédigé sur une feuille de bloc à l'en-tête
de l'hôtel, de l'écriture ronde et enfantine d'Ash :

Jules !

*J'espère que tu vas mieux, ma pauvre. Nous sommes
au Café Benedikt, qui est tout près. Demande au
concierge comment on s'y rend. Viens dès que possible,
s'il te plaît, sérieusement.*

Je t'aime

Ash

Jules se débarbouilla avec une savonnette verte,
puis elle réussit à trouver sa brosse à dents et son
dentifrice dans la valise Samsonite rouge que sa mère
lui avait offerte pour son voyage. Après s'être lavé les
dents, elle s'attaqua à ses cheveux retors et descendit
dans le hall majestueux où de la musique classique
jouait en sourdine. Il y faisait beaucoup plus sombre
que dehors. Jules se fit indiquer la direction par le
concierge – tout le monde parlait anglais – et poussa
la porte de l'hôtel pour sortir dans la nuit ensoleillée
de Reykjavik. C'était une ville qui, exposée en permanence à la lumière du jour, lui paraissait totalement
étrangère, une ville où elle avait failli avaler un suppositoire. En parcourant les deux pâtés de maisons
qui la séparaient du café, elle avait le sentiment de
marcher vers quelque chose d'inhabituel. Mais peut-
être que dans la vie, pensa-t-elle plus tard, il n'y a
pas seulement des moments d'étrangeté, mais aussi

des moments de clairvoyance, qui n'apparaissent pas comme tel sur l'instant. Jules marchait dans la rue avec ses cheveux frisottés et une petite éclaboussure de vomi jaune sur le col de son chemisier Huk-a-Boo, qu'elle n'avait pas encore remarquée. Aux pieds, elle portait une paire de sabots turquoise qui claquaient bruyamment sur les pavés. «Enfin on va porter des sabots dans un pays fait pour ça», avait-elle dit à Ash avant le départ. À chaque pas, elle se sentait gênée, seule, mais déterminée. Beaucoup de gens ici portaient des sabots, mais personne ne semblait marcher aussi bruyamment qu'elle.

Jules passa devant des hommes ivres de toute évidence ; elle passa devant un groupe de routards, des hippies modernes qui faisaient le tour de l'Islande presque sans un sou. Un garçon l'interpella dans une langue qu'elle ne comprit pas, du grec peut-être, mais elle continua sans s'arrêter. À cause des petits vaisseaux éclatés dans ses yeux, elle devait ressembler à un zombie meurtrier. Elle trouva sans peine la bonne rue, avec son alignement de cafés, tous bondés, et d'où s'échappait une forte odeur de cigarettes. Quand elle localisa le Benedikt et regarda par la vitre, le premier visage qu'elle vit n'appartenait pas à un Wolf. C'était un visage totalement déplacé dans ce lieu et il fallut une seconde à Jules pour se souvenir du faisceau de la lourde lampe électrique que la tisserande et maître nageuse Gudrun Sigurdsdottir avait braqué à l'intérieur du tipi, pour la première fois, durant l'été 1974. Gudrun était là, souriante, et derrière elle, dans les profondeurs du restaurant plein à craquer, les membres de la famille Wolf se penchaient en avant pour se faire voir de Jules eux aussi, et ils souriaient avec des expressions identiques dans leur intensité et bizarrerie. Ash fixait Jules, le regard humide et heureux. Assis à côté d'elle à table, à moitié caché sous cet angle, le visage en partie masqué par un pilier en bois, il y avait Goodman. Il leva son verre de bière et tous firent signe à Jules d'entrer.

— Quand j'ai entendu sa voix au téléphone, je me suis pétrifiée, confia Betsy Wolf. « Maman. »

— Maman, dit Goodman pour ajouter plus d'intensité, et ce mot sembla transpercer Betsy Wolf encore une fois.

Elle posa son verre de vin, prit les mains de son fils entre les siennes et les embrassa. Autour de la table, tout le monde était ému, même Gudrun. Jules avait été entraînée elle aussi, et sa surprise s'était vite transformée, liquéfiée, se laissant aller à l'émotion.

— Jules, on voulait tout t'avouer dès qu'on serait arrivés à l'hôtel, dit Ash. Goodman travaillait aujourd'hui, et il ne pouvait nous rejoindre que ce soir. Notre plan, c'était de t'en parler d'abord et de tout t'expliquer. Mais tu as fait une intoxication alimentaire et ça aurait été trop bizarre de t'annoncer subitement la nouvelle pendant que tu vomissais. Tu aurais pensé que tu hallucinais.

— Je le pense encore.

— Je suis bien là, dit Goodman. Mais toi, Jacobson, je ne te reconnais pas. Qu'est-ce qui est arrivé à tes yeux ?

— J'ai fait exploser des vaisseaux en vomissant. C'est moins grave qu'il y paraît.

— On dirait la fille dans *L'Exorciste*, plaisanta
Goodman. Dans le bon sens.

C'était le genre de remarque amusante et insultante
qu'il aurait faite dans le temps, quand ils étaient tous
rassemblés à l'intérieur du tipi. Mais il avait depuis
longtemps dépassé l'époque du tipi, il avait atteint un
endroit situé bien au-delà d'eux tous. Il avait maintenant l'aspect d'un étudiant européen bohème et
sophistiqué qui étudiait peut-être à la fac grâce à une
bourse. Il n'était pas vraiment étudiant, expliqua-t-il
à Jules car il lui aurait fallu pour cela un tas de documents officiels. Il rêvait toujours de devenir architecte, mais il savait qu'il ne pourrait jamais obtenir sa
licence, ici ou ailleurs. Pour le moment, il travaillait
sur des chantiers avec le mari de Gudrun, Falkor.
Voilà pourquoi il avait dû attendre ce soir pour voir sa
famille. Les deux hommes démolissaient des maisons,
et après une journée de labeur, ils faisaient un sauna,
et quand la température le permettait, ils sautaient
dans l'eau froide d'un lac.

À mesure que toutes les personnes assises autour
de la table lui racontaient des bribes de l'histoire,
Jules apprit que Goodman avait d'abord pris un car
de New York jusqu'à Belknap, dans le Massachusetts,
le matin même de sa fugue. Il avait frappé à la porte
de la grande maison grise située en face du camp, de
l'autre côté de la route, où vivaient Manny et Edie
Wunderlich, mais personne n'avait répondu. Durant
les jours qui avaient précédé sa fuite inopinée, il s'était
laissé envahir par une panique grandissante. Il craignait que le jury ne le croie pas, il craignait de perdre
son procès et d'être envoyé en prison jusqu'à ce qu'il

soit un homme d'âge mûr. Alors, après avoir décidé de disparaître et retiré une grosse somme d'argent sur son compte en banque, le seul endroit qui lui était venu à l'esprit était Spirit-in-the-Woods. Ce jour-là, Goodman fit le tour du domaine, désert et silencieux, et si mélancolique hors saison. Devant le réfectoire, il aperçut la cuisinière, Ida Steinberg, qui sortait les poubelles et il alla la saluer. Elle ignorait qu'il avait été arrêté, mais quand il lui confia qu'il avait besoin de ficher le camp, elle comprit qu'il voulait dire partir sans qu'on le retrouve.

Elle le fit entrer dans les cuisines et lui servit un bol de soupe de lentilles. Un coup de chance qu'elle soit là aujourd'hui, expliqua-t-elle, car elle travaillait très rarement pour les Wunderlich hors saison, mais des ouvriers effectuaient de grosses réparations sur le camp dans l'attente d'une visite d'inspection et on avait fait appel à ses services. Les Wunderlich étaient partis à Spitfield pour la journée, afin d'acheter des fournitures. Suivant son instinct, Goodman pria Ida de ne pas leur dire qu'il était venu. Il savait qu'ils aimaient bien ses parents, mais ils aimaient aussi les Kiplinger.

« Trouve une gentille personne pour t'accueillir, lui suggéra Ira Steinberg. Loin d'ici. »

Goodman pensa immédiatement à Gudrun Sigurds-dottir, qui était entrée dans le tipi des garçons une fois, s'était allongée sur un lit et avait fumé en parlant ouvertement de la souffrance de vivre. Comme si Spirit-in-the-Woods possédait son propre réseau de résistance secrète, Goodman demanda à Ida si elle pouvait lui donner l'adresse et le numéro de téléphone de Gudrun. Obéissante, la cuisinière alla les chercher dans le Rolodex du bureau. Goodman avait de l'argent ; il prendrait un avion jusqu'à une ville d'Europe, et de là, il se rendrait en Islande pour retrouver Gudrun et lui demander de l'aide. Son projet ne tenait pas debout – et s'il effectuait tout ce trajet pour essuyer un refus, que ferait-il ? –, mais il lui semblait raisonnable. Tout d'abord, il prit un car pour Boston et là, il se renseigna pour savoir comment se procurer un faux passeport. Trois jours plus tard, après avoir trouvé une chambre, il acheta à un prix exorbitant un faux passeport qui fonctionna, mais avant que son avion décolle pour Paris, du terminal E de Logan, il trembla longuement sur son siège 14D, les yeux fixés sur un livre qu'il avait acheté à l'aéroport, par désespoir, le genre de roman populaire que lui, l'amoureux de Günter Grass, n'aurait jamais lu de toute sa vie : *Hercule Poirot quitte la scène* d'Agatha Christie.

Goodman avait vécu à Reykjavik avec Gudrun et Falkor, sous un faux nom, dormant sur un futon dans leur minuscule chambre d'amis.

— Mais pourquoi avoir choisi l'Islande ? demanda Jules.

— Je te l'ai dit : à cause de Gudrun.

— Ça semble tellement aléatoire.

— Elle seule vivait suffisamment loin pour ne pas être courant de cette histoire avec Cathy, et pour ne pas me juger. Souviens-toi, elle ne nous a jamais jugés. Elle était sympa.

En entendant ces paroles, Gudrun essuya une larme.

— Goodman a débarqué en expliquant qu'il avait besoin d'aide, dit-elle. Je l'ai toujours bien aimé. Il faisait partie de votre chouette groupe d'amis.

Gudrun et son mari, tisserand lui aussi quand il ne travaillait pas sur des chantiers, avaient peu d'argent et vivaient très simplement. Parfois, le repas se limitait à une sorte de cracker marron foncé qui ressemblait à de la pâte de bois, avec du *skyr*, le yaourt le plus aigre, le plus austère, au monde. La nuit, Goodman dormait sur le futon, nu, sous une des couvertures tissées à la main par Gudrun et Falkor. Mais il se languissait de ses parents et de sa sœur, il mourait d'envie de rétablir le contact avec eux. À l'approche du premier anniversaire du jour de sa fuite, il fut submergé par une nostalgie insupportable en pensant aux siens, dans leur appartement de New York, et aux odeurs de la cuisine de sa mère, au doux réconfort de cette famille merveilleuse, au bonheur d'avoir une clé qui ouvrait la porte de l'endroit où on vivait. Il comprit qu'il avait commis une erreur fatale en s'enfuyant. Cela avait détruit ses proches, comme cela l'avait détruit lui-même.

Quotidiennement dans cette nouvelle vie islandaise exiguë, Goodman passait devant des cabines téléphoniques et il devait se faire violence pour ne pas appeler chez lui. Un jour du mois de mars, il rentra chez Gudrun et Falkor, rassembla une grosse poignée de krónur qu'il fourra dans une sacoche et le lendemain après-midi, pendant une pause sur un chantier de construction à Breidholt, il se rendit dans une petite boutique située au bord de la route. Et là, tremblant, il introduisit les pièces de monnaie les unes après les autres dans l'appareil jusqu'à ce que la communication soit établie, et soudain, de l'autre côté de l'océan, il entendit sa mère dire tristement : « Allô ? » de sa jolie voix maternelle. Il dit simplement : « Maman. »

Betsy Wolf retint son souffle, comme un soupir inversé, et lâcha : « Oh, mon Dieu. »

Goodman savait qu'il prenait un gros risque en téléphonant chez lui, mais beaucoup de temps s'était écoulé depuis sa fuite et peut-être que plus personne ne le guettait. Peut-être même l'avait-on oublié. Au début, les inspecteurs Manfredo et Spivak appelaient fréquemment les Wolf pour leur demander s'ils avaient du nouveau, mais ensuite, leurs appels étaient devenus moins fréquents. « De vous à moi, on est débordés, avait confié Manfredo à Betsy. À vrai dire, on est sur les rotules. Ils viennent de renvoyer deux personnes et de nouvelles coupes budgétaires se préparent. La municipalité n'a plus un sou. » Bien des années plus tard, un adolescent d'une banlieue chic du Connecticut accusé de deux viols particulièrement brutaux s'enfuirait en Suisse pour s'adonner à sa passion, le ski, et mener une existence oisive financée par ses riches parents. Mais ce garçon était un prédateur qui avait agressé plusieurs victimes et l'affaire ne serait jamais enterrée. Son arrestation serait considérée comme un triomphe. Le cas de Goodman était moins sensationnel, et moins intéressant, dès le départ. Quand il s'était enfui, les Kiplinger avaient refusé de parler à la presse, et au bout d'un moment, le dossier semblait avoir disparu sous d'autres priorités. Quand Goodman, nerveux, appela chez lui de l'étranger, il craignit un instant que ses parents et sa sœur l'aient oublié eux aussi, qu'ils aient retrouvé le cours normal de leur vie. Il prononça quelques paroles hésitantes, après quoi Betsy se mit à pleurer et le supplia de lui dire où il était.

— Je ne peux pas. Imagine que ton téléphone soit sur écoute ?

— Mais non. Dis-moi où tu es. Tu es mon enfant, j'ai besoin de savoir où tu es. Pour nous, ça a été une torture. (Il indiqua à sa mère où il vivait.) Très bien, dit-elle alors. Tu es très jeune et tu as pris une décision hâtive, une mauvaise décision. Maintenant, il faut arranger ça.

— Qu'est-ce que ça veut dire ?

— Tu vas rentrer à la maison. Tu vas prendre un avion, on ira te chercher à l'aéroport et tu te livreras à la justice.

— Me livrer ? Tu parles comme si j'avais commis un crime, maman.

— Oui. Tu t'es enfui. Ce n'est pas anodin, mon chéri. Mais on va arranger ça, on va arrondir les angles.

Goodman lui répondit qu'elle était naïve, que tout ne s'arrangeait pas toujours dans la vie et qu'il ne pouvait pas rentrer. Ils continuèrent ainsi : sa mère le suppliant de rentrer et Goodman s'y refusant. Il s'était enfui, il ne pouvait pas revenir en arrière ; s'il rentrait, il risquait d'être envoyé en prison pour un long moment, alors que s'il restait ici, il pourrait au moins avoir un semblant de vie. Finalement, elle comprit que son fils ne changerait pas d'avis. Même s'il souffrait terriblement du mal du pays, il s'était fait à l'idée qu'il vivait dans ce pays désormais. À part le dénoncer elle-même à la justice, elle ne voyait pas comment elle pouvait l'obliger à rentrer.

300

Et donc, agissant en parents, impudemment, sans rien dire à personne, pas même à leur fille, Betsy et Gil Wolf envoyèrent de l'argent en Islande, par le biais de circuits financiers complexes. C'était leur fils et ils le savaient innocent, et s'ils ne pouvaient pas le persuader de rentrer, ils sentaient que tel était leur devoir. Une fois l'argent arrivé à bon port, ils attendirent dans l'angoisse, puis décidèrent finalement que, grâce à un coup de chance, plus personne ne pensait à Goodman et que peut-être, ils pourraient même envisager d'aller le voir. Le moment était venu d'en parler à Ash, décrétèrent-ils.

— Un jour, je suis rentrée de l'école, raconta Ash à Jules au café, et mes parents m'ont fait asseoir dans le salon. Ils faisaient une drôle de tête. Je pensais qu'ils allaient m'annoncer qu'on avait retrouvé Goodman et qu'il était *mort*. C'était insoutenable. Mais ils m'ont appris qu'il allait bien, qu'il vivait en Islande ! Ils lui avaient envoyé de l'argent et on allait le voir. J'ai failli mourir. On s'est tous mis à crier et à s'enlacer. Je croyais que j'allais *exploser* si je te cachais la vérité, Jules. Mais mes parents m'ont dit : «Pas un mot à quiconque !» Genre menace de la Mafia. J'ai dû prendre sur moi pour ne pas en parler à Ethan non plus. D'autant que je lui dis tout, maintenant qu'on est ensemble. Je lui parle de choses extrêmement personnelles, comme tu le sais.

— Toi et Ethan, dit Goodman. Je n'arrive toujours pas à y croire. Maman me l'a écrit. Bon sang, Ash, tu ne peux pas trouver mieux ? Tu es une nana canon, et lui… c'est Ethan. Je l'aime bien, mais jamais je n'aurais misé sur ce cheval.

— Personne n'a envie de connaître ton avis sur ma vie amoureuse, répondit Ash avec un sourire, mais en pleurant également. Elle se tourna vers Jules et ajouta : Je ne pouvais pas le dire à Ethan, évidemment. Comment savoir ce qu'il aurait pensé ? Ou fait ?

— Hein ? s'exclama Jules. Ethan n'est toujours pas au courant ?

— Non.

— Tu plaisantes ? C'est ton petit ami et vous êtes très proches l'un de l'autre.

Elle regardait son amie d'un air hébété.

— Je sais. Mais je ne peux pas le lui dire. Mon père me tuerait.

— Ça, c'est sûr, dit Gil Wolf et tout le monde rit poliment, avec un sentiment de gêne.

— Ethan a un tas de points de vue sur la vie que personne ne peut contrôler, dit Ash. Sur ce qui est éthique et ne l'est pas. Tout ce code de la route qui le guide dans l'existence. Tu as déjà vu son dessin animé dans lequel le président de *Figland* est mis en accusation et où le vice-président le gracie ? Au moment où il signe la grâce, le vice-président se transforme en belette. Sans oublier l'époque où il voulait absolument sécher l'école pour soutenir la campagne de Carter.

— Là, ça a marché, dit Jules.

— Ou quand il s'est occupé d'Old Mo au lieu de partir travailler chez Looney Tunes. Et souviens-toi qu'il voulait absolument contacter Cathy, alors que Dick Peddy nous interdisait de le faire. Si j'avais dit la vérité à Ethan, il aurait peut-être estimé qu'il devait dénoncer Goodman ou je ne sais quoi, par respect envers Cathy. Tous nous dénoncer. Nous faire arrêter et enchaîner.

— Alors qu'en réalité, dit Goodman, je n'ai pas touché à un seul cheveu de Cathy Kiplinger. Elle a déformé les faits.

— Oui, on le sait bien, intervint sa mère. (Elle le couva du regard.) Tu ne veux vraiment pas envisager de rentrer, en espérant que tout ira bien ?

— Arrête, maman, dit Goodman d'un ton sec. Je t'ai déjà expliqué.

Gil intervint :

— Comment savoir ce qu'un jury pourrait penser, Betsy.

Il y eut un moment de silence. Tout le monde regardait Goodman qui, en effet, n'avait rien d'un pauvre petit garçon sans défense. Le travail de chantier avait étoffé ses muscles longs, constata Jules. Goodman, dans sa version islandaise, un peu plus âgée, était robuste, beau et plus expérimenté. Alors oui, comment savoir ce qu'un jury penserait de lui.

— N'en parlons plus, dit Gil, tout bas.

Betsy soupira, hocha la tête et pressa la main de son fils dans la sienne.

Jules, elle, n'en revenait pas qu'Ethan ne soit pas au courant, et elle demanda à Ash :

— Comment as-tu pu ne rien dire à la personne que tu aimes ?

— Tu es la seule à qui je peux faire confiance sur ce point.

Ce qui était peut-être une autre version de ce que lui avait dit Cathy Kiplinger : « Tu es faible. »

— Tu seras bien obligée de le lui dire tôt ou tard, hein ?

Ash ne répondit pas, ce fut son père qui s'en chargea.

— Non, elle ne le lui dira pas. C'est justement ce que j'essayais de faire comprendre.

Ce fut un instant si délicat que Jules ne savait pas qui regarder, ni quoi dire. Goodman se leva de table et déclara :

— C'est le bon moment pour aller pisser.

Il s'éloigna à grandes enjambées, plus massif que dans le souvenir de Jules. Le travail de chantier, le soleil d'Islande, les bols de *skyr*, l'abstinence sexuelle, une accoutumance occasionnelle au jeu, une forte consommation de *Brennivín*, également appelé « mort noire », une sorte de schnaps très fort fait à partir de pommes de terre fermentées et de carvi : tout cela l'avait transformé en une sorte de jeune expat imposant, prénommé maintenant John, comme l'avait indiqué quelqu'un ce soir.

Pendant son absence, les trois autres Wolf se rapprochèrent les uns des autres, et Gudrun en profita pour aller acheter des cigarettes.

— Bon, dit Gil en buvant une gorgée de bière, les yeux fixés sur Jules. Je n'insisterai jamais assez sur la gravité de la situation. Tu en es consciente, hein ?

— Oui, dit-elle dans un murmure.

— Et on peut te faire une confiance absolue ?

Ils la regardaient tous, avec gravité.

— Oui. Bien sûr.

— Bien, dit Gil. Car en vérité, nous ne voulions pas qu'Ash en parle à qui que ce soit. À *qui que ce soit*. Ni à toi. Ni à Ethan. Les conséquences pourraient être si catastrophiques que je ne veux même pas y penser. Mais Ash a insisté, il fallait absolument qu'elle en parle à quelqu'un d'autre, sinon elle allait faire une dépression nerveuse. Cela peut paraître un peu mélodramatique…

— Ce n'était pas du cinéma, papa, protesta Ash et son père se tourna vers elle.

— Soit, concéda-t-il. Mais nous savons tous que tu réagis toujours de manière ultrasensible et nous en avons tenu compte.

Gil Wolf semblait faire un effort pour se contenir. Il se retourna vers Jules en prenant un air sévère, paternel, ou plus que ça : un air de directeur d'école.

— Quand elle entrera à Yale, à l'automne, il faut qu'elle puisse se concentrer sur ses études, reprit-il. Elle ne doit pas se laisser déstabiliser par toute cette histoire. Et nous non plus. Nous devons faire comme si de rien n'était. Tout est comme avant.

Jules s'imaginait rentrant à Underhill et sa mère qui lui demandait, innocemment : « Alors, ce voyage était-il aussi excitant que tu l'espérais ? Raconte-moi. » Lois ignorerait que sa fille avait été initiée à un tel secret, à quel point elle s'était sentie effrayée, et seule. Jules aurait aimé pouvoir en parler à Ethan, il saurait la conseiller. « J'ai un casse-tête moral à te soumettre », lui dirait-elle. « Vas-y, je t'écoute », répondrait-il et elle se lancerait : « Il était une fois une famille exceptionnellement séduisante et attirante… »

Betsy Wolf prit la parole :

— À vrai dire, Jules, dans un monde idéal, seule notre famille proche saurait que nous sommes en contact avec Goodman et que nous essayons de faire en sorte qu'il mène une vie décente. Nous savons qu'il est innocent de toutes ces accusations scandaleuses lancées par cette fille très perturbée, et le moment venu, nous l'aiderons à rentrer, en douceur. Nous contacterons le bureau du procureur et nous ferons ce qui doit être fait. Goodman fera amende honorable pour s'être enfui. Mais ce moment n'est pas venu. Je ne veux pas te faire injure en disant, comme le font parfois les gens : « Nous te considérons comme quelqu'un de la famille. » Un jour, j'ai entendu Celeste Peddy dire ça à cette pauvre Péruvienne – à moins que ce ne soit une Indienne – qui vient chez elle une fois par semaine pour s'enfermer dans une sorte de placard où elle repasse le linge. Seule la famille fait partie de la famille, c'est une des injustices de la vie. Toi, tu as la tienne. Je n'ai parlé à ta mère que deux ou trois fois, et je l'ai juste rencontrée à l'aéroport l'autre jour, mais elle m'a semblé très gentille. Tu ne fais pas partie de notre famille, et c'est bien dommage. Je ne suis pas ta mère et Gil n'est pas ton père, on ne peut donc pas t'imposer notre choix. Je crois que notre fille nous a un peu manipulés pour nous obliger à t'inclure dans ce voyage…

— C'est faux, intervint Ash.

— Il faudra qu'on suive une thérapie mère-fille, un jour, pour le savoir, dit Betsy à Ash, avec un petit sourire. Je suis sûre que ça existe. Nous avons payé pour d'autres sortes de thérapie, alors pourquoi pas ça ? Mais le problème, Jules, c'est que notre fille t'aime beaucoup. Tu es la meilleure amie qu'elle a jamais eue, et je suis sûre que ça ne la gênerait pas de m'entendre dire, là maintenant, qu'elle a besoin de toi.

La voix de Betsy s'emballa de nouveau et Ash se pencha au-dessus de la table pour prendre sa mère dans ses bras. Elles se ressemblaient terriblement, la mère aux cheveux poivre et sel, aux traits fins, et la fille éclatante dont la beauté évoluerait un jour dans la même direction, toujours agréable et délicate, mais ni jeune ni intacte.

Non loin de là, un troupeau d'étudiants, qui fumaient et buvaient, jetaient des coups d'œil en direction de ces Américains qui affichaient ouvertement leurs émotions, mais personne autour de cette table ne cherchait à se retenir ce soir.

— Je t'aime énormément, maman, dit Ash et son visage se fissura.

— Moi aussi je t'aime, ma chérie.

Goodman revint à cet instant, suivi peu de temps après de Gudrun, qui ouvrit immédiatement son paquet de King's Original et le tapota pour en extraire une cigarette qu'elle alluma. L'ancienne animatrice du camp avait un côté chic ici en Islande. Ses cheveux étaient bien coupés et Jules songea, un instant, aux dures conditions de vie décrites par Goodman, sous le toit de Gudrun et de Falkor. Puis elle se souvint que, depuis plusieurs mois maintenant, l'argent arrivait régulièrement dans ce foyer. Les conditions de vie s'étaient sans doute améliorées. Gudrun ressemblait à une artiste ou à une styliste habillée avec élégance.

— Que se passe-t-il ? demanda Goodman. Je vais pisser et quand je reviens, c'est le drame.

— Rassure-toi, lui dit Jules, il n'y a aucun lien entre les épanchements de ta famille et ceux de ta vessie.

— C'est juste qu'il y a beaucoup d'intensité, dit Ash.

Elle fit le tour de la table pour venir se placer à côté de son frère et le prendre par les épaules. Goodman avait retrouvé sa place, mais même assis, il était presque aussi grand qu'elle.

— On expliquait à Jules combien il était essentiel que tout cela reste entre nous, dit Gil. Plus qu'essentiel même.

— Je comprends, dit Jules. Je comprends très bien.

— Merci, dit Ash.

— Demain, annonça Gil Wolf en englobant toute la famille du regard, nous irons tous nager dans un bassin géothermique et ensuite, nous ferons un merveilleux repas islandais. Nous allons passer une journée merveilleuse. On l'a mérité. On en a besoin.

Après cela, tous les membres de la famille Wolf se mirent à parler en même temps. Ils évoquèrent la mort de leur chien et Ash dit :

— Je n'en reviens pas que tu n'aies pas été là, Goodman.

Et celui-ci répondit :

— Je sais, je sais, ça m'a tué. Je suis vraiment navré. Moi aussi, je l'aimais.

Puis ils s'étonnèrent que Jonah ait choisi d'aller étudier au MIT, ils parlèrent de la cousine Michelle qui attendait des jumeaux et de la politique américaine, dont Goodman n'avait que de vagues échos à travers le filtre des informations islandaises. Ils parlèrent et parlèrent encore, de toutes les choses qui leur passaient par la tête. La famille rassemblée se détendait dans le décor marron et doré, un peu étouffant, du Café Benedikt. Jules but un autre verre d'eau et soudain, elle sentit renaître la fatigue. Les Wolf, eux, poursuivaient leur conversation ininterrompue et cela pourrait durer encore des heures. L'Islande, si loin de tout, veillait fort tard, comme pour s'apaiser dans son isolement. Seules Jules Jacobson et Gudrun Sigurdsdottir demeuraient à l'écart, assises l'une et l'autre dans un silence un peu solennel, l'adolescente et la femme adulte. Jules regarda l'ancienne animatrice, qui la regarda, et elles échangèrent un sourire timide car elles n'avaient absolument rien à se dire.

— Au fait, demanda Jules finalement, tu as toujours ta lampe électrique ?

Deuxième partie

FIGLAND

Dix

En septembre 1984, dans un petit restaurant japonais de New York, si cher qu'il n'y avait pas de nom sur la porte ni de prix sur le menu calligraphié, Ethan Figman et Ash Wolf étaient assis sur des tatamis de paille compressée en face de deux cadres de la chaîne, Gary Roman et Hallie Sakin, l'un et l'autre tirés à quatre épingles et dotés de dents éclatantes, même s'il était évident que Gary détenait le pouvoir, et que celui de Hallie tenait à sa complémentarité. Il parlait le premier, elle semblait répéter, de manière plus banale et moins engageante, ce qui venait d'être dit.

— Nous avons connu une extraordinaire suite de développements, dit Gary Roman.

— Formidable, ajouta Hallie Sakin.

Un pilote avait été réalisé, un accord avait été finalisé pour la suite et une saison entière de *Figland* avait été commandée, produite dans un studio du centre de Manhattan installé spécialement par la chaîne. Ethan ayant insisté pour faire lui-même les voix de deux personnages récurrents, il s'était rendu indispensable de façon permanente, à bien des égards. Quelques jours plus tôt, ces deux cadres étaient venus de L.A. pour

313

rencontrer Ethan, son agent et ses avocats, et maintenant, enfin, ils fêtaient ça par un dîner.

Un serveur prit leur commande, puis une serveuse
en kimono vert pâle fit coulisser les panneaux en
papier de riz pour apporter une succession de plateaux en bois, sous l'œil attentif du serveur. Tous les
deux ressemblaient à une version japonaise de Gary
Roman et Hallie Sakin. Les structures de pouvoir
étaient toujours assez faciles à déceler si vous preniez
le temps d'observer les personnes concernées. Ethan
en ferait part à Ash un peu plus tard, de retour dans
leur appartement, quand ils auraient l'occasion d'ana-
lyser cette soirée, au cours de laquelle il s'était senti
profondément mal à l'aise et guindé, pas lui-même.
Tout d'abord, l'étrangeté des sushis l'avait déstabilisé.
À vingt-cinq ans, Ethan Figman n'avait mangé qu'un
California roll, qui n'avait rien de cru. Et voilà qu'on
lui servait une sélection de sushis et divers losanges de
sashimis, accompagnés de petites traînées d'une substance verte appelée wasabi qui vous débouchait les
sinus. Il y avait également de petites boules brillantes,
récolte d'une mystérieuse ovulation sous-marine, et
des tentacules amputés qu'il fallait tremper dans une
sauce au goût de caramel fumé. Ethan avait peur des
parasites qui pullulaient parfois dans le poisson cru,
mais il était intrigué par cette nourriture et il essaya de
surmonter son appréhension. La nourriture japonaise
ressemblait, à sa manière, à un dessin animé comes-
tible.

Ash, elle, avait souvent mangé des sushis et des
sashimis ; elle déclara même, plus tard ce soir-là, qu'elle
était certaine d'avoir déjà dîné dans ce restaurant,

avec son père, quand elle était petite, dans les années soixante. Gil Wolf lui avait patiemment appris à tenir des baguettes laquées. Mais peut-être qu'il ne s'agissait pas du tout de ce restaurant ; il existait plusieurs établissements semblables à New York : sans nom, sans prix, signalés nulle part. Il suffisait d'être le genre de personne qui les connaissait. Il suffisait d'avoir de l'argent.

Mais la nourriture n'était pas l'unique responsable de la réaction d'Ethan. Normalement, il aurait dû se sentir détendu. C'était avant ce jour qu'il fallait être tendu, et il l'avait été également. Maintenant qu'une saison entière avait été commandée et que tout un étage d'immeuble de bureaux avait été loué pour servir de studio, la chaîne ne pouvait plus revenir en arrière. Elle n'allait pas prendre conscience subitement de l'ampleur de son erreur, s'apercevoir qu'elle lui avait offert, à lui, Ethan Figman, ni cool ni beau, une grosse somme d'argent pour faire ce qu'il avait toujours fait, dans sa tête du moins.

— Alors, ça fait quoi de se dire que si le public réagit comme on le pense, vous allez devenir le Figman le plus aimé d'Amérique ? demanda Gary Roman.

— Je parie que vous êtes excité, ajouta Hallie Sakin.

— Je crois que je serai seulement le deuxième Figman le plus aimé, répondit Ethan. Mon grand-oncle Schmendrick Figman est idolâtré, du moins dans son quartier de Bensonhurst à Brooklyn.

Il y eut un moment de flottement, puis les deux cadres émirent un bêlement identique, alors qu'Ash ne fit même pas semblant de trouver ça drôle. Ethan jacassait, comme chaque fois qu'il se trouvait en état

315

de stress. Il n'avait pas de grand-oncle Schmendrick, évidemment, et cette plaisanterie n'en était pas une. Il savait qu'Ash n'aimait pas cet aspect de sa personnalité, mais lorsque vous étiez en couple, il fallait prendre l'ensemble. Quand Ash avait fini par tomber amoureuse de lui, Ethan avait développé de nombreux handicaps : le bavardage, les mains moites, le manque d'assurance, sa laideur générale lorsqu'il était habillé, et sa plus grande laideur encore, peut-être, quand il se déshabillait. Il avait besoin de davantage de saké pour pouvoir parler à ces gens comme un humain s'adresse à d'autres humains. Il ne pouvait pas se contenter de parler avec ses amis toute sa vie, même si cela aurait été préférable, surtout s'il pouvait parler principalement à Jules. La chaîne et lui étaient maintenant associés, unis. Il allait devoir créer un programme baptisé *Figland*, l'écrire, lui prêter sa voix, participer à des lectures collectives et y consacrer tout son temps. Il serait entouré d'un grand nombre de personnes, pas uniquement Ash, Jonah et Jules.

Presque trois ans plus tôt, Ethan avait été engagé pour travailler sur un dessin animé pour adultes, malin mais outrancier, diffusé le soir et intitulé *Gloussements*. Il avait quitté la School of Visual Arts depuis dix mois quand il avait accepté ce poste car même si, jusqu'alors, il avait réussi à trouver du travail dans le secteur de la communication commerciale, il était curieux de découvrir à quoi ressemblait la réalisation d'un programme. Parmi leurs amis, lui seul semblait tout à fait digne d'être engagé. Tous les autres donnaient l'impression de tourner autour de leurs carrières désirées, au lieu de les habiter. Jules essayait encore de devenir actrice comique, et Ash actrice sérieuse. Jonah, tout juste rescapé des moonistes, demeurait indécis et perdu, il cherchait une sorte de boulot d'ingénieur. *Gloussements* était l'un des rares dessins animés pour adultes à la télé, et plus insolite encore, il était produit à New York, pas à L.A. Un détail déterminant pour Ethan. En fait, il n'aimait pas l'esthétique de ce programme, et il trouvait l'humour méchant, puéril. La plupart du temps, les personnages s'amusaient à se faire des croche-pattes, un gag récurrent qui fonctionnait bien chez les dix-huit/vingt-cinq ans, la tranche d'âge visée. Le studio d'animation où Ethan dessinait et écrivait était un vaste espace ouvert, situé à Chelsea, avec du mobilier modulaire, Joy Division en fond sonore, un réfrigérateur rempli de sodas et de jus de fruits et une équipe composée d'individus de moins de trente ans. Un jour, quelqu'un apporta un bâton sauteur qui laissa une longue traînée sur le beau parquet. Ethan s'habitua à ce travail néanmoins, et plus d'un an s'écoula, durant lequel il reçut des augmentations et des compliments. *Gloussements* marchait si bien que les producteurs envoyèrent toute l'équipe à Hawaï en guise de récompense.

Sur l'île de Maui, en décembre 1982, en chemise à manches longues et pantalon – quasiment une tenue d'apiculteur –, assis dans un transat à l'ombre d'un arbre, avec un livre, pendant que tous les autres prenaient le soleil ou se baignaient, Ethan prit conscience qu'il était déprimé; non seulement il devait rentrer chez lui, mais il devait aussi arrêter ce travail. Il ne voulait plus être le créateur des personnages de *Gloussements* avec leurs grosses têtes vides. Il regagna sa chambre d'hôtel et appela Ash à New York. Il n'avait pas utilisé le téléphone une seule fois depuis son arrivée, pour ne pas ajouter des frais supplémentaires, craignant de provoquer la colère d'un employé de la chaîne. Il n'avait même pas touché au minibar. Nul doute que tous les autres membres de l'équipe ingurgitaient nuit et jour des poignées de noix de macadamia enrobées de café. Ethan avait peur qu'en apprenant sa démission, Ash dise : « C'est une décision très impulsive, Ethan. Reste au moins jusqu'à la fin du séjour, et à ton retour, on en discutera. »

Mais elle lui dit :

— Si c'est ce que tu souhaites.

— Oui.

— Très bien. Préviens-moi quand tu rentres. Je t'aime.

— Moi aussi.

Il prononça ces mots avec fougue. Il sentait la force tranquille d'Ash. Elle ne jugeait jamais. Rentre à la maison, lui avait-il dit, et il allait rentrer, elle l'attendrait et l'aiderait à régler le problème. Conjointes et épouses avaient été invitées à Hawaï elles aussi, mais Ash avait choisi de rester à New York pour assister le metteur en scène d'une pièce expérimentale intitulée *Coco Chanel s'envoie en l'air*, qui serait représentée en extérieur, de nuit, dans le quartier des abattoirs. Elle n'était pas payée pour ce travail, mais le salaire d'Ethan suffisait à les faire vivre tous les deux. Il boucla ses bagages pendant que ses collègues pataugeaient dans le Pacifique et il laissa un mot à la réception de l'hôtel pour son patron, expliquant que sa décision avait été aussi brutale que définitive. « Comme si j'avais été assommé par une planche de surf, écrivit-il. Même si j'ignore quel est l'effet produit étant donné que, ainsi que vous l'avez peut-être remarqué, j'ai passé les vacances à l'ombre, à lire *La Conjuration des imbéciles*. Mais il faut que je parte d'ici, Stan. Je ne sais même pas pourquoi. »

À New York, Stan appela Ethan pour l'inviter à venir «discuter» la semaine suivante, mais Ethan refusa. Il demeura cloîtré dans son appartement, à dessiner de manière obsessionnelle des personnages de *Figland* dans les petits carnets à spirale achetés en gros. Parfois, Jonah Bay, engagé depuis peu pour concevoir des innovations technologiques destinées à faciliter la vie des personnes handicapées, et débordé de travail, venait passer la soirée à la maison, et il lui arrivait de s'écrouler dans le canapé et d'y dormir. Ou bien Jules venait avec son petit ami, Dennis Boyd, un type brun costaud qui suivait des cours depuis la rentrée pour devenir échographiste.

— Je sais bien qu'on voit tout le temps dans le métro des pubs pour devenir échographiste, et ça ressemble à une blague, avait dit Jules après avoir annoncé le projet de Dennis. Mais ce qu'il veut faire professionnellement, c'est important. Il pourra voir à l'intérieur des gens, il verra les mystères cachés sous leur squelette. Grâce à des ondes sonores ! C'est un peu comme un médium, mais avec des machines. Je trouve que c'est une forme d'art, d'une certaine façon. Il s'occupera d'anatomie. De la vie des gens. De ce qu'il y a en eux. De leur avenir.

— Oui, je sais, dit Ethan. Et j'aime bien Dennis. Tu n'es pas obligée de me le vendre.

Dennis Boyd était timide et il avait connu autrefois quelques problèmes émotionnels, Ethan le savait. Mais surtout, il avait l'air d'un gars bien, qui ne ferait jamais de mal à Jules, Dieu soit loué ; il se contenterait de l'aimer. Parfois, quand il observait Jules à l'autre bout de la pièce, Ethan avait le sentiment que les personnalités qu'ils avaient habitées à quinze ans étaient encore très présentes. Il pourrait encore l'embrasser, songeait-il, mais il se disait aussitôt : *chasse cette pensée de ton esprit*. Âgée d'une vingtaine d'années maintenant, Jules Jacobson n'était pas particulièrement sexy – elle ne l'était pas non plus à quinze ans – et pourtant, aujourd'hui encore, il était excité par elle tout simplement parce qu'il l'aimait beaucoup. Elle était intelligente, charmante et pratiquait l'autodérision. Personne ne lui avait jamais rien donné, elle n'avait pas été dorlotée. Ethan non plus ; ils avaient ça en commun, ainsi qu'une certaine sensibilité décalée. Jules se fichait pas mal d'avoir l'air digne ou pas. Elle était souvent la cible de ses propres blagues ; elle rejetait la dignité au profit de l'effet comique.

Ethan savait, objectivement, que Jules n'était pas hilarante. Tout juste sortie de la fac, elle avait commencé à quitter le domicile de sa mère pour venir à New York, en train, avec l'espoir de dénicher des rôles comiques dans des pièces. Sans succès. Alors qu'Ash la trouvait à mourir de rire, Ethan la trouvait amusante, adorable et merveilleuse. Pourquoi n'était-ce pas suffisant pour percer sur les planches ?

Quelques mois plus tôt, en rentrant chez elle un soir après le cours de théâtre qu'elle prenait avec Jules depuis l'été, Ash dit à Ethan :

— Pauvre Jules. Tu ne devineras jamais ce qui lui est arrivé.

— Quoi donc?

Il regarda sa petite amie avec angoisse, il ne voulait pas qu'il arrive quoi que ce soit à Jules. À moins, bien sûr, que Dennis n'ait rompu avec elle. Bizarrement, cette idée ne le rendait pas trop triste. Il ressentait même un petit frisson de bien-être, en imaginant que Jules était libre, même si, évidemment, lui ne l'était pas.

Ash lâcha son sac à main en tapisserie et s'assit à côté d'Ethan dans le canapé, la tête sur son épaule.

— Ce soir, au cours, Yvonne n'a pas cessé de harceler Jules, en lui répétant qu'elle n'allait pas chercher assez loin. Et à la fin, alors que tout le monde s'en allait, elle lui a demandé de rester. J'ai attendu dehors car tu sais qu'on va toujours dîner ensemble après. Yvonne et Jules sont restées à l'intérieur pendant une dizaine de minutes, et quand Jules est ressortie, elle avait le visage tout rouge, mais seulement par endroits, comme ça lui arrive des fois, tu vois ce que je veux dire?

— Oui.

Ethan étudiait depuis longtemps les rougissements de Jules.

— On aurait dit qu'elle avait la rougeole, reprit Ash. Elle était dans tous ses états. Au restau, elle m'a confié qu'Yvonne lui avait dit, en gros : «Je vais être directe, ma petite. Pourquoi fais-tu du théâtre?»

— Votre prof de théâtre lui a demandé ça? «Pourquoi tu fais du théâtre?»

— Oui. Et Jules a marmonné un truc du genre : «C'est ce que j'ai envie de faire dans la vie.» Et

Yvonne lui a répondu : «T'es-tu déjà demandé si le monde avait réellement besoin de te voir jouer?» Voilà ce qu'elle lui a dit! Cette vieille peau enturbannée. Jules a répondu : «Non, je ne me suis pas posé cette question.» Ce à quoi Yvonne a rétorqué : «Nous sommes tous sur cette terre pour un seul tour de piste. Et chacun croit que son but est de découvrir sa passion. Mais peut-être que notre but, c'est aussi de découvrir ce dont *les autres* ont besoin. Et peut-être que le monde n'a pas vraiment besoin de *te* voir réciter un vieux monologue usé ou tituber en faisant semblant d'être saoule. As-tu déjà pensé à ça?»

— Mon Dieu, dit Ethan, c'est horrible.

— Je sais. Et Jules lui a dit : «Merci, Yvonne.» Elle l'a carrément remerciée d'avoir dit cela. C'est du pur masochisme. Puis elle est sortie en courant et elle s'est mise à pleurer.

— J'aurais aimé être là pour l'aider, dit Ethan.

Le lendemain, alors qu'Ash était sortie, Jules téléphona. Difficile de savoir auquel des deux elle voulait parler, à Ash probablement, mais Ethan fit comme si c'était à lui et il l'écouta d'une oreille attentive.

— C'était humiliant, Ethan. Elle était là devant moi, avec son turban, et elle me regardait comme si elle me haïssait. Genre : «Arrête le théâtre!» Et sans doute qu'elle a raison. Je suis peut-être drôle. Mais je ne joue pas la comédie, ça me vient naturellement. Comme toi, ajouta-t-elle. Sauf que toi, évidemment, tu possèdes un *génie* comique, ce qui t'offre un tas d'options.

Ethan avait le visage brûlant de bien-être; il se renversa dans le canapé en se demandant sur quoi était assise Jules au même moment, si elle se trouvait dans son canapé elle aussi, dans la même position ?

— Génie, c'est un bien grand mot, dit-il.

— Je ne vais pas m'abaisser à répondre. Je veux bien continuer d'essayer. Mais pendant combien de temps encore je vais me donner un mal de chien, Ethan ? De toute évidence, ce cours de théâtre est fini pour moi. Hélas, je ne peux pas me faire rembourser, même s'il reste encore des semaines et des semaines. Je ne veux plus adresser la parole à Yvonne, ce serait trop horrible. De toute façon, elle a déjà dépensé mes frais d'inscription à l'Univers du Turban. Alors, pourquoi pas des auditions ? Est-ce que je dois dire : « Va te faire foutre, Yvonne » et continuer ? Mais quand devrai-je m'arrêter ? À vingt-cinq ans ? Trente ? Trente-cinq ? Quarante ? Ou bien tout de suite ? On ne te dit jamais combien de temps tu dois continuer à faire quelque chose avant de renoncer pour toujours. Il ne faut pas attendre d'être si vieux que plus personne ne t'engage dans aucun autre domaine. Je me sens déjà vidée par tout ça et je viens juste de commencer, en fait. Mais je veux être choisie pour jouer dans *quelque chose*, même une petite pièce incompréhensible dans un théâtre de douze places. Tu te souviens de *Marjorie Morningstar* ?

— Non.

— C'est un célèbre roman de Herman Wouk, il y a très longtemps. Marjorie Morningstar rêve de devenir actrice. En vérité, elle s'appelle Marjorie Morgenstern, c'est un nom juif, mais elle en change en prévision du jour où elle sera célèbre, ce qui n'arrivera jamais, tout le monde le sait. C'est la jolie fille enjouée qui décrochait tous les premiers rôles dans les pièces de l'école. Elle part à New York pour faire carrière, et là, elle connaît un tas d'expériences, mais finalement, ça ne marche pas. À la fin du roman, on fait un bond de plusieurs années dans le futur, lorsqu'un ami du passé lui rend visite. Marjorie est maintenant une femme au foyer qui vit en banlieue, à Mamaroneck. Avant, c'était une fille très dynamique et excitante, pleine de promesses, c'est désormais une femme ordinaire, sans intérêt, et son ami ne peut pas croire que c'est la Marjorie qu'il a connue. J'ai toujours trouvé que c'était une fin affreusement triste et accablante. Comment peut-on nourrir des rêves aussi immenses qui ne se réalisent jamais ? Comment peut-on, sans s'en rendre compte, rapetisser avec le temps ? Je ne veux pas que ça m'arrive.

— Jules, tu es un tas de choses, mais tu ne ressembles pas du tout à Marjorie Morningstar, dit Ethan après un moment de silence.

Il ne voulait pas se montrer insultant, et Jules dut le comprendre. Elle n'était pas faite pour la célébrité, elle ne l'avait jamais été véritablement et donc, selon toute vraisemblance, son histoire ne connaîtrait pas une fin aussi terrible.

C'était Ash, la star ; Ash deviendrait comédienne si elle le souhaitait, mais cela ne semblait plus être le cas dernièrement. Elle voulait mettre en scène, pas jouer, lui avait-elle confié. Surtout, elle voulait monter des œuvres de femmes, des œuvres sur les femmes, avec de jolis rôles de femmes.

— Il existe un incroyable déséquilibre, dit Ash, ce jour-là. Les dramaturges et les metteurs en scène masculins règnent sur ce petit duché, puis ils débarquent et ils raflent tous les prix. S'ils trouvaient un moyen de faire jouer des hommes dans des rôles de femmes, ils le feraient.

— Tommy Tune joue Golda Meir, souligna Ethan.

— Le théâtre est un milieu aussi macho que n'importe quel autre. C'est presque aussi nul que… faire des forages de prospection pétrolière. Le sexisme est une chose haïssable et je veux le combattre. Ma mère a reçu une formidable éducation à Smith, mais elle s'est mariée tout de suite après et elle n'a jamais rien fait sur le plan professionnel. Quand je la regarde, je pense qu'elle aurait pu être un tas de choses. Historienne d'art. Conservatrice de musée. Chef ! Comme tu le sais, c'est une excellente cuisinière et une excellente mère, mais elle aurait pu exercer un métier important à côté de ça. Ce n'est pas contradictoire. Je ne suis pas loin de penser que je lui dois de faire quelque chose en rapport avec les femmes.

Ash expliqua à Ethan qu'elle voulait devenir une metteure en scène féministe. En 1984, vous pouviez décrire de cette façon le métier de vos rêves sans qu'on se moque de vous. Évidemment, les chances de réussir en tant que metteur en scène étaient encore moins nombreuses qu'en tant que comédien – et encore moins nombreuses pour Ash qui était une femme –, mais depuis quelque temps, elle savait que c'était ce qu'elle ferait de sa vie.

Jules, elle, était tombée dans le théâtre accidentellement, et elle y était restée peut-être un peu trop longtemps. Même si à New York, elle s'était positionnée dans la catégorie des personnages cinglés, pas assez belle pour obtenir un premier rôle, mais dotée d'une sorte de charme différent, elle avait compris qu'elle était entourée de gens bien meilleurs qu'elle. Elle les voyait jouer des scènes dans des cours de comédie ; l'un d'eux possédait un corps incroyablement élastique, un autre savait prendre toute une gamme d'accents. Jules les avait également vus dans des salles d'attente avant des auditions, serrant contre eux leurs photos, et elle les avait vus à l'œuvre. S'ils avaient conscience de leur place modeste dans la hiérarchie du théâtre, ils s'affrontaient pour ces petits rôles cruciaux qui pouvaient parfois les faire remarquer. Et ils étaient doués pour ça, meilleurs qu'elle.

— Non, confirma Jules au téléphone avec Ethan, je ne suis pas Marjorie Morningstar.

— Qu'est-ce que tu te vois faire d'autre ?

— Je dois décider maintenant ?

— Je t'accorde quelques minutes. Parles-en avec toi-même.

Dans le silence qui suivit, Ethan l'entendit croquer quelque chose. Il se demanda ce que c'était, et ça lui donna faim ; il tira sur le fil du téléphone pour atteindre un sachet de chips sur la table basse. Aussi discrètement que possible, Ethan ouvrit le sachet, l'air emprisonné à l'intérieur s'échappa et il se mit à manger. Ensemble, Jules et lui grignotaient leurs chips ou autre chose, sans complexes.

— Qu'est-ce que tu manges ? demanda-t-il, finalement.

— C'est la version platonique de la fameuse question : « Qu'est-ce que tu portes ? »

— Oui, un peu.

— Des Cheez-Its.

— Moi, des Doritos, dit Ethan. Ils sont orange tous les deux, fit-il remarquer sans raison particulière. On a tous les deux la langue orange à cet instant. *Ils nous reconnaîtront à la couleur de nos langues.*

Ils continuèrent à grignoter pendant un petit moment encore, telles deux personnes qui marchent dans les feuilles. Ash ne grignotait jamais, sa pureté alimentaire avait quelque chose de stupéfiant. Un jour, Ethan l'avait surprise, assise dans leur salon, en train de manger une tomate qui avait mûri sur le bord de la fenêtre : plongée dans ses pensées, elle la tenait dans sa main et mordait dedans distraitement comme s'il s'agissait d'une pêche ou d'une prune.

— En fait, dit finalement Jules, je sais que ça peut paraître prétentieux, mais je me suis déjà imaginée en train de faire un métier en rapport avec les gens qui souffrent. Je ne plaisante pas, si c'est ce que tu penses. Quand mon père est mort, je me suis renfermée sur moi-même. Je n'ai pas essayé d'aider ma mère. J'ai été d'un égoïsme répugnant.

— Tu étais encore une enfant, lui rappela Ethan. C'est normal.

— Je ne suis plus une enfant. Tu te souviens qu'à la fac, je suivais des cours de psycho comme matière secondaire ? En première année, j'étais tellement malheureuse que je suis allée voir la conseillère de l'université et je suis tombée sur une femme super chouette.

— Continue, dit Ethan.

— Devenir psychothérapeute, ça pourrait être intéressant. Obtenir un doctorat et tout ça. Mais ma mère ne peut pas payer les frais d'inscription et je serais obligée de rembourser le prêt toute ma vie.

— Il n'y a pas des moyens plus économiques ? Tu ne pourrais pas devenir assistante sociale, comme celle que tu es allée voir à la fac ? Ça ne serait pas moins cher ?

— Si, sans doute. Dennis dit que je devrais poursuivre mes études, d'une manière ou d'une autre.

— Cette idée lui plaît ?

— Oh, tout ce qui me plaît lui plaît aussi. Et il est vraiment ravi d'être entré dans cette école d'échographistes. Évidemment, ajouta-t-elle d'un ton cassant, *son* école propose d'excellents cycles de conférences, ils ont une formidable équipe de lacrosse et un campus aux bâtiments couverts de lierre. Ils ont même un hymne.

— Ah oui, vraiment ? fit Ethan. Tu as éveillé ma curiosité. Quel est l'hymne d'une école qui enseigne l'échographie ?

Jules réfléchit avant de répondre.

— C'est une chanson des Beatles.

— OK...

— « I'm Looking Through You[1] ».

— Excellent, dit Ethan, enchanté.

Il aurait voulu que cet appel ne s'arrête jamais.

— Sérieusement, reprit-elle, c'était une bonne idée pour Dennis. Avant, il ne savait pas ce qu'il voulait faire, ni ce qu'il voulait être. Tu sais bien qu'il s'est retrouvé largué à la fac à cause de sa maladie. L'échographie, ce n'est pas ce qu'il rêvait de faire, mais ça

1. Littéralement : je vois en toi.

lui convient, c'est un soulagement. Alors, oui, il aime bien l'idée que je prenne des cours moi aussi. Mais toi... je suis sûre que tu seras d'un avis contraire.

— Mon avis, c'est que je suis d'accord avec Dennis. Tu serais très douée pour ça, dit Ethan. Les gens seraient heureux de te parler.

— Comment le sais-tu ?

— Parce que je suis heureux de parler avec toi.

Peu de temps après, Jules fut acceptée à la Columbia University School of Social Work, grâce à une bourse, et elle souscrivit également un prêt étudiant. Elle commencerait en milieu d'année et elle était soulagée de ne plus être obligée d'acheter le magazine *Backstage* toutes les semaines et de s'asseoir dans une cafétéria comme une idiote, avec un surligneur jaune, en s'imaginant qu'elle pourrait être choisie pour l'un de ces rôles, alors que cela n'arriverait sans doute jamais. L'envie d'être comédienne l'abandonna, ainsi que le rêve d'attirer tellement d'attention – trop même – que vous la sentiez s'accumuler dans votre tête comme une fièvre. En outre, elle en avait assez de travailler à la Bella Lanterna pour des pourboires minables et de rentrer chez elle à la fin de la journée avec les cheveux qui sentaient le café. Aucune quantité de Gee, «le shampoing grâce auquel vos cheveux embaument», ne pouvait faire disparaître cette odeur. À la fac de Columbia, ses cheveux retrouvèrent leur doux parfum neutre et les cours se passaient bien, à l'exception de la statistique, une matière épouvantable, heureusement que Dennis l'aidait; assis à côté d'elle dans le lit, il lui lisait lentement des passages d'un manuel incompréhensible.

Pour Ethan, en revanche, si le fait de quitter l'équipe de *Gloussements* avait été une bonne idée intuitivement, il se retrouvait maintenant sans but. Il aurait aimé pouvoir utiliser Jules pour parler, comme elle l'avait utilisé. Parler avec elle, ce n'était pas comme parler avec Ash, qui se fiait à l'instinct d'Ethan, fondamentalement, et voulait avant tout qu'il soit heureux. Jules se montrait beaucoup plus critique ; c'était elle qui lui disait quand une de ses idées n'était pas bonne. Mais il aurait été obligé de lui avouer : « Je suis complètement paumé » et il ne le pouvait pas car Jules le trouverait un peu pathétique, or il essayait de sortir des enfers du pathétique depuis qu'il avait commis l'erreur de l'embrasser, bien des années plus tôt, dans l'atelier d'animation.

Un après-midi, quelques jours après son retour de Maui, Ethan fut invité à déjeuner par le père d'Ash. « Retrouvons-nous à mon bureau », lui dit Gil Wolf. Ethan comprit qu'il devrait porter une cravate et cette idée le déprimait. L'intérêt quand on était un artiste, en partie du moins, n'était-il pas d'être dispensé du port de la cravate ? Et d'abord, pourquoi devait-il déjeuner seul avec Gil ? Ash et lui étaient en couple depuis l'été 1976, avec juste une seule période de rupture, durant leur avant-dernière année de fac. À Yale, Ash, ivre, avait couché avec un garçon de sa résidence, son « collège » comme ils appelaient ça pompeusement là-bas. Ce garçon, aux origines navajo, possédait une beauté sombre et exotique, et « c'était arrivé » après une fête, avait expliqué Ash. Ethan avait ressenti une telle colère, un tel choc, qu'il croyait que tous ses organes internes allaient exploser. C'était un miracle qu'il n'ait pas eu d'accident avec la vieille voiture bruyante de son père en rentrant de New Haven. Ils ne s'étaient pas parlé pendant cinq semaines, laps de temps durant lequel Ethan avait créé un court-métrage d'animation laid et méchant intitulé *La Salope,* sur une fourmi qui trahit son amant durant un pique-nique.

Un week-end, au cours de cette sinistre période, plus déprimé qu'il ne l'avait jamais été, Ethan se rendit à Buffalo pour voir Jules, et bien qu'il ait eu l'intention de dormir dans un sac de couchage sur le sol en parpaings de sa chambre à la résidence universitaire, il s'était retrouvé assis dans le lit de Jules, avec elle, durant la moitié de la nuit, alors qu'elle révisait un examen de psycho. Il essayait de lui parler, de la déconcentrer, mais elle lui demandait de se taire, il la rendait nerveuse et elle allait échouer à son examen, disait-elle. «Je vais te masser le dos», proposa-t-il, et quand Jules accepta distraitement, il commença à lui masser les épaules et elle se pencha en avant pour lui permettre de se glisser derrière elle.

— C'est bon, en fait, dit Jules.

Ethan continua à la masser, avec application, en silence. Finalement, Jules posa son livre ouvert sur ses genoux et ferma les yeux. Les mains d'Ethan se déplacèrent sur le T-shirt extra-large avec lequel elle dormait et Jules émit des petits bruits approbateurs, ce qui plut énormément à Ethan. Ses mains remuaient maintenant en rythme et Jules laissa échapper un soupir de plaisir, qui provoqua la même réaction chez Ethan. Quelque chose semblait avoir changé dans la chambre – s'il ne se trompait pas – et ses mains descendirent vers le bas du dos. À un moment, l'une des deux tourna au coin du ventre, et il fut certain alors que quelque chose avait changé dans la pièce. Dans un silence absolu, il fit remonter sa main et engloba un sein. Deux doigts trouvèrent le téton. Tout et tout le monde étaient sous le choc : Ethan, Jules, la main, le sein, le téton. Soudain, Jules s'écarta brutalement, d'Ethan et de sa main, et demanda :

— Ethan, qu'est-ce qui te prend ?

— Quoi ? dit-il, terrassé, tout en faisant semblant d'ignorer ce qu'il avait fait.

— Va dormir par terre dans le duvet.

Il obéit, se glissant à l'intérieur du sac de couchage tel un animal dans une grotte.

— Qu'est-ce qui t'a fait croire que tu pouvais faire ça ? reprit-elle. Ce n'est pas comme ça entre nous deux. Et comment est-ce que je pourrais faire quelque chose avec toi, le petit ami de ma meilleure amie ?

— Je ne sais pas, dit-il sans oser la regarder en face.

Parce qu'on s'aime, voilà la vraie réponse. Parce que c'est merveilleusement bon, pour moi du moins. Parce que, même si je suis avec Ash depuis pas mal de temps, quand ça va mal, j'en reviens au désir que j'ai toujours éprouvé, le désir de toi, que je garderai jusqu'à ma mort.

Ils ne reparleraient plus pendant des années de ce qui s'était passé ce jour-là dans la résidence de Jules à Buffalo, jusqu'à ce que Jules aborde le sujet un jour où ils étaient seuls, en évoquant avec désinvolture « le téton de Buffalo », un nom qui resta. « Le téton de Buffalo » devint une expression secrète qui faisait référence à cet épisode spécifique, mais aussi à toute action malencontreuse qu'une personne pouvait accomplir dans la vie, par désir, par faiblesse, par peur ou quasiment toute autre réaction humaine.

— Elle te reviendra, dit Jules à Ethan ce soir-là dans sa chambre à la résidence universitaire, alors qu'ils étaient couchés chacun de leur côté. Souviens-toi quand elle m'a fichue à la porte de chez ses parents, après ma rencontre avec Cathy Kiplinger à la cafétéria.

— Oui, mais là, c'est Ash qui m'*a* trahi. C'est elle, et maintenant, c'est *moi* qui l'attends. Comment on en est arrivés là ?

— C'est comme ça avec Ash. C'est toujours comme ça.

La séparation d'Ethan et d'Ash leur devint insupportable à tous les deux. Ils téléphonaient à Jules pour évoquer d'un ton plaintif la détresse provoquée par l'absence de l'autre. « Il fait partie de moi, dit Ash, et je l'ai oublié l'espace d'un instant. Et maintenant, je ne supporte pas qu'il ne soit plus là. C'est un peu comme si j'avais dû coucher avec quelqu'un d'autre pour comprendre à quel point j'ai besoin de lui. » De son côté, Ethan ne cessait de répéter à Jules : « Je n'en peux plus. Sincèrement, je n'en peux plus, Jules. Toi qui étudies la psycho, explique-moi les filles. Dis-moi tout ce que j'ai besoin de savoir car j'ai l'impression de ne rien savoir. »

Finalement, le couple s'empressa de se retrouver et de renouer ses liens étroits. Ash n'entendit jamais parler du téton de Buffalo et il n'y avait aucune raison qu'elle en entende parler. Maintenant, Ethan et Ash vivaient ensemble depuis la fac, dans la 7e Rue Est, juste derrière l'Avenue A, envahie par les junkies et les dealers. «Je n'aime pas ça du tout», commenta Gil Wolf quand Betsy et lui leur rendirent visite ; ils appelèrent aussitôt un serrurier et firent poser la serrure en titane la plus chère.

Ash et Ethan avaient tous les deux vingt-trois ans quand Gil convia Ethan dans son bureau, un âge tout à fait raisonnable pour cohabiter sans être encore obligé de regarder en direction du mariage. Néanmoins, Ethan craignait que Gil lui demande ce qu'il comptait faire à ce sujet. En réalité, Gil ne voulait pas lui parler du mariage, ni même d'Ash. Apparemment, il s'inquiétait parce que Ethan avait démissionné de son travail. Et il voulait seulement se proposer comme figure paternelle, sachant qu'Ethan ne pouvait compter sur son propre père, un être amer, égocentrique et irresponsable. Ethan portait une cravate marron très fine et une veste de la même couleur aux manches trop courtes, et il avait lissé ses cheveux avec une mousse coiffante. Il était assis dans un fauteuil en acier brossé et vieux cuir en face du père d'Ash dans les locaux du bas de Lexington Avenue, baptisés maintenant Drexel Burnham Lambert. Derrière la fenêtre, le ciel semblait maculé de nuages et la ville, vue d'ici, était presque méconnaissable, comme Ethan avait lui-même l'impression de l'être.

— Alors, que comptes-tu faire ensuite ? demanda Gil Wolf.

Sur son bureau était posé un de ces gadgets à boule, un pendule de Newton, et Ethan devait se retenir pour ne pas jouer avec, mais il savait se contrôler.

— Aucune idée, Gil.

Il sourit d'un air contrit en disant cela comme si cette idée pouvait paraître offensante aux yeux d'un homme travaillant dans la finance. Les gens qui étaient entre ces murs savaient tous ce qu'il fallait faire ensuite. En 1982, il régnait dans les bureaux de Drexel Burnham Lambert la même frénésie que sur un circuit automobile. Ici, tout le monde voulait gagner de l'argent et ils savaient comment y parvenir. Ethan n'était pas à son aise dans le monde de la finance. À l'entrée, on lui avait remis un badge qu'il avait collé à son revers avant de prendre l'ascenseur et il avait le sentiment que la mention « visiteur » avait été remplacée par « personne déplacée ». Toutefois, il ne pouvait nier le frisson d'excitation que provoquait sa présence ici, le déferlement chimique qu'il avait éprouvé quand l'assistant de Gil était venu le chercher dans la salle d'attente.

— Monsieur Figman ? avait demandé le jeune homme. Je m'appelle Donny. Par ici.

Donny était à peine plus âgé qu'Ethan ; il portait un costume sombre et une chemise amidonnée. Pas d'école artistique pour lui ! Il avait fait une école de commerce. Cet environnement exerçait sur Ethan, qui avait rarement pensé à l'argent jusqu'alors, une attirance déstabilisante. Le salaire de son père, simple avocat de l'assistance judiciaire, payait le loyer contrôlé de leur misérable appartement de Washington Square. Sa mère était institutrice remplaçante, mais elle manquait de patience avec les enfants. En fait, elle passait son temps à hurler. L'été, ses parents pouvaient tout juste l'envoyer à Spirit-in-the-Woods, avant qu'il suive gratuitement les cours de la School of

Visual Art. Quand il était enfant, son père et sa mère se disputaient souvent à cause de l'argent, mais également à cause de tout le reste et il avait grandi en étant persuadé que la seule chose qui pouvait vous sauver de l'enfer potentiel de la vie conjugale, c'était de faire ce que vous aimiez. Qu'y avait-il de mieux que ça ?

Mais peut-être que les employés de Drexel Burnham faisaient ce qu'ils aimaient, eux aussi. En tout cas, ils semblaient s'investir dans leur tâche et chaque porte de bureau ouverte laissait voir quelqu'un, un homme généralement, en pleine conversation avec un autre homme, ou au téléphone. Ethan avait suivi Donny dans les couloirs, attentif à toutes les discussions et au bourdonnement général. Maintenant, dans la sérénité du bureau du père d'Ash, il aurait pu s'allonger sur le canapé en cuir frais et dormir quelques heures. Il avait toujours su que les Wolf étaient riches, mais il n'avait jamais vu d'où venait la majeure partie de cet argent, et il n'avait jamais vraiment cherché à savoir comment il était gagné. Gil Wolf était avant tout le père de sa petite amie, mais ici, dans ce monde, il jouait un rôle différent, un rôle plein d'autorité, voire stimulant.

— Tu ne sais pas du tout ce que tu veux faire ensuite ? J'ai du mal à y croire, dit Gil, sans agressivité, et finalement, ce fut lui qui tendit la main pour prendre une des sphères métalliques suspendues du pendule de Newton. La boule vint heurter les autres, faisant se balancer celle du bout, et les deux hommes regardèrent d'un air impassible cette petite démonstration des lois de la physique.

— Je crois que j'ai été déformé par Spirit-in-the-Woods, dit Ethan. Là-bas, on nous autorisait à nous exprimer et à être imaginatifs. Travailler sur ce programme pour la télé, c'était très différent : il fallait adhérer à une vision. Je crois que j'ai besoin de sortir de l'animation et de faire quelque chose qui ne provoque pas un sentiment d'amertume.

— Justement, dit le père d'Ash et il arrêta de tripoter son jouet pour croiser les doigts et regarder Ethan droit dans les yeux.

— Je crois totalement en toi. Et je ne suis pas le seul.

— Merci, Gil. C'est gentil.

— Non, ce n'est pas gentil. C'est intéressé également. Car je sais qu'Ash s'inquiète pour toi. Je ne veux pas gâcher votre belle idylle, Ethan. Ma fille veut que tu sois heureux. Elle aimerait que tu puisses faire ce qui te passionne.

— Moi aussi.

Gil se pencha sur son bureau, tel un homme qui va offrir un conseil en placements comme on n'en rencontre qu'une seule fois dans sa vie.

— Voici ce que je ferais, dit-il. Retourne voir ces gens et explique-leur ce que tu veux faire.

— Ces gens ? s'esclaffa Ethan avant de se reprendre. (Il avait dû paraître odieux.) Je veux dire… les personnes à qui j'avais affaire travaillent uniquement sur ce programme. Ça ne les intéresse pas que je leur propose autre chose.

— Et la chaîne ? Tu ne peux pas leur proposer ton… *Figland* ? Un programme dans le même genre que l'autre, mais beaucoup plus intelligent, plus satirique et surtout, plus drôle. Et s'ils ne veulent pas le faire, dis-leur que tu vas voir la concurrence. J'ai effectué quelques recherches pour toi. Il y a des trous noirs dans la grille de la chaîne, des cases où tous leurs programmes échouent. Ils sont constamment à la traîne dans certaines tranches horaires et ça les inquiète.

Ethan se renversa en arrière et sentit l'épine dorsale du fauteuil ultramoderne céder légèrement, comme s'il allait l'expédier cul par-dessus tête. Gil avait l'habitude que toutes les choses soient faites, arrangées et réglées ; ses hypothèses et son optimisme étaient remarquables. Il voulait qu'Ethan aille trouver les gens de la chaîne pour leur vendre *Figland* de manière agressive et confiante, pour qu'ils soient convaincus – non, pour qu'ils craignent – qu'il y avait énormément d'argent à gagner avec Ethan Figman. Ce serait une sorte de tour de passe-passe, exactement comme dans le monde de Gil. Et comme dans le monde de Gil, une telle manœuvre pouvait parfois se révéler aussi satisfaisante que productive.

Face à l'enthousiasme, presque inquiétant, de Gil, Ethan sentit qu'il se raidissait, avant de se laisser fléchir. Son propre père avait toujours été trop préoccupé et déboussolé ; résultat, il avait été spectaculairement mauvais dans le domaine de la paternité. Maintenant, Ethan voulait l'amour du père d'Ash, plus que n'importe quoi. Après tout, il avait mis l'équivalent d'un bol de mousse coiffante dans ses cheveux et enfilé un costard en pleine journée pour l'obtenir. L'intensité de leur échange de regards lui fit comprendre soudain que cette conversation – ou ce qui en tenait lieu – était celle que Gil aurait voulu avoir avec Goodman. Et il comprit que c'était là tout le sens de cette entrevue.

Un père qui avait perdu son fils était un être désespéré. Désœuvré, désemparé. Le drame du départ brutal de Goodman, des années plus tôt, accompagnait encore Gil, partout, et lui rappelait en permanence ce qu'il avait eu, ce qu'il avait critiqué constamment, sans doute pas assez apprécié, et ce qu'il avait perdu. La douleur était inimaginable. Le père d'Ash avait besoin qu'Ethan réussisse car son fils s'était enfui et n'avait jamais été retrouvé. Son propre fils était comme mort, mais pas Ethan.

Alors, il appellerait la chaîne, pourquoi pas ? Il se ferait violence pour aller là-bas, comme un *schmuck,* et on verrait bien ce qu'ils diraient. Il pouvait supporter un rejet ; il avait déjà connu cette expérience et il avait survécu.

— Encore une chose, ajouta Gil. Si tu finis par conclure un accord avec eux…

— Faut pas rêver.

— Si ça se fait, tu dois donner à ces types une chose qu'ils ne peuvent pas trouver ailleurs. Il faut qu'ils aient besoin de toi. C'est ça, la clé.

— Oui, je vois ce que vous voulez dire. Merci. Franchement, vous avez été super généreux et tout ça.

Ils se levèrent. À plus de cinquante ans, Gil Wolf était encore svelte, il jouait au tennis deux fois par semaine. Il n'avait presque plus de cheveux sur le dessus du crâne, mais il arborait d'impressionnants favoris argentés, et ses tenues, toujours très chics, étaient choisies par sa femme qui possédait le même œil qu'Ash dans ce domaine.

— Bien, dit-il. Maintenant, allons déjeuner. J'ai envie d'un steak. Ou plutôt, j'ai envie d'une salade.

(Il rit.) C'est ce que je suis censé dire. D'après mon médecin, à force de manger de la salade, je finirai par en avoir terriblement envie. Mon taux de bon cholestérol grimpera et le mauvais disparaîtra comme la rosée du matin.

— Allons-y pour la salade, alors, dit Ethan qui, à vingt-trois ans, n'avait jamais pensé au cholestérol.

Il savait vaguement que ça concernait la graisse dans le sang, mais dès que quelqu'un parlait du cholestérol, il s'aperçut qu'il cessait immédiatement de l'écouter, comme quand quelqu'un lui racontait ses rêves. Gil ôta d'un geste délicat le badge « visiteur » collé sur le revers d'Ethan. Il laissa sur la veste un rectangle fantomatique de pollen qui demeurerait jusqu'à ce qu'elle soit finalement retirée de la circulation l'année suivante, sur l'insistance d'Ash, remplacée par une autre veste, coûteuse et d'une autre couleur.

— Attends. Une dernière chose, dit Gil. (Son expression se modifia soudain, la gêne apparut.) J'aimerais te montrer un truc, si ça ne t'ennuie pas.

— Bien sûr.

Gil alla fermer la porte de son bureau, puis il ouvrit un placard et en sortit un gros classeur en accordéon couleur brique, soigneusement fermé par une ficelle. Il la défit en disant :

— C'est mon secret, Ethan. Je ne les ai jamais montrés à personne, pas même à Betsy.

Oh, merde, c'est un truc porno, pensa Ethan et il sentit son col de chemise lui serrer le cou. Un truc fétichiste bizarre. Des photos d'enfants prises dans des maisons aux fenêtres peintes en noir. Gil voulait l'initier à son monde. Non, non, c'est une idée stupide !

340

Arrête ! Voilà que tu jacasses intérieurement maintenant, se dit Ethan. Il regarda le père d'Ash sortir une
liasse d'épaisses feuilles de carnets à croquis couvertes
de dessins.

— Dis-moi de ce que tu en penses.

Il les tendit à Ethan, qui examina le premier dessin, réalisé au fusain. Une femme assise à une fenêtre
regardait dans la rue. Il avait nécessité beaucoup de
travail, ça se voyait. Sous le fusain gris nébuleux, on
distinguait les traces de gommage, les erreurs, les
modifications. La femme tournait la tête de telle façon
qu'elle semblait avoir la nuque brisée. C'était un très
mauvais dessin, Ethan s'en aperçut d'emblée. Mais il
comprit, oh Dieu soit loué, il comprit immédiatement
qu'il ne s'agissait pas d'une plaisanterie et qu'il n'était
pas censé rire. Dieu merci, penserait-il souvent au
cours des années suivantes, il n'avait même pas souri.

— Intéressant, murmura-t-il.

— Je m'essayais au profil de trois quarts, expliqua Gil en regardant son dessin par-dessus l'épaule
d'Ethan.

— Je vois ça. Et d'une toute petite voix, si faiblement qu'il est possible que le père d'Ash ne l'ait même
pas entendue, si bien qu'Ethan aurait pu le dire sans
le dire véritablement, il ajouta : J'aime bien.

— Merci, dit Gil.

Ethan fit glisser le dessin sous la pile et regarda le
suivant : un paysage marin avec des mouettes, des
rochers et des nuages aux contours trop tranchants.
Si ce dessin était moins mauvais, il restait médiocre.
Gil Wolf aurait voulu posséder une main capable de
tenir un crayon et de lui faire faire n'importe quoi, ou

mieux encore, il aurait voulu être ambidextre, comme Ethan. Hélas, le talent ne pouvait pas s'acquérir par la volonté. Ethan murmura un commentaire approprié pour chaque dessin. C'était une sorte de jeu extrêmement stressant intitulé : *trouve les bons mots, imbécile.*

— Alors, ton verdict ? demanda Gil d'une voix enrouée par l'inquiétude. Dois-je persévérer ?

Cet instant s'étira à l'infini. Si le but du dessin était de montrer votre travail au monde pour que d'autres personnes voient ce que vous avez voulu exprimer, alors non. Gil ne devait pas persévérer, il ne devait plus jamais dessiner. Rien du tout. Il faudrait même lui interdire de posséder des fusains. Mais si le dessin était un moyen de s'exprimer ou de se libérer, de donner un sens intime à la perte d'un fils, d'un enfant, d'un garçon, alors oui, Gil devait dessiner et dessiner encore.

— Bien sûr, répondit Ethan.

Le dernier dessin de la pile représentait deux personnages, un garçon et une fille, qui jouaient avec un chien. De prime abord, l'enchevêtrement de leurs deux corps était si torturé qu'on aurait dit une véritable scène de supplice. Quelqu'un faisait du mal à quelqu'un d'autre. Mais en fait, non. Ethan s'aperçut que ces enfants riaient, et leur chien, qui ressemblait davantage à un phoque, semblait rire lui aussi, avec les babines retroussées.

— C'est tiré d'une vieille photo, expliqua Gil.

Sa voix était tendue et Ethan n'osait pas le regarder, par peur de ce qu'il allait découvrir. Quelques instants plus tôt, Ethan craignait d'éclater de rire, et maintenant, il songeait que Gil allait peut-être se mettre à pleurer. Auquel cas, Ethan pleurerait lui aussi, mais il devait protéger Gil, faire un geste affectueux envers lui, lui dire qu'il était content d'avoir vu ses œuvres. Sur le dessin, Ash et Goodman jouaient avec Noodge qui était encore un chiot. Gil avait fait de son mieux pour saisir ce moment. Ce dessin laborieux montrait la petite amie d'Ethan Figman enfant, évoquant vaguement la véritable Ash telle qu'il l'avait vue sur les nombreuses photos qui couvraient les murs de l'appartement des Wolf. Dans l'illustration de son père, Ash et Goodman étaient heureux, le chien était heureux et vivant, le temps s'était arrêté, et rien n'indiquait ce que serait l'avenir de ces enfants, même si, détail troublant, les cous du frère, de la sœur et du chien semblaient avoir été brisés, négligemment.

Après le dîner dans le beau et sombre restaurant japonais, après avoir fait leurs chaleureux adieux aux deux cadres de la chaîne – poignées de main fermes et viriles entre les hommes, légers baisers sur la joue entre tous les autres –, Ethan et Ash descendirent Madison Avenue sous un crachin. Il était tard et cette rue s'accommodait mal de la nuit. Ce soir, tout le monde s'empressait d'aller ailleurs. Toutes les vitrines étaient protégées par des grilles, les vêtements et les chaussures de prix, les chocolats fins, étaient rangés en lieu sûr jusqu'au lendemain, inaccessibles. Ils marchèrent à pas lents vers le sud ; Ethan n'était pas encore prêt à monter dans un taxi. Il prit Ash par la taille et ils continuèrent leur déambulation en s'appuyant l'un sur l'autre. Ils s'arrêtèrent au coin de la 44e Rue et Ethan l'embrassa ; elle sentait un peu le saké, le poisson. Une odeur enivrante, vaginale. Il se sentit excité, au beau milieu de toutes les autres émotions qu'il ressentait. Ash sembla percevoir son état d'esprit, qui déployait de manière hésitante ses nombreux tentacules.

— Lequel tu as aimé le plus ? demanda Ethan.

— Aimé ? Je ne suis pas sûre que ce soit le terme qui convient. Ils ont tous les deux beaucoup de bagout. Mais Hallie s'en remet à Gary en règle générale.

— Non, je parlais des sushis. Et des sashimis. Pas des cadres de la chaîne. Moi, j'ai bien aimé celui qui avait une forme de gramophone.

— Oh, d'accord. Oui, il était chouette celui-ci. Mais je crois que j'ai préféré celui qui ressemblait à un cadeau de Noël. Rouge et vert. Tu vas réaliser un super programme, au fait.

— Peut-être. Peut-être pas.

— Tu plaisantes ?

— C'est juste que je suis à un tournant de ma vie. Il y a un avant et un après.

Ethan estimait que l'on devenait aisément cupide dès que sa fortune augmentait. Ash avait toujours semblé considérer l'argent de ses parents comme une chose acquise, ce qui le gênait. Lui, ayant d'abord vécu avec ses parents fauchés, exaspérés et querelleurs, puis avec son père insouciant, avait toujours été indifférent à la richesse, mais ses tendances socialistes ne s'étaient jamais vraiment développées ; il était né trop tard pour se sentir suffisamment accompagné.

— Et si ce programme est raté ? demanda-t-il. Si c'est une vraie honte, un échec artistique total ? Une *erreur.*

— Ethan, tu trouves que tout est une erreur. Tu ne sais absolument pas quand une chose est bien.

— Comment ça ?

— La fois où on t'a proposé ce stage d'été après le lycée…

— J'ai refusé à cause d'Old Mo, s'emporta Ethan. Il mourait d'un emphysème, Ash. Que voulais-tu que je fasse, hein ?

Rien qu'en repensant à cet été-là, Ethan se sentit abattu. Old Mo Templeton, sous oxygène, léger comme une plume, ne pouvait plus s'alimenter. Ethan était allé lui acheter un presse-fruits. Une merveille, la Jaguar des presse-fruits, aussi futuriste qu'un vaisseau spatial. Il y avait introduit des carottes, des betteraves et du céleri, et s'était assis à côté du lit d'hôpital installé dans l'appartement d'Old Mo. Il avait penché le verre devant la bouche du vieil homme et plié la paille.

Un jour, alors qu'il courbait la paille flexible, il perçut le minuscule grincement qu'elle produisait et il enregistra mentalement cette idée, *bruit de paille*, pour une utilisation future. « Bruit de paille ! Bruit de paille ! » réclamait le personnage de Wally Figman à sa mère qui lui avait donné un verre de lait chocolaté, quelques mois plus tard au cours d'un flash-back, dans un épisode de *Figland*. La bande-son agressive du dessin animé s'arrêtait pendant que la mère de Wally courbait la paille, qui produisait ce petit grincement pareil à aucun autre et agréable, d'une certaine façon.

Quand *Figland* fut diffusé en prime time, les fumeurs de joints qui regardaient l'émission prirent vite l'habitude d'échanger des « bruit de paille, bruit de paille ! ». Quelqu'un fonçait dans la cuisine alors, ou courait dans une boutique, pour rapporter une boîte de pailles flexibles Circus, et ils s'amusaient à les courber les unes après les autres pour entendre ce bruit spécifique, inimitable, en trouvant cela hilarant, sans savoir pourquoi.

Ethan était resté auprès d'Old Mo jusqu'aux derniers jours, lorsque le vieil homme fut conduit à l'hôpital, et il était présent au moment de sa mort : il avait hérité de l'ensemble de la collection de vieux dessins animés de son professeur : *Skedaddle, Big Guy, Cosmopolitan Ranch Hands* et tout le reste. Parfois, la nuit, quand Ash dormait et qu'Ethan n'y arrivait pas, il allumait le vieux projecteur Bell & Howell couleur chocolat et, assis dans le salon, il regardait ces très vieux films d'animation sur le mur, mais dernièrement, il trouvait cela trop larmoyant, il avait l'impression de s'apitoyer sur son sort, alors il avait rangé toutes les bobines dans un carton pour les stocker chez son père. Un carton de plus ou de moins dans cet appartement répugnant, ça ne changerait pas grand-chose.

Il avait refusé ce poste chez Looney Tunes pour une raison importante, mais il n'avait pas pu se faire une idée, en effet, de ce qu'aurait pu être ce travail, ni de ce qu'il aurait pu lui apporter. Looney Tunes représentait un cauchemar potentiel d'asservissement et d'adhésion à la vision de quelqu'un d'autre ; néanmoins, cela aurait peut-être été excitant de travailler là-bas. Évidemment, il n'y avait aucun moyen de le savoir maintenant. Il n'avait pas suivi l'itinéraire clinquant Warner Bros/L.A., il était resté à New York après avoir obtenu son diplôme.

— Franchement, dit Ash, ce n'était qu'une question de temps avant que tu quittes *Gloussements*. Ce n'était pas assez bien pour toi. Je me disais : où est la subtilité ? Ethan va détester ça.

— Tu en savais plus que moi, alors. Et puis, il y a eu ton père, avec son grand discours d'encouragement, ce jour-là dans son bureau… Sans lui, je ferais Dieu sait quoi maintenant. J'irais à la dérive.

Pendant des mois, Ethan avait réfléchi aux paroles de Gil, tout en réalisant à nouveau des films promotionnels pour gagner de l'argent. Finalement, après de longues cogitations obsessionnelles, il se dit qu'il était prêt à présenter ses idées, comme Gil l'avait poussé à le faire, et à son grand étonnement, la chaîne avait dit : bien sûr, nous serons ravis d'écouter votre proposition. Il leur avait apporté un story-board et il avait fait les différentes voix des personnages, comme dans ses courts-métrages. Tout le monde avait beaucoup ri dans la salle et on l'avait convoqué pour deux autres entretiens avec d'autres dirigeants, et en définitive, ils avaient dit oui, ils lui avaient donné sa propre émission. Seul, Ethan n'aurait jamais eu les couilles de se présenter à eux comme ça. Les couilles. Il repensa au pendule de Newton sur le bureau de Gil. Gil avait un tas de boules, pendues à des fils, elles s'entrechoquaient en cliquetant comme des folles. Il devait tout à Gil, et pourtant, alors même qu'il se disait cela, Ethan savait que ce n'était pas vraiment le cas.

Ce soir, après le miraculeux assortiment de poissons crus et les verres de saké aromatique avec lesquels ils avaient trinqué, la vérité éblouissante de son succès était indéniable. Pourtant, dans la rue, sous la pluie, après ce dîner, Ethan se sentait assommé de nouveau, comme à Maui. Pourtant, cette fois, il faisait ce qu'il avait envie de faire ! Il avait obtenu tout ce qu'on pouvait imaginer ! Le coup de massue venait d'ailleurs. Non pas de la déception, mais de la satisfaction. Il savait que sa vie allait subir un changement radical et trépidant, et il s'en trouverait changé lui aussi. Peut-être même physiquement. Il était comme un bébé dont la tête s'allonge pendant qu'il effectue l'effroyable voyage à travers le vagin semblable à une machine à glaces à l'italienne. Ash était enveloppée dans son manteau et son écharpe, elle qui avait été si jolie assise à côté de lui sur des nattes en paille, devant cette table basse laquée ; de toute évidence, elle avait impressionné et surpris Gary Roman et Hallie Sakin. Ethan s'élevait socialement grâce à la beauté incongrue de sa petite amie. Il ne le supportait pas : c'était une insulte pour Ash, et pour lui. Hélas, c'était prévisible et vrai.

Quand ils rentrèrent chez eux ce soir-là, au lieu de se sentir fatigués et trempés par la pluie, ils se laissèrent tomber sur leur futon et, sans discussion aucune, ils se mirent à baiser. Ash ôta ses beaux vêtements jusqu'à ce qu'elle n'ait plus que son petit maillot sans manches qui excitait terriblement Ethan, pour des raisons qu'il ne comprenait pas. Il introduisit sa main sous le coton côtelé élastique. À un moment donné, Ash se retrouva sur le ventre et il se surprit à grimper sur elle ; il vit alors que l'étiquette du maillot dépassait dans le dos. «Hanes for men», lut-il à l'envers et ces mots à eux seuls injectèrent une nouvelle dose de sang dans son pénis déjà durci. Il eut envie de rire.

Le sexe était une chose aussi étrange que tout le reste, aussi étrange que les sushis, l'art, ou le fait qu'il était maintenant un adulte qui pouvait baiser une femme qui l'aimait. Le fait que lui, Ethan Figman, était baisable finalement, alors que durant les dix-sept premières années de sa vie, il avait été persuadé du contraire. Mais un jour, au petit matin d'un terrible jour de l'an, il avait passé son bras autour d'Ash Wolf alors qu'ils sortaient du poste de police, après que Goodman, son frère, avait été arrêté, et elle l'avait regardé avec ce qu'il appellerait par la suite *un visage de faon*, l'expression que prend un cerf non pas quand il se fige dans les phares d'une voiture, mais quand il voit un humain le regarder avec étonnement. Le cerf le regarde lui aussi, il affiche sa peur, mais également sa grâce, et il fait l'intéressant devant l'humain pendant un instant. Il flirte. Ash lui avait fait son visage de faon et Ethan, désorienté, avait cligné des paupières. Il l'avait prise par la taille de manière instinctive, il avait envie de la protéger car il savait combien elle aimait son frère et combien elle souffrait. Mais il y avait ce *visage*, et il décida qu'il se trompait, ça voulait dire la même chose que d'habitude : elle lui était reconnaissante, rien de plus.

Pendant longtemps, sept mois précisément, il avait supposé qu'il avait mal interprété l'expression d'Ash. Et puis, de retour à Spirit-in-the-Woods, en plein été, loin de sa famille et de l'incessant chagrin dû à la disparition de Goodman, Ethan et Ash s'étaient isolés quelques fois dans l'atelier d'animation, et ils avaient échangé en toute franchise un assortiment de détails intimes. Ethan parla des toutes premières fois où il avait eu vaguement l'idée de *Figland,* quand il était encore très jeune. Cet endroit imaginaire semblait lui envoyer des messages qui témoignaient de son existence, par le biais de petites cheminées à l'intérieur de son cerveau. Il confia à Ash qu'il était certain alors qu'il ne pouvait pas y avoir que ce monde réel et haïssable dans lequel nous vivions tous, il avait donc dû créer un monde alternatif. Ash, quand vint son tour de se confier, parla de Goodman ; elle savait bien qu'ils avaient peu de choses en commun à part leurs parents, mais qu'importe, elle avait l'impression d'être lui. Parfois, en se réveillant, elle croyait littéralement qu'elle était son frère, couché dans un lit quelque part. Elle raconta à Ethan que pendant un an, en classe de quatrième, elle avait volé dans des magasins, sans jamais se faire prendre. Résultat, elle avait encore un tiroir plein de maquillage et de collants, dans des tailles et des couleurs qu'elle ne pourrait jamais porter. «Rouge bayou intense», «Reine extra-plus». C'était comme si Ethan et Ash savaient qu'ils étaient sur le point de s'engager l'un envers l'autre pour la vie ; alors, il valait mieux que l'autre sache d'emblée, précisément, ce qui l'attendait. Mais comment auraient-ils pu comprendre ce qui leur arrivait à dix-sept ans ?

Un jour, au moment où elle quittait l'atelier d'animation, après une longue conversation aux accents de confession, Ash dit à Ethan :

— Tu peux venir dans le tipi cette nuit, si tu veux.

— *Ton* tipi ? demanda-t-il comme un idiot. Pour quoi faire ?

Ash haussa les épaules.

— OK, ne viens pas.

— Si, si, je viendrai, dit Ethan.

Même s'il estimait qu'il courait le risque de mourir de surexcitation avant.

Quand il se glissa dans le tipi d'Ash Wolf ce soir-là, ce fut en présence de quatre filles endormies, et parmi elles se trouvait Jules. Un aspect de la situation qui le contrariait fortement ; il lui était presque insupportable de se trouver dans le lit d'Ash alors que Jules était si proche. Il devait miser sur le fait qu'elle dormait à poings fermés, et prier. Quand il s'allongea contre Ash, après avoir réussi à enlever sa chemise, puis son caleçon, juste pour qu'ils soient nus ensemble, sans aller jusqu'au bout pour le moment (ce serait pour une autre fois, sans personne autour, évidemment), sa queue était si dure contre son ventre qu'on aurait dit un flipper quand on appuie sur le bouton d'un côté de la machine. Il sentait leurs peaux brûlantes qui se touchaient. Ethan était tellement ému et troublé par cette sensation d'une peau contre la sienne qu'il en oublia la présence de Jules pendant un moment.

Ash Wolf le désirait pour de bon. Cela semblait improbable, mais c'était comme un tas de choses dans la vie. Couché contre elle cette nuit-là, il commença à en dresser une liste :

L'existence des paons.
Le fait que John Lennon et Paul McCartney se
        soient connus adolescents.
La comète de Halley.
L'insupportable splendeur de la *Blanche-Neige* de
        Walt Disney.

Cette première visite dans le tipi des filles au milieu de la nuit fut magnifique. Extrêmement collante aussi, profondément audacieuse, expérimentale et d'une intensité presque psychotique. Mais Ethan et Ash surent presque aussitôt ce que ça pouvait devenir, ce que ça devenait déjà. À l'autre bout de la pièce en bois, il apercevait la silhouette de Jules Jacobson qui dormait dans le noir. Oh, Jules ! Il remarqua qu'elle portait un appareil dentaire qui brillait au clair de lune.

Il éprouvait un sentiment de tendresse pour elle, alors même qu'il lui disait adieu comme à son premier et durable amour. Il déplaçait consciemment son affection, en apparence du moins. Il était entouré de filles et l'atmosphère était chargée de visages féminins, de poitrines et de cheveux parfumés par les nombreux shampoings. C'était presque trop pour un garçon de dix-sept ans, il ne pouvait pas tout absorber. Mais cela finit par se réguler et le trop se transforma en juste assez, et cette sensation de satiété était toujours là, aujourd'hui encore, huit ans après.

— Oh, fuck, fuck, dit Ethan quand il jouit ce soir-là, au lit avec Ash, après le dîner japonais.

Et quelques minutes plus tard, quand il eut récupéré et put reprendre la délicate et très agréable tâche qui consistait à faire tournoyer son doigt sur le clitoris d'Ash jusqu'à ce qu'elle explose devant lui, elle s'exclama :

— Oh, fuck, fuck !

Allongé sur le dos, Ethan demanda :

— Pourquoi est-ce que les gens disent «fuck», «oh, fuck» pendant qu'ils font l'amour. C'est tellement convenu, c'est un tel cliché ! Comme si tous les schizophrènes paranoïaques croyaient que leurs pensées étaient interceptées par le FBI. Pourquoi les gens ne sont-ils pas plus originaux ?

— Je ne crois pas que l'originalité soit un problème pour toi, répondit Ash.

— Et si le programme est nul à l'arrivée ? Si ma vision de *Figland*, la façon dont je me le représente dans ma tête, ne peut pas être transcrite dans un programme de télé de vingt-deux minutes ?

Couchés côte à côte, ils se regardaient.

— Je t'adore, dit Ash en lui caressant le visage et la poitrine.

— C'est gentil, et moi aussi, mais pourquoi dis-tu ça à ce moment précis ?

— Regarde-toi ! On t'offre une chance incroyable. Je suis sûre que les gars de *Gloussements* aimeraient te voir mort. Et malgré cela, tu rabâches la même chose, toujours cette même peur. Le manque d'assurance. Tu t'inquiètes encore parce que tu veux que tout soit parfait sur le plan artistique, tu veux être sûr que le résultat ne soit pas *nul*. Ce que tu fais n'est jamais assez bien, à tes yeux. Qui t'a rendu comme ça, ta mère ou ton père ? Ou les deux ?

— Ni l'un ni l'autre. C'est de naissance. Je suis sorti du ventre de ma mère en disant : « Je crains qu'il y ait un truc qui cloche. J'ai une drôle d'excroissance entre les jambes ! »

— Tu es cinglé. Tu n'as aucune raison d'être comme ça. Ça ne tient pas debout. Tu n'as pas subi la pression constante de tes parents, contrairement à moi.

— Oh, c'est *Le Drame de l'enfant doué*, hein ?

— Oui, d'une certaine façon. Je te l'ai sorti l'autre jour, d'ailleurs. Tu l'as lu ?

— Je l'ai survolé.

— Tu l'as survolé ? C'est un livre très court, Ethan.

— Si court qu'on dirait un haïku, hein ? Eh bien, je crois que je peux le résumer sous la forme d'un haïku :

Mes parents m'aimaient
Narcissiquement, hélas
Et maintenant je suis triste.

— Ne te moque pas de moi, dit Ash. C'est un livre important.

Depuis quelque temps, Ash était obsédée par *Le Drame de l'enfant doué*, un ouvrage de la psychologue suisse Alice Miller, devenu culte à sa sortie des années plus tôt. Ash affirmait que c'était le meilleur livre qu'elle avait jamais lu. La majeure partie traitait des dommages irréparables causés aux enfants par des parents narcissiques. Ash l'avait disséqué, en prenant des notes dans les marges, convaincue qu'il se rapportait à elle et à plusieurs personnes qu'elle connaissait. Les Wolf, particulièrement Gil, avaient toujours nourri de grandes espérances vis-à-vis d'elle, convaincus que Goodman n'irait jamais très loin. À l'inverse, la mère et le père d'Ethan ne l'avaient jamais poussé, pas une seule fois, trop absorbés par leur mariage désastreux, puis par leur rupture, pour s'intéresser aux talents précoces et naissants de leur fils.

Enfant, Ethan Figman sombrait souvent dans de courtes périodes d'intense désespoir, mais Figland avait germé durant ces périodes. Le point de départ, très élaboré et un peu remanié, de l'épisode pilote très spirituel était le suivant : dans un appartement chaotique de New York vit un gamin solitaire et ringard nommé Wally Figman. Ses parents passent leur temps à se crier après et à l'ignorer. À l'école, en cours d'éveil artistique, alors qu'il est censé dessiner une dinde à partir d'une empreinte de main, pour Thanksgiving, Wally crée une petite planète en pâte à modeler, et même si son professeur se moque violemment de lui devant tout le monde, il rapporte sa création chez lui et la range dans une boîte à chaussures, sous son lit. Cette nuit-là, alerté par un vague grondement, il ouvre la boîte et découvre la planète qui tournoie et rougeoie. Elle est devenue réelle. Wally la baptise Figland et lorsqu'il se penche pour l'examiner de plus près, il rapetisse et tombe à l'intérieur de la boîte à chaussures. Il réapparaît sous le soleil de la planète Figland en dressant la tête telle une marmotte stupéfaite. Wally n'est plus un gamin ringard et bizarre, c'est maintenant un adulte qui ne sait rien de rien.

Le pilote raconte la genèse de Figland, mais les épisodes de la première saison, d'après le plan, narrent en détail les aventures bizarres et drôles de Wally à Figland. Certaines, de nature politique, mettent en scène un gouvernement corrompu qui fait froid dans le dos ; d'autres sont d'inspiration sociale ou socialement ineptes, le tout truffé de références à la pop culture, de plaisanteries subtiles et d'allusions scatologiques sur un rythme échevelé. À la fin de chaque épisode, Wally est ramené sur terre, où ses parents continuent à lui crier après.

Dans son enfance, Ethan fermait les yeux chaque nuit pour retourner à Figland, encore et encore, et construire ce monde minutieusement. Si bien que le jour où il présenta à la chaîne son dessin animé déjanté, mais plein d'esprit, destiné aux fins de soirées, sous la forme d'un story-board («des personnages simples, des situations complexes, voilà une excellente devise», lui avait toujours dit un ami qui faisait de l'animation), c'était déjà une entité totalement achevée. Figland lui avait fourni matière à réflexion quand il était enfant, cet univers avait fait de lui ce qu'il était aujourd'hui. En tant qu'individu, Ethan Figman était névrosé, assailli par le doute, mais il n'était pas traumatisé et ce programme rendait le projet viable.

Ash promena ses doigts sur la peau blanche et douce du bras d'Ethan en n'hésitant pas à passer sur une plaque d'urticaire.

— Si la première saison ne marche pas, dit-elle, on rompra le contrat et on partira ailleurs, loin.

— Si la première saison ne marche pas, on n'aura pas besoin de rompre le contrat. Ce sera terminé. Mais quoi qu'il arrive, comme tu le sais, jamais je ne quitterai New York.

Cela avait fait grand bruit quand la chaîne avait accepté que *Figland* soit réalisé ici. Certes, *Gloussements* était produit dans cette ville également, mais il s'agissait d'un budget beaucoup moins important. Là, c'était du jamais vu, un projet très coûteux confié à un débutant, et malgré cela, la chaîne était partante pour le produire à New York et accorder à Ethan tous les moyens nécessaires.

— Même dans cette hypothèse fantaisiste, tu ne partirais pas ? demanda Ash. Car ce n'est rien d'autre qu'une hypothèse fantaisiste. La première saison va marcher.

— Quoi qu'il arrive, je voudrais rester ici. Tu le sais.

Au milieu des années quatre-vingt, New York était une ville insupportable, invivable et impossible à quitter. Parfois, les sans-abri couchés sur les trottoirs vous empêchaient de passer et il était difficile de ne pas s'y habituer. Vous deviez entraîner votre cerveau à se souvenir : *un être humain est couché là, à mes pieds, je ne dois pas éprouver du mépris à son égard*. Autrement, vous risquiez de devenir aigri et de vous replier sur vous-même, mu uniquement par le dégoût et l'autodéfense lorsque vous sortiez dans l'arène chaque matin.

Surplombant tout, telle une corniche fissurée, il y avait le virus du sida et sa condamnation à mort certaine. Les homos que connaissait Ethan passaient leur temps à assister à des cérémonies du souvenir. Ash et lui s'étaient rendus à plusieurs d'entre elles. Beaucoup de gens de leur entourage étaient hystériques, ils dressaient la liste de toutes les personnes avec lesquelles ils avaient couché. Ethan savait que le seul de leurs amis pour lequel ils devraient peut-être s'inquiéter était Jonah, bien qu'ils ne connaissent pas tous les détails de sa vie privée. Jonah Bay était l'être le plus gentil, le plus doux que vous pouviez rencontrer, mais c'était aussi un mystère. Même Ash, qui avait été sa petite amie et éprouvait encore beaucoup d'affection pour lui, ne savait pas qui il était exactement.

Mais ce qui rendait la vie à New York si étrange – pas plus agréable qu'ailleurs, peut-être même moins –, c'était l'impression de *richesse* qui irradiait tout. De nouveaux restaurants chics ne cessaient de s'ouvrir ; l'un d'eux mettait de la lavande dans tous ses plats. Ethan et Ash avaient appris récemment, par Jules, qui le tenait de Nancy Mangiari, que Cathy Kiplinger avait obtenu un MBA à Stanford et qu'elle commençait à travailler sur «les marchés de capitaux», comprenne qui pourra. Ethan ne comprenait pas qu'une personne aussi talentueuse et gracieuse puisse se retrouver assise sur un siège pivotant toute la journée, à lire des documents sur… les marchés de capitaux. Peut-être que sous son bureau massif, ses pieds se mettaient en première ou en deuxième position parfois.

Durant les semaines précédant l'établissement du contrat d'Ethan, son conseiller financier lui dit à la fin d'un rendez-vous, comme si l'idée venait de lui traverser l'esprit :

— À votre place, si votre programme décolle et fait un carton, j'envisagerais sérieusement de collectionner du Peter Klonsky.

— Qui ça ?

— Les tableaux de cornets de glace. Je n'arrête pas d'entendre prononcer son nom. Il fait de grandes œuvres très riches et un peu vulgaires, dans le bon sens du terme. Et elles vont s'apprécier à coup sûr.

— Dans le temps, les gens appréciaient les œuvres d'art. Maintenant, ce sont les œuvres qui s'apprécient ? On en est arrivé là ? Bah, sans doute que ça a toujours été comme ça, mais j'étais naïf.

Son conseiller financier avait ri, mais Ethan, mal à l'aise, se demandait si lui-même était considéré comme un artiste dont le travail allait s'apprécier. Évidemment. Gil le lui avait bien dit. À la minute où il avait présenté son dessin animé dans cette salle pleine de dirigeants de la chaîne, attentifs et riant bêtement, il était entré dans le système sanguin de l'argent et du commerce. La pureté ne voulait rien dire, et sans doute qu'il en était ainsi depuis toujours. Le mot lui-même avait des accents hypocrites. Ethan connaissait une femme qui se disait écrivain, mais quand vous lui demandiez ce qu'elle écrivait, elle répondait : «J'écris uniquement pour moi.» Après quoi, elle vous montrait avec une timidité affectée son journal matelassé, et quand vous demandiez à le lire, elle s'y opposait, expliquant que le contenu ne regardait qu'elle. Pouvait-on être un artiste si on n'avait pas de *produit* à montrer? Ethan était lui-même un produit et il les laissait se faire submerger, ce produit et lui, par la promesse d'une fortune future. Peut-être qu'il posséderait un Peter Klonsky un jour. Il n'avait encore jamais *vu* d'œuvre de Peter Klonsky, et pourtant, il avait honte soudain de s'apercevoir qu'il en voulait une.

Quant à Cathy Kiplinger, partie sur les marchés de capitaux, peut-être que le fait de manipuler de l'argent et des marchés provoquait en elle la même libération d'endorphine que la danse autrefois. Ethan était resté en contact avec elle, discrètement, pendant quelques années. La fille en mal d'affection était devenue une femme en mal d'affection. Elle avait poursuivi une relation épisodique avec Troy Mason qui était entré dans la troupe de l'Alvin Ailey American Dance Theater. Ethan se demandait s'ils étaient toujours en couple, mais il en doutait. Apparemment, on restait rarement avec la personne avec laquelle on sortait adolescent, tout le monde le leur disait, à Ash et à lui. Le temps avait passé, Ethan et Cathy avaient perdu le contact. Elle ne voulait plus avoir le moindre rapport avec lui, semblait-il, ou avec cette période plus ancienne, et malheureuse, de sa vie. Il devinait, cependant, qu'elle se trouvait ici, à New York, pour entretenir sa fortune et celles des autres. Cette ville était un paradoxe, depuis toujours peut-être. Vous pouviez y mener une vie formidable, même si tout se désintégrait. À cette période, New York n'était pas un endroit dont les gens se souviendraient avec nostalgie, si ce n'est qu'au milieu de tout cela, si vous saviez vous débrouiller, votre argent pouvait être multiplié par deux et vous pouviez acheter un appartement avec des fenêtres à triple vitrage qui donnaient sur le chaos.

Mais c'était précisément parce que la ville était dure en ce moment qu'Ethan Figman avait besoin d'y rester. Il savait que même si la situation devenait épouvantable à New York, cette ville continuerait à l'enthousiasmer. Il aimait ce lieu brutal, grouillant, ce lieu de compétition, où il avait passé toute sa vie. Mais il y avait autre chose, dont il n'avait pas encore parlé à Ash. Et ce soir-là, après le dîner au restaurant japonais, il se lança.

— Je sais que New York est une cuvette de chiottes... une cuvette chic, en porcelaine, lui dit-il. Mais peu importe car de toute façon *tu* ne pourrais pas partir.

— Comment ça ?

— Tu ne ferais pas ça à tes parents. Et *moi*, je ne pourrais pas t'enlever à eux. Ils ont déjà perdu Goodman. Toi ensuite ? Ce serait trop. Ce ne serait pas juste.

— Ils ne me perdraient pas, répondit Ash. Ce n'est pas pareil. Je serais à L.A.

Ethan se renversa sur le futon.

—Je n'arrête pas de penser à ton frère. Je me demande où il peut bien être, nom de Dieu. À cette minute même, où est donc Goodman ? Que fait-il ? Est-il en train de dîner ? De déjeuner ? De prendre son petit-déj ? Fait-il la sieste ? Travaille-t-il dans un restau de falafels ? (Ash ne disait rien.) Tu ne te poses pas la question ? Bien sûr que si ! (Elle ne disait toujours rien.) Oui ou non ?

—Oui, dit finalement Ash. Évidemment. Mais ce n'est quand même pas Etan Patz, ajouta-t-elle.

Ethan fut surpris par cette remarque. Etan Patz était ce garçon de six ans qui avait disparu à SoHo en 1979, le premier jour où il avait eu le droit d'aller seul à l'arrêt de bus. Cet enfant était une pierre de touche, un symbole de cette ville de plus en plus terrifiante. Mais l'analogie était mal choisie car, de toute évidence, il n'était rien arrivé de bon à Etan Patz. Alors que Goodman Wolf pouvait être n'importe où, en train de faire n'importe quoi.

—Je sais. Mais tu réagis de manière si étrange, dit Ethan.

—C'est une chose étrange, répondit Ash d'un ton sec qu'il ne lui connaissait pas, et qu'il n'aimait pas.

—J'ai rêvé de Goodman l'autre nuit, dit-il. Il était chez nous, et c'était encore un adolescent. Je voulais qu'il m'explique pourquoi il s'était senti obligé de partir et je voulais savoir où il se trouvait maintenant. Mais il ne voulait pas me le dire. Il ne parlait pas. Il était totalement muet.

—Oh, fit Ash. Ça devait être intense.

— Tu ne donnerais pas tout ce que tu as pour savoir où il est ? Pour savoir qu'il va bien ?

— Bien sûr que si.

— Imagine un peu : tu disparais un jour et on ne te revoit plus jamais. Qui fait ce genre de chose ? Qui inflige ça à sa famille et à ses amis ? Parfois, je me dis que Goodman était bien plus atteint qu'on ne le croyait. C'était carrément un… sociopathe.

— Mon frère n'était pas un sociopathe.

— Bon, d'accord, mais on était loin de se douter à qui on avait affaire à l'époque. On était des gamins. Des idiots. On écoutait ce que tout le monde nous racontait.

— Ethan…

Il était très agité brusquement. Ce sujet frustrant lui faisait toujours cet effet.

— C'est juste que tout est resté en suspens, dit-il.

— Oui, en effet. Mais il était innocent. Et un *procès* allait avoir lieu, dit Ash. Dick Peddy l'aurait défendu. Avec succès.

— Oui, un procès *devait* avoir lieu, mais Goodman a fait en sorte qu'il n'ait pas lieu. Alors, qui sait ce qui s'est passé réellement ? Cette question a toujours ressemblé à une menace, hein ? Ce n'est pas parce qu'on n'en parle pas que la question ne se pose pas. Peut-être qu'on devrait l'affronter en face ?

— Et pour quelle raison ?

Ethan regarda Ash, étonné.

— C'est toujours mieux de savoir que de ne pas savoir, non ? En général, je veux dire, dans la vie ? On ne peut rien changer, mais au moins, quand tu disposes des informations, tu peux réfléchir. « Voilà, c'est comme ça, point.» N'est-ce pas un des messages de ton petit bouquin? *Le Drame de l'enfant doué*? Il faut savoir ce qui s'est réellement passé il y a longtemps pour pouvoir vivre honnêtement?

— Mon «petit bouquin»? Quelle condescendance!

— Désolé. Mais on pourrait engager des détectives privés. Vous y avez pensé, tes parents et toi? Maintenant que je vais gagner de l'argent… Je sais que la chaîne n'a signé que pour une seule saison, mais on a de quoi voir venir. On pourrait engager un vrai pro, et comme ça, tes parents et toi, vous pourriez tourner la page et…

— Arrête, s'il te plaît, dit Ash et son visage se déforma, devint tout mou, comme chaque fois qu'elle allait pleurer. Je te l'ai déjà dit, Ethan, je n'aime pas parler de mon frère, ça me bouleverse. Il faisait partie de ma vie à chaque minute de chaque journée, et puis, plus rien. Tu n'as ni frère ni sœur, tu ne peux pas comprendre. Goodman avait un énorme potentiel, mais il n'a pas su l'utiliser. Il aurait pu réussir, j'en suis sûre. Hélas, il n'en a pas eu l'occasion, et c'est une des choses les plus tristes que je connaisse.

— Tu n'en sais rien.

— Quoi? Tu crois qu'il est parti construire le prochain grand musée, le plus grand gratte-ciel ou… La maison sur la cascade? J'en doute. Pourquoi est-ce que tu me fais ça maintenant? On ne va pas le «retrouver» subitement. Et même si on le retrouvait, ça entraînerait de nouveaux démêlés avec la justice. Ils l'enverraient en prison pour ne pas s'être présenté à son procès. Ils seraient durs avec lui, il n'aurait droit à aucune pitié. Cela ne ferait que détruire encore plus une vie déjà difficile et limitée. Tu ne peux donc pas laisser les choses comme elles sont ? Tu tiens vraiment à me torturer ?

Ash éclata en sanglots et lui tourna le dos, ce qui était insupportable pour Ethan. Une fois que vous aviez obtenu ce qu'il avait obtenu, vous ne pouviez plus en être privé ; il supposait qu'il en allait de même pour tout amour passionnel. Alors, après avoir attisé inutilement la vieille question de la disparition de Goodman Wolf, de l'endroit où il se trouvait maintenant et de ce qu'il avait fait à Cathy Kiplinger, Ethan Figman dit à sa petite amie qu'il était franchement désolé, il avait oublié combien c'était douloureux pour elle. Non, non, rectifia-t-il, il n'avait pas oublié, évidemment. Mais parfois, il avait du mal à faire la différence entre ce qui devait rester au stade de la pensée et ce qui devait être formulé à voix haute.

C'était étrange, assurément, qu'Ash ne veuille jamais parler de Goodman et de sa décision de fuir avant son procès. Ce refus d'en parler était un déni absolu, dans lequel toute la famille s'était engagée. Parfois, quand Ethan et Ash allaient dîner chez les Wolf, Betsy ou Gil mentionnait le nom de Goodman en passant et soudain, une vapeur de tristesse atomisée flottait au-dessus d'eux pendant quelques minutes, avant de se dissiper. Peut-être Goodman était-il réellement mort ? Il pouvait se trouver n'importe où dans le monde, ou nulle part.

Ethan ne s'aviserait plus jamais de bouleverser Ash de cette manière. Il garderait ses réflexions pour lui. Emporté par un courant d'association libre, idéaliste, il avait dit ce qu'il ne fallait pas et cela avait gâché, rétrospectivement, toute la soirée, le dîner au restaurant japonais pour fêter le contrat et la partie de baise exaltante en guise de dessert, et puis, évidemment, le moment de quiétude qui avait suivi, et qui était toujours l'instant le plus agréable pour lui. Mais pas ce soir.

Onze

Dennis Jacobson-Boyd avait une mission. Un matin de printemps, de bonne heure, il se rendit à la boutique du coin de la rue et acheta un exemplaire d'un magazine qui avait été livré peu après l'aube. L'article principal du numéro de mai 1968 de *Media Now* était la liste des cent personnes les plus influentes dans les médias. Dennis feuilleta rapidement le magazine et trouva ce qu'il cherchait, alors il fit demi-tour et retourna auprès de Jules qui l'avait vu approcher, de la fenêtre de leur appartement qui donnait sur la rue. Elle était dans l'escalier, en pyjama, quand il entra dans le hall en bas.

— Alors ? demanda-t-elle pendant que Dennis montait l'escalier.

Il leva les yeux et éclata de rire.

— Tu ne pouvais pas attendre que je sois rentré ? lança-t-il.

— Non.

— Quatre-vingt-dix-huit !

— Sur cent ? dit Jules. C'est bien ? Ça ne m'a pas l'air terrible.

— C'est très bien. Le simple fait de figurer sur cette liste, ça veut dire qu'il est très influent.

— Et l'argent ? demanda-t-elle.

Car, évidemment, c'était le plus important.

— C'est plus compliqué.

— Comment ça ? s'exclama-t-elle.

— Pourquoi tu cries ? Tu ne peux pas attendre ?

Le temps que Dennis atteigne le quatrième étage, Jules était déjà retournée à l'intérieur. Âgés de vingt-sept ans l'un et l'autre, Jules et Dennis étaient devenus trop vieux pour cet appartement sans ascenseur de la 84ᵉ Rue Ouest, situé tout près de là où vivait Dennis autrefois. En outre, le logement souffrait d'un insoluble problème de souris : elles semblaient danser pour se moquer d'eux, telles des marionnettes, ignorant les pièges qu'ils déposaient à leur intention. Mais le loyer était acceptable et ils n'avaient pas les moyens de déménager. Jules avait une longue liste de clients internés dans un hôpital psychiatrique du Bronx, sous surveillance intensive. Dennis avait été engagé comme échographiste par MetroCare, un centre médico-social du quartier. L'un et l'autre avaient une vie professionnelle chargée et de longues journées. Malgré cela, peu d'argent rentrait à la maison.

Ils s'étaient mariés quelques mois plus tôt, au cours d'une petite cérémonie célébrée par une femme juge, dans une taverne grecque du Village, en compagnie d'Ash, d'Ethan, de Jonah, de Tom, un ami de fac de Dennis, des Jacobson et des Boyd. Aucune des deux familles ne roulait sur l'or et il semblait normal d'organiser un mariage modeste. La sœur de Jules, Ellen, était venue de Long Island avec son mari, Mark. Les frères de Dennis étaient présents eux aussi, leurs larges épaules étaient engoncées dans un costume sombre et ils avaient hâte de dénouer leur cravate. Lois Jacobson semblait minuscule et timide dans sa robe turquoise. «Papa aurait aimé être là», dit-elle et l'espace d'un instant, Jules songea : *le papa de qui?* Puis ça lui revint : *oh, le mien!* Elle pensait rarement à Warren Jacobson comme à un «papa». Pour elle, il était «mon père» ou, plus souvent, «mon père qui est mort quand j'avais quinze ans». Mieux valait le garder à distance, et quand sa mère prononça cette phrase dans la taverne, Jules aurait été incapable de dire ce qu'il aurait aimé. Il ne l'avait jamais vue adulte, il n'avait connu qu'une fille maladroite aux cheveux ridicules. Il ne l'avait même pas connue sous le nom de Jules. C'était trop triste de penser à lui, surtout en ce jour où elle unissait sa vie à celle d'un homme qui faisait le serment de rester près d'elle pour toujours. Au bout d'un laps de temps raisonnable, Jules s'éloigna de sa mère et passa le bras autour de la taille de son solide mari, qui avait ôté sa chemise, dont le dos était aussi chaud et large qu'un lit.

Au milieu du repas de noces, Ash se leva et tapota sur son verre à eau.

— Nous sommes tous ici aujourd'hui, dit-elle, pour Jules et Dennis. Je me suis aperçue l'autre jour, en réfléchissant à ce que j'allais dire en portant un toast à ma meilleure amie et au marié, que Dennis est un solide et Jules un liquide. Je ne crois pas qu'il y ait des scientifiques parmi nous, mais je suis sûre qu'il existe une loi chimique pour expliquer comment ils se sont rencontrés et sont tombés amoureux Quoi qu'il en soit, je me réjouis que ce soit arrivé. (Elle planta ses yeux humides dans ceux de Jules.) Je ne te perds pas, reprit-elle. Le mariage, selon moi, ce n'est pas ça. C'est autre chose. Une chose grâce à laquelle on voit sa meilleure amie ressembler davantage à ce qu'elle est déjà. Je connais bien Jules Jacobson… pardon, Jules Jacobson-Boyd, aussi bien que toutes les personnes que j'ai pu connaître. Le solide et le liquide se sont rassemblés pour former… non pas un gaz, ce ne serait pas très agréable. (Des rires fusèrent.) Mais une substance puissante dont nous avons tous besoin, et que nous aimons.

Elle se rassit, souriante, le visage ruisselant de larmes, et Jules se leva pour aller l'embrasser. Dennis aussi. Il y eut d'autres toasts. Jonah expliqua que le fait de voir ses amis grandir et partir vers leur vie était une chose étonnante et belle, semblable à un de ces films projetés à l'école primaire montrant la croissance d'une fleur en accéléré.

— La différence, dit-il, c'est que je n'ai jamais eu les larmes aux yeux en voyant ces films de fleurs. Alors que là, je suis très ému.

Un des frères de Dennis conclut par une plaisanterie de quincaillier que Jules ne comprit pas. Mais le toast qui la marqua le plus fut celui d'Ash, qui savait toujours ce qu'il fallait dire, et qui le pensait.

Deux mois plus tard, Ash et Ethan se marièrent eux aussi, au Water Club, devant deux cents invités et des homards circulèrent sur des plateaux pendant que tout le monde se régalait de la vue spectaculaire sur l'East River. Les Wolf «avaient fait les choses en grand», commentèrent les gens et de l'avis général, la disparition de Goodman avait sans doute poussé la famille à organiser un mariage plus fastueux, plus sophistiqué, qu'elle ne l'aurait fait dans des conditions normales. Les Wolf fêtaient l'enfant qu'il leur restait, celui qui était encore là. Mais évidemment, ils n'avaient pas perdu leur fils dans le sens où les gens l'entendaient.

Goodman restait un sujet présent et vivace entre Jules et Ash; le secret de son existence discrète en Islande s'était perpétué de l'adolescence à l'âge adulte. C'était énorme, se disait Jules, de détenir cette information, et si parfois elle le ressentait comme une pression entre les yeux, une migraine juridique et morale, souvent elle se sentait bêtement flattée d'avoir été mise dans la confidence. Parfois, Ash éprouvait le besoin de lui parler de Goodman, alors, subitement, elle passait la chercher pour l'emmener dans un endroit tranquille, intime, et là, elle se soulageait. Fumant cigarette sur cigarette, avec force gestes, elle donnait à Jules les dernières nouvelles en provenance d'Islande relatives à la vie restreinte, mais soigneusement décrite, de Goodman. Jules ne pouvait qu'écouter, compatir et s'exclamer de temps en temps. Elle savait que son rôle était passif et déterminé. Elle ne pourrait jamais en changer; Ash avait besoin qu'on l'écoute et elle était la seule amie qui pouvait le faire.

Régulièrement, Betsy et Gil se rendaient en Europe pour voir leur fils. D'ailleurs, ils devaient partir bientôt, et Jules supposait qu'ils lui apporteraient des photos du mariage. En réalité, il n'était pas totalement parti; on aurait presque pu dire qu'il n'avait pas tout loupé. Ash elle-même réussissait à voir son frère tous les deux ans environ. La famille Wolf était allée à Paris quand Ash avait décroché son diplôme de Yale en 1981, et Ethan s'était laissé dissuader de les accompagner. Ash donna même l'impression que c'était pour elle une vraie corvée de voyager avec Gil et Betsy et elle convainquit Ethan qu'il avait de la chance de ne pas être obligé de venir. Qui avait envie de visiter l'Europe avec les parents de sa fiancée ? Ash avait confié tous leurs plans à Jules : ses parents avaient sous-loué dans le VIIᵉ arrondissement un appartement, où Goodman les rejoindrait. Il voyageait aisément en Europe grâce à son faux passeport et d'autres réunions familiales étaient envisageables à l'avenir. Quand Ash rentra, elle était pleine d'entrain et d'humeur sentimentale.

Plus que tout, elle aurait aimé que son frère assistât à son mariage. À un moment, au cours du repas, pendant qu'Ethan et elle faisaient le tour de la salle, Ash se pencha vers Jules dans un bruissement d'étoffe, la petite couronne de fleurs fixée dans ses cheveux frottant contre le visage de son amie, et elle lui murmura avec flamme : « Tu sais ce que je suis en train de faire ? » « Non. Quoi ? » répondit Jules. « Je fais comme s'il était là. » Sur ce, Ash repartit bavarder avec d'autres invités. Ash imaginait que Goodman assistait à son mariage et grâce à cela, cette journée, en plus d'être belle et chargée d'émotion, fut complète.

Jules porta un toast à Ash, en disant combien Ethan et elle avaient de la chance de s'être trouvés.

— Ce sont les deux meilleures personnes que je connaisse, déclara-t-elle dans la grande salle éclatante de lumière.

Mais l'instant réclamait un peu d'humour.

— Maintenant, ajouta-t-elle, je vais vous interpréter *Les Deux Bouts*, le one-woman-show écrit par Ash à l'époque du lycée. En intégralité. Si vous devez aller aux toilettes, allez-y maintenant, je vous prie. Cela va durer un petit moment, entre trois et quatre heures.

Il y eut un tonnerre de rires et Jules sentit son visage devenir plus brûlant que jamais. Quand elle regagna sa place, elle but un grand verre d'eau en entier, avec les glaçons.

La vie conjugale ne s'avéra pas très différente de la vie préconjugale, si ce n'est que le désir de solidité avait remplacé le besoin d'expansion. Jules et Dennis, qui se dirigeaient vers des carrières professionnelles qui étaient, respectivement, un compromis et un choix pratique, savaient qu'ils ne connaîtraient pas un avenir semblable à celui de leurs plus proches amis, mais ils continuaient à croire que tout allait se reconfigurer et les conduire bien au-delà des médiocres salaires et du travail pesant qui prédominaient pour le moment. À cette époque, au début de leur mariage et à l'approche de la trentaine, Jules et Dennis flirtaient avec la pauvreté ; obligés de rembourser des prêts scolaires et toujours débiteurs, ils redoutaient en permanence de ne pas être en mesure de payer le loyer et ils ne pouvaient pas s'offrir le câble, mais tout cela n'était pas grave car ils imaginaient que dans un avenir plus ou moins proche, leur sort s'améliorerait.

Tous les deux estimaient qu'en tant que jeune couple marié – et plus tard en tant que famille –, ils auraient de l'argent et connaîtraient la stabilité. Dennis avait appris un métier et il bénéficiait d'une couverture sociale, Dieu soit loué. Il fumait parfois le cigare avec quelques-uns de ses amis échographistes, un groupe hétéroclite composé de Blancs, de Noirs et d'Hispaniques, et il continuait à jouer au *touch football* dans le parc le week-end. Il rentrait à la maison couvert de traînées d'herbe et repus. Lui et Jules étaient convaincus que tout finirait par s'arranger car ils étaient encore relativement jeunes, séduisants, instruits, leur mariage avait débuté de manière heureuse et l'inhibiteur MAO de Dennis continuait à faire effet, «on touche du bois», disaient-ils.

La profonde amitié entre Ash et Jules avait furtivement évolué vers sa version adulte; cela signifiait que leurs sujets de conversation avaient évolué pour inclure toutes les nouvelles personnes de leur entourage et une conscience politique grandissante. Ash et le féminisme appliqué aux années quatre-vingt, Jules et l'aspect économique des maladies mentales, auquel elle se trouvait confrontée chaque jour dans son hôpital psychiatrique du Bronx. Leur amitié avait conservé la primauté sur la plupart des autres choses. Elles voyaient Jonah chaque fois que cela était possible, mais il était très occupé par son job dans la robotique, et il débutait une relation avec l'ami de Jules, Robert Takahashi. Très souvent, il s'éclipsait pour le rejoindre.

Quand Jules et Ash éprouvaient le besoin de se voir, les deux maris cédaient la place. Pour des hommes, c'était presque gratifiant de s'écarter dans ces moments-là, en se rappelant que les femmes pouvaient partager des choses généralement inconnues des hommes. Les deux amies trouvaient du réconfort dans cette intimité réciproque. Leur amitié faisait office de fortifications pour leur mariage, c'était une couche protectrice supplémentaire. Ethan était accaparé par son émission – les lectures collectives, les séances d'enregistrement, les réunions de production, les téléconférences avec les gens de la chaîne – et Ash passait toujours une partie de ce temps avec Jules.

Un jour où elles feuilletaient un magazine ensemble, elles tombèrent sur un article consacré à un légendaire temple new-yorkais du sextoy baptisé le «Jardin d'Ève». Non pas qu'elles soient des épouses sexuellement frustrées – toutes les deux avaient avoué qu'il n'en était rien –, mais elles en vinrent à se dire que c'était peut-être une bonne idée d'avoir «un vibromasseur à soi, pour paraphraser la grande et regrettée Virginia Wolf», dit Jules. Puis, pour amuser Ash, elle se lança dans une improvisation woolfienne à caractère sexuel, en demandant d'un ton suggestif : «Ce sont des cailloux dans ta poche, ou bien tu es content de me voir?» Se rendre dans ce sex-shop serait une étrange petite aventure, décrétèrent-elles. C'était un magasin connu qui ne ressemblait pas à la plupart des autres sex-shops de New York car il n'avait pas ce côté salace. Au contraire, il avait été conçu comme une entreprise féministe destinée à célébrer la liberté sexuelle, au début des années soixante-dix, lorsque les femmes entraient dans le monde du travail et découvraient leur clitoris. («Pas en même temps, j'espère, avait dit Jules à Ash. C'est un coup à se faire renvoyer.») Maintenant, en plein cœur des années Reagan, vous sentiez encore les tristes retombées de cette époque étrangement disparue, et vous pouviez vous rendre avec votre meilleure amie dans ce sex-shop accueillant situé dans un immeuble de bureaux anonyme et, côte à côte, vous trémousser de rire en silence, à la fois adolescentes et adultes, sachant que vous n'auriez jamais à choisir entre ces différents stades de maturité car vous les cachiez l'un et l'autre en vous.

— Je peux vous aider ? demanda une femme tout droit sortie d'une illustration de *Nos corps, nous-mêmes.*

Ash et Jules se laissèrent conseiller sur le choix d'un vibromasseur, et pour finir, elles prirent le même modèle, une chose grotesque en plastique rose transparent baptisé le «Joystick», et plusieurs paquets de piles trop chères. Chez elle, seule, Jules utilisa le vibromasseur quelques fois, timidement, un peu gênée, et de temps en temps, Ash ou elle disait : «Tiens, j'avais rendez-vous avec le Joystick l'autre jour» ou bien «devine qui j'ai vu hier soir ? Ma vieille amie Joy Stick ? Tu te souviens d'elle ? *Joy Stick ?* Je l'ai toujours trouvée très *stimulante,* non ?» Puis, au bout d'un moment, la vie devint trop prenante, les plaisanteries se firent plus rares, avant de disparaître. Jules jeta l'objet au fond de son armoire, sans jamais le regretter. Le Joystick ne fut retrouvé que huit ans plus tard, au cours d'un grand rangement. Une des piles avait explosé, l'objet rose et poreux était maintenant tout corrodé.

Mais leur amitié était intouchable, imputrescible ; c'était l'élément central des deux mariages, et tous les quatre le savaient. L'amitié entre Jules et Ethan à l'âge adulte était différente, moins publique, moins explicable, plus inhabituelle et tacite, mais très profonde et difficile à exprimer, devant Dennis et Ash du moins. Les deux couples partageaient une histoire, ils avaient pris leur essor en même temps à New York, mais voilà que le déséquilibre devenait subitement flagrant et discordant. Ce déséquilibre existait depuis longtemps, mais ayant appris, quelques instants plus tôt, quelle place occupait Ethan dans la liste de *Media Now*, Jules comprenait maintenant, en ressentant une douleur vive et localisée, que sa vie avec Dennis ne lui paraîtrait jamais suffisamment riche pour être acceptable, du moins pas tant qu'Ethan et Ash restaient leurs plus proches amis. Jules et Dennis savaient déjà qu'Ethan Figman avait énormément de succès et de talent, mais du *pouvoir* ? Ethan ? Il se moquait du pouvoir. Il portait des T-shirts Félix le chat et Gepetto et il continuait à dessiner dans de petits carnets à spirale. Posséder du pouvoir, c'était différent. Aucun d'eux n'était censé avoir du pouvoir, ce n'était pas une chose à laquelle ils avaient aspiré. Ils n'avaient pas aspiré à gagner de l'agent non plus, mais dans ce domaine, Jules et Dennis appartenaient désormais à une minorité. Lentement, le mouvement qui s'éloignait de la créativité et se rapprochait de la création d'argent devenait de plus en plus visible.

Partout autour d'eux, gagner de l'argent, et vouloir en gagner, était devenu infiniment plus honorable. Les gens parlaient de leurs gestionnaires de compte avec émotion, comme s'ils évoquaient des artistes. Quant aux artistes, on parlait d'eux de manière plus franche, en termes de valeur marchande. Les galeristes partageaient les feux de la rampe avec leurs peintres vedettes. Les nouveaux riches investissaient beaucoup d'argent dans les nouvelles stars ; tout le monde ou presque, que ce soit dans les affaires ou dans l'art, se ressemblait, les gens étaient interchangeables, enduits du même éclat de richesse, comme s'ils avaient été léchés de la tête aux pieds par le même chien magique. Des artistes qui n'avaient pas encore percé voulaient leur part eux aussi, ils intriguaient pour devenir l'attraction implicite dans certains dîners de l'Upper East Side. Pendant le hors-d'œuvre, tous les convives se tournaient vers eux avec avidité pour les écouter raconter ce qui se passait dans le monde de l'art. Mais vous n'étiez pas invité une seconde fois si votre carrière ne décollait pas assez vite. Ces temps-ci, un artiste qui mourait de faim était considéré comme un raté, et même si son travail était très très bon, personne ne voulait le croire. Car s'il était vraiment *si bon que ça*, quelqu'un l'aurait découvert depuis le temps. « Van Gogh n'aurait jamais été invité au 1040 Park Avenue », dit Jules à Ethan. Et cela ne concernait pas uniquement les arts visuels. « Autrefois, avait dit récemment un écrivain ami d'Ethan, après avoir bu une grande quantité de bière, tout le monde voulait écrire des romans. Maintenant, ils veulent tous être scénaristes. Comme si les scénarios étaient exactement la même chose que des romans, mais plus faciles à lire et beaucoup plus rentables. »

Jules et Dennis avaient conscience de ce changement de climat et Jules savait qu'eux-mêmes auraient besoin d'argent avant longtemps ; à vrai dire, ils en avaient besoin maintenant. Mais elle ne voulait pas y penser pour le moment, ce qui était une attitude enfantine, elle le savait, mais admirable également, d'une certaine façon. Il y avait dans cette ville tant de gens pauvres qui avaient besoin d'une thérapie ; elle ne pouvait concevoir d'augmenter ses honoraires et de ne soigner que les riches. D'ailleurs, elle craignait de ne pas pouvoir établir un contact avec les riches. Elle avait connu à la fac un très talentueux ténor qui avait renoncé à ses aspirations lyriques pour devenir trader. Maintenant, déclara-t-il joyeusement, il gagnait un max de fric et il chantait dans la chorale des homos une fois par semaine, il profitait donc du meilleur des deux mondes. Mais l'argent comme objectif, l'argent comme *création*, Jules trouvait cela écœurant, et Ethan aussi dans le temps. Était-il en train de changer ? Voyait-il les choses différemment, maintenant qu'il évoluait dans un monde différent ? Puis elle songea que ce n'était pas parce qu'il gagnait beaucoup d'argent qu'il aimait l'argent. Toutefois, pensa-t-elle, si elle avait de l'argent, sans doute qu'elle aimerait ça.

Après être allé acheter *Media Now* au coin de la rue, Dennis entra dans l'appartement en tenant le magazine roulé dans sa main comme s'il s'apprêtait à écraser un insecte avec.

— Vas-y, lui dit Jules. Parle-moi de cette liste.

Dennis déroula le magazine et tenta de l'aplatir.

— Quatre-vingt-dix-huitième, c'est super, dit-il. Souviens-toi, on n'était même pas sûrs qu'il figurerait sur la liste. Il débute dans ce milieu.

Il lui tendit la publication et ensemble ils regardèrent la page où figurait une photo correcte d'Ethan, accompagnée de ses gains estimés, à côté de son classement. Le montant était énorme pour des personnes normales. Néanmoins, un astérisque renvoyait à une note de bas de page : les rédacteurs avaient conscience que ce chiffre était bien inférieur à la fortune estimée de la plupart des autres personnes qui se prélassaient aux alentours de la même place. Mais, écrivaient-ils, s'ils considéraient qu'Ethan faisait partie d'ores et déjà des cent personnes les plus influentes dans les médias, c'était en raison de ce qui allait arriver au cours des prochaines années lorsque *Figland*, un programme déjà très apprécié, serait sans aucun doute – même si rien n'était jamais sûr – vendu à d'autres chaînes et multidiffusé.

Ethan avait expliqué à Jules que dans l'univers de la télé, on devenait vraiment très riche une fois que votre programme atteignait la cinquième saison, soit une centaine d'épisodes, car à partir de là, il connaissait une plus grande diffusion. Ethan avait tenu à préciser qu'il ignorait si son programme connaîtrait un tel sort, sans doute que non. «C'est peu probable, avait-il dit. C'est un pari trop risqué. Je suis même étonné qu'ils nous aient repris pour cette saison. Les critiques ont été bonnes, certes, mais les chiffres d'audience ne sont pas éblouissants.» Peut-être lui avait-il menti pour paraître plus modeste. Parce qu'il était gêné d'évoquer devant Jules, une travailleuse sociale mariée à un échographiste, la formidable direction qu'allait certainement prendre sa vie. Jamais il ne disait : «Ce n'est pas *dingue*, Jules, ce qui m'arrive ? Ce n'est pas *dément* ? Enfin quoi, c'est de moi qu'on parle, de moi ! Est-ce qu'on ne devrait pas monter sur le toit d'un immeuble pour hurler ?» Ou bien : «Ne t'en fais, je ne deviendrai jamais un de ces connards pleins de fric que l'on hait. Tu ne me verras pas rouler en Ferrari.» Jamais il ne se vantait, ni même ne faisait allusion à ce qui se passait, sauf de manière détournée, avec gêne. Il demeurait discret et continuait à travailler sur les différents aspects de son programme.

L'avenir, disait Ethan, était toujours incertain. Les rédacteurs qui avaient dressé cette liste des Top 100 étaient plus optimistes. Ils estimaient déjà que *Figland* serait un succès et n'hésitaient pas à affirmer que le pouvoir d'Ethan – beaucoup plus important que sa fortune pour l'instant – était déjà considérable. La somme indiquée était bien supérieure à celle qu'Ethan et Ash avaient pu évoquer devant Jules et Dennis, bien supérieure également à ce que laissait deviner leur train de vie.

— Notre ami puissant, dit Jules. Fait chier.

— Pourquoi tu dis ça ?

— Je ne sais plus quoi penser de lui.

— Tu es obligé de penser quelque chose ?

— Il ne faut pas leur dire qu'on a consulté la liste.

Ash lui avait parlé de ce magazine en passant. Ethan et elle savaient que ce numéro allait bientôt paraître, et cette liste annuelle, très attendue dans certains milieux, attirerait sans doute l'attention, mais ils ignoraient si Ethan y figurerait.

— On donnerait l'impression de s'être mis en quatre pour connaître son classement, ajouta Jules. Pour lui prendre le pouls sans qu'il le sache.

— C'est exactement ce qu'on fait, répondit Dennis. Mais ce n'est pas grave. Il n'y a aucun mal à ça. C'est juste un peu flippant peut-être. Ça fait admirateur obsessionnel.

—Je voulais juste savoir à quoi nous en tenir. Et pour l'argent aussi, même si je sais bien que ce n'est pas grand-chose comparé à ce que gagnent d'autres personnes de la liste. Mais apparemment, il va exploser dans quelques années. Grâce aux droits de diffusion. *Si* ça arrive. Ethan dit que c'est peu probable. Son émission est plus prestigieuse que rentable. Tout est une question de parts de marché. Bon sang, je fais comme si je savais de quoi je parlais ! «Parts de marché.» Je n'y connais rien.

—Bon, maintenant qu'on s'est renseignés sur l'influence et les finances de notre meilleur ami, dit Dennis, on va pouvoir penser à autre chose. Tu vas dans le Bronx aujourd'hui ? La fille dont tu m'as parlé, elle est toujours à l'hôpital ?

Une patiente de Jules, une adorable adolescente qui s'exprimait en marmonnant, avait été hospitalisée après une tentative de suicide. Jules allait la voir tous les jours, elle s'asseyait à son chevet pour bavarder avec elle et parfois, elle réussissait à lui arracher un sourire ou un rire. Oui, dit-elle à Dennis, elle irait à l'hôpital plus tard dans la journée. Mais elle n'en avait pas encore terminé avec Ethan. Sans doute n'en aurait-elle jamais terminé. À cet instant, *downtown*, à Tribeca, dans l'immense duplex aux parquets couleur miel où ils avaient emménagé, Ethan et Ash devaient se lever et traverser pieds nus ces parquets jusqu'à l'armoire réfrigérante encastrée, un énorme achat extravagant qu'ils avaient montré à leurs amis avec un mélange de gêne et de fierté enfantine.

—Je ne parviens pas à expliquer le plaisir que me procure ce curieux appareil ménager, avait dit Ethan.

— Ma théorie, avait dit Ash, c'est qu'après le départ de sa mère, le réfrigérateur était toujours vide à la maison. Vous savez ce que son père y mettait ? Des sardines et de la margarine Parkay.

— Et des gouttes pour les yeux. N'oublie pas les gouttes pour les yeux. Mon père avait des problèmes oculaires, et ces gouttes doivent être conservées au frais.

— Oui, des gouttes pour les yeux aussi. Et donc, maintenant, Ethan peut carrément entrer *dans* le frigo et s'entourer d'un tas de choses. Ça ne remplace pas vraiment ce qui lui a manqué, mais c'est un essai.

— Elle a lu tout ça dans *Le Drame de l'enfant doué*, avait plaisanté Ethan.

Dennis se laissa tomber lourdement sur le petit canapé en mousse à côté de Jules et le siège bon marché se creusa au milieu. Il ôta ses chaussures, ses chaussettes, croisa les jambes et posa un pied sur les genoux de Jules.

— Tu me fais un massage ? Je te paierai.

— Combien ?

— Ce qu'Ethan gagne en une heure.

— Très bien. Je préfère du liquide, mais des lingots d'or, ça fera aussi l'affaire.

Elle se mit à appuyer avec ses pouces sur la plante et les côtés du pied glacé et veiné.

— Ooh, c'est délicieux, dit Dennis. Vraiment délicieux. Tu sais t'y prendre.

Jules Jacobson-Boyd massa le pied de son mari, avec application et, au bout d'une minute, un peu sadiquement. Il avait la peau épaisse et calleuse à cause des chaussures de sport qu'il portait pour jouer au *touch football.* Dennis ferma les yeux et laissa échapper un chapelet de bruits d'animaux pour exprimer son bien-être. Il était sorti pour rapporter à la maison une meilleure connaissance du pouvoir d'Ethan dans le monde et de son niveau de richesse, qui ne ferait que croître de manière insensée avec le temps, si tout se passait bien. Déjà, une partie de ses revenus ne provenait pas de l'émission, mais de la vente de tous les T-shirts, les peluches, les draps de bain et les gommes *Figland*.

— Ce que j'en conclus, dit Jules en continuant à enfoncer ses pouces dans la voûte plantaire de son mari, c'est qu'Ethan vit dans un autre monde, et Ash aussi par conséquent. Et quand on les invite ici, ils doivent se dire : « Oh, bon sang, on les aime beaucoup, mais est-on vraiment obligés d'aller dans cet appartement déprimant, avec ces meubles bon marché et tous ces étages à monter ? » Pourquoi on n'y a pas pensé plus tôt, Dennis ? On savait bien qu'ils étaient très riches et on aurait dû avoir honte de les recevoir ici depuis tout ce temps. Ils n'ont pas envie de venir chez nous, mais ils sont obligés de faire comme si. Ils minimisent leur richesse, pas qu'un peu, et ils jouent les modestes. Ils se comportent comme s'ils vivaient dans le même monde que nous, mais c'est faux. Et toutes les fois où on a dîné dehors avec eux, quand Ethan se jetait sur la note, on disait : « Non, non, Ethan, il n'y a pas de raison. On partage. » C'était totalement absurde de ne pas le laisser payer. En fait, c'était même pathétique, et il le savait, mais pas nous. Il avait la gentillesse de ne pas insister. Sans doute qu'il n'a même plus envie d'aller dîner avec nous dans ces endroits pour gens normaux. Tu te souviens le mois dernier, quand on est allés dans ce restaurant turc ? Je n'arrêtais pas de vanter le spécial kebab. Et là, youpi, on nous l'a servi avec de la salade hachée et des galettes passées au micro-ondes, tout ça à volonté. Quel pied pour Ethan Figman !

— Qu'est-ce que tu racontes, Jules ?

— Ethan et Ash n'ont plus besoin de spécial kebab dans leur vie. Et ce que je veux dire, en réalité, c'est qu'ils n'ont pas besoin de nous. Si on se rencontrait tous aujourd'hui, on ne deviendrait jamais amis. Tu crois qu'ils se sentiraient proches de nous si quelqu'un disait : «Voici une très sympathique travailleuse sociale et un très sympathique échographiste» ? Voilà pourquoi les rencontres que l'on fait enfant peuvent *sembler* idéales, car on est tous égaux et on crée des liens basés seulement sur notre affection réciproque. Mais plus tard, le fait de s'être connus durant l'enfance peut devenir la pire des choses car parfois tes amis et toi, vous n'avez plus rien à vous dire, à part : «Tu te souviens de la rigolade en troisième, quand tes parents sont rentrés alors qu'on était complètement bourrés ?» s'il n'y avait pas la nostalgie du passé, ça s'arrêterait. Et quand le programme d'Ethan sera vendu partout, ça va devenir encore plus énorme et dérangeant. Si j'étais quelqu'un de bien, ajouta Jules, je couperais les ponts. Ils ont d'autres amis, tu te souviens de ces gens au dîner ?

Dennis hocha la tête.

— Ils étaient sympas.

L'homme et la femme en question étaient des amis d'un millésime récent. Le mari, gestionnaire de portefeuilles, était un peu plus âgé, sa femme décoratrice d'intérieur dirigeait également un programme d'alphabétisation à East Harlem. Tous les deux étaient sveltes et gracieux, ils portaient des vêtements en lin et, à dire vrai, ce dîner avait été moins embarrassant que déprimant. Le gestionnaire de portefeuilles et son épouse n'avaient aucune question à poser à Jules et à Dennis. D'ailleurs, l'idée ne leur serait même pas venue de leur demander quoi que ce soit. Ce couple semblait habitué à ce que tout l'intérêt soit braqué sur eux. Ils acceptaient ce flot unilatéral, et c'était Dennis, essentiellement, qui alimentait la conversation en posant diverses questions. Comme souvent, il s'intéressait à la vie d'autres personnes, une qualité admirable en règle générale, mais qui dans ce cas précis horripilait Jules car elle ne voulait pas que ce couple considère cet intérêt comme un dû. Elle-même, sous l'effet de sa colère contenue, commença à les bombarder de questions. «Quel est le taux d'alphabétisation dans notre pays?» demanda-t-elle, un peu ivre, à la femme. Ayant à peine écouté la réponse, elle se tourna vers le mari et demanda : «Depuis quand le mot *portfolio* fait-il référence à l'argent? C'est comme quelqu'un qui est *analyste*, ça ne veut plus dire qu'il est freudien, mais qu'il étudie les mouvements boursiers.» C'était le genre de remarques qu'Ethan et Jules échangeaient parfois. Elle était furieuse de se sentir ignorée, et Ash, habituellement si sensible aux besoins de chacun, était trop occupée à veiller à ce que les verres soient pleins pour remarquer l'absence de réaction du couple face à la colère de Jules. Ce soir-là, Jules et Dennis avaient été les intrus ; tous les autres évoluaient à l'intérieur

385

d'un cercle, un enclos, une armoire réfrigérante de richesse et d'influence.

Cette pénible soirée était annonciatrice de la suite, mais Jules et Dennis n'en avaient jamais reparlé avant ce jour. Ils auraient été obligés de se regarder en sortant de l'immeuble et de dire : «Nous sommes deux andouilles.» Si Jules s'était adressée à Ethan, elle aurait peut-être rectifié en disant : «Nous sommes *Les Minus*. On dirait le nom d'une pièce de théâtre grecque qu'Ash voudrait mettre en scène.»

Jules repensait à ce couple maintenant, et aux autres nouveaux amis qu'Ethan et Ash avaient accumulés en relativement peu de temps. Quelques-uns travaillaient pour la télé ou le cinéma, et ils voyageaient aisément d'un côté à l'autre comme s'ils allaient de Manhattan à Brooklyn. À un moment, Ethan avait sympathisé avec un célèbre magicien, un type puéril qui, au cours d'un dîner, avait extrait des figues des oreilles d'Ethan, puis saupoudré les longs cheveux d'Ash de ce qu'il affirmait être de la cendre volcanique.

— Comment s'appelait ce couple, déjà? demanda Jules à Dennis. Le gestionnaire de portefeuilles et la bénévole de l'alphabétisation? Ces gens que j'ai interrogés et qui n'en avaient rien à foutre de nous, qui ne nous ont même pas posé une seule question. Le connard et la connasse?

— Le connard et la connasse? répéta Dennis en riant. Comme tu y vas ! Ils s'appelaient... Duncan et Shyla, je crois.

— Exact ! Eh bien, on devrait laisser Ash et Ethan avec Duncan et Shyla, et ne pas leur donner l'impression qu'ils sont obligés de rester avec moi, avec *nous*.

La différence entre nos modes de vie est humiliante. Je m'en aperçois maintenant. Tu te souviens de ce jour chez Strand ?

Quelques semaines plus tôt, Dennis et Jules avaient pris le métro en traînant d'énormes sacs de courses remplis de livres pour aller les vendre dans la gigantesque et célèbre librairie. Quel que soit le nombre de livres que vous apportiez, disait Dennis, on avait l'impression qu'il vous donnait toujours cinquante-huit dollars, mais c'était suffisant pour justifier le déplacement. Avec cinquante-huit dollars en poche, vous vous sentiez un peu plus important. Alors qu'ils peinaient à transporter leurs gros sacs à moitié déchirés, ils étaient tombés sur Ash et Ethan, bras dessus bras dessous, qui se dirigeaient eux aussi vers la librairie pour jeter un coup d'œil.

— Hé, où vous allez comme ça ? avait demandé Ash, ravie de les voir. On va vous aider.

— Oui, on va vous aider, dit Ethan. J'ai une heure de libre, grand max, et ensuite je dois aller bosser. J'ai fait l'école buissonnière et ils attendent que j'arrive.

— Ils t'attendent ? dit Jules. Ne les fais pas attendre pour nous aider à transporter nos bouquins, c'est ridicule.

— Mais j'en ai envie, dit-il. Je redoute d'aller au boulot aujourd'hui. On a une scène à terminer et personne ne sait comment faire. J'aime mieux aller chez Strand avec vous.

Ils avaient donc dû supporter le fait qu'Ash et Ethan les aident à transporter leurs sacs de livres dans la librairie, d'autant qu'ils insistèrent ensuite pour faire la queue avec eux, au milieu de tous ces gens qui attendaient pour vendre leurs livres, eux aussi. Il y avait là un couple de junkies, un homme débraillé sale comme un ramoneur et une femme qui claquait des dents, dont les bras décharnés, ravagés, tremblaient en tendant des beaux livres, visiblement volés, avec des titres comme *Mies van der Rohe : An Appreciation*. Cet épisode de la librairie, avec les junkies, avait été si humiliant que Jules n'en avait jamais reparlé à Dennis. Maintenant qu'elle venait de le faire, il dit, calmement :

— Ce n'était pas grave.

— Si. Rétrospectivement, vu sous un angle nouveau, grâce à cette liste dans le magazine, j'ai l'impression qu'ils nous ont vus vendre notre sang.

— Ils seraient scandalisés d'entendre ça. Ash n'est-elle pas ta meilleure amie ? Ethan n'est-il pas ton garçon préféré… après moi ?

— Si, dit Jules. Mais plus je vois leur vie changer, plus je suis convaincue qu'ils continueront à affirmer qu'ils n'ont pas changé au fond. Quand Ethan essaye de payer au restaurant, je sais maintenant que c'est uniquement pour ne pas nous gêner en nous laissant voir la vérité.

— Quelle vérité ?

Dennis retira son pied, il n'avait plus envie que Jules le touche soudain.

— Dans quelques années, il ne sera sans doute plus obligé de penser à ses revenus. Il pourra faire exactement ce qu'il a envie de faire, pour toujours. D'ailleurs, ça a déjà commencé. Et Ash pourra faire tout ce qu'elle veut elle aussi.

— Oui, sans doute, concéda Dennis. Grâce à lui.

— Exact. À lui et à son pouvoir. À lui et à son argent. Et je te parie n'importe quoi que dans quelques années, Ash va percer dans son domaine, elle aussi. Elle ne sera plus obligée de se distraire avec un million de petits projets théâtraux bizarres.

Le C.V. d'Ash ressemblait à celui de centaines de jeunes femmes sorties depuis cinq ans des universités de l'Ivy League, des femmes qui voulaient se lancer dans «les arts», et qui attendaient le moment idéal où «les arts», cette nébuleuse, leur ouvriraient ses portes. Par le biais de ses relations d'enfance, de Yale et d'ailleurs, Ash continuait à accepter, chaque fois qu'elle le pouvait, des petits boulots mal payés ou pas payés, liés au théâtre, qu'il s'agisse de mettre en scène des pièces en un acte déprimantes dans une maison de retraite, de monter avec quelques copains de fac une improvisation baptisée *Banlieusards*, au beau milieu de la gare de Grand Central, pendant que les vrais banlieusards, agacés, devaient les contourner pour prendre leur train. Mais ce n'étaient que des emplois occasionnels et pendant tout ce temps, Ash prenait des notes sur les représentations féministes qu'elle voulait mettre en scène – un *Lysistrata* contemporain, une soirée dédiée au dramaturge Caryl Churchill – et à lire d'épais et difficiles ouvrages théoriques sur le théâtre russe, tout en vivant extrêmement bien, sans se décourager ni s'angoisser à cause de l'argent.

— On n'a aucun moyen de savoir où elle en sera sur le plan professionnel dans quelques années, dit Dennis.

— Moi, je sais.

C'était comme si Jules possédait une lucidité nouvelle qui lui faisait défaut jusqu'à présent. Elle comprenait que ça n'avait jamais été uniquement une question de *talent*, mais une question d'argent. Ethan excellait dans son domaine et sans doute aurait-il réussi même si le père d'Ash ne l'avait pas encouragé et conseillé, mais le fait qu'il ait grandi dans une ville sophistiquée et épousé une fille riche l'avait aidé. Quant à Ash, elle avait du talent elle aussi, mais pas *tant que ça*. Voilà une chose que personne n'avait jamais dite, pas une seule fois. Mais évidemment, Ash avait de la chance de ne pas se préoccuper des questions d'argent pendant qu'elle essayait de réfléchir sur l'art. Son enfance de petite fille riche lui avait donné de l'avance, et Ethan avait pris le relais lorsque l'enfance s'était arrêtée.

— Je m'en veux de dire ça, confia Jules à Dennis. Je l'aime et c'est ma meilleure amie, elle s'investit beaucoup dans son travail, elle lit un tas de choses, elle y consacre du temps et elle s'intéresse avec raison à l'approche féministe. Mais est-ce qu'il n'y a pas un tas d'autres personnes aussi talentueuses et qui rament ? Elle a quelques bonnes idées. Mais est-elle douée pour la mise en scène ? Est-elle l'équivalent théâtral d'Ethan ? Non ! Oh, Dieu va me foudroyer sur place !

Dennis la regarda et répondit :

— Ton Dieu qui n'existe pas, madame la juive athée ? J'en doute.

Il entra dans la cuisine et Jules le suivit. De la vaisselle s'empilait dans l'évier, vestige des plats chinois à emporter de la veille au soir. Sans un mot, Dennis versa du savon liquide jaune sur les assiettes et prit une éponge en lambeaux. À l'évidence, il allait faire la vaisselle à la main et la déposer soigneusement sur l'égouttoir : une tâche qui illustrerait un peu plus la disparité entre eux et Ethan et Ash. Jules se demanda si Dennis le faisait exprès.

— Ash n'est pas une grande artiste selon moi, reprit Jules par-dessus le bruit de l'eau. D'ailleurs, ce n'est peut-être pas nécessaire. J'ai toujours cru que le talent faisait tout, mais peut-être que c'est l'argent qui compte. Ou la classe sociale. Ou du moins, les relations.

— Tu t'en aperçois seulement maintenant ? demanda Dennis. Tu n'en as jamais vu l'illustration, partout dans le monde ?

— Je suis lente à la détente.

— Faux.

— Je te parie même qu'elle aura son propre théâtre dans quelques années, un endroit destiné à promouvoir des œuvres de femmes. L'Athenaeum Ash Wolf.

— Son propre théâtre ? Tu divagues. Tiens, essuie ça. Il n'y a pas assez de place sur l'égouttoir.

Il lui tendit une assiette ; Jules la prit et décrocha un torchon qui lui parut légèrement sale, presque gras. Si elle essuyait l'assiette avec, ils allaient se retrouver prisonniers d'une propreté approximative. Soudain, elle eut envie de pleurer.

— Dennis. Laisse la vaisselle et allons quelque part.

— Où ça ?

— Je ne sais pas. Sortons nous promener, un truc comme ça. Faisons une de ces activités new-yorkaises gratuites qui te rendent heureux quand tu te sens découragé.

Dennis l'observa, les bras enfoncés dans l'eau de l'évier ; il les sortit lentement, dégoulinantes, et ôta la bonde. L'eau s'évacua avec un bruit obscène, Dennis s'essuya les mains sur son pantalon et s'approcha de Jules pour la serrer contre lui. Il sentait le Dawn au citron, et elle sentait sans doute les substances chimiques que libérait le corps quand on était amer.

— Ne te laisse pas décourager, dit-il. Nous aussi on a plein de choses bien. On est là, tous les deux, dans notre petit nid d'amour. Bon, d'accord, notre petit nid d'amour merdique. Mais on est tous les deux.

Elle était touchée par ses paroles.

— Tu es d'une gentillesse incroyable avec moi, même quand je réagis de cette façon, dit-elle. Mais c'est tellement dur pour moi quand je m'aperçois que notre vie est si différente de la leur. Je savais que je ne deviendrais jamais comédienne, en définitive. Je savais qu'il fallait que j'arrête de passer toutes ces auditions. Pas uniquement à cause des remarques d'Yvonne. Je n'ai jamais été faite pour devenir actrice. Jouer la comédie, être drôle, c'était le moyen pour moi d'*entrer* dans le monde. Ensuite, il fallait que j'arrête. Pour Ash, c'est différent. J'ai l'impression qu'elle et Ethan sont à l'épreuve des balles. Lui parce qu'il est bourré de talent. Et Ash parce qu'elle est avec lui. Quant à nous, le fait de se dire que ce qui nous reste est suffisant… à partir de maintenant, je sais que c'est faux.

L'expression de Dennis se modifia ; la compassion que Jules lui avait inspirée s'évanouissait. Il en avait assez d'elle, de nouveau ; ça revenait par vagues.

— Je croyais que tu avais réussi à décompresser, dit-il. Et je pensais : tant mieux, parce que je commençais à en avoir marre. Mais voilà que tu recommences à te crisper.

— Ce n'est pas volontaire.

— Je n'ai pas la force de supporter ça, Jules. Sincèrement. Dans le fond, tu voudrais que je reste toujours le même, totalement compréhensif, pendant que tu piques tes petites crises de temps en temps, pour que je t'apaise ensuite. Est-ce que ça sera toujours comme ça entre nous ? Est-ce que ça ressemble au bonheur pour toi ? Je ne crois pas avoir signé pour ça.

— La situation a changé. Tu as « signé » pour une chose qui est un peu différente maintenant. Ça arrive, tu sais. Les choses changent.

— Non, les choses n'ont pas changé, c'est toi qui les as changées, répliqua Dennis. Tu veux que je te réconforte, alors que c'est toi, en réalité, qui viens tout gâcher. Je ne peux pas te réconforter à ce sujet. J'aime notre vie. C'est un crime, bordel ? J'aime notre vie, indépendamment de ce qui se passe autour de nous, mais pas toi à l'évidence.

Sa voix légèrement râpeuse en temps normal s'était tendue, elle était devenue désagréable. Elle avait devant elle un Dennis en colère, une chose qu'elle avait rarement vue ; ou plutôt, elle avait rarement vu cette colère dirigée contre elle, même brièvement. Un jour, il avait aperçu une souris dans leur cuisine et il avait essayé de la tuer avec une spatule, seule arme à portée de main ; il était hors de lui, ce qui, avaient-ils convenu plus tard, avait un côté comique. Mais pas aujourd'hui.

— C'est faux ! protesta-t-elle

— Tout ça, reprit-il avec la même voix, c'est peut-être un moyen détourné de me faire comprendre que tu te sens flouée parce que je n'ai pas fait fortune moi aussi.

— Pas du tout.

— Tu aimerais que je sois quelqu'un d'autre, pour que *tu* puisses être quelqu'un d'autre.

— Non. Absolument pas.

— Franchement, c'est ce que je commence à penser.

— Tu te trompes. Je suis désolée, dit Jules, émue. Je sais que je devrais arrêter de parler de ça. Je sais que c'est malsain.

Je t'en supplie, cesse d'être en colère contre moi, avait-elle envie de dire. C'était la seule chose qui semblait compter à cet instant.

— Oui, exactement, dit Dennis. C'est tout à fait malsain. Tu devrais y réfléchir, Jules. Pense un peu aux effets de ces commentaires sur nous. Ils créent une atmosphère malsaine. Mortifère.

— N'exagère pas.

— Je n'exagère pas.

— Je suis heureuse avec toi. Sincèrement. Je n'ai pas décrété subitement qu'il y avait un lien entre l'argent et le bonheur. Quand on est tombés amoureux, jamais je ne me suis posé la question de savoir si on vivrait dans le luxe. L'idée ne m'a jamais effleurée. Je ne suis pas superficielle à ce point.

Le téléphone sonna à cet instant et Jules fut soulagée de répondre. Leurs disputes s'étaient terminées de cette façon à plusieurs reprises : quelqu'un téléphonait et une fois la communication terminée, le besoin impérieux de se disputer avait quasiment disparu. Mais cette fois, c'était Ash qui appelait : elle voulait savoir s'ils pouvaient dîner ensemble ce soir. Un nouveau restaurant de cuisine asiatique fusion venait d'ouvrir, dit-elle, et les rouleaux de printemps étaient stupéfiants. Ash était fidèle à elle-même – enthousiaste, chaleureuse – et en entendant la voix d'Ethan en fond sonore, il voulait qu'Ash insiste pour qu'ils viennent, les plats seraient moins bons sans eux, disait-elle.

— Alors, c'est d'accord ? demanda Ash.

Jules appuya l'appareil contre sa poitrine et se tourna vers Dennis.

— Ils veulent savoir si on vient ?

Il haussa les épaules.

— À toi de décider.

Donc, ils y allèrent. La nourriture était excellente, en effet, et leurs amis tels qu'ils avaient toujours été. Ils ne semblaient pas différents, ni plus riches, ils ne donnaient pas l'impression de vivre dans un autre monde. Mais quand arriva l'addition, Ethan s'en saisit ; Jules et Dennis tentèrent d'en faire autant, ou du moins, de partager, mais finalement, ils le laissèrent payer. Et ainsi, en douceur, mais sensiblement, une nouvelle époque de leur vie débuta. À partir de ce soir-là, Ethan paya presque tous les dîners et toutes les vacances.

La première fois qu'ils partirent ensemble, ce fut en Tanzanie, pour escalader le Kilimandjaro, en juillet 1987. Jonah et Robert Takahashi, dont la relation était devenue sérieuse, les accompagnèrent. Ethan, bien qu'il se soit offert quelques vacances coûteuses depuis qu'il était célèbre, n'aimait pas voyager. « On ne partait pas souvent en vacances en famille quand j'étais gamin, confia-t-il. L'endroit le plus classe où mes parents m'ont emmené, c'est Pennsylvania Dutch Country. On a vu des gens habillés comme dans le temps qui se déplaçaient à cheval ou en carriole ; ma mère les a photographiés avec son Polaroid, bien que ce soit interdit, un Amish lui a hurlé après et mes parents se sont engueulés à cause de ça, comme d'hab'. Ensuite, on a acheté un souvenir et une sorte de caramel bizarre nommé "penuche", et j'étais un peu gêné à cause de ce nom qui ressemblait à "pénis", et puis on est rentrés à la maison. » Néanmoins, Ethan avait demandé à son assistante de bien vouloir dénicher un voyage d'une semaine pour trois couples, pendant une interruption dans la production de *Figland*. Il voulait faire un voyage « en terrain inconnu afin de bousculer ses habitudes ». « D'ailleurs, le simple fait de demander ça à mon assistante bouscule mes habitudes, dit-il. Le fait même d'avoir une assistante bouscule mes habitudes. » Celle-ci, ayant lu Hemingway à la fac, proposa le Kilimandjaro. Le prix exorbitant du voyage inquiétait Ethan, mais Ash lui rappela : « Tu as vingt-huit ans et tu possèdes une fortune personnelle. Il faut que tu t'habitues à vivre en conséquence. En fait, ce n'est pas très flatteur pour toi de gémir et de te plaindre de ta chance. Je ne vois pas qui ça aide. Tu n'es plus le petit gamin de tes parents cinglés, gueulards et financièrement instables. Tu peux te permettre d'aller dans des endroits nouveaux, d'essayer des choses nouvelles. Et tu peux dépenser de l'argent, tu en as le droit, je t'assure. »

L'assistante les avait tous inscrits pour une ascension avec une des meilleures équipes d'alpinistes que l'on puisse trouver. Après deux mois passés à monter des escaliers en portant des gros sacs et à partir en randonnées dès que possible, afin de se préparer pour cette expédition, les trois couples retrouvèrent les autres alpinistes dans le salon d'un hôtel d'Arusha. Là, leurs guides leur demandèrent de sortir leur matériel pour inspection. Jules, Dennis, Jonah et Robert ouvrirent leurs sacs et sortirent tous les articles un peu étranges qu'ils avaient dû acheter dans un magasin spécialisé. Sous-vêtements en microfibre, un tapis de sol. Jules était fascinée par le spectacle d'Ethan et d'Ash, accroupis devant leur matériel, qui le regardaient comme s'ils ne l'avaient jamais vu. Elle comprit alors qu'ils ne l'avaient *jamais* vu, en effet, quelqu'un s'était chargé d'effectuer les achats et de préparer leurs sacs.

Par la suite, les vacances communes des deux couples, accompagnés à l'occasion de Jonah et Robert, furent soigneusement planifiées en fonction du calendrier de production de *Figland* et donnèrent lieu à d'autres petites révélations. Lors d'un voyage à Paris, Ethan voulut faire un cadeau surprise à Ash, « un truc comme une écharpe », avait-il dit. Alors, Jules était partie avec lui, sous le prétexte d'aller manger un *croque-monsieur*, un prétexte crédible car la chose qui les avait le plus intéressés tous les deux durant ce voyage, c'était la nourriture. Dans une boutique étincelante de la rue de Sèvres, Jules demanda : « Je veux te poser une question qui va te paraître vulgaire, mais je vais la poser quand même. Comment on fait pour apprendre à se comporter en personne riche ? Est-ce que ça vient en même temps que l'argent ? Ou bien est-ce le genre de chose qu'il faut apprendre sur le tas ? » Ethan la regarda d'un air étonné et répondit qu'il n'y avait rien à apprendre, il suffisait d'improviser. Mais il semblait fâché de cette question, ou de sa réponse, comme si cela l'avait obligé à reconnaître que sa vie était en train de changer, de même que le char de l'État pivote, lentement, de manière progressive, agité par de violentes et invisibles convulsions internes.

Toutefois, au fil du temps, Jules remarqua qu'Ethan semblait improviser de moins en moins. Il s'habillait mieux et il donna l'impression de s'y connaître réellement en vin la fois où on lui apporta la carte dans un restaurant de Madrid. Quand avait-il appris ? Il ne lui avait pas parlé de ce nouveau savoir. Un professeur était-il venu lui donner des cours du soir ? Jules ne pouvait plus lui poser la question. Ethan n'était pas un plouc, il était poli, modeste et bienveillant. Il était devenu plus à l'aise avec l'argent qu'elle l'aurait imaginé et elle s'apercevait que cela la décevait.

Leurs vies s'éloignaient de plus en plus ; pour Jules et Dennis, le simple fait de trouver un peu de temps libre pour partir avec Ethan et Ash était devenu difficile. Les travailleurs sociaux rattachés à un centre médical, particulièrement ceux qui commençaient à se constituer une clientèle privée à mi-temps, comme Jules, et les échographistes avaient généralement peu de vacances. Ethan, si débordé soit-il, et Ash, beaucoup moins débordée il est vrai, avaient moins de mal à s'arranger, finalement.

Un matin de 1988, au cours d'un voyage de cinq jours à Venise, les deux couples ayant voyagé à bord d'un jet privé appartenant à la chaîne, une chose assez fréquente désormais, Jules Jacobson, vingt-neuf ans, au lit avec Dennis, ouvrit un œil et balaya leur chambre d'un regard froid. Ce n'était pas ainsi que voyageaient les gens qu'elle connaissait. Ses amis du centre de formation des professions sociales se racontaient leurs vacances, ils se recommandaient une formule tout inclus particulièrement avantageuse en Jamaïque ou un hôtel bon marché à San Francisco. Cet hôtel de Venise était le genre d'établissement où descendaient de vieilles familles européennes fortunées, «Les von Trapp auraient pu loger ici s'ils avaient voyagé pour le plaisir et non pas pour échapper aux nazis», écrivit Jules dans une carte postale adressée à Jonah. «Au secours, Jonah! Au secours! ajouta-t-elle en bas. On me vole mes valeurs!» L'hôtel ne correspondait pas du tout à leur âge. On apercevait un bout de canal à travers la vitre ondulée de la fenêtre, une assiette de fromages et de fruits de la veille séchait sur un plateau, le plafond était à caissons et Dennis dormait la tête appuyée sur un gros oreiller à fronces.

Désormais, *Figland* avait été vendu dans toute l'Europe, y compris au Royaume-Uni, et Ethan avait des affaires à traiter en Italie. Dennis et Jules restèrent à Venise pendant qu'Ethan faisait un saut à Rome. Ash avait décidé d'en profiter pour se rendre en Norvège, «histoire de jeter un coup d'œil», car elle espérait mettre en scène *Les Revenants* d'Ibsen au petit Open

Hand Theater de l'East Village. Elle avait mené une campagne acharnée pour se faire engager et elle attendait leur décision. S'il était exact qu'elle allait visiter la Norvège, Jules savait qu'Ash serait avec Goodman durant ce voyage. Elle ne l'avait pas vu depuis longtemps et l'Islande n'était qu'à un peu plus de deux heures d'avion. Tout le monde dans le groupe, à part Ethan, devinait que Goodman allait rejoindre sa sœur.

À l'approche de la trentaine, Ash essayait de rendre visite à Goodman chaque fois qu'elle le pouvait, mais souvent ces escapades paraissaient un peu trop culottées et imprudentes aux yeux de Jules. Adolescente, Ash avait eu beaucoup de mal à entretenir une relation clandestine, et lointaine, avec son frère fugitif ; plus tard, alors qu'elle vivait avec Ethan, ce fut encore plus dur. Mais quand Ethan devint célèbre, elle eut un peu plus de latitude pour contacter Goodman et le voir parfois, au gré de ses voyages. Néanmoins, cela demeurait une affaire compliquée et angoissante. De temps en temps, toutes les deux semaines environ, quand Jules et Ash se retrouvaient seules, Jules demandait subitement : « Tu as nouvelles de ton frère ? »

L'excitation s'emparait alors du visage d'Ash et elle répondait une chose du genre : « Il va bien, vraiment. Il travaille à mi-temps pour un architecte, comme assistant. Enfin, pas vraiment assistant, disons qu'il s'occupe des commissions compliquées, mais il sent qu'il pourrait bientôt avoir plus de responsabilités, et même être autorisé à dessiner quelques plans. Il aime bien évoluer dans ce monde. Et il continue à chercher du boulot sur des chantiers. »

Un jour, presque un an avant la Norvège, Ash avait confié à Jules que ses parents étaient allés voir Goodman et qu'il leur avait semblé «pas très bien». Qu'est-ce que ça voulait dire? avait demandé Jules. Ça voulait dire qu'il passait des nuits blanches à Reykjavik, dans des endroits où on buvait et où on se droguait, et à force d'arriver en retard sur le chantier, il avait été renvoyé. Frustré et désœuvré, il avait dépensé l'argent donné par ses parents pour acheter de la cocaïne, puis il leur avait tout avoué au cours d'une conversation téléphonique chargée d'émotion. Après un mois passé dans un centre de désintoxication islandais où on ne rigolait pas, il avait regagné son appartement au-dessus d'une poissonnerie dans le centre-ville. Il ne vivait plus avec Gudrun et Falkor depuis plusieurs années; ils avaient un enfant maintenant, une fille, et ils avaient dû récupérer la chambre de Goodman. Et ils avaient fini par déménager car Gudrun avait rapidement bâti une brillante carrière de créatrice de tissus, l'argent envoyé par les Wolf durant toutes ces années lui ayant permis d'améliorer son savoir-faire. C'était stupéfiant de constater qu'il existait tant de mondes à l'intérieur des mondes, de petites sous-cultures dont on ignorait tout, et dans lesquelles quelqu'un pouvait se distinguer grâce à son art. Pourtant, même si c'était formidable, le fait de dire que Gudrun Sigurdsottir était une superstar dans le monde de l'artisanat islandais ressemblait à une plaisanterie.

Garde pour toi tout ce qu'on t'a dit, avait ordonné la famille Wolf à Jules au tout début, à l'été 1977, et comme la fille simple qu'elle était, et serait toujours peut-être, la fille drôle mais obéissante, l'idiote, la dupe, elle leur avait obéi pendant des années, sans grande difficulté. La croyance de la famille Wolf en l'innocence de Goodman était un principe essentiel, et leur croyance était devenue interchangeable avec la sienne. C'est plus tard seulement que Jules fut frappée de voir qu'elle s'était autorisée à demeurer dans cette conviction floue qui n'était pas une certitude, un état qui pouvait aisément survenir si vous aviez été projetée dedans étant jeune. Dans son centre de formation, une vieille enseignante vêtue d'un cardigan dont la manche était en permanence déformée par un mouchoir en papier roulé en boule à l'intérieur, leur avait expliqué que, très souvent, les gens «savent sans savoir».

Au cours des premières années qui avaient suivi la fuite de Goodman, Jules n'avait personne à qui parler de cette situation, à part Ash. Elle n'avait jamais rien dit à Jonah. Et puis, dès le début de 1982, elle avait eu Dennis. Jules lui confiait toutes les choses importantes, et finalement, alors qu'ils entretenaient depuis seulement deux ou trois mois une liaison qui lui semblait faite pour durer toujours, elle lui avoua que la famille Wolf entretenait leur fils en secret. Évidemment, il fut stupéfait.

— Ils lui envoient juste de l'argent ? Ils savent où il est et pourtant, ils ne l'ont jamais dit à la police ? Ouah, incroyable. C'est d'une arrogance inimaginable.

— Je pense que la plupart des parents en feraient autant pour leur fils, s'ils étaient convaincus de son innocence, répondit Jules, mais elle ne faisait que répéter les paroles d'Ash.

— Pourquoi en sont-ils aussi convaincus ?

— Parce qu'ils le connaissent.

— N'empêche, dit Dennis. Tu n'as jamais pensé à… le dénoncer toi-même ?

— Si, vaguement. Mais en fait, je n'ai jamais voulu être impliquée de cette façon. Ce n'est pas mon rôle.

— Je comprends, dit Dennis. Dans mon ancien immeuble, il y avait une famille qui vivait juste au-dessus de chez Isadora. La mère insultait sa fille de cinq ans, elle la traitait de pauvre merde et autres injures horribles. Finalement, quelqu'un de l'immeuble a appelé les services de protection de l'enfance et la fillette a été retirée à sa mère, qu'elle aimait malgré tout, apparemment. Isadora m'a raconté que la fille avait été envoyée dans une famille d'accueil, où elle avait été agressée sexuellement par un frère adoptif beaucoup plus âgé. Ça signifie qu'on ne sait jamais ce qu'on va déclencher. Mais je dois quand même dire, ajouta Dennis, que je trouve ça dingue ce qu'ont fait les Wolf. Ce qu'ils font. Mais le plus dingue, c'est qu'ils cachent la vérité à Ethan. Même Ash. Ouah !

Il secoua la tête, stupéfié par ce culot, ce droit qu'ils s'arrogeaient. Car il ne subissait pas l'influence de cette famille.

— Je n'aurais pas dû t'en parler, dit Jules. Mais il le fallait. Je ne dirai jamais à Ash que je te l'ai dit, alors tu as interdiction d'évoquer le sujet, d'une manière ou d'une autre. Sérieusement. Même si on se sépare un jour, toi et moi, même si tu me hais jusqu'à la fin de tes jours, tu ne devras jamais parler de Goodman, à qui que ce soit, d'accord ?

Elle s'aperçut qu'elle s'exprimait comme Gil Wolf, la fois où il s'était adressé à elle d'un ton sévère, presque menaçant, ce fameux soir au Café Benedikt.

— Je n'arrive même pas à croire que je t'en ai parlé, ajouta-t-elle. Qu'est-ce que ça signifie, le fait que j'aie éprouvé le besoin de te le dire ?

Il sourit joyeusement.

— C'est énorme !

— Oui, sûrement. Mais tu pourrais aller trouver la police sur-le-champ et faire arrêter Goodman. Et toute la famille Wolf aussi, sans doute.

— Et toi aussi, ajouta Dennis. Tu devrais appeler un avocat.

Ils restèrent muets. Il était allé trop loin.

— Je plaisantais, s'empressa-t-il d'ajouter. Jamais je ne te ferais ça.

— Je sais.

— Je t'aime, c'est tout. Et maintenant que tu m'as raconté ça, je t'aime encore plus.

— Mais pourquoi ? Quel est le rapport ?

— On se connaît à peine tous les deux, ça va faire deux mois environ. Et pourtant, tu m'as fait cette confidence. Je suis impressionné. C'est comme… une déclaration. Même si j'ai de la peine pour Ethan, ajouta Dennis, songeur. Ce gars est un génie, et il ignore cet élément essentiel, capital, dans la vie de sa petite amie, et de la famille de celle-ci. Je n'aime pas les Wolf, avoua-t-il. J'aime bien Ash, évidemment, c'est une très bonne amie pour toi et tout ça, mais je ne les aime pas beaucoup, sa famille et elle, en tant qu'ensemble.

— Tu n'es pas obligé de les aimer.

— Tu es sûre ?

— Certaine.

Dennis ne s'était jamais laissé persuader de faire quoi que ce soit, par quiconque, à part Jules. Il se réjouissait de s'être laissé entraîner dans sa vie, et autant qu'il pouvait en juger, le passé de Goodman Wolf, qu'il n'avait jamais rencontré, n'avait plus grand-chose à voir avec tout le reste. Maintenant, en Europe, en 1988, Ash n'avait pas totalement menti à Ethan en lui disant qu'elle allait passer les deux prochains jours en Norvège ; elle avait seulement omis l'élément central de son plan. Elle logerait au Grand Hôtel d'Oslo, effectivement. Pendant qu'Ash était à Oslo et Ethan à Rome, Dennis et Jules passeraient le week-end en tête à tête à Venise. Mais Jules se sentait mal à l'aise seule avec lui dans cette chambre d'hôtel au prix exorbitant. Elle posa la main sur le bras de Dennis, qui dormait encore, allongé à côté d'elle.

— Dennis… Dennis…

— Quoi ?

Il ouvrit les yeux et se colla contre elle ; elle sentit son haleine, forte mais pas déplaisante. Boisée. Bouchonnée, à cause de l'alcool de la veille. À peine réveillé, il roula sur elle instinctivement et Jules perçut son érection matinale tout aussi automatique, et dont elle ne tirait aucune fierté. Il prit une position plus confortable et même si Jules était gênée par ce décor luxueux, vaguement inquiète, et si elle voulait juste lui parler, de n'importe quoi, ce fut tout aussi bon, et peut-être même meilleur. Faire l'amour dans une chambre d'hôtel en Italie produisait un effet particulier sur les Américains : ça leur donnait l'impression d'être italiens. D'ailleurs, à vingt-neuf ans, Dennis avait presque l'air italien avec son visage un peu plus empâté maintenant, assombri par la barbe et ses yeux noirs, l'enchevêtrement de poils sur le torse, sous les aisselles et le pubis. Un des oreillers à fronces tomba par terre, aussi lourd qu'une ancre. Encore à moitié endormi, Dennis souleva Jules comme un poids plume et l'assit sur lui, mais elle le repoussa des deux mains ; elle ne voulait pas que cet instant soit gâché par une mauvaise position, quand la femme devait procéder à des ajustements pendant que l'homme regardait ailleurs discrètement ou regardait ouvertement au contraire. Veiller à ce qu'un pénis soit correctement inséré en vous afin de ne pas vous faire mal quand il s'enfonçait, c'était comme quand, en voiture, vous vous débattiez pour introduire la boucle de votre ceinture de sécurité dans la petite fente en métal. Vous attendiez le clic, de même qu'ici, dans un lit d'hôtel italien, vous attendiez une autre sorte de clic, provenant des mystères intérieurs. Il se produisait juste une résistance passagère, puis plus aucune, et finalement, vous éprouviez une joie absurde devant le résultat, comme si en introduisant correctement un pénis à l'intérieur de votre corps vous aviez accompli une chose importante, du style effectuer une réparation délicate sur une navette spatiale.

Sous elle, dans ce lit d'hôtel, Dennis ferma les yeux, et sa bouche entrouverte laissa apercevoir sa langue. Jules pensa à Ash et Goodman, couchés dans des lits séparés, dans des chambres d'hôtel voisines, ailleurs sur ce continent, puis elle repensa à ce jour où, dans le salon de l'appartement des Wolf, au Labyrinthe, elle avait embrassé Goodman, une seule fois, cherchant sa langue avec la sienne et la trouvant, jusqu'à ce que, lassé, il mette fin à ce baiser. Elle se pencha en avant, sa bouche couvrit celle de Dennis, et celui-ci réagit sans moquerie ni ennui, mais de tout son être au contraire, avec son haleine tannique, les yeux mi-clos, et son corps pas douché dont les phéromones attiraient Jules, sans que l'on puisse réellement expliquer ce phénomène.

Ensuite, ils prirent leur petit-déjeuner en bas, un de ces étranges petits-déjeuners d'hôtel européens avec des œufs durs, des Weetabix et, juste entre les deux, comme si c'était parfaitement normal, des abats. Dans la tour de Babel de la salle à manger, ils se retrouvèrent assis au milieu d'Espagnols et d'Allemands. Jules dit à Dennis :

— Je me demande à quoi ressemble Goodman maintenant. Il a *trente* ans. Bon sang, Goodman a trente ans… C'est dur à imaginer.

— Je ne l'ai jamais rencontré, évidemment, mais je parie qu'il a l'air beaucoup plus buriné, dit Dennis. C'est ce qui arrive aux gens qui fument, qui boivent et se droguent, non ? Ça abîme la peau et à force, on dirait… comment on appelle ça ? Du cuir vieilli.

Jules imagina Goodman buriné et vieilli, affalé sur un des deux lits doubles dans sa chambre au Grand Hôtel d'Oslo. Son grand corps occupait tout le lit, sa sœur était allongée sur l'autre, tous les deux fumaient et riaient. Ash serait si soulagée de se retrouver avec lui, de pouvoir l'examiner, constater qu'il allait bien dans l'ensemble, et entendre sa voix traînante aux accents sardoniques, contempler ce visage qui avait été si semblable au sien autrefois. L'amour entre un frère et une sœur séparés par un an d'écart seulement tenait bon. Ce n'était pas de la gémellité, ni une histoire d'amour, ça s'apparentait davantage à une fervente loyauté envers une marque en voie de disparition.

Petite sœur, laisse-moi entrer.

Jules et Dennis prirent un train rapide afin de retrouver Ethan et Ash à Rome. Pour le dernier soir de leurs vacances, les deux couples dînèrent près de la Piazza del Popolo et ils comparèrent leurs notes. Ethan décrivit ses entrevues avec les dirigeants de la RAI, au cours de plusieurs longs repas accompagnés d'un défilé de vins qui semaient le trouble dans son estomac pendant que les discussions se poursuivaient jusqu'à deux heures du matin, pour célébrer le succès ininterrompu de *Figland,* baptisé ici *Mondo Fig !*

Jules et Dennis décrivirent leur week-end de farniente à Venise.

— Dennis à Venise, dit Ethan. Une nouvelle bande dessinée.

Ils évoquèrent leurs promenades dans les petites rues bruineuses et invraisemblables.

— Et Oslo, c'était comment ? demanda Ethan à Ash.

— J'ai bien aimé, répondit-elle avec un petit haussement d'épaules. Je me suis promenée en essayant d'imaginer l'atmosphère de la pièce.

Jules dut faire un effort de mémoire. Oh, oui, *Ibsen,* la prétendue raison pour laquelle Ash s'était rendue à Oslo. *Les Revenants* d'Ibsen. Des femmes traversant brièvement la scène seins nus, dans cette version les mamelons seraient peints de couleurs fluo, ce qui produirait un effet saisissant avec les lumières éteintes. Ash s'était-elle amusée en choisissant ce titre ? Goodman avait basculé dans le monde des fantômes maintenant, douze ans après avoir fui New York, les États-Unis et son procès, mais il ressuscitait par inter-mittence, il oscillait entre le fantôme et l'être humain vivant. Sa mère lui envoyait des colis, comme elle le faisait à Spirit-in-the-Woods, mais l'antimoustique et le fromage en boîte avaient été remplacés par des pro-téines en poudre et des flacons de vitamines. Ash, elle, lui envoyait des livres, en extrapolant à partir de ses goûts d'adolescent. Elle lui envoya un Günter Grass récent, Thomas Pynchon et Cormac McCarthy et le roman d'un jeune génie nommé David Foster Wal-lace, intitulé *La Fonction du balai.* Une fois, elle ajouta son livre préféré, *Le Drame de l'enfant doué,* accom-pagné d'un mot expliquant que ce livre concernait sa vie à elle, pas la sienne, mais elle pensait que cela pourrait l'intéresser malgré tout, étant donné qu'ils avaient eu les mêmes parents. Goodman lisait tout ce que sa sœur lui envoyait, il mélangeait consciencieu-sement les protéines en poudre dans son *skyr,* il ava-lait les vitamines de sa mère et se faisait engager sur des chantiers quand il le pouvait – le poste d'assistant dans ce cabinet d'architecte n'avait rien donné –, bien qu'il souffre de problèmes de dos maintenant et reste parfois immobilisé pendant des semaines. Il fumait de l'herbe presque tous les soirs et certains matins aussi, et il avait conservé un penchant pour la cocaïne, occasionnellement, ce qui avait nécessité une autre cure de désintoxication.

— À nos vacances, à *Mondo Fig!* et à votre générosité, une fois de plus, dit Dennis au cours du dîner en levant son verre comme Jules et lui avaient appris à le faire ces dernières années.

À partir du moment où vous commenciez à trinquer, vous aviez achevé la transition vers l'âge adulte.

Après le long voyage en avion depuis Rome, une voiture déposa Jules et Dennis devant leur immeuble de la 84ᵉ Rue Ouest. Ethan et Ash prirent une autre voiture, Ethan devant foncer immédiatement aux studios, il n'avait même pas le temps de passer chez lui. Tout le monde l'attendait, expliqua-t-il, comme toujours visiblement. Arrêtés devant leur immeuble étroit, Jules et Dennis levèrent la tête et firent la grimace en même temps, avant d'éclater de rire. Il n'y avait pas de concierge pour porter leurs bagages, pas de sherpa. Aucun plateau de fruits et de fromages ne les attendait là-haut, aucun peignoir. Ils traversèrent le hall exigu avec leurs bagages, difficilement, obligés de choisir le bon angle pour les traîner jusqu'au quatrième étage, le cœur battant à tout rompre. Dans l'appartement, le répondeur clignotait furieusement, deux moucherons faisaient la course autour du trou d'évacuation pourri de l'évier, et la vie redevint difficile, familière et décevante.

Il n'y aurait plus de vacances avant longtemps. Ils avaient utilisé tous leurs congés. Jules avait commencé à se constituer une clientèle privée en se désengageant peu à peu de son travail au centre médical. Au début, ses clients étaient tous des gens sans le sou. Un homme obèse qui pleurait parce que sa femme l'avait quitté, un adolescent qui ne voulait parler que de Sid Vicious. Chaque fois qu'un nouveau patient entrait, c'était comme ouvrir un roman, avait-elle confié à Ash. Elle ne se lassait jamais de recevoir des gens pour une thérapie, même si elle craignait que ses pouvoirs soient insuffisants, trop hésitants. Ash et Jules parlaient en permanence de leur travail respectif ; les peurs et l'excitation d'Ash avant de mettre en scène sa première véritable production à l'Open Hand, l'intérêt de Jules pour ses patients et ses inquiétudes. «Et si j'ai des paroles malheureuses ? Si je leur donne un mauvais conseil et qu'un drame se produit ?» Ash se disait convaincue qu'elle était une bonne psychothérapeute, incapable de commettre une erreur épouvantable. «Je me souviens quand je suis venue m'asseoir sur ton lit au camp, dit-elle. Je ne peux pas expliquer pourquoi, mais j'ai ressenti un immense soulagement. Je parie que c'est pareil pour eux.»

Par ailleurs, alors que leur carrière se dessinait, les deux femmes commencèrent à parler du désir d'avoir des enfants. C'était encore trop tôt – Dennis avait des journées chargées chez MetroCare, la clinique de l'Upper West Side où il avait été engagé à la sortie de son école d'échographistes –, mais dans un an peut-être ? Parfois, Ash et Jules fantasmaient à l'idée d'avoir des enfants à quelques mois d'intervalle pour pouvoir être mères ensemble et pour que leurs enfants soient amis, les meilleurs amis. Peut-être même qu'ils pourraient aller à Spirit-in-the-Woods !

Dans l'immédiat, personne ne voulait bouleverser son existence, ce début d'une nouvelle ère, dans laquelle chacun se voyait offrir l'occasion de rattraper Ethan. Sans pouvoir le rattraper véritablement, rectifia Jonah, ils n'y arriveraient jamais. «D'ailleurs, personnellement, je m'en fiche, ajouta-t-il. J'ai grandi au milieu de gens vraiment célèbres. Tout cela ne m'impressionne pas. Et ce n'est pas ce que je recherche. J'aimerais juste gagner ma vie en faisant un truc qui me plaît. Être impatient d'aller travailler chaque matin. J'attends que ça se produise, mais ça ne vient pas.»

Ash aimait son travail. *Les Revenants* furent représentés à l'Open Hand Theater à l'automne 1989, pendant une courte période. Jules accompagna son amie à une répétition et constata que tout ce que celle-ci avait appris à Spirit-in-the-Woods était réapparu, sous une forme plus adulte, plus consistante. Sa production était sérieuse, bien répétée et ambitieuse. Ce n'était pas débordant d'esprit car Ash n'était pas une personne spirituelle, mais c'était intelligent et équilibré, astucieux dans l'utilisation des corps de femme en arrière-plan. Les mamelons fluo rencontrèrent un grand succès. *Les Revenants* n'était pas une production futile rendue possible grâce à l'argent et au succès d'Ethan. On entendait parfois parler de ces épouses d'hommes puissants, moyennement douées, qui publiaient des livres pour enfants, dessinaient des sacs à main ou, plus fréquemment, devenaient photographes. Leur travail pouvait même être exposé dans une galerie connue, légèrement *off*. Tout le monde allait le voir et les gens traitaient ces femmes avec un respect mielleux. Ces photos de vedettes sans maquillage, de paysages marins et d'anonymes saisis dans la rue étaient gigantesques, comme si les dimensions et la qualité du matériel utilisé pouvaient remplacer ce qui manquait.

Rien de tel ici. Le soir de la première de la pièce, en septembre, le critique remplaçant du *New York Times* était présent. Un article court mais élogieux souligna la «fidélité» de la production, sa «verve» et «son approche réfléchie d'une morale du XIXe siècle, accompagnée d'une mise en relief convaincante de la signification du statut de la femme.» Le critique écrivit par ailleurs : «Que Mme Wolf soit l'épouse d'Ethan Figman, le créateur de *Figland*, ne doit pas entrer en ligne de compte. Mais cela nous rappelle que cette belle production, avec ses fioritures anatomiques saisissantes et pittoresques, est tout sauf un dessin animé.» La pièce fut prolongée. Aucun critique du *Times* n'avait assisté à une production de l'Open Hand depuis bien longtemps, et aucune n'avait jamais obtenu une critique aussi positive. Grisés, les directeurs demandèrent à Ash ce qu'elle aimerait mettre en scène ensuite. Voulait-elle leur écrire quelque chose, également ? Elle pourrait devenir leur dramaturge *et* metteure en scène féministe attitrée. Les hommes dominaient encore le monde du théâtre et l'Open Hand affirmait son désir de remédier à cette situation. Ash pourrait faire évoluer les choses.

Un dîner en l'honneur d'Ash fut rapidement organisé par Ethan, qui invita Jules, Dennis, Jonah et Robert. Ils se retrouvèrent tous au Sand, un petit restaurant de l'East Village qui avait pris son essor récemment, lui aussi, grâce à une très bonne critique dans le *Times*. La salle était exiguë et le sol recouvert de sable, qui crissait quand vous bougiez votre chaise ou les pieds. Avec du sable sous leurs chaussures et des goûts complexes qui explosaient en bouche, ils partagèrent un coûteux dîner, sophistiqué, typique des derniers jours des années quatre-vingt, servi dans des assiettes pleines de fioritures, en évoquant les projets d'Ash.

— Je lui ai dit qu'elle devait sauter sur leur proposition et écrire un truc original, déclara Ethan. Elle peut devenir une double menace. Hé, ajouta-t-il en se tournant vers son épouse avec un air comique, pourquoi ne pas ressusciter *Les Deux Bouts* ?

Tout le monde rit, et Robert Takahashi demanda ce qu'étaient *Les Deux Bouts*, il trouvait que ce titre évoquait une pièce SM gay. Jonah dut lui expliquer qu'il s'agissait d'un one-woman-show sur Edna St. Vincent Millay, écrit par Ash quand elle était encore au lycée.

— Un *effroyable* one-woman-show, précisa Ash. Avec un titre mal choisi, apparemment. Je suis navrée, dit-elle en s'adressant aux autres. Si je pouvais vous rendre ces heures perdues, je le ferais.

— Joue-nous l'introduction, demanda Robert.

— Je ne peux pas, c'est trop affreux. J'ai fini par m'en rendre compte, même si ça m'a pris du temps. Mes parents trouvaient que tout ce que je faisais était merveilleux.

— Allez, insista Robert. Il faut que je voie ça.

Il lui adressa un sourire charmeur. Jonah et lui étaient si beaux, individuellement et ensemble, que

Jules les observait parfois, en douce, quand ils se retrouvaient tous autour d'une table.

— Bon, d'accord, dit Ash. Je suis Edna St. Vincent Millay. J'arrive seule sur scène, en chemise de nuit, une bougie à la main. Tout est noir. Plantée au milieu de la scène, je dis : «Ma bougie brûle par les deux bouts / Je ne passerai pas la nuit / Mais, ah, mes ennemis oh, mes amis… / Elle donne une lumière si jolie.» Ensuite, j'avance jusqu'au bord de la scène et je m'adresse plus ou moins au public : «Pendant que ma bougie reste allumée, voulez-vous vous asseoir et m'écouter ? Nous bavarderons jusqu'à ce que la lumière s'éteigne.»

Tout le monde rit, y compris Ash.

— Tu as dit ça ? demanda Robert. Tu as vraiment dit ça sans éclater de rire ? Ah, j'aurais aimé être là.

— Moi aussi, j'aurais aimé que tu sois là, dit Jonah.

— Dennis, ajouta Robert, on est arrivés dans l'histoire beaucoup trop tard, toi et moi. On aurait dû être là depuis longtemps. Regarde ce qu'on a loupé. *Les Deux Bouts.*

— Je crois que je vais écrire un truc vraiment nouveau pour l'Open Hand, dit Ash. Mais je ne sais pas encore quoi. Si je m'y mets maintenant, juste après *Les Revenants*, ça va donner quelque chose de morose et de scandinave.

Jules imagina une fois encore Goodman et Ash à Oslo, ensemble, affalés sur des lits dans une chambre d'hôtel, bavardant toute la nuit.

— Tu n'es pas obligée de commencer tout de suite, c'est ça qui est bien, dit Jonah. Tu peux prendre ton temps.

— J'aime bien l'idée de pouvoir prendre son temps, dit Dennis, qui n'avait jamais été *pressé* comme ses amis présents autour de cette table. Ne pas être obligé de prévoir quoi que ce soit. Juste attendre que les choses arrivent d'elles-mêmes.

Ce furent peut-être les dernières paroles calmes qu'il prononça ce soir-là. À moins qu'il ne s'agisse davantage d'un souvenir théâtralisé de la soirée : la scène dans laquelle un mari évoque le plaisir de prendre son temps, et moins d'une heure plus tard, tout est gâché. Peut-être Dennis n'a-t-il jamais prononcé ces paroles ; rétrospectivement, Jules n'en était plus certaine. Ils avaient tellement bu, et Ethan avait commandé une succession d'amuse-bouches avant le repas. De délicieuses petites choses décorées de giclées de gel coloré ne cessaient d'arriver sur la table, et il faisait trop sombre dans le restaurant pour savoir exactement ce qu'on mangeait. Dans la gastronomie des années quatre-vingt, tout était une question de textures, les détails avaient souvent moins d'intérêt.

Dennis, à cause de l'inhibiteur MAO qu'il prenait, un MAOI comme on disait plus communément maintenant, faisait toujours attention à ce qu'il mangeait. Au début du repas, il avait récité au serveur la liste des aliments interdits. Mais ce soir, un champ de force inhabituel entourait la table, dû en partie à la présence d'Ethan, car le propriétaire du restaurant, grand fan de *Figland*, avait récité des pans entiers de dialogues de la série, au point d'émouvoir Ethan, qui avait accepté de dessiner Wally Figman sur la nappe. Tous les convives parlaient beaucoup, excités par le premier véritable succès d'Ash, exaltés par leurs propres possibilités, conscients que trente ans était un âge important, un bon âge. En s'adressant au serveur, Dennis avait peut-être donné l'impression qu'il détestait simplement le saumon, la viande en saumure et en conserve, les fromages affinés, le foie et le pâté, et non pas que ces aliments pouvaient le tuer.

Une cuillère en céramique fut servie à chaque convive, elle contenait une substance baptisée «eau de tomate» et une noix de Saint-Jacques, semblable à une grosse dent. Une bouteille de vin apparut sur la table et la présence du mot *Pouilly* sur l'étiquette indiqua à Jules que c'était du bon. Ils consommèrent tout ce qu'on leur apporta. Certains aliments avaient-ils un goût fumé ou de saumure, un goût de *poison* ? Difficile à dire, tout était savoureux et Jules n'avait aucune raison de supposer que Dennis ne faisait pas attention à ses interdictions alimentaires ce soir, comme d'habitude. Néanmoins, vers la fin du repas, au milieu d'un assortiment de desserts à volonté, dont une assiette de biscuits décrits par le serveur comme des «ducats au piment serrano», Dennis se pencha vers Jules et lui glissa :

— Je ne me sens pas très bien.

— Tu as mangé quelque chose que tu ne dois pas manger ? demanda-t-elle, mais il secoua la tête. Tu veux qu'on s'en aille ?

Dans la lumière des bougies, elle remarqua qu'il transpirait, son visage ruisselait.

— Dennis, dit-elle d'un ton brusque. Dennis, je crois que ça ne va pas.

— Oui, je crois aussi. (Il tira sur son col de chemise.) J'ai une sale migraine. Je crois que je vais mourir.

— Non, tu ne vas pas mourir.

Dennis ne répondit pas, mais sa tête bascula vers l'avant et il se mit à vomir dans son assiette.

— Oh, mon Dieu ! s'exclama Jules.

Affolée, elle se tourna vers ses amis qui continuaient à rire et à manger, sans rien remarquer. Robert faisait avaler une croquette de crabe à Jonah.

— Ethan, dit-elle sans réfléchir, elle voulait que ce soit lui qui lui vienne en aide. Ethan, Dennis ne va pas bien du tout.

Ethan leva la tête, bouche entrouverte, et en voyant la panique sur le visage de Jules, il déglutit rapidement et plongea quasiment par-dessus la table. Sa chemise frôla la bougie dans le verre.

— Dennis, regarde-moi, dit-il.

Dennis, qui avait cessé de vomir, le regarda, mais d'un air vide. Et soudain – avait-il volé ? – Ethan se retrouva à côté de lui ; il ouvrit son col de chemise et l'allongea par terre entre deux tables, ce qui voulait dire que Dennis était couché sur un lit de sable. Son corps dessinait une empreinte dans le sol, telle une silhouette tracée à la craie par la police, annonçant une mort imminente. Jules s'agenouilla de l'autre côté, elle pleurait dans le cou et sur le visage défait de Dennis. Elle lui prit le poignet pour tâter son pouls : il battait vite, «tachycardie», dirait l'urgentiste quelques minutes plus tard.

Penché au-dessus de lui, en attendant les secours, Jules songea qu'elle contemplait son mari agonisant, l'échographiste qui poursuivait son petit bonhomme de chemin, sans être une star dans son domaine ni dans aucun autre. Bon sang, toutes ces étoiles qui les entouraient, pensa-t-elle, tous ces mondes dans lesquels elles existaient, à côté de tous ceux qui n'étaient pas des stars, ceux qui se battaient, tous ceux qui s'inquiétaient à cause de leur carrière, leur trajectoire, de ce qu'elle représentait, ce qu'elle signifiait, ce que les autres pensaient d'eux. C'était impossible à saisir, c'était trop écœurant et inutile. Laisse le succès, la gloire, l'argent et une vie extraordinaire à Ash et Ethan, qui sauraient quoi en faire, se dit-elle pendant que les urgentistes traversaient d'un pas résolu le petit restaurant, faisant crisser le sable sous leurs grosses chaussures, pour entourer son mari. Laisse tout ça à Ash et à Ethan car ils le méritent. Donne-moi juste ce qu'on avait, s'entendit-elle penser, ou bien dire. C'est suffisant.

Douze

En quittant les urgences du Beth Israel Medical Center, peu après le lever du jour, en taxi, Jonah Bay demanda à Robert Takahashi assis à côté de lui :

— Tu as entendu ce qu'elle a dit ? Au restaurant, juste après que ça se soit passé, quand elle parlait plus ou moins toute seule, comme une sorte de prière ?

— Oui.

— Jules ne prie pas, elle a toujours été athée. Qui priait-elle, alors ?

— Aucune idée, répondit Robert.

Ils s'appuyèrent l'un contre l'autre dans un silence épuisé, tandis que les rues défilaient, le taxi passant tous les feux au vert en absence de circulation à cette heure improbable et déconcertante.

— En tout cas, reprit Jonah, j'ignore à qui elle s'est adressée, mais ça a marché pour elle, apparemment.

— Oh, arrête, c'est à *moi* que tu dis ça ? Sais-tu combien de fois je suis allé aux urgences avec des amis atteints de pneumonie ou du cytomégalovirus ? Leurs parents priaient pour eux, et ça n'a jamais rien changé. Y avait un gars de la salle de sport, toutes ses tantes et ses grands-tantes sont venues, une immense et redoutable famille noire de Caroline du Nord, et elles ont formé un cercle de prière, en répétant un truc du genre : «Par pitié, Seigneur, protège notre petit William, il y a encore tellement de choses qu'il a envie de faire sur terre.» Et je te jure que, sur le coup, j'ai cru que ça allait marcher. Mais non. Je n'ai jamais vu aucun miracle. Toutes ces putains d'histoires se terminent de la même manière.

Robert regarda par la vitre, tandis que le taxi cahotait sur les nids-de-poule.

— Tu sais, ajouta-t-il, un de ces jours, c'est toi qui m'accompagneras aux urgences.

— Ne dis pas ça, répondit Jonah. Ton bilan sanguin est bon. Et tu te portes plutôt bien. Tu as eu un zona, mais c'est tout.

— Oui, exact. Mais ça ne peut pas durer. Ça ne dure jamais.

— Eh bien, je pense que, quelque part en moi, je crois encore à cette histoire de religion et de miracles, dit Jonah.

— Ah oui ? Je croyais que le déprogrammeur t'avait sorti ces idées de la tête pour de bon.

— Non. J'ai conservé un petit bout de foi. Mais ne le dis pas à Ethan et à Ash. Ça leur a demandé tant d'efforts.

Le taxi les déposa dans Watts Street devant l'immeuble de Jonah qui, dans n'importe quelle lumière – à l'aube, au crépuscule, sous un ciel violet et inquiétant avant une énorme tempête de neige – semblait penché et un peu carbonisé, tout en restant habitable. Ce qui leur était arrivé, avec sa mère, et avait fait de lui l'occupant légal du loft, continuait à le stupéfier. Mais à l'époque, ça s'était fait comme ça, simplement, c'était leur histoire. Aujourd'hui, il était presque impossible de songer que pendant presque trois mois, en 1981, Jonah Bay avait appartenu à l'Église unifiée du révérend Sun Myung Moon. En ce temps-là, les «moonies» étaient souvent considérés comme un sujet de plaisanterie, occupant le même domaine du *Zeitgeist* que les Hare Krishnas.

Jonah s'était laissé attirer par cette Église comme beaucoup de gens, accidentellement, sans même savoir qu'il recherchait une Église. Il n'avait jamais eu de penchant naturel pour aucun dogme. Quand il était enfant, sa mère l'avait emmené parfois à l'Église baptiste abyssinienne de Harlem pour écouter des amis chanter du gospel. «Ferme les yeux et laisse-toi transporter», lui disait Susannah. Jonah réagissait à la musique, mais il n'avait que faire de Jésus, et pendant les sermons il refusait de fermer les yeux; il regardait ses mains, ses chaussures et souvent les autres garçons sur les bancs.

À la fac, un samedi soir, alors qu'il bricolait dans le laboratoire pour son cours de robotique, Jonah renifla l'odeur des appareils et des branchements électriques et, surtout, des étudiants du MIT à l'hygiène douteuse qui possédaient une odeur bien particulière, et il lui sembla qu'une vie non spirituelle organisée uniquement autour des humains, s'activant dans leur ruche universitaire éclairée aux néons, serait tout à fait acceptable. Il avait un ami brillant au laboratoire, Avi, un juif orthodoxe, et il n'avait jamais pu comprendre ce que lui apportait cette stricte observance du culte. «Tu fais un travail scientifique, lui avait-il dit. Comment peux-tu croire au sublime ? » Et Avi lui avait répondu : « Si tu es obligé de poser la question, je ne peux pas te répondre. » Une vie spirituelle ressemblait-elle à une sorte de cape spéciale ? Jonah avait eu quelques aperçus du sublime : cette musique de gospel dans l'église de Harlem était céleste, tout comme une bonne partie de la musique de sa mère. La chanson « The Wind Will Carry You » était exquise, et sur ce disque, la voix encore jeune de Susannah était si douloureuse qu'elle touchait peut-être au sublime. Ce qui paraissait le plus mystique à Jonah Bay, c'était cette sensation éprouvée enfant, quand les cellules de son cerveau avaient été à maintes reprises détraquées par un adulte qui se prenait pour Dieu.

Durant ces trips involontaires, jamais avoués, jamais évoqués, le corps de Jonah était éveillé et tendu, son esprit courait partout, hyperactif, en mission. La sensation d'hyperstimulation était si extrême qu'elle en devenait presque intolérable. Il l'avait ressentie de nouveau, de manière totalement différente, la première fois qu'il avait fait l'amour avec un homme, à dix-huit ans, au MIT. Il avait éjaculé en douze secondes, à sa grande honte ; et l'autre garçon, un diplômé en sciences cognitives, au visage écrasé comme un boxeur, lui avait dit que ce n'était pas grave, mais ça l'était. Jonah ne pouvait pas lui dire : « Écoute, je suis hyperstimulé très rapidement, et ensuite *splash*. Tout a commencé quand on m'a fait prendre de l'acide à mon insu, à onze ans. Oui, *onze* ans, c'est incroyable, non ? Maintenant, chaque fois que je suis excité, j'ai peur de devenir dingue, en gros. Le sexe continue à me flanquer une peur bleue. »

Jonah ne disait rien de tout cela car il n'avait jamais parlé à personne, pas même à ses amis de Spirit-in-the-Woods, de ce que lui avait fait Barry Claimes. C'était trop mortifiant. Il avait été facile d'apparaître comme homo aux yeux de tous, ce que fit Jonah la première semaine de son arrivée au MIT, après avoir fait l'amour – réellement, en tenant la distance – pour la première fois. Il avait voulu attendre que ça ait eu lieu, pour être sûr de ne pas se tromper sur son compte. Non, il ne s'était pas trompé. Quand il appela les gens pour le leur dire, aucun ne sembla choqué ou particulièrement surpris, ni Ethan, ni Ash, ni Jules, ni même sa mère. Mais leur parler de Barry Claimes, c'était au-dessus de ses forces, même s'il pensait souvent à ce chanteur folk, un homme privé d'inspiration qui avait trouvé une source en Jonah, un homme qui avait perdu sa poule aux œufs d'or lorsque Jonah avait décidé de ne plus lui adresser la parole, à douze ans. Pourtant, si Barry Claimes avait quasiment disparu (sa visite à Spirit-in-the-Woods en 1974 avec Susannah avait été un *supplice*), il n'avait jamais cessé d'être une véritable présence pour Jonah, surtout durant l'adolescence, lorsque les pulsions sexuelles prirent le dessus. Jonah nourrissait un penchant pour les garçons bien avant que Barry Claimes fasse irruption dans sa vie. Quand Ash était devenue sa petite amie, il avait presque compris déjà qu'il était homo, et il fantasmait souvent sur des garçons, mais ces fantasmes étaient trop excitants et il ne savait pas trop quoi en faire, ni quoi en penser, il ne pouvait donc pas se les exprimer clairement. Ash le *sous-stimulait*, et c'était pour lui un énorme soulagement.

Plus tard, à l'université, chaque fois que les relations sexuelles avec un homme réel, nu et haletant, devenaient un acte concret qui se dressait devant lui tel un repas disposé sur une table, il craignait d'être submergé et de recommencer à halluciner. Une forte excitation l'enivrait et le rendait *malade*, elle lui donnait envie de fuir et d'aller dormir pendant des heures. C'était la conséquence des drogues de Barry Claimes, le torrent de substances hallucinogènes données en douce à un enfant par un homme influent et opportuniste.

Jonah avait rencontré Robert Takahashi au cours d'un dîner dans l'appartement de Jules et Dennis en 1986. Robert avait quitté depuis longtemps le magasin de reprographie où il travaillait pour suivre des cours de droit à Fordham, et en 1986, il avait commencé à exercer son métier d'avocat spécialisé dans des dossiers liés au sida. Lors de ce dîner, il s'était intéressé immédiatement à Jonah, il voulait en savoir plus sur son séjour chez les «Moonies», comme tout le monde, et sur son travail qui consistait à inventer et à perfectionner des technologies destinées à aider les personnes handicapées dans leur vie quotidienne. Ce soir-là, Jonah décrivit un engin novateur, une sorte d'échafaudage qui permettait à un paraplégique de prendre une douche, de se laver et de s'essuyer seul. Des tâches simples que les personnes valides trouvaient naturelles, dit-il, mais les handicapés devaient compter sur les autres pour tout et renoncer à l'idée de pudeur. Ils devaient apprendre également à ne pas avoir honte de leur corps, ni de se faire aider, une chose dont Jonah lui-même aurait été incapable, il en était persuadé. «Ça a l'air formidable», commenta Robert à propos du travail de Jonah, et celui-ci répondit que oui, en effet, c'était très intense, mais il se sentit obligé d'ajouter :

— Je ne me voyais pas gagner ma vie de cette façon.

Robert voulut en savoir plus, mais Jonah resta vague.

— Est-ce une activité prenante et est-ce qu'elle a un sens ? demanda Robert. Ce sont les questions que je me suis posées quand je suis entré chez Lambda Legal.

— Oui, je crois que ça répond à ces deux critères, admit Jonah.

Même s'il était toujours étonné de faire ce métier et d'être devenu ce qu'il était maintenant. La musique avait complètement disparu de sa vie. Il n'en écoutait presque plus. Sa collection d'albums était dans des caisses et il n'achetait quasiment jamais de cassettes ni de CD. Sa guitare se languissait dans un placard. Son travail chez Gage Systems pouvait être très absorbant, en réalité, mais il rechignait à l'avouer devant ce bel Américano-Japonais penché en avant lors de ce dîner chez Jules et Dennis, penché vers lui telle une plante qui se tend vers la lumière du soleil. Jonah était un soleil ? Des hommes avaient souvent été attirés par lui au fil des ans, dans des bars, dans des soirées, dans la rue, mais rarement de manière aussi joyeuse et directe. Habituellement, l'attirance sexuelle avait pour Jonah un parfum de menace voilée, cela faisait partie de l'excitation.

Robert Takahashi parla aussi un peu de lui, en se qualifiant avec légèreté de «figure emblématique du sida», ce qui choqua Jonah et lui fit éprouver de la peine pour Robert, mais toutes les autres personnes présentes, qui connaissaient déjà le diagnostic, formulé récemment, réagirent comme si la séropositivité n'était pas un drame. Les deux hommes quittèrent la soirée presque au même moment, ou du moins, Robert se leva presque aussitôt après que Jonah avait annoncé qu'il s'en allait. Alors qu'ils sortaient de l'immeuble, Robert dit :

— J'ai essayé de te percer à jour toute la soirée.

— Comment ça ?

— Je n'arrive pas à savoir si tu me draguais.

— Pas du tout, répondit Jonah froidement.

— OK, très bien. Mais puis-je te poser une question ? Tu es pédé ?

C'était une question sincère, dénuée d'agressivité, mais bizarrement, Jonah fut outré par l'utilisation de ce mot. Il était habitué à entendre le mot «pédale» utilisé par des homos dans un contexte amical, mais jamais on ne l'avait traité de «pédé».

— Je n'ai pas envie de m'embringuer dans une histoire avec un hétéro qui veut juste s'encanailler, reprit Robert. Franchement, tu dégages des ondes pédé, mais il m'est déjà arrivé de me tromper. Et pas qu'un peu.

Robert Takahashi, ce jeune avocat américano-japonais, costaud, svelte et beau, nullement honteux d'être pédé, lui posait une question surprenante et excitante, en pleine rue, et Jonah n'arrivait pas à répondre. Au lieu de cela, il devint d'une timidité excessive.

— Bonne nuit, lâcha-t-il sèchement.

Et il s'éloigna. Sans avoir répondu à la question. Il retrouva son mode par défaut : pensif, raide et taciturne.

— C'est personnel, ajouta-t-il.

— Quoi donc ?

— Le fait que je sois pédé. Ou pas.

Le rire de Robert ressembla à trois hoquets successifs et séduisants.

— C'est la première fois que quelqu'un répond de cette façon.

— Tu t'amuses à demander à tous les gens s'ils sont pédés ? Tu fais un recensement ?

— Généralement, je n'ai pas besoin de demander, répondit Robert. Mais toi, tu es un cas compliqué. Pas facile de briser ta coquille.

Il sourit de nouveau, cet homme si confiant, frappé d'un diagnostic fatal.

Apparemment, Jonah demeurait une énigme pour Robert Takahashi. Alors qu'il ôtait la chaîne de sa moto vert-jaune attachée à un parcmètre, mince et sexy dans son vieux blouson en cuir noir, il dit :

— Eh bien, cela devra rester un grand mystère, je suppose. Dommage.

Il sauta sur son engin, démarra d'un coup de kick et partit tranquillement, pendant que Jonah marchait vers le métro. Celui-ci ne pouvait s'empêcher de ressasser sa terrible déception. Mais quelques instants plus tard, Robert réapparut, à sa hauteur, et ce fut comme un immense soulagement, un bonheur. Roulant au ralenti, toujours souriant, Robert demanda :

— Alors, tu as décidé ?

Oui, la question de son homosexualité était tranchée depuis longtemps, mais Jonah protégeait ses prédilections, il les gardait dans le creux de ses mains, tout contre lui. Il ne voulait pas être submergé par le sexe, au risque de perdre le contrôle. Le petit et svelte Robert Takahashi, habitué des salles de sport et avocat à l'esprit vif, était atteint du virus du sida. Quel genre de sexualité pouvait-on avoir avec une personne infectée ? Une sexualité *contrôlée*, peut-être, une bonne sexualité donc aux yeux de Jonah.

Ils couchèrent ensemble pour la première fois une semaine plus tard, dans le loft, par un après-midi pluvieux. Robert était passé voir Jonah, et pendant que celui-ci ressortait ses disques et passait trop de temps devant la platine à essayer de faire le bon choix car il savait que la plupart des gens considéraient que la musique était un élément crucial pour instaurer une ambiance, Robert était allongé sur le lit, appuyé contre les oreillers, torse nu. Voir son torse plat, c'était comme être autorisé à pénétrer dans une nouvelle dimension. Robert était léger, presque dépourvu de poils, mais il était musclé ; il entretenait son corps, dans l'espoir de le maintenir en forme le plus longtemps possible.

— Laisse tomber la musique, dit-il enfin, pendant que Jonah faisait une fixation sur les disques. Viens ici.

La pluie frappait les vieilles fenêtres branlantes du loft où Jonah avait grandi et où il vivait encore, et il y avait quelque chose d'exquis dans le fait qu'elle accompagne ce premier et long baiser. La bouche de

Robert Takahashi était chaude et autoritaire; ils se détachaient de temps en temps, comme pour vérifier, pour s'assurer, que l'autre était encore là et qu'ils n'étaient pas juste deux bouches désincarnées. Mais ces baisers posaient la question plus générale de ce qui était autorisé et ne l'était pas.

— Qu'est-ce qu'on peut faire? murmura Jonah maladroitement, ne sachant pas du tout ce qui était sans risque et ce qui pourrait le tuer un jour.

Le corps de Robert Takahashi demandait à être exploré, et pourtant, il y avait des paramètres à respecter quand vous couchiez avec un homme déclaré positif. Vous ne pouviez pas faire tout ce que vous vouliez. Vous deviez faire attention, ou sinon, dans quelques années, les ganglions dans votre cou enfleraient et ressembleraient à des billes dans un sac, à cause d'une relation sexuelle que vous aviez eue autrefois, et si c'était génial sur le coup, vous vous en souveniez à peine maintenant.

Robert le regarda fixement; comme ses yeux étaient beaux avec leurs plis épicanthiques. Jonah avait oublié où il avait appris ce terme – peut-être en cours de génétique au MIT –, toujours est-il qu'il surgit à cet instant, pour la première fois de sa vie, alors qu'il plongeait son regard dans ces yeux sombres et merveilleux.

— On peut faire plein de choses, répondit Robert. Mais prudemment.

Ces paroles devinrent le mot de passe de Jonah Bay pour pénétrer dans le genre de sexualité qu'il aimait et pouvait tolérer. *Plein de choses, mais prudemment.* Robert déchira l'emballage d'un préservatif avec ses dents et sortit un tube de lubrifiant à base d'eau.

— On peut vraiment ? demanda Jonah. Je veux dire… tu es sûr ? Tu as interrogé des spécialistes ?

— Euh, non, dit Robert. Mais j'ai lu énormément de choses sur la question, et je suppose que toi aussi. Tu veux que j'interroge un spécialiste ?

— Maintenant ? demanda Jonah en riant.

— Oui. Maintenant. Si ça peut te rassurer.

— On est dimanche après-midi. Où ils sont, ces spécialistes ? Tous en train de bruncher, non ?

Robert avait déjà décroché le téléphone, il appelait les renseignements pour connaître le numéro d'une hotline dont il avait entendu parler. L'opératrice le mit en relation avec son correspondant. Depuis quelque temps, ce numéro était surchargé, tout le monde appelait. Terrorisés, les gens avaient peur de ce qu'ils avaient fait, ou bien ils ne savaient pas ce qu'ils pouvaient faire, et l'ignorance les torturait, ils se palpaient le cou à la recherche de ganglions.

— Bonjour, dit Robert. Je suis avec un ami qui a une question à vous poser.

Il tendit le téléphone à Jonah qui, horrifié, bafouilla :

— Hein ? Moi ? en s'écartant de l'appareil.

— Oui, toi, dit Robert, visiblement amusé.

Jonah prit le téléphone à contrecœur, tirant sur le fil qui se tendit à travers le lit, séparant les deux hommes.

— Bonjour, murmura-t-il.

— Salut. Je m'appelle Chris. Qu'est-ce que je peux faire pour toi ?

— Je voudrais juste savoir… en fait… ce qui est sans danger ?

— Dans les rapports sexuels entre deux partenaires, tu veux dire ? demanda Chris. Deux partenaires masculins ?

Jonah l'imaginait : blond, une vingtaine d'années, assis dans une pièce miteuse, ses Keds posées sur un bureau encombré.

— Oui.

— OK. On ne peut pas affirmer avec certitude qu'il existe des pratiques sexuelles sans aucun risque, mais certaines sont moins risquées que d'autres. Si on ne peut pas prouver que quelqu'un a été contaminé de cette façon, on ne peut pas non plus prouver le contraire. Si tu as des coupures, des plaies ou des écorchures dans la bouche, ça augmente les risques. Certaines personnes choisissent de se retirer avant de jouir. Il y a également la masturbation mutuelle. Tu as peut-être déjà entendu cette expression : «Sur moi, pas dans moi.»

Non, Jonah ne l'avait jamais entendue. Pendant qu'il écoutait Chris, Robert s'était rapproché pour l'embrasser dans le cou. Cela le chatouillait et il s'écarta de Robert, mais celui-ci posa sa main sur sa cuisse, dans un geste possessif.

— Quant à la pénétration, poursuivait Chris, tel un serveur qui décrit les plats du jour, sans préservatif il y a un fort risque de contamination si le partenaire actif est infecté. Et même avec un préservatif, le risque n'est pas nul, puisqu'en théorie, il peut craquer. Cela étant dit, quand les deux partenaires, dont un seul a été déclaré positif, utilisent un préservatif, il n'y a pas eu, à ma connaissance, de cas de séroconversion déclarés. Mais cela ne veut pas dire qu'il n'y en a pas eu, ou qu'il n'y en aura pas. Quoi qu'il en soit, il est important d'utiliser du latex, pas des peaux naturelles, et du lubrifiant à base d'eau contenant du spermicide Nonoxynol-9. Les huiles et la vaseline peuvent fragiliser le latex et provoquer des ruptures.

Chris lisait-il un texte tout prêt ? Était-il las à force ? Ou excité ? Devinait-il qu'à l'autre bout du fil, deux hommes allongés sur un lit attendaient d'avoir été rassurés par un inconnu au téléphone pour passer à l'action ? Chris savait-il que son prénom et sa voix, si terne et si jeune, excitaient ces deux hommes ? Chris, qui qu'il soit, était une porno-star épidémiologique.

— Alors, tu penses que mon copain et moi, on peut faire certaines choses ensemble sans risque ? demanda Jonah, un peu gêné.

— Je ne peux pas dire ça. Pour atteindre le risque zéro, le mieux c'est encore un gros câlin.

— Un câlin ?

— Dis-lui que tu dois raccrocher, glissa Robert.

— Bon, je dois y aller. Mais merci.

— De rien, dit Chris. Bonne journée. Et reste au sec, ajouta-t-il, avant de raccrocher.

— Qu'est-ce qu'il voulait dire par « reste au sec » ? demanda Jonah, inquiet.

— Hein ?

— À la fin, il a dit : « Reste au sec. » Il faisait allusion à des *sécrétions* ? C'était une façon de me donner un avis sincère, alors qu'il n'est pas censé le faire ?

— Il voulait juste dire qu'il pleut dehors.

— Oh. Ah oui, d'accord.

— Tu es adorable, dit Robert. Même ton angoisse me plaît.

433

— Pas moi. Je la déteste.

— On n'est pas obligés de faire quoi que ce soit, ni aujourd'hui ni jamais, dit Robert Takahashi, mais cette idée était inenvisageable pour Jonah Bay qui n'aurait pas pu expliquer que, malgré son angoisse et sa peur, il voulait se livrer à une sexualité contraignante et restrictive, la seule qui ne menaçait pas de l'ensevelir sous les sensations. Peut-être avait-il trouvé le moyen idéal de gérer son problème d'hyperstimulation, sans pour autant nier son homosexualité essentielle et exubérante.

Dès lors, durant les journées grises et maussades dans le loft ou quand le soleil le divisait en diverses tranches de lumière ou la nuit, dans l'obscurité presque complète, Jonah et Robert Takahashi, l'un à la peau pâle, l'autre couleur de céréale, déchiraient des emballages de préservatifs et baisaient très lentement. Jonah était stupéfait de voir que certaines parties du corps s'emboîtaient avec la précision d'un jeu de Lego. Le sexe avec Robert était une expérience tendue, extrêmement prudente, qui menait invariablement à un immense plaisir. Robert semblait avoir acheté tout le stock de lubrifiant en Amérique et il en laissait toujours deux ou trois tubes dans le tiroir de la table de chevet de Jonah, là où Susannah rangeait autrefois des dizaines de médiators.

En tant que couple, Jonah et Robert ne se retournaient pas vers leur passé commun, qui ne remontait pas très loin ; ils ne regardaient pas non plus vers l'avenir car ils ne voyaient pas très loin devant eux. Robert Takahashi devait maintenir son taux de lymphocytes T le plus longtemps possible. Ni l'un ni l'autre ne tenaient à évoquer son état de santé, mais impossible d'ignorer le fait que, selon toute vraisemblance, Robert mourrait jeune. Pour l'instant, il demeurait asymptomatique dans l'ensemble et ses examens sanguins étaient bons. Plus tard, certains de leurs amis seraient placés sous AZT, un traitement qui réduisait leur vie à une succession frénétique de sonneries de minuteurs leur rappelant vingt-quatre heures sur vingt-quatre qu'ils devaient prendre leurs cachets, de crises de diarrhées et autres humiliations. Robert connaîtrait sans doute la même frénésie tôt ou tard, mais sur les conseils d'un médecin rebelle, il prenait du pollen d'abeille, des doses d'herbe de blé et de la vitamine B et il s'entraînait rageusement à la salle de sport pendant une heure tous les matins avant d'aller travailler, chaque grognement était un cri de bataille. Son activité chez Lambda Legal constituait le pivot de sa vie. Jonah l'enviait. Son travail chez Gage Systems, disait-il aux gens, était intéressant, et pourtant il lui laissait un sentiment de vide. Son équipe avait reçu récemment une lettre très émouvante d'un homme qui avait toute la partie supérieure du corps paralysée à cause d'un accident de voiture, survenu il y a longtemps, et qui pouvait maintenant préparer seul son petit-déjeuner grâce au bras articulé perfectionné par l'équipe de Jonah.

Oui, son travail avait un sens, mais celui de Robert ressemblait à une vocation, ce n'était pas la même chose. Alors qu'ils étaient ensemble depuis un an environ, au printemps 1987 Robert invita Jonah à l'accompagner à Washington pour participer à une marche de désobéissance civile devant la Maison

Blanche. Avant de partir, ils fabriquèrent des pancartes, et beaucoup plus tard, quand Jonah repensa à cette journée, et à cette époque de sa vie, il se souvint de l'odeur des marqueurs, puissante comme une poignée de sels sous le nez. La présence de Reagan se faisait sentir ; bien qu'il ne soit pas là, Jonah l'imaginait, dans un pardessus aux larges épaules, passant devant les manifestants, les regardant à peine. Pour Jonah, Reagan n'était même pas une vraie personne, uniquement un objet dénué de sentiments, et bien qu'il ait été réélu à une majorité écrasante, il n'avait pu se résoudre à prononcer le mot « sida » pendant très longtemps, il semblait même incapable de se représenter des homosexuels dans leur lit ou aux enterrements de leurs amants.

Tandis que la foule massée devant la Maison Blanche se mettait à scander des slogans en agitant des pancartes, les policiers se rapprochèrent en portant des gants en caoutchouc. Jonah se coucha sur le sol et dans le chaos, un talon lui écrasa la cuisse, lui arrachant un cri. Quand il se retourna vers Robert, celui-ci n'était plus là. Jonah l'appela, désespérément, mais il y avait trop de gens autour de lui, trop de mouvements. Il avait perdu Robert Takahashi et se retrouva plaqué contre un vieux type plein de muscles qui ressemblait à Popeye. « Robert ! » hurla-t-il une fois de plus. Une main se posa alors dans son dos et en levant la tête, il découvrit Robert penché juste au-dessus de lui. Son compagnon le souleva dans ses bras puissants et l'emmena en titubant.

Ce soir, après le malaise de Dennis Boyd au restaurant, Jonah et Robert étaient restés assis côte à côte dans la salle d'attente des urgences du Beth Israel Medical Center, avec Jules, Ethan et Ash, et dans cet horrible décor institutionnel déstabilisant, Jonah s'était revu avec ses amis, assis dans des sièges en plastique moulé, dans un autre lieu à l'éclairage violent. Où était-ce ? Cela ne lui revint pas immédiatement. Il se creusa la cervelle et se souvint : le poste de police de l'Upper West Side, aux premières heures de l'année 1976. Ils avaient attendu là toute la nuit ; c'était il y a si longtemps qu'il s'en souvenait à peine, et tout cela était resté inachevé. Cathy Kiplinger avait été tout simplement *effacée* du groupe d'amis, expulsée par des forces adultes. Jonah avait toujours bien aimé Cathy. Certes, elle était un peu hystérique, mais il admirait son expressivité. Lui ne pouvait rien exprimer, tandis que Cathy pleurait et criait souvent, et elle débordait d'opinions. En outre, elle savait se montrer sardonique avec Goodman, qui en avait besoin. Elle lui avait toujours paru courageuse, à sa manière, n'hésitant pas à formuler des exigences, en arborant un corps de femme alors qu'à cette époque, c'était encore une fille.

Qu'était-elle devenue ? Au cours des premières années qui avaient suivi cette nuit, Jonah s'était posé la question plusieurs fois, mais personne n'avait jamais pu lui fournir une explication détaillée ou fiable. C'était comme apprendre ce qui était arrivé à d'anciens enfants vedettes des séries télé ; presque tous étaient prétendument morts au Vietnam. Il ne fallait pas se fier aux rumeurs. Quelqu'un avait «vu» Cathy et affirmé qu'elle allait bien. On l'avait d'abord vue à la fac, puis dans une école de commerce. Finalement,

Jonah n'avait plus la moindre idée de l'endroit où elle se trouvait. Personne ne l'avait vue ni n'avait entendu parler d'elle depuis des années. Il éprouvait parfois un sentiment de malaise en pensant à Cathy Kiplinger, et à son propre rôle, car c'était lui qui leur avait trouvé un taxi ce soir-là, à elle et à Goodman, alors qu'ils étaient complètement défoncés, à cause du hash qu'il avait apporté. Maintes et maintes fois ses amis lui avaient répété qu'il n'était absolument pas responsable de ce qui s'était passé. «Nom de Dieu, Jonah, ne m'oblige pas à t'assommer avec une poêle à frire !» s'était exclamé Ethan, un jour, exaspéré, quelques semaines après le jour de l'an. «Je ne sais pas comment te le faire comprendre autrement. Tu n'es pour rien dans ce qui s'est passé entre eux. Rien. Tu es innocent. Tu n'es pas *complice* et tu n'as *drogué* personne, OK ?»

Avec le temps, Jonah commença à croire qu'Ethan avait raison. Et d'autres préoccupations envahirent son esprit : des fantasmes (à quoi pouvaient ressembler certains adolescents nus, ou certains hommes) et des interrogations concernant ce qu'il allait faire de sa vie maintenant qu'il avait décidé, de manière irrémédiable, qu'il ne serait pas musicien. À mesure que les années passèrent, il pensa moins souvent à Cathy. Il entra à l'université, obtint son diplôme, se laissa brièvement détourner de son chemin par l'Église de l'unification, il décrocha ce poste dans la robotique chez Gage Systems et en 1989, Goodman Wolf lui-même, si exubérant et passionnant soit-il, s'était totalement effacé. Goodman dont l'image avait été si précise et si chargée d'érotisme.

Ce soir, aux urgences, c'était Ethan qui se sentait inutilement coupable; il ne cessait de faire les cent pas, en disant à Jules d'une voix agitée : «Tu ne comprends donc pas? C'est moi qui ai organisé ce dîner. Je leur avais expliqué tout ce que Dennis ne pouvait pas manger. Mais j'aurais dû vérifier.» Jules lui avait dit : «Arrête, Ethan, tu n'y es pour rien», puis Ash s'était mise en colère contre Ethan, et elle lui avait lancé : «Tu veux bien laisser Jules tranquille avec ça. Elle a suffisamment de soucis.» Chacun avait tendance à penser que tout était sa faute; peut-être était-ce difficile d'imaginer, quand vous étiez encore assez jeune, qu'il y avait sur terre des choses qui se passaient en dehors de *vous*.

Finalement, un jeune médecin était apparu et leur avait annoncé : «Sachez que M. Jacobson-Boyd a été victime d'une très légère attaque. Nous pensons qu'elle a été produite par l'ingestion d'un aliment contre-indiqué à cause de son MAOI.»

Apparemment, Dennis avait ingurgité, au cours du dîner, quelque chose qui contenait une forte dose de tyramine, mais personne ne put jamais déterminer de quel aliment il s'agissait. Sa tension avait «atteint des sommets», pour reprendre l'expression du médecin. Dennis s'en remettrait, mais il devrait rester sous surveillance constante pendant quelque temps.

— On lui supprime immédiatement son MAOI, déclara le médecin. De toute façon, il existe de bien meilleurs antidépresseurs désormais. À l'époque où celui-ci lui a été prescrit, personne ne savait rien. Personnellement, je lui prescrirais bien un tricyclique. Pourquoi a-t-il besoin d'un MAOI? Ce produit entraîne un tas de problèmes, comme vous avez pu le constater ce soir. Un morceau de fromage fumé et vous faites une poussée d'hypertension à trente ans. On va le garder ici quelques jours, on s'occupera de sa dépression plus tard. Peut-être même qu'il n'aura plus besoin de traitement. On verra bien.

— Il ne va pas mourir, alors ? demanda Ash. Il va s'en tirer ? Tu entends ça, Jules ?

— Oui, il va s'en sortir, confirma le médecin. Vous nous l'avez amené à temps.

Jules éclata alors en sanglots, bruyamment, et Ash fit de même. Elles s'étreignirent, puis Jules se ressaisit quelque peu et annonça qu'elle devait appeler les parents de Dennis dans le New Jersey. Sa mère serait sans doute dans tous ses états, son père s'exprimerait d'un ton bourru, par monosyllabes. Elle devait également se rendre au bureau des admissions pour leur donner tous les renseignements administratifs. Il y avait un tas de choses à faire, et en tant que travailleuse sociale, elle connaissait la masse de paperasses qu'il faudrait remplir. Ce n'était que le début, précisa-t-elle. Mais Ethan lui dit :

— Ne t'occupe pas de tout ça.

— Ah bon ?

— Va au chevet de Dennis. Sérieusement. Je me charge de tout.

Jonah marchait dans une petite rue de Cambridge, Massachusetts, un après-midi de juin 1981, quand deux membres de l'Église de l'unification l'abordèrent avec un message. Ils ne lui dirent pas « Dieu est amour » ni autre chose dans ce genre. Cela n'aurait pas fonctionné avec Jonah Bay, profondément agnostique. Ils lui indiquèrent, de manière indirecte, qu'ils avaient senti sa solitude et qu'ils voulaient l'aider. Il ignorait comment ils avaient réussi à percevoir cela. Il sortait du laboratoire de génie mécanique du professeur Pasolini, où il travaillait pour un maigre salaire. Il venait d'obtenir son diplôme du MIT et logeait dans une des résidences universitaires d'été jusqu'à l'automne, sans trop savoir quel métier il choisirait finalement, ni dans quelle ville il échouerait. Contrairement à presque toutes les personnes qu'il avait connues à l'université, Jonah n'était pas particulièrement ambitieux. Quand les gens l'interrogeaient sur ses projets, il répondait que les valeurs de sa mère chanteuse folk qui refusait la cupidité avaient dû déteindre sur lui car il n'éprouvait pas le besoin de bâtir une carrière. Mais la vérité, c'était qu'il ne voulait pas y penser.

Un vieux minibus Volkswagen violet stationnait un peu plus loin dans une rue en pente, et un homme et une femme, un peu plus âgés que lui, habillés de bric et de broc à la manière des hippies, étaient assis dans l'encadrement de la portière ouverte, avec un gros labrador entre eux. Jonah leur sourit et l'homme lui lança :

— Jolie chemise.

Jonah portait ce jour-là une chemise de bowling vintage, avec le prénom *Dex* cousu sur la poche.

— Joli sourire aussi, Dex, ajouta la femme.

Alors, Jonah leur sourit de nouveau, sans prendre la peine de préciser qu'il ne s'appelait pas Dex.

— Merci.

— Sais-tu où on pourrait trouver de l'eau pour Cap'n Crush[1] ?

— Du lait, vous voulez dire.

L'homme et la femme rirent comme s'il était incroyablement spirituel.

— Cap'n Crunch, c'est notre chien, expliqua la femme. On a passé un long moment en voiture et il meurt de soif. Je m'appelle Hannah. Et voici Joel.

Il n'y avait rien de déraisonnable dans le fait de les conduire à la résidence du MIT, avec leur chien, pour qu'ils remplissent sa gamelle d'eau du robinet. Tout était silencieux, seules les griffes du chien cliquetaient sur le sol. Il régnait une ambiance mélancolique, certains étudiants avaient laissé des tableaux blancs accrochés à leur porte et on pouvait encore lire des messages écrits au feutre effaçables, devenus inutiles : «Amy, on va voir *Hurlements* à midi ! » ou : «Désolé Dave, toutes tes drosophiles sont mortes, je les ai tuées ! Hahahaha – Ton enfoiré de partenaire de labo. » Le deuxième étage résonnait, il y faisait trop chaud, mais l'homme et la femme regardaient tout cela d'un air approbateur comme s'ils n'avaient jamais vu une résidence universitaire, et c'était peut-être le cas. Cap'n Crunch but à grands lapements toute l'eau que lui avait donnée Jonah et il le regarda d'un air suppliant pour en réclamer encore, les babines dégoulinantes.

— Doucement, Crunch, dit Joel en caressant le long flanc noir de son chien. Tu vas nous faire une dilatation torsion.

---

1. Nom d'une marque de céréales.

— Ça veut dire quoi ?

Hannah et Joel lui parlèrent de cette affection fatale qui pouvait frapper les chiens.

— J'envisage de devenir vétérinaire, précisa Hannah. Mais ce n'est qu'une des choses que l'on étudie à la ferme.

— La ferme ?

— Oui. On vit dans une ferme à Dovecote, dans le Vermont, avec un groupe d'amis. On a des animaux. C'est incroyable comme environnement. (Elle regarda autour d'elle.) Mais tu vis dans un chouette environnement toi aussi.

— Pas vraiment, dit Jonah.

Il ouvrit la porte de sa chambre pour leur montrer ses conditions de vie estivales plutôt austères. Ils balayèrent du regard le lit étroit en fer, le bureau avec la lampe Tensor et la pile de manuels consacrés aux principes du génie mécanique, de la robotique et des vecteurs.

— Les vecteurs ! s'exclama Joel en prenant un livre. Je n'ai pas la moindre idée de ce que c'est, mais je suis sûr que je n'y comprendrais rien.

Jonah haussa les épaules.

— Si quelqu'un t'expliquait, dit-il, tu comprendrais certainement.

Le couple s'assit sur le lit, faisant grincer les ressorts, et Cap'n Crunch sauta entre eux, pendant que Jonah prenait place sur sa chaise de bureau. Personne d'autre ne lui avait rendu visite dans sa chambre depuis qu'il logeait ici, au début de l'été. Même à l'université, durant ces quatre dernières années, Jonah s'était montré peu sociable ; il était allé dans

443

des soirées avec des bandes de copains, il avait eu quelques relations sexuelles, mais autant qu'il pouvait en juger, il ne s'était pas fait d'amis pour la vie. Ses plus proches amis demeuraient Jules, Ethan et Ash ; et ils se retrouvaient tous à New York pour les vacances. Pendant quelque temps, il avait joué de la guitare et chanté dans un groupe de la fac, Seymour Glass, dont tous les musiciens étaient très talentueux Mais quand ils avaient fait en sorte de se retrouver en studio, en dernière année, pour enregistrer une cassette démo qu'ils «feraient écouter un peu partout», Jonah avait décidé de quitter le groupe.

«Pourquoi ? lui demanda le bassiste. Tu es super doué.»

Jonah haussa les épaules. Il avait du mal à supporter la musique depuis Barry Claimes. Pas au point de renoncer à jouer un peu dans son coin, mais il n'avait plus jamais essayé d'écrire des chansons. Chaque fois qu'il prenait sa guitare, il se revoyait assis par terre en train de créer de la musique pour cet homme grotesque, qui la lui avait volée.

Il se trouve que Seymour Glass avait signé chez Atlantic Records juste avant la fin de l'année scolaire et les membres du groupe partaient tous pour Los Angeles avec un guitariste de studio à la place de Jonah. Il leur souhaitait bonne chance et même s'il avait un pincement au cœur en pensant qu'ils connaîtraient peut-être le succès (ce serait d'ailleurs le cas), il se réjouissait de ne plus avoir de liens avec eux. Il avait renoncé à son talent, ce qui était déprimant quand il y pensait, mais c'était aussi un soulagement. À l'université, il avait une réputation de garçon timide et séduisant, aux cheveux longs, fils de «cette chanteuse folk», comme disaient les gens, même si plus personne ne s'intéressait vraiment à Susannah Bay. Elle était dépassée. Depuis un certain temps déjà. Les Talking Heads cartonnaient désormais, comme les B-52's, dont les membres féminins arboraient des coiffures rétro. Susannah Bay n'avait jamais utilisé de laque de sa vie, et les femmes des B-52's semblaient insulter sa sensibilité, même si ces coiffures relevaient d'une démarche esthétique originale et kitsch. Les longs cheveux noirs de Susannah étaient sa «signature», avaient toujours dit les journalistes. Tout comme «The Wind Will Carry Us».

Dans la vie, nous n'aviez qu'une seule chance d'imposer votre signature, mais la plupart des gens ne laissaient aucune trace. Sans faire de bruit, Jonah avait réalisé un excellent travail universitaire dans le domaine du génie mécanique, il avait rédigé une thèse sur la robotique et obtenu son diplôme avec les honneurs. Habile et appliqué, il recevait fréquemment les félicitations du professeur Pasolini, qui voulait lui présenter les gens de Gage Systems à New York, en vue d'un possible recrutement. Pourtant, cet été-là, Jonah se sentait déjà isolé. Il ne savait pas ce qu'il voulait devenir, ni faire, et il n'avait pas l'intention de passer ses vacances dans le loft avec sa mère, de plus en plus découragée face à l'effondrement de sa carrière. Quand il était rentré chez lui au printemps, elle avait mis son disque des B-52's à fond, en criant: «Écoute-moi ça! Comme c'est étrange! Tu aimes vraiment ça?» Évidemment qu'il aimait ça et lors de la fiesta de fin de trimestre à laquelle son colocataire l'avait obligé à assister, il avait dansé dessus toute la nuit, en se frottant contre un élève de première année qui avait dans sa poche de pantalon un porte-clés qui produisait un bruit agréable à chaque coup de hanche de Jonah. Mais il avait répondu à sa mère qu'il pouvait très bien s'en passer.

— Alors, explique-nous les vecteurs, demanda Joel, et pour une raison inexpliquée Jonah s'aperçut qu'il avait envie de se plier à cette requête.

— D'une part, il y a les vecteurs euclidiens, commença-t-il. Ça vous intéresse vraiment ?

— Oui, oui, répondit Hannah avec un sourire encourageant.

— Un vecteur euclidien, c'est ce dont tu as besoin pour transporter un point A à un point B. Vecteur vient d'un mot latin qui veut dire « porteur ».

— Tu vois, dit Hannah à Joel, on est comme des étudiants du MIT.

— On dira à tout le monde à la ferme qu'on est allés au MIT et qu'on a suivi un cours sur les vecteurs, dit Joel. Mais ils ne nous croiront pas. Il faudra que tu leur dises toi-même, Jonah.

Celui-ci se raidit en entendant son prénom. Quelques instants plus tôt, ils l'appelaient « Dex ». Comment connaissaient-ils son prénom ? Ah oui, évidemment : là, sur la couverture d'un de ses livres de cours posés sur le bureau, sur un large bout de ruban adhésif, il avait écrit : « Jonah Bay, 81. »

— Ça te dirait de passer un week-end à la campagne ? proposa Hannah. À ramasser du foin ? Et à expliquer les vecteurs à d'autres personnes ? Tu ferais fonctionner ton cerveau et ton corps. De plus, la nourriture est délicieuse.

— Non, merci. Je ne crois pas, répondit Jonah.

— Bon, OK, si tu ne peux pas, tu ne peux pas, dit Hannah et elle lui adressa un sourire qui semblait chargé d'authentiques regrets, et peut-être était-ce le cas.

Ils ne le pressaient pas de venir avec eux, il ne percevait aucune pression, uniquement le désir sincère qu'il les accompagne.

— Bon, dit Joel. Il faut qu'on reprenne la route. Ça m'a fait plaisir de bavarder avec toi, Jonah. J'espère que tu passeras une super fin d'été.

Il se leva du lit et adressa un signe au chien, qui se dressa aussitôt sur ses quatre pattes.

Jonah songea que cette chambre était pleine de vie humaine, et canine, mais lorsque ces inconnus repartiraient, ils emporteraient toute cette vie avec eux. Soudain, il eut envie d'empêcher cela. Sur un coup de tête, lui qui suivait rarement ses impulsions, demanda :

— C'est loin d'ici ?

Avant de partir avec eux, il prit le marqueur à la pointe écrasée, accroché au tableau blanc sur sa porte, et écrivit rapidement en lettres d'un gris délavé : « Suis parti dans une ferme de Dovecove, VT, avec des gens en camionnette violette. De retour lundi. » Ainsi, dans le cas, peu probable, où ils projetteraient de l'assassiner, il y aurait des indices.

La ferme était un endroit agréable, malgré un certain laisser-aller. Quelques-uns des individus qui vivaient là avaient été légèrement amochés par la vie ; ils parlaient un peu trop lentement et semblaient lessivés ;

il y en avait même un, cas extrême, qui n'avait plus de jambes et se déplaçait sur le sol en terre cahoteux dans un fauteuil roulant motorisé. Mais la nourriture était réconfortante, avec une prédominance du riz, des pommes de terre et des céréales originales comme l'épeautre et le boulgour. Jonah découvrit qu'il avait envie de manger et manger encore, et une femme très aimable ne cessait de remplir son assiette jusqu'à ce qu'il ait l'impression de se transformer en un bonhomme de neige fait d'un amas d'aliments. Tout le monde était incroyablement *gentil* avec lui, rien à voir avec le MIT, où les étudiants étaient absorbés par leur passion, et parfois, au dîner, on pouvait avoir le sentiment que la personne assise face à vous se trouvait dans une autre dimension. Même pendant qu'ils mangeaient, les ingénieurs et les mathématiciens avaient de petits tableaux invisibles dans leur tête, et si la conversation était amicale, il y avait toujours une certaine distance. En outre, en dernière année, chacun préparait déjà son avenir, avec une fourberie digne d'un agent double.

Mais ici, à la ferme, chacun avait pour seule ambition, apparemment, de préparer des plats copieux et créatifs, de parler d'un vieux mouton qui s'était échappé du pré, et d'accueillir leur nouvel invité, Jonah, dont ils se disaient heureux de faire la connaissance. Vers la fin du dîner, pendant que les femmes versaient dans des coupes en verre taillé achetées au marché aux puces du pudding à la caroube et à l'agar-agar, brunâtre, semblable à un empilement d'abats de volaille, Joel baissa la tête pour prier et tous les autres en firent autant. Les prières furent brèves, suivies de quelques chansons inconnues, dont une en coréen. Rétrospectivement, Jonah paraissait totalement *innocent*. Il n'en revenait pas de s'être laissé ainsi entraîner, comme le vieux mouton ramené dans le pré.

Après le dîner, on lui fit visiter une grange aménagée, où il y eut d'autres chants et d'autres prières. Puis Tommy, le cul-de-jatte en fauteuil, se transporta jusqu'au premier rang et tout le monde se tut.

— En 1970, dit-il, j'ai été incorporé et envoyé au Vietnam. Moins de deux mois plus tard, j'ai eu les deux jambes arrachées par une mine. Heureusement, quelqu'un m'a sorti de la rivière et on m'a renvoyé aux États-Unis, mais j'ai passé un an dans un hôpital militaire et quand je suis rentré chez moi, ma femme m'a dit : «Ah, non, mec, pas question de rester mariée à un putain d'handicapé qui peut même pas traverser la pièce pour aller me chercher un paquet de cigarettes.»

Quelques grognements de compassion se firent entendre, mais Jonah demeura muet, horrifié.

— C'était la poisse, reprit Tommy. Je suis devenu très amer. Mes amis m'ont tous tourné le dos, l'un après l'autre, et franchement, je ne peux pas leur en vouloir. Et puis un jour, alors que j'étais assis dans mon petit fauteuil roulant pathétique, dans une rue de Hartford, dans le Connecticut, en train de faire la manche – voilà à quoi j'en étais réduit –, une camionnette s'est arrêtée au bord du trottoir. Et les personnes les plus adorables qui soient sont descendues. Elles m'ont dit que j'avais l'air de n'avoir aucune famille à qui parler, et j'ai avoué que c'était la vérité. Alors, elles m'ont dit : «Nous sommes ta famille.» Et ça aussi c'était vrai. (Il sécha ses larmes avec le dos de sa main.) Ces gens ont compris que j'avais besoin d'eux, et qu'ils avaient besoin de moi. Comme ici, à la ferme, où tout le monde forme une famille, où chacun a besoin des autres car Satan est partout autour de nous. Comme vous le savez, Israël était la nation élue de Dieu, mais il semblerait que les Juifs, tombés sous l'emprise de Satan, se soient détournés de Jésus. Dieu a fait tout ce qu'il a pu pour leur montrer combien ce chemin était dangereux. Pendant des siècles et des siècles, il les a fait souffrir et pour finir, afin que ce soit bien clair, il a pris six millions d'entre eux et les a anéantis d'un seul coup. Mais on a dit que les Juifs avaient commis une erreur fatale en abandonnant Jésus, et que Dieu avait besoin de trouver un autre Messie ailleurs et un autre endroit pour s'installer. Alors, vers où s'est-il tourné ?

Question purement théorique. Tommy actionna un levier de son fauteuil roulant, qui se mit à tournoyer sur place.

— Nul ne sait où il atterrit ! lança-t-il et il s'arrêta brutalement, face à l'assistance. Mais Dieu, lui, savait. La Corée était un endroit parfait. Et comme c'est une péninsule, elle ressemblait à l'organe sexuel masculin, l'organe du pouvoir. Le lieu idéal donc pour l'affrontement entre Dieu et Satan. Et le révérend Moon est apparu comme la réincarnation idéale de Jésus-Christ, sans ses défauts.

Jonah aurait voulu éclater de rire en entendant ce monologue absurde, mais il était seul parmi ces inconnus, dans une grange de ferme, loin de tous les gens qu'il connaissait. On le regarderait d'un mauvais œil s'il se moquait de ce vétéran du Vietnam en fauteuil

roulant. Tout le monde l'écoutait poliment, ils lui faisaient plaisir, sans doute à cause de sa terrible infir-
mité. Quand Tommy eut fini de parler, il y eut des
applaudissements et d'autres chants. Jonah apprit
rapidement les paroles et les mélodies étaient faciles à
retenir. Et soudain, deux guitares apparurent, et Hannah lui en tendit une en disant timidement :

— Je sais que tu en joues, Jonah. J'ai vu la guitare
dans ta chambre à l'université.

Mais celle qu'elle lui remit était le pire instrument
sur lequel il avait joué, une cochonnerie totalement
désaccordée qui aurait dû finir à la poubelle. Malgré tout, Jonah passa plusieurs minutes à essayer
vainement de l'accorder, puis il joua pendant que
la vingtaine de personnes rassemblées autour de lui
maintenant chantaient en chœur. Elles le complimen-
tèrent sur sa façon de jouer, sans savoir qui était sa
mère.

Juste avant de s'endormir, dans le dortoir des
hommes, un vaste espace semblable à un loft avec du
matériel de couchage aligné à même le sol, sur une
moquette bon marché, Jonah s'aperçut qu'il se sentait
heureux et épuisé. Il avait fait deux ou trois heures de
route pour arriver ici, puis il avait avalé une énorme
quantité de féculents. Il avait enchaîné les chansons.
Il s'était montré passif, il avait écouté. Il avait prié,
d'une certaine façon, bien qu'il ne croie pas en Dieu.
Il avait joué de la guitare à la demande. Ses paupières
se fermèrent et il dormit d'un sommeil paisible, couché sur le dos, ses cheveux étalés sur l'oreiller. Au
matin, on lui servit encore une abondance de nourriture molle, avec du sirop d'érable cette fois. Il y eut

d'autres prières et des enseignements, de la chaleur humaine, de l'amour et de la bonté. Jonah était un sceptique, comme tous les savants dignes de ce nom, mais son scepticisme était déjoué par les bonnes sensations qu'il associait désormais au fait de se trouver ici, parmi ces gens. Voilà ce qu'on ressentait en famille, voilà ce qu'était une famille.

Trois semaines plus tard, Jonah Bay ne s'étonna pas outre mesure de se retrouver en train de vendre des fleurs teintes en bleu et rose dans un seau en plastique, au coin d'une rue de Brattleboro, une bourgade proche de la ferme. Ou alors, si cela lui paraissait étrange, il se montrait méfiant face à l'étrangeté, et de plus, il aimait bien Lisa, la fille avec laquelle il vendait des fleurs, bien que le terme «vendre» soit impropre car personne ne leur en achetait. Les passants qu'ils abordaient les regardaient avec agacement, voire une franche hostilité. Comme à d'autres périodes antérieures de sa vie, Jonah avait le sentiment de savoir ce qu'il faisait, mais c'était comme s'il observait tout cela à la troisième personne, sans approuver ni désapprouver, incapable d'influer sur les conséquences.

Naturellement, ce changement d'orientation rendait sa mère hystérique. Jonah était retourné à Cambridge en minibus avec Hannah, Joel et Cap'n Crunch pour vider sa chambre à l'université, et de là, ils s'étaient rendus à New York pour y déposer les possessions terrestres dont il n'aurait plus besoin dans la ferme communautaire. Un oreiller, une couverture et quelques vêtements lui suffisaient. Dans le loft de Watts Street, sa mère lui dit, avec colère, qu'elle l'avait cru trop indépendant d'esprit pour rejoindre ce qu'elle nommait «une vulgaire secte». Un de ses amis musiciens était présent ce jour-là, pour la soutenir moralement, et tous les deux essayèrent de discuter avec Hannah et Joel, qui savaient très bien ne pas entrer en conflit avec des parents furieux. Plus Susannah Bay s'emportait, plus ils parlaient calmement. À un moment, Hannah déclara :

— Il faut que je vous dise… même si nous voyons les choses sous des angles différents, j'admire votre musique, vraiment.

Quand Jonah avait mentionné, en passant, qui était sa mère, Hannah avait avoué son désir de rencontrer Susannah, et il soupçonnait que c'était, en partie, la raison de ce retour au loft.

— Oh, fit Susannah, un peu étonnée. Euh… merci.

— J'ai grandi en écoutant vos chansons, madame Bay. J'ai acheté tous vos disques.

— Même celui de folk disco ? demanda Jonah avec une cruauté inutile.

Sa mère s'empressa de préciser :

— Ce disque était une erreur. Et ça aussi, Jonah, c'est une erreur. Nous faisons tous des choses que nous regrettons par la suite. Allons quoi, tu viens d'obtenir ton diplôme du MIT. Tu es un garçon intelligent, tu peux faire tout ce que tu veux dans la vie et tu choisis de vivre à la ferme avec des gens que tu connais à peine et qui suivent l'enseignement d'un Coréen qui prétend être le Messie ?

— Oui, c'est à peu près ça, répondit Jonah et il balança sur son épaule sa vieille couverture et son oreiller.

Il savait, sans vraiment le savoir, qu'il faisait un choix radical. Il était soulagé que quelqu'un prenne des décisions à sa place pour une fois ; ainsi il ne serait pas submergé par les sentiments, d'une manière qu'il avait toujours du mal à gérer. Ses nouveaux amis, leur chien noir et lui quittèrent le loft d'un pas nonchalant, remontèrent dans le minibus aux suspensions déglinguées et retournèrent dans le Vermont. Ils arrivèrent à la ferme au coucher du soleil, à temps pour les prières.

En seulement trois mois, Jonah s'était tellement immergé dans la vie à la ferme et dans les enseignements de l'Église, transmis par d'autres résidents, que c'était comme s'il avait été plongé à plusieurs reprises dans un bain d'idéologie. Sa mère, toujours folle d'angoisse, avait contacté certains des amis de son fils, pour leur dire, en gros : « Faites quelque chose. » Alors, à l'automne, en accord avec Susannah, Ash et Ethan organisèrent discrètement la déprogrammation de Jonah, qui devrait avoir lieu dans une chambre d'hôtel au centre de New York. Le père d'Ash « connaissait quelqu'un », évidemment, il connaissait toutes sortes de gens. L'individu en question lui avait été conseillé par un collègue de chez Drexel, dont la fille, Mary Ann, était devenue Hare Krishna, elle s'était rasé le crâne et se faisait appeler Bhakti, ce qui voulait dire « dévotion ». Tout était arrangé et Susannah accepta de payer les honoraires exorbitants.

Première étape : éloigner Jonah de la ferme. Apparemment, cette partie de l'opération était souvent plus difficile que la déprogrammation elle-même. Ethan, Ash et Jules conduisirent Susannah dans le Vermont pour voir Jonah et jeter un coup d'œil à la ferme et pour trouver le moyen, le lendemain, de le ramener à la maison. Tous les quatre dînèrent et passèrent la nuit à la ferme. Contrairement à Jonah, lors de sa première visite, aucun d'eux n'exprima le désir d'en savoir plus sur ce qu'ils avaient vu et entendu au cours du dîner et dans la grange. Tout ce qu'ils voulaient, c'était emmener Jonah loin d'ici.

— Écoute, Jonah, lui dit Ethan le lendemain matin après le petit-déjeuner. Je me suis un peu renseigné avant qu'on vienne ici. Je suis allé à la bibliothèque municipale de New York et j'ai demandé à consulter, sur microfiches, tout ce que je trouvais. Selon moi, ce Moon est un mégalomane.

— C'est faux, Ethan. C'est mon père spirituel.

— Non, dit Ethan.

— Je crois me souvenir d'un truc au sujet de *ton* père, de ta mère et de ton pédiatre, dit Jonah en utilisant la seule réponse qui lui venait à l'esprit.

— Au moins, tu te souviens de nos anciennes conversations, dit Jules. C'est bien. C'est un début.

— Apparemment, reprit Ethan, les disciples de Moon abandonnent toute individualité et créativité, deux choses que nous plaçons plus haut que tout. Si les Wunderlich nous ont appris une chose, c'est bien ça. C'est ce qui te fait peur ? Parce que ça a été dur pour toi d'apparaître comme un homo ? Tout le monde s'en fiche que tu sois gay, Jonah. Qu'est-ce que ça change ? Ne renonce pas à ça, ne reviens pas en arrière. Sois toi-même, tombe amoureux, fais l'amour avec des types, fais toutes ces choses qui font ce que tu es. Ne te laisse pas guider par une philosophie extérieure rigide. *Fais* des choses. Joue de la guitare.

Construis des robots. C'est tout ce qu'on possède, en réalité. Non ? Qu'est-ce qu'on peut faire, à part construire des trucs jusqu'à notre mort ? Allez, Jonah, ne rentre pas dans le rang. Je ne comprends même pas ce que tu fous ici !

— J'ai enfin trouvé ma place, murmura Jonah, puis quelqu'un vint lui demander de s'occuper des laitues hydroponiques. Il faut que j'y aille, dit-il. Vous devriez reprendre la route, vous aussi. Sinon, vous allez vous retrouver dans les bouchons. Où est ma mère ? Quelqu'un devrait lui dire que c'est l'heure.

— Tu es sous leur emprise, Jonah, dit Ash. Je t'en supplie, ne dis pas que tu te résumes à cela.

Elle se rapprocha et lui prit les poignets :

— Tu te souviens quand on était ensemble ? demanda-t-elle timidement. (Puis elle baissa la voix.) Je sais que ça n'a jamais été génial. Mais c'était une chose intacte, fragile, et je suis contente que ça soit arrivé. J'ignore ce qui t'a rendu si vulnérable à tout cela. Tu devrais être un artiste, Jonah.

— Je ne suis pas un artiste, répondit-il sèchement. Je ne l'ai jamais été.

— Tu n'es pas obligé d'être un artiste, intervint Jules. Tu peux être tout ce que tu veux. Ça n'a aucune importance.

Jonah les regarda tour à tour.

— J'avais besoin de quelque chose, d'accord ? Je ne le savais même pas, mais j'en avais besoin. Ash, tu as Ethan et inversement. Moi, je suis totalement seul. Il avait les larmes aux yeux en avouant son isolement à ses plus anciens amis. Peut-être que j'avais besoin d'un amour profond, plus puissant que n'importe quel autre. Aucun de vous n'a jamais éprouvé ce besoin ? demanda-t-il.

Il regardait Jules en disant cela. La seule autre personne présente qui n'avait pas d'attaches, celle qui semblait attendre tranquillement, debout au milieu du cours de sa vie, semblable à Jonah autrefois. Elle gardait les yeux fixés sur ses pieds, comme si le regarder en face était trop douloureux.

— Si, bien sûr. Parfois, répondit-elle et ce fut un moment extrêmement bizarre.

Ethan la regardait lui aussi maintenant ; Jonah et lui regardaient Jules Jacobson, attentivement. Ethan semblait avoir fixé son attention sur elle, à l'image de certaines personnes devant le Messie. Jonah pouvait presque apercevoir les contours irréguliers de cette lumière qu'Ethan voyait sans doute irradier autour d'elle : le halo que créait parfois l'amour assidu et appliqué.

Ethan est amoureux d'elle, pensa Jonah. C'était une révélation, une des nombreuses qu'il avait eues à la ferme. Ethan Figman aime Jules Jacobson, alors même qu'il s'est lié à Ash Wolf pour la vie, alors que tant d'années se sont écoulées depuis ce premier été. Il l'aime encore et parce que je suis désormais un adepte du Messie, je vois cette lumière puissante et radieuse.

— Tu l'aimes, dit-il à Ethan de manière indiscrète.

Il l'avait vu et il sentait qu'il devait le dire.

— Qui ça ? Jules ? Oui, évidemment, dit Ethan d'un ton sec. C'est ma vieille amie.

Tout le monde regarda dans toutes les directions, essayant de séparer cet instant du sens que voulait lui donner Jonah. Ethan se rapprocha de lui et passa son bras autour de ses épaules.

— Écoute, dit-il. Si tu nous laisses faire, on t'aidera.

— À ton avis, de quel genre d'aide j'ai besoin ?

Quelques résidents de la ferme avaient commencé à s'intéresser à la scène qui se déroulait entre Jonah et ses visiteurs. Hannah et Joel s'approchèrent pour intervenir et Tommy les rejoignit dans son fauteuil roulant électrique, sa casquette de baseball enfoncée à l'envers sur son crâne.

— Il y a un problème ? interrogea Hannah. Vous vous disputez ?

— Non, on bavarde, c'est tout, répondit Ethan.

— On a demandé à Jonah de s'occuper des laitues hydroponiques, dit Joel.

— Franchement, tu peux te les foutre dans le cul, tes laitues hydroponiques, dit Ethan. Tu oses comparer les laitues qui ont besoin qu'on s'occupe d'elles et le sort de ce garçon, de notre ami cher, qui a besoin de mener une vraie vie, dans le monde extérieur, au lieu de se cacher dans une ferme, pour vendre des fleurs teintes dont personne ne veut, et que tous les gens fuient quand ils voient le seau en plastique venir vers eux ? D'ailleurs, c'est quoi cette manie de vendre des fleurs ? Les Hare Krishna font pareil. Vous êtes tous allés voir *My Fair Lady* et vous vous êtes dit : ouah, c'est une chouette idée !

— Je ne sais pas de quoi tu parles, intervint Tommy. Mais tu es irrespectueux et il est temps que vous partiez.

Il appuya sur un bouton de son fauteuil et se cambra légèrement en arrière.

Susannah Bay, qui donnait un cours de guitare à deux jeunes femmes dans la grange, réapparut soudain avec son instrument.

— Nous sommes prêts à aller faire un petit tour en ville, lui dit Ethan, d'un air entendu, pour essayer de lui faire comprendre qu'il fallait lever le camp.

Il se tourna vers Jonah.

— Si on allait se balader ? Tu pourras nous faire visiter la ville. Ta mère viendra avec nous.

— Oh, dit une des deux jeunes femmes aux yeux écarquillés qui l'accompagnaient. Susannah nous apprenait à jouer « Boy Wandering ». Les accords sont simples, en fait. C'est essentiellement *la* mineur, *ré* mineur et *mi*.

— Et elle nous a montré l'accord en *ré* pour « The Wind Will Carry Us », dit l'autre.

Pour quelqu'un qui était bouleversé depuis que son fils était venu vivre dans cette ferme, Susannah Bay paraissait rassérénée, comme si ce qu'elle avait découvert ici n'était pas aussi affreux qu'elle l'imaginait. Elle avait fait le tour des jardins et des plantations, elle avait vu les moutons dans le pré. Elle avait improvisé un cours de guitare pour des personnes qui savaient encore qui elle était et qui s'intéressaient à sa musique. Le temps s'était arrêté dans cette communauté de Dovecote. Tout le monde s'habillait comme s'il s'agissait d'un festival de musique de trois jours, chacun ne possédait que quelques affaires personnelles. L'argent qu'ils avaient gagné autrefois, ou le peu qu'ils gagnaient encore, allait à l'Église. Susannah découvrait que son travail et elle étaient appréciés ici. C'était une agréable surprise et elle devrait renoncer à tout ça ?

— On a discuté avec Susannah, dit la première jeune femme, et on lui a demandé une faveur.

— Quoi donc ? interrogea Ash. Qu'est-ce que vous pouvez bien demander à la mère de Jonah ?

— Le révérend Moon organise un rassemblement spirituel à New York cet hiver, au Madison Square Garden, répondit la jeune femme sur le ton de la confidence. On adore tous « The Wind Will Carry Us » et on se disait que, peut-être, notre chorale, composée de cinq cents voix parmi les plus belles du monde, pourrait la chanter à cette occasion. Avec des paroles légèrement différentes.

— Des paroles différentes ? répéta Jonah. Comment ça ?

— Je ne suis pas musicienne, évidemment, mais je pensais que ça pourrait être quelque chose du genre : « Le révérend Moon nous emmènera / Il nous emmènera loin… »

Ils demeurèrent tous muets, horrifiés.

— Oh, oui, oui, dit enfin Ethan d'un ton chargé d'ironie et de condescendance. C'est exactement ce qu'il va faire. Il va emmener tout le monde très loin.

Jules et lui se regardèrent et échangèrent un petit sourire.

— Pardon ? dit l'autre jeune femme.

— Non, rien. Écoutez, dit Ethan, il est évident que Susannah ne laissera personne toucher à ses paroles. Inutile de discuter.

Toutefois, la mère de Jonah semblait songeuse. S'amusait-elle à les faire marcher ? Impossible à dire. Au bout d'un moment, elle dit tout bas :

— Je vais y réfléchir.

Une des jeunes femmes lui demanda si elle accepterait de demeurer encore quelques jours à la ferme pour travailler avec eux sur la chanson, et leur enseigner la guitare et la technique vocale. Elle n'avait pas d'impératifs, si ? À la stupéfaction de tous, Susannah accepta de rester jusqu'à mercredi. Cependant, il faudrait que quelqu'un la conduise à Brattleboro pour qu'elle puisse prendre le car et rentrer chez elle. Soit, mais Ash insista pour que Jonah aille faire un tour en ville avec eux, avant qu'ils repartent. S'ils lui avaient annoncé qu'ils le ramenaient à New York, nul doute qu'il aurait décampé. Jonah, Susannah et quelques responsables de la ferme s'isolèrent pour discuter de la situation en privé.

— Cette idée ne me plaît pas du tout, murmura Ethan à Ash et à Jules, alors qu'ils regardaient le petit groupe converser. Ça ressemble à un échange d'otages.

— Ils ont dit que c'était juste pour quelques jours, souligna Ash. Apparemment, la mère de Jonah est disposée à travailler avec eux, et peut-être qu'elle va les laisser utiliser sa chanson, même si, franchement, je ne comprends pas pourquoi. Pour moi, c'est une erreur colossale.

— Je crois qu'elle est heureuse de voir que quelqu'un n'a pas oublié sa musique, dit Ethan. Posséder une voix comme la sienne, c'est bien, mais si plus personne ne l'apprécie, c'est déprimant. Je parie que ça lui remonte le moral. Et comme ça, au moins, on peut emmener Jonah avec nous. On s'occupera de sa mère plus tard.

Jonah s'aperçut au cours de ces négociations déroutantes et complexes – pourquoi ses amis tenaient-ils tant à ce qu'il les accompagne en ville ? Et qu'étaient-ils venus faire ici, au juste ? – qu'il n'avait jamais voulu s'enfuir de son foyer familial, il voulait que son foyer, en la personne de sa mère, coure le chercher. Elle était là maintenant, elle avait son fils à portée de main, et pourtant elle hésitait. Mais il s'en moquait. Elle se sentait appréciée ici, comme elle l'avait été dans le passé, sous une forme beaucoup plus réduite et concentrée. Et elle décidait d'aller là où se trouvait son public désormais.

Jonah accepta de se rendre en ville avec ses amis. Il pourrait acheter une glace à l'eau à l'épicerie ; voilà très longtemps qu'il n'avait rien mangé qui contenait des colorants, ni même du sucre, et il avait conservé le goût de ces choses-là. Néanmoins, quand la vieille voiture cabossée du père d'Ethan dépassa à toute vitesse le «centre» de Dovecote, et quand il demanda : «Pourquoi on ne s'arrête pas ?», il se dit qu'il connaissait déjà la réponse. Il voulut attraper la poignée de la portière. Ash et Jules le prirent dans leurs bras sur la banquette arrière et l'étreignirent. «Tout va bien», dit Ash. «Ça va bien se passer», dit Jules. Et Jonah se mit à pleurer car il était perdu et très, très fatigué ; il sentait le tremblement souterrain d'une émotion sans nom, grandissante, qui était peut-être – il n'en était pas certain et ne pouvait l'admettre – du soulagement. Il avait terriblement envie de dormir comme un nouveau-né, là ; écrabouillé entre ses vieilles amies dans cette minuscule voiture, car il dormait à peine depuis qu'il vivait à la ferme. Les corvées débutaient à l'aube, chaque jour, et les prières se poursuivaient jusque tard dans la nuit.

À New York, le déprogrammeur l'attendait dans la chambre 1240 du sinistre Wickersham Hotel, à quelques pas de Penn Station. Il dut œuvrer durant trois jours et trois nuits, à l'issue desquels Jonah était tellement vidé, à cause de la privation de sommeil, qui faisait partie du processus, à force de manger uniquement, ou presque, des hamburgers et des frites, froids quand le soleil se levait sur la ville, à force d'écouter des enregistrements de témoignages négatifs d'anciens membres de la secte et de s'entendre répéter que tout ce qu'on lui avait dit à la ferme était faux. Il était tellement vidé qu'Ash et Ethan insistèrent pour qu'il dorme sur leur canapé dans leur appartement de l'East Village pendant quelques jours, ce que Jonah accepta avec gratitude.

En y repensant, beaucoup plus tard, c'était amusant de se dire qu'Ethan et Ash n'avaient même pas de chambre d'amis dans leur premier appartement. C'était un logement ordinaire, avec un vieux tapis qu'Ash avait apporté de sa maison d'enfance. En 1981, ils étaient encore des gens comme les autres. Et en 1981, ils étaient encore profondément épris l'un de l'autre, malgré cet amour que Jonah avait vu flotter dans l'air autour de Jules quand Ethan l'avait regardée. Grâce au deprogramming, et parce qu'il était resté relativement peu de temps à l'intérieur de la secte, Jonah finit par oublier presque tout ce qu'il avait appris là-bas. Les enseignements s'effacèrent lentement de sa conscience comme s'il avait suivi à l'université un cours obligatoire, mais pas très intéressant. En revanche, il n'oublia jamais cet amour qu'Ethan éprouvait toujours pour Jules, et que Jules éprouvait peut-être encore pour Ethan. Il ne l'oublia jamais, mais il se garda bien d'en reparler.

Finalement, Susannah Bay resta encore quelques jours dans la ferme du Vermont après la fuite de son fils, chantant devant un cercle d'auditeurs ravis et impressionnés. Leur admiration respectueuse ne changerait pas avec le temps et les modes. Jamais ils ne se désintéressèrent du talent de Susannah, qui était à leurs yeux une chose immuable ; au contraire, ils voulaient s'en délecter. Susannah retourna brièvement à New York, non pas en car comme prévu, mais avec le minibus violet, afin d'aller chercher quelques affaires indispensables à la ferme. Quelques mois plus tard, quand le révérend Sun Myung Moon fit un discours au World Mission Center à New York, Susannah Bay fut conviée à monter sur scène pour interpréter sa chanson fétiche, avec de nouvelles paroles. Sa voix était aussi puissante et claire qu'à ses débuts et quelques auditeurs pleurèrent en songeant qu'ils écoutaient cette chanteuse quand ils étaient plus jeunes et en constatant à quel point leur vie avait changé depuis. La plupart avaient rompu les ponts avec leurs parents, avec leur triste vie de banlieue, pour viser un but supérieur. Cette chanteuse, si particulière, si talentueuse, semblait s'adresser directement à eux et ils lui en étaient reconnaissants.

L'année suivante, Susannah fut mariée, avec plus de quatre mille autres personnes, au cours d'une cérémonie de bénédiction au Madison Square Garden. Son mari, Rick McKenna, de douze ans son cadet, poseur de moquette professionnel et membre de l'Église de l'unification de Scranton en Pennsylvanie, était pour elle un parfait inconnu avant qu'ils se donnent la main devant le Messie. Immédiatement après la cérémonie, Susannah Bay et son mari montèrent dans le minibus pour rentrer à la ferme, où ils vivraient ensemble jusqu'à la fin de leur existence terrestre.

Treize

Si vous appelez votre fille Aurora, il est fort probable qu'elle ne puisse plus, au bout d'un moment, supporter le poids de ce prénom avec une aisance et une grâce absolues, à moins d'être très belle ou très sûre d'elle. Dennis et Jules n'en avaient pas conscience lors de la naissance de leur premier enfant en 1990. Il y avait eu au préalable un grand nombre de discussions classiques sur les prénoms des bébés, des conversations pour déterminer ceux qui sonnaient le mieux avant ce bruit de boîtes de conserve «Jacobson-Boyd». Ces discussions avaient eu lieu principalement entre Jules et Ash, et non entre Jules et Dennis. Ash avait grandi dans une famille où les deux enfants avaient reçu des prénoms originaux. Par conséquent, les prénoms originaux, c'était *de son ressort*, disait-elle, et Jules laissa ses propres goûts esthétiques suivre le mouvement et s'adapter. Elle aussi donnerait à son enfant un prénom original. Quant à Dennis, il était trop mélancolique, il avait trop la tête ailleurs pour se concentrer longtemps sur le sujet. Il essayait, mais très vite, l'effort devenait trop important, et un jour, il dit finalement à Jules : «Vas-y, décide.»

Elle n'avait pas choisi d'être enceinte, pas si tôt ; ça tombait mal. La dépression avait assommé Dennis au cours des semaines qui avaient suivi sa sortie de l'hôpital, après sa petite attaque. On lui avait prescrit immédiatement un autre antidépresseur, mais il aurait pu tout aussi bien avaler des Pez, disait-il. Le MAOI l'aidait à vivre depuis la fac. Maintenant, il était dans un état précaire, au trente-sixième dessous. Divers cocktails de médicaments furent essayés, sans que rien réussisse à lui remonter le moral. Il reprit le travail chez MetroCare un mois après son attaque, mais s'aperçut qu'il ne pouvait pas se concentrer ni suivre les instructions qu'on lui donnait, ou bien, au contraire, il lui arrivait de s'impliquer de manière excessive dans les histoires que révélaient les étendues grises des ultrasons.

Le jour où Dennis perdit son emploi, l'effervescence régnait à la clinique, comme toujours, et après avoir examiné plusieurs patients, il vit arriver une jeune femme qui se plaignait de douleurs au côté droit. Vingt-deux ans, jolie, causante, elle venait d'obtenir un diplôme universitaire dans le Kentucky et avait débarqué à New York avec un flot de diplômés ; elle travaillait comme ouvreuse au Radio City Music Hall.

— Comme ça, je peux voir tous les spectacles gratuitement, confia-t-elle, allongée sur la table d'examen, tournant le dos à Dennis. J'ai même vu les Rockettes. Et un tas d'autres concerts, ce qui est complètement fou parce qu'on n'avait pas tout ça là d'où je viens.

Dennis passa délicatement le transducteur sous sa cage thoracique.

— Oh, ça chatouille, dit-elle.

Soudain, sur l'écran de contrôle apparut le foie, surgissant telle l'épave d'un vieux navire.

Dennis vit immédiatement la masse, impossible de passer à côté. Sans réfléchir, il laissa échapper un «oh, mon Dieu!». Les techniciens avaient interdiction d'émettre une opinion quelconque sur ce qu'ils voyaient, ils n'avaient même pas le droit de laisser deviner si c'était normal ou anormal. Toutes les fois où il avait pratiqué une échographie, et il en avait pratiqué des milliers, il était demeuré impassible, doux et enjoué. Quand les patients murmuraient une question ou le dévisageaient pour tenter de se rassurer, il leur disait de ne pas s'inquiéter, le médecin interpréterait bientôt les clichés, ce n'était pas son métier. Évidemment, il les interprétait toujours, implicitement, comme tous les échographistes. Jamais, cependant, il n'avait réagi de cette façon. Mais cette jeune femme était une innocente perdue dans New York et il ne supportait pas l'idée qu'elle puisse avoir un cancer, et en mourir.

— Quoi? demanda-t-elle en tournant la tête vers lui.

— Rien. Je n'ai rien dit.

— Si, insista-t-elle et son accent mélodieux du Kentucky se fit accusateur. Vous avez dit : «Oh, mon Dieu.»

— Parce que je vous ai chatouillée, essaya-t-il, en sachant que c'était peine perdue.

Le monde submergea Dennis Jacobson-Boyd sous toutes ses teintes de gris, ses organes mous vulnérables. Il décolla le transducteur du flanc de la jeune femme, le posa sur le chariot et enfouit son visage dans ses mains car il pleurait maintenant. Il n'arrivait pas à croire qu'il avait fait une chose pareille ! Mais il savait qu'en plaçant dans cette position une personne souffrant d'une dépression nerveuse non soignée, on pouvait provoquer un drame, et c'était arrivé. La jeune femme s'enveloppa dans son peignoir en papier, bien qu'elle soit enduite de gel ; elle avait peur de lui, elle avait peur de mourir. Elle descendit prudemment de la table d'examen et sortit dans le couloir, dans un bruissement, pour réclamer de l'aide.

Deux autres échographistes, Patrick et Loreen, apparurent immédiatement dans l'encadrement de la porte.

— Dennis, demanda le premier d'un ton cassant, qu'as-tu dit à cette patiente ?

— Rien. Mais elle a une tumeur. Je l'ai vue. On aurait dit un monstre.

— Dennis ! Tu ignores si c'est une tumeur maligne ou pas. Et tu n'as pas à te mêler de ça. Il paraît même que tu as pleuré ? Elle t'a entendu. Qu'est-ce qui t'arrive, bon sang ?

— Je ne sais pas... Je ne sais pas.

Loreen intervint :

— Écoute... Une attaque, ce n'est pas anodin. Mon grand-père en a fait une. C'est long pour s'en remettre. Tu n'es pas toi-même. Tu as besoin de plus de temps, Dennis.

— Ça n'a rien à voir avec mon attaque. C'était bénin, je m'en suis remis.

— Qu'y a-t-il, alors ?

Patrick et Loreen fumaient sur le trottoir devant la clinique durant leurs pauses et Dennis aimait bien partager cet instant avec eux, dans le sillage de leur fumée. Patrick était un colosse, un ancien marine au crâne rasé, un véritable saint, marié et père de quatre enfants ; Loreen était petite, noire, célibataire, ambitieuse et elle portait des dreadlocks. Tous les trois n'avaient aucun point commun, et pourtant, jusqu'à son attaque et le retour de sa dépression, Dennis avait apprécié leur compagnie. Ils étaient devenus de véritables amis, réunis pas les ondes sonores, qui semblaient les séparer aujourd'hui.

Sans répondre à la question de Loreen, il déboutonna sa blouse, d'un air sombre, et la plia en un petit tas mou, comme un drapeau militaire.

— Il faut que je m'en aille, dit-il.

— C'est sûr, répondit Loreen. Mme Ortega va te virer dès qu'elle arrivera.

— J'ai eu un comportement déplacé. Je le sais. Mais je me suis senti si triste. J'ai été submergé par la futilité de chaque chose.

Il salua ses amis d'un hochement de tête et passa devant eux pour sortir dans le couloir, où il vit l'imposante Mme Ortega marcher à grands pas vers lui.

Malgré cela, son pharmacologue, le docteur Brazil, ne voulait pas le remettre tout de suite sous MAOI. « Nous avons un tas d'outils plus performants à notre disposition », disait-il. Mais apparemment, ces outils performants demeuraient inefficaces avec Dennis, car il traînait dans l'appartement le matin pendant que Jules se préparait pour aller à son cabinet ou pour un entretien avec son directeur de thèse, et il la regardait à travers l'étamine épaisse d'une personne souffrant de dépression nerveuse.

— Dennis, dit Jules en s'efforçant d'enfiler une chaussure éculée. Je n'aime pas l'état dans lequel tu es en ce moment.

— Moi non plus je n'aime pas l'état dans lequel je suis actuellement, Jules, répondit-il en imitant sa diction, sans parvenir à masquer une certaine hostilité.

Pourquoi était-il agressif ? Il n'avait aucune raison, mais il n'y pouvait rien.

— Je n'arrête pas de me dire que tu vas reprendre le dessus, avoua-t-elle. Je sais que c'est puéril et irréaliste de toute évidence.

— Je suis désolé, dit Dennis et il se leva du lit pour enlacer machinalement Jules, non pas en signe d'affection, mais sans doute parce qu'il avait peur de ne pas en éprouver, justement. Jules était douchée et habillée, parfumée par les divers savons et les lotions florales ou fruitées avec lesquels elle débutait sa journée ; Dennis, lui, dégageait encore une odeur de sommeil, et à cet instant, Jules n'avait pas envie qu'il l'approche.

Un jour, inquiète de cette situation, Ash retrouva Jules pour déjeuner dans un salon de thé d'Amsterdam Avenue où les chaussons aux pommes étaient aussi gros qu'une tête de bébé, et quand elles les ouvrirent, la vapeur leur sauta au visage. Le chauffeur d'Ash attendait dehors, et il attendrait le temps qu'il faudrait.

— Dis-moi tout, exigea-t-elle.

— Tu sais déjà ce qui se passe.

— Je veux en savoir plus.

— Je ne sais pas ce que je vais faire, avoua Jules. Dennis est diminué. On dirait une version floue et irritable de lui-même. Comme si on me l'avait pris pendant quelque temps avant de me rendre un ersatz de lui-même. On dirait un membre de la secte de Jonah, dans le temps.

Ash secoua la tête et pressa la main de Jules dans la sienne, car elle ne pouvait rien faire d'autre, en réalité. Les deux femmes culpabilisaient de manger leur énorme chausson aux pommes décadent en parlant de Dennis comme s'il s'agissait d'un patient de Jules particulièrement récalcitrant. Il n'aimerait pas les entendre parler ainsi de lui, pensa Jules, il serait horrifié.

— Je ne devrais pas dire tout ça, ajouta-t-elle, mais elle avait besoin de le dire.

— Non, tu fais bien. Ce ne sont pas des commérages, dit Ash. Tu l'aimes et tu as besoin de vider ton sac. Et puis, c'est à *moi* que tu en parles. Rien qu'à moi, Jules.

N'empêche, elle imaginait l'expression mortifiée de Dennis et elle savait qu'elle le trahissait. Mais Ash continuait à essayer de l'aider, elle avait envie de l'écouter et de faire des suggestions.

— Peut-être qu'il va en sortir, comme quelqu'un qui sort du coma, dit-elle, sans avoir la moindre idée de ce dont elle parlait.

La dépression de Dennis séparait les deux femmes. Jules pouvait lui décrire l'état de Dennis, et la réalité d'un mariage avec un mari dépressif, mais les descriptions n'étaient pas assez évocatrices. Il fallait le vivre, comme Jules.

À son cabinet, ses clients semblaient se sortir eux-mêmes de leurs tourments, comme s'ils sentaient, intuitivement, qu'elle comptait sur eux. Elle les réconfortait, mais n'arrivait pas à réconforter Dennis. Ses remarques désabusées, incessantes, ne lui faisaient plus d'effet, elles ne servaient qu'à aggraver son état, à l'instar de tout le reste. Le simple fait de parler avec lui semblait l'irriter, mais elle ne pouvait s'en empêcher, et elle lui racontait le contenu de ses séances de thérapie, comme s'il pouvait en tirer un bénéfice quelconque, indirectement. «Cette cliente, une femme mariée, professeure de lecture à l'école primaire, a sombré dans une sorte de dépression pendant quelque temps. Elle commence juste à s'en sortir», lui confia-t-elle.

Ce n'était pas faux, mais cela ne provoqua aucune réaction chez Dennis. Le soir, il s'endormait tôt, alors Jules se rendait dans le salon pour appeler Ash et Ethan, elle leur parlait à voix basse, de l'intérieur de son mariage lugubre, et elle les imaginait dans leur monde de lumière. Elle souffrait presque de claustrophobie à force de vivre avec un dépressif, un homme qui n'avait plus de travail, qui dormait trop et ne se rasait que lorsqu'il ne pouvait plus se supporter. Dennis commençait à ressembler vaguement à un montagnard ; non, à Rip Van Winkle plutôt car il ne faisait pas d'escalade, il dormait.

— Je ne sais pas ce que je vais faire, confia-t-elle à Ash. Je veux dire… je ne vais rien faire. Je me sens affreusement mal. Je ne peux pas l'aider, rien ne l'atteint. Il souffre réellement.

Moi aussi, se retint-elle d'ajouter car cela lui paraissait trop égoïste.

Les parents de Dennis vinrent du New Jersey et sa mère observa l'appartement d'un œil accusateur, comme si leur mode de vie, avec Jules, était la cause de l'état de son fils.

— Où est-ce que vous faites votre repassage? demanda-t-elle.

— Pardon?

Ils ne repassaient presque rien, mais en cas d'absolue nécessité, ils étalaient les affaires sur une serviette de plage, sur le lit. C'est ainsi que nous vivons, avait-elle envie de dire à la mère de Dennis. On se moque du repassage, on n'a pas d'argent et maintenant, grâce à la génétique, votre fils est en train de perdre tout ce que j'aimais chez lui. Les Boyd semblaient juger Jules responsable de la dépression de Dennis, parce qu'il n'y avait pas de planche à repasser chez eux ou parce que Jules était juive peut-être. (Dennis avait mentionné plusieurs fois la passion de son père pour les documentaires sur le Troisième Reich.) Mais elle voyait bien, également, que les Boyd étaient des gens dont l'amour s'accompagnait d'une bonne dose d'aigreur, et peut-être que leur fils avait développé par conséquent ce penchant pour une tristesse indicible. Dès lors, comment lui en vouloir? Dennis et Jules venaient l'un et l'autre d'une famille qui *ne se sentait pas bien*. Ils avaient cela en commun et quand ils s'étaient mis ensemble, c'était pour fonder un foyer où l'on se sentait bien, et pour pouvoir dire parfois: allez vous faire foutre, familles décevantes. L'univers familial des Wolf, dans leur appartement du Labyrinthe, avait prouvé à Jules qu'une famille à la structure dense, épanouissante sur le plan émotionnel, était une chose possible. Elle avait voulu en recréer une nouvelle version, plus modeste, avec Dennis, et ils avaient semblé y parvenir, juste au moment où Ash et Ethan s'élevaient vers une vie que personne ne pouvait imiter, de près ou de loin. Et puis, plus tard, Dennis avait sombré dans la dépression et cet objectif, pourtant modeste, ne pouvait plus être atteint.

Un matin, au réveil, quand Jules vit combien le visage de Dennis était détendu et inerte dans le sommeil, elle songea qu'il allait bientôt se réveiller et se souvenir de ce qu'il ressentait, et la journée serait foutue. Dommage qu'il ne puisse pas juste dormir, encore et encore, car il paraissait presque heureux dans ces moments-là. En pensant cela, Jules s'aperçut qu'elle était si malheureuse qu'elle avait envie de vomir, littéralement. Penchée au-dessus de la cuvette froide des toilettes, elle songea aux rares fois où elle avait vomi dans sa vie. Souvenir le plus marquant, elle avait vomi dans cette chambre d'hôtel en Islande, et par la suite, elle avait connu quelques expériences d'ébriété à l'université. Aujourd'hui, c'était différent. C'était ce qu'on pourrait appeler un *dégueulis de malheur*. Une heure plus tard, une faible décharge électrique frappa un de ses mamelons, puis l'autre peu après. Elle songea alors, confusément, avec une impression désagréable, que ses dernières règles avaient été peu abondantes, sans qu'elle s'en inquiète outre mesure sur le coup. Cela lui était déjà arrivé, pas de quoi en faire un plat ; elle avait accusé le stress.

Assise dans la petite salle de bains, le sang battant à ses tempes, Jules regardait le résultat du test de grossesse qu'elle avait effectué dès que possible, et elle essayait de déterminer comment et quand cela s'était produit. Apparemment, ces légers saignements n'étaient pas des règles mais ce que, dans les livres, on appelait un saignement d'implantation. Depuis le mini-infarctus et la convalescence de Dennis, ils faisaient rarement l'amour; c'était devenu une chose dont il se désintéressait, mais pas totalement. Howie, le nouveau patient de Jules, un programmateur informatique, souffrant de graves problèmes de transfert, lui avait avoué, piteusement mais non sans courage, qu'il s'était masturbé en pensant à elle une fois, alors qu'il était couché avec sa femme, et il avait tellement fait trembler le lit, précisa-t-il, «que ma femme s'est réveillée en croyant qu'il y avait un tremblement de terre». Mais le mari de Jules, en pleine dépression, n'avait plus envie de la toucher.

Elle essaya de faire un calcul en se projetant durant les semaines qui avaient précédé l'attaque de Dennis, et avant le retour de la dépression qui avait fait de lui un être informe et ralenti. Elle se souvint d'un soir, peu de temps avant la première des *Revenants*, la pièce d'Ash; ils étaient allés au Musée de la télévision et de la radio pour le vernissage, en tenue de soirée, d'une exposition intitulée *Au pays de Figland*. Ethan se tenait dans un coin de la salle principale, en compagnie d'Ash, au milieu d'une nuée de donateurs, de réalisateurs de films d'animation et d'amis. Jules l'observait dans son smoking, le bras passé autour de la taille d'Ash vêtue d'une robe très courte et en partie transparente, fermée dans le dos par de minuscules boutons de nacre, tel un costume du *Songe d'une nuit d'été*, que, coïncidence, elle espérait mettre en scène dans un avenir proche. La robe était «une Marco Castellano», lui avait confié Ash avant le début de la soirée, un nom qui ne disait rien à Jules. Ethan avait vu qu'elle le regardait et il lui avait souri de l'autre bout de la salle.

Que signifiait ce sourire? Sans doute juste *humiliant, toute cette attention, hein?* Ou bien : *je sais que tu t'ennuies, et moi aussi.* Ou alors, simplement : *salut, à toi là-bas, Jules Jacobson-Boyd, amie de jeunesse, âme sœur, copine.* Quelle que soit sa signification, ce sourire avait réveillé en elle ce vieux sentiment, familier et étouffant, que tout ce qu'elle partageait avec Dennis était modeste et triste. Le temps qu'ils rentrent chez eux en métro et montent tous ces étages à pied, ses chaussures à talons hauts, trop étroites, lui avaient entaillé le dessus des orteils. Dans la salle de bains, Jules plaça son pied ensanglanté dans le lavabo, sous le jet du robinet. Dennis la rejoignit et commenta :

— Tu ressembles à une grue comme ça.

— Je me sens comme une grue. Pataude et stupide. Tout le contraire d'Ash la nymphe enchantée. Au fait, c'était une Marco Castellano.

— Quoi donc?

— C'est bien ce que je dis.

Elle songea qu'ils menaient une vie qui en était encore à la fin de ses premiers stades, une vie pleine d'amis et d'amour, et des jeunes pousses de leurs deux carrières; et tout cela aurait été absolument parfait si leurs meilleurs amis n'avaient pas eu une vie tellement plus agréable.

Mais Dennis dit :

— Tu sais, si j'avais voulu une nymphe enchantée, je serais allé en chercher une dans une forêt enchantée.

Sur le seuil de la salle de bains, il ôta son nœud papillon et défit sa large ceinture de smoking. Dennis, au corps mat et puissant, était bien plus beau que Jules, mais cela ne l'avait jamais gênée car il n'était pas le genre d'homme qui la trahirait avec une autre femme. À cet instant, sa corpulence, sa beauté, sa dignité, son refus de se laisser intimider par cette soirée glamour et par une robe Marco Castellano l'impressionnaient. Ce soir, elle n'était pas obligée de comparer leur vie avec celle de leurs amis, elle n'était pas *du tout* obligée, comprit-elle, et cela lui procura un incroyable soulagement. Jules était attirée, au contraire, par les pouvoirs hypnotiques, inexplicables, de son mari, qui était si beau et indubitablement attiré par *elle*. Il l'embrassa d'un regard, de la tête aux pieds, avec ses yeux sombres. La salle de bains paraissait généralement exiguë et inadaptée; elle était maintenant envahie par Dennis, un homme solide sur lequel elle avait des droits. Rien à voir avec Ethan et Ash; tout cela n'était que pour elle. Tout le monde se retrouvait chassé et la scène intime s'installait.

— Ah bon? fit Jules, juste pour meubler. Tu serais allé dans une forêt enchantée?

— Parfaitement, répondit Dennis.

Il la prit pas le bras pour l'entraîner hors de la salle de bains microscopique, avec sa moquette à poils longs

bleu-vert que les précédents locataires avaient grossiè-
rement fixée à l'agrafeuse, jusque dans la chambre à
peine plus grande, où il l'allongea sur le lit. Elle lui
sourit pendant qu'il finissait d'ôter son smoking, un
vêtement qu'il portait uniquement dans des occasions
liées à Ethan et Ash. Il aida Jules à baisser la fermeture
Éclair de sa robe, qui avait laissé une petite marque
rose dans le haut de son dos, comme pour indiquer
l'endroit où les deux parties de son corps avaient été
assemblées, en usine. Ils étaient maintenant libérés
de leurs vêtements Ethan & Ash, ces tenues qui semblaient beaucoup plus adultes que les personnes qui
les avaient portées, bien qu'elles ne soient plus très
jeunes.

Ils avaient dû utiliser un préservatif ce soir-là,
forcément, ils en mettaient presque à chaque fois,
mais ils avaient beaucoup bu, alors peut-être qu'ils
avaient oublié. Jules n'avait pas l'intention de tomber
enceinte pour l'instant. Ce soir-là, elle s'en souvenait,
leurs ébats furent inhabituellement palpitants, réqui-
sitionnant les quatre coins du lit, et les draps finirent
entortillés comme une corde. Dennis se montra
ardent, magnifique et déterminé, il fit progresser l'action et enchaîna les séquences. Un livre qui était posé,
ouvert, sur la table de chevet de Jules – une compila-
tion d'études sur les troubles du comportement alimentaire, emprunté à la bibliothèque de Columbia
où elle avait encore ses entrées – se retrouva, on ne
sait comment, à l'autre bout de la chambre, expédié
dans l'espace poussiéreux sous la commode. Ils ne le
retrouvèrent qu'un an plus tard, et à ce moment-là, le
montant des pénalités de retard dépassait le prix du

livre. Mais Jules avait cessé de le chercher car à cette époque, Aurora Maude Jacobson-Boyd était née, et la vie avait changé.

En septembre 1990, trois mois après l'arrivée d'Aurora, Ash donna naissance à sa fille, Larkin Templeton Figman. Au début, les deux femmes savourèrent ensemble la brume animale de la maternité. Et pour une fois, Jules pouvait apparaître comme la spécialiste en donnant des conseils sur l'allaitement et des tuyaux sur le sommeil. Elle lâchait des expressions du style « confusion sein/tétine » avec une autorité qui faisait plaisir à voir. Mais un matin, Ash téléphona très tôt, elle était différente. Elle ne paraissait pas débordée comme elle l'était depuis la naissance de Larkin. C'était autre chose. Elle dit à Jules qu'elle aimerait passer la voir, si c'était possible. Elle demanda à son chauffeur de la conduire dans le nord de la ville, avec Larkin, enveloppée dans un de ses porte-bébés suédois de style papoose. Jules se sentait toujours un peu gênée quand Ash ou Ethan venaient chez elle, même si, dernièrement, elle réussissait à donner le change en faisant croire qu'elle se moquait de l'apparence de son appartement, du fouillis, de l'espace exigu envahi par les affaires de bébé, la poussette qui bloquait le couloir, les barboteuses suspendues sur le sèche-linge dans la douche. Ash, tendue, entra dans le salon, refusant une tasse de café ou quoi que ce soit à manger. Après avoir pris place sur le canapé avec son bébé, elle regarda Jules avec insistance.

— Tu me fais un peu peur, avoua celle-ci.

Dennis était à Central Park avec Aurora et la bande de mères, de nounous et de jeunes enfants avec qui il passait parfois toute la journée. Jules avait vu deux patients dans la matinée et elle était rentrée à la maison. Elle avait une séance par téléphone un peu plus tard, avec une femme qui s'était cassé la cheville et ne pouvait pas se déplacer.

— Désolée, Jules. Ce n'était pas volontaire. Écoute… je sais que tu traverses une période difficile toi aussi, avec Dennis et tout ça.

À en juger par la façon dont Ash s'exprimait, son ton circonspect, Jules devina qu'il allait être question de Goodman, une fois de plus. Elles n'avaient pas eu de conversation de ce type depuis plusieurs semaines, les bébés occupant presque toutes leurs pensées. Mais Jules sentait que son amie allait lui annoncer une nouvelle du genre : « Je voulais te dire que Goodman est retourné en cure de désintoxication. » Ou bien : « Figure-toi que Goodman a été accepté dans une école d'architecture. » Ou encore : « Goodman va mourir. » « Goodman est mort. » Au lieu de cela, Ash dit :

— Il faut absolument que je te confie une chose, Jules. J'ai besoin d'en parler à quelqu'un, et il n'y a que toi.

— Vas-y.

— Tu sais à quel point mes parents étaient bouleversés quand tout a commencé à s'effondrer chez Drexel ? Avec les enquêtes et tout ça ? (Jules hocha la tête.) Ensuite, après la faillite, mon père a pris sa retraite anticipée et il a touché des indemnités.

— Oui. Mais tu disais que tout allait bien.

— Tout va bien.

— OK, dit Jules en attendant la suite.

— Je crois que mon père apprécie la retraite, en fait. Et apparemment, mes parents ont commencé à réfléchir. Ils m'ont fait venir chez eux et là, ils m'ont expliqué que leurs revenus ne seraient plus les mêmes désormais. Pas de quoi s'inquiéter, ont-ils précisé pour me rassurer, mais il y aurait moins de liquidités. Je ne comprenais pas pourquoi ils disaient ça ; il m'a fallu un temps fou pour saisir, parce qu'ils ne voulaient pas dire les choses ouvertement. Mais j'ai fini par deviner où ils voulaient en venir. J'ai enfin pigé. J'ai demandé : « C'est à propos de Goodman ? » Mes parents se sont regardés d'un air un peu honteux, et là j'ai su que j'avais mis dans le mille. Ma mère a dit un truc du genre : « On ne voulait pas en parler, mais on prend soin de lui depuis longtemps. Il a du mal à travailler et il a des frais, comme n'importe qui. D'un autre côté, Ethan et toi, vous n'avez plus aucun problème d'argent maintenant, et c'est un euphémisme. Alors, s'il était possible de transférer cette responsabilité, ça ferait une grosse différence pour nous. » « Mais seulement si vous le voulez », a ajouté mon père, comme si cette idée venait de moi.

— Qu'as-tu répondu ? demanda Jules, même si ce scénario familial dépassait largement son entendement.

Sa mère découpait des coupons de réduction pour les yaourts glacés et les lui envoyait.

— J'ai répondu : « Si c'est si important pour vous, je suppose que je peux essayer de trouver une solution. » Comme tu le sais, Goodman n'arrive pas à trouver un travail stable, rien de sérieux ni de bien payé. De plus, il n'a aucune formation. Quant à ses boulots sur les chantiers, il a de gros problèmes de dos. Il s'est fait une fracture de stress au niveau de la colonne vertébrale, il n'y a pas très longtemps, et il ne peut plus accomplir beaucoup de tâches physiques. Par ailleurs, il faut bien que quelqu'un paie ses billets d'avion quand il vient nous voir. Et toutes ses petites «habitudes occasionnelles», comme on les appelle. À l'arrivée, ça fait une somme.

— Ouah, fit Jules. Je suis atterrée.

— Je sais. Moi aussi. Bien évidemment, je ne peux pas réclamer cet argent à Ethan. Mes parents le savent bien. Ils sont impressionnés que je ne lui ai jamais rien dit.

— Tu regrettes de ne pas l'avoir fait ?

Jules avait toujours eu envie de poser cette question, mais le bon moment ne s'était jamais présenté.

— Oh, si, des fois, bien sûr, répondit Ash, sans aucune gêne. D'autant plus qu'on parle de tout. De tout, sauf de ça. Et je ne peux même pas aller là-bas avec lui. C'est beaucoup trop tard pour en parler désormais et je ne sais pas s'il s'en remettrait. Je veux être honnête dans ma vie et dans mon travail, mais il fallait que je sois fidèle envers mes parents quand ils me l'ont demandé, tu le sais bien. Et maintenant, je ne peux pas dire toute la vérité. D'ailleurs, Ethan et moi, on ne parle presque plus de Goodman ; il suppose que c'est un sujet trop douloureux pour moi, ce qui n'est pas totalement faux. C'est douloureux. Toute cette histoire, la manière dont ça s'est passé. Ce que Goodman aurait pu devenir.

— J'aimerais qu'Ethan soit au courant, dit Jules à voix basse. Il arrange toujours tout, ajouta-t-elle avant de pouvoir se retenir.

— Je comprends ce que tu veux dire. C'est vers lui que je me tourne quand quelque chose ne va pas. J'aimerais tant pouvoir tout lui raconter en détail depuis le début. Mais je ne peux pas. J'ai obéi à mes parents. J'ai été leur enfant sage, leur *enfant douée*. J'ai tenu mon rôle et maintenant je me vois mal dire à Ethan : oh, au fait, amour de ma vie, l'homme à qui j'ai donné un enfant, figure-toi que je n'ai pas cessé d'être en contact avec mon frère durant toutes ces années. Mes parents et Jules sont au courant eux aussi, tu es le seul à qui je n'ai pas pensé à le dire.

— Dis-lui, Ash. Fais-le, l'exhorta Jules.

Dennis lui avait dit un jour qu'Ethan découvrirait sans doute la vérité de toute façon, tôt ou tard. «La vie est longue», avait-il ajouté.

— Tu sais bien que je ne peux pas, répondit Ash. Ethan est quelqu'un qui a un grand sens moral, Jules, et c'est une qualité que j'adore chez lui, évidemment. Il ne cache rien.

— Alors, que vas-tu faire ? Tu peux disposer d'une certaine somme d'argent sans qu'il le sache ?

— La réponse est oui, pour faire court. Ethan ne passe pas son temps à éplucher les dépenses tous les mois. On a quelqu'un qui s'occupe de ça. Il y a tant d'argent qui entre et qui sort. Je n'ai pas de comptes à rendre, ni à lui ni à Duncan, l'homme qui gère notre argent maintenant. A priori, le plus important c'est d'agir de manière invisible. Et ça m'angoisse car je ne suis pas très douée pour les histoires d'argent, pour les chiffres de manière générale. Mais ça peut marcher, je suppose. Je dois faire en sorte que ça marche. Elle haussa les épaules, caressa l'arrière du crâne, un peu plat, de son bébé et ajouta : il faut que quelqu'un veille sur Goodman maintenant. Et je crois que ce sera moi.

Durant les premières années de maternité, Ash et Jules entretinrent le fantasme d'une amitié grandissante entre leurs filles, semblable à un miroir de leur propre amitié. De fait, les deux filles devinrent amies, et toute leur vie durant elles éprouvèrent de la tendresse l'une pour l'autre, mais elles étaient si différentes que cette notion de profonde amitié ressembla davantage, au bout d'un moment, à un cadeau qu'elles essayaient d'offrir à leur mère qu'à une affection spontanée.

« Mon Dieu, ce qu'elles sont différentes », dit Jules à Dennis après avoir passé une journée chez Ash et Ethan. Les filles avaient alors quatre ans. Ash et Ethan venaient d'emménager dans le grand *brownstone* de Charles Street, une élégante construction ensoleillée, située dans un secteur de choix de Greenwich Village. À l'intérieur de la maison, malgré la présence d'une fillette de quatre ans et maintenant d'un garçon de deux ans difficile, Morris Tristan Figman, surnommé Mo, le calme et l'ordre régnaient. Essentiellement grâce à un couple de Jamaïcains, Emanuel et Rose, un employé de maison et une nounou, qui géraient la majeure partie de la vie quotidienne des Figman-Wolf. C'étaient des employés on ne peut plus discrets : un mari courtois, au crâne rasé, et son épouse attentionnée et enjouée.

Les pièces étaient impeccables, les enfants toujours propres et choyés, comme leurs parents.

À l'étage, une grande salle de jeux ressemblait à un salon de première classe dans un aéroport, tapissée d'une moquette pour que personne ne se fasse mal et décorée, non pas dans ces couleurs criardes que les enfants étaient supposés aimer, mais dans des tons sourds, avec des éclairages tamisés. Il y avait là un trampoline et une piscine à balles. Un toboggan, un ballon sauteur et des animaux en peluche grandeur nature. Jules imaginait qu'un des assistants d'Ethan avait appelé FAO Schwarz pour leur dire : « Envoyez-nous tout ce que vous avez. »

Quel endroit pour grandir, pensait-elle. Dans un tel environnement, avec des parents aussi inventifs et tolérants. Elle était assise dans un des canapés de couleur claire, avec un verre de vin apporté par Rose, et elle but une longue gorgée car elle avait envie de sentir dans sa gorge et sa poitrine une substance adoucissante, pour ne pas être obligée de créer dans son esprit un montage parallèle déprimant : cette maison, cette vie, et son propre appartement sans ascenseur de la 84ᵉ Rue Ouest où Dennis, Aurora et elle vivaient maintenant dans le chaos, les privations et l'ombre omniprésente de la dépression clinique d'une personne.

Aurora traversa à toute allure la salle de jeux en hurlant :

— Je suis un sergent ! Je suis le roi !

Le sergent/roi plongea dans la piscine de balles, tandis que Larkin, assise sur le bord de la fenêtre avec un livre d'histoires, l'observait, nullement impressionnée. Mo dormait dans la nurserie, avait précisé Ash, ce qui constituait un exploit incroyable, mais là encore, Rose faisait des prouesses avec Mo, un enfant généralement épouvantable, qui hurlait sans cesse, incapable de s'abandonner au sommeil réparateur à l'heure de la sieste. Et alors que Jules s'efforçait de faire taire Aurora pour qu'elle ne le reveille pas, Ash l'autorisa à crier tant qu'elle voulait car les murs étaient très épais et aucun son ne les traversait.

Elle fit remarquer :

— Je constate qu'Aurora aime bien prendre le contrôle des choses. Peut-être qu'elle dirigera une chaîne de télé plus tard.

— Non ! s'exclama Aurora, le visage empourpré, triomphante. Je suis un soldat ! Je dirige tout le monde !

Les deux femmes s'esclaffèrent. Aurora était une enfant « très nature », comme l'avait dit Ash. Jules éprouvait une sorte d'amour fou pour sa fille. Celle-ci était un vrai pitre, ce qui n'était pas la même chose que d'avoir de l'esprit, et Jules était obsédée par elle, tout comme Dennis, capable d'ignorer le bruit de fond de sa dépression quand il le fallait et de se montrer expressif avec sa fille. C'était peut-être l'équivalent du parent qui soulève une voiture pour sauver un bébé. Il était dépressif, mais il pouvait échapper au poids de la dépression, suffisamment en tout cas pour prendre soin d'Aurora. Les dépressions atypiques permettaient parfois ce genre de contradictions, avait expliqué le docteur Brazil.

Au cours de l'après-midi, Jules remarqua que lorsque Larkin acceptait de faire une activité

physique avec Aurora, elle semblait agir par politesse. La fille d'Ash plongeait dans la piscine à balles
et se laissait gracieusement bombarder; elle glissait
sur le toboggan la tête la première, mais une fois arrivée en bas, elle s'époussetait et retournait sur le bord
de la fenêtre avec son livre; Aurora vint s'asseoir à
côté d'elle.

— C'est quoi, ton livre? demanda-t-elle.

— *La Petite Maison dans les grands bois*.

— Il y a des blagues?

Larkin prit le temps de réfléchir.

— Non.

— Tu arrives à le lire toute seule?

— Quand j'ai appris à lire, ça a tout changé.

Larkin était une enfant précoce, mais ni méchante
ni condescendante. Elle avait hérité de la beauté fragile de sa mère, de son intelligence et de sa bonté,
alors qu'elle tenait de son père une prédisposition
à l'eczéma, qui l'obligeait déjà à utiliser des crèmes
spéciales. Possédait-elle l'imagination de son père?
Il était encore trop tôt pour le dire, mais la réponse,
déprimante, était : oh, oui, probablement.

— Serais-tu fascinée par Larkin? lui demanda Dennis ce soir-là lorsque, au moment du coucher, Jules
lui décrivait encore la grâce et la précocité de la fille
d'Ash, son élégance fragile, et les aménagements de la
somptueuse maison de Charles Street. Mais ma question est peut-être stupide, ajouta-t-il. Je devrais plutôt
demander : combien de temps te faudra-t-il pour ne
plus être fascinée par tout ça?

— Tu te trompes, répondit Jules, je n'échangerais
Aurora pour rien au monde.

— Je vois. Tu dis cela de façon à établir une distinction avec moi. Moi, tu m'échangerais volontiers.

— Non, jamais.

— Si. Et je te comprends.

Cette conversation semblait lui avoir redonné de l'entrain, comme s'il avait le sentiment de voir, à nouveau, le monde tel que le voyait Jules ; il le voyait à travers l'objectif saisissant de sa femme, alors même qu'elle préparait son départ.

— Eh bien, arrête de comprendre. C'est complètement dément, Dennis, cette conversation. Est-ce que j'aimerais me débarrasser de ta dépression ? Oui. Est-ce que je t'échangerais contre une autre version de toi-même qui n'est pas dépressive ? Oui. Mais est-ce que tu n'en ferais pas autant, toi aussi ? N'est-ce pas ce qu'on veut ?

Depuis qu'on lui avait supprimé le MAOI, il y a cinq ans, Dennis avait rarement retrouvé un équilibre. Il luttait en permanence contre ce que son pharmacologue appelait tour à tour une «faible dépression», une «dépression atypique» ou une «dysthymie». Certaines personnes étaient très difficiles à traiter, expliquait le docteur Brazil. Elles étaient capables de vivre presque normalement parfois, mais ne se sentaient jamais bien. La dépression atypique de Dennis ne provoquait pas d'effondrement comme cela s'était produit à l'université, mais elle refusait de disparaître. Il ressentait sa présence permanente, comme une tache dans l'œil ou une toux chronique. Différents médicaments furent essayés, mais aucun ne fonctionna très longtemps, ou bien, quand un traitement fonctionnait, les effets secondaires étaient insupportables. À un moment donné, les médecins en étaient revenus au MAOI, mais même cela, ça ne marchait plus. La chimie cérébrale de Dennis semblait avoir changé et le MAOI était comme un ancien amant qui n'est plus aussi séduisant vu sous un jour nouveau.

Quand suffisamment de temps se fut écoulé après la perte de son emploi chez MetroCare, lui sembla-t-il, Dennis s'attela assidument à la recherche d'un travail, en vain. La clinique refusait de rédiger une lettre de recommandation après «son comportement scandaleux avec une patiente», comme promettait de l'écrire Mme Ortega dans tout courrier adressé à un nouvel employeur potentiel. D'ailleurs, avoua Dennis à Jules, s'il retrouvait du travail un jour, il avait peur de ce qu'il pouvait découvrir maintenant en examinant l'intérieur du corps humain. Un soir où ils étaient au lit, ils abordèrent le sujet :

— À ton avis, qu'est-ce que tu vas découvrir ? demanda-t-elle tout bas.

— Un tas de choses.

— Moi, je ne sais jamais ce que je vais voir quand quelqu'un entre dans mon cabinet. J'aimerais bien avoir un appareil qui me permette de regarder à l'intérieur des têtes. Je suis jalouse de ton… comment on appelle ça ? Un transducteur ? Mais toi, tu ne supportes même plus d'utiliser ta baguette magique. Ce que je fais me semble si rudimentaire. Je sais que la thérapie peut modifier le cerveau, des études stupéfiantes l'ont prouvé. Mais en gros, il s'agit essentiellement d'attendre que ça passe, et de supporter de toujours entendre les mêmes idées négatives. Toi, tu as l'œil, Dennis. Tu connais ton métier, n'oublie pas

490

ça. Et tu peux utiliser du matériel. Il sera toujours là quand tu te sentiras mieux, quand tu seras prêt à reprendre.

Couché dans le lit les yeux ouverts, Dennis répondit :

— Oui, je connaissais mon métier. Mais je n'ai plus envie de le connaître. Je ne supporte plus l'idée de regarder les choses en profondeur. Car tu finis inévitablement par découvrir des horreurs.

— Franchement, pour quelqu'un qui ne supporte pas de sonder les profondeurs, voilà une remarque plutôt profonde, dit Jules. Tu es encore très présent, Dennis, plus que tu l'imagines. Si tu étais parti, ce serait différent. Mais tu n'es pas parti.

Elle avait envie de lui remonter le moral, d'exercer sur lui ses pouvoirs curatifs, si modestes soient-ils. Quelques jours plus tôt, sa patiente la plus récente, Sylvia Klein, soixante-quatre ans, qui passait quasiment toutes ses séances à pleurer, avait souri en décrivant l'obsession de sa fille Alison, morte trois ans plus tôt d'un cancer du sein, pour Julie Andrews quand elle était enfant. Elle avait insisté pour aller voir *La Mélodie du bonheur* plusieurs fois, elle avait même pris l'habitude de s'exprimer avec un accent anglais, et elle demandait à sa mère : « Maman, est-ce que mon accent fait vrai ? »

« Vous avez souri en me racontant ça », lui avait dit Jules.

« Non, pas du tout, avait répondu Sylvia Klein en se renfermant sur elle-même, puis, la tête penchée sur le côté, elle avait esquissé un autre sourire, timide. Oui, peut-être », avait-elle concédé.

Mais Jules ne pouvait pas faire grand-chose pour Dennis, à part partager ses repas, louer des vidéos avec lui, dormir avec lui et l'écouter parler de son état dysthymique réfractaire. Et quand elle découvrit, accidentellement, qu'elle était enceinte, ils furent aussi stupéfaits l'un que l'autre, et inquiets car ils se demandaient où ils trouveraient de quoi élever un enfant, et comment réagirait Dennis à la présence d'un bébé dans la maison. Et comment réagirait l'enfant face à un père dépressif, un *père dysthymique*, insistait Jules, car ce terme paraissait moins menaçant. Le sentirait-il ? Dennis, lui, avait une source d'inquiétude supplémentaire : et s'il y avait un problème avec le bébé ?

— Il y a tellement de choses qui peuvent clocher, dit-il. ADN bizarre, malformations anatomiques. Il pourrait lui manquer des parties du cerveau. Je l'ai vu. Des fois, il manque un gros morceau, vraiment. Il n'a pas voulu pousser. Il y a aussi l'hydrocéphalie, de l'eau dans le cerveau, ce n'est pas mal non plus.

Il épuisait Jules avec ses angoisses concernant le bébé et il lui faisait peur. À vingt semaines de grossesse, elle devait passer une échographie de niveau 2, le grand examen anatomique, et elle demanda à Dennis de l'accompagner, bien qu'il ait refusé d'assister à d'autres rendez-vous par le passé. Il affirmait qu'il serait de très mauvaise compagnie, ce qui était sans doute vrai, aussi n'avait-elle pas insisté.

— Je ne peux pas, dit-il.

— J'ai besoin que tu sois là, pour une fois. Je ne peux pas continuer à tout faire toute seule.

Alors, il l'accompagna et s'assit à côté d'elle dans la petite pièce faiblement éclairée, où une jeune échographiste pressa une montagne de gel sur le ventre convexe de Jules, avant de commencer à déplacer le transducteur. Soudain, le bébé apparut. Dennis retint son souffle. Il garda les yeux fixés sur l'écran pendant que la jeune femme pianotait sur le clavier et il lui posa quelques questions, dans leur jargon, concises et sèches. Jules se souvint que le lendemain de la première fois où ils avaient couché ensemble, ils s'étaient rendus au zoo de Central Park, où ils avaient parlé de la dépression de Dennis, dans l'habitation des pingouins. Aujourd'hui, ils se retrouvaient dans un autre lieu sombre, en train de contempler une créature derrière du verre. L'échographiste effectua des mesures et sourit d'un air rassurant, en tendant le doigt.

— Oh, regarde-la bouger, dit Dennis, le visage tout près de l'écran pour étudier l'image neigeuse et tremblotante que seuls l'échographiste et lui pouvaient interpréter et qui n'était aux yeux de Jules qu'un mystérieux jeu de lumières et d'ombres.

— « La » ? dit Jules. Je croyais qu'on ne devait pas connaître le sexe.

— J'ai dit ça comme ça, s'empressa de répondre Dennis. Je ne distingue pas le sexe.

L'échographiste tourna discrètement la tête à cet instant, et Jules comprit que Dennis mentait. De nouveau, il avait commis l'erreur de livrer une information importante dans une salle d'examen, mais cette fois, personne ne lui en tenait rigueur.

Le bébé était donc une fille, née d'une mère anxieuse et d'un père instable. Après la naissance d'Aurora, ils décidèrent d'un commun accord que Dennis resterait à la maison pour s'occuper d'elle dans la journée. En s'arrangeant de cette façon, ils s'aperçurent qu'ils ne seraient pas obligés de la mettre à la garderie ou d'engager une nounou, ce qui aurait dépassé leurs moyens de toute façon. Et donc, au lieu de continuer à chercher du travail, dans l'espoir d'obtenir un autre poste dans une clinique, Dennis trouva un autre métier : garder le bébé. Ils avaient longuement discuté pour déterminer si, oui ou non, il était trop dépressif pour passer toute la journée avec sa fille. Dennis voulait faire l'expérience, au moins il serait fixé. C'était une chose qui l'intéressait, expliqua-t-il prudemment. Jules en parla également avec Ash et Ethan. Ce dernier demanda : « Tu as peur de quoi ? Qu'il lui lise des passages de *La Cloche de la détresse* ? Je suis sûr que tout se passera bien. »

En effet, peu de temps après que Dennis avait commencé à s'occuper du bébé à temps plein, Jules s'aperçut que cette activité avait souvent un effet apaisant sur lui. Curieusement, même les tâches les plus ennuyeuses ne le gênaient pas, ni les plus franchement désagréables, comme descendre à la buanderie de l'immeuble, surchauffée, avec Aurora dans une poussette, en traînant un caddie de vêtements et de draps sales. Il était soulagé de ne pas être obligé de discuter avec d'autres adultes toute la journée, de sujets tels que la guerre du Golfe qui venait d'éclater subitement, la première guerre télévisée, présentée sous forme d'extraits comme un effroyable match de football, avec le général Norman Schwarzkopf au poste de *quarterback*. Chaque fois que cette nouvelle guerre, inattendue, surgissait dans la conversation, vous ressentiez de la peur, en vous demandant : que va-t-il se passer ensuite ? Le conflit va-t-il s'étendre ? Va-t-il arriver jusqu'ici ?

Mais dans l'univers à part, isolé, des jeunes enfants, les mères, les nounous et Dennis parlaient babyphones et poussettes, comparaient les mérites de différents pédiatres. La télé ne diffusait jamais d'informations sur la guerre, à la place il y avait toujours une vidéo agréable ou de la musique douce, et c'était ce dont Dennis avait besoin apparemment, autant qu'Aurora. Telle était la vie qu'ils avaient créée sans la planifier : une famille où l'unique personne qui faisait bouillir la marmite était la mère, alors que l'homme restait à la maison. Plus tard, à New York, on verrait beaucoup plus de pères au foyer se promener avec leur bébé en pleine journée, conséquence de l'évolution des mentalités ou de la crise économique, mais en 1990, c'était encore un spectacle rare, si bien que, avant d'apprendre à le connaître, les mères et les nounous regardaient attentivement Dennis, au parc et dans la rue, à la fois méfiantes et curieuses, se demandant quel était son problème.

Dennis souffrait d'une dépression durable, mais apparemment supportable, et Jules avait trouvé des moyens de la supporter elle aussi. Aurora, en grandissant, devenait exigeante et bruyante, mais elle lui apportait une véritable joie, et si ce mot était trop fort pour s'appliquer à Dennis, au moins Aurora parvenait-elle à l'émouvoir, à toucher un endroit au cœur de sa dépression. Jules se représentait l'esprit de son mari comme le bac rempli de balles multicolores dans la salle de jeux des Figman-Wolf. De temps en temps, ces balles étaient remuées et déplacées, et certaines s'envolaient lorsque quelque chose parvenait à le toucher.

Quand Aurora entra à la maternelle, elle se débarrassa de son prénom comme s'il s'agissait d'une affliction, un cilice orné de paillettes et de petits nœuds trop féminins. Puis elle se métamorphosa habilement, à l'image de ces voitures-robots Transformers avec lesquelles elle jouait pendant des heures, en Rory, ce qui n'était pas sans rappeler la manière dont, il y a bien longtemps, Julie était devenue Jules.

De son côté, Larkin demeura Larkin, éternellement, une étude en rose et crème. Souvent, elle glissait des enveloppes sous la porte de la chambre de ses parents ou à côté de leurs assiettes au petit-déjeuner. De son écriture naissante, précoce, tremblante et charmante, elle écrivait :

Maman et papa vous aites mes invité à un té avec mes poupés c'est dans ma chambre a 4 eures. De la par de Larkin votre fille.

« Oh, il faut que tu les gardes », dit Jules quand Ash lui montra quelques-uns de ces mots. Rory n'aimait pas écrire, elle voulait toujours être en mouvement. Ses parents lui achetaient toutes sortes de véhicules sur lesquels elle pouvait rouler : des engins en plastique orange et jaune avec des grosses roues, qu'il fallait monter dans l'escalier, comme il avait fallu monter la poussette quand Rory était toute petite. « On est trop vieux pour élever une enfant pareille dans un endroit pareil. », dit Jules à Dennis. Rory n'avait même pas de chambre, elle dormait dans un canapé-lit dans un coin du salon. Mais Jules se souvenait de ce que Cathy Kiplinger avait dit dans le tipi des filles, il y a longtemps, en parlant de sa poitrine démesurée : « On s'habitue à tout. » N'empêche, c'était dur. Parfois, quand ils demandaient à Rory de parler « avec sa voix intérieure » ou de rester tranquillement assise devant un labyrinthe, pendant que sa mère relisait les notes prises au cours d'une séance, Rory était incapable d'obéir.

« Je peux pas rester assise sans bouger ! criait-elle en donnant l'impression de souffrir. Ça me démange à l'intérieur du corps. »

— Ça la démange à l'intérieur du corps, répéta Jules à Ash au téléphone.

— Est-ce qu'elle peut se gratter ? demanda son amie. C'est ce qui me paraît le plus important, tu ne crois pas ? Il faut qu'elle puisse se gratter.

— Je crois qu'elle parlait de manière métaphorique.

— J'ai bien compris. Et je dis juste qu'elle devrait pouvoir s'exprimer, pas pour toi mais pour elle. Il ne faut pas que tu te retrouves avec le même problème que dans *Le Drame de l'enfant doué.*

Larkin Figman était belle, créative et sensible, quels que soient les domaines. Dans la maison de campagne de style Tudor qu'Ash et Ethan avaient achetée récemment à Katonah, à une heure au nord de New York – et revendue quelques années plus tard (ils y allaient peu, finalement), bien plus chère qu'ils l'avaient achetée –, elle courait vers ses parents, les mains en coupe, et à l'intérieur, il pouvait y avoir un petit animal blessé ou un grillon livide qui tentait de s'enfuir. Inévitablement, Larkin voulait construire un hôpital pour la pauvre créature et si celle-ci survivait, un thé était organisé en son honneur. On fabriquait alors les plus petites tasses au monde.

— On utilise beaucoup les cupules de glands par ici, dit Ethan quand Dennis et Jules leur rendirent visite en train un week-end où il avait pu s'échapper du studio. Vous n'imaginez pas comme c'est dur d'arracher ces saloperies. J'ai le pouce en bouillie.

L'amour d'Ethan et de Dennis pour leur fille n'était pas compliqué, mais dans un cas comme dans l'autre, il était immense et farouche. L'amour ordinaire entre un père et sa fille possédait une intensité qui était tolérée. Il y avait quelque chose de si *beau* dans l'image du père grand et fort accompagnant la toute petite fille. Le géant et la petite créature enfin réunis, mais jamais le géant ne ferait du mal à la petite créature ! Il la *respectait*. Dans un monde où le grand écrase toujours le petit, vous aviez envie de pleurer en voyant le grand être gentil, en adoration, humble devant la petite créature. Vous ne pouviez vous empêcher de penser à votre propre père quand vous voyiez votre fille avec le sien. Ce spectacle submergeait Jules ; elle était obligée de regarder attentivement, puis de détourner la tête.

Quand Rory était jeune, elle désirait une chose qui devint évidente aux yeux de Jules, mais ce désir n'étant pas formulé à voix haute, elle l'ignora. Une triste logique voulait que Jules, qui enviait si fort ses amis, ait une fille envieuse. Toutefois, Rory n'enviait pas la vie hors norme d'Ash, d'Ethan et de Larkin. Elle enviait les garçons. En rentrant de la maternelle,

elle parlait du garçon dont le casier était voisin du sien.

— Oh, maman ! Andrew Menzes reste debout pour faire pipi. Et le pipi sort comme une ficelle courbe. Une ficelle courbe *dorée*, renchérit-elle, avant de se mettre à pleurer.

Jules aurait pu pleurer elle aussi − deux pleurnichardes jalouses −, mais elle se retint et minimisa l'importance de la ficelle courbe dorée.

— Ton pipi aussi ressemble à une ficelle dorée, dit-elle d'un ton léger. Sauf que c'est une ficelle droite.

— Le pipi d'Andrew Menzes, il sort d'une *fusée,* ajouta Rory avec ferveur et sa mère ne sut quoi répondre cette fois.

Dans la vie, certains rêves étaient accessibles, d'autres non, si désirés fussent-ils. Tout cela était injuste, c'était surtout une question de chance. Mais parfois, juste après avoir fait une remarque devant Dennis, avec une certaine brutalité, concernant la chance infinie d'Ash et Ethan − un terme qui incluait leur richesse, leur prestige, le talent d'Ethan, et maintenant celui de leur fille −, Jules se sentait revigorée. Tout rentrait dans l'ordre ensuite, le monde quotidien réapparaissait, avec la vision de sa propre fille merveilleuse, et elle imaginait le visage bienveillant de ses amis − celui d'Ethan, ordinaire et aplati, et celui d'Ash, beau et sculpté − perplexes devant cette légère méchanceté.

Après cela, durant la descente qui succédait à ce vilain petit trip, Jules culpabilisait de plus belle en se rappelant que si la vie d'Ash et d'Ethan était énorme et miraculeuse, il y avait dans leur mariage une pièce fermée à clé qui renfermait non seulement l'information cachée concernant Goodman, mais aussi le poids écrasant de la douleur d'Ash. Le frère de son enfance avait disparu, même si elle s'éclipsait une fois par an pour aller le voir en Europe, même si elle lui parlait grâce à un téléphone portable réservé à cet usage, dont Ethan ignorait l'existence – mon «Batphone», disait-elle –, même si elle lui écrivait quand Ethan était absent, et même si elle l'aidait financièrement désormais, grâce à une infime partie des bénéfices stupéfiants que *Figland* rapportait à son mari. La perte de Goodman était rendue presque supportable par l'implication complexe et secrète, par l'amour, de la famille Wolf, n'empêche que.

«Tout le monde souffre», avait dit un des professeurs préférés de Jules au centre de formation des travailleurs sociaux, le premier jour d'un séminaire intitulé «Comprendre la perte». «Tout le monde», avait répété cette femme, comme si quelqu'un dans la pièce pouvait croire que certains étaient épargnés.

Parfois, quelque chose venait lui rappeler, de manière soudaine et inattendue, cette vie antérieure, avant le mariage, avant la richesse ou le manque d'argent et avant l'ajout des enfants. Une vie où Jules était encore une fille, impressionnée par une autre fille et par son frère, par leurs parents et leur grand appartement, leur vie facile et splendide. Même si elle ne sombrait pas dans la tristesse en repensant à ce passé, elle n'avait pas oublié ce qui avait existé autrefois. À l'automne, lors de la convention annuelle de psychothérapie organisée au Waldorf Hotel, Jules s'était retrouvée dans une salle de banquet, au milieu d'un groupe de travailleurs sociaux qu'elle connaissait, en train de boire un café entre deux interventions, quand le passé fit son apparition tout à coup. L'endroit était envahi de psychothérapeutes de tous les niveaux dont les voix s'élevaient sous la forme d'une vague sonore unique dans la salle violemment éclairée et triste. Elle remarqua soudain un vieil homme frêle qu'une femme plus jeune aidait à traverser la foule. Il devait avoir dans les quatre-vingt-dix ans et lorsqu'ils passèrent lentement devant elle, Jules put lire son nom sur son badge : Dr Leo Spilka. Elle laissa échapper un petit hoquet muet. Sans se préoccuper du secret professionnel, ou du bien-fondé de sa démarche, elle alla vers lui.

— Docteur Spilka ?

— Oui ?

Le vieil homme s'arrêta et la dévisagea.

— Je m'appelle Jules Jacobson-Boyd. Puis-je vous parler un instant ?

Il se tourna vers la femme qui l'accompagnait, comme pour quêter son approbation. Celle-ci haussa les épaules et hocha la tête, alors le docteur Spilka et Jules s'éloignèrent de quelques pas, près d'une table de pâtisseries délaissées.

— Je suis psychothérapeute dans une clinique, expliqua Jules. Mais à l'adolescence, j'étais amie avec un garçon nommé Goodman Wolf.

Le docteur Spilka ne dit rien.

— Goodman Wolf, répéta-t-elle, un peu plus fort. C'était votre patient, dans les années soixante-dix. Il allait encore au lycée à l'époque.

Le vieil homme ne disait toujours rien, alors Jules enchaîna :

— Il était accusé d'avoir violé une fille au Tavern on the Green, pendant le réveillon du jour de l'an.

Le docteur Spilka dit enfin, tout doucement :

— Continuez.

D'une voix plus précipitée, plus tendue, Jules dit :

— Cette histoire est restée inachevée pour tous ceux d'entre nous qui connaissions sa famille, et aussi la fille qui l'accusait. C'est un sujet dont on ne parle pas ouvertement, c'est trop complexe, et puis, tellement de temps s'est écoulé que c'est devenu difficile d'aborder le sujet. Mais je me disais que, peut-être, vous pourriez me dire certaines choses, juste… pour avoir un autre point de vue. Tout ce que vous pouvez me dire restera entre nous. Je sais que c'est déplacé de ma part de vous interroger au sujet d'un ancien patient. Mais ça remonte à si longtemps, et quand je vous ai vu soudain, je me suis dit : il faut que je lui demande.

Le docteur Spilka l'observa, puis il hocha la tête, lentement.

— Oui, dit-il.

— Oui ?

— Je me souviens de ce garçon.

— Vraiment ?

— Il était coupable, déclara le vieil homme.

Jules le regarda fixement, et lui aussi. Il avait un regard impénétrable et froid, un regard antédiluvien de tortue ; celui de Jules était rempli d'effroi.

— Ah bon ? fit-elle d'une toute petite voix. C'est vrai ?

Elle ne savait pas quoi dire. La perspective de devoir rapporter cette conversation à Ash créait une présence épaisse dans sa bouche, une congestion, comme si elle s'étouffait avec un bâillon. Au fil des ans, elle s'était rarement interrogée sur l'innocence ou la culpabilité de Goodman ; les membres de sa famille savaient qu'il était innocent, ils en étaient convaincus, Jules n'avait pas besoin d'en savoir plus.

Le psychanalyste ajouta :

— Oui, il a assassiné cette fille.

—Non, non. Pas du tout, réfuta Jules. Elle vit toujours, elle travaille dans la finance maintenant. Elle l'avait accusé de viol, souvenez-vous.

Mais le docteur Spilka insista :

— Si, si. Il l'a violée et il l'a étranglée jusqu'à ce que les yeux lui sortent de la tête. C'était peut-être une traînée, mais lui, c'était un voyou, et ils l'ont envoyé dans une prison de haute sécurité, comme il l'a mérité, ce sale voyou avec son menton en galoche.

— Non, docteur Spilka, vous confondez avec quelqu'un d'autre. Le meurtrier BCBG, je crois. C'était dix ans plus tard. Une autre histoire survenue dans Central Park. Il y en a eu tellement depuis, peut-être qu'elles se mélangent dans votre esprit. C'est tout à fait compréhensible.

—Je ne le confonds avec personne d'autre, déclara le vieux psychanalyste en redressant les épaules.

La femme qui l'accompagnait et les observait à proximité les rejoignit ; elle expliqua qu'elle était la fille du docteur Spilka et elle espérait que Jules voudrait bien excuser son père.

— Il souffre de démence sénile, confia-t-elle sans aucune gêne, devant lui. Il mélange certaines choses. Hein, papa ? Je le conduis à cette réunion tous les ans car il aimait beaucoup y assister. Je suis désolée s'il a dit une chose qui vous a bouleversée.

— Il l'a tuée, insista Leo Spilka, avant que sa fille l'emmène.

Quatorze

L'épisode qu'Ethan nommerait plus tard, de manière partiellement ironique, la « métamorphose de Jakarta » devait être, au départ, des vacances reconstituantes. Le Yale Child Study Center avait récemment diagnostiqué que Mo figurait sur le spectre de l'autisme, et Ash avait décidé que la famille avait besoin de se réunir, quelque part, loin de leur vie quotidienne. Ce diagnostic l'avait souvent fait pleurer au début, mais elle avait dit : « Je l'aime, c'est notre enfant, je ne l'abandonnerai pas. » Dans l'immédiat, elle voulait que la famille se rassemble dans leur « nouvelle réalité », pour reprendre son expression.

Ethan, sonné et plongé dans une totale impassibilité après le diagnostic, répondit : « D'accord, parfait. » Ash avait choisi l'Indonésie car ils n'y étaient jamais allés et ça semblait être une belle destination, tranquille, et aussi parce qu'elle envisageait de mettre en scène, pour l'Open Hand, une pièce où apparaissaient des marionnettes balinaises, même si Dieu seul savait quand elle pourrait recommencer à faire du théâtre ; dans l'immédiat, elle voulait s'occuper de Mo. Les troubles comportementaux de son fils n'étaient pas une chose dont Ethan aimait parler, y compris avec sa femme, car c'était comme regarder une éclipse. Il avait l'impression qu'il allait se consumer et se désintégrer quand il pensait à Mo. Ash restait fidèle à elle-même, émotive et fragile, mais en définitive, c'était elle qui avait pris l'initiative de ce rendez-vous pour un examen de deux jours à Yale, et ensuite, malgré sa tristesse et son désordre émotionnel, c'était elle qui, poursuivant sur sa lancée, avait recruté l'équipe d'enseignants, de médecins et d'aides à domicile qui s'occuperaient de Mo. Elle était la plus solide des deux et Ethan n'avait jamais douté qu'elle serait capable de veiller sur leur fils avec l'amour guerrier d'une mère. Il ne lui cachait pas sa profonde tristesse – elle aussi ressentait de la tristesse, dit-elle –, mais ne voulait pas afficher sa colère et son indifférence.

Chaque fois qu'il pensait à Mo, et à toutes les possibilités qui lui étaient maintenant interdites pour toujours, ses pensées le conduisaient ailleurs, généralement vers son travail, qui était comme un problème intéressant jamais résolu. Ces temps-ci, le seul endroit où il avait envie d'être était son studio, pour travailler. Depuis deux ou trois ans, il avait pris l'habitude de dire « l'Atelier d'animation » pour parler du studio, et récemment, la chaîne avait officialisé ce nom en apposant un panneau sur le mur vitré qui vous accueillait au dix-septième étage de l'immeuble de bureaux situé dans l'Avenue des Amériques. Les véritables séquences d'animation de *Figland* étaient maintenant réalisées en Corée, mais la préproduction et divers autres projets suffisaient à entretenir l'effervescence de ce lieu. Depuis le diagnostic, et même avant, Ethan faisait des heures supplémentaires, et il se retrouvait rarement seul au studio. Il y avait toujours quelqu'un qui ne pouvait s'arracher à un travail en cours. Un soir où il était avec le réalisateur, occupé à corriger un timing sur un plan de tournage, ils écoutèrent le Velvet Underground à fond, à tel point qu'un vigile monta pour voir ce qui se passait. Tard le soir, dans l'Atelier d'animation, Ethan Figman, père de deux jeunes enfants – la première fragile et brillante, le second handicapé – faisait des suggestions et des critiques à des employés, sur des points essentiels ou triviaux. Il était débordé à cause des discussions avec les responsables de la chaîne, les lectures de scénarios, les séances d'enregistrement et tout le reste, et il souffrait terriblement à cause de son fils maintenant. Pourtant, rien ne lui aurait plu davantage que de rester au studio pendant plusieurs jours d'affilée, terré dans le petit espace privé conçu exprès pour lui dans une annexe à l'étage supérieur. Il lui arrivait d'y passer la nuit, malgré les protestations d'Ash. Mais elle tenait absolument à ces vacances en famille, à ce rapprochement entre trois personnes qui étaient déjà proches, et une autre qui ne l'était pas, mais qui avait besoin d'être rattachée aux autres et au monde.

Ash menait désormais une solide carrière de directrice artistique de l'Open Hand. Elle avait ressuscité cette petite compagnie théâtrale de l'East Village pour en faire un lieu où de jeunes dramaturges effectuaient leurs débuts et où de jeunes femmes, en particulier, se voyaient offrir une chance dans le monde encore obstinément sexiste du théâtre contemporain. Les auteurs et les metteurs en scène masculins continuaient à dominer. («Regardez les études», disait Ash en brandissant des documents photocopiés qui détaillaient cette inégalité. «Je sais que j'ai l'air d'une cinglée», avait-elle dit à Ethan. Non, elle n'avait pas l'air d'une cinglée, mais oui, elle pouvait se montrer lassante, même si ce qu'elle disait était exact et la réalité scandaleuse.) L'Open Hand avait acheté un espace plus vaste, plus élégant, au coin de la 9ᵉ Rue Est, et le premier spectacle à y être présenté, une pièce à deux personnages écrite par une jeune Afro-Américaine, sur la fille d'un Black Panther qui vient rendre visite à son père sur son lit de mort, avait remporté quelques *Obies*[1] et on parlait de la transporter à Broadway. Ash avait parfois droit à son portrait à la rubrique «Arts» des journaux et des magazines : les articles, respectueux et élogieux, ne manquaient jamais de mentionner son mariage avec Ethan – une chose que tout le monde savait – et évoquaient également sa beauté et sa grâce. Deux commentaires qui la contrariaient à chaque fois.

— Qu'est-ce que je devrais faire ? demanda Ash. Sincèrement ? À moins que la question ne soit : «Que doit faire une femme pour être considérée comme une personne sérieuse ?»

— Sois un homme, suggéra Ethan, avant de s'excuser. Je suis vraiment désolé, je sais que c'est nul.

Comme s'il était responsable du sexisme dans le monde du théâtre et partout ailleurs.

Il avait la réputation d'engager des collaboratrices à tous les postes et de soutenir les causes des

1. Récompenses théâtrales.

femmes, et malgré cela, il se sentait coupable. Tout le monde savait que la plupart des gens confiaient plus facilement des responsabilités aux hommes. Ethan se réjouissait qu'Ash soit enfin reconnue et respectée, toutefois l'univers d'un théâtre off-Broadway dans l'East Village resterait toujours plus restreint et moins ostentatoire que celui de la télévision ou du cinéma. Ash ne cherchait pas l'ostentation. Et Ethan non plus. Mais elle lui était tombée dessus sans qu'il le demande.

Les vacances furent donc organisées et l'établissement hôtelier de Bali se révéla très luxueux, comme on pouvait s'y attendre. La dernière fois qu'Ethan avait dormi dans un lit comme celui-ci, sous une moustiquaire et le ciel immense, Ash et lui étaient sur l'île de Kauai avec Dennis et Jules, à l'époque où les deux couples n'avaient pas encore d'enfants. Il s'aperçut à quel point cette époque lui manquait. Mais c'était aussi parce que Jules lui manquait, un sentiment immuable. Car s'ils étaient restés proches durant les années absurdes de sa rapide ascension professionnelle, l'arrivée des enfants avait tout bouleversé et entraîné d'autres arrangements. Dès que vous aviez des enfants, vous resserriez les rangs. Ce n'était pas une chose que l'on prévoyait, mais ça se produisait. Les familles étaient semblables à des nations insulaires, isolées, discrètes et entourées de douves. Le petit groupe d'individus vivant sur ce morceau de rocher se rassemblait instinctivement, de manière presque défensive, et tous ceux qui se trouvaient à l'extérieur des murs, même si vous aviez été amis autrefois, devenaient des étrangers. Chaque famille possédait son propre fonctionnement. On remarquait la façon dont les autres élevaient leurs enfants, même les gens que l'on aimait, et tout nous semblait critiquable. Les cultures et les coutumes de sa propre famille étaient les seules qui existaient, pour le meilleur ou pour le pire. Qui pouvait dire pourquoi une famille décidait d'adopter un certain style de vie, de raconter tel type de blagues, de coller tels ou tels magnets sur le frigo ?

Depuis qu'ils avaient des enfants, non seulement Ethan ne voyait plus Jules aussi souvent, mais il ne voyait pratiquement plus Jonah ; Jules lui avait fait la même réflexion au sujet de Jonah. Il existait une frontière entre ceux qui avaient des enfants et ceux qui n'en avaient pas, il fallait l'accepter. En outre, le fait d'avoir un enfant souffrant de déficience mentale, comme Mo, semblait avoir provoqué un plus grand chambardement encore. Votre famille et vous aviez besoin de *guérir*, et vous ne pouviez pas le faire en présence de vos amis – qu'ils aient des enfants ou n'en aient pas –, même si Ethan le regrettait ardemment. Jamais il n'avouerait à Ash ce qu'il éprouvait vis-à-vis de Mo, mais il brûlait du désir de se confier à Jules. Je ne suis pas sûr de l'aimer, lui dirait-il. Je suis récalcitrant en amour, avare. Ça va et ça vient, toujours au mauvais moment.

Dans le grand lit à ciel ouvert de leur villa, Larkin s'amusait à sauter sur ses parents, tandis que Mo, âgé de trois ans, demeurait couché sur le côté ; son corps frêle semblait leur tourner le dos presque de manière délibérée. Toute la famille était couchée sous une étoffe balinaise pourpre. La guérison était-elle en cours ? Que la guérison commence, avait envie d'entonner

Ethan d'un ton narquois. Ils étaient ici depuis moins de vingt-quatre heures. La «nouvelle réalité» était-elle en train de s'installer? Comment diable pouvait-on savoir si le processus avait commencé?

Le matin du quatrième jour, alors qu'Ash dormait encore, dans la brise, et que les enfants prenaient leur petit-déjeuner sur la terrasse avec Rose, Ethan, assis à l'ombre d'un gros arbre hirsute, écrivait une carte postale. Il s'adressait à Dennis et à Jules par politesse, mais elle était destinée à Jules en réalité et, évidemment, elle le saurait.

Chers D et J,

Dommage que vous ne soyez pas là. Mais c'est un moment strictement familial, à cause du diagnostic de M. Tout ce que je peux dire, c'est «grâce à Dieu, Rose est là» car sinon, ce moment en famille deviendrait un peu trop difficile, et nous pourrions être tentés de laisser Mo au sympathique marchand de poissons du bout de la rue. Je plaisante! C'est un voyage paisible dans l'ensemble. Ash avait raison, nous avions besoin de nous retrouver entre nous pendant quelque temps.

Je pense beaucoup à vous deux et j'espère que les choses se passent un peu mieux qu'au moment de notre départ, la semaine dernière. S'il vous plaît, réfléchissez à ce qu'on a dit, d'accord? À suivre.

Affectueusement,

Ethan savait que Dennis n'aimait pas parler de sa dépression. Honteux, il n'abordait jamais ouvertement la question, à part avec Jules, mais bien que Rory aille à l'école maintenant et que Dennis ne soit plus obligé de faire du baby-sitting à temps plein, il n'était toujours pas prêt à trouver un travail qui exigerait de l'énergie, de la concentration, de l'exactitude et du calme. Jules ne pouvait gagner à elle seule de quoi subvenir aux besoins de sa famille dans le New York de 1995. Sa clientèle ne lui rapportait pas suffisamment, loin s'en faut. Leur appartement était le genre de logement où vous viviez quand vous débutiez dans la vie et que vous n'aviez pas d'enfant ; vous gravissiez les quatre étages pour voir votre bien-aimé(e) et vous les dévaliez pour sortir en pleine nuit avec une bande d'amis, tous âgés d'une vingtaine d'années, indépendants, sans besoins ou presque. Les Jacobson-Boyd n'y étaient plus à leur place ; Rory n'avait même pas de chambre. Cet appartement exigu et peu pratique semblait rendre leur situation – la dépression de Dennis, le manque d'argent, les clients quasiment immuables de Jules – encore plus dramatique.

« Nous voulons vous aider », leur avait dit récemment Ethan dans un restaurant bondé. Il avait déjà prononcé ces paroles, mais elles avaient été rejetées d'un haussement d'épaules. Ce jour-là, les deux familles s'étaient retrouvées pour un de ces brunchs du dimanche matin que les jeunes parents prennent avec leurs enfants. Personne ne passe un bon moment, mais tout le monde est obligé d'occuper ses enfants le week-end. Mo, assis dans un siège enfant, pleurait, une fois de plus ; il pleurait en permanence, c'était insupportable, mais maintenant au moins, ils savaient pourquoi. Tout l'irritait, tout le mettait à vif. Ash se leva et s'approcha de Mo, comme souvent quand il commençait à s'agiter. Elle était très naturelle avec lui, ne se laissant jamais démonter. Elle qui avait été une fille narcissique était devenue une mère capable de gérer un enfant ayant «des besoins spéciaux», comme on disait désormais. Son ego n'avait pas été mortellement blessé par le diagnostic. Elle était une mère attentionnée envers ce pauvre Mo, tout comme elle était une épouse attentionnée envers Ethan et une amie attentionnée envers Jules et Dennis, envers Jonah et son compagnon Robert. Comme elle était attentionnée envers la troupe et l'équipe d'une pièce de théâtre. «Venez tous autour de moi», leur disait-elle de sa voix douce, et tous les gens, même les personnes qui se trouvaient au fond de la salle, posaient leur marteau ou leur script pour la rejoindre. Ce jour-là, au brunch, Mo s'arrêta soudain de pleurer, comme si on avait appuyé sur un bouton. Le contact bref de la main de sa mère dans son dos lui fit lever la tête brutalement, il la regarda en plissant les yeux et se souvint qu'elle l'aimait. Il se souvint qu'il existait dans le monde une chose qui s'appelait l'amour. Ethan n'avait pas été capable d'en faire autant, ou plutôt il n'y avait pas pensé. Ash murmura des paroles magiques à son fils – que lui avait-elle dit ? *Shazam ?* – et le corps de Mo se détendit légèrement. Même celui d'Ethan se détendit. Sur ce, Ash regagna sa place et son mari la regarda avec émerveillement.

Rory, debout à côté de sa chaise, chantait à tue-tête. Larkin, assise tranquillement à sa place, dessinait sur son set de table en papier avec les feutres que l'hôtesse avait distribués aux enfants comme pour les soudoyer.

Ethan posa un œil distrait sur le dessin de sa fille. Elle avait représenté de manière extrêmement fidèle Wally Figman et un personnage qui avait rejoint depuis peu le casting de *Figland*, son amour aux idées bien arrêtées, Alpha Jablon.

— Très beau, commenta-t-il, surpris par le talent de Larkin.

Celle-ci leva la tête de son dessin comme si elle revenait de très loin.

— Merci, papa.

Oh, pensa-t-il, *je vois, c'est une artiste*. Et il eut de la peine pour elle, comme il avait de la peine pour lui, parfois. Bien qu'il soit souvent fier de Larkin, il s'interrogeait sur le talent précoce et les différents destins qu'il pouvait connaître. Mentalement, il passa en revue ce qu'il était advenu des six amis rencontrés au cours ce premier été, réunis sous les auspices du talent. L'une d'eux était devenue un metteure en scène de théâtre habile et passionnée qui perçait enfin, mais cela aurait-il été le cas sans le tremplin de l'argent, celui de ses parents tout d'abord et celui d'Ethan ensuite ? Non, sans doute pas. Un autre avait renoncé à son talent de musicien pour des raisons inconnues et il demeurait une énigme même pour les gens qui l'aimaient. Une autre était née avec un grand talent de danseuse, mais un accident biologique lui avait donné un corps qui ne correspondait pas à ce talent, passé un certain âge. Un autre, charmeur, privilégié et paresseux, possédait le potentiel pour bâtir des choses, mais aussi un désir de les détruire. Un autre, Ethan lui-même, était né avec «le don», comme l'écrivaient les gens dans les critiques et les portraits. Bien qu'il n'ait jamais été un privilégié, lui aussi avait reçu de l'aide pour gravir les barreaux de l'échelle, mais son talent n'appartenait qu'à lui. Il existait avant même l'apparition de l'échelle. Malgré cela, Ethan avait le sentiment qu'il ne pouvait pas s'attribuer le mérite de son propre talent car il était né avec et l'avait simplement découvert un jour en dessinant, tout comme Wally Figman avait découvert cette petite planète, Figland, dans une boîte à chaussures. Et enfin, il y avait la dernière fille de la bande, qui n'était pas assez douée pour être drôle sur scène et avait dû changer d'orientation en développant un savoir-faire plus qu'un art. Apparemment, les patients de Jules l'adoraient ; ils lui offraient sans cesse des cadeaux et quand ils cessaient de la consulter, ils lui écrivaient des lettres émouvantes. Néanmoins, Jules était déçue de la façon dont les choses avaient tourné. Aujourd'hui encore, Ethan rêvait d'un autre avenir pour elle, et peut-être que cela restait possible. Le talent pouvait prendre bien des directions, en fonction de l'énergie investie, de l'économie et du contexte, et surtout en fonction de la force la plus intimidante et la plus déterminante de toutes, la chance.

— Je vais aborder la question en toute franchise, dit Ethan à Dennis et Jules au cours de ce brunch dominical. Êtes-vous prêts à accepter qu'on vous aide ?

— Non, répondit Dennis. On en a déjà parlé.

S'ensuivit un moment de silence songeur autour de la table et on aurait presque pu croire que les enfants eux-mêmes écoutaient cette conversation entre adultes, et qu'ils la comprenaient. Ethan priait pour que ce ne soit pas le cas. Il attendit que les deux fillettes se remettent à bavarder entre elles pour s'adresser de nouveau à Jules et à Dennis, tout bas :

— J'aimerais croire que dans la situation inverse, je serais capable d'accepter votre aide.

Dennis l'observa longuement, les yeux légèrement plissés. C'était comme s'il essayait d'imaginer une situation dans laquelle Ethan Figman aurait effectivement besoin de lui. Mais il n'y parvenait pas, et Ethan non plus. Maintenant, les deux hommes étaient gênés.

Ash intervint :

— Jules me sauve la vie quasiment tous les jours. Comme Jules commençait à protester, Ash se tourna vers elle et l'interrompit : C'est la vérité. Tu dois être une psy extraordinaire. Même si tu me dis que tes patients semblent incapables de sortir de leurs vieux schémas. Tu es compatissante, loyale, spirituelle et compréhensive, et tu leur apportes énormément. Franchement, je ne sais pas ce qu'est l'amitié si je ne peux pas aider mes plus proches amis quand il le faut. On a déjà longuement abordé ce sujet. Nos vies sont différentes désormais, je le sais bien, mais vers qui je me tourne quand j'ai besoin de parler à quelqu'un ? Shyla ?

— Qui ça ? demanda Dennis.

— Mais si, tu sais bien, lui glissa Jules. Shyla. Duncan et Shyla. Leurs bons amis.

— Ah, oui, dit Dennis et Ethan crut voir un échange de regards entre lui et Jules, mais il n'en était pas certain, et de toute façon il n'aurait pas pu le déchiffrer.

— Tu es un roc, Jules, reprit Ash. Depuis toujours.

Elle s'interrompit et son visage se lézarda. En la voyant pleurer, Ethan pensa immédiatement à la disparition de Goodman, et sans doute que Jules aussi.

— Et pas seulement ça. Plus récemment aussi, avec Mo, ajouta-t-elle et en disant cela, elle regarda Dennis en face pour plaider sa cause devant lui. Le fait d'avoir Jules avec moi quand je suis allée au Yale Child Study Center, alors qu'Ethan devait se rendre à Los Angeles, ça m'a sauvée, réellement. Et ensuite, quand elle a passé la nuit à la maison, ça m'a calmée. Maintenant, on doit gérer Mo et l'avenir. Et savoir que j'ai Jules auprès de moi, c'est un immense soulagement. Alors, inverse le problème pendant une seconde, Dennis, et regarde les choses de notre point de vue. Nos vies, celle d'Ethan et la mienne, ont leur part de chagrins comme toutes les vies, tu le sais. Mais nous possédons des ressources que n'ont pas la plupart des gens. Je ne dis pas ça pour me vanter, c'est juste une réalité. Je sais que vous avez le couteau sous la gorge et que vous traversez une période difficile. Vous vivez les uns sur les autres tous les trois dans votre appartement. Je sais que ce n'est pas drôle tous les jours. Jules m'a raconté.

Dennis regarda sa femme d'un air impassible. Jules baissa les yeux sur son assiette et son contenu devenu écœurant sans doute sous cette nappe de sirop d'érable. Ethan sentit qu'Ash avait commis une erreur de jugement, et elle était allée trop loin sans le vouloir. Il ne supportait pas de contrarier Dennis ou d'embarrasser Jules. Rien qu'en imaginant la gêne de celle-ci, il rougit.

— En fait, s'empressa-t-il d'ajouter, on fait ça plus pour nous que pour vous. Vous estimez peut-être que vous n'avez pas besoin d'aide, mais nous, on a besoin d'aider. Alors, pouvez-vous empêcher vos vieux amis d'assouvir leurs besoins les plus profonds ? Il mima la sensation de manque en ouvrant de grands yeux, mais personne ne rit. Bon, reprit-il. Pensez-y pendant que nous serons en voyage.

Finalement, ne serait-ce que pour mettre fin à cette situation embarrassante, Jules et Dennis acceptèrent d'y réfléchir.

Ethan ne voulait pas que Jules ait des soucis d'argent. Il ne voulait pas qu'elle ait le moindre souci, d'aucune sorte, même si cet amour qu'il éprouvait pour elle depuis des années était en partie dû au fait qu'ils pouvaient évoquer librement leurs soucis l'un devant l'autre et paraître stupides, idiots, névrosés, tout en faisant des plaisanteries pendant qu'ils se tracassaient et se lamentaient. Maintenant, après s'être laissé entraîner en Indonésie par sa femme, Ethan s'éloigna de leur villa, dans ce club de vacances de Bali, en serrant dans sa main la carte postale adressée à Jules et à Dennis. Dans le hall de la réception, assis dans un des canapés en cuir marron craquelé, un autre client lisait le *Financial Times*. Ethan l'avait déjà aperçu sur la plage durant la semaine ; c'était un Américain, la cinquantaine, rutilant, impeccable, affichant la jovialité d'un homme d'affaires sûr de lui. Ethan reconnaissait cette attitude pour l'avoir vue chez son beau-père, quand celui-ci travaillait encore. Désormais, Gil Wolf restait assis entre les murs de son appartement du Labyrinthe, dans un fauteuil ergonomique, à regarder avec une admiration craintive le World Wide Web sur son nouvel ordinateur Dell.

Le lecteur du *Financial Times* posa son journal et sourit.

— Vous êtes Ethan Figman, dit-il. Je vous ai vu avec votre petite famille.

— Ah.

— Je suis content que même quelqu'un comme vous fasse un break de temps en temps. On raconte que vous êtes un drogué du boulot.

— Qui ça, «on»?

— Oh, la rumeur. Moi aussi, je suis un drogué du boulot. Je me présente : Marty Kibbin. Paine and Pierce. (Les deux hommes se serrèrent la main.) Je me réjouis que vous ne soyez pas ici pour le travail. En mission de reconnaissance. Pour observer le travail des enfants à Djakarta, ce genre de choses, quoi.

— Pardon?

— Vous savez bien, le commerce.

— Ah, oui.

— Vous avez beau regarder la chose sous tous les angles, c'est vraiment épouvantable, ajouta l'homme en toute décontraction. Ces sous-traitants qui possèdent les licences de fabrication vous filent de sacrées migraines parfois, mais quand les P.-D.G veulent s'acheter une vertu, ils sont obligés de partir, et on leur rappelle que personne ne peut réglementer le monde entier. Personne. Dans la chaîne de fabrication, il se passe des choses que vous ne pouvez pas contrôler. Vous pouvez juste accorder des licences à des installations qui répondent aux critères et semblent convenables. Et vous gérez votre propre société avec les codes éthiques que l'on vous a enseignés.

— Oui, dit Ethan. Bon, il faut que j'y aille.

Quelle piètre excuse. Personne dans ce club n'était obligé d'aller où que ce soit, à moins d'avoir rendez-vous pour un massage à quatre mains. Il esquissa un sourire et s'éloigna. Sans doute glissa-t-il sa carte postale dans la fente en cuivre près du bureau du concierge, mais par la suite, il n'eut aucun souvenir d'avoir accompli ce geste. Troublé par les paroles pleines d'assurance de cet homme, il espérait qu'il n'avait pas laissé tomber la carte sur le sol tapissé de nattes de jonc.

Quand il regagna la villa, Ash était dans la douche en tek où plusieurs jets d'eau l'aspergeaient de tous les côtés. Par la porte ouverte, il apercevait les courbes de son corps à l'aspect encore juvénile et sa tête qui, avec les cheveux mouillés, semblait aussi petite que celle d'une otarie. Il apercevait également les enfants, sur la plage devant la villa, en compagnie de Rose et d'Emanuel. Mo pleurait, comme toujours, en faisant de grands gestes maladroits. Rose et Larkin tentaient de le calmer.

Tout le monde considérait Ethan comme quelqu'un de bien, doté d'un «grand sens moral», disait Ash, mais ils parlaient sans savoir. Non, en effet, on ne pouvait pas réglementer le monde, mais vous vous disiez que vous faisiez de votre mieux. Chaque année, il assistait à plusieurs réunions consacrées à la fabrication des produits estampillés *Figland*. PLV Manufacturing était théoriquement une des entreprises les plus propres, mais ils sous-traitaient en Chine, en Inde et en Indonésie, et impossible de savoir ce qui se passait dès que tout était transféré dans des usines à l'étranger. Ethan se sentait franchement mal à l'aise quand il pensait à tout cela. Peut-être, songea-t-il, en suivant un raisonnement ridicule, qu'Ash avait choisi inconsciemment cette destination pour leurs vacances, et c'était pour cette raison qu'il se trouvait là maintenant.

Il décrocha le téléphone pour appeler Los Angeles, où il était quatorze heures de moins. Il faisait encore nuit là-bas, mais les cadres avec lesquels il était en relation travaillaient toujours très tard, il était donc sûr de pouvoir les joindre. Même si c'était *l'année dernière* à L.A., quelqu'un lui répondrait.

Jack Pushkin, qui avait remplacé Gary Roman quelques années plus tôt, décrocha aussitôt.

— Ethan ? fit-il, surpris. Vous n'êtes pas en Inde ?

— En Indonésie.

— Là où on mange du *rijsttaffel*, c'est ça ? Le plat avec du riz ? J'ai toujours eu envie d'essayer.

— Jack.

— Qu'y a-t-il, Ethan ? Un problème ?

— Je veux savoir ce qu'il en est au juste.

De l'avis général, les conditions de travail dans l'usine de jouets Leena du Kompleks DK2 de Djakarta étaient horribles, mais rien ne paraissait extraordinairement scandaleux, bien que le terme «extraordinairement scandaleux» ne corresponde à aucune description légale, technique et spécifique. Ethan, vêtu de l'unique chemise correcte, en lin, qu'Ash avait demandé à Emanuel de mettre dans les bagages, «au cas où», suivit le petit et impérieux M. Wahid qui lui fit traverser les bâtiments industriels jaunes et massifs, reliés les uns aux autres, où étaient fabriqués les produits textiles. Là, il vit des femmes, portant des foulards autour de la tête pour la plupart, penchées au-dessus de vieilles machines à coudre dans un espace surchauffé, aux tuyaux apparents, mais cette scène ne lui parut guère différente du quartier de la confection à New York où sa grand-mère, Ruthie Figman, avait travaillé autrefois. Certaines machines étaient inutilisées.

— Pas beaucoup de travail, aujourd'hui, expliqua M. Wahid avec un haussement d'épaules indifférent, en réponse à l'étonnement d'Ethan.

Une vieille femme fut choisie pour montrer à Ethan ce qu'elle fabriquait : une taie d'oreiller en satin brillant, ornée du visage de Wally Figman. Comme tout le monde, Ethan était effrayé par le salaire de ces gens et il ne put s'estimer satisfait après sa brève visite de cette usine déprimante, un endroit dont vous ne pouviez pas empêcher l'existence, mais auquel vous ne vouliez plus jamais repenser. Pourtant, curieusement, à la suite de cette visite, il n'était pas rongé par la culpabilité ni la haine de soi. Il avait demandé à voir une de ces usines, et maintenant il savait ; il pourrait raconter à tout le monde, aux gens du studio et de la chaîne, ce qu'il avait vu, et les inciter à prendre des mesures, si possible, pour augmenter les salaires de ces employés à l'autre bout du monde. Ash voudrait s'impliquer également, mais évidemment, elle n'en aurait pas le temps, entre la direction de son théâtre et la gestion désormais du régime compliqué de Mo.

Ethan avait engagé un pilote et son petit avion pour aller de Bali à Djakarta ce matin-là et avant d'effectuer le vol retour, il eut envie de passer un petit moment seul dans cette ville ; il n'était pas pressé de rejoindre le processus de guérison de sa famille. Il se promena dans les rues d'Old Batavia, entrant dans les petites boutiques. Il acheta une boule à neige pour Larkin, puis se demanda ce qu'il pourrait bien rapporter à Mo. Qu'offrir à un garçon qui ne voulait rien, et qui n'offrait rien à son père ? C'était une question cruelle, mais il savait qu'il n'était pas le père qu'il fallait à cet enfant, dont les problèmes devenaient plus criants de mois en mois ; ce qui avait incité Ash à ignorer les observations blasées du pédiatre pour qui certains enfants avaient besoin d'un long moment pour « s'adapter ». Elle avait agi et pris rendez-vous au Yale Child Study Center. « Quoi qu'ils disent, je sais qu'on peut leur faire confiance, avait-elle confié à Ethan. J'ai lu un tas de choses sur eux. »

Paroles fatales. Ethan ne pouvait supporter l'idée que Mo fasse l'objet d'un diagnostic irréfutable, et qu'à partir de cet instant, en supposant que ce diagnostic soit mauvais (comme il le supposait), ils seraient obligés de réduire leurs espérances concernant Mo à un restant de savonnette.

— On a rendez-vous à dix heures, le 23, précisa Ash. On ira en voiture et on passera deux jours là-bas, on logera à l'hôtel, pendant qu'ils gardent Mo en observation, et ils observeront également la façon dont on se comporte avec lui, ils lui feront passer une batterie de tests et d'examens. Quand tout sera terminé, on sera reçus par l'équipe, qui nous fera part de ses conclusions et de ses recommandations.

— Je ne peux pas y aller, répondit-il, par automatisme.

— Quoi ?

Il était outré d'avoir dit cela, mais il ne pouvait plus revenir en arrière. Il devait poursuivre sur sa lancée.

— Je ne peux pas. Je suis navré. Le 23 ? Deux jours ? J'ai des réunions à L.A. Des gens viennent exprès de l'étranger. Si je ne suis pas là, ça passera pour une insulte.

— Tu ne peux pas reporter ces réunions ? demanda-t-elle. C'est toi le patron, quand même.

— C'est justement pour ça que je ne peux pas. Désolé. J'aimerais bien. Je sais, c'est affreux de ma part, mais je suis coincé.

— Bon. J'essaierai de changer la date du rendez-vous, dit-elle de manière peu convaincante. Généralement, c'est très long pour en obtenir un, certaines personnes attendent un an ou plus, mais j'ai fait intervenir quelques relations. Je peux recommencer, cependant je ne voudrais pas passer pour une ingrate en refusant la date qu'ils m'ont donnée, alors que *normalement*, il n'y avait pas de place.

— Il faut que tu emmènes Mo là-bas. Garde ce rendez-vous. (Il réfléchissait à toute allure.) Jules ne pourrait pas t'accompagner ?

— Jules ? À ta place ? C'est toi le père de Mo, Ethan.

— J'ai vraiment honte, dit-il, et c'était vrai, d'une certaine façon.

Ethan avait donc raconté à sa femme un énorme mensonge et quand le 23 était arrivé, censé se trouver à Los Angeles à cette date, il s'était caché deux nuits de suite au Royalton Hotel à New York, dans une chambre chic, mais exiguë, avec une douche difficile à utiliser et un lavabo en acier qui ressemblait à un wok. Ash l'appela sur son portable à la fin de la première journée, alors qu'il n'y avait rien de concluant encore, puis de nouveau le lendemain, en fin d'après-midi, une fois le diagnostic du trouble du spectre autistique établi. Ash appela Ethan de la voiture, en pleurant ; il demeura extrêmement calme et il lui dit qu'il l'aimait. Elle ne lui demanda pas s'il aimait toujours Mo ; cette question ne lui serait jamais venue à l'esprit. Après avoir parlé à Ash, Ethan parla à Jules et, avec le plus grand naturel, il lui demanda si elle accepterait de passer la nuit chez eux, pour réconforter Ash. Quand il eut raccroché, Ethan se fit monter un repas dans sa chambre. Il engloutit à toute vitesse le steak, les pommes de terre et les épinards à la crème et but la moitié de la bouteille de vin. Après avoir poussé le chariot dans le couloir, il regarda un film porno avec des cheerleaders, se branla de manière pathétique, puis s'endormit, la bouche ouverte, en ronflant comme un sonneur.

Ce jour-là, à Djakarta, il décida finalement d'acheter un moulinet à Mo et il le tint levé à bout de bras dans les rues ; il aimait bien le cliquetis que produisaient les ailes en tournant. Il s'installa dans la salle assoupie d'un restaurant, à l'intérieur d'un très vieil immeuble, où il mangea un bouillon servi dans un grand bol bleu, avec des nouilles qu'il aspira bruyamment, d'une manière qui aurait gêné sa femme si elle avait été là, mais heureusement elle n'était pas là. Il ne laissa rien. Il lisait le livre qu'il avait emporté en vacances : *Le Tambour* de Günter Grass, le roman préféré de Goodman quand ils étaient adolescents. Cet exemplaire, celui de Goodman justement (il le savait car son nom était écrit sur la page de garde, d'une écriture ultrapenchée de lycéen), était resté dans la bibliothèque d'Ash et Ethan durant toutes ces années, sans qu'il songe à le lire. Il n'avait plus guère le temps de se plonger dans des livres. Récemment, il s'était surpris à lire, sur Internet, un article consacré aux *hedge funds*, aussi captivé que si c'était de la littérature ; il pensait à son argent pendant ce temps, en se demandant s'il ne devrait pas confier ses économies à ce type charismatique, sujet de l'article, et quand il en prit conscience, il fut choqué. Il s'était laissé bercer et prendre au piège par la lumière palpitante de l'écran et la promesse de voir son argent fructifier. C'était une chose qui arrivait tout le temps ; ça lui était arrivé à lui.

Et donc, quand il aperçut le roman de Günter Grass sur l'étagère, chez lui, il ressentit le besoin, impérieux et triste, d'établir un lien avec ce livre, et avec le frère d'Ash, son vieil ami depuis longtemps disparu. Goodman avait été emporté, et il avait emporté avec lui la *légèreté*. Ethan voulait retrouver cette légèreté, il voulait que cette andouille espiègle de Goodman revienne, avec toutes les conneries qu'ils avaient faites ensemble, et aussi leurs discussions dans le tipi après l'extinction des feux, pour évoquer ce qu'ils aimeraient faire à Richard Nixon, ce qu'ils lui feraient *physiquement,* et ce n'était pas très joli ; leurs discussions sur le sexe, la peur de la mort, l'existence d'un au-delà. Ethan aurait voulu retrouver tout cela, mais il n'avait que l'exemplaire du *Tambour* ayant appartenu à Goodman, alors il le tenait avec respect dans ce restaurant de Djakarta, il ne voulait pas le tacher avec du bouillon. Assis devant ses nouilles et son livre, il se lamentait sur son sort, lorsqu'il imagina soudain de quelle manière le voyaient les autres. Les gens de l'usine ce matin avaient dû le prendre pour un imbécile de riche Américain qui voulait s'assurer que tout allait bien dans le monde. Tout va bien, idiot de riche Américain, lui avait dit M. Wahid, fondamentalement, en lui faisant la visite, avant de lui montrer la sortie. Après son départ, avaient-ils poussé des hourras ? Les employés avaient-ils pris un oreiller à l'effigie de Wally Figman pour donner des coups de pied dedans comme avec un ballon de football, avant de le piétiner et de le réduire en miettes ?

Ethan se leva soudainement, le souffle coupé, et se cogna le tibia contre le pied de la table. Il paya rapidement son repas, en laissant trop de billets, puis ressortit dans la rue où il agita les bras maladroitement pour héler un *bajaj*, un de ces taxis orange à trois roues qui transportent des passagers à travers toute la ville. Le *bajaj* fonçait dans les rues et dans un virage, Ethan eut la certitude que les deux roues arrière allaient se détacher et qu'il allait s'écraser contre un mur. *Ethan Figman, 36 ans, le créateur de* Figland*, a trouvé la mort dans un accident de la circulation à Djakarta*, pourrait-on lire dans le journal.

De retour à l'usine de jouets Leena, il se félicita d'avoir conservé son laissez-passer et le gardien posté à l'entrée lui fit signe d'entrer d'un geste distrait. Ethan s'arrêta dans la cour, il ne savait pas à qui s'adresser, ni ce qu'il devait dire. Sans doute devrait-il retourner voir M. Wahid et lui exposer son point de vue avec force, en disant : « Vous avez affirmé qu'il n'y avait plus rien à voir, mais je pense que c'est faux. » Toutefois, il devinait qu'il n'obtiendrait rien de cet homme. Personne n'avait reconnu quoi que ce soit, et ça n'allait pas changer maintenant. Ethan poussa la lourde porte métallique à double battant et pénétra dans la salle surchauffée. Tout d'abord, il ne perçut que le même vacarme, la même chaleur, puis il sentit une légère différence : il y avait un peu plus de bruit, un peu plus de monde. Les machines à coudre étaient toutes utilisées maintenant, il n'y avait plus aucun espace entre les travailleurs. À côté d'un homme penché en avant était assis un autre homme penché en avant, plus petit, et Ethan s'en approcha pour voir son visage qui n'était pas ratatiné, ni même marqué par l'acceptation d'une vie dure. C'était un adolescent – treize ans ? quatorze ? – et il n'était pas là ce matin. La tête baissée, il travaillait intensément, ses mains voltigeaient au-dessus de la machine. L'homme assis à côté de lui leva les yeux et regarda Ethan d'un air inquiet. Pris en flagrant délit, pensa Ethan. Et là, dans l'autre rangée, était-ce une jeune fille ? Non, juste une vieille femme à l'aspect fragile. Par contre, là-bas dans le coin, c'était bien une fille, sans aucun doute. Âgée de douze ans peut-être, difficile à dire. Les mineurs n'étaient pas au travail ce matin quand on lui avait fait visiter l'usine ; on leur avait demandé de venir plus tard, ou de rester dans leur minuscule et invivable logement jusqu'à ce qu'on leur fasse signe. Tout cela avait été organisé et arrangé avec effronterie, calmement, car le travail des enfants était une chose banale, et parce que ces gens savaient qu'Ethan Figman était un artiste américain progressiste et sentimental qui savait prendre des voix amusantes, mais qui ne connaissait rien à rien car c'était avant tout un être infantile, qui aimait gagner beaucoup d'argent, il fallait le rassurer en lui disant que tout allait bien. Combien d'enfants travaillaient dans cette salle ? se demanda-t-il. Au moins une douzaine. Le visage et le regard sombres, ils se concentraient sur un carré de tissu merdique que martelait l'aiguille de la machine à coudre. C'était insupportable.

Ethan demeura planté là, à contempler le visage des enfants, en ayant l'impression d'être transi, et au bout d'un moment, il dut fermer les yeux. Mais même avec les yeux fermés, il les voyait encore ; ils envahissaient toute l'usine, ils consacraient leurs journées à des produits *Figland* et il avait honte du visage souriant de Wally Figman sur ces taies d'oreiller, comme il eut honte du bonheur de sa fille plus tard, ce jour-là, quand il lui offrit la boule à neige qu'il lui avait achetée. Puis il pensa à Mo, en sachant que lorsqu'il lui tendrait le moulinet, Mo ne serait pas heureux, il ne se sentirait pas plus gai, mais que faire ? Ethan était incapable d'ouvrir son cœur à son fils. Il savait que ce détachement n'était pas apparu parce qu'il aurait voulu que Mo excelle, comme les parents d'Ash l'avaient attendu de leur fille. Ethan et Ash avaient deux enfants, un garçon et une fille, comme les Wolf, et de même que l'indiscipline de Goodman insupportait Gil Wolf, les problèmes de Mo donnaient à Ethan l'impression que le monde entier allait maintenant découvrir sa personnalité dévoyée, à travers son fils. Il avait imaginé que sa vie était presque parfaite, à l'exception de ce fils défectueux, mais le défaut se trouvait chez le père.

Il allait expier son détachement et sa vanité. Debout dans la chaleur et le bruit, face à ces rangées de têtes baissées, Ethan Figman s'obligea à quitter ce long sommeil dans lequel vous rêvez que les choses inhumaines que certaines personnes infligent à d'autres, sur un continent lointain, n'ont rien à voir avec vos semblables.

La carte postale n'arriva dans la boîte aux lettres des Jacobson-Boyd que des semaines plus tard, après avoir été quasiment déchirée en deux, puis scotchée. Le trajet de Bali à New York avait presque été fatal à ce rectangle de papier cartonné représentant au recto le dieu balinais de l'amour. Mais Ethan, lui, quand il rendit visite à Jules quelques jours seulement après son retour, était en excellente forme. Il lui avait téléphoné, subitement, pour demander s'il pouvait passer la voir.

— Quand ?

— Maintenant.

— Maintenant ?

C'était un samedi, en milieu de journée, et l'appartement de Jules et de Dennis était en désordre. Rory avait « appris » le karaté dernièrement et elle s'amusait à casser avec le tranchant de la main les crayons et les baguettes en balsa que Dennis achetait par lots au magasin de bricolage. Résultat, le sol du salon était jonché de petits morceaux de bois, et personne n'avait le courage de les ramasser. Dennis dormait encore. Il prenait un nouvel antidépresseur, qui avait pour effet secondaire de l'endormir. Un antidépresseur ne devrait-il pas, au contraire, essayer de vous ancrer davantage dans le monde ? Pas celui-ci. Jules avait demandé à Dennis d'en parler au docteur Brazil, mais elle ignorait s'il l'avait fait.

— Oui, maintenant, répondit Ethan.

— Je n'ai rien à t'offrir, dit Jules. Et je suis horrible.

— Ça m'étonnerait.

— Et puis, Dennis dort. L'appart est sens dessus dessous. Je veux dire par là que c'est un enfer. Je te préviens : tu vas pénétrer en enfer.

— Tu sais comment m'attirer, hein, sirène ?

Ethan venait rarement sans Ash. Jules et lui avaient parfois déjeuné tous les deux ces dernières années, mais depuis la trentaine, ils se voyaient essentiellement avec leur conjoint, puis leur famille. Il y avait eu toutes ces vacances en couple qui avaient permis à Ethan et à Jules de se retrouver pour bavarder, mais après la naissance des enfants, ces vacances avaient quasiment pris fin. Par conséquent, cela faisait très longtemps qu'ils ne s'étaient pas vus en tête à tête, et c'était presque comme s'ils avaient oublié la perfection de leur amitié initiale entre solitaires.

Après avoir raccroché le téléphone dans le salon, Jules se retourna. Rory, vêtue de son *gi,* levait le bras au-dessus d'un crayon posé au bord de la table.

— Hi-yaaaaa ! cria-t-elle et quand le crayon se brisa, elle fit un bond de joie, comme s'il y avait la moindre chance pour qu'un simple Ticonderoga n° 2 résiste au tranchant de la main d'une fille aussi forte qu'elle.

Un peu plus tard, pendant que Rory était partie dans la salle de bains pour réaliser des expériences dans le lavabo et que Dennis dormait toujours, Jules regarda dans la rue de la fenêtre du salon et vit arriver

la Town Car. Un chauffeur en descendit pour aller
ouvrir la portière arrière et Ethan apparut, en se grat-
tant la tête. Le chauffeur lui tendit un petit sachet,
qu'Ethan prit avant de se diriger vers l'entrée de cet
immeuble sans ascenseur. Jules espéra qu'il ne pensait
pas à son aspect misérable et que cela lui rappelait, au
contraire, que des gens vivaient de manière modeste,
mais en restant fidèles à eux-mêmes, que certaines
personnes n'avaient pas changé du tout au tout. Certaines personnes ne possédaient pas de Town Car.
D'ailleurs, c'était quoi, une Town Car, et d'où venait
ce nom ? À quelle ville faisait-elle référence ? L'interphone sonna et elle lui ouvrit. Par la porte ouverte,
elle regarda Ethan Figman attaquer les quatre étages
en ralentissant à mesure qu'il montait. Arrivé au troisième, il s'arrêta, essoufflé, alors elle lui lança :

— Tu t'en sors très bien ! Tu as presque atteint le
sommet !

Il leva la tête et lui adressa un signe de la main.

Arrivé au quatrième, il s'abstint de souligner la difficulté de l'ascension. Comme s'il savait que Jules avait
pris l'habitude de plaisanter sur le fait qu'elle vivait
dans un immeuble sans ascenseur, afin de détourner
les remarques qu'elle entendait trop souvent dans la
bouche des gens obligés de gravir l'escalier. Ethan
la prit dans ses bras et Jules n'aurait su dire à quand
remontait leur dernière étreinte. Dans leur groupe de
quatre personnes, il y avait souvent des baisers et de
brèves étreintes, mais à cause de leurs vies dispersées
et des enfants qui étaient toujours là, à tournoyer et à
les tirer par le bras, leurs contacts physiques avaient
pris un aspect distrait, bâclé. Mais ici, sur le pas de

la porte, dans l'intimité, Ethan Figman étreignit Jules Jacobson-Boyd avec une affection qu'elle trouva sans mélange, presque écrasante.

— Salut, toi, dit-il.

— Salut, toi.

Elle recula pour l'observer. Dans l'ensemble, il n'avait pas changé, il avait conservé un physique peu attrayant, indubitablement, mais son visage était plus radieux, et il paraissait moins accablé.

— Tu as pris des bains de soleil à Bali ou ailleurs ? demanda-t-elle.

— Non. Mais je me suis promené dans Djakarta. C'était très intéressant. On peut entrer ? J'ai des choses qui exigent d'être mangées.

Il lui avait apporté les meilleures brioches de New York.

— Elles sont chaudes comme des oisillons, commenta Jules en ouvrant le sachet. Cui-cui.

— Où sont les autres ?

— Dennis n'a pas encore émergé et Rory fabrique de la pénicilline dans le lavabo de la salle de bains. Mais je parie qu'elle ne va pas tarder à réapparaître pour te voir.

Ils s'installèrent sur le canapé du salon pour savourer les petits délices beurrés. Ni Ash ni Dennis n'étaient de gros mangeurs ; Ash était trop menue et Dennis avait perdu son appétit ces dernières années, même s'il accusait encore un léger surpoids, à cause des médicaments. Jules et Ethan étaient maintenant assis dans un silence rassasié. Jules pensait au réfrigérateur géant d'Ethan, qui avait survécu au déménagement entre le loft de Tribeca et le *brownstone* de Charles Street ; elle savait qu'il serait rempli de choses bien différentes si elle était mariée avec lui. Ces brioches seraient toujours à portée de main, tout comme la plaquette de beurre fermier qu'il avait apportée. En entrant dans cette chambre froide, vous y trouveriez tout ce qu'aimaient les gens tels qu'Ethan et Jules.

Comment se pouvait-il qu'elle soit encore si proche de lui, qu'elle le comprenne encore si bien, et inversement ? Il avait un peu de beurre sur les lèvres et elle aussi sans doute. Ethan semblait étrangement heureux. Le but de sa visite, elle en avait la certitude, était de discuter, encore une fois, du cadeau financier qu'Ash et lui souhaitaient leur faire, à Dennis et à elle. Il allait leur offrir plusieurs milliers de dollars, peut-être cinq ou dix mille, et cela la rendrait malade, tellement ils avaient besoin de cet argent, mais elle refuserait de l'accepter, essentiellement parce que Dennis s'y opposerait.

D'ailleurs, mieux valait qu'il soit encore couché. Il n'avait pas besoin de participer à cette discussion, alors qu'ils avaient déjà abordé le sujet récemment, au cours du brunch, de manière si embarrassante. Elle continuerait à rejeter la proposition d'Ethan, bien qu'ils soient fortement endettés auprès de deux compagnies de crédit et du docteur Brazil, bien intentionné mais inefficace. En outre, Jules devait encore rembourser un prêt d'études et payer un tiers provisionnel. À une époque, ils avaient envisagé de faire un second enfant, mais avec leur salaire unique et la dépression de Dennis, c'était une mauvaise idée. D'autant plus qu'il fallait faire l'amour pour tomber enceinte, et c'était une chose qui n'arrivait plus très souvent. Tout s'était ralenti, et allait bientôt s'arrêter.

— Écoute… commença Ethan.

— Je ne veux pas que tu fasses ça.

— Tu ne sais pas ce que je vais faire. Je voulais commencer par te raconter une histoire qui m'est arrivée en Indonésie.

— Oh, fit Jules et elle se cala au fond du canapé, un peu surprise, mais toujours méfiante. OK, vas-y.

Ethan but le café servi dans une tasse *Figland* qu'il avait dû leur donner des années plus tôt. Il la souleva pour regarder dessous, puis la reposa.

— J'ai demandé à visiter une usine, dit-il. Là où ils fabriquent une partie de nos produits dérivés. Il y a différents types d'usines, celles pour les métaux et les plastiques, où ils utilisent des moules. Celle-ci était une usine pour le textile et évidemment, ce que j'y ai vu, le travail des enfants, c'est une chose banale, mais je n'ai pas pu le supporter. Ça te saute au visage, tu es obligé de réagir. Tu ne peux pas continuer à vivre joyeusement comme si de rien n'était. Je sais que ma prise de conscience n'est pas très glorieuse ; c'est comme ces républicains qui s'opposent à la législation sur les armes à feu, jusqu'à ce que leur femme reçoive une balle dans la tête. Mais j'ai décidé que je devais me retirer de tout ça, dans la mesure où ils me laisseront faire. J'ai appelé mon avocat pour lui demander ce qu'on pouvait réclamer selon lui, et ce qu'on pouvait obtenir. Ensuite, on a eu une longue discussion téléphonique à trois avec Pouchkine.

— Je suppose qu'il ne s'agit pas de l'écrivain russe.

— Pouchkine n'a jamais lu Pouchkine. Ça te donne une petite idée du personnage. Si tu portais le même nom qu'un des plus grands écrivains russes, est-ce que tu n'essaierais pas de le lire, au moins ? Jack Pouchkine est un des dirigeants du studio, et ce n'est pas un mauvais bougre. Mais quand mon avocat lui a dit qu'on voulait rapatrier aux États-Unis une partie de la production des produits dérivés, il est resté muet. C'est un problème incroyablement complexe. Que vont devenir ces enfants et leur famille ? Est-ce qu'ils vont continuer à travailler ? Est-ce qu'on peut faire autre chose pour eux ? C'est une situation terrible, terrible. C'est des questions à te filer des migraines.

— Je comprends.

— Je pensais à tout ça au téléphone, pendant que Pouchkine et mon avocat se disputaient, puis Pouchkine a raccroché. Il a rappelé deux secondes plus tard, tout penaud, et il a fallu rétablir une liaison téléphonique, ce qui n'est pas facile quand une des personnes se trouve en Indonésie. Bref, ils ont poursuivi leurs discussions sans moi et quand je suis rentré à New York, j'ai découvert que tout le monde acceptait timidement le principe de base, même s'ils continuaient à chipoter. C'est un contrat gigantesque. Mon avocat m'a expliqué que s'ils ne donnaient pas leur accord, ils passeraient pour des monstres. Ils perdent énormément d'argent dans cette affaire, à cause du coût de la main-d'œuvre, mais aussi des allégements fiscaux à l'étranger. Alors, c'est dur à encaisser pour eux, mais au moins, je fais une chose avec laquelle je peux vivre, même si, comment savoir ? peut-être que ce sera encore pire qu'avant. Quoi qu'il en soit, ils vont publier un communiqué de presse pour annoncer combien ils sont fiers de notre démarche. Une petite partie de la production, ça reste encore à définir, va être transférée ici, vers des entreprises en difficulté dans le nord de l'État de New York. Et j'ai discuté avec une femme de l'Unicef, des moyens d'apporter de l'argent à ces travailleurs et à ces enfants. Je lui ai demandé s'il serait possible, même, de créer une école là-bas. Elle a promis de me mettre en contact avec certaines personnes. Je sais que je continue à faire du mal, énormément sans doute, quoi que je fasse. Et ça me tue, ça me tue de penser que le mieux qu'on puisse espérer, peut-être, c'est de faire un peu moins de mal. C'est comme ça.

— Pardonne-moi, mais tu es la personne la moins nuisible que je connaisse, dit Jules.

— Oh, je suis sûr que non. Mais maintenant, je suis un être nuisible qui a eu une révélation. J'appelle ça la «métamorphose de Djakarta». Du moins, quand je me parle à moi-même.

— Et qu'en dit Ash ?

— Elle me soutient. Elle ne fait pas partie de ces épouses négatives. Toi non plus, ajouta-t-il, mais Jules ne dit rien. Tu ne critiquerais pas Dennis. Tu le laisses être lui-même et affronter ce qu'il doit affronter.

— Ai-je le choix ? demanda Jules avec une amertume involontaire. C'est le milieu de la journée, on discute de choses concrètes en mangeant de la nourriture concrète, pendant que Dennis est couché.

Ethan l'observa longuement.

— Je sais que c'est très dur pour vous deux, dit-il.

— Il est d'une telle passivité! s'exclama-t-elle. Dans le temps, on riait sans cesse, on parlait beaucoup, on s'éclatait au lit, pardonne-moi de dire ça, Ethan, et Dennis débordait d'énergie. Puis tout s'est arrêté. Il s'est bien occupé de Rory, il a accompli un travail énorme et admirable, on ne félicite jamais assez le parent qui reste à la maison, et je ne veux pas minimiser ce qu'il a fait. Mais on sent qu'il n'est pas totalement là. Il n'éprouve aucun *désir*. C'est comme quand mon père agonisait, le même genre de disparition au ralenti. Sauf que là, ça s'éternise. Il est à moitié présent et à moitié absent. Je ne veux pas de cette vie, et je me trouve égoïste en disant cela. Je n'ai pas envie qu'il endure tout ça, évidemment, mais je pense aussi à Rory et à moi.

— Il ne peut vraiment pas essayer autre chose? On a l'impression que le monde entier est sous antidépresseurs; les gens n'arrêtent pas de faire des mélanges et des associations. Je ne veux pas prendre ça à la légère, mais il n'y a vraiment rien qui marche?

— Oh, parfois un médicament semble avoir un effet, alors on reprend espoir. Et puis, Dennis m'annonce que ça ne marche pas, finalement. Ou bien les effets secondaires sont terribles. Je reçois pas mal de gens dépressifs à mon cabinet, mais cette dépression, bien qu'elle soit censée être «bénigne», est tenace et difficile à soigner. «Atypique», disent-ils.

— Si tu veux te taper une dépression carabinée, dit Ethan, va donc à Djakarta voir comment vivent ces travailleurs. Ça, c'est vraiment déprimant.

— Exactement ce qu'il me faut, ironisa Jules. Un peu plus de dépression dans ma vie.

Rory apparut sur le seuil du salon, encore vêtue de son *gi*, dont les manches dégoulinaient à la suite de ses activités dans le lavabo. Elle s'inclina devant Ethan, qui se leva pour en faire autant.

— Ethan, dit-elle, je suis super douée maintenant pour casser du bois.

— Bravo, Rory. Le bois est méchant. C'est ce que je dis à Larkin tous les jours.

— Je sais que tu te moques de moi. Tu veux que je te montre comment je casse du bois ?

— Bien sûr.

La fillette posa un morceau de bois au bord de la table, poussa un grand «hi-*yaaaa* !» et le fendit en deux du tranchant de la main. Des éclats volèrent dans tous les coins ; l'un d'eux se retrouva sous le radiateur. Il y resterait des mois, des années, même après le déménagement de la famille Jacobson-Boyd. Nul ne le remarquerait, comme le livre de la bibliothèque qui avait été projeté sous la commode pendant la conception de Rory. Jules repensait souvent à cette nuit ; elle revoyait Dennis en smoking, il semblait si solide, plein d'assurance. Voilà, c'était ça : Ethan était *plein* et Dennis ne l'était plus. La dépression avait provoqué une fuite. Dennis *fuyait*.

— Tu es un génie du karaté, petite, dit Ethan et il attira la fillette sur ses genoux.

— Tu peux pas être un génie au karaté.

— Non, c'est vrai. *Je* ne peux pas, moi. Mais toi, si.

Rory comprit la plaisanterie et rit de bon cœur.

— Ethan Figman, c'est pas ce que je voulais dire ! s'exclama-t-elle, d'une voix si autoritaire et grave que Jules l'appelait parfois James Earl Jones[1]. Inutile de lui dire qu'elle devait utiliser sa *voix intérieure* ; elle ne savait absolument pas comment la moduler. Elle était vive, pleine elle aussi, comme Ethan justement.

Rory descendit des genoux de celui-ci pour aller casser du bois dans le couloir.

— Bon, il faut que je te laisse, dit-il. Ash veut que je jette un coup d'œil à des projets de décors balinais pour sa pièce. Mais avant que je parte, il faut qu'on parle de cette chose entre nous. Cette horrible histoire d'un ami qui aide une amie.

— Je n'ai jamais l'occasion de t'aider, rétorqua Jules. C'est toujours toi qui nous aides, Dennis et moi, et tout le monde.

— Tu plaisantes ? Tu sais bien que tu m'aides.

— Oh. Tu parles du fait que j'aie accompagné Ash à Yale ? Je sais bien qu'elle a évoqué le sujet pendant le brunch, mais ce n'était pas grand-chose Et puis, ce jour-là, c'est surtout elle que j'ai aidée, pas toi.

— Tu nous as aidés tous les deux. (Il la regarda longuement, sans ciller.) Bon, OK. Je vais te dire une chose que je n'avais pas prévu de te dire. Mais je vais le faire. Et ensuite, tu seras libre de penser ce que tu veux de moi.

Ethan croisa les bras, détourna le regard, puis revint sur elle.

---

1. Acteur américain ayant prêté sa voix au personnage de Dark Vador.

— Tu sais que je n'ai pas vu venir ce jour-là parce que j'étais à L. A. ?

— Oui.

— Eh bien, je n'y étais pas. Je me cachais au Royalton Hotel, ici à New York. Je n'avais pas le courage d'aller jusque là-bas pour les entendre formuler un diagnostic définitif sur mon fils. C'étaient des spécialistes et une fois qu'ils auraient dit ce qu'ils allaient dire à coup sûr, ils ne pourraient plus le retirer. J'aurais dû accompagner Ash. Mais c'était au-dessus de mes forces.

Jules le regarda, les yeux écarquillés tout d'abord, puis plissés.

— C'est vrai ? Tu as fait ça ?

— Oui, j'ai fait ça.

— Ouah.

— Dis quelque chose.

— Je viens de le dire. J'ai dit «ouah». Genre : je n'arrive pas à croire que tu aies pu faire une chose aussi… moralement condamnable. Et que tu aies fait ça à Ash.

Malgré elle, Jules se mit à rire.

— Je ne vois pas pourquoi tu ris, s'offusqua Ethan, qui paraissait très sombre au contraire, figé.

— Ce que tu viens de me raconter est tellement improbable. Tu as fait un truc vraiment moche, et je ne sais pas quoi en penser.

— Ça fait longtemps que je te répète que je ne suis pas si bon que ça. Pourquoi personne ne me croit ? Sais-tu que je crie après les gens aussi ? Des gens avec qui je travaille. Avant, ça ne m'arrivait jamais, mais tout est devenu tellement stressant. Je m'en suis pris à un de mes auteurs, je l'ai traité de tâcheron. Ensuite, j'ai passé toute la séance de lecture à m'excuser auprès de lui. Je m'emporte pour un rien et j'ai pris des décisions catastrophiques. Tu as entendu parler du spin-off *Alpha* ? La série qui vient d'être retirée ? Le studio a perdu un énorme paquet de fric avec ça, parce que j'étais persuadé que ça marcherait. J'ai fini par me convaincre que tout ce qui se rapportait à *Figland* allait se transformer en or. Mais quand ce n'est pas bon, ça ne marche pas, et ce spin-off était nul. Malgré cela, je me suis entêté parce que je me berce d'illusions. Ils sont tous furieux contre moi là-bas, même s'ils ne le disent pas. Je traverse une mauvaise passe sur le plan professionnel, mais je fais comme si tout allait bien. Et je me suis planqué pendant deux nuits dans une chambre d'hôtel pendant tu accompagnais Ash à New Haven pour faire diagnostiquer Mo.

— Je ne peux pas croire que tu aies fait ça, dit Jules.

Ce qu'il avait fait à Ash était horrible, l'abandonner ainsi à un moment aussi important, mais le fait qu'il l'ait avoué uniquement à Jules conférait à cet échange une soudaine intimité.

Il posa sur elle son regard pénétrant et familier, et dit, d'un ton malheureux :

— Je ne suis même pas sûr d'aimer cet enfant.

Jules prit le temps de la réflexion ; réfuter cette affirmation lui semblait brutal, mais elle sentait, avec force, qu'elle devait le faire. Les bras croisés, elle dit :

— Je pense que si.

— Je t'assure, je ne sais pas.

— Tu n'as pas besoin de le savoir. Contente-toi de faire ce qu'il faut pour lui. Sois affectueux. Attentif.

Mais ne laisse plus Ash se débrouiller seule, d'accord ? Dis-toi simplement : c'est de l'amour, même si ça n'y ressemble pas. Et fonce, droit devant, même si tu te sens trahi par le cours des choses. C'est ton petit garçon, Ethan. Aime-le et aime-le.

Ethan demeura muet, puis hocha la tête.

— OK, dit-il finalement, je vais essayer. Je vais vraiment essayer, Jules. Mais bon sang, il n'y a rien d'Old Mo dans mon gamin. Rien. Puis il ajouta, inquiet : Tu n'en parleras pas à Ash, hein ?

— Non.

Mais Jules songea soudain que si Ethan se confiait à Ash, celle-ci pourrait lui parler de Goodman. Tout était une question d'avantage, et il serait du côté d'Ash à cet instant. Mais elle ne voudrait pas évoquer ce sujet, jamais.

— Bon, assez parlé de ça, dit Ethan. Merci de m'avoir permis de m'épancher. Je t'en supplie, ne me hais pas, pas trop du moins. Je vais réellement réfléchir à ce que tu as dit. Mais revenons-en à la partie qui ne me concerne pas, celle qui vous concerne, toi et Dennis. Chaque jour, dans ma vie professionnelle, je rencontre des gens qui veulent que je leur donne quelque chose parce que c'est mon boulot, et puis il y a ceux qui veulent que je leur donne quelque chose parce qu'ils pensent que ça fera avancer leur carrière. Généralement, je finis par dire oui à tout le monde, c'est plus facile. Alors qu'en réalité, la personne à qui j'ai envie de donner quelque chose, c'est toi. Toi et Dennis, rectifia-t-il. Il se mit à fouiller dans sa poche. Merde. Je suis sûr de l'avoir pris... Ah, bon Dieu, où il est ?... Ah, le voilà !

Il finit par sortir d'une poche un petit morceau plié en deux : un chèque signé. Il le tendit à Jules et elle constata qu'il était fait à son nom et à celui de Dennis. Un chèque de cent mille dollars.

— Non ! s'exclama-t-elle. C'est une somme ridicule. Dennis n'acceptera jamais.

— Est-ce normal de laisser une personne dépressive prendre des décisions ? (Jules ne répondit pas.) Ce chèque vous facilitera un peu la vie. C'est un des pouvoirs de l'argent. Tu sais bien que je ne suis pas très attaché aux choses, mais l'argent ne sert pas seulement à acheter des choses. D'après mon expérience, il ouvre des portes et tu n'es plus obsédé en permanence par les soucis et les problèmes. Grâce à l'argent, tout marche comme sur des roulettes.

— On ne pourrait jamais te rembourser.

— Je ne vous le demande pas. Tu travailles dur, tu es dévouée, mais New York est une ville difficile, impitoyable. Dennis finira bien par guérir. Quelque chose va changer pour lui, j'en suis sûr. Mais en attendant, vous devez quitter cet appartement, Jules. C'est un premier pas. Versez un acompte pour un logement lumineux et moderne qui vous donnera de l'espoir chaque matin. Je me porterai garant pour le crédit. Je veux que vous ayez l'impression de prendre un nouveau départ, même si ce n'est pas le cas, pas tout à fait. Parfois, il faut se mentir un peu. Installez-vous dans un appart avec ascenseur, ces escaliers sont mortels. Et donnez une chambre à Rory. Elle en a besoin ! Achetez-lui des crayons, du bois, tout ce qu'elle veut. Il n'y a rien de pire que les soucis d'argent. J'entendais mes parents se disputer à cause de ça, et je croyais qu'ils s'étripaient. Le matin, je m'attendais à les voir sortir de leur chambre avec la peau en lambeaux. De plus, s'inquiéter en permanence à cause du fric, ça devient *ennuyeux*. Sers-toi de ton cerveau pour penser à tes patients, à leurs problèmes. Pour être créative.

— Je ne peux absolument pas accepter cent mille dollars venant de toi.

Jules essaya de glisser le chèque dans la poche de chemise d'Ethan.

— Hé, qu'est-ce que tu fais ? dit-il en faisant un écart, avec un petit rire. Allez, prends-le, Jules. Prends-le.

— Je ne peux pas.

— Désolé, tu es obligée. C'est trop tard.

Il se leva et recula, comme s'il ne pouvait plus rien faire maintenant.

Peu de temps après le départ d'Ethan, Rory se rua dans la chambre, grimpa sur le lit dans lequel dormait Dennis et se dressa au-dessus de lui. Quand il ouvrit les yeux dans la pièce obscure, il découvrit sa fille qui se tenait devant lui, une jambe de chaque côté de sa poitrine.

— Devine quoi, papa. Ethan Figman a donné à maman un chèque de *cent dollars* ! Et il lui a dit : «Prends-le, Jules, prends-le.» Je les ai entendus du couloir. Cent dollars ! s'exclama-t-elle, scandalisée.

Dennis se leva et se rendit dans le salon.

— Ethan est venu ?

— Oui, dit Jules. Il a appelé pour demander s'il pouvait passer. Il a apporté de délicieuses brioches, si tu en veux une.

— Non, je ne veux pas de ses délicieuses brioches. Et comme tu le sais déjà, je ne veux pas non plus de son argent. Il t'a tout donné en billets de vingt ou bien un seul beau billet tout craquant ? Bon sang, Jules, c'est pathétique, c'est humiliant ! Je n'arrive pas à y croire. Pourquoi tu as accepté ? Tu es une sans-abri ou quoi ?

— De quoi parles-tu, Dennis ?

— Rory m'a parlé des cent dollars.

— Oh ? fit Jules dans un éclat de rire.

— Quoi ?

Elle alla chercher le chèque et le lui tendit de telle manière que, lorsqu'ils en parleraient plus tard, il ne puisse pas dire qu'elle le lui avait fourré sous le nez.

Dennis le prit, le regarda, puis ferma les yeux.

— Nom de Dieu.

Il s'assit dans le canapé et se prit la tête à deux mains.

— Je me sentais insulté par les cent dollars. Mais là, c'est encore pire. Je ne sais plus quoi faire.

— Tout va bien, Dennis.

— Si tu veux me quitter, vas-y.

— Je n'ai rien dit de tel. Pourquoi tu parles de ça ?

— Ça ne va plus. Vivre avec moi, c'était amusant dans le temps, avant mon attaque, avant qu'ils changent mes médocs, hein ?

— Oui, bien sûr.

— Oh, bon sang, je déteste le mot « médocs ». Je ne supporte pas d'être obligé d'y penser. J'essaye de me souvenir, de me dire : j'étais amusant, je peux le redevenir. Mais je m'aperçois que j'en suis incapable. Ou alors, je fais tout de travers. Cette fille du Kentucky, avec la grosseur au foie, si c'était une tumeur maligne, elle est sans doute morte aujourd'hui. Oh, mon Dieu, voilà que je recommence à être obsédé par elle. Tout me demande un tel effort. Je ne suis pas aussi vif que toi et Rory. Et je sais que je vais te perdre.

— Pas du tout, dit Jules.

Il était là devant elle, dans ses vêtements avachis et froissés. Il avait perdu toute vivacité le soir où il avait mangé un aliment contenant une grande quantité de tyramine, et ensuite, alors que Jules et tous les autres avaient continué à traverser la vie d'un pas résolu, lui se débattait. Aujourd'hui, il risquait de la perdre, oui, s'ils continuaient ainsi. Elle s'en apercevait maintenant, et c'était comme deviner la fin très triste d'un roman et refermer rapidement le livre pour empêcher le dénouement.

— Dennis, dit-elle, nous devons sortir de cet épisode de notre vie. Pour commencer, il faut partir d'ici. De cet appartement. Et toi, tu dois continuer à tout essayer. Tester de nouveaux médicaments. Faire plus d'exercice. De la méditation. N'importe quoi. Mais je crois que, juste pour une fois, on a besoin d'accepter l'aide d'Ethan et d'Ash.

Dennis l'observa d'un œil pénétrant, puis Rory entra dans le salon, toujours au bon moment, comme si des impulsions électriques la guidaient vers la source de chaleur dans n'importe quelle situation tendue. Elle s'arrêta devant ses parents et les regarda tour à tour.

— C'est à cause des cent dollars ? demanda-t-elle à son père.

— Oui.

Satisfaite, la fillette se tourna alors vers sa mère, et Dieu sait quel raisonnement complexe la poussa à formuler cette requête :

— Maman, embrasse papa.

— Hein ? fit Jules.

— Embrasse papa. Devant moi.

— Un baiser, c'est une chose intime, mon trésor, dit Dennis.

Mais Jules prit le visage de son mari entre ses mains et l'attira vers elle ; il ne résista pas.

Les yeux fermés, ils entendirent le rire de Rory, un petit rire discret, satisfait, comme si elle connaissait l'étendue de son pouvoir.

Quinze

Alors, ils se retrouvèrent dans un autre appartement, situé à une demi-douzaine de rues plus au nord,
plus propre, plus clair, « un immeuble avec ascenseur »
commentèrent-ils d'un air émerveillé, comme si c'était
du jamais-vu. Cet appartement leur appartenait, et le
jour de l'emménagement, quand l'ascenseur miraculeux les conduisit jusqu'à leur ensemble de pièces
neuves, lumineuses, où flottaient encore des odeurs
de peinture et de parquets vernis, ils eurent l'impression d'avoir été sauvés. En réalité, ils avaient seulement été transplantés ailleurs, dans un lieu différent
et plus agréable, grâce à un crédit dont Ethan était le
garant. Nul doute que la dépression de Dennis s'ac-
crocherait comme une odeur de peinture tenace, mais
c'était quand même un progrès. Les déménageurs
déposèrent tout au milieu des pièces. Les mêmes
affiches encadrées – *L'Opéra de quat'sous*, un crâne
d'animal de Georgia O'Keefe – dont ils s'étaient lassés, mais qu'ils ne pouvaient pas encore remplacer,
décoreraient bientôt ces nouveaux murs. Ash vint
leur donner un coup de main dans l'après-midi, et
pour plaisanter, elle portait un des T-shirts rouges de

la société de déménagement, sur lequel on pouvait lire Shleppers[1]. Comment se l'était-elle procuré ? Mystère. Elle se mit immédiatement au travail, ouvrant les cartons et participant à l'installation de la chambre de Rory, une véritable chambre à elle, pas juste un coin de salon aménagé chaque soir. Jules entendait la voix douce et interrogatrice d'Ash, la voix puissante de Rory : « Range pas les rollers, Ash ! Maman et papa ont dit que je pourrais les porter dans l'appartement comme mes mocassins indiens. » Elles restèrent toutes les deux dans la chambre, la meilleure amie et la petite fille, jusqu'à ce que tout soit déballé. À vingt heures, Ash était encore dans le nouvel appartement et ils mangèrent un menu vietnamien provenant de ce qui serait leur principal fournisseur de plats à emporter pendant plus de douze ans, jusqu'à ce que le restaurant ferme lors de la récession de 2008. Jules arracha le plastique et le ruban adhésif qui enveloppaient le canapé et ils s'y installèrent avec des assiettes et des couverts récupérés dans des cartons portant les mentions « Cuisine 1 » et « Cuisine 2 ». Rory se goinfra de nems, à la chaîne, puis elle rota avec reconnaissance et retourna dans sa chambre, où elle s'endormit tout habillée. Les trois adultes étaient pleins d'espoir, y compris Dennis, mais demeuraient prudents.

— Ça va être formidable, dit Ash. Je me réjouis pour vous.

Assise là avec eux, elle parla de l'appartement, de sa compagnie théâtrale et des thérapeutes de Mo qui

---

1. Littéralement : balourd, maladroit.

étaient formidables ; d'ailleurs il avait déjà fait des progrès.

— Il travaille dur avec Jennifer et Erin. Ce garçon est mon héros.

Ethan était à Hong Kong pour une semaine et Ash veillait au bon fonctionnement de tous les éléments de leur vie.

« Quand tu as un enfant, avait-elle confié récemment à Jules, on dirait que, immédiatement, tu commences à nourrir des fantasmes ambitieux sur ce qu'il va devenir. Puis le temps passe et un entonnoir apparaît. L'enfant se retrouve poussé à l'intérieur, il est façonné par cet entonnoir, un peu rétréci. Et désormais, tu sais qu'il ne deviendra pas un athlète. Tu sais qu'il ne deviendra pas peintre. Tu sais qu'il ne deviendra pas linguiste. Toutes ces possibilités diverses s'évanouissent. Mais avec Mo, j'ai vu un tas de choses s'évanouir, très vite. Peut-être qu'elles seront remplacées par d'autres choses que je ne peux même pas imaginer aujourd'hui, je n'en sais absolument rien. Mais récemment, j'ai rencontré une mère qui m'a raconté comme elle était heureuse que son enfant soit autiste de haut niveau. Elle était devenue fière de ce terme, *haut niveau*, comme si c'était la médaille du mérite universitaire. »

Jules pensa à son propre enfant : si elle devinait que la vie de Rory ne serait pas facilitée par des talents particuliers et des privilèges, elle savait que Rory n'aurait pas voulu de ce genre de vie. Elle était heureuse telle qu'elle était, ça se voyait. Et quand un enfant était bien dans sa peau, cela voulait dire que les parents avaient décroché le gros lot. Rory et Larkin s'en tireraient peut-être bien. Mo, lui, avec son visage allongé et inquiet, ses doigts toujours en mouvement… qui pouvait le dire ?

Le soir du déménagement, Ash rentra chez elle vers vingt-deux heures, en expliquant qu'elle était épuisée, et ajoutant en plaisantant que les autres Shleppers et elle avaient un boulot le lendemain matin dans le Queens. Cette nuit-là, pas très loin, au cinquième étage du Labyrinthe, la mère d'Ash, Betsy Wolf, soixante-cinq ans, fut réveillée par une migraine si violente qu'elle put seulement gémir « Gil » et toucher sa tête pour montrer ce qui n'allait pas. Il s'agissait d'une hémorragie cérébrale et elle mourut sur le coup. Plus tard, après s'être rendue à l'hôpital et avoir rempli les papiers, Ash appela Jules. Elle pouvait à peine parler, mais la sonnerie du téléphone en pleine nuit et les pleurs de son amie étaient éloquents. Ash lui rappela qu'Ethan se trouvait à Hong Kong, Jules pouvait-elle venir immédiatement ? Bien sûr, répondit Jules, j'arrive tout de suite, et elle s'habilla dans l'obscurité de ce nouvel appartement inconnu, au milieu des cartons non déballés, puis elle prit l'ascenseur au beau milieu de la nuit pour trouver un taxi.

Elle n'avait pas mis les pieds au Labyrinthe depuis des années, elle n'avait plus de raison d'y aller, et dans la cabine d'ascenseur dorée qui l'emmenait vers le cinquième étage, elle noua ses bras autour de son corps, remplie de tristesse et d'appréhension. Ash vint lui ouvrir et se laissa tomber dans les bras de Jules, avec une telle violence qu'on aurait pu croire que quelqu'un l'avait poussée.

Maintenant qu'elle avait perdu sa mère, elle ne ressemblait plus à ce qu'elle avait été dans l'après-midi et dans la soirée, pendant qu'elle aidait Rory à installer sa chambre et mangeait des crevettes à la canne à sucre ensuite.

— Qu'est-ce que je vais faire ? demanda-t-elle. Comment est-ce que je peux vivre sans mère ? Je lui ai parlé encore ce soir, en rentrant de votre nouvel appart. Et maintenant… elle n'existe plus ?

Une nouvelle crise de larmes la submergea.

Jules laissa son bras autour de son amie et elles restèrent ainsi, debout, pendant deux ou trois minutes. Derrière Ash, l'appartement se dévoilait faiblement, à la fois réel et semblable à un décor censé représenter cet appartement. Elle balaya du regard le grand vestibule, puis le salon et le long couloir menant à toutes ces chambres où les Wolf avaient vécu. Jules cherchait à dire quelque chose, mais elle ne pouvait qu'être d'accord avec Ash.

— C'est affreux, dit-elle. Ta mère était une personne formidable. Elle ne devait pas mourir si jeune.

Ni jamais, voulait-elle dire. À soixante-cinq ans, Betsy Wolf était encore une belle femme. Elle était guide bénévole au Met et donnait des cours d'éducation artistique aux enfants le samedi. Tout le monde la complimentait pour sa jeunesse et son élégance.

Quand le père de Jules était mort, cela avait été un drame également, plus terrible encore si l'on raisonne en termes d'âge. « Quarante-deux ans, avait dit Ethan un jour, stupéfait. Putain, c'est injuste. » Jules avait envie d'expliquer à Ash que la mort d'un parent était un événement si énorme et indicible que la seule solution pour résister, c'était de se fermer. Comme l'avait fait Jules, encore prénommée Julie à l'époque. Elle s'était fermée et n'avait commencé à se rouvrir que l'été où elle les avait tous rencontrés. Julie se serait bien débrouillée toute seule, pensa soudain Jules. Elle s'en serait bien sortie. Sans doute aurait-elle été très heureuse.

Finalement, Ash se libéra pour aller dans le salon, alors Jules la suivit. Qu'y avait-il de différent dans cet appartement maintenant ? D'où venait cet aspect élimé ? Peut-être aurait-il eu besoin d'un coup de peinture, à moins qu'il n'ait immédiatement absorbé la mort de Betsy Wolf, si bien que tout ce qui avait été si chaud et éclatant autrefois, dans cette pièce et les autres, était maintenant éteint et terni ; même les lampes familières, les tapis, les ottomanes n'étaient plus des symboles de confort et d'intimité, mais d'une chose inutile, inefficace, voire affreuse. Ash se jeta sur le canapé négligemment couvert d'une housse et plaqua ses mains sur son visage.

Au même moment, un bruit fit se retourner Jules et elle découvrit le père d'Ash sur le seuil du salon. Alors que, frappée par son chagrin tout neuf, Ash ressemblait à une enfant, Gil Wolf paraissait vieux, tout simplement. Il portait un peignoir, ses cheveux gris formaient des touffes sur sa tête, et il paraissait hébété, ralenti.

— Oh, fit-il. Jules. Tu es là.

Elle l'étreignit prudemment, en disant :

— Toutes mes condoléances.

— Merci. Nous avons été heureux. Je pensais que ça durerait beaucoup plus longtemps.

554

Il haussa les épaules et chassa un sanglot dans un toussotement, cet homme svelte d'une soixantaine d'années, au visage doux et androgyne, qui semblait venir avec l'âge, comme si toutes les hormones se mélangeaient finalement dans un grand pot mixte car ça n'avait plus d'importance. Il regarda sa fille et dit :

— Le somnifère que tu m'as donné ne fait pas effet.

— Ça va arriver, papa. Accorde-lui un peu de temps. Va t'allonger.

— Tu as appelé ?

Jules ne comprit pas le sens de cette question tout d'abord, puis elle saisit : tu as appelé ton frère ?

— Je vais le faire.

Ash accompagna son père jusqu'à son lit, au fond du couloir, puis se rendit dans son ancienne chambre pour téléphoner. Jules n'osa pas la suivre, elle ne voulait pas voir les chambres mausolées qui avaient appartenu à Ash et à Goodman. Elle resta dans le salon, assise dans un fauteuil, bien droite. La mère d'Ash *n'existait plus*, avait dit celle-ci. Les cheveux de Betsy, attachés en chignon d'où se détachaient quelques mèches comme des filaments, n'existaient plus, les soirées de réveillon qu'elle avait organisées n'existaient plus, les *lat-kees* qu'elle faisait cuire dans une poêle pour Hanoucca n'existaient plus. Goodman était parti se cacher, mais c'était Betsy qui avait disparu.

Les funérailles eurent lieu quatre jours plus tard, à l'Ethical Culture Society, où Jules avait assisté à plusieurs cérémonies en l'honneur de divers hommes morts du sida, puis au mariage de sa compagne de tipi, Nancy Mangiari. Pour l'enterrement de Betsy, il avait fallu attendre qu'Ethan rentre de Hong Kong, à bord du jet privé de la chaîne. La mère de Jules avait tenu à être présente, elle aussi.

— Pourquoi, maman ? lui demanda Jules au téléphone, avec agacement. Tu ne la connaissais pas vraiment. Tu ne l'as rencontrée qu'une seule fois, à l'aéroport, il y a cent ans, en 1977, quand je suis allée en Islande avec eux.

— Je sais, répondit Lois. Je m'en souviens bien. C'était très généreux de leur part de t'emmener avec eux, comme ça. Et Ash a toujours été adorable. J'aimerais rendre hommage à sa mère.

Lois Jacobson prit donc le Long Island Railroad à Underhill pour venir à New York afin d'assister aux obsèques avec Jules. Ce fut une cérémonie où l'émotion s'exprima sans retenue ; les membres de la famille et les amis étaient venus en nombre, et on aurait dit que toutes les personnes liées de près ou de loin aux Wolf voulaient prendre la parole. La cousine Michelle, qui avait fêté son mariage dans le salon des Wolf et avait dansé sur « Nights in White Satin » et qui, chose incroyable, allait bientôt devenir grand-mère, évoqua la générosité de Betsy. Jules elle-même prit la parole pour dire, en quelques mots hachés, combien elle aimait se retrouver au sein de la famille Wolf, mais en disant cela, elle s'aperçut qu'elle ne voulait pas aller trop loin pour ne pas vexer sa mère. En présence de Lois, elle ne pouvait pas dire : « Quand j'étais avec eux, j'étais plus heureuse que je l'avais cru possible. » Alors, elle fut brève et regarda Ash qui avait le plus grand mal à supporter tout cela. Ethan l'avait prise par la taille pour la soutenir, mais elle tenait à peine debout. De l'autre côté était assis Mo, en chemise cravate. Penché en avant sur sa chaise, il s'activait sur une Game Boy, comme s'il pouvait ainsi s'extraire de cette cérémonie.

Après Jules, Jonah se leva pour prendre la parole, très beau dans son costume sombre sur mesure, sous le regard attentif de Robert Takahashi assis sur le côté. Jonah s'exprimait rarement devant une assemblée, il ne faisait pas de théâtre ni rien de ce genre. La dernière fois, c'était peut-être lors du mariage d'Ethan et Ash. Quoi qu'il en soit, il était là maintenant, et tout le monde semblait prendre plaisir à le regarder, et à l'écouter.

— J'ai dîné bien souvent chez les Wolf quand j'étais jeune, dit-il. On avait tous tendance à s'attarder à table, il y avait toujours des plaisanteries qui circulaient, des conversations passionnantes et des plats délicieux. Chez eux, j'ai goûté des choses que je n'avais jamais mangées. Ma mère était végétarienne, bien avant qu'on puisse être végétarien et bien manger. Alors, les repas chez nous étaient un peu… vous m'avez compris. Mais chaque fois que j'allais chez les Wolf, Betsy était dans la cuisine en train de préparer un repas en vitesse. Un soir, elle nous a servi des nouvelles pâtes et nous a dit que ça s'appelait des orzo. Elle m'a épelé le mot quand je le lui ai demandé. O-R-Z-O. Mais je l'ai noté de travers dans ma tête, et quand j'allais dans les supermarchés pour demander : « Vous avez des ozro ? O-Z-R-O ? », personne ne savait de quoi je parlais. Il y eut quelques rires. C'était il y a si longtemps, reprit

Jonah. Je veux juste… (Il s'interrompit, ne sachant pas trop quoi ajouter.) Je veux juste dire que je donnerais n'importe quoi pour manger un repas préparé par Betsy.

Finalement, Larkin, cinq ans et demi, se leva et se dirigea vers l'estrade ; elle baissa le micro vers elle et dit, d'une voix enrouée :

— Je vais lire un poème que j'ai écrit pour grand-mère B.

C'était étrange de constater que Larkin ressemblait presque trait pour trait à Ash sur les photos d'elle au même âge. Sa beauté avait été épargnée par l'Ethanéité qui était en elle et s'était révélée dans son cerveau et à la surface de la peau, mais pas sur son visage. Ce jour-là, Larkin portait une robe qui couvrait ses bras, et Jules croyait savoir pourquoi.

Le poème était aussi précoce qu'émouvant.

— « Sa main chaude savait toujours rafraîchir nos fièvres », disait un des vers, et Larkin pleura en le lisant, son nez et sa bouche se tordirent sur le côté. Pour finir, elle dit : grand-mère B, je ne t'oublierai jamais !

Sa voix se brisa et presque toute l'assemblée fondit en larmes devant le spectacle de cette fillette accablée par le chagrin. Soudain, Jules songea que Goodman aurait dû être là. D'abord, il avait manqué la mort de son chien, une sorte de répétition dans l'ordre des choses, et maintenant, ça, le moment important.

Peut-être que tout le monde dans la salle pensait à Goodman également. Jules se demanda s'il avait émis le souhait d'assister aux obsèques, s'il avait évoqué avec Ash la possibilité de prendre l'avion pour être présent. Elle se tourna vers la porte du fond, comme si elle s'attendait à l'apercevoir caché dans un coin, près du panneau «Sortie», en misant sur le fait que nul ici n'oserait le dénoncer. Elle l'imaginait, debout, tête baissée, épaules raides, les mains croisées, un homme d'un certain âge, grand, dans les vêtements de quelqu'un qui a voyagé en avion toute la nuit. Mais n'ayant pas revu Goodman depuis dix-neuf ans, elle ne pouvait que se représenter son visage juvénile et beau avec des cheveux grisonnants.

Goodman fut brièvement mentionné par la femme pasteur dans la liste des personnes que Betsy laissait derrière elle. Chaque fois que Jules regardait Ash et Ethan, son amie était penchée en avant, comme si le décès de sa mère l'avait rapprochée de la mort, elle aussi. Ethan la tint par la taille du début à la fin de la cérémonie. À son retour de Hong Kong, il avait annoncé qu'il arrêtait tout pendant quelque temps. Il annulait un discours à Caltech, il reportait ses réunions au sujet de l'école Keberhasilan qu'il essayait de créer à Djakarta. Finalement, alors que la directrice de l'Ethical Culture Society semblait sur le point de conclure, Mo, absorbé par sa Game Boy jusqu'alors, la jeta bruyamment sur le sol, poussa un hurlement strident comme s'il s'était ébouillanté et se leva d'un bond. D'un mouvement brusque, il échappa à sa sœur et à sa mère. Il y eut une vive agitation lorsque quelqu'un posté près de la porte tenta de l'empêcher de s'enfuir, et la cérémonie s'acheva en toute hâte.

Après la réception, Jules raccompagna sa mère à Penn Station en taxi. Aujourd'hui encore, Lois Jacobson n'aimait pas se déplacer seule dans New York. Manhattan n'avait jamais été un lieu hospitalier à ses yeux ; c'était un endroit où vous pouviez passer une journée animée, mais épuisante, pour voir un spectacle à Broadway ou faire du shopping chez Bloomingdale's, et puis, à la fin, vous vous dépêchiez de prendre le train pour rentrer. La sœur de Jules, Ellen, réagissait de la même manière. Avec Mark, son mari, ils vivaient dans une maison située à deux bourgades d'Underhill et dirigeaient une société de location de matériel pour les soirées et les fêtes. Un jour, Ellen avait fait remarquer qu'elle n'avait pas besoin de cette « excitation » dont Jules n'avait jamais pu se passer depuis qu'elle était allée à Spirit-in-the-Woods, ce qui était sans doute vrai.

— Donne de tes nouvelles, lui dit sa mère à la gare, ce soir-là.

Le long du quai, le train de Long Island attendait en émettant de la fumée et divers bruits gastriques. Elles s'embrassèrent. Avec son imperméable et ses cheveux gris pâle, sa mère paraissait fragile, mais peut-être était-ce simplement parce que Jules la voyait maintenant à travers l'avertisseur lumineux de la mort d'une autre mère.

Ce soir-là, dans le nouvel appartement, Jules dormit très mal ; elle pensa à Ash et à Betsy, et au fait que chaque être humain devait attendre patiemment de perdre une par une les personnes aimées, tout en faisant comme s'il n'y pensait pas du tout. Ni Dennis ni elle n'avait réussi à trouver l'alèse dans les cartons, et au cours de la nuit, un des coins du drap-housse se détacha ; au matin, Jules se réveilla couchée sur un matelas nu, tel un prisonnier politique dans sa cellule. Dennis était déjà dans la cuisine avec Rory, en train de préparer le petit-déjeuner. C'était jour d'école, et jour d'œufs également, à en juger par l'odeur. Elle se demanda si Dennis avait déniché une spatule dans un des cartons d'ustensiles pas encore vidés, puis elle pensa : *oh, la mère d'Ash est morte.* La spatule et la mort de Betsy Wolf occupaient la même partie de son cerveau, le même poids leur avait été attribué pendant un instant. Allongée sur le matelas nu, Jules inhalait l'odeur de peinture, et quand le téléphone sonna, elle posa la main sur l'appareil avant que Dennis ait le temps de décrocher le poste de la cuisine. Ce devait être Ash, se dit-elle. Sans doute avait-elle passé la nuit à pleurer, et maintenant que le jour était levé, elle avait besoin de réconfort. Jules avait une cliente à dix heures, une jeune mère terrorisée par l'accouchement. Elle ne pouvait pas annuler.

Mais quand elle eut dit « allô ? », un homme fit : « Hey », à travers des crachotements.

Chaque fois qu'une voix sortait du téléphone, sans annoncer à qui elle appartenait, Jules pensait qu'il pouvait s'agir d'un patient. « Qui est l'appareil ? » demandait-elle alors, d'un ton neutre, comme elle le fit ce matin-là.

— Tu ne me reconnais pas.

Jules s'accorda une seconde supplémentaire pour réfléchir, ainsi qu'elle le faisait durant les séances. Les crachotements constituaient un indice, mais il n'y avait pas que cela. Elle croyait savoir qui se trouvait au bout du fil, et elle se redressa dans le lit en plaquant la couverture sur sa chemise de nuit ouverte et sa poitrine constellée de taches de rousseur, encore chaude.

— Goodman ?

— Jacobson.

— C'est vraiment toi ?

— Oui. J'ai eu envie de t'appeler. Ethan a dit à Ash qu'il annulait tous ses déplacements pendant quelques semaines. Il veut rester près d'elle. Résultat, elle ne pourra pas m'appeler très souvent, même sur son Batphone ultrasecret.

Jules ne savait pas quoi dire, elle était déstabilisée. Elle entendit le bruit d'une allumette qu'on gratte et imagina Goodman avec une cigarette coincée entre les lèvres, dressant le menton pour l'approcher de la flamme.

— Toutes mes condoléances pour ta mère, dit-elle finalement. C'était une femme merveilleuse.

— Oui. Merci. Elle était vraiment super. Putain, c'est injuste.

Puis il se tut, il tirait sur sa cigarette et Jules entendit des glaçons tinter dans un verre. Il n'était que quatre heures de plus là où il se trouvait, soit onze heures du matin, mais peut-être avait-il déjà commencé à boire. Après un long silence, Goodman demanda :

— Alors, c'était comment ?

— Quoi donc ?

— Les obsèques.

— C'était bien. On avait l'impression qu'elle aurait voulu ça. Aucune allusion à Dieu. Tout le monde a pris la parole, et les gens étaient sincères. Ils l'aimaient tous réellement.

— C'est qui « tout le monde » ?

Jules lui cita plusieurs personnes, parmi lesquelles Jonah et la cousine Michelle, puis elle ajouta :

— Larkin a lu un poème de sa composition, très émouvant, très précoce. Il parlait de la main chaude de ta mère qui savait apaiser la fièvre.

Dès qu'elle eut prononcé ces paroles, Jules s'aperçut que Goodman n'avait jamais rencontré sa nièce. Larkin ressemblait à un concept pour lui, une nièce générique sur une photo.

— C'est la vérité, dit-il. Elle s'est bien occupée d'Ash et de moi quand on était gamins. Je ne voyais plus souvent mes parents, forcément. Quand ils venaient ici, ils paraissaient un peu plus ratatinés à chaque fois, surtout mon père. J'ai toujours cru qu'il partirait le premier. Je n'arrive pas à croire que je ne reverrai jamais ma mère.

Sa voix s'enroua.

Puis il se mit à pleurer et, par réaction, les yeux de Jules s'emplirent de larmes, et ils pleurèrent en chœur, des deux côtés de l'océan. Elle essaya de se représenter la pièce dans laquelle il se trouvait, l'appartement où il vivait, mais elle ne voyait qu'un décor marron et doré, sombre, un agencement de couleurs qu'elle était allée récupérer dans un coin de son esprit, souvenir du Café Benedikt en cette soirée de 1977. Goodman n'avait jamais eu l'idée de lui téléphoner avant ; il ne s'était jamais beaucoup intéressé à elle. Sans doute était-il toujours arrogant, mais c'était également un homme brisé. Dernièrement, quand son nom avait surgi dans la conversation, Ash avait dit : « Parlons d'autre chose. » Elle décrivait son frère comme une cause perdue, « un gâchis ». Durant toutes ces années, chaque fois que Jules pensait à lui, par intermittence, elle savait qu'il pensait rarement à elle. Pourtant, malgré cette disparité, elle éprouvait de la tendresse pour lui maintenant. Une tendresse maternelle car, comme sa sœur, il n'avait plus de mère désormais. Goodman se moucha, puis elle l'entendit respirer bruyamment. Elle attendit, comme avec ses clients, compatissante, prenant son temps. Même si, en réalité, elle devait se lever. Elle voulait dire au revoir à Rory avant qu'elle parte à l'école et prendre une douche. Néanmoins, elle attendit qu'il ait fini de pleurer.

— Ça va aller ? demanda-t-elle enfin, en profitant d'un silence.

— Je ne sais pas.

— Tu n'as pas… quelqu'un à qui parler ?

— Quelqu'un à qui parler ? Une version islandaise du docteur Spilka ? Ah oui, c'est vrai, Ash m'a dit que tu étais psy maintenant. Tu crois à tout ça.

— Je pensais à un ami ou une amie.

— Une petite amie ?

— Ou un groupe d'amis. Peu importe.

— Est-ce que j'ai un groupe d'amis avec qui m'asseoir dans un tipi à Reykjavik ? C'est ça que tu veux savoir ?

Son ton n'était plus larmoyant, mais provocateur.

— Je ne sais pas, répondit Jules. J'improvise. Tu ne peux pas juste m'appeler comme ça, *en passant*. Réfléchis un peu.

— Il y a des choses qui ne changent jamais, hein ?

— Qu'est-ce que ça veut dire ?

— Tu as toujours eu un faible pour moi. On a même flirté ensemble une fois, dans le salon de mes parents, tu t'en souviens ? Un petit baiser avec la langue, je crois.

Il émit un petit rire, pour la taquiner.

— Je ne m'en souviens pas, dit-elle d'un ton solennel, le visage en feu.

— Oh, je suis sûr que tu te souviens de chaque détail de cette époque. Je sais combien c'était important pour toi. Ces étés au camp. Les *Intéressants*.

— C'était tout aussi important pour toi, dit-elle avec aigreur. Tu devenais quelqu'un d'important à Spirit-in-the-Woods, et ton père n'était pas là pour te critiquer. Tu étais au paradis là-bas. Je n'étais pas la seule.

— Tu as une bonne mémoire.

Ce fut son seul commentaire.

— Écoute, Goodman, je sais que tu es bouleversé à cause de ta mère. Et je sais combien c'est dur pour toi de vivre aussi loin. Mais je suis sûre qu'Ash trouvera un moyen pour te téléphoner bientôt. Et vous pourrez parler de tout. Mais pour moi, ça fait trop bizarre. Je ne peux pas. Désolée. (Sa voix resta bloquée dans sa gorge.) Je crois que je vais raccrocher. (Goodman ne dit rien. Alors, elle ajouta, inutilement :) Je raccroche.

Elle reposa le téléphone, puis resta assise dans son lit pendant deux minutes entières, à attendre, à écouter les bruits des poêles et des assiettes, puis les voix graves de Dennis et de Rory. Finalement, elle décrocha de nouveau le téléphone, pour s'assurer qu'il était réellement parti.

Au fil des ans, les deux couples continuèrent à mener leurs vies respectives, parfois séparément, parfois non, mais toujours de manières différentes. Alors qu'un couple parcourait le monde, l'autre vidait les derniers cartons, fixait les mêmes vieilles affiches aux murs et rangeait les mêmes couverts dans un tiroir. Jules et Dennis s'habituèrent à avoir un ascenseur, ils se souvenaient à peine de tous ces escaliers qu'ils avaient gravis. Cet appartement leur permettait de respirer un peu, mais on aurait dit qu'ils étaient condamnés à subir certains outrages. Ainsi, une souris traversa la cuisine un jour, et Jules affirma à Dennis que c'était *la même souris* que dans leur appartement précédent, comme ces chiens qui parcourent le monde à la recherche de leur maître et finissent par le retrouver miraculeusement.

Ash pleura longtemps sa mère et appela souvent Jules, elle avait envie de parler, elle voulait savoir si elle n'était pas trop enquiquinante. «Comment pourrais-tu être enquiquinante?» répondit Jules. Quant à Ethan, après la mauvaise passe consécutive à *Alpha,* le spin-off raté de *Figland*, il connut un autre échec si énorme, retentissant et coûteux qu'il sembla menacer l'entreprise Figland dans son ensemble. Un article publié dans *Hollywood Reporter* demandait : «La fin pour Figman?» Ethan avait créé et écrit un long-métrage d'animation à gros budget intitulé *Ça me ronge!*, qui utilisait des personnages de castors pour évoquer le fléau du travail des enfants. Le film obtint de mauvaises critiques et fit peu d'entrées, comme l'avait prédit Jules la première fois où Ethan lui avait parlé de son projet. «Tu es sûr de vouloir te lancer là-dedans? avait-elle demandé. Ça me paraît rebutant et donneur de leçons. Contente-toi de soutenir cette cause. Tu n'es pas obligé de réaliser un dessin animé.» «Il y a des gens qui m'ont encouragé à le faire, avait-il répondu. Et ça plaît à Ash.» Mais les gens disaient généralement amen à Ethan, et Ash l'encourageait toujours, c'était dans sa nature. «L'*Ishtar* du dessin animé», écrivit le *Reporter*. Tous les échecs étaient l'*Ishtar* de quelque chose. Quelques années plus tard, Ethan déclarerait que la guerre en Irak était l'*Ishtar* des guerres. Au studio, personne ne lui faisait de reproches ouvertement, mais évidemment, c'était lui le fautif, expliqua-t-il à ses amis au cours d'un dîner, car le travail urgent du Programme de lutte contre le travail des enfants faisait mauvais ménage avec la fantaisie. «J'aurais dû t'écouter, Jules, dit-il d'un air morose en la regardant par-dessus la table. Je devrais toujours t'écouter.»

Après la sortie catastrophique du film, Ethan prit plusieurs jours de congé et resta cloîtré dans la maison de Charles Street, mais là, il s'aperçut, avec force, que lorsque vous retiriez le travail, il ne vous restait que la substance même de votre existence; le handicap mental de son fils en l'occurrence. Son jeune fils, Mo, turbulent et souvent passif, qui pleurait sans cesse et était suivi durant la semaine par une équipe d'enseignants et de thérapeutes qui se relayaient. De jeunes femmes aimables et jolies, toutes prénommées Erin, disait Ethan en plaisantant, défilaient dans la maison;

elles étaient très attentionnées et gentilles, avec leur air angélique, et par comparaison, Ethan paraissait, à ses propres yeux du moins, insensible et indifférent, voire pire.

Sa fille, Larkin, si en avance pour son âge et si créative, était facile à aimer. Quand elle serait adolescente, expliquait-elle, elle voulait devenir apprentie au studio de son père, l'Atelier d'animation. «Je pourrais inventer des histoires et les dessiner sur du papier, disait-elle, comme toi dans le temps, papa.» Ce qui anéantissait Ethan car, évidemment, il était bien loin maintenant de l'époque des crayons et des papiers. Il continuait à faire les voix de ses deux personnages de *Figland,* il chapeautait la préproduction, assistait aux séances de lecture, était présent à l'enregistrement et arpentait le studio en fin de journée quand les employés pensaient certainement : *oh, je t'en supplie, Ethan, pas moi. Je veux rentrer à la maison. Je veux juste avoir un peu de temps pour moi et ma famille. Je ne suis pas comme toi, Ethan, je ne peux pas travailler autant et avoir une vie.* Si son long-métrage avait été un désastre et son spin-off pour la télé un bide, le programme original, lui, restait une valeur sûre. Il pourrait durer éternellement.

Ash, de son côté, continua à mettre en scène des pièces sérieuses, le plus souvent féministes, mais manquant d'inspiration ; elles obtenaient des critiques respectueuses de la part de chroniqueurs impressionnés par sa touche modeste, mais habile, surtout comparée au travail grand public et hyperkinétique de son mari très en vue. Elle figurait dans des listes du style «Les femmes de théâtre», mais souffrait du fait que les gens continuent à attacher de l'intérêt et de l'importance à ces listes. «C'est gênant de toujours être considérée comme une minorité. Pourquoi est-ce qu'on se tourne toujours et uniquement vers l'autorité masculine? se plaignit-elle auprès de Jules. Enfin, je ne devrais pas dire "on", car on ne fait pas ça nous, mais les autres, si. Tous les autres.» Elle était stupéfaite et désespérée de constater qu'aujourd'hui encore, en ce siècle évolué, les hommes possédaient le pouvoir dans tous les domaines, y compris le monde insignifiant du théâtre off-Broadway.

Jules, elle, avait réussi à se créer une clientèle assez nombreuse, mais comme tous ses collègues, elle avait vu diminuer le nombre de ses patients. Désormais, les gens prenaient des antidépresseurs au lieu d'aller chez le psy, les mutuelles remboursaient de moins en moins de séances, et même si ses honoraires restaient peu élevés, certains patients avaient mis fin à leur thérapie de manière prématurée. Ceux qui restaient appréciaient, disaient-ils, le calme, l'humour et la gentillesse de Jules. Elle tisonnait et attisait sa clientèle comme si c'était du petit bois, pour faire vivre sa famille.

Rory grandit, et si à une époque elle avait terriblement envié les garçons, elle dépassa ce sentiment et apprit à s'aimer. C'était une fille très physique qui avait besoin de bouger en permanence. Le week-end, elle jouait au football dans une équipe et durant la semaine, Dennis l'emmenait au parc après l'école, et ils s'amusaient à se renvoyer un ballon, le plus fort possible. Dennis parlait encore de reprendre le travail, mais sa voix débordait d'appréhension quand il abordait ce sujet. Il se tenait au courant des dernières avancées dans le domaine de l'échographie et s'était abonné à une revue professionnelle parce que ça l'intéressait, et parce qu'il espérait recommencer à exercer un jour, mais pas tout de suite.

En mars 1997, Jules et Dennis allèrent dîner chez Ash et Ethan, en compagnie de Duncan et Shyla, le gestionnaire de portefeuille et l'avocate de l'alphabétisation. Le connard et la connasse, comme les avait appelés un jour Jules. Dennis et elle n'avaient jamais compris pourquoi Ash et Ethan aimaient tant ce couple, mais ils s'étaient retrouvés si souvent ensemble, pour des soirées décontractées ou des occasions plus formelles, qu'il était trop tard pour poser la question. Duncan et Shyla devaient être tout autant intrigués par la fidélité d'Ash et Ethan envers leurs vieux amis : la travailleuse sociale et le dépressif. Personne ne disait de mal des autres, chacun assistait aux dîners auxquels il était invité. Les deux couples savaient qu'ils satisfaisaient un aspect différent d'Ash et Ethan, mais quand ils se retrouvaient tous ensemble dans un même lieu, ce groupe ne rimait à rien.

Ce soir-là, dans une ambiance plus chaleureuse qu'à l'accoutumée, les trois couples étaient attablés dans le petit jardin derrière la maison, éclairés par des torches. Larkin sortit de la maison avec Mo pour dire bonsoir aux adultes ; elle tenait son petit frère par la main, d'une poigne d'acier, dans la lumière orangée du jardin. Les invités s'efforcèrent de rendre ce moment léger et heureux, mais leur réaction était forcée.

— Mo, demanda Ash, est-ce que Rose t'a fait dîner, mon chéri ?

— Non, répondit Mo.

— Tu veux goûter à ce qu'on mange ? Il reste de la paella.

Tout le monde se crispa dans l'attente de la réponse ; les sourires étaient nerveux, alors même qu'ils s'efforçaient de paraître détendus. Mo libéra sa main d'un geste brusque, échappa à sa sœur et retourna dans la maison en courant.

— Il vaut mieux que je le suive, dit Larkin. Je dois veiller sur mon frère. Bonne soirée à vous tous. Oh, maman et papa, gardez-moi un peu de gâteau au citron, s'il vous plaît. Apportez-le dans ma chambre et laissez-le sur la commode, même s'il est très tard, d'accord ?

Sur ce, elle embrassa ses parents et s'éloigna d'une démarche charmeuse. Tout le monde la suivit du regard, en silence.

— Ils sont adorables tous les deux, commenta Jules, provoquant quelques murmures d'acquiescement autour de la table.

La paella, préparée par une cuisinière invisible, était délicieuse. Les assiettes des trois hommes et celle de Jules étaient maintenant vides, il n'y avait plus de riz, le jus et l'huile avaient été saucés avec du pain ; il ne restait que des coquilles de moules ; à l'inverse, les assiettes de Shyla et d'Ash, conformément à cette manie féminine qui agaçait Jules, étaient encore à moitié pleines. Au cours de ce dîner, comme de tous les autres dîners dernièrement, les discussions tournèrent autour du World Wide Web. Chacun avait des anecdotes à raconter, sur les sites qu'il avait visités, les start-up dont il avait entendu parler. Duncan cita un site économique dans lequel il avait investi avec trois de ses associés, et il incita Ethan à se joindre à eux ; pas une fois il ne se tourna vers Jules et Dennis pour les inclure dans la conversation, pas même par politesse.

Quand Duncan eut fini de parler, Shyla raconta l'histoire d'une vieille amie de Los Angeles, l'épouse d'un producteur de disques.

— Rob et elle possédaient une maison magnifique dans le canyon. Et une propriété en Provence. Franchement, j'étais jalouse de leur vie.

— Oh, ça m'étonnerait, dit Ash.

— Si, si. Un week-end où j'étais à L.A., j'ai appelé Helena pour savoir si on pouvait se voir. Elle paraissait réticente, mais elle a finalement accepté que je vienne. Alors, j'y suis allée, et là, j'ai découvert qu'elle était devenue grosse, vraiment grosse, ce qui m'a surprise. Je ne l'avais pas revue depuis des années ; on avait assisté à la cérémonie des Grammys ensemble, c'était il y a longtemps. Si j'essaye de me souvenir qui a gagné cette année-là, je dirais les Bee Gees. Non, je plaisante, mais ça remontait à loin. Helena m'a confié qu'elle ne sortait quasiment plus de chez elle. Rien ne parvenait à lui remonter le moral, et elle a avoué qu'elle envisageait sérieusement de se suicider. J'étais bouleversée. Bref, pour résumer, la semaine suivante, elle a été hospitalisée à Cedars-Sinai, dans une unité spécialisée, une sorte de spa, mais avec un traitement sévère. Là, ils ont essayé toutes sortes de choses, aucune n'a fonctionné. Sa compagnie d'assurances a refusé de payer, mais évidemment, Rob a mis la main à la poche. Ils étaient sur le point de lui faire des électrochocs quand un médecin est intervenu au cours d'une visite pour évoquer un nouveau médicament qui allait subir des tests cliniques à UCLA. Mais c'était un médicament controversé car il s'attaquait à la sérotonine d'une manière radicalement nouvelle, et nul ne connaissait les effets. Une étude en double aveugle allait être effectuée, et Rob était du genre : «Il faut inclure Helena dans l'étude, mais pouvez-vous faire en sorte qu'on ne lui administre pas un placebo?» Apparemment, même lui ne pouvait pas leur forcer la main. Ces chercheurs sont très à cheval sur l'éthique. Mais peut-être pas tant que ça, en fait, puisqu'ils ont trouvé une place pour Helena, et je ne serais pas surprise qu'ils aient viré quelqu'un d'autre du protocole. En moins d'un mois, elle a commencé à se sentir métamorphosée. C'était comme une sorte de marionnette que l'on ressuscite. L'image est d'elle, pas de moi.

Sans blague, pensa Jules.

— Le résultat, dit Duncan, c'est que lorsque Rob a vu le résultat sur sa femme, il a fait au service de psychiatrie de l'hôpital le plus gros don qu'ils n'avaient jamais reçu. Je sais, ajouta-t-il, que double aveugle signifie double aveugle, mais quand l'épouse d'un gros donateur potentiel participe à un essai clinique, vous ne croyez pas qu'il est plus prudent de s'assurer qu'on ne lui refile pas un placebo?

Tout le monde laissa échapper un petit rire et Jules se tourna vers Dennis qui, à son grand étonnement, ne semblait pas du tout intéressé par cette histoire ; il faudrait donc qu'elle s'y intéresse pour lui. Il pourrait peut-être entrer dans ce protocole s'il se poursuivait, pensait-elle. Il pourrait se frayer un chemin jusqu'au début de la file d'attente et être choisi grâce à Rob et Helena, à Duncan et Shyla, à Ethan et Ash. Grâce aux gens riches dont il était question autour de cette table et à ceux qui y étaient assis. Elle savait que Dennis ne demanderait jamais s'il pouvait essayer ce médicament lui aussi, il ne penserait même pas que cela pouvait l'aider. Mais peut-être que si. Comme dans tous les domaines, il fallait connaître quelqu'un, il fallait avoir des relations, du pouvoir, de l'influence. Les médecins de Los Angeles, certains du moins, pourraient se laisser corrompre par Ethan Figman et ses amis haut placés. Quand Jules appela UCLA le lendemain, à la place de Dennis, on lui confirma que les essais cliniques se poursuivaient, mais ils n'accueillaient aucun nouveau patient. Elle appela alors Ethan, qui accepta de s'en occuper.

Peu de temps après, Dennis prit l'avion pour Los Angeles afin de rencontrer le médecin qui dirigeait l'étude et de subir des examens sanguins et physiologiques. Le lendemain, il fut accepté dans l'étude en double aveugle, et avec Jules, ils prièrent de toutes leurs forces pour qu'on ne lui administre pas un placebo. Moins d'un mois après avoir commencé à prendre ce médicament, le Stabilivox, Dennis fut quasiment certain de ne pas avoir reçu un placebo. «Seuls les ouvriers agricoles immigrés participant à l'étude ont reçu un placebo», expliqua Jules à Ethan et à Ash. Mais peut-être qu'en réalité, pensa-t-elle brièvement, Dennis était dans ce cas lui aussi.

L'idée qu'il existait un médicament qui nécessitait de connaître des gens influents pour avoir le privilège de l'essayer était en soi suffisamment suggestive pour modifier votre système neurologique. Mais non, cela n'aurait fonctionné qu'avec Jules, pas avec Dennis.

En lui, tout semblait s'ouvrir un peu, lui confia-t-il, et il découvrait alors à quel point il avait vécu replié sur lui-même durant toutes ces années. «Accroupi», dit-il à Jules. Jusqu'alors, il considérait que sa dépression le vidait, et c'était également ainsi qu'elle voyait la chose, mais maintenant, il découvrait que cette maladie l'avait obligé à adopter une position peu naturelle. Pendant des années, il n'avait pas été seulement dépressif, il avait été gêné aussi. L'ouverture, le retour, fut lent et progressif au cours de ce printemps et de cet été, mais réel. Jules avait traité quelques patients qui prenaient des antidépresseurs durant leur thérapie et elle avait assisté à des changements de ce genre, mais jamais chez Dennis.

«Je dors plus profondément», dit-il, stupéfait. Une fois, au beau milieu de la nuit, il réveilla Jules en posant sa tête entre ses seins. Il sanglotait. Affolée, elle lui demanda : «Qu'est-ce qui se passe ?» «Rien», lui dit-il. Il s'était réveillé et il se sentait *bien*. Il avait envie de faire des choses. Avec elle. À elle. Le sexe, devenu une activité intermittente, revint dans leur vie comme un vieux cadeau qu'on leur avait offert autrefois et qu'ils avaient perdu sous un gros tas d'objets, pendant longtemps. Au début, Dennis se montra hésitant et à un moment donné, il introduisit ses doigts en elle de manière si brutale que Jules glapit comme un chien dont on a écrasé la queue, et il fut horrifié à l'idée de lui avoir fait mal.

« Ça va, lui dit-elle. Mais vas-y doucement. Avec plus de légèreté. » Il y avait un autre problème : il lui fallait plus de temps maintenant, et ils plaisantaient à propos de l'inévitable douleur qu'elle ressentait ensuite. « Tu sais ce que j'aimerais comme jouet pour Noël ? » lui demanda-t-elle un jour, alors qu'ils étaient allongés côte à côte après une séance de copulation post-dépression. « Hein ? Oh, c'est une plaisanterie, je parie, dit Dennis. Un jeu de mots. Attends un peu… Non, je ne vois pas où tu veux en venir. » « Une petite voiture à friction », dit-elle en souriant, le menton posé sur sa poitrine.

À la fin de l'été, Dennis eut l'impression d'être presque entièrement redevenu lui-même, pour la première fois depuis qu'on l'avait sevré de son MAOI en 1989. Ni lui ni Jules ne croyaient que cela durerait éternellement, ni même un certain temps. À la fin du mois d'août, Dennis reprit le travail ; malgré une tache sur ses états de service, il parvint à prouver que son comportement inapproprié dans son ancienne clinique avait été dû à sa dépression mal soignée à l'époque, et qu'il allait parfaitement bien maintenant. Le docteur Brazil se fit un plaisir de l'épauler. Une clinique de Chinatown, en sous-effectif et aux abois, l'engagea en lui offrant un salaire de départ misérable. Il commença à travailler à mi-temps, avant de passer à temps plein au bout de quelques mois.

Les deux familles continuèrent à vivre ainsi, alors que la décennie s'achevait et que débutait le nouveau millénaire. Les gens avaient peur que les ordinateurs du monde entier tombent en panne, et le soir du réveillon du jour de l'an, les deux couples, leurs enfants, Jonah et Robert, retinrent leur souffle collectivement et bêtement dans la maison de Charles Street, et ils soufflèrent ensemble. Jules sentait se dissiper sa jalousie envers Ash et Ethan, comme si elle avait souffert, elle aussi, d'une sorte de longue dépression réfractaire. Le fait de voir Dennis s'habiller le matin pour aller travailler sembla être pour elle une satisfaction suffisante pendant quelque temps.

Peu à peu, d'infimes changements se produisirent, de manière presque imperceptible, parmi lesquels l'acceptation, lente mais notable, par Ash de la mort de sa mère. Ses rêves dans lesquels elle voyait Betsy étaient moins fréquents et cruels. Par ailleurs, elle devenait légèrement moins belle, et Ethan légèrement moins laid. Dennis était tellement soulagé de retravailler que son métier lui paraissait stimulant, et Jules, quant à elle, redoubla d'efforts pour être une bonne thérapeute avec ses quelques patients, qui semblaient ne jamais changer de manière flagrante. Mais quand elle regardait Ash et Ethan, très souvent cela lui rappelait qu'elle-même n'avait pas beaucoup changé. Sa jalousie n'était plus florissante, la fin de la dépression de Dennis l'avait atténuée. Mais elle restait présente, sous la forme d'un bourgeon clos, inactif. Étant moins habitée par ce sentiment, elle essaya de le comprendre, et elle lut sur Internet un article concernant la différence entre l'envie et la jalousie. L'envie, c'était essentiellement « je veux ce que tu as », alors que la jalousie, c'était « je veux ce que tu as, mais je veux aussi te le prendre pour que tu ne l'aies plus ». Par le passé, il lui était arrivé de souhaiter qu'Ash et Ethan soient privés de leur munificence, tout aurait été égal alors, équilibré. Mais Jules ne nourrissait plus ce fantasme. Rien n'était épouvantable, tout pouvait s'arranger, et même mieux que ça parfois.

La ville aussi évolua, elle devint plus propre, sa population de sans-abri fut chassée des rues par un maire zélé, partisan des méthodes énergiques. Et si le maire et ses méthodes étaient cruels, tout le monde s'accordait à dire que vous pouviez désormais vous promener quasiment n'importe où avec un sentiment de sécurité. Trouver un logement abordable à Manhattan était presque impossible cependant, et si Ethan ne leur avait pas donné cet argent et cautionné leur prêt, Jules et Dennis auraient émigré comme tant de personnes qu'ils connaissaient. Larkin fréquentait une école de filles privée qu'avait fréquentée sa mère autrefois. Mo allait dans un établissement spécialisé du Queens, si coûteux que la plupart des parents – mais pas Ethan et Ash, évidemment – durent intenter un procès à la municipalité afin d'être remboursés d'une partie des frais de scolarité. Rory, elle, allait à l'école publique du coin, et c'était très bien pour le moment. Toutefois, des problèmes se poseraient au moment d'entrer au lycée, lorsqu'elle devrait essayer de se faire admettre dans un des meilleurs établissements de la ville. Elle n'était pas «très bonne aux tests», avait confié Jules à Ash. En réalité, Rory ne s'intéressait pas à ces tests, pas plus qu'à l'école d'ailleurs. Elle rêvait de devenir garde forestier. Ses parents lui faisaient remarquer qu'elle devait quand même aller à l'école pour exercer ce métier. Mais ils ignoraient quel niveau d'études cela nécessitait, et quel type d'études ; ils ne savaient pas de quoi ils parlaient. Si Rory avait passé du temps en forêt, c'était essentiellement grâce à Ethan et à Ash, dans leur maison de campagne de Katonah où, petite fille, elle avait marché dans les bois en agitant un bâton ; elle avait également fait de la randonnée autour de leur ranch du Colorado. Elle était heureuse quand elle était couverte de boue, chaussée de grandes bottes en caoutchouc, se livrant à des activités qui sortaient des sphères de la vie urbaine.

En 2001, la destruction du World Trade Center eut un effet égaliseur, brièvement. Des inconnus se parlaient dans la rue, tout le monde se sentait pareillement hébété, effrayé et sans défense. Jules recevait à son domicile de fréquents appels de ses patients. Le téléphone sonnait à l'heure du dîner, à l'heure du coucher et même en pleine nuit, et elle entendait au bout du fil : « Jules ? C'est Janice Kling. Je suis vraiment navrée de vous déranger, mais vous avez dit que je pouvais vous appeler et je suis super angoissée. » Jules emportait le téléphone dans une autre pièce pour avoir un peu d'intimité. Elle aussi avait peur – c'était un choc de voir une colère aussi primitive exprimée sur une telle échelle –, mais elle ne cédait jamais à l'hystérie. En tant que psychothérapeute confrontée à cette crise, elle s'apercevait qu'on lui avait offert une sorte de sursis, en ce sens qu'elle ne pouvait pas se permettre d'être exagérément inquiète elle aussi. Au contraire, elle aidait ses patients afin qu'ils ne s'effondrent pas. Sylvia Klein, la femme dont la fille était morte d'un cancer du sein quelques années plus tôt, vivait dans l'angoisse désormais, et ne se sentait pas capable de la surmonter. «S'il y a une autre attaque, Jules, dit-elle, et si c'est en pleine nuit, si je me réveille et si je l'entends, je ne pourrai pas faire face. Je me mettrai à hurler.»

«Alors, vous m'appellerez, dit Jules. Et je vous écouterai hurler.»

Quand Sylvia téléphona, ce ne fut pas au milieu de la nuit, mais un matin, tôt, un jour de semaine à la fin septembre. Sylvia, partie en voiture dans le New Jersey pour voir ses petits-enfants privés de mère, se retrouva totalement bloquée, à l'intérieur de sa voiture, dans un embouteillage non loin de la sortie du Holland Tunnel. Apparemment, une sorte d'opération de police était en cours, à en croire la radio, et tout était bloqué. Sylvia croyait qu'elle allait se faire tuer, d'une minute à l'autre, et qu'elle allait bientôt rejoindre sa pauvre fille défunte ; elle ne reverrait plus son mari ni ses petits-enfants. Elle mourrait au volant de sa Nissan Stanza bleue lorsqu'un engin explosif caché dans une autre voiture et déclenché à distance par Al-Qaïda, remplirait tout le tunnel de flammes et de gaz toxique. Néanmoins, prisonnière de sa voiture, attendant sa mort, elle prit son téléphone portable, en espérant qu'il y avait du réseau. Par chance, c'était le cas, et elle appela Jules qui, à cet instant, se trouvait sur son vélo d'appartement, installé récemment dans le minuscule espace à côté de l'armoire de Dennis dans la chambre.

— Jules, dit la voix au téléphone. Je vais mourir.

La dernière personne qui avait prononcé des paroles similaires devant elle était Dennis, quand il avait fait son infarctus dans ce restaurant. Et après avoir identifié son interlocutrice, Jules répéta à Sylvia ce qu'elle avait dit à Dennis.

— Non, vous n'allez pas mourir, dit-elle à sa patiente affolée. Mais je ne raccroche pas. Je suis là et je reste là car je n'ai rien d'autre à faire dans l'immédiat.

Alors, elle resta en ligne et bavarda avec Sylvia de choses et d'autres, d'un ton léger, et finalement, au bout d'une demi-heure environ, quand tous les sujets semblèrent avoir été épuisés, elle encouragea Sylvia à mettre un CD.

— Qu'est-ce que vous avez comme musique dans votre voiture ? Des choses bien ?

— Je ne sais pas. C'est mon mari qui s'occupe des CD. Certains appartenaient à Alison.

— Lesquels ? Vous avez du Julie Andrews ?

Jules se souvenait que Sylvia avait retrouvé le sourire, un jour, quand elle avait évoqué l'amour de sa fille pour Julie Andrews quand elle était petite.

— Non, je ne crois pas. Attendez, je regarde… Oh, si, il y en a un. *My Fair Lady*.

— Montez le son.

« J'aurais pu danser toute la nuit », chanta Julie Andrews, et Sylvia se mit à chanter elle aussi, puis Jules l'imita. Le trio de voix était un peu tremblotant, mais il tint bon, jusqu'à ce que, droit devant, la circulation reprenne.

Quelques jours plus tard, vers la toute fin de ce mois terrible, Dennis et Jules débarrassaient la table après le dîner ; Rory, onze ans, roulait lentement à travers l'appartement avec son skateboard, retardant le moment de s'attaquer à ses devoirs, une corvée qu'elle détestait. La télé était allumée, comme c'était souvent le cas au cours de ces premières semaines. Toutes les chaînes diffusaient les mêmes images. Il y avait un talk-show sur CNN. Dennis s'arrêta un instant devant, puis zappa, mais Jules, qui avait les yeux tournés vers l'écran à cet instant, leva la main et dit :

— Attends. Reviens en arrière.

Une femme blonde d'une petite quarantaine d'années était interviewée ; elle était habillée élégamment et portait de grosses boucles d'oreilles en or, elle avait un visage dur, angoissé.

— C'est elle, dit Jules, stupéfaite.

— Qui ça ? demanda Dennis.

Des lettres blanches apparaissaient en surimpression sur l'écran : Catherine Krause, P.-D.G de Bayliss McColter. La société qui avait perdu 469 employés. Deux semaines plus tôt, le 12 septembre précisément, la P.-D.G avait fait le serment publiquement de ne pas suspendre les salaires des personnes décédées ni la couverture sociale de leur famille. Jules avait lu des articles sur elle, mais elle ne l'avait jamais vue interviewée.

— Cathy Kiplinger, dit Jules. Oh, bon sang... Je n'en suis pas *absolument* sûre, mais je crois. Je voudrais pouvoir appeler Ash ! Mais ça ferait trop bizarre et je ne sais pas comment elle réagirait. Je vais plutôt appeler Jonah. J'espère qu'il est chez lui.

Quand elle parvint à le joindre au téléphone, elle s'exclama :

— Oh, formidable, tu es là ! Branche-toi sur CNN. Il faut que tu me dises si j'ai raison.

— Qu'est-ce qui se passe ? demanda Jonah, en allumant la télé dans le loft.

Une publicité jacassait.

— Attends.

Quand l'émission reprit, Jonah la regarda pendant une quinzaine de secondes, sans dire un mot, puis il expira longuement et demanda :

— C'est elle, hein ?

Derrière lui, Jules entendit Robert qui demandait :

— Qui ça, elle ?

— Oui, dit Jules. Je crois.

— Moi aussi.

Jules et Jonah restèrent au téléphone pendant toute l'heure que dura l'émission, hypnotisés par l'image de Cathy qui avait finalement, et de manière théâtrale, émergé de son portail temporel. Son visage était creusé, tendu et angoissé, mais son allure demeurait professionnelle ; elle avait appris à se contrôler en public, alors qu'elle était probablement sur le point de craquer, une fois de plus.

— Que dites-vous à ceux qui vous critiquent ? demanda le présentateur aux traits aquilins, penché vers Cathy comme s'il voulait l'embrasser, ou la frapper.

— Que je tiendrai ma promesse.

— Mais les veuves et les veufs disent que vous ne l'avez pas fait. Les salaires ne sont plus versés. Et ils ont perdu leur couverture sociale, au pire moment de leur existence.

— C'est juste que nous n'avons pas encore l'argent, dit Cathy. J'avais cru que nous pourrions nous relever et rebondir ailleurs, presque immédiatement, sous une forme limitée, mais cela s'est révélé impossible. Écoutez, je demande à ces familles de se montrer patientes. Comme vous le savez, nous sommes en train de créer un fond d'entraide. Mais j'ai vraiment besoin du soutien de chacun.

— Oui, je m'en souviens, dit Jonah. J'ai lu un truc là-dessus… elle disait que tout le monde toucherait son argent. Mais ensuite, elle a bloqué les chèques.

— Elle dit que ce n'était pas sa faute.

L'animateur recevait des appels en direct. «C'est à vous, parlez», disait-il et il mettait les téléspectateurs en relation avec Cathy.

— On vous a fait confiance, dit une femme à la voix enrouée, furieuse. On a cru ce que vous nous avez dit. Ma famille va très mal, non seulement à cause du chagrin, mais aussi parce que nous n'avons plus le salaire de mon mari. C'est comme ça que vous honorez la mémoire des gens qui ont travaillé pour vous ? C'est votre façon de faire ?

— Nous allons nous occuper de vous, répondit Cathy posément. Accordez-nous encore un peu de temps, s'il vous plaît.

— Vous êtes d'une telle hypocrisie, c'est incroyable. Franchement, allez-vous faire…

La communication fut coupée.

Cathy Kiplinger demeurait impassible face à la caméra. Jules et Dennis étaient figés eux aussi, tout comme Jonah dans son loft. Indifférente à tout cela, Rory continuait à essayer de nouvelles figures sur son skate. Jules regardait Cathy assise dans son fauteuil pivotant, sur ce plateau de télévision, acceptant la colère des épouses des employés assassinés comme elle acceptait le soutien ambigu d'un avocat et d'une psychothérapeute au comportement maternel et à l'aspect vulgaire, qui s'invitait régulièrement dans les talk-shows télévisés du soir. Immobile, Cathy répétait les mêmes phrases pour réclamer de la patience, mais à la fin de l'heure, elle paraissait épuisée. La dernière image d'elle, sous le générique, la montra en train de moucher son nez légèrement irrité en secouant la tête.

Dennis éteignit la télé et alla coucher Rory.

— Tu es toujours là ? demanda Jonah à Jules, au téléphone.

— Oui.

— Alors, qu'est-ce que tu en penses ?

— Je ne voudrais pas ressembler à cette psychothérapeute, ce « docteur Adele », mais j'ai l'impression que Cathy n'est pas loin de répéter ce qu'elle pense avoir subi.

— Explique-toi.

— Tu sais bien qu'elle avait l'impression que personne n'avait pris sa défense au départ, face à Goodman. Que personne ne pensait à elle. Alors, quand cette gigantesque tragédie est survenue, elle a voulu se montrer héroïque, c'est logique. Sauf qu'elle n'en a pas les moyens. Il n'y a pas d'argent. Résultat, elle finit par faire à ces familles ce qu'elle accuse Goodman de lui avoir fait. Et ce qu'elle nous reproche à nous aussi.

— Et Ben Laden également.

— Exact. De l'avoir détruite.

— Alors, tu penses qu'elle est détruite ? demanda Jonah.

— Oh, je ne sais pas. Je n'ai aucun moyen de le savoir.

— Est-ce que tu te souviens bien de Goodman, toi ?

— Je me souviens de certains détails. Les coups de soleil sur son nez. Ses genoux. Et ses grands pieds dans ces sandales.

— Ouais, c'était un grand gars sexy.

— Oui.

— Je devais être super attiré par lui, mais à l'époque, j'étais incapable d'assumer, dit Jonah. Je ne pouvais pas vous avouer que j'étais homo, je pouvais à peine me le dire à moi-même, Dieu sait pourtant que je suis homo depuis toujours. Je suis né pédé. (Après un bref silence, il ajouta :) Je me demande quel genre de vie il mène aujourd'hui. (Jonah avait parfois fait ce genre de commentaire au fil des années.) Et de quoi il vit, où qu'il soit. Cathy, elle, est passée à autre chose, elle a fait une énorme carrière dans la finance. Je ne sais pas quel aurait été le talent de Goodman en définitive ? À part tout foutre en l'air. Il était très doué pour ça.

— Pour séduire aussi, ajouta Jules tout bas.

— À ton avis, qu'est-ce qui s'est réellement passé entre lui et Cathy ?

— Jonah, répondit Jules, ne sachant pas quoi dire, cela s'était produit il y a si longtemps. On vit ici, à New York, quelques semaines seulement après un gigantesque attentat. On essaye tous de se serrer les coudes. Et tu m'interroges sur Cathy et Goodman, maintenant ?

Elle esquivait la question, elle essayait de s'en débarrasser, de manière pas très convaincante.

— Désolé, dit Jonah, surpris par cette réaction. Tu n'y penses plus jamais ?

Jules accorda à cette question un temps de réflexion adapté.

— Si, dit-elle, j'y pense.

Seize

— Si vous m'aviez affirmé, en 1986, après le diagnostic, que je serais toujours vivant en 2002, je
vous aurais demandé ce que vous fumiez, dit Robert
Takahashi aux personnes rassemblées dans la salle de
banquet noir et or.

Ces paroles furent accueillies par des rires polis et
une toux grasse, légèrement inquiétante, à une des
tables.

— Mais bon, reprit-il, si vous m'aviez affirmé, en
1986, que deux des tours de notre ville seraient abat-
tues un jour par des avions détournés, j'aurais dit la
même chose.

Plus tôt dans la soirée, dans le loft de Jonah, pendant que Robert répétait son discours, Jonah l'avait
interrompu pour dire qu'il ne voyait pas l'intérêt
d'ajouter cette phrase sur le terrorisme, en expliquant
que ça faisait trop cliché mais Robert avait insisté,
pour lui ça s'imposait.

— Mais je n'ignore pas, poursuivit-il, seize ans
après le diagnostic, malgré les inhibiteurs de protéases et des soins adaptés, que le sida demeure une
maladie grave. Même si elle n'est plus nécessairement

synonyme de mort. Je suis reconnaissant à Lambda Legal de m'avoir offert un formidable lieu pour travailler durant toutes ces années pendant lesquelles j'ai survécu étonnamment, ces terribles années, ces années extrêmement tristes, et aujourd'hui cette ère nouvelle que nous pourrions appeler, il me semble, les années d'inquiétude. Moi-même je me sens inquiet, mais aussi plein d'espoir. Et on ne peut plus vivant.

Il y eut des applaudissements, puis on resservit du café et des cuillères se plongèrent avec apathie dans les chapeaux gélatineux des desserts mal-aimés, accompagnés des trois framboises obligatoires ; puis il y eut un autre discours, délivré par un virologue français, avant l'ultime intervention de la soirée, celle d'une toute petite religieuse militante qui leva le poing en se dressant vers le micro placé trop haut. Jonah et Robert, vêtus de leur plus beau costume sombre, trônaient à la table d'honneur. Le Domenica's avait été un établissement financier au début du XXe siècle ; ses hauts plafonds et ses murs lambrissés se louaient maintenant une coquette somme pour les soirées de bienfaisance comme celle-ci. Nous étions à la fin février et la plupart des événements caritatifs de l'hiver avaient été annulés à New York, personne n'avait le moral ni la concentration nécessaires. Mais les organisateurs de cette soirée avaient dit quelque chose du style : si nous n'avons pas cédé devant le sida, nous ne céderons pas devant les terroristes.

La logique n'était pas évidente, mais suffisamment de temps s'était écoulé pour qu'une partie de l'incertitude généralisée s'estompe. La peur permanente à l'idée qu'un autre immeuble s'écroule ou qu'une bombe artisanale explose à Times Square avait cédé la place à une sensation de défi, et tel était l'état d'esprit qui régnait ce soir-là. Un grand nombre d'hommes vieillissants, présents dans cette salle, avaient dansé ensemble, de près, quand ils étaient encore de jeunes hommes ou de jeunes garçons, dans des endroits comme le Limelight, le Saint ou le Crisco Disco. Puis leur nombre avait diminué, et parmi les survivants, beaucoup s'étaient retrouvés ici ce soir, en tenue costume-cravate, ils tenaient le coup.

Robert Takahashi n'était pas à l'article de la mort, finalement, du moins ce n'était pas une certitude. Il avait résisté assez longtemps pour que les inhibiteurs de protéases deviennent un traitement standard et brusquement, si incroyable que cela puisse paraître, si vous aviez la chance de tolérer les effets secondaires de ces médicaments, vous pouviez vivre très longtemps. Personne, parmi leurs connaissances, n'aurait pu concevoir que ce changement surviendrait de leur vivant ; ils imaginaient que les morts allaient continuer à s'accumuler, indéfiniment. Toutefois, trop souvent, le sida conduisait encore à la mort. Les gens ne se protégeaient pas, ils étaient mal informés, ils se contaminaient, et dans de nombreux pays, les traitements étaient inabordables, ou bien carrément inexistants. Le monde continuait à mourir de cette maladie, entre autres, mais dans certains domaines, il y avait de l'espoir. La mort était tenue à distance, repoussée. Le président Reagan avait quitté la scène depuis longtemps, c'était maintenant un vieil homme désorienté qui ne se souvenait sans doute plus de la manière dont il s'était comporté, ou peut-être se souvenait-il des quelques instants glorieux de sa longue présidence : «Monsieur Gorbatchev, abattez ce mur.»

Ce soir-là, après avoir reçu le prix Eugene Scharfstein récompensant l'activisme politique au sein des professions juridiques, Robert s'attarda au bar clinquant du Domenica's une fois la cérémonie et le dîner terminés. D'autres hommes, plus jeunes, traînaient là également, mais la nouvelle génération se désintéressait de Robert et de Jonah, considérés comme d'élégants messieurs d'une autre génération, à laquelle pourtant, ayant tout juste passé la quarantaine, ils appartenaient presque. Tous les deux avaient beaucoup bu, ce que Robert n'était pas censé faire, mais c'était une occasion spéciale. Et il était passablement ivre quand il tira sur la cravate bleue très pâle de Jonah, en disant :

— Tu es très beau en costume. Je te le dis à chaque fois.

— Merci.

— Tu devrais t'habiller comme ça tous les jours pour aller travailler. Tu te ferais remarquer dans les réunions. Tout le monde voudrait te sauter.

— À mon travail, personne ne s'habille, comme tu le sais.

— Non, je ne le savais pas. Tu ne me parles presque jamais de ton travail.

— Tu ne m'interroges pas.

Depuis des années qu'ils vivaient ensemble, Robert n'était allé voir Jonah qu'une seule fois chez Gage Systems, et à l'époque, la société de robotique était encore dans ses anciens locaux. Robert n'avait donc jamais vu le bureau ensoleillé de Jonah, avec la table à dessins et le tableau de liège sur lequel il avait punaisé une photo de lui et de Robert, une autre représentant la plus grande sculpture en Lego du monde, et une troisième de sa mère chantant sur une péniche avec Peter, Paul and Mary, il y a un million d'années. Pour être juste, Jonah ne s'était rendu qu'une seule fois au bureau de Robert, lui aussi. Ils étaient comme ça. Les soirs où ils se voyaient, l'un des deux était généralement préoccupé par des problèmes qui ne concernaient pas l'autre. Même en caleçon, prêt à aller se coucher, Robert continuait souvent à pianoter sur son BlackBerry, pendant que Jonah, assis à la table de travail, étudiait des plans. La moitié de la semaine, Robert dormait chez lui, près de Spring Street.

— En tout cas, tu es beau, dit Robert, au bar, et il se pencha pour embrasser furtivement Jonah.

Celui-ci eut un mouvement de recul imperceptible, espérait-il. Robert empestait le whisky, et même en temps normal, Jonah Bay n'était jamais très à l'aise avec les démonstrations d'affection. Robert lâcha sa cravate et se redressa sur son tabouret, en se ressaisissant.

— Jonah, il faut que je te parle.

— OK.

— Au tout début, on avait conclu un marché, non ?

Jonah sentit qu'il se raidissait, dans les bras et les mollets.

— Je ne suis pas sûr de saisir, dit-il.

— Tu avais du mal t'investir dans cette relation. Et ça me convenait. Car honnêtement, je ne pouvais pas te donner beaucoup, moi non plus, à l'époque. À cause de ce diagnostic. J'allais mourir. On devait faire attention à ce qu'on faisait, évidemment. À ce qu'on fait. Et c'était très bien, sincèrement.

— Sauf que ?

— Sauf que maintenant, comme tu le sais, dit Robert, très mal à l'aise, s'obligeant à continuer malgré tout, il semblerait que je ne vais pas forcément mourir de ça. Pour être franc, Jonah, à mesure que le temps passe, je me dis que j'ai envie de quelque chose de plus complet.

— Complet ? Qu'est-ce que ça veut dire ?

— Oh, tu sais bien… l'amour. Le sexe. La totale, quoi. Quelqu'un qui s'investit à fond avec moi, physiquement et mentalement.

— Et où vas-tu trouver tout ça, Robert ? La totale ? Cet investissement à fond ?

Robert plongea le nez dans son verre, l'endroit que l'on regardait par défaut au moment d'une rupture car c'était bien de cela qu'il s'agissait, si atroce et incroyable que cela puisse paraître.

— Je l'ai trouvé.

— Tu l'as trouvé.

Affirmation pleine d'amertume.

— Oui. (Robert leva la tête et soutint courageusement le regard de Jonah.) Lors de la réunion du conseil d'administration, il y a trois mois. Il fait de la recherche à Columbia. Il est positif.

Sans réfléchir, Jonah demanda :

— Tu veux dire qu'il est optimiste ?

— Non. Il est séropositif. Comme moi. On a commencé à parler. Et on est tombés dans le piège, Jonah. Ce n'était pas prévu. Mais on s'est sentis comme… libérés. C'était incroyable comme sensation. Je crois qu'il n'y a jamais eu beaucoup de liberté dans notre relation, entre toi et moi.

— Oh, la liberté, c'est ça l'objet tant convoité ? Le graal. Baiser sans protection ?

— Il n'y a pas que ça, dit Robert. Il sait ce que ça signifie de vivre avec cette maladie.

— Et moi, alors ? J'ai vécu avec toi durant toutes ces années.

— Non, pas *avec* moi. Tu n'as même pas voulu que je m'installe chez toi. Regarde, je suis le lauréat du prix Eugene Scharfstein, et je crois que je mérite un moment de grande franchise. Tu as toujours voulu rester indépendant, Jonah. C'était ton choix, pas le mien, et je l'ai accepté car que pouvais-je faire d'autre, Jonah ?

Chaque fois que Robert prononçait son prénom, c'était encore pire, comme si Robert était une personne affable et distante qui s'adressait à une personne condamnée. Après tout ce temps, c'était Robert le survivant, alors que Jonah habitait un territoire situé entre le malade et le bien portant, un purgatoire abominable dans lequel il serait obligé de demeurer.

— Très bien, dit-il en se ressaisissant. Alors, qu'est-ce que tu veux maintenant ?

— Je pense que je devrais partir.

— Partir ? Qu'est-ce que ça veut dire ? Partir avec ce type ? Ce « chercheur » ?

Il essaya de conférer une touche sarcastique à ce mot, mais les sarcasmes paraissaient immatures à cet instant.

— Oui.

Robert prit la main de Jonah, mais la sienne était si froide à cause du verre qu'elle n'avait absolument rien de réconfortant. Jonah garderait le souvenir du contact des doigts d'un homme qui l'avait déjà quitté, qui pensait déjà à son chercheur, à la nuit qui l'attendait et à ce qui suivrait, maintenant qu'il pouvait vivre et être aimé. Maintenant qu'il était libre.

Robert Takahashi dit :

— Ça a été très agréable. On n'était pas seuls. Mais le moment est peut-être venu de voir où le vent nous mène, si je puis dire.

Cette nuit-là, les rues du bas de Manhattan ressemblaient véritablement à une soufflerie. La cravate de Jonah flottait par-dessus son épaule et il enfonçait les mains dans les poches de son manteau ; ses doigts trituraient un vieux mouchoir fossilisé au fond de l'une d'elles ; et dans l'autre, des pièces enveloppées de peluches et des jetons de métro, voués à disparaître, avec leur pentagramme découpé au centre. Il ne pouvait pas rentrer directement chez lui. Ainsi, il se retrouva devant chez Ash et Ethan dans Charles Street, pas très loin de là, en train d'appuyer sur la sonnette dont le timbre résonna dans les profondeurs de la maison. Une caméra de surveillance se braqua sur son visage en ronronnant, puis une voix de femme à l'accent jamaïcain s'adressa à lui dans l'interphone :

— Oui ? Qui c'est, s'il vous plaît ?

C'était Rose, la nounou.

— Bonsoir, Rose, dit Jonah d'un ton aussi léger qu'il le pouvait. Ash et Ethan sont là ? C'est Jonah Bay.

— Oh, attendez. Tournez-vous un peu, s'il vous plaît. Là, je vois votre visage maintenant. Ils sont absents, Jonah, ils sont partis dans leur ranch du Colorado. Mais ils seront de retour demain. Ethan a des réunions. Je peux faire quelque chose pour vous ?

— Non, ce n'est pas grave. Dites-leur juste que je suis passé.

— Attendez un instant, d'accord ?

— D'accord.

Jonah demeura sur les marches du perron, sans savoir pourquoi Rose lui avait demandé d'attendre, mais quelques secondes plus tard, elle ouvrit la lourde porte et le pria d'entrer. Dans le vestibule, un espace pâle et paisible où la lumière semblait provenir d'un endroit caché, la nounou tendit à Jonah un téléphone sans fil. Puis elle le fit entrer dans un salon où il n'avait jamais mis les pieds et, encore à moitié ivre et débordant de souffrance, il s'assit dans un canapé en velours prune, sous un vaste tableau représentant un cône de glace à la vanille.

— Robert m'a quitté, dit-il à Ash au téléphone, en réprimant un sanglot.

— Il t'a *quitté* ? Tu es sûr ? Ce n'est pas juste une dispute.

— On ne s'est pas disputés. Il a quelqu'un d'autre.

— Je suis choquée, Jonah.

— Un « chercheur ». Apparemment, je suis trop renfermé.

— C'est faux, dit Ash. Tu es quelqu'un de très affectueux. Je ne comprends pas de quoi il parle.

Mais évidemment, elle comprenait, elle se montrait polie, voilà tout.

— Dès que je serai rentrée, ajouta-t-elle, je te consacrerai tout mon temps. En attendant, passe la nuit chez nous, d'accord ? Rose et Emanuel vont t'installer. J'aimerais être avec toi, mais on a emmené toute la troupe d'*Hécate* ici pour les répétitions, et Ethan nous a accompagnés. Tu pourras prendre ton petit-déjeuner avec Larkin et Mo demain matin, qu'est-ce que tu en dis ? Tu me diras s'ils vont bien. Je déteste être loin de Mo. Il supporte mal le changement de routine.

Jonah passa donc la nuit dans la chambre d'amis du premier étage qui, à ses yeux, était presque aussi somptueuse que la Chambre de Lincoln à la Maison Blanche. Il se souvenait vaguement que sa mère l'avait photographiée avec un Polaroid, la fois où elle y avait dormi, du temps de Jimmy Carter. (Rosalynn Carter adorait « The Wind Will Carry Us » et elle avait versé quelques larmes quand Susannah l'avait chantée après le dîner.) Au matin, le soleil se répandait sur le lit et quelqu'un frappa à la porte de la chambre. Jonah se redressa et dit : « Entrez. » Les enfants d'Ash et Ethan apparurent et il fut surpris de constater à quel point ils avaient changé depuis la dernière fois qu'il les avait vus, quelques mois plus tôt. Larkin était belle, calme, en route vers l'adolescence. Mo, pauvre petit garçon, paraissait hésitant et pas très bien dans sa peau, alors même qu'il restait debout sans rien faire. Sa façon de se tenir était déconcertante. Il observait Jonah d'un œil pénétrant.

— Hé, salut, dit Jonah, un peu gêné.

N'ayant jamais pu dormir habillé, il était torse nu. Ses cheveux, toujours longs, avaient commencé à grisonner, et il craignait d'apparaître aux yeux de ces enfants comme un gitan menaçant et efféminé. Mais Jonah avait toujours l'impression que quelque chose n'allait pas chez lui, même si un tas de gens s'extasiaient sur son visage, son corps élancé ou ses projets d'appareils destinés à aider les personnes handicapées ou encore sa «douceur», un mot souvent utilisé, de manière agaçante, pour décrire cet homme réservé et poli.

— Maman et papa nous ont prévenus que tu étais là, Jonah, dit Larkin. Ils ont dit aussi que tu devais rester pour prendre le petit-déjeuner avec nous, si tu peux. Emanuel prépare des gaufres qui sont «à mourir», d'après maman.

— Je veux pas mourir, dit Mo, bouche tremblante. Tu le sais bien, Larkin.

— Je plaisantais, Mo, répondit sa sœur en le prenant par les épaules. Tu te souviens? C'est une plaisanterie. Par-dessus la tête de son frère, elle ajouta : Il prend tout au pied de la lettre, je n'ai jamais vu ça. Ça arrive avec des gens qui sont à l'intérieur du spectre.

Une fois habillé, Jonah suivit les voix des enfants, qui le conduisirent à l'étage supérieur, jusqu'à une salle de jeux où rien ne manquait. Debout devant un chevalet, Larkin peignait un paysage habile, inspiré visiblement de ce qu'elle voyait de sa chambre dans le ranch du Colorado. Mo, lui, était couché à plat ventre sur la moquette, comme un garçon beaucoup plus jeune. Les innombrables Lego éparpillés autour de lui donnaient l'impression qu'une éruption volcanique avait eu lieu et tous les débris projetés avaient refroidi et durci. Jonah s'arrêta sur le seuil, admiratif et impressionné. Autrefois, il y a longtemps, il adorait les Lego lui aussi, et tout ce que l'on pouvait faire avec ces petits morceaux de plastique. En un sens, il était entré au MIT à cause des Lego, et aujourd'hui il travaillait pour Gage Systems à cause de cet intérêt primitif pour tout ce qui s'emboîtait et ne s'emboîtait pas.

— Qu'est-ce que tu construis ? demanda-t-il.

— Une pince à ordures, dit le garçon, sans lever la tête.

— Comment ça marche ?

Jonah s'accroupit pour permettre à Mo Figman de lui faire une démonstration de son invention. Immédiatement, il constata que le garçon possédait une compréhension instinctive, profonde et étendue, de la mécanique. Il l'interrogea sur la fonctionnalité de sa pince à ordures et lui posa une série de questions relatives à l'utilisation, la forme, la durabilité et l'esthétique. Mo le stupéfia par ses compétences pleines de décontraction, et pourtant, il se sentait déprimé également. Ce que Mo aimait, c'étaient les Lego, mais il se comportait comme un ouvrier, comme un de ces enfants travailleurs qui avaient inspiré le combat d'Ethan.

À la table du petit-déjeuner, un peu plus tard, Jonah fut choyé comme le troisième enfant des Figman, et non pas comme un homme qui s'était fait larguer par un autre huit heures plus tôt. Assis dans la cuisine ensoleillée avec les enfants, il contemplait un jardin fermé par un mur si lourdement couvert de lierre qu'il ressemblait au dessous d'une tapisserie. Il aurait tout donné pour avoir vécu ici, avec des parents comme Ash et Ethan, et non pas comme sa mère, bien intentionnée, mais incapable de lui éviter de se faire dépouiller et rabaisser. Susannah Bay vivait toujours avec son mari Rick dans cette ferme du Vermont, elle enseignait la guitare et priait, elle était vénérée dans ce monde clos, célèbre et aimée à l'intérieur de la membrane de l'Église de l'unification. Elle lui affirmait qu'elle aimait énormément sa vie et ne regrettait pas d'avoir quitté le vaste monde pour celui-ci, plus petit. Dans son existence quotidienne, elle était admirée pour son talent, et Jonah était loin de pouvoir en dire autant.

— Ça va ? demanda Larkin soudain.

Surpris, Jonah ne sut pas quoi répondre.

— Pourquoi ça irait pas ? dit Mo. Il a rien qui va pas.

— Là encore, tu prends tout au pied de la lettre, dit Larkin. Souviens-toi, Mo, on en a parlé.

— Ça va, dit Jonah. Mais si tu me demandes ça, c'est juste parce que je me sens un peu triste.

— Triste ? Pourquoi ? demanda Mo, en aboyant presque ces paroles avec irritation.

— Vous connaissez Robert, hein ?

— Le Japonais, dit Mo. C'est comme ça que je l'appelle.

— Ah oui ? Eh bien, il ne veut plus être mon compagnon. Alors, c'est dur pour moi. Il me l'a annoncé hier soir, c'est pour ça que j'ai dormi ici.

La conversation commençait à prendre un tour particulier. Pourquoi parlait-il de sa vie amoureuse et de sa rupture avec deux enfants ? En outre, les mots lui semblaient mal choisis : il n'avait jamais été le compagnon de quiconque.

Larkin se tourna vers son frère et posa sur lui un regard particulier qu'elle avait déjà utilisé de toute évidence.

— Mo, dit-elle. Tu as entendu ce que vient de dire Jonah, comme quoi il était triste ?

— Oui.

— Eh bien, quelle est la réaction appropriée ?

Mo regarda désespérément autour de lui, comme un élève qui cherche les réponses à un test sur les murs de sa classe.

— Je ne sais pas, avoua-t-il, la tête légèrement baissée.

— C'est pas grave, dit Jonah en posant la main sur l'épaule du garçon, dure comme un dossier de chaise.

— Si, tu le sais, dit Larkin tout bas.

Son frère la regarda, il attendait, il attendait que ça lui revienne, et soudain, il trouva la réponse :

— Je suis désolé.

— Dis-le à Jonah.

— Je suis désolé, dit le fils d'Ethan d'une voix qui peinait à exprimer un sentiment, alors que Jonah, lui, n'avait pas besoin de faire d'effort pour accueillir ces paroles avec émotion.

Dix-sept

À quatre-vingt-quatre ans, Manny Wunderlich était toujours vigoureux, mais presque aveugle. Sa femme, Edie, était moins vigoureuse, mais elle avait conservé une assez bonne vue. À eux deux, cependant, ils n'étaient plus capables d'assumer au quotidien leur rôle de directeurs de camp de vacances, même à temps partiel, et ils le savaient. Sans doute auraient-ils dû s'arrêter quelques années plus tôt. La saison 2010 venait de se terminer. Paul Wheelwright, le jeune homme qui avait dirigé le centre à leur place ces dernières années, avait manqué d'inspiration, estimaient-ils, et la fréquentation était en baisse. La veille, ils l'avaient congédié, sans rancune, précisèrent-ils, mais ils souhaitaient donner une nouvelle orientation à Spirit-in-the-Woods pour l'année prochaine.

— Manny, Edie, leur avait répondu Paul, il se trouve que moi, j'ai de la rancune car je me suis efforcé de faire fonctionner ce camp. À certains égards, vous vivez tous les deux dans le passé, et pour moi, c'est très frustrant. Ce n'est plus le genre de camp que veulent les enfants du XXIe siècle. Les jeunes d'aujourd'hui sont très branchés nouvelles technologies. Je sais que c'est difficile pour vous de regarder la réalité en face, mais si vous ne trouvez pas une personne capable de faire évoluer ce camp, je crains que la situation n'empire et que vous ne perdiez trop d'argent pour pouvoir continuer. Si vous m'aviez laissé les coudées franches, j'aurais pu faire beaucoup plus.

— La conception de jeux d'ordinateurs, dit Manny avec mépris. C'est ça que vous entendez par «beaucoup plus»?

— On aurait pu installer un laboratoire informatique, dit Paul. Pas uniquement un endroit pour créer des jeux ou recevoir des e-mails, même si les enfants auraient pu faire ça aussi. Leurs parents auraient adoré pouvoir rester en contact avec eux de cette façon. Quant aux ordinateurs, n'oubliez pas que partout, sauf ici, tout est totalement informatisé maintenant. Malgré cela, certains de ces gamins ont passé tout l'été dans l'atelier d'animation, par exemple, à dessiner sur des *feuilles de papier*. Ça n'a plus rien à voir avec le monde réel.

— Le monde réel? répliqua Edie, outrée. Dites-moi un peu, Paul, quelqu'un comme Ethan Figman a-t-il réussi dans le monde réel? Lui aussi, il dessinait sur des feuilles de papier, non? Pourtant, il a réussi à s'adapter quand les choses ont changé. Nous lui avons offert des bases ici, c'est ce qui compte. Des bases de créativité. Faut-il que tout soit axé sur la formation professionnelle? Selon moi, Ethan s'est plutôt bien débrouillé. Plus que ça, même, diraient certains.

— Edie, je sais bien qu'Ethan Figman est venu à Spirit-in-the-Woods il y a très longtemps. Il en a parlé dans de nombreuses interviews, et je suis certain que vous en êtes extrêmement fiers, comme le serait n'importe qui. C'est incroyable et merveilleux de penser qu'il a débuté ici. Après une pause, il ajouta : Pourquoi vous ne le sollicitez pas ? Je suis sûr qu'il investirait un gros paquet d'argent dans votre camp s'il savait comme vous vous débattez. Sa femme et lui rachèteraient certainement toute la propriété. Elle aussi, elle venait chez vous, non ? Ce n'est pas ici qu'ils se sont connus, d'ailleurs ?

— Jamais nous ne lui demanderons quoi que ce soit, répondit Edie. C'est vulgaire. Nos motivations sont pures, Paul.

— La pureté, c'est très beau, mais si ce camp fait faillite, vous savez ce qu'il vous restera ? Un tas d'albums datant de vieilles productions du *Deuil sied à Électre*, jouées par une bande d'adolescents boutonneux.

— Vous devenez injurieux, dit Manny.

— Je pense juste que vous empêchez ces enfants d'avoir accès à tous les outils disponibles. C'est incroyable tout ce qui existe maintenant. Internet a ouvert un tas de possibilités pour chacun. Si un gamin a toujours fantasmé sur… Abbey Road, il peut s'y transporter d'un seul coup. Dans la rue, ou carrément dans le studio d'enregistrement. Aujourd'hui, même une sorte de voyage dans le temps virtuel est possible. Et l'effet produit sur l'imagination est stupéfiant.

Manny secoua la tête et dit :

— Oh, allons. Vous êtes en train de me raconter que grâce à Internet, et la possibilité de vivre toutes les expériences, tous ses caprices, d'utiliser tous les outils, tout le monde devient artiste du jour au lendemain ?

Seul petit problème : si tout le monde est artiste, il n'y a plus d'artistes.

— C'est bien d'avoir des principes, Manny, mais je continue à penser que vous devez vous adapter à l'époque.

— Nous nous sommes adaptés, dit Edie. Dans les années quatre-vingt, avec le multiculturalisme, nous avons pris la décision de proposer des cours de tambour africain, et comme vous le savez, notre professeur, Momolu, est avec nous depuis ce temps-là. D'ailleurs, nous avons contribué à l'obtention de son visa.

— Oui, c'est formidable, et Momolu aussi. Mais le multiculturalisme, c'est facile. Vous l'avez introduit dans la vie du camp, évidemment, et je sais que c'est un endroit plus diversifié qu'autrefois. Mais je pense que vous avez beaucoup plus de mal à accepter la technologie. Les racistes et les xénophobes pensent que le multiculturalisme est l'ennemi de l'Amérique, mais vous, vous pensez que la technologie est l'ennemie de l'art, ce qui est tout aussi faux. À l'époque où Ethan Figman venait ici... au milieu des années soixante-dix, je dirais, la technologie n'existait même pas. Maintenant, si, et vous ne pouvez pas faire comme si elle n'existait pas. Les artistes, dans tous les domaines, disposent de formidables outils informatiques. Les compositeurs. Les peintres. Quatre-vingt-dix pour cent des écrivains utilisent des ordinateurs. Je comprends que vous vouliez vous séparer de moi. Mais même sans moi, je pense que vous devez effectuer des changements, et pas uniquement en passant à l'informatique, peut-être que vous devriez également vous orienter dans d'autres directions.

— Quelles directions ? demanda Manny d'un ton abattu.

Ses yeux ne lui permettaient pas de voir réellement le visage de son bourreau ; il n'entendait que ce déferlement décourageant de constats catastrophiques, émanant d'une silhouette masculine floue qui remuait beaucoup la tête.

— Eh bien, les lamas, par exemple. Je vous ai déjà dit que vous pourriez proposer un atelier pour apprendre à s'occuper des lamas. Un tas de camps ont des lamas de nos jours, c'est très apprécié. Les filles en particulier semblent aimer s'occuper d'eux. Ce sont des animaux plus intelligents qu'on le pense, et très obéissants.

— Merci pour ces conseils, dit Manny.

— Vous pourriez aussi proposer des sports. Pas uniquement du ping-pong ou du lancer de frisbee de temps en temps. J'ai entendu parler d'un camp d'activités artistiques qui possède carrément une équipe de quidditch, ajouta Paul avec un petit rire. Les adolescents artistes d'aujourd'hui sont plus complets qu'autrefois. Ils veulent étoffer leur C.V. D'ailleurs, en parlant de cela, vous pourriez également délivrer un certificat de travaux d'intérêt général.

— En quel honneur ? s'exclama Edie, la plus robuste des deux Wunderlich. Parce qu'ils ont nettoyé leurs tipis ? Parce qu'ils ont cousu des costumes pour *Médée* ? Ou qu'ils se sont aidés à rouler un joint ?

— Non, répondit Paul patiemment. Pour de véritables actions. Et ce n'est pas tout. Vous devez être présents sur les réseaux sociaux. Je devine que cette expression vous irrite les tympans, mais faites-moi confiance. Non seulement vous devriez avoir une page Facebook, mais vous devriez être aussi sur Twitter.

— Twitter, répéta Manny en se tordant les mains. Vous savez ce que c'est ? Des termites avec des micros.

— Ça suffit comme ça, Paul, dit Edie. On a compris. Nous apprécions tout le travail que vous avez effectué. Votre dernier chèque doit vous attendre au bureau. Dépêchez-vous.

— Qui est injurieux maintenant ? murmura Paul.

Il secoua la tête et s'en alla.

Assise dans un bus, Jules Jacobson-Boyd s'assoupit et dériva. La veille au soir, Dennis et elle étaient rentrés à New York après avoir conduit Rory à l'université d'Oneonta pour le premier jour de son année de licence. Leur fille avait hâte d'étudier un sujet auquel ils ne comprenaient rien : les espaces environnementaux. Sans être aussi éblouissante que Larkin Figman, Rory était sortie de l'enfance intacte ; c'était maintenant une étudiante moyenne et une personne agitée et enthousiaste, qui savait qu'elle voulait toujours être en mouvement et dehors, au contact du monde. Dans des espaces environnementaux. Elle avait quitté le domicile familial en douceur, sans effusions, au moment d'entrer à l'université, et si les gens affirmaient qu'à cause de la crise économique les enfants ne quittaient plus la maison avant vingt-six ans désormais, Rory ne semblait pas avoir besoin, ni envie, de revenir. Parfois, à l'occasion des vacances, elle débarquait avec deux ou trois amies, des jeunes femmes joviales qui aimaient toutes le grand air. À cinquante et un ans, Jules et Dennis entraient dans une période plus calme pour la plupart des individus, une légère glissade sur une pente douce. Dennis conservait un moral satisfaisant, grâce au Stabilivox, même si ce médicament lui faisait prendre des kilos dont il n'arrivait pas à se débarrasser. Il se réjouissait d'avoir repris le travail ; abonné à trois publications consacrées à l'échographie, il était devenu si calé que le personnel de la clinique venait souvent lui poser des questions.

Jules et Dennis avaient loué une voiture pour effectuer le trajet jusqu'à Oneonta. Leur fille aux cheveux bruns frisés et au large visage franc, toujours directe, les avait enlacés l'un après l'autre, puis une de ses colocataires dans cette maison victorienne rose et délabrée, située en dehors du campus, s'était penchée dangereusement par une fenêtre ouverte du premier étage pour s'écrier : « Hé, Rory, ramène tes fesses ! » Et maintenant, assise dans ce bus bondé qui descendait Broadway et la conduisait à son cabinet, la tête appuyée contre la vitre, Jules sentait ses paupières tomber. Soudain, elle prit conscience de la présence de la femme assise face à elle. À intervalles réguliers, celle-ci se donnait une grande claque. Jules l'observa avec un mélange de stupeur et d'excitation. Finalement, la personne qui accompagnait cette pauvre femme lui prit délicatement la main et lui murmura quelques mots. Elles semblèrent avoir une véritable conversation, puis la femme dérangée sourit et hocha la tête. Après un moment de silence, elle libéra sa main et, de nouveau, *bang,* elle se gifla, plus fort encore. L'autre femme se remit à lui parler doucement. Elles se ressemblaient légèrement, sans doute étaient-elles sœurs. Peut-être même jumelles. Mais le visage de la femme dérangée avait subi, au fil du temps, les souffrances de son état, si bien que les deux femmes ne se ressemblaient pas tant que ça, vues de près.

Sachant qu'elle devait détacher son regard maintenant, que c'était inconvenant de ne pas tourner la tête, Jules s'aperçut qu'elle en était incapable. Néanmoins, elle reporta sa curiosité sur la sœur qui parlait tout bas. Et alors qu'elle l'observait, le visage de cette femme lui apparut tel qu'il était autrefois, plus jeune, et Jules pensa : *je te connais*. Encore une de ces prétendues visions. Elle se leva et dit, avec assurance ;

— Jane !

La femme la regarda à travers l'allée, souriante et amusée.

— Jules !

Jane Zell, son ancienne voisine de tipi à Spirit-in-the-Woods se leva à son tour et les deux femmes s'étreignirent. Jules se souvint soudain d'une conversation nocturne au cours de laquelle Jane avait évoqué cette sœur jumelle qui souffrait de troubles neurologiques qui la poussaient à se donner des gifles, sans raison apparente.

— Voici ma sœur Nina, dit Jane, et Jules la salua.

Pendant que les deux femmes bavardaient, Nina continuait à se maltraiter. Mais Jane était habituée ; sans se troubler ni se déconcentrer, elle raconta à Jules ce qui s'était passé dans sa vie au cours de ces trente dernières années.

— Je travaille pour une fondation de Boston qui accorde des subventions à des orchestres. Mon mari est hautboïste. Personnellement, j'ai abandonné la musique. J'étais douée, mais pas *très* douée. Pourtant, je savais que j'avais besoin de rester dans le monde des arts. Je suis à New York ce week-end pour assister à une conférence, et rendre visite à Nina.

À cinquante et un ans, Jane Zell avait conservé sur son visage cet éclat qu'elle avait toujours eu, et c'était un soulagement.

— Tu es restée en contact avec quelqu'un ? demanda Jules.

— Nancy Mangiari, de temps en temps. Et toi, toujours amie avec Ash ?

— Oh, oui.

Elle ressentit une bouffée de fierté en disant cela.

— C'est incroyable, pour Ethan, dit Jane.

Soudain, Nina se gifla avec encore plus de férocité. *Paf, paf, paf.* Jane se pencha vers elle, lui glissa quelques mots, puis reprit la conversation.

— Devine sur qui je suis tombée à Boston, la semaine dernière, dit-elle. Manny et Eddie.

— Ah oui ? Nous n'avons plus aucun contact, dit Jules. Un été, après mon mariage, alors qu'on était en Nouvelle-Angleterre avec mon mari, on s'y est arrêtés, mais c'est la dernière fois que je les ai vus. J'ai toujours fantasmé en me disant que ma fille irait à Spirit-in-the-Woods à l'adolescence. Mais quand elle a eu quinze ans, elle a voulu partir dans un camp de survie. Et la fille d'Ash voyage toujours avec ses parents en été, elle visite d'autres continents, elle donne un coup de main dans l'école fondée par Ethan.

— Edie n'a quasiment pas changé, dit Jane. Toujours solide. Manny, lui, est presque aveugle, c'est triste. Le camp fonctionne toujours, mais ils ont des difficultés, paraît-il, et ils cherchent quelqu'un pour le diriger l'été prochain.

Jane Zell et sa sœur Nina devaient descendre au prochain arrêt. Alors, les deux vieilles amies s'étreignirent affectueusement, pendant que Nina se donnait encore quelques claques, après quoi, Jules et tous les passagers du bus regardèrent les deux sœurs descendre dans Broadway. Jules ferma les yeux pour les deux derniers arrêts, dans la lente circulation du matin, mais cette conversation avec Jane l'avait mise dans un état de grande excitation. Elle se revoyait dans son tipi, au théâtre, dans le réfectoire où le repas se composait de lasagnes aux légumes et d'une salade parsemée de germes de haricots. Assise sur la colline, elle écoutait Susannah Bay chanter, elle était dans l'atelier d'animation, elle sentait la pression inattendue de la bouche d'Ethan Figman ; elle était dans le tipi des garçons numéro 3, en train de tirer sur un joint humide en regardant les jambes poilues de Goodman Wolf qui pendaient du lit d'en haut. Elle prenait un accent de réfugié en cours d'improvisation, elle était assise dans son lit étroit, la nuit, elle parlait avec Ash et oh, comme elle était heureuse.

— Écoutez, il y a une chose dont il faut qu'on parle aujourd'hui même, dit Jules à sa cliente Janice Kling, un jeudi en fin d'après-midi.

Presque un mois s'était écoulé depuis ses retrouvailles avec Jane Zell dans le bus, et depuis, elle se comportait comme une personne en transe qui obéit aux ordres venant d'une source mystérieuse. À partir du moment où elle avait trouvé l'occasion de retourner à Spirit-in-the-Woods, l'endroit où sa vie s'était ouverte et déversée, et l'avait projetée au sol, délirante et métamorphosée, elle avait agi vite. Dès que l'idée de postuler lui était venue, elle en avait fait part à Dennis, qui avait ri avec bienveillance, persuadé qu'elle ne parlait pas sérieusement. Ils en discutèrent pendant trois jours avant même qu'elle appelle Manny et Edie. À l'issue de ces trois jours, Dennis s'était laissé convaincre d'y réfléchir.

Quelques autres candidats étaient eux aussi d'anciens pensionnaires de Spirit-in-the-Woods sentimentaux. Lors de l'entretien d'embauche, organisé dans une chambre d'hôtel du centre de Manhattan, les Wunderlich lui avaient paru extrêmement vieux, mais ils l'étaient déjà en 1974. Edie était toujours solidement bâtie et autoritaire, alors que Manny ressemblait à un grand-père, avec d'épais sourcils blancs qui jaillissaient telles des branches qu'il fallait éviter. Jules se sentait oppressée en présence des Wunderlich, rien qu'en entendant leur voix familière parler d'Untel ou d'Untel, surgi du passé.

Après tous ces souvenirs, que Dennis écouta poliment, mort d'ennui sans doute, ils en vinrent à évoquer la nature du poste et les défis à relever. L'entretien dura une heure et s'acheva par de chaleureuses étreintes, ce qui semblait de bon augure, mais on ne pouvait jamais savoir. Puis Jules attendit, et deux jours plus tard, elle reçut un coup de fil et une proposition. Elle écouta sa boîte vocale dans son cabinet, entre deux clients. C'était Edie qui avait laissé le message : « On a reçu tout le monde, mais c'est vous deux que l'on veut. Serez-vous en mesure de venir vous installer à Belknap au printemps ? »

Jules laissa échapper une sorte de petit aboiement, avant de plaquer sa main sur sa bouche en se souvenant qu'elle avait déjà fait entrer un patient dans la salle d'attente. Entendre son psy aboyer, ce n'était pas idéal. Ce soir-là, Jules et Dennis acceptèrent la proposition. Mais il n'y avait rien de définitif : ils avaient été engagés à titre provisoire et à la fin de l'été, ils s'entretiendraient avec les Wunderlich pour « évaluer » la situation et déterminer si leur choix était le bon. Dennis avait reçu l'assurance qu'il retrouverait son poste à la clinique de Chinatown si, pour une raison quelconque, il devait revenir à New York à l'automne car ils manquaient de personnel et avaient besoin de lui : il savait un tas de choses. Jules, en revanche, devait fermer son cabinet ; elle ne pouvait pas laisser ses patients en plan. Elle promettrait de les aider à trouver un autre psychothérapeute, si tel était leur choix, car même si les Wunderlich ne s'étaient engagés que pour un été, Jules était plutôt confiante. Et si ça marchait, la gestion du camp deviendrait une occupation à temps plein, d'un bout à l'autre de l'année. Dennis et elle devraient se démener pour trouver de nouveaux pensionnaires potentiels et doper les inscriptions à la morte-saison.

Et donc, ce matin, elle avait commencé à annoncer à ses clients qu'elle fermait son cabinet et quittait New York en avril. Deux clientes pleurèrent, dont Sylvia Klein, mais Sylvia pleurait souvent, ce n'était donc pas une surprise ; une orthophoniste prénommée Nicole proposa de l'inviter à dîner et de devenir son amie, puisque Jules ne serait plus sa psy. Jules déclina la proposition, mais se dit très touchée. La plupart des échanges avaient pris cette tournure, émouvante et un peu déconcertante. Elle connaissait ces gens, mais eux ne la connaissaient pas vraiment.

Et maintenant, en fin de journée, elle recevait Janice Kling, sa plus ancienne patiente, qui attendait ces séances avec une ferveur toute religieuse, même si sa qualité de vie n'avait guère évolué dans l'ensemble. Janice se lamentait toujours sur l'absence d'intimité et personne ne l'avait touchée depuis très longtemps. Elle était seule, elle donnait rendez-vous à des hommes qu'elle qualifiait d'inintéressants. Néanmoins, elle restait fidèle à sa thérapie et à son travail avec Jules. C'était le moment central de sa semaine, peut-être même de son existence.

— Je quitte New York au printemps, lui annonça Jules.

À cet instant, elle s'inquiéta pour Janice, elle se demanda ce qu'elle allait devenir. Pourrait-elle tenir le coup ? Cette ville se montrait cruelle avec les personnes seules, à partir d'un certain âge ; la solitude était parfois ressentie de manière plus intense ici, et parfois, des personnes qui ne vivaient pas en couple commençaient à demeurer en retrait, elles ne sortaient plus.

— Je ferme mon cabinet.

— Vous partez loin ? demanda Janice. Parce que mon amie Karen, celle qui a un lupus, son psy a déménagé à Rhinebeck et Karen prend le train une fois par semaine pour aller là-bas. Je pourrais faire pareil.

— Je cesse d'exercer.

— Vous êtes malade ? s'inquiéta Janice.

— Non. Je vais très bien.

— Alors quoi ?

— Disons que c'est ce fameux « second acte » dans la vie de tout Américain.

— Je ne comprends pas.

— Je vais prendre la direction d'un camp de vacances.

— Un camp de vacances ? répéta Janice, hébétée. C'est pour ça que vous renoncez à votre métier ? Et si ça ne marche pas ? Si vous découvrez que vous n'êtes pas faite pour ça ?

— C'est toujours un risque quand vous vous lancez dans quelque chose de nouveau, dit Jules.

Mais Dennis et Jules avaient longuement réfléchi. Ils étaient propriétaires de leur appartement et comme ils auraient peu de frais à Belknap, ils pourraient revenir à New York à la fin de chaque été pour s'occuper du camp de chez eux, jusqu'au printemps. Ensuite, ils pourraient essayer de sous-louer leur logement pendant quelques mois. En outre, si cette expérience virait au désastre, pour eux ou pour les Wunderlich, ils auraient toujours un toit. En revanche, Jules aurait perdu sa clientèle.

— Je n'arrive pas à y croire. Ça ne vous fait pas bizarre ? demanda Janice. Sans vouloir vous vexer, quel rapport y a-t-il entre diriger un camp de vacances et le métier de psychothérapeute ? J'ai l'impression que ce sont deux mondes à part. Ce n'est pas votre impression ? Je vous vois mal en train de sonner la cloche pour le réveil ou de chanter « Kumbaya ».

615

— Je sais que ça peut sembler farfelu, et je suis sûre que je ne suis pas au bout de mes surprises, dit Jules.

Elle voyait la blessure intense dans les yeux de Janice, mais cette souffrance était là depuis longtemps déjà, et malgré son envie, Jules n'était jamais parvenue à la faire disparaître. Elle n'y parviendrait jamais, donc.

Ce soir-là, Jules s'agita dans son lit, trop inquiète pour dormir. À côté d'elle, Dennis demanda :

— Ça ne va pas ?

— Qui opère un tel changement à notre âge ? Personne.

— Eh bien, on est des pionniers.

— Oui, exactement. On part dans notre chariot bâché. Et je sais que j'ai laissé tomber mes clients.

— Tu dois vivre ta vie.

— Je ne les ai pas laissés tomber simplement en m'en allant. Mais aussi en continuant à exercer durant tout ce temps. J'avais trouvé la bonne façon de me comporter avec eux et je me suis toujours intéressée à leur vie, à leurs blocages. Ils me manqueront, ça me fait mal de les quitter. Mais la vérité, c'est que je ne suis pas beaucoup plus douée comme psy que comme comédienne. Je n'ai pas ça dans le sang.

Elle réfléchit et ajouta :

— En fait, à Spirit-in-the-Woods, tout semblait venir naturellement. Tout semblait… électrique. Voilà ce que je ressentais là-bas.

Elle posa la tête sur l'épaule de Dennis et elle serait restée dans cette position, jusqu'à s'endormir, s'il n'avait pas proposé d'aller faire un tour, peut-être même boire un verre dans un bar.

— Pour fêter ça. Comme l'a dit Rory.

— Oh, d'accord.

Au cours d'une conversation téléphonique avec leur fille qui était à la fac, chacun sur un poste différent, ils lui avaient fait part de leur décision inattendue. Tout d'abord, Rory était restée muette, sous le choc.

Finalement, elle demanda :

— Vous vous foutez de ma gueule ?

— Non, répondit Dennis. Tes parents ne se foutent pas de ta gueule.

— Est-ce qu'on pourrait poursuivre, je vous prie, après ce délicieux échange ? intervint Jules.

En vérité, elle redoutait un peu la réaction de Rory. Les adolescents ont souvent du mal à accepter les changements dans la vie de leurs parents, elle le savait. Ils voulaient que tout reste pareil, toujours. Dans un monde idéal, les parents d'enfants devenus grands ne divorceraient jamais, ils ne vendraient jamais la maison de leur enfance, ils ne prendraient jamais des décisions soudaines qui les arrangeaient. Mais il s'agissait là d'une décision soudaine et importante, et Jules ne fut pas étonnée par la stupeur de Rory.

— Vous allez vraiment le faire ? demanda celle-ci.

— Oui, je pense, dit Dennis. J'imagine que c'est surprenant pour toi.

Rory les gratifia de son rire rauque et familier.

— Nom de Dieu, papa, ça vous ressemble pas de faire des trucs comme ça. Tu parles d'un changement !

— C'est vrai.

— Vous êtes sûrs que c'est pas une sorte de crise de démence précoce ? Je plaisante, s'empressa-t-elle d'ajouter.

— Nous possédons toutes nos facultés, dit Jules.

— Bon. Bah alors, d'accord. Non, pardon : félicitations à tous les deux.

— Tu viendras nous voir là-bas ? demanda Jules.

— Évidemment. Peut-être à la fin de l'été. J'ai envie de connaître cet endroit. En tout cas, vous devriez fêter ça. Même si c'est juste une crise de la cinquantaine ou je ne sais quoi, ça se fête.

Et donc, suivant le conseil de leur fille, ils fouillèrent dans le panier à linge sale pour remettre les affaires qu'ils avaient quittées une heure plus tôt et ils ressortirent. Ils marchèrent vers l'ouest, dans des rues de plus en plus animées. Ils dénichèrent un petit bar, le Rocky's, dans une rue annexe, et à leur grand étonnement, il y avait un monde fou. Deux ou trois clients avaient un aspect familier, sans que Jules puisse dire pourquoi. Assis dans un petit box rouge, ils burent leurs bières.

— C'est qui, tous ces gens ? demanda Dennis. On dirait des personnes qu'on connaît. Comme celles qu'on voit en rêve.

Les hommes, d'un certain âge ou même plus vieux, avaient le visage détendu ; certains étaient plus jeunes, leurs traits plus ciselés. Divers accents flottaient jusqu'à leurs oreilles, des notes d'Europe centrale ou peut-être d'Irlande aussi, mais Jules était incapable de les situer en d'en isoler un seul.

— Je ne sais pas qui sont ces gens, dit-elle.

— Attends, dit soudain Dennis. Je sais ! Ce sont tous les concierges du quartier. C'est ici qu'ils se retrouvent après leur travail.

En dehors de leurs fonctions, débarrassés de leurs longs pardessus et de leurs casquettes, ils étaient différents, et pourtant c'était bien eux, les représentants d'une des innombrables sous-cultures de cette ville.

— On n'a jamais eu de concierge, nous, dit Dennis. Et maintenant, on n'en aura sans doute jamais, ce qui me va très bien. Je tenais à dire que j'étais très impressionné par ta décision. Ton impétuosité. Ton choix de nous envoyer là-bas et de faire ça.

Si Dennis n'était jamais allé à Spirit-in-the-Woods, il s'était volontiers familiarisé avec ses traditions au fil des décennies. Et Jules avait parfois l'impression que son mari y avait séjourné pour de bon. Il connaissait trois des figures centrales et savait un tas de choses sur d'autres pensionnaires. S'il avait dû répondre à un quiz sur les vacances estivales de sa femme, il aurait été brillant. « *Le Tas de sable* d'Edward Albee ! » aurait-il répondu. « Ida Steinberg, la cuisinière ! » Et il aurait pu coucher par écrit, dans le détail, tout ce que ce lieu avait représenté pour sa femme à l'époque, et plus tard encore. Spirit-in-the-Woods était le camp qui ne mourrait jamais, le camp qui ne la quitterait jamais, alors, elle avait finalement décidé d'y retourner, et d'incarner ce lieu.

Ash, Ethan et Jonah avaient tous été très excités et stupéfaits quand Jules leur avait parlé de ce nouveau départ.

— Tu vas aller vivre là-bas ? dit Ethan. Tu seras responsable de tout le camp ? Tu iras dans l'atelier d'animation ? C'est génial. Prends des photos.

— Pour des raisons purement égoïstes, dit Ash, j'aimerais que tu restes à New York, éternellement. Mais je sais que ce n'est pas juste. D'autant que je n'y suis plus tellement. Je t'abandonne très souvent. N'empêche, c'est dur d'imaginer que tu ne seras plus là. Que c'est peut-être la fin de notre vie commune à New York. Ce n'est pas rien.

— Je sais, dit Jules. Ça me fait la même impression.

— En même temps, ajouta Ash, c'est émouvant de penser que tu seras là-bas, pour reprendre le flambeau. J'aimerais qu'on puisse vous rendre visite cet été, mais je serai en pleine mise en scène et on ne sera quasiment pas sur la côte Est. Avec un peu de chance, peut-être qu'on pourra trouver un petit moment vers la fin.

Jules savait qu'Ash et Ethan devaient participer aux Mastery Seminars de Napa, une semaine pendant laquelle Mo resterait avec eux, en compagnie d'une assistante spécialisée, avant de retourner en pension. Larkin projetait de participer à une université d'été de Yale, à Prague ; ses parents iraient la voir là-bas, après Napa.

— L'été prochain, c'est sûr, promit Ash. En attendant, j'exige un rapport détaillé. Tu me feras faire une visite virtuelle de toute la propriété, en précisant tout ce qui a changé et ce qui est toujours pareil. C'est toi qui choisiras les pièces de théâtre qu'ils vont monter ? Ou tu pourras faire des suggestions au moins ? Je connais d'excellentes pièces avec des rôles de femme forts.

— Je considérerai la question avec soin.

Jules et Dennis finirent leurs verres et ressortirent dans la rue. Cette ville, qu'ils avaient apprivoisée, plus qu'ils ne l'avaient conquise, possédait sa propre énergie, infatigable, même à deux heures du matin.

Au loin, quelqu'un cognait du métal contre du métal. Jules prit Dennis par le bras et ils regagnèrent leur appartement en suivant les rues quelconques, même si, dans sa tête, Jules imaginait déjà un lac derrière eux et une montagne devant. Elle peuplait le paysage d'adolescents et d'essaims de bourdons planant au-dessus des fleurs des champs, d'une salle de théâtre rudimentaire, mais fonctionnelle, d'un atelier d'animation, d'un studio de danse et de différents tipis en bois brut, indestructibles. Elle y ajouta des lamas car les Wunderlich l'avaient informée que, désormais, tous les camps de vacances devaient proposer un atelier de soin des lamas, pour une raison inconnue. Personne n'aimait ces pauvres bêtes avec leur tête étroite comme une chaussure. Ici, dans ce monde vert et doré, au milieu des montagnes, des sentiers et des arbres, Jules et Dennis partiraient ensemble à l'aventure. Dans les bois, Jules retrouverait tout son esprit et son entrain.

Troisième partie

LE DRAME DE L'ENFANT DOUÉ

Dix-huit

La première voiture arriva avant neuf heures, le dernier jour de juin, et se glissa lentement entre les piliers de pierre du portail qui, au fil des décennies, s'étaient couverts, puis sans cesse recouverts de mousse.

— Désolé, on est en avance, lança gaiement un homme en sortant la tête par la vitre au moment où la voiture s'arrêtait devant le bâtiment principal. Ça roulait bien sur l'autoroute.

C'était le père d'un pensionnaire, et pourtant il paraissait sensiblement plus jeune que Jules et Dennis. Une portière s'ouvrit à l'arrière et une fille descendit de voiture d'un air déterminé, comme si elle disait : «Prenez-moi, je vous en prie, prenez-moi.» Alors, Jules et Dennis l'accueillirent. D'autres suivirent peu après, dans une longue file de véhicules avec des malles fixées sur les toits et des plages arrière envahies par un fouillis d'affaires indispensables aux adolescents. Ce même jour, dans toute la Nouvelle-Angleterre, de semblables cortèges se déroulaient, mais ici, sur cette pelouse, il y avait une prédominance de violoncelles, de bassons, de guitares et d'amplis ou de sacs bourrés de tenues de danse. Ces adolescents étaient de futurs artistes, à la mode d'aujourd'hui. La population était plus diversifiée que dans les années soixante-dix, et malgré cela, comme la première fois où elle avait débarqué ici, Jules se retrouvait sur la touche. Pour être accepté maintenant, il fallait être jeune ; si on était vieux, on était mis à l'écart. L'équation était simple et claire.

Était-elle vraiment vieille ?

Relativement. Mais l'admettre était beaucoup plus étrange que dérangeant. Tant qu'il n'arrivait rien de dramatique cet été – si aucun pensionnaire ne disparaissait, n'était blessé dans une explosion de four à céramique ou tué (dans ses cauchemars, Jules s'imaginait téléphonant aux parents) –, elle n'aurait pas à se soucier du temps écoulé entre autrefois et maintenant. Dennis allait et venait avec une planchette à pince pour aider chacun à s'orienter vers le bon tipi. Ce premier jour, aucun parent ne voulait repartir ; ils s'attardaient sur la pelouse et dans les tipis, ils aidaient leurs enfants à sortir leurs affaires, une par une, des gros sacs de toile et des malles. Une mère dit, d'un air mélancolique : « Oh, si j'avais connu cet endroit quand j'étais jeune. » De nombreuses photos furent prises d'adolescents, souriants ou non, acceptant de faire plaisir une dernière fois à leurs parents. Ceux-ci les posteraient immédiatement sur Facebook. La journée touchait à sa fin, le soleil déclinait et finalement, Jules et Dennis demandèrent à une percussionniste de monter sur la colline pour frapper dans le gong qu'elle avait apporté, et Dennis annonça, dans un mégaphone :

— Le moment est venu pour toutes les familles de dire au revoir.

Ils parvinrent, tant bien que mal, à renvoyer les parents ; après quoi le camp ressembla à ce qu'il devait être. Il n'était plus vide, comme il l'avait été durant tout le printemps, depuis que Jules et Dennis avaient emménagé ici et commencé à vivre dans la maison des Wunderlich, de l'autre côté de la route. Diriger un camp de vacances pour adolescents se révélait moins éprouvant que d'accueillir des enfants plus jeunes, avait entendu dire Jules, par des vétérans de ce secteur, sur un forum de directeurs de camps. Rares étaient les pensionnaires qui s'ennuyaient de chez eux. Il n'y avait pas de petits tyrans. Certes, il y avait un risque d'activité sexuelle et de consommation de drogue, mais tout cela resterait caché et incontrôlable. Et dans l'ensemble, pensa Jules, les adolescents qui venaient à Spirit-in-the-Woods étaient ici pour s'adonner à l'art qu'ils aimaient et se retrouver au milieu d'autres adolescents partageant les mêmes goûts. Hélas, depuis plusieurs années, le nombre d'inscriptions ne cessait de baisser et quelques tipis restaient vides désormais. Cet hiver, les Wunderlich avaient chargé Jules et Dennis de tenir un stand dans plusieurs salons regroupant différents camps de vacances, des manifestations bruyantes et ennuyeuses organisées dans des gymnases de lycées. Parents et enfants se rassemblaient devant des stands qui promettaient « un été de sports extrêmes » ou « un festival de football ininterrompu ». Le stand d'un camp pour jeunes diabétiques, baptisé de manière presque sarcastique, « Sugar Lake », attirait plus de monde que celui de Spirit-in-the-Woods. À ce rythme-là, le camp ne survivrait pas longtemps.

«Ce que j'aimerais, avait dit Manny, après avoir engagé Jules et Dennis, c'est que vous insuffliez une vie nouvelle à ce lieu, non pas grâce à un laboratoire informatique coûteux ou une équipe sportive – d'accord pour les lamas, pas plus –, mais grâce à la passion qui vous habite et aux souvenirs que vous avez gardés.

Commander des cuisses de poulet crues, des brocolis et du tofu extra-ferme en quantités industrielles était une tâche si nouvelle et particulière qu'elle s'apparentait à une révélation. Surveiller les réparations du théâtre était une activité gratifiante, même si le bâtiment semblait beaucoup plus petit qu'autrefois. Monter sur scène en 1974, c'était comme se produire à Broadway; aujourd'hui, l'espace apparaissait comme un simple petit carré au plancher constellé de vieux morceaux de ruban adhésif. Quant aux tipis, comment pouvait-on accepter d'y loger? Un jour, peu de temps avant le début de la saison, Jules était entrée dans le tipi des garçons numéro 3 et s'était assise par terre dans le coin. Tout ce qu'elle sentait, c'était la saleté et le parfum musqué étouffant des années. Elle se releva presque aussitôt et sortit pour respirer. Apparemment, vous n'aviez pas besoin d'air quand vous étiez adolescent. Vous fabriquiez le vôtre.

Le premier soir, les animateurs donnèrent un spectacle pour présenter aux pensionnaires les différentes activités qui leur étaient proposées durant l'été. Le conseiller musical, un type grand et élancé nommé Luca T., se mit au piano dans la salle de jeux, pendant que les autres animateurs chantaient une chanson écrite en commun :

Vous risquez de devenir fanatique, si vous essayez le batik…
Venez vous éclater en apprenant la technique du verre soufflé…

À la fin du spectacle, les pensionnaires semblaient survoltés, ils ne tenaient plus en place et ils se levèrent d'un bond. Jules et Dennis demeurèrent devant le micro pour répéter que cet été serait formidable. Jules confia : « Moi-même, j'ai passé des vacances ici », mais elle dut affronter un hurlement de larsen et quand elle répéta ses paroles, elle constata que ces adolescents se moquaient pas mal de savoir que cette femme d'un certain âge, avec son pull noué sur les épaules et son visage aux traits un peu relâchés, indéfinis, communs à toutes les mères, avait été pensionnaire dans ce camp autrefois. Ils s'en fichaient, ou peut-être même qu'ils n'y croyaient pas. Car s'ils y croyaient, ils seraient obligés de se dire qu'un jour, eux aussi aurait un visage relâché et indéfini.

— Cet été sera fantastique, leur dit Dennis. Vous verrez.

Il était heureux d'être ici, de découvrir tout ce dont Jules lui avait parlé pendant des années. En outre, ce lieu lui rappelait combien la vie était difficile en ville, avec toutes ses surfaces très dures, l'incessante nécessité de gagner toujours plus d'argent, uniquement pour demeurer vaguement à flot. New York n'était pas faite pour les êtres contemplatifs ou lents. Ici, à

Belknap, ils logeaient gratuitement dans la grande maison des Wunderlich et ils exerçaient un métier clairement défini. Inutile de se battre.

Ash avait dit qu'elle enviait cette décision de mener une existence plus simple, et évidemment, de retourner dans ce lieu qu'ils avaient tant aimé autrefois. Une telle occasion se présentait rarement. Jules et Dennis *devaient* accepter ce poste, évidemment, avait-elle ajouté, même si cela impliquait de gros changements et une complète réorganisation de leur mode de vie. « Maintenant que vous êtes montés dans le train, vous ne pouvez plus descendre en marche », avait-elle affirmé, voulant dire par là : maintenant qu'ils avaient contacté les Wunderlich et prévu un entretien. « Qu'allez-vous faire ? Refuser leur proposition ? Plus que tout, j'aimerais qu'Ethan et moi on puisse aller s'installer avec vous là-bas. » C'était un mensonge, un mensonge d'amitié. Ash mettait en scène actuellement une adaptation d'*Une chatte sur un toit brûlant*, dans laquelle les rôles étaient inversés entre les hommes et les femmes. Ainsi, le terrifiant personnage central se nommait maintenant Big Mommy. D'autres projets théâtraux se profilaient devant elle. Jamais elle n'y renoncerait pour venir vivre à Spirit-in-the-Woods, et Ethan non plus, évidemment, mais elle comprenait pourquoi Jules et Dennis pouvaient le faire.

Maintenant que la salle de jeux s'était vidée, un stand de DJ fut rapidement installé et la musique ébranla la grande pièce. Jules ne reconnaissait aucune musique. C'était de la techno aux sonorités métalliques, parfois entrecoupée d'une voix humaine qui semblait s'exprimer de manière accidentelle. La DJ, une bassiste de quinze ans nommée Kit Campbell, était petite, séduisante et douée. Elle avait des cheveux bruns courts et hérissés et un teint très pâle. Elle possédait une sorte de chic miniature avec son short qui tombait sur ses hanches et ses grosses bottes délacées. C'était son premier été ici, et les autres jeunes semblaient attirés par elle. À la fin de la soirée, Kit se retrouva entourée de plusieurs pensionnaires : une fille quelconque, blanche, une jeune Noire plus jolie, et deux garçons ; l'un avait mis de l'eye-liner et l'autre était du genre tombeur et frimeur, la casquette de base-ball vissée à l'envers sur le crâne. Ils quittèrent la salle ensemble, les filles en remuant les hanches, les garçons avec les mains fourrées dans les poches, formant un petit groupe mixte et immature.

Jules et Dennis traversèrent la pelouse sombre armés de lampes électriques, dans le sillage des pensionnaires qui avançaient en zigzaguant, faisaient des détours et braillaient. Jules aurait aimé lâcher sa lampe et courir pour les rattraper. Mais ce n'était pas sa place, alors elle demeura auprès de son mari, dont elle sentait qu'il était content de marcher tranquillement avec elle. Finalement, les filles partirent d'un côté et les garçons de l'autre. Jules se demanda alors si certains avaient prévu de se retrouver plus tard. En tant que responsables, Dennis et elle étaient censés empêcher que cela se produise. Le sexe n'était pas la raison d'être de ce lieu, il s'agissait plutôt de mettre fin à la solitude de l'enfance, à cette situation du « pèlerin seul dans son lit » dans laquelle vous vous retrouviez plongé jusqu'à l'adolescence, lorsque la solitude devenait soudain intenable et que vous aviez besoin d'être avec vos camarades à toute heure du jour et de la nuit.

Dennis éteignit sa lampe électrique et ouvrit la porte non verrouillée de la maison des Wunderlich. «Nous nous réunirons à nouveau un peu avant la fin de l'été, à une date qui conviendra à chacun, afin de faire le point», leur avait dit Edie, avant que Manny et elle emménagent dans un cottage qu'ils avaient loué dans le Maine. Pour l'instant, les Wunderlich avaient laissé toutes leurs affaires et les murs de cette maison étaient un hommage rendu aux étés du passé, et également à un certain Greenwich Village qui n'existait plus. Les pensionnaires n'y étaient jamais invités, et quand Jules était arrivée avec Dennis en avril, c'était la première fois qu'elle y entrait.

— Tu ne te réjouis pas de ne pas dormir dans un tipi cette nuit ? demanda Dennis, alors qu'ils franchissaient le seuil de la maison obscure et allumaient le plafonnier. Tu as grandi, tu as le droit de dormir dans une vraie maison maintenant.

— Oui, Dieu soit loué, répondit Jules, sans grande conviction.

Certes, elle ne voulait pas se retrouver dans un des tipis, mais elle n'avait pas non plus particulièrement envie de dormir dans cette maison. Elle était agitée ; elle s'apercevait soudain qu'il n'y avait nulle part où aller ici la nuit, sauf si on voulait se promener dans le noir. Elle n'avait pas éprouvé ce sentiment avant ce soir. Au moins, la ville vous offrait la possibilité d'errer la nuit ; si vous n'arriviez pas à dormir, il y avait toujours un *diner* ouvert, même si Jules n'avait pas souvent connu cette expérience dans sa vie. Mais Dennis et elle étaient dans cette maison pour la nuit, pour tout l'été, peut-être pour des années, peut-être pour toujours. Elle se demanda ce qui se passait dans les tipis à cet instant. Sans doute se porterait-elle volontaire pour patrouiller avant l'extinction des feux un soir de cette semaine, une tâche généralement confiée aux animateurs.

Dans la chambre à l'étage, Dennis était couché dans le vieux lit haut, du côté qu'il avait choisi en avril : celui de Manny à l'évidence. Quand ils avaient emménagé, la table de chevet de Manny contenait encore des vestiges de l'attirail masculin : une pince à ongles et un tube de crème tout aplati contre le pied d'athlète.

— Alors ? fit-il quand Jules grimpa à son tour dans le lit et éteignit la lumière. C'est bien parti, non ?

— Oui. C'est ce qu'on dira aux gens : « C'était bien parti. » Et on enchaînera sur l'histoire dramatique.

— La tragédie du four à céramique.

— Ou la tragédie des germes de haricots.

— Elles paraissaient si innocentes, ces jeunes pousses, dit Dennis. Les enfants en remplissaient des assiettes entières. Si on avait su !

Ils rirent timidement, comme s'ils pouvaient ainsi empêcher qu'un drame se produise. Car quoi qu'il arrive, ils seraient tenus pour responsables désormais. Ils avaient déjà reçu quelques mails de parents inquiets.

— Je vais appeler Rory, dit Jules. Elle m'a demandé de lui raconter tout de suite comment ça se passait.

— Tu lui diras que j'ai bien aimé son mail, dit Dennis. Avec le lien vers toutes les plaisanteries sur les camps de vacances. Il est beaucoup question d'ours et de latrines.

Ils avaient eu droit à une formation accélérée sur la façon de diriger un camp, dispensée par Manny et Edie. Le mot «sécurité» revenait souvent. La propriété devait être un endroit sûr, les intrus maintenus à l'extérieur et le matériel des ateliers utilisé correctement par les pensionnaires et les animateurs. Si les problèmes étaient incessants et s'il fallait prévenir tous les dangers potentiels, il était possible néanmoins de déléguer un grand nombre de tâches subalternes aux animateurs, sous-payés mais joyeux, venus de tous les États-Unis et même, pour une raison quelconque, d'Australie. Les camps de vacances américains étaient fréquemment remplis d'animateurs australiens. Jules s'était imaginée, de manière aussi fugace qu'irréaliste, que Rory voudrait se joindre au personnel, mais leur fille préférait passer l'été avec ses amis à Oneonta, où elle avait trouvé un boulot dans une pépinière. Toutefois, elle avait promis de leur rendre visite à la fin de la saison, «pour voir ta crise de l'âge mûr à l'œuvre, maman», écrivait-elle dans son mail.

L'idée d'appeler Rory dès ce soir devint moins impérative. Rory voudrait que sa mère soit heureuse, c'était tout. Au téléphone, elles parleraient à voix basse, comme elles le faisaient toujours. Leurs deux mondes étaient très éloignés : la pépinière et le rêve artistique. Elles n'avaient pas besoin de se parler ce soir, elles pourraient le faire demain. Jules et Dennis se tournèrent l'un vers l'autre, autant à cause de l'étrangeté de leur nouvelle vie qu'autre chose. Ils voulaient du mouvement et de l'oubli. Ils voulaient faire l'amour parce qu'ils le pouvaient, contrairement à ces adolescents de l'autre côté de la route, que l'on obligeait à dormir chacun dans leur coin toutes les nuits, le corps crispé dans une position d'attente, tandis que les animateurs patrouillaient avec leur ballet de lampes électriques intrusives. Dennis se dressa sur un coude et tendit la tête vers Jules. Ses cheveux noirs s'étaient couverts de gris au cours de ces derniers mois et son corps, toujours très velu, ressemblait maintenant au sol d'une forêt, tapissé d'aiguilles de pin argentées et de feuilles mortes. À cet âge, c'était une chose que l'on acceptait. Jules pensa à sa mère, seule dans son lit dans la maison d'Underhill. Elle avait passé la quarantaine seule, puis la cinquantaine et la soixantaine, jusqu'à plus de soixante-dix ans ! Toutes ces décennies de solitude et de douleur, comme ces adolescents de l'autre côté de la route, mais sans l'assurance que tout cela s'achèverait sans doute par un joyeux feu d'artifice sexuel. Pourquoi sa mère n'était-elle jamais sortie avec quelqu'un ? Comment avait-elle vécu sans sexe ni amour ? Le sexe pouvait être de l'amour, ou alors, comme maintenant, une très bonne distraction.

Dennis avait la bouche ouverte, la tête renversée, sa grosse main s'était refermée sur les seins de Jules qui pendaient telle une décoration accrochée de travers. Isadora Topfeldt avait affirmé, il y a très longtemps, que Dennis était un garçon « peu compliqué », et si ce n'était pas tout à fait exact, il était vrai en revanche, qu'il n'avait jamais rien revendiqué, contrairement à Jules. Il se trouvait ici à Belknap avec elle car elle l'avait voulu, et elle l'avait convaincu que ça pouvait marcher. Ce qui réglait un tas de besoins inassouvis. Une main sur ses seins, l'autre lui caressant le bras, Dennis demanda, d'un air inquiet :

— Tu es heureuse ?

Il aurait voulu que sa femme jalouse par intermittence puisse enfin, enfin, être pleinement heureuse. Heureuse et électrique. Sans attendre la réponse, il la fit se retourner, sur le flanc, le visage presque collé à la table de chevet d'Edie Wunderlich, sur laquelle se trouvait une très vieille photo encadrée d'un jeune homme et d'une jeune femme bohèmes, venant d'un lointain passé, qui poussaient des cris de joie sur le toit d'un immeuble de New York. Dans son dos, Dennis se mit en position et, après une remarque monosyllabique indéchiffrable et de très brefs préliminaires, il s'introduit en elle. Jules eut honte de réagir de manière presque immédiate, comme si un des adolescents du camp s'était introduit furtivement dans la maison et se tenait maintenant sur le seuil de la chambre obscure, en dansant d'un pied sur l'autre pendant qu'il observait cette improbable scène de rapports sexuels entre ces deux personnes de cinquante ans. D'un moment à l'autre, cet adolescent dégingandé allait demander tout doucement : «Euh, excusez-moi… Jules ? Dennis ? Il y a un garçon qui saigne du nez dans mon tipi. »

Mais les pensionnaires étaient tous de l'autre côté de la route, et ils n'avaient aucune envie de la traverser. En cas de problème, un animateur les appellerait. Le gros téléphone rouge à cadran rotatif des

Wunderlich était posé sur la table de chevet de Dennis. Sans doute sonnerait-il en pleine nuit durant ces deux mois. Manny et Edie les avaient avertis : il sonnait toujours au moins une fois pendant l'été, parfois plus d'une fois, et parfois, c'était sérieux. Mais ce soir, pour la première nuit, personne n'appelait et ils étaient seuls dans le vieux lit en bois d'érable qui grinçait. Le sexe entre ces personnes d'un certain âge – pas encore semblables aux Wunderlich, mais loin d'être encore des adolescents – n'avait aucune raison d'être apparemment, si ce n'est le plaisir ou l'évasion. Jules savait que cela excitait Dennis de penser qu'elle était pleinement heureuse, qu'elle acceptait et se satisfaisait de ce qu'elle avait maintenant. Mais Jules se voyait avec les yeux de l'adolescent fantôme sur le seuil, et elle avait trop conscience de ce que Dennis et elle étaient en train de faire, de leur âge et de l'endroit où ils se trouvaient. Elle ne savait pas si elle était heureuse, elle n'en avait aucune idée.

— À ton tour, dit-il dans sa nuque, quand son cœur eut retrouvé un rythme normal.

— Non, ça va.

Ses pensées l'avaient entraînée loin de lui.

— Vraiment ? C'est tellement bon, dit Dennis. On pourrait continuer. J'aimerais bien.

Non, elle n'avait plus envie ; elle lui dit qu'elle était fatiguée et puis, cela sembla être le cas effectivement. Pour l'instant, elle avait besoin de dormir. Au matin, quand elle se réveilla, Dennis s'était déjà levé pour donner le signal du début de la journée, qui commençait par le réveil en musique : la symphonie

Surprise de Haydn, une tradition que les Wunderlich avaient conservée au fil des décennies. Jules s'habilla et sortit ; elle contempla la route et la pelouse au-delà, avant de se diriger vers les odeurs de cuisine du camp. Une vague agitation régnait dans le réfectoire où des adolescents, tels des zombies, marchaient avec leur bol vers les grands saladiers de flocons d'avoine et les pichets de lait en verre. Des filles voulaient savoir où elles pouvaient trouver du lait de soja. « Latte », murmura un garçon d'un ton dramatique. « Latte. » Personne n'était encore totalement réveillé. Après avoir vérifié que tous les employés des cuisines avaient pointé et que l'on n'avait pas besoin d'elle, Jules alla s'asseoir à une table avec un groupe de filles à la mine sérieuse, toutes danseuses.

— Alors, comment ça se passe ? demanda-t-elle.

— Ça gratte, répondit Noelle Russo, de Chevy Chase dans le Maryland, en montrant son bras où s'alignaient déjà plusieurs traces de piqûres roses semblables à des boutons.

— Il y a peut-être un trou dans ta moustiquaire. Je demanderai à quelqu'un de vérifier.

— Mon père dit que rien n'est obligatoire ici, dit la camarade de tipi de Noelle, une fille de Pittsburg nommée Samantha Cain. C'est vrai ? Je ne suis pas obligée de suivre des cours de natation ni rien ?

— Non, il n'y a aucune obligation. Tu fais uniquement ce qui t'intéresse. À condition de t'inscrire avant dix heures du matin. Tu notes trois préférences pour chaque case horaire.

Les filles hochèrent la tête, satisfaites. Jules remarqua qu'elles n'avaient presque rien dans leur assiette et comprit qu'elle était sans doute tombée sur un petit nid d'anorexiques. Des danseuses… évidemment.

— Alors, toujours heureuse ? lui demanda Dennis un après-midi, durant la deuxième semaine, alors qu'ils se promenaient dans les bois.

Ils passèrent devant l'atelier d'animation, où une lumière était allumée : deux adolescents travaillaient encore après la fin du cours, debout autour d'une table avec leur professeur, une jeune femme nommée Preeti Singh, version actuelle d'Old Mo Templeton.

— Je suis soulagée de voir que ce n'est pas ingérable, répondit Jules. Je craignais vraiment qu'on soit débordés. Que cela exige trop de compétences et qu'on ne puisse pas être à la hauteur.

— On est très compétents, dit Dennis.

— Alléluia.

Ils continuèrent à travers les bois jusqu'au portail de derrière. Il était seize heures trente, le moment le plus calme de la journée ; tout le monde était occupé à prendre une douche, à travailler son instrument, à se prélasser dans l'herbe ou à achever des projets qui ne pouvaient être laissés en suspens. Dennis et Jules descendirent la route de presque un kilomètre qui descendait jusqu'à la ville. Belknap avait peu changé depuis les années soixante-dix, à quelques exceptions près. Le premier jour de leur arrivée, au printemps, Jules avait été désolée de découvrir que la boulangerie qui faisait le crumble aux myrtilles avait fermé quelques années plus tôt, remplacée par une boutique de téléphones. L'épicerie, en revanche, était toujours là, tout comme l'hôpital psychiatrique Langton Hull. Dennis avait parcouru un chemin immense depuis sa première crise à l'université, et même quand la dépression était réapparue, quand on lui avait supprimé le MAOI, il avait repris le dessus et il était resté solide durant des années, sans s'émousser. Il n'y avait aucun risque de rechute. Malgré cela, quand ils passèrent devant le petit panneau blanc dont la flèche indiquait l'hôpital, ils firent comme s'il n'existait pas, et l'hôpital non plus ; et même s'il existait, il n'avait rien à voir avec eux.

Dennis acheta des cafés frappés et ils s'assirent sur un banc de la rue principale. Mais peu de temps après, son portable sonna. Il dit quelques mots, calmement.

— Ils ont besoin de nous, annonça-t-il en refermant son téléphone. Le bloc électrogène est tombé en panne et apparemment, personne ne sait ce qu'il faut faire.

— Et toi, tu sais ?

— Manny et Edie nous ont laissé leur bible avec tous les numéros à appeler en cas d'urgence. On trouvera la bonne personne. Mais on ne peut pas laisser le camp sans électricité pendant qu'on sirote un café frappé en rêvassant.

Alors, ils se levèrent et rebroussèrent chemin, lentement. Au crépuscule, les insectes se rassemblaient dans les airs sous forme de petites boules flottantes, et aux abords du camp, Dennis et Jules entendirent les échos de deux violons : quelques exercices rapides avant le dîner. L'un jouait un scherzo et l'autre une mélodie plus lente, lasse, tandis qu'ailleurs, quelqu'un exécutait un solo de batterie.

À partir de là, chaque jour leur réserva son lot de surprises, petites ou grandes, de choses cassées, de problèmes divers, de disputes entre animateurs et adolescents. Noelle Russo, la fille aux piqûres de moustiques, se révéla anorexique au plus haut point et passa plusieurs nuits à l'infirmerie. C'était une danseuse extrêmement douée, disait-on, très dure avec elle-même, s'entraînant jusqu'à l'épuisement. La rumeur traversa la route et arriva dans la maison : Noelle en pinçait pour un des animateurs, le responsable des accessoires du théâtre, un certain Guy. Dennis prit entre quatre yeux cet étudiant rougeaud et ingénu, originaire de Canberra, avec des anneaux de pirate dans les deux oreilles, et il fut convaincu que l'animateur n'avait nullement encouragé cette passion, il n'y avait pas répondu et n'avait pas montré qu'il en avait conscience, ni à Noelle ni à aucun autre pensionnaire.

Parfois, Jules effectuait une petite visite au tipi des filles numéro 4, espérant y trouver Noelle. Elle s'asseyait sur un lit pendant quelques minutes, sachant qu'elle interrompait certainement quelque conversation intéressante.

— Alors, comment ça se passe ? lançait-elle à la cantonade et les filles lui parlaient des pièces dans lesquelles elles jouaient, des poteries qu'elles fabriquaient.

Kit, la jeune fille androgyne très populaire, lui montra le minuscule suricate qu'elle s'était fait tatouer sur la cheville au printemps. Noelle se plaignait de l'infirmière du camp qui insistait pour qu'elle consomme un plus grand nombre de calories dans la journée, faute de quoi elle pourrait être obligée de partir.

— Je ne peux pas rentrer chez moi, dit Noelle. Maintenant que je connais cet endroit, je ne peux pas partir, impossible. Vous imaginez à quoi ça ressemble, là où je vis ? Chevy Chase, Maryland ?

— Non. Raconte-moi.

— Tout le monde est super conformiste. Pour eux, la musique expérimentale, c'est un groupe qui chante « Moondance » a capella. Je peux pas croire qu'on me demande de vivre là-bas. Parmi tous les endroits dans le monde, mes parents ont choisi d'aller s'installer là-bas ? C'est totalement arbitraire. Je supporte pas ce trou.

— Quoi que tu fasses, tout va te sembler affreusement ennuyeux pendant un long moment, dit Jules. Mais quand tu regarderas en arrière, beaucoup plus tard, tu trouveras que c'est passé à toute vitesse.

— Ça me fait une belle jambe, en attendant.

— Oui, je m'en doute.

— Vous n'allez pas me renvoyer là-bas, hein, Jules ?

— Il faudra bien pourtant.

— Oui, mais pas avant la fin de l'été. J'adore cet endroit. Si c'était un garçon ou une fille, je l'épouserais. Peut-être qu'un jour, on aura le droit d'épouser des lieux. Alors, j'épouserai celui-ci.

— Ferme-la un peu, intervint Kit, couchée à plat ventre sur le lit du haut, en laissant pendre un bras nu dans le vide. Tu n'arrêtes pas de jacasser pendant que j'essaie de lire ou de dormir.

— Je jacasse, comme tu dis, pour faire comprendre à Jules qu'elle ne peut pas me renvoyer chez moi. Cette infirmière n'y connaît rien question calories. Je suis bien plus calée qu'elle.

— Ce soir, pour le dîner, il y a d'excellentes lasagnes, dit Jules. J'espère que tu y goûteras.

La grimace de Noelle semblait indiquer qu'aucun morceau de lasagnes ne franchirait la barrière de ses lèvres.

— Je mangerai ce que tu veux pas, dit Kit.

Une autre fille entra en traînant une timbale.

— Où tu vas foutre ça ? lui demanda Kit.

Les filles partirent alors dans une discussion sur les instruments de musique et l'endroit où il fallait les ranger.

Samantha entra à son tour dans le tipi, en coup de vent. Elle sortait de la douche, enveloppée dans une serviette. Elle lança à ses camarades :

— L'après-shampoing Pantene a très exactement la consistance du sperme !

Puis elle découvrit la présence de Jules. Les autres se turent immédiatement, avant de laisser échapper des éclats de rire horrifiés. Jules en profita pour prendre congé.

Ces filles avaient besoin d'elle et n'avaient pas besoin d'elle. Elles avaient recréé leur propre société, et Jules se sentait à la fois émue et déconcertée par son fonctionnement. Ce qui la surprenait, c'était la facilité avec laquelle elles réclamaient ce qu'elles voulaient. Très souvent, elles les abordaient, Dennis et elle. Alors qu'elle déambulait en écoutant un concerto qui s'échappait de la grange aménagée en salle de musique, ou en ne pensant à rien, une voix lui parvenait : « Jules ? » Ou plus vraisemblablement : « Hé, Jules ! » Suivi de : « Il y a des toilettes bouchées dans la salle de bains des filles. Encore des maxi-tampons, certainement, et personne ne trouve la ventouse. »

Dans leur esprit, elle s'intéressait autant à leurs problèmes de plomberie qu'à leurs créations ; elle était censée se passionner, se sentir concernée, se tenir prête. Les animateurs fournissaient un gros travail, mais les directeurs aussi. Les Wunderlich avaient-ils eu le sentiment d'être des gens à part durant toutes ces années, ou avaient-ils simplement accepté leur rôle de guide, dans le domaine des arts et de la plomberie ? Elle aurait aimé leur poser la question, mais elle n'osait pas les déranger, là-bas dans le Maine où, d'après une carte postale reçue quelques jours plus tôt, ils étaient occupés à « ramasser des clams » et « piquer des roupillons ». Ils avaient délégué à Jules et à Dennis les problèmes de la gestion du camp et ils avaient bien l'intention de ne plus s'en occuper.

Jules s'apercevait que cette tâche n'avait sans doute jamais été très créative. Il ne lui était pas venu à l'esprit de demander aux Wunderlich : « Quand vous dirigiez le camp, vous sentiez-vous comblés sur le plan créatif ? » Bizarrement, elle était fâchée qu'ils ne leur aient pas dit, à Dennis et à elle, lors de l'entretien : « Avez-vous conscience qu'une partie non négligeable de votre travail consistera à vous assurer que les tonnes de marchandises soient livrées à temps ? Vous ne pouvez pas compter sur le personnel des cuisines pour ça. » Toutefois, même si Manny et Edie leur avaient tenu ce discours, Jules aurait été persuadée que le jeu en valait la chandelle, et c'était parfois le cas. En assistant au théâtre à une nouvelle production de *Marat/Sade*, elle fut éblouie. Dennis semblait avoir conscience de ces moments précieux et il lui tint la main dans le noir. Durant toutes ces années, elle était revenue dans ce lieu, mentalement, sans savoir qu'elle y retournerait, ni que, ce jour-là, il ressemblerait à ce qu'il avait été, grâce à l'application des Wunderlich. Comme si Manny et Edie avaient été des conservateurs de musée, les protecteurs d'un passé qui, si on ne l'entretenait pas avec soin, tomberait dans l'oubli, telle une civilisation perdue.

Oui, voilà : les Wunderlich étaient des écologistes, pas des artistes. Jules, elle, avait voulu devenir artiste. La différence se faisait sentir à cet instant, dans l'obscurité de ce théâtre, assise sur ce banc en bois inconfortable, au milieu des pensionnaires et des animateurs, en train de regarder la dynamique Kit Campbell sur scène, une fille qui, dans la vie de tous les jours, portait des rangers et un short qui lui tombait sur les hanches, mais qui, sur scène, resplendissait dans ce rouleau de tissu transformé en robe rien que pour elle. Les spectateurs se murmuraient qu'elle irait loin, qu'elle deviendrait célèbre, énorme. Mais là encore, qui pouvait savoir ce qui allait arriver ou pas ?

Une fois la pièce terminée, les lumières se rallumèrent. Il incombait alors à Denis ou à Jules de monter sur scène pour délivrer une série d'annonces ennuyeuses. L'étrange beauté de la pièce et la puissance de l'interprétation de Kit avaient à peine eu le temps d'imprimer les esprits, pourtant les directeurs du camp étaient contraints de briser cet instant.

— Tu veux y aller ? demanda Dennis.

Jules secoua la tête. Elle se dirigea vers la porte, sortit dans la nuit et s'éloigna dans l'herbe, tandis que son mari grimpait sur scène pour rappeler à chacun que les cacahuètes étaient interdites dans le camp.

Dix-neuf

Les Mastery Seminars avaient été nommés ainsi en désespoir de cause. Ethan Figman savait que ce nom faisait prétentieux, mais au moment où le projet avait vu le jour, on lui avait dit qu'il devait choisir un nom immédiatement, et comme celui-ci plaisait à une majorité de membres du conseil d'administration, il avait donné son accord, résigné. Et aujourd'hui, ce nom apparaissait un peu partout, en caractères sans sérif, dans le Strutter Oak Resort and Conference Center de Napa en Californie. Les séminaires occupaient la totalité des lieux pendant une semaine, comme les deux années précédentes, et jamais dans toute l'histoire du Strutter Oak on n'avait vu une telle concentration de VIP. Initialement, lors des réunions préparatoires, les membres du conseil d'administration, ivres de fatigue, s'étaient mis à lancer des noms de personnes connues, en visant de plus en plus haut, vers les cimes inaccessibles, pour finalement, sur les coups de minuit, citer deux personnes décédées, qui furent néanmoins, dans la ferveur générale, ajoutées à la liste.

Maintenant, Ethan se tenait dans le vaste couloir devant la salle de restaurant principale. Les participants se rassemblaient, en tenant à la main la brochure qui recensait tous les débats – un véritable petit livre, en réalité, magnifique – et observant à la dérobée Ethan Figman et l'ancien astronaute, vétéran de la politique, Wick Mallard, qui parlait à voix basse dans son portable, face à un mur. Non loin de là, deux assistants parlaient dans leur casque-micro, tels deux astronautes eux aussi. Tout le monde ici était habitué aux privilèges, mais étant donné que toutes les recettes de ces séminaires étaient reversées au programme de lutte contre le travail des enfants, Ethan justifiait cette surabondance de gens hyper riches. Alors qu'il parcourait le large et élégant couloir, suivi de son assistante, Caitlin Dodge, quelques participants lui adressèrent de timides signes de la main ; deux ou trois essayèrent même d'engager la conversation, mais il continua sans s'arrêter.

— Monsieur Figman, dit un jeune garçon accompagné de ses parents, qui avaient commis la bêtise de payer le tarif plein pour que leur fils de neuf ans assiste aux manifestations de la semaine.

Discrètement, ils poussèrent leur fils sur le chemin d'Ethan et il resta planté là, tête baissée, comme s'il avait honte de la franche agressivité de ses parents.

— Tu peux lui dire maintenant, souffla sa mère. Vas-y.

— Non, arrête, dit le garçon.

— Mais si, tu peux, insista-t-elle.

— Je fais de l'animation, moi aussi, dit le garçon, tout bas.

— Pardon ? Tu fais de l'animation ? Oh, c'est très bien, continue à travailler, dit Ethan. C'est un super métier. Même si, honnêtement, à notre époque, ajouta-t-il pour une raison inconnue, tu devrais peut-être choisir un domaine un peu différent.

— Pourquoi pas l'animation ? demanda la mère avec inquiétude, attendant la réponse d'Ethan, prête à réfléchir intensément au changement de camp qu'il suggérait. Une activité qui s'y rattache, alors ?

— Non. La gestion des capitaux, c'est une bien meilleure idée.

— Vous le faites marcher, dit-elle. Je le vois bien. (Elle s'adressa à son fils, d'un ton hésitant.) Il te fait marcher, Dylan.

Ethan sourit et poursuivit son chemin. Il ne savait même pas pourquoi il avait taquiné ce garçon et sa mère, c'était un peu méchant de sa part. Il songeait qu'il devrait donner un de ses carnets à ce gamin la prochaine fois qu'il le verrait, en disant simplement «tiens», et il lui remettrait un de ses gros carnets qu'il remplissait de gribouillages en permanence. Le gamin serait aux anges, et les parents aussi. «Ne dessine pas dedans, garde-le !» dirait peut-être sa mère, et ainsi il se rachèterait. Il essaierait d'y penser, tout en sachant qu'il ne le ferait sans doute pas. Et à la fin de la semaine, cette famille repartirait en se disant qu'Ethan Figman était bien différent dans la réalité. Rien à voir avec Wally Figman, le garçon qui débordait d'idées. Au contraire, il était devenu comme le père grognon de Wally. Assurément, Ethan subissait une forte pression cette semaine ; il logeait sur place, dans une immense suite avec Ash, tandis que Mo et son assistante spécialisée du moment, Heather, logeaient de l'autre côté du couloir. Mo n'avait rien à faire, même ici, dans ce lieu où l'on pouvait tout faire. La veille, Ethan avait tenté de l'envoyer dans un séminaire consacré aux mécanismes de l'animation, dirigé par trois jeunes dessinateurs dont il avait été le mentor, mais Mo s'était ennuyé et il avait déguerpi en pleine séance.

Ethan demanda à Caitlin Dodge :

— Mon ami s'est enregistré à la réception ?

— Je regarde… Oui, il y a une demi-heure. Il attend dans le salon.

Ils tournèrent au coin et Ethan poussa une porte coupe-feu à double battant, troquant brièvement le luxe rustique du centre de conférence aux poutres apparentes contre l'ambiance industrielle de l'escalier de secours. Il fallait une carte spéciale pour accéder au salon de réception. Caitlin l'introduisit dans la serrure électronique et Ethan entra le premier. Un ancien sous-secrétaire d'État était assis dans une bergère en cuir, assoupi, la bouche entrouverte. Deux serveurs se tenaient au garde-à-vous devant le buffet. Près de la fenêtre se tenait Jonah, prétendument envoyé ici par son employeur, Gage Systems, afin d'assister à quelques conférences sur la technologie. Mais évidemment Ethan avait invité Jonah pour la semaine, à titre privé, et son patron était tout excité à l'idée que Jonah puisse avoir accès à Ethan et aux Mastery Seminars, en songeant qu'une année, peut-être, quelqu'un de chez Gage – Jonah lui-même ? – serait peut-être invité à présenter les innovations destinées aux personnes handicapées.

Les deux hommes s'étreignirent vigoureusement, en échangeant des tapes dans le dos. Ils avaient l'un et l'autre cinquante-deux ans maintenant : l'un était enrobé et dégarni, l'autre était mince, avec des cheveux gris.

— Tout est à ton goût ? demanda Ethan.

— Tu m'as donné la suite royale ou quoi ? La suite du sultan ? C'est le grand luxe.

— Je voulais que tu sois à ton aise.

— Je ne suis jamais à l'aise.

— Dans ce cas, on est deux, dit Ethan. (Ils échangèrent un sourire.) Je suis très heureux que tu sois venu.

— Je n'ai pas eu trop de mal à les convaincre au bureau. Ton nom ouvre pas mal de portes.

— Oui. Je suis le roi des portiers. Écoute… Ash est là-haut, dans notre suite. Elle travaille. Elle aime bien en faire le maximum dans la journée, mais elle se joindra à nous pour le dîner ; elle est très excitée de te savoir ici. Mo est là lui aussi, mais aux dernières nouvelles, il se promenait dans les vignes, suivi par la sainte qui s'occupe de lui.

Ethan marcha vers la fenêtre et regarda dehors en plissant les yeux. Jonah vint se placer à côté de lui. Au loin, dans un éclat de soleil, ils apercevaient deux silhouettes au milieu des rangées de plants de vignes. Il ne s'agissait peut-être que de deux ouvriers, ou bien alors, c'était Mo suivi de l'assistante spécialisée ; difficile à dire.

— Jules et Dennis ne peuvent pas venir, annonça Ethan en se détournant de la fenêtre, mais je suppose que tu le sais déjà. Spirit-in-the-Woods… c'est dingue, non ? Tous les chemins mènent à Spirit-in-the-Woods.

— Oui, je sais, dit Jonah. Elle était survoltée à l'idée de retourner là-bas. Ce camp a tellement compté pour elle. J'aimerais pouvoir y aller cet été, mais ce sont mes seuls congés. Vous pensez vous y rendre, Ash et toi ? Je suis sûr que ça vous ferait un pincement au cœur.

— C'est certain. Il se peut qu'on y passe une journée, à la toute fin des vacances. On va essayer. Mais on doit aller voir Larkin à Prague et ensuite, je pars en Asie pour Keberhasilan… tu sais, l'école ? Et puis, il y a le programme, évidemment.

Caitlin s'avança et dit :

— Ethan, j'ai là une certaine Renee qui prétend que tu as accepté d'introduire un débat ?

— Merde, j'ai promis, en effet. Ça va aller, toi ? demanda-t-il à Jonah. Je ne parle pas au sens cosmique.

— Oui, ça va.

Jonah paraissait hésitant, cependant.

«Putain, c'est Bambi !» s'était exclamé Goodman, un jour, en voyant Jonah entrer dans le tipi. En effet, si on comparait les gens à des personnages de Walt Disney, Jonah serait toujours Bambi. Privé de mère, plein de grâce, effacé. Ethan – Jiminy Cricket, la petite conscience agaçante, en version sédentaire et grassouillette – voulait offrir une formidable semaine à Jonah. Caitlin lui mit un laissez-passer autour du cou et lui tendit une brochure contenant toutes les informations utiles. Les deux hommes convinrent de se retrouver pour boire un verre en tête à tête, plus tard, avant de dîner avec Ash et un petit groupe d'intervenants. Dans la journée, expliqua Ethan, Jonah était libre d'assister à autant de séminaires et de débats qu'il le souhaitait. Ou à aucun. S'il préférait, il pouvait s'offrir un massage aux pierres chaudes dans sa suite, puis raconter aux gens de Gage Systems, à son retour, qu'il avait appris un tas de choses.

— Non, pas de massage aux pierres chaudes, répondit Jonah. J'ai envie d'écouter Wick Mallard. Je me souviens de la fois où il a dû réparer la station spatiale, c'était dramatique.

— C'est à quatorze heures, précisa Caitlin Dodge. Il a apporté une chaise de mise en apesanteur virtuelle qui est, paraît-il, stupéfiante.

— Je suis partant.

Jonah et Ethan échangèrent encore quelques tapes dans le dos, avec cette gêne des hommes d'un certain âge qui brûlent d'envie de s'étreindre, mais qui l'ont déjà fait peu de temps auparavant. Cette dichotomie homo-hétéro constituait inévitablement une sorte d'entrave pour Ethan. La beauté, c'était la beauté ; il suffisait de regarder Ash, après tout. Dans le catalogue Disney, elle était Blanche-Neige, elle l'avait toujours été et le serait toujours. Or, la beauté triste et impénétrable comme celle de Jonah, était envoûtante, quel que soit le sexe de l'emballage. Ethan aimait son vieil ami et il aurait voulu pouvoir parler de lui immédiatement avec Ash, ou peut-être même avec Jules. Il s'interrompit dans ses réflexions pour se demander quel personnage de Disney pouvait incarner Jules, et il s'aperçut que Disney n'avait pas créé de femmes, ni de filles ni d'animaux des bois qui lui ressemblaient.

C'était le chant des sirènes. Voilà comment Jonah Bay se présenta la chose par la suite. Il se dirigeait vers la salle où devait avoir lieu la conférence de l'astronaute Wick Mallard, sans penser à rien, et il voyait la longue file d'attente se former devant les portes encore closes. Quelques membres de l'équipe d'organisation parlaient dans des portables ; dans la queue, les gens semblaient pleins d'entrain et excités. Il y avait essentiellement des hommes : la perspective d'écouter un astronaute parler de son expérience dans l'espace semblait prometteuse, et la présence de cette chaise d'apesanteur virtuelle, prétendument stupéfiante, rendait l'événement plus alléchant encore. Au moment où Jonah allait se placer dans la file, il entendit un torrent de musique se déverser au bout du couloir, là où quelqu'un avait brièvement ouvert la porte d'une autre salle. C'était une musique acoustique, vive et étrangement familière, durant ces quelques secondes où la porte demeura ouverte. Poussé par la curiosité, Jonah se dirigea vers cette autre salle. À l'entrée, une pancarte indiquait : « Réinvention : la création d'une seconde personnalité ». Il se glissa à l'intérieur. Il ne savait pas pourquoi il faisait cela, et il ne pensa même pas à s'en étonner.

La salle était bondée. La centaine de personnes présentes écoutait avec la plus grande attention un vieil homme corpulent qui chantait et jouait du banjo sur scène. Jonah s'avança et s'assit par terre contre le mur. Le vieil homme chantait dans un micro fixé à un casque :

> *… Et l'océan m'appartient, rien qu'à moi*
> *Je ne veux pas le partager.*
> *Vous pensez que je suis égoïste*
> *Mais qui a déjà entendu parler… de la générosité…*
> *du crustacé ?*

Le chanteur marqua une longue pause, habile, durant laquelle le public put rire d'un air entendu. Dans cette assistance de gens riches et informés, certains avaient été autrefois de jeunes parents épuisés, et les paroles de cette chanson qu'ils avaient fait écouter à leurs enfants étaient restées gravées dans leur mémoire. Toutefois, l'honnêteté obligeait à dire que l'interprète avait eu beaucoup plus de succès dans son incarnation initiale, en tant que membre d'un groupe folk des années soixante qui chantait jadis des mélodies tendues et claires ; après cela, sa carrière solo avait été brève. Mais ensuite, beaucoup plus tard, il s'était réinventé apparemment, deux fois même, dans deux sous-cultures différentes. La musique pour enfants, tout d'abord, un domaine où, sous le nom de Big Barry, il avait connu un parcours modeste et un seul succès ; et plus récemment, dans l'écologie. Deux sous-cultures dont les principaux acteurs – comme ces gens qui reconstituaient la guerre de Sécession, les néonazis ou les poètes – pouvaient rester inconnus toute votre vie si vous n'aviez jamais vécu avec une personne passionnée par cet univers. Les autres participants à ce débat sur la réinvention de soi étaient un ancien pilote du NASCAR qui avait perdu la vue dans un accident et consacrait désormais sa vie à promouvoir la sécurité routière, et un fermier qui se présentait aux élections sénatoriales. Sur scène, le chanteur continuait à chanter, de sa voix décontractée et feutrée, et Jonah, précipité à toute allure, brutalement, vers la prise de conscience, comprit qui il avait en face de lui.

Barry Claimes avait tout de suite aimé cette idée du crustacé égoïste, dès que Jonah avait commencé à créer cette chanson. Il avait enregistré la musique de Jonah sur son magnétophone et archivé les cassettes pour le siècle suivant, longtemps après la séparation des Whistlers et leur plongée dans l'anonymat, long-temps après la brève carrière solo de Barry, propulsée par une unique chanson sur le Vietnam, «Tell Them You Won't Go (My Lad)», elle aussi inspirée par une idée, des paroles et une mélodie de Jonah.

Mais c'est à moi, pensa Jonah en entendant «Le Crustacé égoïste» maintenant, et il perçut la réaction nostalgique d'une bonne partie du public. *C'est à moi.* Évidemment, il ne voulait plus de cette chanson, il s'en fichait, il ne la trouvait pas particulièrement bonne, mais elle était née de lui, elle lui avait été volée et ce vol avait eu pour conséquence de le détourner totalement de la musique. Tout cela se traduisait, à cet instant, par une boule épaisse dans la gorge. Impossible de l'affirmer, mais il aurait pu connaître une brillante car-rière de musicien, surtout avec ce groupe dont il avait fait partie au MIT, Seymour Glass, qui continuait à se produire trente ans plus tard. Il possédait un véri-table talent, mais que valait le talent sans la confiance, la maîtrise de soi, «le don d'appropriation», comme disaient les gens, de manière pompeuse, mais peut-être plus exacte.

Les accords de banjo s'amplifièrent, tandis que Barry Claimes – Big Barry – continuait sa chanson, interprétée du point de vue du crustacé terriblement égoïste qui apparaissait comme un individualiste et un pollueur incarnant tous les travers de l'Amérique dépendante du pétrole et amoureuse du capitalisme. La main potelée de Big Barry frappait les cordes de son instrument et il se lamentait, encore et encore, sur la cupidité grotesque, il mettait tout ce qu'il avait dans cette chanson, il s'épuisait à donner vie à l'étrange et astucieuse création d'un garçon de onze ans. Il conclut par un magistral accord de banjo et le public réagit par un tonnerre d'applaudissements.

Jonah s'apprêtait à quitter la salle, lorsque le modérateur du débat demanda à Barry Claimes :

— Quel est donc le chemin de la transformation qui vous a conduit, vous l'ancien chanteur folk à succès, à devenir un chanteur pour enfants, puis un écologiste ?

— En fait, si vous regardez en arrière, les années soixante étaient une époque de révolte. Je sais que c'est un cliché, mais c'est aussi la vérité, et j'y ai participé. Bien des fois, je me suis révolté. Mon premier groupe s'appelait les Whistlers, certains d'entre vous s'en souviennent peut-être. (Le public applaudit poliment à cette évocation.) Puis j'ai suivi mon propre chemin et j'ai connu un succès en 1971, avec une chanson contre la guerre au Vietnam. Quelqu'un peut-il effectuer une plongée dans le passé et citer le titre de cette chanson ?

— « Tell Them You Won't Go (My Lad) » ! lança un homme.

— Bravo. Mais vous savez quoi ? J'ai cru que c'était fini pour moi ensuite. Je suis resté dans mon coin pendant plusieurs années, j'ai vécu sur mes royalties, je glandouillais sans rien faire, ou presque, à part travailler mon banjo. Et puis j'ai tâté de la chanson pour enfants car j'ai toujours été captivé par leur spontanéité. Et puis, on ne peut pas les baratiner. Comme ce travail s'est révélé lucratif, j'ai acheté un bateau et j'ai commencé à voyager, et là, j'ai vu ce qu'on faisait aux océans. Ça m'a rendu malade. Je ne pouvais pas tolérer la cupidité des compagnies pétrolières et des politiciens qui couchent tous dans le même lit et sont responsables de la destruction des océans et de la mort de ces extraordinaires créatures marines. Je me suis aperçu alors que mes chansons pouvaient également avoir un impact écologique. Voilà comment est né un militant. Et donc, si vous voulez vous réinventer pour la deuxième ou la troisième fois de votre vie, vous devez le faire pour une bonne raison. Une raison qui ne soit pas égoïste, de préférence... comme un certain crustacé que je connais.

Jonah, qui avait à peine respiré durant ce monologue, sentit sa gorge et sa poitrine se serrer ; il poussa la porte à double battant et sortit dans le couloir, au moment où Barry cédait la parole au candidat aux élections sénatoriales. Avisant des toilettes pour hommes un peu plus loin, il s'enferma dans une cabine et se laissa tomber sur le couvercle de la cuvette. Il y resta un long moment, à essayer de se ressaisir, de réfléchir, et il était encore là quand la porte des toilettes s'ouvrit pour laisser entrer deux hommes précédés de leur voix :

— ... vraiment formidable. Tout est une question d'image de marque. Je suis très impliqué dans les menaces pour l'environnement. Nous faisons des conférences sur ce sujet directement au sein des communautés. Tenez, voici ma carte. Je serais ravi de vous en parler plus en détail.

— Merci.

Les deux hommes se dirigèrent vers les urinoirs et Jonah les entendit se soulager en stéréo. Il y eut encore quelques plaisanteries échangées, l'eau qui coule dans les lavabos, le vrombissement des sèche-mains, puis la porte se rouvrit et un des deux hommes sortit des toilettes. Jonah colla son œil à la fente étroite de la porte de la cabine. Il découvrit une partie du large dos de Barry Claimes devant les lavabos, le gilet en soie noire et la fine couche de cheveux blancs ramenés sur le crâne. Big Barry reprit le banjo appuyé contre le mur, le mit en bandoulière et ressortit à grandes enjambées.

Jonah le suivit dans les couloirs aux poutres apparentes du Strutter Oak Resort and Conference Center, en gardant ses distances, essayant de prendre l'air de quelqu'un qui se rend à un séminaire. De temps en temps, il faisait mine de jeter un coup d'œil à la brochure que lui avait remise Caitlin Dodge. Barry Claimes monta dans l'ascenseur et Jonah l'imita, mais trois autres personnes les rejoignirent, si bien qu'il passa inaperçu. Ils appuyèrent tous sur des boutons différents. *Ping*, fit l'ascenseur et une première personne descendit. *Ping* encore. Au troisième étage, Barry descendit, Jonah Bay également. L'ancien Whistler sifflotait, justement, en regagnant sa chambre. Il introduisit la carte magnétique dans la serrure, mais Jonah savait qu'il était inutile de presser le pas : Barry était vieux, ralenti, il aurait sans doute besoin de deux tentatives pour introduire correctement la carte. En effet. Quand la petite lumière verte de la serrure s'alluma, Jonah se trouvait juste derrière lui. Il n'y avait personne dans le couloir pour le voir se faufiler derrière Barry, avant que la porte se referme. Celui-ci se retourna à l'entrée de la chambre, la bouche ouverte, sous l'effet de l'âge et de la peur.

— Qu'est-ce que vous voulez ? demanda-t-il.

La lourde porte s'était refermée toute seule, et Jonah le poussa à l'intérieur de la pièce, des deux mains.

— Je vais chercher mon portefeuille, dit Barry. Vous êtes drogué ? Vous avez fumé du crack ?

Évidemment, Barry Claimes ne l'avait pas reconnu. Si Jonah se sentait figé à l'intérieur de sa jeunesse, personne d'autre ne le voyait comme un enfant. Il avait déjà franchi la crête de l'âge mûr et se dirigeait rapidement vers ces années dont personne n'aimait parler. Pour les gens de son âge, les meilleurs moments étaient déjà passés. Vous étiez censé être devenu ce que vous seriez finalement, et demeurer dans cet état, élégamment et discrètement, jusqu'à la fin de vos jours.

— C'est moi, sale taré, dit Jonah.

Il plaqua Big Barry contre le mur de l'entrée et Big Barry le repoussa violemment, contre une porte de placard. Jonah répliqua de la même manière, et les deux hommes rebondirent entre les deux murs, avec des bruits sourds, accompagnés de halètements. Ils dérivèrent vers l'intérieur de la chambre et là, Jonah prit le dessus. Il poussa Big Barry sur le lit et se jeta sur lui pour l'immobiliser. Le corps maigre de Jonah à quatre pattes au-dessus de cette créature marine boursoufflée qu'était Barry Claimes. Si Barry était un crustacé, ce serait un crabe, une limule, toute ronde et très ancienne, échouée sur le sable. Son visage était couperosé et marbré, derrière les petites lunettes à la Benjamin Franklin, les yeux bleu pâle étaient larmoyants, comme ils l'étaient déjà en 1970.

— Qui ça, moi ? demanda Barry.

La terreur plissa ses paupières pendant plusieurs secondes, puis son visage se détendit et devint presque songeur.

— Oh, bon sang. Jonah. Jonah Bay. Tu m'as flanqué une de ces trouilles. Il continuait à l'observer et ajouta, étonné : Tu as les cheveux gris. Même toi.

Maintenant qu'il l'avait reconnu, c'était comme s'il sentait qu'il n'avait plus besoin d'avoir peur. Soudain, Jonah repensa à ses ébats avec Robert Takahashi : parfois l'un d'eux se retrouvait dans cette position, à quatre pattes, pendant que l'autre, allongé, se reposait, tels le lion et la bohémienne dans le tableau du Douanier Rousseau. Il ne voulait pas que Barry Claimes ait une seule seconde de repos, il n'éprouvait pour lui aucune compassion, même si Barry ressemblait à n'importe lequel de ces survivants des années soixante, qui auraient pu apparaître dans ce documentaire de PBS : *Ils sont venus, ils ont vu, ils ont vaincu*, diffusé à toute heure du jour et de la nuit car les gens ne se lassaient jamais de revoir ce qu'ils avaient perdu, même s'ils n'en voulaient plus véritablement.

Jonah appuyait sur le ventre de Barry avec son genou. Quand Barry laissa échapper un son de douleur venu de l'intérieur, Jonah appuya un peu plus encore et il sentit des organes se déplacer sous son genou. Mais Barry parvint à se redresser, en rugissant.

— J'ai essayé d'être une figure paternelle pour toi, haleta-t-il. De t'apprendre le banjo. De t'encourager. Tu n'étais pas habitué à ça.

— Un père qui drogue son enfant ?

Jonah tendit le bras pour saisir l'objet le plus proche. Sa main se referma sur le banjo et d'un large geste, il l'abattit sur le visage de Barry Claimes, en produisant une épouvantable vibration semblable à un coup de gong.

— Oh, bon Dieu, Jonah ! s'écria Barry d'une voix nasillarde.

Tous les deux étaient aussi effarés. Barry laissa retomber sa tête sur le lit et plaqua ses mains sur son visage qui saignait légèrement. Ce geste parut insupportable à Jonah. Que chacun soit obligé de protéger le peu qu'il possédait lui apparut alors comme la première des vérités et il ne priverait pas Barry Claimes de cet instinct. Peut-être lui avait-il cassé le nez, mais il ne lui avait pas fracturé la mâchoire, il ne lui avait pas crevé un œil ni endommagé le cerveau, niché dans cette tête égocentrique. Un banjo n'était pas la plus redoutable des armes car la musique folk n'était pas très puissante. Elle n'avait pas réussi à arrêter la guerre en Asie du Sud-Est, même si les chansons avaient uni et passionné les gens qui les écoutaient avec une attention farouche, au milieu de marées humaines ou seuls. Et aujourd'hui, elle avait amoché un homme, sans le tuer, ce qui était peut-être aussi bien.

— Oh, bon Dieu, ne cessait de répéter Barry. Je... j'ai mal. Qu'est-ce qui te prend, Jonah ? demanda-t-il d'une voix râpeuse.

— Qu'est-ce qui me prend ? Tu oses me poser cette question ?

— Oui. Quel genre de personne es-tu devenu ? Tu es toujours comme ça ?

— Tais-toi, Barry. OK ? Tais-toi.

Jonah se rendit dans la salle de bains pour se laver les mains avec la savonnette en forme de feuille, malcommode, qui se trouvait dans le porte-savon. Il avait un peu de sang sur sa manche. Il remarqua, sur la tablette en marbre voisine, la trousse de toilette de Barry. Ouverte, elle laissait voir les objets appartenant à ce vieil homme qui était sur les routes plusieurs semaines par an. Il y avait un flacon de cachets dont l'étiquette indiquait Lipitor 40 mg, un inhalateur contre l'asthme et, oh bon sang, une boîte de Tucks Pads permettant, était-il écrit, de soulager «les démangeaisons locales et la gêne provoquées par les hémorroïdes». Tout le petit attirail de cet individu réinventé. Qu'importe ce que vous aviez fait dans votre vie, qu'importe votre engagement contre la guerre, votre combat pour préserver les océans, qu'importent toutes les idées que vous aviez volées à un jeune garçon timide, faisant de lui un être au cerveau embrouillé et à la sensibilité exacerbée. En définitive, tout se résumait aux petits détails qui faisaient de vous ce que vous étiez. Jonah ressortit de la salle de bains, certain que Barry Claimes n'appellerait pas la sécurité. Il ne voudrait pas évoquer ce sujet, pas maintenant, alors qu'il avait réussi à se transformer une dernière fois et à rester dans la course, longtemps après le règne de la musique folk, jusqu'au XXIe siècle, dans lequel il était si difficile de gagner de l'argent avec ses créations. Au cours des années quatre-vingt-dix, quand toutes sortes de célèbres chansons pop avaient été utilisées dans les spots publicitaires, l'art et la pub s'étaient entremêlés pour toujours. Mais la musique folk, la bonne âme laissée pour compte, avait souvent été préservée, et aujourd'hui, elle effectuait son retour, d'une certaine manière. Ce n'était pas le genre dominant, mais ses jeunes plants s'étaient répandus un peu partout, et comme toutes les formes de musique désormais, même les chansons folks, se partageaient sur des fichiers, elles apparaissaient sur YouTube et allaient partout où elles pouvaient. La plupart des chanteurs folks, à l'instar de tous les chanteurs, gagnaient très peu d'argent, et c'était affreusement injuste, voire criminel souvent, mais au moins, leurs œuvres étaient jouées. Jonah aurait aimé que sa mère le sache, il espérait qu'elle le savait. Il avait l'intention de le lui dire.

Assis sur le lit, Barry s'examinait dans le miroir de la coiffeuse.

— Regarde ça ! Mon nez va enfler. Je ne peux pas me montrer comme ça, je vais être obligé de m'en aller. (Il se tourna vers Jonah d'un air contrarié, puis il devint songeur.) Tu étais un gamin si créatif. Si libre. C'était magnifique de voir ça.

— Tais-toi.

— J'ai fait ce que j'ai pu pour toi. Tu ne savais pas ce que voulait dire être pris en main et encouragé, ce n'était pas ta faute. Ta mère avait une voix magnifique, mais ce qui lui est arrivé, c'est triste.

— Non, dit Jonah.

Il ne voulait plus entendre un seul mot sortir de la bouche de Barry Claimes et il n'avait plus rien à lui dire non plus, aussi se dirigea-t-il vers la porte de la chambre. Mais arrivé dans l'entrée, dont les murs étaient éraflés, il revint sur ses pas et, agissant par impulsion, il s'empara du banjo, puis s'en alla. Sa tête et ses mains tremblaient dans l'ascenseur qui le conduisait à son étage. Alors qu'il faisait les cent pas dans sa suite pour essayer de retrouver son calme, il sentit son portable vibrer contre sa cuisse. Il le sortit de sa poche et découvrit un numéro inconnu. Il répondit timidement. Une voix de femme dit :

— Hello, Jonah, c'est Caitlin Dodge. Ethan voudrait savoir si vous pouvez le rejoindre au Blue Horse Vineyard pour boire un verre. Si c'est d'accord, quelqu'un viendra vous prendre dans vingt minutes. Ça vous va ?

Jonah accepta, tout en pensant qu'il avait sans doute tort. Après avoir pris une douche rapide, il se posta à l'entrée du centre de conférence et quelques minutes plus tard, une Prius noire s'arrêta devant lui. Un chauffeur en descendit pour lui ouvrir la portière et Jonah se glissa à bord. Il tremblait encore tellement qu'il dut se caler contre la portière.

— La journée a été bonne, monsieur ? demanda le chauffeur. Vous avez assisté à une de ces conférences ?

— Oui.

— Il paraît qu'un astronaute est venu avec une chaise d'apesanteur virtuelle. Vous avez pu l'essayer ?

Jonah ne répondit pas immédiatement.

— Oui.

— Alors, ça fait quel effet ?

Jonah se redressa.

— Au début, c'est terrifiant. Comme si vous n'aviez aucune idée de ce qui va vous arriver.

— Oui, forcément, dit le chauffeur en hochant la tête. L'angoisse.

— Puis au bout d'un moment, vous vous souvenez que c'est virtuel et vous vous laissez faire. Et bizarrement, vous n'êtes plus tout à fait le même ensuite.

— Vous ressentez encore les effets ?

— Oui, dit Jonah.

Dans le patio du Blue Horse Vineyard, tout le monde, à l'exception d'Ethan Figman, était assis sous le soleil généreux avec de gros verres de vin et de petites assiettes de pecorino et d'olives. Ethan avait réquisitionné l'ombre offerte par un parasol. Tout autour, des participants aux séminaires l'observaient à la dérobée, mais nul n'approchait de sa table. Jonah s'assit en face de lui, encore tremblant. Cela devait se voir, non ? Quand on lui apporta un verre de vin « une syrah malicieuse », commenta le sommelier, avant de s'éclipser, Jonah se mit à boire d'un trait et s'arrêta au milieu de son verre, uniquement parce qu'il avait remarqué le regard d'Ethan.

— Quoi ? fit-il.

— Moins vite. Tu n'es pas censé boire de cette façon. On dirait un gamin avec un verre de lait. C'est tout juste si tu n'as pas des moustaches rouges.

Jonah obéit. Il prit une olive et fit mine de s'y intéresser. Mais sa main tremblait et l'olive glissante tomba sur le sol du patio et rebondit jusque dans les buissons telle une Super Ball.

— Désolé.

Il porta la main à son visage et laissa échapper un unique sanglot, misérable. Bouleversé, Ethan se leva et vint s'asseoir à côté de lui. Tous les deux tournaient le dos aux autres maintenant ; ils contemplaient les hectares de vignes, calmes et ensoleillés.

— Raconte-moi, dit Ethan.

— Je ne peux pas.

— Allez, raconte.

— J'ai fait une chose que je ne peux pas effacer. Une chose qui ne me ressemble pas du tout. Mais évidemment, tu dois te dire que tu ne sais même pas ce qui me ressemble ou ne me ressemble pas. Tu ne m'as jamais incité à te confier des choses. À avouer quoi que ce soit.

— Pourquoi l'aurais-je fait ? répondit Ethan. Je ne suis pas catholique. Je suis un gros Juif. Par contre, je sais que tu n'as aucune raison de te mettre dans cet état, Jonah. Si tu es malheureux, ou si tu penses être perdu…

— Oui, perdu, c'est ça.

— Alors, tu peux réagir. Tu as déjà été dans cette situation. Ton Saint-Père, le révérend Moon, tu te souviens de lui ? « Le révérend Moon nous emportera » ?

Jonah parvint à esquisser un sourire, comme une grimace.

— J'ignore ce que tu penses avoir fait, reprit Ethan, mais je ne peux pas croire que ce soit irréparable. (Il rumina quelques secondes.) C'est à cause d'une liaison ?

— Non. Je ne donne pas là-dedans. Tu ne sais donc pas que je suis un vrai moine ?

— Non, je ne le savais pas. Je sais uniquement ce que tu me racontes. Quand Robert et toi vous êtes séparés, on s'est beaucoup inquiétés avec Ash. On ne voulait pas que tu restes seul. Mais tu n'as jamais voulu sortir avec aucun de ces types qu'elle connaissait, ces comédiens.

— Je ne voulais pas recommencer une relation après Robert. J'ai eu quelques aventures… mais je me sens vite submergé. Et si tu veux tout savoir, ce n'est plus un besoin aussi pressant, maintenant que je vieillis. Le sexe. Je me concentre essentiellement sur mon travail, histoire de m'occuper.

— Parfois, j'ai l'impression que le travail est une formidable excuse pour tout, dit Ethan. Et puis je me dis que, finalement, ce n'est peut-être pas une excuse. Peut-être que c'est réellement plus important que tout le reste. Même les relations humaines.

— Oh, j'ai du mal à croire que tu trouves ton travail plus intéressant qu'Ash et tes enfants.

Ethan piocha parmi les petits cubes de pecorino, il en prit deux qu'il fourra dans sa bouche en même temps, vulgairement.

— J'adore ma famille. À l'évidence. Ash, Larkin et Mo, énuméra-t-il en donnant le même poids à chaque nom. Mais je pense à mon travail en permanence. Pour moi, ce n'est pas juste une manière de m'occuper. C'est, en partie, une façon d'oublier ce que je ne peux pas changer. Ils ont besoin de moi au studio. Quand je m'absente, comme cette semaine, ils sont tous… inquiets. Mais surtout, c'est formidable de pouvoir penser à son travail. On dirait qu'il se renouvelle sans cesse. (Tournant la tête pour regarder Jonah droit dans les yeux, il ajouta :) Si tu ne peux pas avoir une relation satisfaisante avec quelqu'un, tu devrais au moins avoir de bons rapports avec ton travail. Ton boulot devrait être comme… une personne extraordinaire couchée à côté de toi dans ton lit.

Jonah laissa échapper un petit rire et dit :

— Eh bien, mon boulot ne me fait pas du tout cet effet. J'y passe mes journées, mais ça ne m'intéresse pas suffisamment.

— Comment est-ce possible ? Tu m'as montré les plans sur lesquels tu travaillais, je suis allé sur ton site, j'ai vu tout ce que vous faites. C'est énorme, il se passe un tas de trucs. Et tu as toujours adoré construire des choses, tu en parlais déjà dans le temps, au MIT. Moi, je ne comprenais rien à ce que tu racontais, ça me dépassait. Et ce que tu fais maintenant, créer des appareils pour des personnes réellement handicapées, ça a un sens, non ? Rendre la vie des gens supportable, pour qu'ils aient envie de se lever le matin, de vivre dans ce monde, sans se désespérer… ni même savoir s'ils sont encore en vie ?

— J'aurais aimé être musicien, déclara Jonah.

Il n'en revenait pas d'avoir prononcé ces mots.

— Alors, pourquoi tu ne l'as pas fait ? C'était quoi, le problème ?

Jonah baissa la tête, il n'osait pas croiser le regard de Jonah, trop compatissant.

— Il s'est passé quelque chose, avoua-t-il. Quand j'étais tout jeune, avant que tu me connaisses. Un type, peu importe son nom, m'a fait prendre des drogues pour me faire inventer des paroles de chansons, des petites mélodies. Moi, je ne me rendais compte de rien. Il m'a volé mes idées, ma musique, il les a utilisées et il a gagné de l'argent avec. Pendant longtemps, j'ai cru que je souffrais de gros problèmes neurologiques.

J'avais des hallucinations. Quand elles ont disparu, ça a été un soulagement. Alors, j'ai continué à jouer de la guitare, essentiellement parce qu'elle était là, et je me débrouillais plutôt bien. Mais pas question que la musique soit toute ma vie. Ma musique, on me l'avait volée.

— C'est une terrible histoire, dit Ethan. Je suis vraiment navré. Et je regrette de ne pas l'avoir su. Franchement, je ne sais pas quoi dire.

Jonah haussa les épaules.

— C'était il y a longtemps.

— Je ne voudrais pas paraître insensible, mais tu pourrais quand même continuer à faire de la musique, non ?

— Comment ça ?

— Tu ne pourrais pas jouer, tout simplement ?

— « Jouer tout simplement » ?

— Pour ton plaisir ou avec des amis. De la même manière que Dennis et ses copains jouent au football dans le parc. Ils ne sont pas très en forme pourtant, hein ? Mais ils s'amusent et certains jouent assez bien, ils vénèrent ce sport. Un tas de gens font la même chose avec la musique. Dès qu'ils se retrouvent, ils jouent ensemble. Faut-il forcément en faire un métier ? Pour ce qui est de ton vrai métier, tu aimes la mécanique, la robotique. Es-tu obligé de considérer cela comme un lot de consolation ? Et si tu jouais tout seul ? Pas durant ta journée de boulot, sans devenir célèbre, sans trouver de manager, sans aller dans cette direction. Si tu *jouais*, simplement ? Est-ce que tu n'aimerais pas davantage ton travail, puisque tu ne le verrais plus comme quelque chose qui, secrètement, a remplacé cette autre passion ? Est-ce que je suis complètement à côté de la plaque ?

— Il m'a *volé* ma *musique*, Ethan. Il l'a volée, il l'a prise.

— Il n'a pas tout volé. Juste une partie. La musique n'existe pas en quantité limitée. À mon avis, il t'en reste.

Une heure plus tard, Jonah s'allongea sur le lit de sa suite pour se reposer. Dans un état de torpeur avinée, il contemplait le gigantesque téléviseur à écran plat, la vue sur la Napa Valley et le peignoir frappé du logo des Mastery Seminars. Puis il repensa au banjo. Alors il se leva et alla le chercher, là où il l'avait appuyé contre le mur, et il retourna s'asseoir au bord du lit en le tenant dans ses bras. Les cordes étaient aussi acérées que des armes, aussi rapides à la détente. Il joua jusqu'à l'heure du dîner, ressuscitant des chansons enfouies dans son cerveau reptilien, des chansons qu'il ne se souvenait pas avoir apprises, et que pourtant, apparemment, il connaissait.

Vingt

On était au milieu de l'été et aucun accident dramatique ne s'était produit, ce dont se félicitaient Jules et Dennis, mais de manière discrète par peur de se porter malheur. Un après-midi, deux violonistes, sérieux et discrets, revinrent d'une promenade dans les bois en affirmant y avoir vu quelqu'un. Le professeur de natation et l'animateur de l'atelier poterie furent envoyés sur place pour repérer d'éventuels intrus. Ils déclarèrent avoir vu deux jeunes randonneurs, un garçon et une fille, qui descendaient des montagnes et s'étaient arrêtés sur la propriété pour se reposer, ce qui arrivait parfois. La périphérie des bois, si elle faisait partie du domaine, avait toujours été plus ou moins partagée et tant qu'il n'y avait pas de problème, personne ne se plaignait. Deux ou trois fois, leur avaient confié les Wunderlich, ils avaient alerté la police locale pour qu'elle vienne jeter un coup d'œil car on ne pouvait pas prendre de risques avec la sécurité des mineurs.

L'été se poursuivait, avec ses exigences quotidiennes. Un seul pensionnaire avait fait défection, un joueur de cor venu de New York qui détestait toutes les activités proposées et refusait de rester un jour de plus. Personne ne fut triste de le voir partir. Mais quand, au début du mois d'août, la danseuse Noelle Russo fut surprise derrière le studio de danse après dîner, un doigt enfoncé dans la bouche, en train de vomir dans les buissons, le médecin rattaché au camp fut appelé en consultation, et avec l'infirmière, ils convinrent de renvoyer Noelle chez elle.

Le soir précédant son départ, l'émotion était à son comble dans son tipi. Toutes les autres filles avaient pris place autour d'elle comme si on l'envoyait en prison ou en enfer. Noelle, ayant hâtivement fourré ses affaires dans sa malle, pleurait et demandait : «Pourquoi est-ce qu'ils me font ça? Je vais très bien. Celui qui m'a dénoncée en a rajouté.» Ses amies se rendirent au bureau pour supplier Jules et Dennis de permettre à Noelle de rester, mais ils furent contraints de refuser, à regret. «C'est dangereux, avait déclaré l'infirmière. Elle a besoin de davantage de surveillance.»

Dans son lit cette nuit-là, Jules perçut un bruit au loin, quelque part sur la propriété, sans parvenir à l'identifier. Dennis lui-même l'entendit dans son sommeil. Elle s'attendait à ce qu'un des animateurs les appelle, et au moment où elle se disait cela, le téléphone rouge posé sur la table de chevet de Dennis fit entendre sa sonnerie brutale. C'était le premier appel en pleine nuit depuis le début de l'été; ils l'attendaient. Preeti Singh, responsable de l'animation du camp et des lamas, dit :

— Il y a un problème avec les lamas. Vous pouvez venir?

Dennis et Jules enfilèrent des manteaux par-dessus leur pyjama et sortirent en toute hâte avec des lampes électriques.

Les deux lamas avaient disparu de leur enclos. Preeti s'en était aperçue en allant les voir avant l'extinction des feux.

— Qui peut vouloir les voler? demanda-t-elle. À part un vivisecteur détraqué?

Les animateurs furent envoyés dans toutes les directions, à la recherche des animaux. Les pensionnaires apprirent très vite ce qui se passait; ils sortirent de leur tipi en pyjama, short et T-shirt pour participer à la battue. Il était minuit, une lune jaune presque pleine brillait dans le ciel et tout le camp s'était éparpillé sur la pelouse, dans le champ, près du lac et de la piscine.

— Par ici! s'écria soudain une fille et tout le monde se précipita.

Dans la lumière d'une vingtaine de lampes électriques, les deux lamas apparurent, côte à côte sur le chemin qui menait aux ateliers d'activités artistiques. Ils portaient des pancartes autour de leur long cou: «Noelle doit rester», disait l'une. «C'est dégueulasse», disait l'autre.

Les lamas terrorisés furent délicatement ramenés dans leur enclos. Quelqu'un remarqua alors que Noelle avait disparu elle aussi, et les recherches reprirent. Jules ressentit une violente décharge de peur. C'était elle la responsable, avec Dennis.

— Noelle! cria-t-elle, la gorge serrée.

Elle se représenta le lac, capable d'engloutir une personne et soudain, elle devint hystérique.

— Noelle! s'époumona Dennis.

— Noelle ! Noelle ! crièrent les autres.

Toutes les lampes s'étaient rallumées, les adolescents étaient ravis et excités par ce double drame inattendu qui survenait en pleine nuit. Guy, l'animateur aux anneaux de pirate dans les oreilles, sur qui Noelle avait craqué, s'était planté au milieu du chemin et il criait plus fort que tout le monde, avec son accent australien reconnaissable.

— Noelle ! Où tu es, bordel ? C'est Guy ! Allez, Noelle, arrête ça !

Tous les autres s'étaient tus, pensant sans doute que Guy réussirait à la faire sortir de sa cachette. Et il y parvint. Noelle émergea timidement des bois. Jules et Dennis regardèrent cette jeune fille fragile, semblable à un oiseau, se diriger droit vers l'animateur, qui la prit dans ses bras et lui glissa quelques mots à l'oreille. Finalement, il leva les yeux vers les directeurs du camp car c'était à eux qu'il incombait de la récupérer. Un peu plus tard, Jules se retrouva assise au bord du lit de Noelle, pendant que les autres filles, encore excitées, traînaient à proximité et tendaient l'oreille.

— Je voulais tellement que ce soit un super été, sanglotait Noelle.

— Tu as passé des bons moments, non ? dit Jules.

— Oh, oui. J'ai pu danser. Plus que durant toute une année scolaire. Là-bas, ils m'obligent toujours à faire des trucs que je déteste, des trucs qui n'ont rien à voir avec ma vie.

— Oui, je sais, dit Jules. Je comprends.

Noelle reposa la tête sur son oreiller et ferma les yeux.

— Je suis désolée pour les lamas. Je voulais juste me faire entendre. Je suis allée accrocher les pancartes autour de leur cou pour que tout le monde les voie demain matin, mais ils sont sortis de leur enclos et je n'ai pas réussi à les faire rentrer. Je ne voulais pas leur faire de mal.

— Ils n'ont rien.

— J'espère que ça va aller pour eux et que vous n'allez pas penser qu'ils ne peuvent plus rester là. Ils font partie de cet endroit.

— Oui, intervint Samantha. Les lamas font partie de ce camp.

Non, absolument pas, avait envie de répondre Jules. Mais bien sûr que si, ils en faisaient partie. Quand toutes ces filles repenseraient à cet été, elles reverraient, entre autres choses, les lamas. Et ces animaux auraient toujours pour elles une connotation particulière ; leur regard inexpressif représenterait un moment de leur existence semblable à aucun autre. Un premier moment, rempli d'art, d'amis, de garçons, de lamas. Le tipi était aussi petit qu'un dé à coudre, mais il convenait à ces filles. Jules les laissa réconforter leur amie qui serait conduite dès le lendemain à l'aéroport de Boston, où un avion la ramènerait auprès de ses parents inquiets. Une urgence estivale s'était produite, mais personne n'était mort.

Le lendemain matin, Noelle n'était plus là. Dennis mit la symphonie *Surprise* et la musique s'échappa des haut-parleurs, mais le camp se réveilla lentement, épuisé par l'excitation de la nuit et devinant déjà, dans un demi-sommeil, que la journée serait chaude. Jusqu'à présent, le climat avait été doux, mais la météo prévoyait des journées de canicule, et celle-ci serait la première. À midi, il faisait déjà plus de trente degrés, ce qui provoqua une interruption des cours et un séjour prolongé au bord de la piscine.

La cuisinière confectionna des sorbets à la framboise dans de longs bacs en métal. Les pensionnaires pénétrèrent dans le réfectoire en traînant les pieds, la chaleur les avait rendus apathiques et aucun n'avait d'appétit. Cet après-midi-là, partis dans les bois avec leur professeur de théâtre pour répéter *Le Songe d'une nuit d'été*, le garçon et la fille qui jouaient Puck et Hermia déclarèrent avoir vu un homme uriner contre un arbre. Le temps que le professeur aille trouver cet homme, il avait disparu. Dennis déclara qu'il irait jeter un coup d'œil avec Jules. Une vraie corvée avec cette chaleur moite et le bourdonnement des moustiques en fond sonore. Fatigués eux aussi par les incidents de la nuit, Dennis et Jules se séparèrent pour inspecter les bois.

Jules ne tarda pas à découvrir le randonneur.

— Hello ! lui lança-t-elle, d'un ton qu'elle espérait désinvolte.

Adossé à un arbre, l'homme buvait une bière au goulot. Il était jeune, une vingtaine d'années, et on discernait sur son visage une vigilance sauvage. Il faisait négligé et Jules décida d'être prudente. Heureusement, Dennis n'était sans doute pas très loin.

— Vous faites une randonnée ? demanda-t-elle, bien qu'il n'y ait aucun équipement dans les parages.

— Je campe dans le coin, répondit le jeune homme.

— En fait, vous êtes sur une propriété privée, dit Jules d'un ton aussi décontracté et joyeux que possible. Un tas de gens s'arrêtent ici sans savoir. Il faudrait qu'on le signale un peu mieux.

— Beaucoup mieux même. Je croyais que c'était un endroit où on pouvait s'installer sans problème. Pour deux ou trois jours.

Jules sentit que quelque chose clochait chez ce garçon et elle se souvint de la fois où elle avait eu peur d'un patient de l'hôpital psychiatrique dans lequel elle travaillait, un jeune homme très agité qui fendait l'air avec le tranchant de la main pendant qu'il parlait de sa mère.

— Y a pas de mal, dit-elle. Mais c'est une propriété privée. En revanche, il y a un terrain de camping à quelques kilomètres plus au sud. Je crois qu'il faut une autorisation pour y passer la nuit, mais renseignez-vous au syndicat d'initiative en ville, ils vous indiqueront tout.

Des branches se brisèrent et un deuxième homme apparut, nonchalant. Il était beaucoup plus âgé, grand, voûté, avec des cheveux gris hérissés et des rides profondes. On aurait dit un visage gravé sur bois, un visage de fumeur. Il semblait sur le point de dire quelque chose, il avait la bouche ouverte, et Jules remarqua son incisive en or. Le père et le fils ? pensa-t-elle. Non.

Elle ne l'avait toujours pas reconnu. La beauté avait été effacée de ce visage, comme après de multiples opérations cruelles. Cet homme paraissait détruit ; apparemment, il n'avait pas pris soin de lui depuis des années. Jules pensa alors, sans savoir pourquoi : *c'est un moment de grande étrangeté.* Et soudain, en voyant la manière dont il la regardait, alangui et nullement étonné, avec une pointe d'amusement peut-être, elle comprit, mais elle refusa d'y croire jusqu'à ce qu'il parle, et à cet instant, elle n'eut plus aucun doute.

— Jacobson ? dit-il. Je me demandais quand je te verrais.

Jules dévisageait Goodman Wolf comme s'il s'agissait d'un animal égaré qui avait échoué dans ces bois. Tous les deux étaient des animaux égarés. Ils n'avaient rien à faire ici, et pourtant, ils y étaient.

Le jeune homme les regardait tour à tour. Finalement, il demanda :

— Tu la connais, John ?

— Oui.

— Ash t'a dit que je vivais ici ? demanda Jules.

— Oh, je vois. (Il plissa les yeux, la tête légèrement penchée sur le côté.) Tu as cru que j'étais venu *pour ça* ? Parce que tu vis ici ? C'est touchant. En vérité, je n'ai pas traversé l'océan à cause de toi, Jacobson. Les mesures de sécurité sont plutôt strictes depuis tu sais quoi. Je n'ai même pas dit à Ash que je venais. Elle ne le sait pas. Par contre, j'ai pris une décision importante.

Goodman prononçait ces paroles comme s'il les croyait spirituelles, mais elles ne l'étaient pas. Jules sentait la chaleur se répandre sur son visage, à toute vitesse, vers la racine des cheveux, dévoilant tout et l'empêchant de conserver sa dignité. Un homme tel que Goodman ne serait jamais attiré par une femme comme elle, mais ils étaient enfin à égalité : elle non plus ne se sentait pas attirée par lui. Sa dent en or réaffirma sa présence quand il retroussa la lèvre, et Jules se demanda comment il pouvait croire que cela lui donnait du charme. En fait, c'était horrible, ça faisait minable et agressif. Il se comportait comme s'il était toujours beau, alors que sa beauté l'avait totalement quitté. Il semblait l'ignorer, cependant, car personne ne le lui avait dit. Par manque de courage peut-être. Ou peut-être qu'il ne connaissait plus personne qui l'avait connu autrefois. Il donna un coup de pied dans la terre ; Jules baissa les yeux et découvrit ses sandales éraflées. Un ongle de pied dépassait au bout, un morceau de corne jaunie et épaisse.

— Mais qu'est-ce qui t'a poussé à venir ici subitement ? demanda Jules. Je ne comprends pas.

— Ça n'a rien d'impulsif, répondit Goodman avec sérénité. J'ai toujours eu envie de m'installer dans un de ces petits villages à flanc de colline.

— Mais comment tu ferais ? Comment serait-ce possible ?

Goodman haussa les épaules.

— Je ne sais pas. Je n'arrêtais pas d'y penser. Je consultais des sites immobiliers sur Internet et je voyais toutes ces propriétés… des ruines vendues pour une bouchée de pain. C'était un fantasme, rien de plus. Mais voilà que j'apprends par Ash que tu es revenue t'installer ici, et alors, je me suis dit que c'était ça que je devais faire. Le *Zeitgeist*, tu vois ? Et peut-être que si je me reprenais en main, Lady Figman se laisserait convaincre de m'aider.

— Je n'en reviens pas.

— Je pourrais en dire autant à ton sujet.

— Ce n'est pas la même chose, répliqua sèchement Jules. Rien à voir. Et alors, tu avais l'intention de débarquer ? Par la grande porte ?

— En fait, je suis déjà passé ce matin, juste pour jeter un coup d'œil, mais je ne t'ai pas vue. Ni personne d'autre que je connaissais, ajouta-t-il comme perplexe. Que des gens nouveaux. Il observa Jules et reprit : Alors, comment ça se passe pour toi ? C'est ce dont tu as toujours rêvé, et même plus ?

— Peu importe.

Elle ne voulait pas qu'il sache quoi que ce soit sur sa vie, ce qu'elle ressentait en vivant ici, et pourquoi elle était revenue.

— Écoute… tu ne devrais pas être ici.

— Tu veux dire, «ici», ici ? Ou «ici», de manière plus générale ?

— Tu sais très bien ce que je veux dire.

Jules se tourna vers le jeune gars, qui semblait totalement dérouté par tout ça, et elle comprit qu'ils se connaissaient à peine.

— John, tu disais qu'on pourrait manger un truc.

— Oui, attends un peu.

— Où vous êtes-vous rencontrés tous les deux ? demanda Jules. Et quand ?

— Hier, en ville, dit Goodman. Il s'appelle Martin. C'est un putain d'artiste. Un graveur. Je lui donne des conseils. Les gens vont essayer de profiter de lui. Je lui ai expliqué qu'il devait rester méfiant, ne pas se vendre au plus offrant. Il doit attendre que son talent se développe. C'est pas ce que je t'ai dit, Martin ?

Goodman Wolf, le fugitif à la dent en or, était devenu conseiller en matière d'art maintenant ?

— Si, répondit le jeune gars.

— Et c'est un putain de conseil. Alors, l'oublie pas.

Les buissons craquèrent à l'approche d'une autre personne, et Jules se retourna pour voir Dennis se frayer un passage au milieu des branchages, aussi imposant qu'un ours. Elle eut envie de se précipiter vers lui, mais sentit qu'elle ne devait pas trop se dévoiler pour le moment.

— Hello, dit Dennis en les regardant l'un après l'autre. Qu'est-ce qui se passe ?

Goodman l'observa lui aussi, ouvertement, s'attardant sur le renflement de la bedaine de l'homme d'un certain âge sous le T-shirt, les jambes velues, les chaussures de chantier, les chaussettes blanches et le short. Le look du directeur de colonie de vacances ringard, bien loin du style bohème de Manny Wunderlich quand il dirigeait cet endroit, mais un look différent, celui de Dennis, plus un look de mari.

— Vous êtes le mari, dit Goodman.

— Qu'est-ce qui se passe ? répéta Dennis.

— Je viens de voir un ovni, répondit Jules.

Elle envoya un message mental à Dennis, mais il ne comprenait toujours pas, il paraissait déconcerté.

— C'est le frère d'Ash, expliqua-t-elle, hésitant encore, pour une raison quelconque, à prononcer son prénom.

— Sans blague ? dit Dennis.

— Sans blague.

Dennis n'avait aucune allégeance envers le passé, ni envers cet homme qui donnait l'impression qu'on le connaissait suffisamment pour le détester, même si on voyait bien qu'il était pathétique.

— Vous ne devriez pas être ici, lui dit-il.

— Ouais, c'est aussi ce que m'a dit votre femme.

— Je parle sérieusement, dit Dennis. D'après ce que je sais, il y a un mandat contre vous.

— Oh là, oh là, dit Goodman. C'est vieux tout ça.

— Vous voulez faire des histoires ? répondit Dennis. Pas de problème. Je suis prêt, franchement.

— Dennis, intervint Jules du ton le plus doux possible.

Son mari sortit son portable de sa poche en disant :

— La couverture est mauvaise, mais capte quand même dans les bois. Je vais appeler.

— C'est bon, stop, dit Goodman, le regard plus vif soudain.

Martin le regardait avec la même intensité.

— Qu'est-ce qui se passe ? demanda le garçon. Je comprends rien du tout.

— Apparemment, faut que je me barre, dit Goodman.

Il avança vers Martin, lui prit le bras comme on serre la main et l'étreignit.

— Tu disais qu'on allait manger un truc…

— Bonne chance avec tes œuvres. Ne te vends pas au rabais.

— Foutez le camp d'ici, Goodman, dit Dennis. Pas uniquement de ce camp. Retournez où vous vivez. Allez retrouver votre vie là-bas. Je ne plaisante pas.

Goodman lui adressa un hochement de tête, puis il se tourna vers Jules et dit :

— Jacobson, tu t'es trouvé un homme.

La dent en or étincela une dernière fois, mais quand il se retourna et s'éloigna, son pas s'accéléra et il devint un animal qui bondit pour échapper aux chasseurs, un cerf blessé qui avait été autrefois un garçon qui s'était abreuvé à une source ensorcelée. Jules resserra ses bras autour de sa poitrine, elle aurait aimé que Dennis la prenne par les épaules, de son bras épais, mais il ne la regardait pas, il interrogeait le jeune Martin.

— Tu viens d'où ?

— De Rindge, dans le New Hampshire.

— Qu'est-ce qui t'a poussé à venir ici ?

Dennis parlait d'une voix douce, grave. Jules crut qu'il allait prendre le garçon par les épaules, lui et pas elle.

— J'ai eu des problèmes, expliqua Martin indistinctement. Il y a un hôpital dans le coin.

Dennis esquissa un hochement de tête.

— Langton Hull.

— Mais ils ont rien fait pour moi. Trop de drogues. Alors, je suis parti. De mon plein gré.

— OK, tu es parti. Et ensuite, tu as rencontré ce type ?

— John. Oui. À la gare routière. Je voulais aller quelque part, peut-être chez moi. Il a engagé la conversation, il semblait vraiment intéressé. Il venait de descendre du car. Alors, je l'ai accompagné jusqu'ici. Il disait que c'était un endroit pour les artistes.

Jules se sentit obligée de dire :

— En effet.

— Écoute, dit Dennis. J'ai fait un séjour à Langton Hull. Ils peuvent t'aider. Tu devrais y retourner et les laisser faire.

Martin réfléchit.

— Je meurs de faim, déclara-t-il finalement comme si cela emportait la décision.

Dennis rangea son portable dans sa poche et dit à Jules :

— Je vais le conduire là-bas. Tu peux rentrer seule ? Ils vont tous se demander où tu es passée.

Elle regarda les deux hommes s'éloigner dans la direction opposée du camp, vers la ville. Goodman était déjà loin, il rapetissait, il prendrait bientôt un car, puis un avion, il s'en irait, il rentrerait chez lui. Peut-être qu'il s'offrirait un dernier gros repas typiquement américain à l'aéroport, un hamburger bien saignant avec des frites, en observant les autres voyageurs, dont la plupart étaient sans doute attendus par quelqu'un, quelque part. Elle sentait son cœur cogner dans sa poitrine. Elle sortit son portable. Il affichait deux barres de réseau, ce qui était sans doute suffisant. Le numéro d'Ash était enregistré dans son répertoire, elle l'avait appelée si souvent durant toutes ces années, quand Ash voyageait avec Ethan ou bien seule pour son travail et pour rejoindre Goodman en Europe. Présentement, Ash et Ethan étaient à Prague pour rendre visite à Larkin. C'était le soir, là-bas. Le téléphone fit entendre sa tonalité internationale, bruyante, précipitée et sévère.

Ash répondit ; sa voix passait à travers une sorte de sifflement, comme de l'eau dans des tuyaux.

— C'est moi, dit Jules.

— Jules ? Oh, attends une seconde. Je suis en voiture. Je mets… (La communication fut interrompue pendant une seconde.)… téléphone.

— Quoi ? On a été coupés. J'ai juste entendu « téléphone ».

— Désolée. C'est mieux, là ? Tout va bien ?

— Écoute, j'ai un truc à te dire. J'ai vu Goodman ! lâcha-t-elle d'une traite. Il est ici, au camp ! Il est venu d'Islande, pour regarder des maisons, paraît-il. Il m'a dit qu'il ne t'avait pas prévenue. C'est dingue. Dennis l'a menacé et il s'est enfui. Je crois qu'il va retourner à Reykjavik. C'était affreux. Il a tellement changé, Ash. Tu ne me l'avais pas dit.

Aucune réaction au bout du fil.

— Ash, ça va ? demanda-t-elle. Tout ça est complètement dingue, je sais. Ash ?

Toujours le silence, bientôt brisé par une conversation étouffée en fond sonore. Jules entendit : «Non, je vais t'expliquer. Oui, en Islande.» Puis une voix d'homme, troublée, se fit entendre, mais tout cela passait à travers le chuintement de la communication internationale et Jules ne discerna aucun autre mot.

— Allô ? dit-elle. Allô ?

Ash s'adressait à Ethan, pas à elle.

— Accorde-moi une seconde, lui disait-elle d'une voix tendue. Et je t'expliquerai…. Oui. Goodman. Jules parlait de Goodman… D'accord, Ethan, d'accord. Arrête, s'il te plaît.

Son ton était suppliant. Quand elle reprit la communication, elle se mit à pleurer.

— Il faut que je te laisse, Jules. Tu étais sur haut-parleur et Ethan se trouve juste à côté de moi.

— Oh, mon Dieu, lâcha Jules avant de pouvoir se retenir.

La communication fut coupée.

Elle quitta les bois d'un pas précipité, puis se mit à courir, retrouvant son chemin instinctivement, pour finalement émerger sur la pelouse, dans la chaleur d'un après-midi ordinaire. Plusieurs adolescents se prélassaient à l'ombre des arbres et jouaient de leur instrument, ils lui adressèrent des signes de la main. Ce soir-là, Jules dut assister à une succession de pièces en un acte écrites par les pensionnaires, et le lendemain à l'heure du déjeuner, elle dut supporter un barbecue pendant lequel un joueur de tympanon interpréta des chansons de Nirvana sur des instruments artisanaux. Son portable resta dans sa poche durant tout ce temps, elle attendait qu'il vibre, pour entendre la voix d'Ash. Quand celle-ci l'appela enfin, le lendemain, à l'heure du petit-déjeuner, elle dit :

— Jules ? Tu peux parler ?

Le sifflement avait réapparu. Jules se leva brusquement de la table à laquelle elle était assise avec deux garçons, des comédiens, qui semblaient tomber amoureux juste devant ses yeux.

— Oui, répondit-elle dans son portable en traversant le réfectoire pour sortir dans le patio, où elle serait au calme, et seule.

— D'où tu m'appelles ?

— De l'aéroport de Prague. Je rentre seule. Ethan et moi, on a rompu.

— Hein ?

— Oui, je sais. Une fois rentrés à l'hôtel, on a tout déballé. Sur notre mariage. Il dit que ce n'est pas seulement mon mensonge qui le tue, c'est aussi ce que ça implique.

— C'est-à-dire ?

— En respectant la promesse faite à mes parents, c'est comme si je les préférais à lui. D'ailleurs, il prétend qu'il a toujours eu ce sentiment, ça ne fait que le confirmer. À croire que je suis encore une gamine. Il s'est montré si condescendant, Jules ! Et ça aussi, je le lui ai dit.

— Oh, ça devait être affreux.

— Ça l'était. Je me suis excusée au sujet de Goodman, cent fois. Mais Ethan m'ignorait, il continuait sur le terrain de ma famille. Pour finir, je l'ai accusé de ne jamais essayer de voir les choses de mon point de vue, et de ne pas avoir la moindre idée de ce que ça impliquait d'être mariée avec lui.

— Qu'est-ce que tu voulais dire ?

— Tout le monde rampe devant lui. Et la place qu'il occupe dans le monde : c'est épuisant, tout simplement. Alors, il a répondu : «Oh, je suis désolé si c'est une telle torture de voyager en jet privé, sans jamais se préoccuper des petits détails pénibles de la vie quotidienne, et d'avoir plus d'argent que tous les gens qu'on connaît.» Je lui ai rétorqué : «Tu crois que c'est ça qui m'intéresse ?» Il a fait marche arrière aussitôt car il sait que je ne suis pas comme ça. Arrivés à ce stade, on se balançait toutes sortes de choses sans queue ni tête.

L'hystérie montait dans la voix d'Ash et Jules se contentait d'écouter.

— Je lui ai dit que je savais qu'il n'avait jamais aimé mon travail. Et là, en plein milieu de la dispute, voilà qu'il arrête tout parce qu'il ressent le besoin de réfuter cette accusation et de me complimenter. Il me sort : «Tu sais bien que j'ai aimé ton travail de mise en scène pour cette soirée de pièces en un acte.» «Bon sang, Ethan, arrête ! je lui ai dit. Arrête de dire des choses gentilles, mais vagues, pour essayer de prouver que tu me respectes.» Il a reconnu que j'avais raison. Je sais qu'il en a assez de moi, Jules, mais il est trop poli pour le dire. La découverte de la vérité concernant Goodman n'a fait que crever l'abcès. Par exemple, même si Ethan passe très peu de temps avec Mo, je sais que ça l'agace que je m'implique autant dans son éducation, son traitement et ses projets. Tu te rends compte ? Il faut bien que quelqu'un s'occupe de l'emploi du temps de Mo et ce n'est certainement pas Ethan Figman qui va le faire. Et il devient jaloux par-dessus le marché, je te jure, parce que j'accorde beaucoup d'attention à Mo et que je sais comment le prendre, contrairement à lui. Il l'a quasiment reconnu. Bref, on était là, dans cette chambre d'hôtel à Prague, en train de se crier dessus. Et maintenant, on a rompu. On a pris la décision au lever du jour, tellement épuisés l'un et l'autre qu'on a failli s'écrouler sur le sol. Mais c'était un choix partagé.

Elle se tut soudain.

— Allons, Ash, vous n'êtes pas sérieux, dit Jules en gesticulant.

Quelques pensionnaires l'observaient à travers les vitres, avec curiosité ou inquiétude.

— Si, répondit Ash. On s'est dit trop de choses.

— Mais vous vous aimez. Vous formez un couple hors du commun, vous êtes faits l'un pour l'autre. C'est une chose qui ne peut pas changer.

Il y eut un tout petit bruit au bout du fil, quand l'envie de pleurer est si forte que les larmes n'arrivent pas à sortir. Finalement, Ash se ressaisit et dit :

— C'est fait maintenant, Jules. C'est fait.

Lorsque vous êtes responsable, sans le vouloir, de la séparation de vos plus anciens et plus proches amis, impossible de penser à autre chose. Jules s'en aperçut au cours des dernières semaines à Spirit-in-the-Woods, quand elle se trouva obligée de gérer les besoins quotidiens du camp en ayant la tête ailleurs. Ethan et Ash étaient réellement séparés ; Ash ne l'accompagnerait pas en Asie comme prévu. À son retour de Prague, elle resta à New York quelques jours, mais ne supportant pas d'être seule dans l'appartement, elle prit l'avion pour se rendre dans leur ranch du Colorado, au milieu du mois d'août, en emmenant Mo et l'équipe de sa prochaine production, s'entourant ainsi de son fils, de comédiens, de scénarios et de travail.

— Il faut que je m'isole pendant quelque temps, expliqua-t-elle à Jules. Je ne peux pas penser aux choses qui me rappellent tout. (Elle voulait dire « les gens ».) Je t'appellerai, promit-elle vaguement, mais elle ne le fit pas et jura que cela n'était pas lié au fait que Jules avait accidentellement révélé la vérité à Ethan au sujet de Goodman.

Ash n'était pas en colère contre Jules, lui assura-t-elle. Simplement, elle avait besoin de se retrouver seule, quelque part. Elle souffrait terriblement, et même si elle avait pris l'habitude de s'appuyer sur Jules, elle demeura dans son coin.

Jules réfléchit à la manière dont Dennis et elle avaient réussi à revenir à Belknap, dans le Massachusetts, dans ce lieu animé et splendide des premières années de sa vie, mais le hic, c'était qu'elle ne pourrait jamais revoir, apparemment, toutes les personnes qu'elle avait aimées dès son arrivée ici.

— Appelle Ethan, lui dit Dennis un soir, alors que, installés dans la maison des Wunderlich, ils répondaient aux mails des parents, beaucoup plus nombreux qu'ils auraient pu l'imaginer.

Si sa mère avait appelé le camp quand Jules était pensionnaire, celle-ci aurait été mortifiée et furieuse. Mais les parents actuels ne parvenaient pas à rompre les liens. Ils voulaient savoir quels cours suivaient leurs enfants et s'ils avaient été choisis pour jouer dans des pièces.

— Parle-lui, dit Dennis, sans lever les yeux de son ordinateur.

Il restait neuf jours avant la fin des vacances et les Wunderlich arrivaient le lendemain du Maine pour dresser ce fameux bilan. Jules ignorait ce qu'ils allaient leur dire ; quelqu'un allait forcément leur raconter ce qui s'était passé avec les lamas et ils avaient déjà été informés du triste renvoi de Noelle. Difficile de savoir ce qu'ils allaient penser du travail de Dennis et de Jules, mais cette dernière était à ce point bouleversée par la rupture entre Ash et Ethan, et son rôle dans cette séparation, qu'elle avait du mal à se concentrer sur le camp.

— Non, je ne peux pas appeler Ethan, répondit-elle. Je suis sûre qu'il est furieux contre moi parce que je savais la vérité au sujet de Goodman et que je ne lui ai rien dit.

— Il ne peut pas être en colère contre toi. Pas longtemps du moins.

— Pourquoi ça ?

— Tu le sais bien, dit Dennis.

Les Wunderlich arrivèrent le lendemain après-midi, durant le temps libre, et Jules et Dennis leur firent faire le tour du camp pour leur montrer toutes les activités saines et enrichissantes qui s'y déroulaient. Il n'était quasiment pas nécessaire d'intervenir pour que les adolescents forment des groupes afin de confectionner des costumes ou d'organiser des manifestations.

— Nous n'avons pas sabordé votre œuvre, commenta Dennis avec décontraction. Pas encore.

Manny, avec ses sourcils anarchiques, et Edie, coiffée de son large chapeau de paille, ressemblaient à des grands-parents bienveillants venus rendre visite à leurs petits-enfants. Ils hochaient la tête et souriaient d'un air approbateur devant tout ce qu'ils voyaient.

Pour le déjeuner, ils prirent place tous les quatre à leur table, près des fenêtres du réfectoire.

— Tout me semble parfait, dit Manny. Apparemment, nous n'avons pas eu tort de vous confier ce camp.

— Non, en effet, ajouta Edie. Nous avions envisagé de suivre une autre direction, mais nous nous réjouissons d'avoir misé sur vous.

— Ouah, dit Dennis.

Jules et lui émirent des petits rires gênés. S'ensuivit un moment de silence.

Finalement, Manny reprit la parole :

— En fait, ça se passe tellement bien que nous aimerions vous faire une autre proposition.

— Oh là là, dit Dennis. OK.

Il était ravi d'avoir reçu des compliments. Il avait rarement été complimenté pour son travail et Jules sentit qu'il y prenait goût. Les louanges étaient parfois plus gratifiantes que le travail lui-même.

— Nous aimerions vous demander de vous engager pour cinq ans, dit Manny. En signant un contrat. Nous l'avons rédigé. En cinq ans, vous aurez le temps de donner à ce camp le visage que vous souhaitez. Un an, ce n'est rien. Vous avez juste commencé à vous tremper les pieds. En cinq ans, vous pourrez modeler ce camp à votre guise et nous n'aurons plus à nous en préoccuper. Nous pourrons nous retirer complètement. En toute franchise, ce sera un vrai soulagement. Nous nous sommes tellement investis dans chaque détail, pendant toutes ces années, nous avons mis la main à la pâte. Alors, peut-être que nous pourrions faire autre chose maintenant. Dormir, pour commencer.

— Ou bien me faire opérer de mes cors aux pieds, ajouta Edie. J'ai négligé mes pieds pendant trop longtemps. Ils n'ont plus rien d'humain. On dirait des sabots.

— C'est vrai, confirma Manny.

— Merci, mon chéri, dit Edie et ils échangèrent un sourire.

— Quand nous avons ouvert cet endroit, nous pensions bâtir une utopie, confia Manny. Et pendant de nombreuses années, ce fut le cas. À l'époque où vous étiez pensionnaire, Jules, c'était encore formidable, non ? Pourtant, l'âge d'or était passé depuis belle lurette.

Edie intervint :

— Simple curiosité, Manny : c'était quand l'âge d'or, selon toi ?

Tous les deux semblèrent réfléchir à la question.

— 1961 ? suggéra-t-elle.

— Ou peut-être 1962 ? Oui, c'était une bonne année.

— Exact, confirma Edie.

Ils hochèrent la tête en contemplant l'image de ce passé lointain.

— Évidemment, reprit Manny, la fin des années soixante était très excitante ici aussi. Deux ou trois gamins ont même essayé de s'emparer du bureau. Ils s'appelaient les SSD. «Spirit-in-the-Woods pour une société démocratique.» Ils m'ont fait mourir de rire. Et puis, on a eu un tas d'ennuis à cause du LSD, tu t'en souviens ?

— La harpiste sur le plongeoir à trois heures du matin, dit Edie, et le vieux couple échangea encore un hochement de tête, d'un air entendu.

— Quand les années quatre-vingt sont arrivées, dit Manny, la seule chose qui intéressait les gamins, c'était de réaliser ces foutus «clips» comme on disait. Et chaque fois qu'un truc nouveau arrivait, il fallait le chasser à coups de bâton.

— Cinq ans, ça me semble bien, déclara soudain Dennis et Jules se tourna vers son mari, étonnée. Non ? dit-il. Ce n'est pas bien ?

— Il faut qu'on en parle, Dennis.

Il lui adressa un regard à la fois perplexe et mauvais, puis reporta son attention sur les Wunderlich.

— Personnellement, leur dit-il, je suis honoré que vous soyez aussi satisfaits de la manière dont on a géré le camp

Jules sentit son visage s'enflammer en disant :

— Oui, merci à vous deux. On vous tiendra au courant.

Plus tard, après le départ des Wunderlich, alors que tout le camp était réuni dans la salle de jeux pour une lecture de slam, Dennis et Jules s'isolèrent sur la colline au crépuscule.

— Je ne sais plus à quoi m'en tenir avec toi, déclara Dennis. Tout d'abord, tu veux revenir ici et je dis, très bien. Tu as envie de retrouver tes racines, tentons le coup. Et puis maintenant qu'on t'offre l'occasion de réaliser ton rêve, de le concrétiser, tu t'aperçois que ce n'est pas ce que tu veux, finalement. Parce que tu penses uniquement à tes amis. Et nous, alors ? On a abandonné nos boulots, Jules. Tu as laissé tomber ta clientèle. On a quitté la ville et on est venus vivre ici car c'était ton idée.

— Ce n'est pas ce que j'imaginais.

— Et qu'est-ce que tu imaginais ? Que tu allais décrocher des rôles comiques dans des pièces ? Et que tout le monde te remarquerait, comme dans le temps ?

— Non.

— Si. Je crois que c'est exactement ce que tu imaginais. Et je le savais en acceptant. Mais tu paraissais tellement excitée, je me disais que je ne pouvais pas aller contre ça.

— Qu'est-ce que tu espères, Dennis ? Mes amis se sont séparés à cause de moi. Je n'ai pas le droit d'être bouleversée ?

— Ce n'est pas à cause de toi. C'est à cause d'eux. Et maintenant, tu es ici. Tu gères un camp d'été. Tu es censée préparer le budget avec moi, rédiger la newsletter et envoyer des mails aux parents pour leur parler de leurs brillants enfants. Mais au lieu de ça, tu es perdue dans les profondeurs de ton cerveau, dans un endroit pathétique.

— Pathétique ?

— Absolument. Regarde-toi. Tu aurais dû voir la façon dont tu rougissais devant le frère d'Ash, ce minable, ce jour-là dans les bois.

— C'était un reflex, dit Jules.

— C'est *lui* dont tu m'as parlé pendant tout ce temps ? Quand j'ai ramené ce gamin à l'hôpital, il m'a tout raconté, sur la façon dont Goodman – pardon, *John* – allait le conseiller sur son travail d'artiste. Faut arrêter, là ! Qu'est-ce que les parents Wolf ont appris à leurs enfants ? Vous êtes tellement hors du commun que les règles normales ne s'appliquent pas à vous ? Eh bien, tu sais quoi, Jules ? Tout le monde grandit, tout le monde vieillit et les règles s'appliquent à tous.

— Pourquoi es-tu si en colère contre moi ? demanda Jules. Parce ce que je ne veux pas m'engager pour cinq ans ? Toi, tu es aux anges uniquement parce que quelqu'un te réclame, dit-elle en sachant que c'était cruel, mais incapable de se retenir. Parce que quelqu'un te dit «oui, oui, vous pouvez faire ce travail, nous sommes satisfaits de vos résultats». Parce que tu ne risques pas de sombrer dans la dépression et d'annoncer à une pauvre femme qu'elle va mourir d'une tumeur au foie.

— Oui, c'est exact, répondit Dennis. Personne ne m'a jamais dit que j'étais génial. Et la vérité, c'est qu'aucun de vous n'était génial, non plus. Tes amis ? M. Loser avec sa dent en or, et sa sœur la menteuse avec ses pièces de théâtre pédantes auxquelles je n'ai jamais rien compris. Sans oublier Ethan le magnifique. Tous ces gens que tu as toujours idolâtrés, plus que n'importe quoi et n'importe qui. Mais la vérité, *c'est qu'ils ne sont pas très intéressants, en fait.*

— Je n'ai jamais dit ça.

— Tu n'as jamais rien dit d'autre. Et moi, j'étais le mari débonnaire. Mais ça ne te suffit pas, tu es toujours ailleurs, avec eux, beaucoup plus impliquée dans leur histoire que dans la nôtre.

— C'est faux.

— Tu voulais revenir ici, mais il s'avère que c'est beaucoup de travail. Et aucun de vous n'a jamais vraiment travaillé quand vous étiez ici. Tout n'était qu'amusement. Et tu sais pourquoi ? Ce qu'il y avait de vraiment formidable dans cet endroit, ce n'était pas *cet endroit*. Oh, c'est un camp absolument parfait. On monte des pièces ! On danse ! On fait éclore le souffleur de verre qui se cache à l'intérieur de vos enfants ! J'envoie des mails à des parents qui exigent que leurs rejetons participent à l'atelier de soufflage de verre. Les parents adorent les enfants qui soufflent du verre, hein ? Mais bonne chance à l'adulte qui en fera sa profession. Si ces mêmes gamins se retrouvent souffleurs de verre à trente ans, leurs parents auront l'impression d'avoir échoué. (Il haletait, il fulminait.) Ce camp est un endroit formidable, Jules, mais il existe un tas d'autres endroits semblables, du moins, il y en avait dans le temps. Et si tu étais allée dans un de ces camps, tu aurais rencontré un groupe de gens totalement différents et tu serais devenue amie avec eux. C'est comme ça. Oui, tu as eu de la chance de venir ici à cette époque-là. Mais ce qu'il y avait de plus excitant, c'était que tu étais jeune, justement. C'était ce qu'il y avait de mieux.

— Non. Il n'y avait pas que ça, réfuta Jules. Tu n'étais pas là, tu ne peux pas savoir. Ce camp m'a apporté quelque chose. Cet endroit, cet endroit particulier, m'a apporté quelque chose.

— D'accord, dit Dennis. Admettons. Il t'a donné l'impression d'être exceptionnelle. Peut-être même qu'il t'a rendue exceptionnelle, si ça se trouve ? Et tout le monde veut être exceptionnel. Mais nom d'un chien, est-ce la chose la plus essentielle ? La plupart des gens n'ont aucun talent. Alors, qu'est-ce qu'ils doivent faire ? Se suicider ? C'est ce que je devrais faire ? Je suis échographiste, et pendant environ une minute, j'ai été le directeur d'un camp d'été. J'apprends vite. J'apprends des techniques et je lis un tas de trucs pour compenser le fait que je n'ai absolument rien d'exceptionnel.

— Arrête, ordonna Jules. Ne dis pas que tu n'es pas exceptionnel.

— Tu ne me traites pas comme si je l'étais.

Dennis avait le visage en feu. Comme Jules. Elle essaya de toucher son mari, mais il s'éloigna, sans se retourner.

Cette nuit-là, Dennis dormit en bas, dans le salon, sur un vieux canapé qui sentait le moisi, et le lendemain, ils déclinèrent officiellement l'offre des Wunderlich.

— Annonce-leur, toi. Moi, je ne veux pas, dit Dennis.

Manny et Edie furent aussi abasourdis que déçus, mais pas abattus. Apparemment, d'autres candidats avaient hâte de faire leurs preuves. Une femme qui avait réalisé des mosaïques complexes à Spirit-in-the-Woods dans les années quatre-vingt tenait beaucoup à en devenir directrice et les Wunderlich lui proposeraient ce poste, car sa compagne et elle étaient leur second choix.

Le camp continuerait à vivre, à sa manière; des adolescents franchiraient les portes, amenés par leurs parents, qui viendraient les rechercher à la fin de l'été, en larmes, plus forts. Ils souffleraient du verre, danseraient et chanteraient aussi longtemps que possible, puis ceux qui n'étaient pas très doués abandonneraient ces activités probablement, ou bien ils les poursuivraient de façon occasionnelle, pour eux-mêmes peut-être. Ceux, ou plutôt celui, celle, qui continuerait serait l'exception. L'exubérance se consumait, mais la petite ampoule chaude et flamboyante du talent demeurait, et on la levait haut dans le ciel pour la montrer au monde entier.

Vingt et un

Si la clinique de Chinatown fut soulagée de récupérer Dennis en septembre car ils souffraient encore de leur sous-effectif, Jules, elle, n'avait aucun poste qui l'attendait. La travailleuse sociale dont elle avait partagé le cabinet offrit de l'aider en lui adressant des patients, et Jules la remercia, mais elle avait peur d'essayer de reconstituer une clientèle, elle n'avait plus l'énergie, ni la foi. Ses patients lui manquaient ; elle savait cependant qu'ils ne reviendraient pas. Ils étaient partis, avec d'autres psychothérapeutes ou personne. Janice Kling lui avait écrit une gentille lettre pour lui dire combien elle appréciait la femme qu'elle lui avait conseillée et avec laquelle elle travaillait maintenant. Une collègue l'incita à passer des annonces sur des sites spécialisés, et quand elle le fit, en se qualifiant de «psychothérapeute bienveillante et impartiale, s'intéressant particulièrement à la créativité», elle se sentit mal à l'aise, comme si elle mentait.

Les annonces n'eurent aucun effet, elle ne parvint pas à constituer une nouvelle clientèle. Elle devait trouver autre chose. Le soir, Jules et Dennis s'asseyaient face à face à la petite table de cuisine, souvent devant des plats à emporter. Ils avaient conclu une paix bancale avant de quitter Belknap car l'un et l'autre étaient trop las pour reprendre le combat. Alors que l'activité de Jules périclitait, Dennis effectuait des heures supplémentaires. Il connaissait bien son métier et après le drame survenu à MetroCare, il était devenu extrêmement vigilant ; une vigilance qui s'était transformée en compétence et il était maintenant très demandé. Ayant besoin de revenus supplémentaires puisque Jules ne travaillait pas, il réclama une augmentation conséquente et fut stupéfait de l'obtenir.

Dans un mariage, ils le savaient tous les deux, il y avait toujours une période pendant laquelle l'un des partenaires faiblissait et où l'autre maniait la barque seul. Après l'attaque de Dennis et durant sa dépression, Jules avait tenu ce rôle. Au tour de Dennis maintenant et il ne s'en plaignait pas. Jules s'inquiétait à cause de son travail, mais elle était tout aussi angoissée par la séparation d'Ethan et d'Ash. Elle avait envoyé des mails à Ash, qui vivait toujours dans leur ranch du Colorado. Elle l'avait suppliée de lui téléphoner au moins, et elles s'étaient parlées quelques fois, mais c'étaient des appels sans saveur, Ash était si malheureuse.

Rory, qui ne comprenait vraiment pas pourquoi sa mère avait renoncé à ce poste de directrice du camp, et qui craignait maintenant qu'elle ne retrouve pas du travail à New York, appelait plus souvent que d'habitude.

— Ne t'inquiète pas, lui dit sa mère. On peut encore payer tes frais de scolarité, si c'est ça que tu veux savoir.

— Non, je ne pensais pas à ça, dit Rory. Je pensais à toi, maman. C'est bizarre de savoir que tu ne travailles pas. Avant, tu avais toujours un patient à voir. Quoi qu'il arrive, tu pensais à eux.

— Je pensais à toi aussi, ma chérie.

— Oui, je sais. Ce n'est pas ce que je voulais dire. Je voulais dire que tu étais très impliquée dans ton travail, et ça fait bizarre maintenant de te voir… dans un entre-deux.

— C'est un bon résumé.

— Bon, il faut que j'y aille, s'excusa Rory. Il y a une fête chez quelqu'un.

— Il y a toujours une fête, dit sa mère.

Quelqu'un poussa un cri strident en fond sonore, là-bas à Oneonta. Rory pouffa et raccrocha, avant que Jules ait pu lui dire de s'amuser et de faire attention.

Un jour, au cours de cette période étrange et vide, la mère de Jules l'appela et dit : «J'ai une nouvelle à t'annoncer. Je vends la maison.» Le moment était venu pour elle d'aller vivre dans une résidence à Underhill, expliqua-t-elle. En vérité, c'était le moment depuis des années, mais elle n'avait pas eu le courage de s'en occuper avant. Jules pouvait-elle l'aider à vider le sous-sol ? Sa sœur, Ellen, viendrait elle aussi.

Alors, Jules prit le train de Long Island jusqu'à Underhill, un matin, en semaine, et en débarquant sur le quai, elle vit sa mère qui lui faisait signe sur le parking, à côté de sa petite voiture. Lois Jacobson avait rapetissé, elle avait perdu quelques centimètres en se tassant. Et elle avait laissé ses cheveux devenir tout blancs, même si elle continuait à se faire coiffer une fois par semaine dans le salon où elle allait depuis toujours, là où Jules s'était fait faire cette épouvantable permanente. Avec ses cheveux blancs apprêtés et son imperméable, Lois ressemblait maintenant à une grand-mère, ce qu'elle était d'ailleurs. Jules descendit bruyamment l'escalier jusqu'au parking, et quand elle étreignit sa mère, elle s'empêcha de la soulever dans ses bras comme une poupée.

Ellen était assise à l'arrière de la voiture et les deux sœurs se penchèrent l'une vers l'autre dans une tentative d'étreinte. À la cinquantaine, elles se ressemblaient plus que jamais. Ellen qui vivait, avec son mari Mark, à seulement vingt minutes de leur mère, la voyait tout le temps. Elles étaient proches, alors que Jules avait quitté la famille pour partir vivre à New York, une ville que l'on aurait pu croire située dans un autre pays parfois. Lois et Ellen ne s'y rendaient presque jamais. Underhill avait connu une nette amélioration ; il y avait maintenant deux restaurants thaïs et une librairie/café. Lois avait entretenu tant bien que mal la maison de Cindy Drive durant toutes ces années, mais elle avait besoin d'un coup de peinture et la boîte aux lettres était toujours accrochée de travers. Imaginer sa mère rentrant seule dans cette maison, soir après soir, donnait envie à Jules de la prendre dans ses bras, pour de bon, et de lui demander comment elle avait fait. Mais elles étaient dans la cuisine maintenant et Lois préparait le repas avec des ingrédients achetés au marché bio qui venait de s'installer en ville.

— Dieu soit loué, dit Lois.

— Tu achètes du bio maintenant, maman ? demanda Jules.

— Oui. C'est si étonnant que ça ?

— Oui ! répondirent en chœur les deux sœurs, les deux *filles* ainsi qu'elles se considéraient les rares fois où elles se retrouvaient ensemble.

— Qui êtes-vous, madame ? plaisanta Jules. Rendez-moi ma vraie mère. Celle qui nous servait du maïs Géant Vert surgelé quand on était ados.

— Et des pêches au sirop Libby, ajouta Ellen.

Elles se regardèrent et éclatèrent de rire. Après le déjeuner, leur mère descendit immédiatement au sous-sol pour tout organiser, pendant que Jules et Ellen débarrassaient la table. Ellen et Mark formaient un couple uni. Sans enfant, par choix. Ils avaient une jolie petite maison et s'offraient une croisière aux Caraïbes chaque année.

— Alors, qu'est-ce que tu vas faire maintenant, si tu n'as plus de clientèle ? demanda Ellen à sa sœur.

— Je ne sais pas. Je tâte le terrain. Mais je vais devoir trouver une solution assez rapidement.

— Je suis désolée que ça n'ait pas marché pour le camp. Je me souviens de cet endroit. Avec tous ces gamins qui couraient partout.

— Quand je suis rentrée ici, après le premier été, je n'arrêtais pas de frimer, je crois. Désolée si je me suis comportée comme une idiote, ajouta-t-elle, surprise de se sentir aussi émue. Si je me suis vantée. Et si je t'ai rendue jalouse, je suis désolée.

Elle prit un plat sur la table et l'introduisit dans le lave-vaisselle couleur avocat, indestructible, de leur enfance.

— Pourquoi j'aurais été jalouse ?

— Oh, parce que je n'arrêtais pas de parler de mes amis, du camp, de la famille Wolf et ainsi de suite.

Et je croyais que c'était pour ça que… tu me battais froid.

— Non, répondit Ellen. Je te battais froid comme tu dis parce que j'étais une petite teigne. J'étais comme ça avec tout le monde, tu n'avais pas remarqué ? Maman était ravie quand j'ai enfin quitté la maison après la fac. Parfois, Mark me taquine en disant que je suis en mode «super peste», alors j'essaye de me contrôler. Mais c'est dans ma nature, je n'y peux rien. Rassure-toi, Jules, je n'ai jamais été jalouse de toi.

Autour de l'immeuble de bureaux du centre de Manhattan qui abritait l'Atelier d'animation, les rues étaient pleines de détermination dans la journée ; tranquilles et sans caractère le soir venu. Après sa journée de travail, tout le monde, ou presque, s'enfuyait et ce jour-là, à dix-neuf heures, un jeudi du mois de décembre, Jules pénétra dans l'immense hall glacial avec ses rangées d'ascenseurs et son équipe de vigiles. L'assistante d'Ethan, Caitlin Dodge, avait téléphoné à Jules quelques jours plus tôt : Ethan voulait savoir si elle était libre pour dîner un soir de cette semaine. Cet appel était survenu au cœur humide de l'hiver, alors que Jules passait ses journées à répondre à des petites annonces pour des postes de psychothérapeute dans des dispensaires. Elle n'avait reçu qu'une seule proposition d'entretien : à cinquante ans passés, on était rarement un premier choix. Dennis et elle discutaient rarement de ce qu'elle allait faire maintenant, même si la nécessité pour elle de trouver du travail se faisait sentir de plus en plus. Quand il rentrait le soir, il la trouvait devant son ordinateur, occupée à répondre à des annonces ou à modifier son C.V. Jules se sentait abandonnée, sans amis ; Ash demeurait isolée dans le Colorado et Jonah était accaparé par son travail et maintenant, il jouait de la guitare, de manière informelle, tous les samedis soir dans un groupe constitué d'un des membres de Seymour Glass et de trois de ses copains. Deux anciennes collègues lui avaient envoyé des mails et Jules avait accepté de les retrouver une fois, dans un bar. Ces femmes s'étaient lamentées à cause des réductions de prise en charge qui détruisaient tout ; elles avaient toutes trop bu et étaient reparties déprimées.

Alors, quand Caitlin Dodge l'appela à l'improviste, Jules eut envie de crier dans le téléphone. Il fallait que quelqu'un la sauve, mais elle n'aurait jamais osé espérer que cela vienne d'Ethan. Au contraire, elle craignait qu'il ne veuille plus jamais entendre parler d'elle. Mais pour une raison quelconque, il voulait la voir.

Dans le couloir, à l'entrée des studios d'animation, Jules dit son nom dans un interphone et attendit devant un mur de verre qu'une assistante vienne la chercher. Les lumières étaient tamisées, mais il régnait encore une activité discrète, malgré l'heure tardive.

Derrière la paroi vitrée de son vaste bureau, Ethan était assis à sa table de travail. Jules ne l'avait pas revu depuis le printemps, avant que Dennis et elle partent s'installer à Belknap. Il était décoiffé et regardait fixement l'écran d'un ordinateur, depuis des heures peut-être. Sur le canapé était assis Mo, penché sur un banjo dont il jouait avec application. L'adolescence avait été cruelle avec lui : c'était autrefois un garçon décharné, à la sensibilité et à l'irritabilité exacerbées ; maintenant, à dix-neuf ans, il avait le corps d'un homme, mais un comportement agité et une allure gauche.

Jules tapa tout doucement à la paroi de verre.

— Salut, dit-elle.

Mo s'arrêta de jouer et se leva prestement, comme si elle lui avait fait peur.

— C'est Jules, papa, dit-il de sa voix grêle.

— Je vois.

Ethan se leva à son tour derrière le grand plateau de cuivre martelé qui lui servait de bureau.

Ne sachant pas trop lequel des deux saluer en premier, Jules alla vers Mo, qui ne voulait pas qu'on lui serre la main ni qu'on l'étreigne. Alors, ils échangèrent un signe de tête, en s'inclinant presque.

— Salut, Mo. Comment ça va ? Et le pensionnat ? demanda-t-elle.

— Je suis à la maison pour les vacances. Et il ajouta, comme s'il avait répété cette phrase : J'aime pas l'école, mais qu'est-ce que je peux faire d'autre ?

— Oh. Je suis navrée que tu n'aimes pas l'école. Moi non plus, je n'aimais pas ça. J'aimais le camp de vacances. Hé, je ne savais pas que tu jouais du banjo.

— Jonah Bay a commencé à me donner des leçons sur Skype, déclara l'adolescent avec une vigueur soudaine. Et il m'a offert ça.

Il brandit l'instrument et Jules admira l'arc-en-ciel à moitié effacé sur la surface usée.

Mo esquissa un sourire, juste avant qu'une jeune femme élégante entre dans le bureau et demande :

— Tu es prêt, Mo ?

— Prêt.

Il rangea le banjo dans un étui et suivit la jeune femme, mais Ethan dit :

— Attends, attends. Tu t'en vas comme ça ?

— Désolé, papa.

Mo soupira, fit rouler les os de ses épaules en étirant bizarrement son cou, puis il se tourna vers Jules et la regarda droit dans les yeux, ce qui semblait exiger de lui un effort surhumain.

— Au revoir, j'ai été content de te voir, lui dit-il. Il se retourna vers Ethan et ajouta : À plus tard, papa. C'est mieux ?

— Beaucoup mieux, dit Ethan.

Il tendit les bras pour étreindre Mo, qui toléra ce contact, les yeux fermés, comme s'il dévalait une colline sur une luge et redoutait une légère collision en bas.

Quand il fut parti, Ethan se retourna vers Jules et leur étreinte fut tout aussi maladroite ; elle aussi ferma les yeux. Elle recula ensuite pour le dévisager, et c'était presque plus terrible de voir qu'il ne semblait pas en colère.

— Salut, dit-elle.

— Salut.

— Je ne savais pas si j'aurais de tes nouvelles un jour. Je supposais que tu étais furieux.

— Non. Juste bouleversé par tout ça. J'avais besoin de me calmer.

— Et tu es calme maintenant ?

— Je suis le dalaï-lama. Ça ne se voit pas ?

Difficile de se faire une idée, en vérité. Ethan paraissait surtout échevelé et morose.

— Allons dîner, dit-il.

Mais au lieu de sortir de l'immeuble, ils gravirent un escalier métallique en colimaçon qui menait à un espace dont elle ignorait l'existence.

— Cet endroit fait penser à ces rêves où tu découvres qu'il existe une pièce supplémentaire dans ton appartement, commenta Jules à l'intérieur de cet espace troublant, semblable à un grenier, conçu spécialement pour Ethan.

Celui-ci lui expliqua que parfois, quand il travaillait tard, il passait la nuit ici au lieu de rentrer chez lui, même si, techniquement parlant, c'était interdit car il s'agissait d'un immeuble de bureaux.

Il y avait une cuisine ouverte. Un ragoût les attendait dans une mijoteuse. Ethan en déposa deux bols sur la table de la salle à manger. Ils s'assirent face à face, Ethan tournant le dos à une rangée de fenêtres obscures.

— Je n'avais pas vu Mo depuis presque un an, je crois, dit Jules pendant qu'ils commençaient à manger. Il devient très beau. Il tient beaucoup de sa mère.

— Tous les deux. Physiquement. Et tant mieux pour eux. Généralement, Mo aime rester à la maison pendant les vacances, mais maintenant qu'Ash et moi vivons séparés, c'est très dur pour lui. Il ne comprend pas pourquoi on fait ça. J'ai essayé de l'occuper, j'ai essayé de le faire travailler ici, mais il devient vite très agité. Je lui ai fait trier le courrier et le déposer dans les casiers de chaque employé, mais des fois, il ouvre les lettres, et un jour, il en a carrément balancé un tas à la poubelle. Tout le monde l'a bien pris, évidemment, mais c'est un élément perturbateur. Il peut rester dans son pensionnat jusqu'à vingt-trois ans, mais ensuite, on ne sait pas ce qu'on va faire de lui. Et ça me terrifie.

— Vingt-trois ans, c'est dans longtemps, dit Jules. Tu n'es pas obligé de trouver une solution tout de suite.

— Il faut que je prévoie tout.

— Mais non.

— Je suis dans la merde, Jules. Tout s'est écroulé, au fond d'un trou. Le trou de la séparation. Ça couvait depuis un moment, je pense.

— Attends, intervint Jules. Avant qu'on aborde ce sujet, est-ce qu'on pourrait parler de mon rôle dans tout ça ? Du fait que j'étais au courant pour Goodman ? Réglons ça tout de suite.

Ethan esquissa un geste de la main.

— Qu'est-ce que tu pouvais faire d'autre, hein ? Tu avais promis à la famille et tu étais seule contre eux tous. Je comprends. Je suis sûr qu'Ash t'a fait le récit de notre combat cette nuit-là, coup par coup. Je me souviens à peine de ce que j'ai dit, mais je sais que je l'ai accusée d'avoir choisi sa famille plutôt que moi. Elle te l'a dit ?

— Oui.

— Elle aussi avait deux ou trois choses à dire sur mon compte. Et elle ne s'en est pas privée. Depuis, à cause des enfants et tout ça, on s'efforce d'être cordiaux, et de ne pas recommencer la bagarre. Mais je n'arrête pas de penser à une chose : Ash est une grande metteur en scène féministe, et pourtant elle n'a jamais voulu considérer sérieusement la version de Cathy Kiplinger concernant ce qui s'était passé avec Goodman. Pour elle, il n'y a jamais eu de contradiction.

Son frère était un être à part, unique dans sa catégorie. Elle est capable de compartimenter de cette façon. Mais que dire ? Dans d'autres domaines, c'est formidable. C'est une mère extraordinaire pour Mo, alors que j'ai été un père catastrophique. Elle exprime de la joie quand il entre dans une pièce, elle ne perd jamais son calme avec lui. Pourquoi est-ce que ça m'agace ? Suis-je un tel bébé que j'ai besoin de capter toute l'attention ? Ou est-ce que, simplement, ça me rappelle mon abomination ? Ash possède un tas de qualités incroyables, sincèrement, elle nous a créé un foyer agréable, plein d'attentions, où tout le monde avait envie d'être. Difficile de ne pas tomber amoureux d'elle. Elle se donne tellement de mal, pour tout. Elle a été élevée comme ça. Sa mère était comme ça, avec ses repas. Pauvre Betsy.

— Pauvre Betsy, répéta Jules. Je pense souvent à elle.

La mort de Betsy Wolf flotta entre eux pendant un moment.

— Je sais qu'Ash pense que ses parents ont fait peser sur elle une terrible pression, exigeant qu'elle devienne une artiste et qu'elle réussisse, dit Ethan. Alors qu'eux-mêmes n'avaient pas un tempérament artistique. Le but chez Drexel Burham, c'était de gagner de l'argent. N'empêche, toutes ses lamentations au sujet de la pression… ça commence à bien faire, non ? Maintenant, à moins que tu n'aies été *torturée*, d'avoir été quasiment violée ou enfermée dans une cave, d'avoir douze ou treize ans et être obligée de travailler dans une usine… sauf dans ces cas-là, j'ai envie de dire, *arrête un peu de te regarder le nombril !*

Quand j'ai commencé à m'occuper du travail des enfants, Ash a vu ce que j'ai vu, je lui ai montré, et ça l'a ébranlée, véritablement. Mais à bien des égards, elle n'a jamais pu se détacher de son drame familial, et je comprends. Le passé est tenace. C'est tout aussi vrai pour moi. En gros, chacun de nous a une seule aria à chanter dans sa vie, et ça, c'est la sienne. Elle était obsédée par l'idée d'être l'enfant parfait, l'enfant qui crée, l'enfant gratifiant ; ce qui impliquait, dans ce cas précis, d'être également l'enfant qui ment. L'enfant qui protège son horrible frère.

— Tu penses qu'il est horrible ? Tu penses qu'il a violé Cathy ? demanda Jules en haussant la voix.

— En tout cas, il était devenu trop agressif avec elle. Il ne pouvait pas concevoir qu'elle ne veuille plus continuer. Personne ne s'était jamais comporté comme ça avec lui, tout le monde était sous le charme, à Spirit-in-the-Woods du moins. Il y avait ça, plus peut-être le besoin d'affection de Cathy. Un mauvais mélange. Alors oui, je pense pouvoir dire sans risque de me tromper qu'il a fait quelque chose. Je le pense. Il marqua une pause, puis rectifia : Mon côté adulte le pense.

En disant cela, il regarda Jules, comme s'il attendait qu'elle lui emboîte le pas, qu'elle abandonne son côté adolescent passif qui avait attendu bien trop longtemps dans des états de certitude et de doute simultanés.

— Mais plus rien de tout cela n'existe, dit-elle. C'est devenu irréel.

— Je sais, admit Ethan. Ces deux inspecteurs ne sont plus là, tu t'en souviens ? Le plus âgé a pris sa retraite. Et le plus jeune, Manfredo ? Il est mort d'une crise cardiaque. J'ai googlisé son nom, de manière obsessionnelle, pendant des années, pour savoir s'il était toujours dans la police, et s'il enquêtait discrètement sur l'affaire Goodman Wolf. Peut-être qu'en googlisant les gens, on les tue. Tu as déjà pensé à ça ? Tu les suis à la trace, jusqu'au jour où tu apprends qu'ils sont morts.

— Même le Tavern on the Green n'existe plus, dit Jules.

— Exact. Et Goodman est détruit, d'après ce que j'ai compris. (Ethan se reprit et demanda, d'un ton solennel :) Tu le trouves toujours aussi attirant ? Tu as ressenti quelque chose en le voyant là-bas, dans les bois ?

— Mon Dieu, non. Rien. À part de la honte.

Ethan hocha la tête, comme soulagé.

— Quant à Cathy, dit-il, je crois qu'elle s'en sort plutôt bien maintenant.

— Comment le sais-tu ?

— Je l'ai vue.

— Ah oui ? Quand ? Ash le sait ?

Il secoua la tête.

— Non. Je l'ai contactée pour la première fois après le 11-Septembre, quand elle s'est fait crucifier par les médias. J'avais vu une de ses interviews, les gens téléphonaient à l'émission pour l'insulter, et je l'ai reconnue. J'avais suivi un peu son parcours, je savais qu'elle avait épousé un Allemand, Krause. Ce soir-là, à la télé, elle restait assise devant les caméras, à encaisser les coups, c'était choquant. Je me suis procuré son adresse mail et je lui ai écrit en douce, juste pour lui dire que j'étais désolé, et que je pensais à elle. Elle m'a répondu immédiatement et on s'est vus. Elle semblait toujours traumatisée. À un moment donné, elle a évoqué le fonds de soutien aux familles, et pour finir, je lui ai fait un chèque.

— Ça ne m'étonne pas.

— Je crois que je culpabilisais. À cause de la façon dont on a tout laissé tomber, dont on l'a laissée tomber.

— J'ai lu son portrait à l'occasion du dixième anniversaire des attentats, dit Jules. Elle a finalement réussi à obtenir une couverture sociale pour les familles des employés, hein ? Par le biais des bonus ou je ne sais quoi. Et certaines personnes se sont excusées pour leur hostilité.

— Ça a pris quelques années. Et c'était très compliqué, apparemment, mais oui, elle a réussi.

— Tu la vois encore ?

Ethan secoua la tête.

— On a continué à échanger des mails, et je lui ai écrit quand son projet de couverture sociale pour les familles a marché. Comme je te le disais, je pense qu'elle s'en sort bien. Elle m'a dit qu'elle avait un très bon mari. Je l'ai interrogée au sujet de Troy, ils ont rompu pour de bon quand elle avait dix-huit ans. Elle m'a raconté que bien des années après le camp, alors qu'elle avait une trentaine d'années, elle est allée le voir danser avec la troupe d'Alvin Ailey. Elle s'est assise là, au milieu du public, et il était magnifique. Au lieu d'être bouleversée en songeant à sa vie, à ses problèmes, au fait qu'elle n'ait pas pu devenir danseuse professionnelle, elle n'a pas du tout pensé à ses problèmes. Elle m'a confié que ce spectacle avait eu un effet différent de l'effet supposé de l'art. Cette sale histoire avec Goodman a été un traumatisme, sans aucun doute. Alors, oui, je pense qu'il y a eu viol. Mais beaucoup de temps a passé depuis. C'est surtout ça qui s'est passé : le temps.

— Et c'est peut-être ce qu'il vous faut, à Ash et à toi, suggéra Jules. Laisser passer le temps. Je sais bien que tout le monde dit ça, ce n'est ni révolutionnaire ni original.

Ethan ne répondit pas. Finalement, il se leva en faisant crisser les pieds de sa chaise et se dirigea vers un placard d'où il sortit une bouteille de vin pour le dessert. Jules le suivit jusqu'au grand canapé gris, où ils burent le vin, doré et sucré, qui aurait séduit leurs êtres adolescents, un vin fait pour les personnes qui entraient tout juste dans le monde des adultes.

— Bref, Goodman est retourné en Islande, dit-il. C'est Ash qui me l'a appris.

— Je ne le savais pas, mais je m'en doutais. Si tu le voyais, Ethan. C'est affreux. Il fait tellement… marginal. J'avais envie de parler de lui avec Ash, de tout ça. Mais elle refuse de communiquer avec moi pour le moment. Je me sens seule.

— Tu as Dennis.

Jules haussa les épaules et fit la grimace.

— Quoi ? demanda Ethan. Tu n'as pas Dennis ? C'est quoi, cette tête ?

— Ça ne marche pas très bien entre nous. D'abord je nous ai obligés à quitter notre boulot, et ensuite, je nous ai obligés à quitter Spirit-in-the-Woods. J'aime être entourée d'adolescents, mais Dennis avait raison :

je n'avais pas envie de vivre là-bas sans être l'un d'eux. En fait, c'était avec les gens à problèmes que j'aimais travailler. Maintenant qu'on est revenus à New York, je n'ai plus de boulot et c'est quasiment Dennis qui nous fait vivre. Moi, je suis le mouvement tant bien que mal, en me demandant ce que je vais pouvoir faire. J'ai l'impression d'avoir manqué le train dans bien des domaines.

— Tu t'es toujours sous-estimée. Pourquoi ? Je m'en suis vite aperçu. Dès le premier soir, dans le tipi des garçons. Tu étais ironique.

— Et mal à l'aise.

— OK, d'accord. Ironique et mal à l'aise. Mal à l'aise et ironique. Un mélange pour lequel j'ai une certaine faiblesse. Mais c'est peut-être plus facile pour un garçon.

— Oui, sans aucun doute. Généralement, mal à l'aise et ironique, ça ne marche pas très bien pour une fille. Ça rend les choses plus difficiles.

— Je ne veux pas que les choses soient difficiles pour toi.

Ethan se rapprocha d'elle sur le canapé et lui caressa les cheveux : un geste qui ne parut pas du tout étrange. Jules avait le sentiment que, quoi qu'il fasse désormais, ce ne serait pas étrange. Il se pencha en avant pour l'embrasser sur la bouche, et à cet instant, la jeune fille qui était en elle s'envola pour aller rejoindre la femme d'un certain âge. Elle se souvint qu'Ethan avait tenté, il y a bien longtemps, de l'émouvoir en évoquant la mort de son père, avec l'espoir que le chagrin conduirait à l'excitation. Ce soir, le moment fut adouci par le vin doré, et il survint non pas dans l'atelier d'animation, mais dans l'Atelier d'animation. Ethan était riche et pas elle ; il faisait ce qu'il aimait et elle faisait ce qu'elle pouvait, et pourtant ils étaient semblables : mal à l'aise et ironiques. Ce baiser les unirait et leur permettrait de rester semblables. Leurs bouches qui remuaient l'une contre l'autre créaient cette union. Tout d'abord, il n'y eut qu'une sensation de légère pression, et ce n'était pas désagréable. Puis Jules prit conscience, dans cette itération du baiser, qu'Ethan avait un goût et une odeur un peu âcres, comme si le sucre du vin se volatilisait déjà. Ou peut-être était-ce surtout dû au fait que sa bouche était un intérieur inconnu, et elle savait qu'elle ne devrait pas se trouver là, que cela ne lui appartenait pas, qu'elle ne voulait pas se trouver là. C'était stupéfiant d'aller jusque-là et de se voir offrir *une seconde chance*, comme disait Rory, pour avoir l'impression, finalement, que c'était le même moment que la première fois. Pas un moment similaire, le même exactement.

Quand elle s'écarta de lui, l'antimagnétisme de leurs bouches produisit un tout petit bruit, un grincement, un soupir, un *bruit de paille*, pensa Jules. Elle détourna le regard et, sans un mot, l'un et l'autre battirent en retraite vers une extrémité du canapé. Elle ne pouvait pas embrasser Ethan Figman, ni toucher son corps, ni coucher avec lui, ni faire quoi que ce soit de physique. Il essayait, toujours et encore, de se frayer un chemin jusqu'à elle, de voir jusqu'où il pouvait aller. Il ressemblait à cette souris dont Jules était persuadée, comme elle l'avait dit à Dennis, qu'elle les avait suivis d'un appartement à l'autre. Mais elle ne le laisserait pas faire car il ne lui appartenait pas.

Dennis, pensa-t-elle, dégageait parfois une légère odeur toxique à cause du Stabilivox, mais c'était séduisant, avec un arrière-goût de levure. Alors, ce n'était pas un tourbillon d'ironie, de vitesse et de créativité. Elle se demanda ce qu'il faisait à cet instant, à cette heure tardive, un soir de semaine, avec ce froid. Depuis la fin de l'été, ils se montraient distants et cordiaux. Il n'y avait quasiment pas eu de sexe, quasiment pas de baisers, mais beaucoup de conversations polies en terrain neutre. Il lui en voulait encore de les avoir obligés à quitter Belknap, alors que tout s'était passé comme sur des roulettes au camp. Sans doute était-il assis dans leur lit devant ESPN et un numéro de la *Revue du diagnostic médical par ultrasons* sur les genoux. Tandis qu'ici, dans une sorte de grenier improbable au cœur d'un immeuble de bureaux, en cette fin de soirée, Jules et Ethan se regardaient d'un bout à l'autre de ce long canapé.

— Il faut que j'y aille, annonça-t-elle.

— J'ai essayé, dit Ethan. C'est juste que, ces temps-ci, je ne sais pas quelle est la meilleure façon de vivre. Sincèrement, je ne sais pas.

— C'est toujours compliqué.

— Non. Là, c'est différent. J'ai un truc, Jules.

— Ça veut dire quoi, un truc ?

— Un mélanome.

Elle le regarda fixement.

— Où ça ?

Elle semblait presque en colère en disant cela, incrédule. Elle se souvint, avec un pincement au cœur, de son père entrant dans sa chambre un soir pour lui annoncer qu'il était malade et devait entrer à l'hôpital.

Elle était assise devant son petit bureau blanc, en train de rédiger une fiche de lecture, et soudain, le bureau, la feuille, le stylo dans sa main, lui avaient semblé absurdes, aussi légers que des objets flottant dans l'espace.

— Peu importe, répondit Ethan. Mais si tu veux savoir, c'est ici.

Il se tapota le haut du crâne, puis baissa la tête et écarta ses cheveux pour montrer le petit pansement.

— Et aussi dans les ganglions lymphatiques, apparemment.

— Quand l'as-tu appris ? demanda-t-elle d'une voix presque inaudible.

— À l'automne. Ça me démangeait sur le dessus de la tête et j'ai gratté. Ça a saigné un peu. Puis ça a fait une croûte. Je croyais que c'était rien, mais en fait, c'était un grain de beauté que j'avais là depuis longtemps, sans le savoir.

— Tu vivais seul quand tu l'as appris. Qui était avec toi ? À qui tu l'as dit ?

— À personne. Je n'ai rien dit.

— Ash ne sait pas ? (Il secoua la tête.) Il faut lui dire, Ethan.

— Pourquoi ? Apparemment, on a le droit de cacher des informations cruciales à son conjoint.

— Il faut qu'elle t'aide.

— Peut-être que tu pourrais m'aider, toi, parce que franchement, dit-il avec un petit sourire forcé, tu es en partie responsable. Tu m'as obligé à ôter mon chapeau en jean au cours de ce premier été, en disant que je ressemblais à l'ours Paddington. Alors, le soleil a frappé sur mon crâne pendant des années…

— Tais-toi, ce n'est pas drôle du tout.

Il comprit aussitôt qu'il avait eu tort de la taquiner. Cela paraissait cruel et il n'avait certainement pas envie de se montrer cruel avec elle.

— Il existe un traitement, hein ? demanda-t-elle. Tu as fait quelque chose, une chimiothérapie ?

— Oui. Deux séries. Ça n'a rien donné pour l'instant, mais ils sont optimistes.

— Alors, étape suivante ?

— Un autre médicament. Je commence lundi.

— Ethan, il faut que tu impliques Ash. Elle voudra prendre les choses en main. Elle voudra s'occuper de toi. Elle est comme ça.

Le visage d'Ethan demeura impassible.

— Non, je ne veux pas. Et puis, tout bas, il ajouta : C'est toi.

— Non.

— Si.

Elle ne pouvait pas poursuivre cet échange. Elle pensa : *OK, c'est moi. Ça a toujours été moi. Cette vie m'était destinée, elle m'attendait, vibrante, et je ne l'ai pas prise.*

Mais, elle le savait, vous n'étiez pas obligé d'épouser votre âme sœur, vous n'étiez même pas obligé d'épouser un Intéressant. Vous n'aviez pas toujours besoin d'être celui qui éblouit, le feu d'artifice, celui qui fait rire tout le monde ou avec qui tout le monde a envie de coucher, celui qui écrit ou qui tient le premier rôle dans la pièce et déclenche une standing ovation. Vous pouviez cesser d'être obsédé par l'idée d'être intéressant. En tout cas, Jules le savait, le critère pouvait changer ; il avait changé pour elle.

Jadis, monter sur scène avait été le meilleur stimulant pour une fille de quinze ans dont le père venait de mourir. Julie Jacobson, la fille à tête de caniche venue d'Underhill, avait été projetée dans la vie à Spirit-in-the-Woods. Mais c'était bien loin, des générations, de ces deux personnes d'un certain âge, avec leur peau flasque, qui bavardaient à une heure tardive.

— Ethan, je t'accompagnerai partout où tu veux. Je ne travaille pas en ce moment, j'ai du temps libre. Je serai là pour tes rendez-vous et tes traitements. C'est ce que tu aimerais ?

Il hocha la tête et ferma les yeux, soulagé.

— Oui, beaucoup. Merci.

— Soit, dit Jules. Mais tu dois appeler Ash et lui dire certaines choses.

— Lesquelles ?

— Elle ne peut pas être la seule fautive. Je reconnais que le fait de te cacher la vérité au sujet de Goodman a déclenché un tas de remous entre vous. Mais c'est Ash, et tu l'aimes, et il faut que tu lui avoues que tu t'es caché dans cette chambre d'hôtel au lieu de les accompagner, Mo et elle, à Yale.

— Oh, bon sang.

— Par ailleurs, si ça te semble opportun, tu pourrais également lui dire que tu as été en contact avec Cathy et que tu lui as donné de l'argent. Et bien évidemment, il faut que tu lui parles de ta maladie.

— Sacrée conversation, Jules.

— Oui. Et tu dois l'avoir avec elle, pas avec moi.

Dennis s'était endormi avant le retour de Jules, mais il le nia, comme souvent les gens nient qu'ils dormaient, curieusement. Son visage était marqué par des traits correspondant exactement au velours côtelé du vieux canapé du salon, et Jules l'imagina allongé sur le côté, le visage écrasé, endormi, mais encore suffisamment près de la conscience pour rester attentif, malgré les ronflements, au bruit de la clé dans la serrure. Il était presque minuit. Elle avait refusé la proposition d'Ethan de la ramener en voiture, disant qu'elle préférait marcher un peu. La nuit était froide, la neige tombait sans discontinuer, en biais, et ce fut un soulagement de parcourir quelques pâtés de maisons à pied avant de prendre le métro.

— Qu'est-ce qui s'est passé ? demanda Dennis en la regardant bizarrement. Il s'est passé quelque chose.

— Tu as le visage plein de plis.

Jules ôta son manteau blanc de neige et s'assit dans le canapé, encore chaud à l'endroit où Dennis s'était allongé.

— Tu ne veux pas me le dire ?

— Je vais te le dire. Même si je n'en ai pas envie.

Alors, d'un ton aussi neutre que possible, en conservant une légère distance, par instinct de conservation, comme l'avait fait Ethan, elle lui parla du mélanome d'Ethan. Elle ne lui parla pas du baiser car il s'était déjà volatilisé. Dennis l'écouta passivement, puis il dit :

— Oh, merde. Mais c'est Ethan, il va s'offrir les meilleurs traitements. Il fera tout ce qui doit être fait.

— Je sais.

— Et toi ? demanda Dennis. Ça va aller ?

Il lui caressa les cheveux, comme l'avait fait Ethan : c'était un des gestes de base dans le manuel des hommes, il leur venait tout naturellement. Jules se laissa tomber contre le torse large de son mari, avec un bruit sourd, et Dennis s'obligea à redevenir une présence à part entière. Il ressuscita leur mariage par la pensée et attira sa femme contre lui. Dennis était présent, toujours, et ça, pensa-t-elle en restant appuyée contre lui, ce n'était pas un mince talent.

Vingt-deux

Les deux couples dînèrent ensemble à deux reprises au cours de cet hiver. Jonah se joignit à eux le premier soir. Les deux fois, ils se rendirent dans le même restaurant, décontracté et calme, et ils mangèrent tôt car Ethan était très fatigué par sa chimiothérapie. La marijuana à usage thérapeutique qu'il avait fumée le faisait planer et il regardait Jules, assise en face de lui, avec un sourire idiot. La première fois de sa vie où il lui avait parlé, il était en train de rouler un horrible joint tout mouillé. Désormais, ses joints étaient roulés bien serrés, par quelqu'un d'autre, et uniformément fins, puissants. Il fumait beaucoup ces derniers temps, Jules le savait. Ils avançaient tous lentement, avec prudence, enfermés dans un cocon d'amitié intime. Ash, réconciliée avec Ethan depuis peu, semblait craindre encore que leur mariage vole en éclats et, assise à côté de lui, elle lui tenait la main. Jules et elle ne se voyaient plus très souvent en tête à tête. L'aspect paisible d'une amitié entre fille, ou même entre deux femmes, qui leur avait permis de parler de sexe, de mariage, d'art, d'enfants, des élections et de ce qui allait se passer *ensuite*, demeurait une chose enviable, mais ce n'était pas ce à quoi elles aspiraient, ni l'une ni l'autre, dans l'immédiat. Elles ignoraient alors que cette tranquillité était une chose qu'elles allaient perdre et dont elles pleureraient la disparition. Le soir où Jonah dîna avec eux, Ash raconta qu'il avait appris à Mo à jouer du banjo.

— Je ne sais pas s'il va apprendre grand-chose, ajouta-t-elle, mais il a très envie d'essayer, apparemment.

— Il apprend, déclara Jonah.

Il ne s'était rendu chez eux que deux fois pour des leçons particulières, pendant que Mo était en vacances, mais il continuait à travailler avec lui sur Skype. Mo trouvait cette distance, et le filtre de l'écran, rassurants. Jonah était venu avec sa guitare au restaurant et il s'éclipsa avec le café, en s'excusant, car il avait rendez-vous avec deux musiciens à Brooklyn et il ne voulait pas être en retard.

Ethan commença à mourir au début du printemps, même si personne, à part Ash, ne voulut l'admettre avant que la vérité s'impose à eux. Il avait maigri, il était plus pâle, mais ça restait discret. Et comme il avait un tas de projets en cours, ils ne comprenaient pas ce qui se passait. Il avait été très souvent absent du studio, mais l'équipe continuait à travailler sans lui. De sa maison de Charles Street, il envoyait quantité de mails, sans discernement parfois, pour essayer d'organiser les prochains Mastery Seminars, et il enregistrait ses répliques pour *Figland* grâce à un magnétophone ultrasensible. Il dicta un mémo à la direction de la chaîne au sujet d'une plaisanterie controversée dans un épisode récent, qui avait incité un fabricant de boisson énergisante à menacer de retirer son budget publicitaire.

Des rumeurs circulaient, un peu partout, selon lesquelles Ethan Figman était malade, mais nul ne connaissait la gravité de sa maladie. Tout le monde avait un cancer de nos jours, telle était l'opinion générale. Ce n'était plus choquant, et un mélanome ne semblait pas aussi grave que le cancer du pancréas, par exemple. Ethan avait toujours soutenu que les projets vous permettaient de demeurer présent dans le monde, et en vie. Le travail, avait-il déclaré un jour, était l'antimort. Jules, qui s'aperçut qu'elle était d'accord avec cette affirmation, avait réussi à reprendre une activité. Les réunions d'adolescents du Child and Family Center du nord de Manhattan avaient lieu dans l'une de ces salles sinistres, à usages multiples, où des chaises pliantes étaient empilées sur le côté et où une très vieille piñata pendait encore au plafond, éventrée et vidée de son butin depuis longtemps. L'éclairage était triste, mais si au début de la séance, les adolescents assis en rond restaient affalés sur leur siège, ils s'animaient à mesure que l'heure passait, et à la fin, l'un d'eux éclatait en sanglots à cause de son père alcoolique, un autre étreignait celui qui pleurait, tandis qu'un troisième montait sur une chaise pour décrocher la piñata, une bonne fois pour toutes. Mme Kalb, la superviseuse qui avait engagé Jules à l'essai, assise dans un coin sur sa propre chaise pliante, prenait des notes.

Plus tard, dans son bureau, Mme Kalb souligna que Jules semblait avoir «énormément d'affection pour les jeunes gens à problèmes», et Jules le reconnut aisément. Maintenant, elle dirigeait trois groupes qui se réunissaient deux fois par semaine pendant deux heures. Deux autres groupes viendraient s'y ajouter à la fin de l'année. Le salaire était misérable, mais Jules et Dennis n'avaient pas de grosses dépenses. Les frais de scolarité de Rory dans son établissement public restaient abordables, et elle aurait bientôt terminé ses études, même s'il n'était pas certain qu'elle ait un travail à la sortie ; voilà ce que se disaient entre eux les parents d'élèves en âge d'aller à l'université. Tous avaient peur que leurs enfants se retrouvent chômeurs, venant gonfler les statistiques, et vivent éternellement sous leur toit, dans leur chambre d'enfant, au milieu de leurs posters et de leurs trophées. Ils les dissuadaient d'étudier les arts, sachant qu'il n'y avait plus aucun avenir dans ce secteur. Un jour, quelques années plus tôt, Jules était allée assister à une représentation donnée dans le théâtre d'Ash, et après le spectacle, au cours d'un débat entre le public, l'auteur de la pièce et Ash, qui avait monté cette production, une femme se leva et dit :

— Cette question est pour vous, madame Wolf. Ma fille aimerait faire de la mise en scène, elle aussi. Elle veut suivre un cursus dans ce domaine après la licence, mais je sais qu'il n'y a pas de débouchés et que ses rêves vont certainement être réduits à néant. Alors, ne devrais-je pas plutôt l'encourager à faire autre chose, à choisir une autre voie, avant qu'il soit trop tard ?

Ash répondit à cette mère :

— Si votre fille envisage de faire de la mise en scène, il faut qu'elle en ait vraiment envie. C'est la première chose. Sinon, ce n'est pas la peine qu'elle s'inflige tout ça car c'est incroyablement difficile et décourageant. Mais si vraiment c'est ce qu'elle veut et si elle semble posséder un certain talent, alors je pense que vous devriez lui dire : «C'est merveilleux.» Parce que la vérité, c'est que le monde va certainement décourager votre fille. Mais ce n'est pas à une mère de s'en charger.

Le public applaudit spontanément, et Ash parut enchantée, comme la mère inquiète. Jules se demandait ce qu'était devenue cette fille : avait-elle essayé d'être metteure en scène? On pouvait se réjouir d'avoir une fille comme Rory qui voulait travailler pour les parcs nationaux et ne ressemblait pas à ces jeunes qui éprouvaient le besoin d'être créatifs, et se retrouvaient derrière un comptoir de fast-food.

Ethan fut heureux d'apprendre que Jules avait un nouveau travail qui lui plaisait.

—J'aimerais bien assister à une de tes séances, dit-il. Pour te voir en action. Je pourrais me faire passer pour un des ados.

Au cours du deuxième dîner, cette année-là, dans la lumière douce des bougies, Ethan assis en face de Jules lui dit une chose qu'elle n'entendit pas. Elle colla sa main derrière son oreille, mais au même moment, Dennis posa la sienne sur l'autre main de Jules et chacun revint vers son partenaire attitré.

Quand la dernière série de séances de chimiothérapie se révéla «décevante»; Ethan et Ash décidèrent d'opter pour un traitement alternatif, ils se rendirent donc dans une clinique de Genève, recommandée par un ami de Duncan et Shyla. «La cure Toblerone», dit Ethan à Jules au téléphone la veille de son départ, sarcastique, mais résigné. En Suisse, Ethan se sentit tellement empoisonné par les médicaments brutaux et non testés qu'il renonça après seulement cinq jours, alors que le protocole en comportait vingt et un. De retour au pays, Ash et lui demeurèrent dans leur maison, ne voulant voir aucun ami, pas même Jules, que cette absence de contact plongea dans l'inquiétude. « Tiens-moi informée de la prochaine phase du plan de bataille », écrivit-elle à Ash. « Promis », répondit celle-ci, de manière peu convaincante. Alors, Jules envoya directement des mails à Ethan pour lui raconter ce qui s'était passé le jour même dans son groupe « enfants du divorce ». « En fait, lui écrivit-il, tu pourrais y participer. Tu es un enfant du divorce. De plus, d'après un article publié dans la section "sciences" du *Times*, ils ont établi un nouvel âge officiel pour la fin de l'adolescence. Cinquante-deux ans ! Tu viens juste de franchir le cap !!! » Elle ajouta une avalanche de points d'exclamation, chacun plus désespéré, plus survolté, que le précédent.

Personne ne vous disait que dans les moments de crise, la famille avait le droit de prendre le dessus sur l'amitié. Les enfants d'Ash et Ethan furent convoqués par leur mère en milieu de semaine. L'angoisse rendait Larkin presque hystérique, elle avait besoin de Klonopin, que sa mère lui donna par petites doses au cours de la journée, avant d'avaler le reste elle-même. Larkin s'était fait faire à New Haven un tatouage qui couvrait son épaule et descendait le long de son bras gauche : une collection de personnages de *Figland* censée rendre hommage à son père, mais celui-ci ne put dire qu'une seule chose en le voyant : « Bon sang, qu'est-ce qui t'a pris ? » Et Larkin se mit à vociférer, affirmant que ses parents ne s'intéressaient jamais à ses envies à elle, uniquement aux leurs. « C'est faux », répondit Ash qui avait été une mère formidable pour ses deux enfants. Larkin s'effondra alors, en disant à Ash qu'elle avait été une bonne mère, évidemment, elle ne savait plus ce qu'elle disait. Ash pleura elle aussi, et Mo, arraché à son pensionnat quelques heures plus tôt seulement et ramené en voiture, affolé par ce flot d'émotions incontrôlées, s'enferma dans sa chambre en claquant la porte et y resta.

Un peu plus tard, ses parents l'entendirent jouer du banjo.

— Mo, dit Ethan devant la porte de la chambre, mais n'ayant qu'une seule envie : retourner se coucher dans son lit, au fond du couloir. Sors, s'il te plaît.

Il essaya de tourner la poignée, qui résista.

— Je veux pas, papa. J'aime pas ce qui se passe ici.

— Il ne se passe rien. Je me suis mis en colère après ta sœur à cause du tatouage, mais c'est son corps et elle a voulu me prouver son affection. Je n'aurais pas dû lui crier après. Allez, sors. Je suis ton père et j'ai envie d'être avec toi.

Il s'obligea à prononcer ces mots et il s'obligea à les penser, comme le lui avait toujours conseillé Jules, explicitement. Pendant quelques secondes, la porte demeura fermée, puis elle s'ouvrit. Mo se tenait dans l'encadrement, chair de la chair d'Ethan Figman. *Aime ton fils*, lui avait répété Jules. *Aime-le et aime-le.* Elle lui avait envoyé des messages d'amour pour qu'il les transmette à Mo, et maintenant, encore malade à cause du traitement expérimental, Ethan demanda :

— Je peux entrer ?

Mo fut surpris car son père venait rarement vers lui.

Mais Ethan entra dans la chambre et s'assit au pied du lit.

— Qu'est-ce que tu jouais ?

— Une chanson. Je vais te montrer.

S'arrêtant et recommençant quand il le fallait, continuant malgré les erreurs, Mo exécuta péniblement une version instrumentale, reconnaissable, de « The Wind Will Carry Us ». Les cordes du banjo se soulevaient, s'assemblaient et tintaient comme autant de carillons. Quand il eut terminé, Mo dit :

— Tu n'as pas aimé, papa ? Tu pleures ?

La famille resta ensemble dans la maison pendant une semaine entière. On leur livrait des plats tout préparés, une infirmière spécialisée vint deux fois. Très peu de gens comprenaient ce qui se passait. Jules elle-même, seule dans son appartement avec Dennis, n'arrivait pas à comprendre.

— Tu crois qu'ils vont trouver un traitement ? demanda-t-elle à son mari.

— Je ne sais pas.

— Si, tu sais. Tu es en contact avec le cancer tous les jours à ton travail. Tu lis des publications. Dis-moi. Dis-moi ce que tu penses.

Dennis la regarda, sans ciller. C'était le matin et ils se trouvaient dans la salle de bains, côte à côte devant le lavabo. Depuis son mariage, Jules n'avait jamais eu sa propre salle de bains, c'était pourtant une chose dont elle avait toujours rêvé. Dennis se rasait en traçant un chemin à travers les poils noirs de sa joue. Quand il rentrerait du travail, ils auraient déjà repoussé. Il avait un air triste avec sa demi-barbe et ses taches de mousse. Il posa son rasoir sur le bord du lavabo et dit :

— Si la tumeur a atteint les deux poumons, comme tu le dis, alors non, je ne pense pas qu'ils puissent faire quoi que ce soit de plus pour lui. À ma connaissance, du moins. Mais je ne suis qu'un échographiste, se sentit-il obligé d'ajouter. Je ne suis pas médecin.

— Oui, mais tu sais un tas de trucs maintenant. Et je n'arrête pas de penser à une chose : je me dis qu'il n'aura peut-être pas l'occasion de devenir Old Ethan Figman.

— Quoi ?

— Comme Old Mo Templeton, expliqua Jules dans une sorte de gémissement.

— Ah oui. Le dixième Old Man de Disney.

Tous les deux partirent travailler ce matin-là ; c'était une journée comme les autres, le printemps essayait de s'infiltrer partout, et les adolescents du groupe de Jules, récemment sortis de l'hôpital, se montrèrent particulièrement turbulents et dragueurs entre eux. Un parfum de bonne humeur flottait dans la salle sinistre du centre médical, et un garçon nommé JT, souffrant de dysmorphie corporelle, avait apporté une boîte de pâtisseries fourrées à la framboise de chez Entenmann, en expliquant que si on les mettait au micro-ondes pendant vingt secondes, ni plus ni moins, on obtenait « de l'ambroisie ». Accompagné de deux filles, il courut jusqu'à la kitchenette au fond du couloir, et au cours d'une brève accalmie avant la reprise de la séance, Jules se souvint du crumble aux myrtilles qu'elle avait mangé dans le tipi, il était censé avoir le goût du sexe, sans qu'elle sache exactement ce que ça voulait dire. Le groupe se reforma et les adolescents parlèrent de leurs médicaments, de leurs parents, de leurs flirts, de leur boulimie, et surtout de leur vie fragile et mouvementée.

Au cours du déjeuner, en compagnie de sa superviseuse, Mme Kalb, dans l'unique restaurant correct du quartier, où tous les employés du centre allaient manger des salades Caesar, le portable de Jules sonna : c'était Ash. En prenant l'appel dans cette salle bondée, aux murs vert foncé, avec une télé accrochée en hauteur, elle n'avait pas peur car on était en plein jour, et un portable qui sonnait dans la journée, ce n'était pas grave. Pourtant, dans l'appareil, d'une voix faible, mais audible, Ash dit :

— Jules ? C'est moi. Écoute… Ethan a fait une crise cardiaque ce matin et ils n'ont pas réussi à le ranimer.

Même à cet instant, pendant quelques secondes, Jules crut qu'il pourrait encore s'en remettre. Elle se souvint que lorsque sa mère était rentrée à la maison, un soir, très tard, en revenant de l'hôpital de Long Island, elle avait laissé tomber son sac par terre, et dit à Jules et Ellen : « Oh, les filles, papa n'a pas survécu », et Jules s'était exclamée : « Ils ne peuvent pas essayer autre chose ? »

Il n'y avait plus rien à essayer pour cette longue chaîne de corps et d'âmes. Le cœur d'Ethan s'était arrêté, sans doute à cause du traitement qu'il avait subi en Suisse ou de l'accumulation de tous les médicaments qu'il avait ingurgités avant. Il avait été victime d'une crise cardiaque foudroyante, alors qu'il prenait son petit-déjeuner, dans son lit, et il était mort dans l'ambulance. Après avoir discuté pendant quelques minutes au téléphone avec Ash, devant le restaurant, sans manteau malgré le froid, Jules retourna à l'intérieur et répéta à Mme Kalb, d'une voix éteinte, ce qu'elle venait d'apprendre. La superviseuse dit :

— Je me charge d'annuler votre réunion. Vous n'êtes pas en état. Rentrez chez vous.

Mais Jules insista pour aller retrouver le groupe.

Quand elle annonça aux enfants que son ami venait de mourir, ils se rassemblèrent autour d'elle comme autour d'un arbre de mai. Un jeune Hispanique, costaud et phobique, la prit par les épaules, et une fille minuscule au visage tellement couvert de piercings qu'il ressemblait à un tableau d'affichage parsemé de vieilles agrafes, se mit à pleurer elle aussi, en disant :

— Jules ! Jules ! Tu devais aimer énormément ton ami.

Tous les enfants ne cessaient de répéter : «On est désolés pour ton ami», et elle finit par comprendre qu'ils prenaient le mot *ami* pour un euphémisme, et c'était peut-être le cas. Car ce mot possédait un sens très large et il englobait un tas de choses ici, y compris des contradictions. Elle n'avait jamais vu le pénis d'Ethan, il n'avait jamais vu ses seins. Quelle importance ? pensa-t-elle, même si, quelque part, elle aurait aimé se dévoiler devant lui en disant : «Tu vois ? Tu n'as pas loupé grand-chose.»

Ce soir-là, Dennis et elle se rendirent à la maison de Charles Street et y passèrent la nuit. Tout le monde resta éveillé jusqu'au matin, et les lumières allumées.

— Qu'est-ce que je vais faire ? se lamenta Ash à quatre heures du matin, en chemise de nuit, assise dans l'escalier avec une cigarette. Quand on est restés séparés pendant tous ces mois, c'était insupportable. Je me sentais trop seule. Et je me sens seule de nouveau, déjà.

— Je t'aiderai, promit Jules.

— C'est vrai ? demanda Ash, reconnaissante comme une enfant et Jules répondit que oui, bien sûr, elle l'aiderait, toujours, et même si aucune des deux ne savait ce que ça voulait dire, ces paroles semblaient produire leur effet.

Le père d'Ash arriva au matin. Bien que d'apparence frêle désormais, obligé de marcher à l'aide d'une canne à cause de ses problèmes de genoux, il serra dans ses bras sa fille en pleurs comme s'il l'empêchait d'être emportée par un vent violent. Puis les parents d'Ethan, depuis longtemps divorcés, arrivèrent au même moment, par hasard, furieux l'un contre l'autre, tous les deux enrobés et ébouriffés. Très vite, ils se mirent à pleurer, puis à se disputer, et ils repartirent presque aussitôt. Jonah vint lui aussi, et entre les préparatifs de l'enterrement et l'organisation d'une cérémonie de plus grande ampleur qui aurait lieu dans un mois, il y avait d'innombrables détails à régler. En outre, Larkin et Mo avaient besoin d'attention, et même de calmants dans le cas de Larkin. Jules observait régulièrement, du coin de l'œil, ce que faisait Dennis. Là, il passait une série de coups de fil aux amis d'Ash, à la demande de celle-ci ; là, il était assis et regardait Jonah et Mo jouer de la guitare et du banjo ; là, il apportait du café. Il se rendait utile de toutes les manières possible. La maison ressemblait à un environnement isolé, mais épuisé, à l'écart de la clameur du monde extérieur.

Le soir suivant, veille de l'enterrement, Duncan et Shyla se présentèrent à la porte. *Oh, que viennent-ils faire ici ?* pensa Jules. Le connard et la connasse. Même à cet instant, maintenant qu'Ethan était mort, elle devait partager ses amis avec ces gens. Mais Duncan et Shyla étaient aussi dévastés que tout le monde ; une expression de stupeur horrifiée et de souffrance ininterrompue déformait le visage de Duncan, et ils veillèrent tous jusque fort tard, en buvant et en essayant, vainement, de se consoler mutuellement. Finalement, ils s'endormirent dans les fauteuils et les canapés, et au matin, les employés de maison arrivèrent sans faire de bruit ; se déplaçant à pas feutrés, ils ramassèrent les bouteilles, les verres et les mouchoirs en papier froissés.

Finalement, tout le monde s'interrogea au sujet de la fortune d'Ethan : à qui irait-elle, à combien se montait-elle ? Sa famille serait à l'abri du besoin pour toujours, bien entendu. Quand Mo serait trop âgé pour rester dans son pensionnat, il vivrait dans une communauté où il ne se sentirait pas agressé et pourrait faire ce qui l'intéressait. Larkin serait autorisée à vagabonder pendant quelque temps, avant de poursuivre ses études ou d'écrire un roman autobiographique, précoce et enragé. Une bonne partie de l'argent d'Ethan irait certainement à la lutte contre le travail des enfants et d'autres œuvres caritatives.

Mais, toujours concernant son argent, il y avait la question de ses plus proches amis et nul ne savait quelles étaient ses intentions dans ce domaine. Deux mois avant son décès, Ethan avait fait une obscure plaisanterie devant son notaire, Larry Braff.

— Je m'interroge, avait-il dit, alors qu'ils examinaient des papiers depuis plusieurs heures. Je crois qu'il y a sans doute quelque danger à léguer une grosse somme d'argent à ses amis.

— Oui, certainement.

— On pourrait appeler ça *Le Drame de l'adulte fortuné,* dit Ethan. Peut-être que l'adulte fortuné redevient un enfant et reste un enfant toute sa vie à cause de ce... don. Est-ce le cas, d'après votre expérience, Larry ? C'est ce qui se passe ?

Le notaire observa Ethan à travers ses lunettes sans monture et dit :

— Pardonnez mon ignorance, Ethan, mais cette histoire de «drame»... je ne vois pas à quoi vous faites référence. C'est une allusion bien précise ? Pouvez-vous m'expliquer ?

— Laissez tomber. Je réfléchissais à voix haute. Ne vous inquiétez pas. Je trouverai une solution.

Et donc, personne ne savait encore ce qu'il avait décidé, et personne ne posait la question ; cela serait réglé le moment venu.

Un mois après la mort d'Ethan, Ash, avec qui Jules parlait chaque jour, de nouveau, l'appela pour annoncer qu'elle avait enfin pu commencer à ranger le bureau d'Ethan dans leur maison. Elle lui faisait porter par coursier une chose qu'elle avait trouvée et que Jules aimerait sans doute garder. «Je ne sais pas comment tu vas réagir, précisa Ash, mais ça t'appartient plus qu'à moi.»

Le paquet arriva, un gros colis enveloppé de papier marron. Jules était seule chez elle quand le coursier se présenta ; Dennis était allé au parc, taper dans un ballon, « taper dans la mort », avait-il dit. Rory devait rentrer de son école en fin de soirée, en car, elle resterait une semaine à New York. « J'aime bien être avec vous », avait-elle dit à ses parents, mais ceux-ci savaient bien que pour elle, quitter la vie au grand air et le monde de ses amis pour se retrouver avec sa mère et son père, c'était un sacrifice, et qu'elle faisait cela pour leur remonter le moral, par gentillesse. Ils attendaient son retour comme si elle était le Messie qui allait les guérir.

Après avoir signé pour récupérer le paquet, Jules l'ouvrit aussitôt, dans l'entrée. Il contenait plusieurs feuilles de papier pliées, puis agrafées : il s'agissait du storyboard d'un dessin animé qui n'avait jamais vu le jour. Immédiatement, elle remarqua que c'étaient de vieux dessins. Pas uniquement à cause du papier jauni et friable. Le style d'Ethan avait évolué au fil du temps, les visages étaient devenus plus expressifs, mais ici, dans les premiers temps, les coups de crayons étaient furieux, relâchés, comme si la main faisait la course contre le cerveau. Dans la première case, tracée avec application, on voyait un garçon et une fille, facilement reconnaissables : Ethan et Jules, âgés d'une quinzaine d'années, se tenaient sous des arbres et le clair de lune inondait leur visage ingrat et niais. Le garçon était en extase devant la fille.

« Alors, qu'est-ce que tu en dis ? lui demandait-il. Il y a une chance pour que tu changes d'avis ? »

Et la fille répondait : «Est-ce qu'on pourrait parler d'autre chose, s'il te plaît?»

Le dessin suivant les montrait en train de gravir une colline.

«Bon alors, de quoi tu veux parler?» demandait le garçon.

«Tu as déjà remarqué que les crayons à papier ressemblent à des colleys?» disait la fille et un gros crayon à papier n° 2 avec une tête de chien apparaissait, la gueule ouverte, aboyant.

«Non, j'ai jamais remarqué», disait Ethan dans la case suivante. Les deux personnages avaient atteint le sommet de la colline, ils marchaient côte à côte au milieu des arbres. *Oh, tragédie, oh, tragédie,* pensait le garçon, mais il affichait un petit sourire. *Oh, joie, oh, joie.* Des cœurs et des étoiles apparaissaient dans l'obscurité au-dessus de leur tête.

Les feuilles agrafées restèrent sur la table de l'entrée de l'appartement des Jacobson-Boyd pendant deux ou trois jours, à l'endroit même où les cartes de vœux d'Ash et d'Ethan restaient quelque temps chaque année. Finalement, Jules s'arrêta devant et regarda de nouveau les dessins d'Ethan, avant de les ranger dans la commode du salon où elle conservait les rares objets qui dataient de cette époque de sa vie. Il y avait là les albums de Spirit-in-the-Woods, signés, de trois étés successifs, et la photo aérienne de tous les pensionnaires, prise le deuxième été. Sur ce cliché, les pieds d'Ethan reposaient sur la tête de Jules et les pieds de Jules reposaient sur la tête de Goodman, et ainsi de suite. N'était-ce pas toujours ainsi? Des parties de corps pas tout à fait alignées comme on l'aurait souhaité, un ensemble un peu de travers, comme si le monde lui-même était une séquence animée de désir et de jalousie, de haine de soi et de grandiloquence, d'échecs et de succès, une boucle étrange et infinie, que vous ne pouviez pas vous empêcher de regarder car, malgré tout ce que vous saviez maintenant, c'était toujours très intéressant.

REMERCIEMENTS

Plusieurs personnes – des amis, des spécialistes, souvent les deux – m'ont fait partager leur savoir et leurs observations, qu'ils en soient remerciés. Parmi elles, Debra Solomon, Greg Hodes de l'Agence Wailliam Morris, Lisa Ferentz, travailleuse sociale diplômée, Sandra Leong et Kent Sepkowicz, docteurs en médecine, David France et Jay Weiner.

Sheree Fitch, Jennifer Gilmore, Adam Gopnik, Mary Gordon, Gabriel Panek, Suzzy Roche, Stacy Schiff, Peter Smith et Rebecca Traister sont tous des lecteurs sensibles et j'ai la chance de pouvoir bénéficier de leurs avis. Je suis également très reconnaissante à mon agent éblouissante : Suzanne Gluck. Et une fois de plus, je suis redevable à ma directrice de collection si généreuse, et d'une profonde sagesse, Sarah McGrath, ainsi qu'à Jynne Martin, Sarah Stein et tous les employés de Riverhead, dont son éditeur Geoffrey Kloske, excellent et… féministe, oui. Comme toujours, mille mercis à Ilene Young. Et bien entendu, tous mes remerciements et tout mon amour vont à Richard.

Le Livre de Poche s'engage pour
l'environnement en réduisant
l'empreinte carbone de ses livres.
Celle de cet exemplaire est de :
540 g éq. CO₂
Rendez-vous sur
www.livredepoche-durable.fr

PAPIER À BASE DE
FIBRES CERTIFIÉES

Composition réalisée par Lumina Damatics

Imprimé en France par CPI
en août 2016
N° d'impression : 3018950
Dépôt légal 1ʳᵉ publication : avril 2016
Édition 11 - août 2016
LIBRAIRIE GÉNÉRALE FRANÇAISE
21, rue du Montparnasse - 75298 Paris Cedex 06